浮生若梦

上

帘重

上海社会科学院出版社

图书在版编目 CIP 数据

浮生若梦 / 帘重著. --上海：上海社会科学院出版社，2019
ISBN 978-7-5520-2661-0

Ⅰ.①浮… Ⅱ.①帘… Ⅲ.①长篇小说-中国-当代 Ⅳ.①I247.5

中国版本图书馆CIP数据核字(2019)第017478号

浮生若梦

著　　者：帘　重
策划编辑：杨月怡
责任编辑：霍　覃
封面设计：夏艺堂艺术设计 + 夏商 xytang@vip.sina.com
出版发行：上海社会科学院出版社
　　　　　上海顺昌路622号　电话 021-63315900　邮码 200025
　　　　　http://www.sassp.org.cn　E-mail:sassp@sass.org.cn
印　　刷：上海新文印刷厂
开　　本：710×1010毫米　1/16开
印　　张：49
字　　数：693千字
版　　次：2019年6月第1版　2019年6月第1次印刷

ISBN 978-7-5520-2661-0 / I·323　　　　　　　　　　　定价: 88.00元

版权所有　侵权必究

目 录

楔子	暴雨将至	001
第一章	体育特长生	003
第二章	他是钱唐	044
第三章	啊！闪亮瞬间	075
第四章	基本三流水平	110
第五章	谈谈"惩罚"和"转折"	159
第六章	粉红色泥巴	194
第七章	轻岁怎么谈深情	230
第八章	是你的狗	266
第九章	今天月是天上月	299
第十章	爆炸头，望春风	343
第十一章	孙悟空大战猪八戒	390
第十二章	特别汹涌的海	428
第十三章	似一阵风	468
第十四章	争吵	507
第十五章	烂人和兰因	548

第十六章	遑论浮生	591
第十七章	春风无尽夏	627
第十八章	飞船生活	664
第十九章	如梦之秋	695
第二十章	清风送君子	732
尾声	替我衰老	771

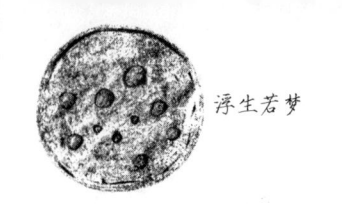

楔子　暴雨将至

人们都叫我李大胆。

在这个世界上，我什么都不怕。除了痒痒和打雷。

"云巴人劲勇，见敌无所畏惧，非实瞎也。"钱唐总是在挖苦我，"李春风你和云巴人又有不同，眼盲者耳聪，听到雷声后才如此惶惶。"

"我靠，你说屁呢？"

"'我靠'，是一个女孩总能挂在嘴边的词？"

"我……？"

钱唐很少说脏话，也很少说人话。他是传说中信佛、喝茶、每在月亮出来的时候，都会呻吟几句"醒时同交欢，醉后各分散。什么的什么的。永结无情游，相期邈云汉，什么的什么的"的酸读书人。

但像我这样的粗糙少女，打小就不爱念书，热衷舞刀弄枪，很早出来闯荡江湖，对万物无所畏惧更无所崇拜，每每面对钱唐的讽刺和讥损，只有茅塞不开外加想上茅厕的感觉。

也真奇怪，我俩怎么就能混到现在。身为一个体育特长生，我时常感觉自己的智商不足以了解整个世界。

就像现在。

我从厕所走出来很久后，发现牛仔裤穿反了。任何人透过敞开的拉链，都可以清晰看到我妈为我买的高贵冷艳本命年红内裤。嗯，这非常合理地解释了，我刚刚一路上为什么能收获到那么高的回头率。

"内裤又有什么好看,自己没穿过吗?一帮眼拙的孙子。"我边整理裤子,边恶狠狠地嘟囔一句。

身边只有寂静,没有人再让我闭上嘴。

候机室外是一片阴霾的天空。

雨还没有下,只有雷声隔着玻璃此起彼伏,那声音就像唐僧在念什么咒语,好让远方的什么妖怪缓慢地复活。

但我也知道,那复活的妖怪不会是钱唐。

我知道,我当然知道。

第一章　体育特长生

我 15 岁那年，本市首次允许特长生加分。

我在中考考场上超常发挥，当炎热的暑假过去，我穿着标志性的黄色校服踏上西中这所百年名校，大脑仍有点犯晕，进校门前得扶墙先缓会，实在不知道是交了好运还是噩运。

但很快，我在"摸底考试"中找到答案，当然你可以说，我根本没有在考试中找到任何答案。

我将监考老师不动声色的目光留在教室里，深喘口气，合上背后的门。

还没正式开学，整个高中部只有新高一的学生来报到。穿过长长的走廊，校园里非常安静，操场边缘的小荷花池边，一人正低头调试三脚架上的摄像头和话筒。

路过他没几步，对方从我身后举着话筒追上来。

"同学，能不能抽 2 分钟的时间，接受一个小采访？"

叫住我的人是一个男的，岁数挺年轻也挺文静，衣着打扮明显不像教职人员。我没好气地说："没时间。"

这人压根儿没理会我的拒绝，他先看了一眼我袖口的颜色："你是高一新生？今天第一天来西中报到，对新高中的印象怎么样？"

"我觉得，西中应该改名，别叫西中，该叫'西贱'，都没有开学上课，为什么现在就要摸底考试？考试也算了，为什么不考初中的内容，考得是高二的课本？！但凡我要懂那些函数的破玩意，早就直接考大学，干吗还来读高中。重点高中缺德也得有个限度吧，这么折腾学生，也真不嫌累！"

我一口气说完，面前伸来的话筒明显停顿好一会。

"刚参加完摸底考试？"他后知后觉地问我。

我沉默片刻："嗯，我交了白卷。"

对方动动嘴角："那怪不得现在只有你一个人走出来。"

我皱皱眉，不太喜欢这人话里话外的淡定劲："不关你事吧。"我绕开这个人，准备走掉。

他倒也没再拦，淡淡地说："行，你先走吧。看你也不像很聪明的样子。"

我立马顿住脚步："你说谁不聪明呢？"

"西中在每年开学典礼上，都会先播一段儿视频热场，那视频里的主题，一般是毕业于西中的老校友采访今年的新生——"对方沉吟地看看我，我也不由得注意到眼前这家伙戴了一副我奶奶在世前曾经戴过的椭圆形眼镜，而以我2.5的锐利视力，怎么看他，都不像是能被请回西中做演讲的社会精英。

"怎么着？你是我们开学典礼上请来录视频的录像师傅？"我不客气地打断他。

"我曾经是你的校友。"对方倒也不生气，他继续说，"同学，我占用你一分钟时间，你回答我几个小问题。这样咱俩都赶紧交差。要不然，我就只能把你刚才的抱怨也加到我视频里。"

"我可没什么好回答你的，再说，你怎么不去找那些'聪明'的高中生去问问题？"话虽然这么说，但我一时站着没动，直直瞪着他，脑海里估量这男的身材和力道。

我百分之百确定，如果把我和他同时扔到道场上，5秒之内我就能打到他四脚朝天。

这人在我的上下打量中，突然间又微笑了。他说："哎，我收回刚才那句话。"

到最后，我仍然没回答那3个问题。

——你对新高中印象怎么样？你对高中有什么规划？你认为高中和初中有什么不同？

——没什么印象。对高中真没什么规划。刚上高中哪知道和初中有什么不同。

这都什么乱七八糟。我痛痛快快地交白卷，就是想早点出校门买根冰棍，坐上810一路晃回家看会儿电视，没道理出了考场，又被莫名其妙的人堵住。

总之，我没搭理这个不识相的人，直接推开他和镜头走了。

等第二天开学典礼，我一眼看到昨天这男的果然坐在台上，差点没背过气。

西中校长是拿着稿子念的，介绍这人的时候拖着长音，语调特别含糊，以至于说了最后一句，我才勉强听清这人叫钱唐，是什么……什么杰出的媒体文字工作者。

"媒体文字工作者"是什么混饭吃的职业啊？还杰出？我不由得对西中的就业前途产生浓重怀疑，但我身边的同学在听到他名字的瞬间，热烈地鼓起掌。

台上的人依旧摆出昨天那一种镇定平稳的面孔，朝下面微微点了点头。台上的大家意思性地再扯几句，果然开始放迎新视频。

看来昨天在我走之后，那名叫"钱唐"的人，成功拦住几个新高一的学生。每当有人接受采访，原本鸦雀无声的新生群里就传来一小阵轰动。大家对能上屏幕感到吃肉般的兴奋，只有我坐在大会堂的冷空调中感到口渴，没水喝，像着火了。

这人不会真把我昨天的胡说八道放到视频上了？早知道，我就应该把他那破话筒也抢走，估计他都追不上我……

我正在胡思乱想，突然被拍了一下肩膀，班主任满脸严肃地示意让我出来。

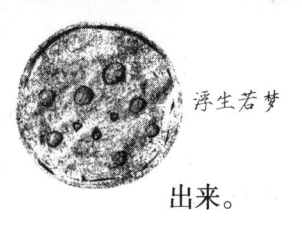

我低头道:"老师我错了。"

班主任愣了愣:"说什么呢?李春风,你的名字是叫李春风吧?待会儿由你上台,代表高一新生给校友颁奖。"

"李春风 -2013 届 - 体育特长生"

我盯着被塞来的牌子,在老师的催促声中,很不情愿地把它戴到脖子上,默默跟着一名梳着羚羊发型的学霸,一名荧屏上小有名气的少年演员,还有一名据说去过五大洲做义工的女生,走到主席台前的帷幕处等待。

西中要派 4 名代表"德智体美"的高一新生,为曾经的老校友赠送纪念礼物,我本人显然就代表"德智体美"里那个"体"字。

班主任嘱咐了我们几句,暂时离开主席台,剩下我们 4 位"德智体美"等在台阶处。

主席台侧面看不到投放的大屏幕,只能听到视频漏出的些许杂音以及观众席里传来一阵又一阵会心的笑声。

我可拿不准他们都在笑什么,内心不由得诅咒多事的西中以及那个钱唐的祖宗十八代。

正在这时,梳着羚羊头的学霸男生,他的手指伸得和下巴一样高,点坐在主席台上的钱唐:"我是从西中本部直升到高中,你们初中哪个学校的?"

先是义工女生矜持回答:"我在美国读的私校。妈妈非让我回国念。"随后小演员也轻轻一笑:"我?我一直在拍戏,剧组替我请的私人教师。"

三个"德智美"纷纷说完光辉历史,他们的眼睛再齐齐看向我。

我一个一个看回去,压根儿就没打算参与这白痴游戏:"……干吗?我也要自我介绍?

他们仨都沉默,幸好年级组长快步重新走回来,示意我们不要闲聊,他分别递来鲜花,礼物,荣誉证书——唯独我又是两手空空。

年级组长想了想:"李春风同学,你最后一个走上去,等老校友演讲完,他要回赠学校礼物,你就负责接受。记得最后鞠躬!"

八毛钱的包子能有多少油，居然还全沾在我的白衣服上！等我从这个噩耗中缓过神来，别说迎新视频，迎新演讲也已经结束，耳边传来噼里啪啦的掌声。

我也只得跟在那三个同学身后，拖着脚步，慢吞吞地走上台阶。

大礼堂的主席台看着高，但上面总共坐着没几个人，大部分人还都是秃子和胖子。不秃不胖的钱唐坐在其中，可以说是闪闪发亮。

钱唐很礼貌地接过鲜花、荣誉证书和什么无聊的纪念礼物，再分别和我前面的同学握手，他看到末尾的我目光略微一动，估计也认出了我，但没露出什么特别惊奇的表情。

我可真得谢谢这个叫"钱唐"的奇葩校友，托他的福，全校的老师和同学都已经听到我昨天骂西中的话。今天才是开学第一天，我还能在学校里混吗？我不由得琢磨着，是不是该从主席台上跳下去，如果摔不死，就立刻逃跑。

站在身后的老师狠狠戳了我一下，他从牙缝里挤出一句话："李春风，傻愣着干什么，过去帮校友展纸啊。"

嗯，这位不吭不哈又无穷麻烦的校友还要回赠母校礼物。

我磨蹭走上前，就听到那西中校友低声问我："同学，你会磨墨吗？"

我猛抬起头，磨墨，磨什么墨？这人又想干什么？隐约回想老师的话，这位"钱唐"好像要"赠字"给母校。妈的，送一张有签名的支票给学校很难吗？真心讨厌这些文化人！

我不情愿地回答："……嗯，不太会，往里加水就可以吧？"

钱唐在大庭广众下，研究了一会我窘迫的表情，他淡淡地说："和你开个小玩笑。我的字都已经写好，也不需要你磨墨。刚刚播放的视频上也没有你，表情那么紧张做什么？"

说实话，我还没来得及生气的当口，几乎就能清晰听到自己胸口的石头砸穿地壳的巨大声音。

浑浑噩噩中，我已经和钱唐一起举起他写好的那幅字向全校展示。大白的宣纸，墨黑的字迹，强烈的头顶上方灯光，周围的陌生笑脸，观众席打雷般的鼓掌声——那阵势，就跟我和他正在拜堂成亲似的！

直到很久以后，我把自己这难得的少女想法告诉钱唐，他却提起另外一个话题。

"当时给西中的字？"钱唐回忆了一下，"应该是'芥子'。语出'须弥芥子'。微小事物，成如芥子——"

我也照例让钱唐去死，就像那天走下台前，我恶狠狠地用口型回敬他的一样。

首先，我不承认自己对钱唐一见钟情，就像我绝对不承认自己脑子不聪明一样，原则问题，不容妥协。

我们体育特长生，并不等同体育专业生。两者最显著的区别是，我平常也得老老实实地学习数理化。体育特长生能为我加分，但我也是靠自己在中考里考出500大几分的成绩，才能混进西中的统一招生分数线里。

你当然可以侮辱我缺乏知识和性格冲动，但绝不能说我脑子不好使。大部分愚蠢的人都混淆了这两者的概念，真欠灭绝。

红色的夕阳在远处缓慢地落下，有点煽情，幸好男厕所里传来的腥气足够煞气氛。我一边冷酷地鄙视全人类，一边无精打采地跳上洗手台坐着。

水龙头哗啦啦地开着正涮墩布，随后，我用校服下摆擦了一下手，掏出手机。

短信箱（当然）是空的，没有任何短信。我再盯了一会屏幕，合上老式的翻盖诺基亚，正在这时，有人从厕所里面走出来，站到我旁边洗手。

我整个人都抖了抖，顺着锃亮黑色皮鞋看上去，居然是一张挺熟悉的脸，是钱唐。

"嘿，你怎么还没走？"我惊奇地从洗手台上跳下来，把手机随手揣到兜里。

"你们现在的校长是我以前的班主任。开学典礼结束后,我留下和他多聊了一会,又去曾经的教室看了一眼。你也没放学?"钱唐拽出纸巾擦手,他又问我,"这里是男厕所吧,你怎么在?"

我伸手指了一下旁边飞溅水花的水龙头:"涮墩布呗!女厕所离我们教室太远了,我懒得走。男厕所离着近点,我以为没人就进来了。"

钱唐听完我的话,他除了平淡地点点头,什么都没说。

我再一次发现,这校友心理素质忒好。那一句成语怎么说?泰山碎了都不眨眼,也许,大人都拥有这样的冷静性格吧。

但像我以前接触到的大人们,比如家长老师教练这种地位明显高我一等级的大人,他们说话都等同权威。而我被多次惩罚后,终于学会阳奉阴违、暗中做事。眼前的人说话平声淡语,没有命令我,我总是乖乖又主动地回答了他的各种蠢问题——这不符合常理。

不排除我现在太闲的缘故,我提着拖把和桶,紧紧地尾随钱唐走出男厕所。

"我是一个体育特长生。"我主动告诉钱唐,"西中今年招生人数不够,我稀里糊涂地打擦边球考进来。"

他问我:"你的体育特长是什么?"

"空手道。"

钱唐终于像第一次听到我特长后的正常人一样,露出几丝惊讶,但也没继续问。

我再告诉他:"我昨天的摸底考试中交了白卷,所以班主任今天罚我放学留下做值日。"

钱唐这才点头:"真应该罚。"

我皱起眉,心想要不是自己还扛着拖把,就得当场扁他!

我俩边说话边走到了楼梯的分岔口。

钱唐下楼前，对我说了一句："既来之则安之吧，西中是一所很好的学校。再见，特长生。"

我沉默地目送这人下楼，将拖把从这只手换到另一只手的工夫，突然做了个决定。

"那个，那个，哎，那个谁，你对空手道感兴趣吗？"我喊住他。

钱唐已经走到最后一级台阶，他停住脚步，抬头看我。

我几步跑下楼梯，站到他面前，随后发现隔着两节台阶，我的身高依旧比他矮特别的多，再赶紧退回几步开外的台阶上。

我单手撑着拖把杆，居高临下地望他的眼睛。"喏，送你。"

等钱唐接过那两张已经被我揉得很皱的票，我干巴巴解释："这是两张空手道比赛的票，位置很好。嗯，你可以和，"我绞尽脑汁想了想，才说，"你可以带你的女朋友一起来看，挺好玩的。"

钱唐看了看我："为什么送我空手道的票？想为了你昨天踹翻我录像机而道歉，还是想谢我没把你放到迎新视频里？特长生，你昨天的态度还很坦荡嘛。"

我纠正他："我现在的态度也很坦荡吧。"

钱唐再从椭圆黑眼镜后面盯了我一会，笑着摇摇头："可惜，我这周六没时间，更没女朋友可带，去不了。"

我本质上是一个纯情少女，之前提到什么见鬼的女朋友，纯粹是为了装所谓大人范，不太懂这些关系。现在有点接不下茬。我只好若无其事地道："去不了？那你就扔了呗，反正，我没别人可送票。"

"你可以自己去看。"

我沉默了一会："不行。"尽可能把得意压下来，"咳，我自己是要参加这场比赛的选手。"

学校五点半提醒的铃声猛的响起来。我光顾着和钱唐说话没提防，被震得将拖把咣当脱了手，连忙俯下身去捡。

手刚碰到拖把时，我就听到头顶的钱唐笑道："得了，你现在终于给我鞠了一躬。特长生，你这道歉我算是接受了。"

我这次可听懂钱唐的讽刺。姑奶奶在捡拖把好吗，谁给他鞠躬道歉了啊！

我憋一口气，站直身体就想骂他占我便宜，但接触到钱唐的目光，突然莫名其妙地涨红脸，最后瞪了一眼钱唐，一句话没说跑开了。

本人的高中生涯，就是在这震撼巨大的打铃声中和前面桌椅传来的阵阵抖腿节奏里，正式拉开帷幕。

挺意外的，开学典礼上遇到的"德智美"和我被分到同一个班。4人再次见面都有点眼熟，但交情不到打招呼的程度，分座位的时候，我就专注地望着天花板发呆。

只可惜，依旧逃不掉小学生般的自我介绍。

15年中的第无数次，我硬着头皮面对全班同学说："……因为生在春天，所以父母为我取名叫，叫李……李，春，风。"

毫无意外的，底下响起一片窃笑声，有好事的同学还不知死活地扬起声音："呀，'春风'这名字可够可以的，俗话说春情澎湃——"

被我眯着眼睛望了一眼后，也就没声儿了。

"很高兴认识大家。"我面无表情地说。

同样毫无悬念，我被选上班级体委以及体育课代表。

看得出，大家都对我的体育特长充满好奇，但是重点高中的学生就这点好，同学之间都挺"得儿"的，绝对没人主动来问我这事，我也很乐意把话题锁定在"明天作业是什么""借我一支笔"，以及"你能别抖腿了好吗，坐在前面的同学"。

刚开学的课程没那么紧，我自己的空手道比赛就在下周。有时候下午最后一节的课懒得上，直接收拾书包跑去训练，班主任也对我睁一只眼闭一只眼。

"Hansoku-chui！"教练对我大吼，"李春风！！！李春风！！！李春风！！！"

这哪是春风啊，这简直是冬天般冷酷。

在教练的怒视中，我不情愿地收回自己的腿，略微退后几步。我刚才根本就没踹到对峙的学员，对方自己拼命往后退而中心失衡才跌倒的好吗？清洁大妈昨天没擦干净地面为什么怪我！

倒数 10 秒。九，八，七，六，五，四，三——幸好对方跌跌撞撞站起来，不然教练估计得再咬我一口。

我振奋精神，全身肌肉收紧，狠狠地往他胸口续劈。但在教练的手势狂舞下，我扫兴发现计分板示意 2 分钟前就结束比赛。嗨，还得准备下一回合。

等所有的训练结束，我把头盔和护胸扔在一边，平躺在道场的地面喘气，感受着汗水沿着额头和后背流下来的畅快。如果不是四周都是臭脚丫子和烂木头味，以及教练正沉着脸弯腰站在我眼前，我还能更舒服点。

"李春风！把比赛规则重新背一遍！"

这可难不倒我。我躺在地上十几秒就背完，什么攻击时不可过分触及得分部位，尤其喉咙部位——

教练打断我，皮笑肉不笑："记得挺熟啊李春风，那我们空手道的精神是什么？"

我挑了个最简单地说："身体、技术和修养的合一？"

"上一场的侧踢和最后抓摔是什么意思？"95 千克的教练一把就将我从地上拎起来，他吼我，"几天不见，不知道控制自己的力道了？"

我在教练手里挣扎着，随后死鱼样垂下手。

好吧，我得承认，我刚才在道场上时是故意犯规。但，对决中大家都戴着头盔和护甲，安全性明明很高，对方却总跟蟑螂一样缩着身体，东躲西躲的，既然这么怕疼就别学空手道啊？那家伙难道不知道，在对决比赛时故意逃避战斗，不让对手有得分的机会，也是空手道比赛犯规的一种吗（我真的没有开玩笑）。

但教练面前不能惹事，我老老实实地承认："对不起。我下次会注意。"

果然教练听我这么说就满意了，他数落我 25 分钟后，终于放我去洗澡。

我走出去前悄悄回头，看到教练又跑去痛骂我的软脚虾对手。切，真活该！

女士沐浴室没人，谢天谢地，我靠在白瓷墙上，任淋蓬头里的热水洒满脸，漫不经心地盘算着明天的比赛。

身为体育特长生的我，自然也不是白吃饭的，单论空手道吧，除了个别专业级别的，本市能成为我对手的青少年还真没几个。所以明天只要不犯规，胜利果实就像摆在餐巾纸上的炸薯条一样触手可得。

既然不用担心比赛，我就多余地操心了和我有两面之缘的老校友钱唐，不知道他在比赛那天会不会来。虽然他那天收下票，但我没抱任何希望。

根据以前的经验，大人都对这种未成年人类型的竞技比赛不屑一顾，更是鲜有亲自参与的。而且，社会上越是"成功"的大人越是如此，我早就习惯了。

回到家的时候，客厅的灯罕见是亮的，我有些疑惑地换了拖鞋，再顺手抄起门口的网球拍，悄悄走进客厅。

刚出差回来的爸爸正安静地坐在沙发上看电视，大概看到地板上我的影子，他警觉地转起头。

我立刻把网球拍藏到身后，有些尴尬："爸爸？"

他皱眉盯着我片刻："又到哪儿野去了？"

我犹豫一会，把3天前就发给我爸的短信内容说了一遍。

"哦，明天空手道比赛，你得参加训练。"我爸用那种对下属训话般冷冰冰和讨人厌的口气，重复一遍我说的话。他再转过头继续看电视里的足球比赛，完全没上心的模样："呵，小孩子玩个空手道，居然还有比赛。小打小闹的东西。"

然而我知道，我爸肯定憋不住问。

果然，我爸又开口了，他还故意装得一副漫不经心的样子："明天参加

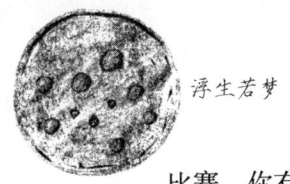

比赛，你有多少胜算？"

我立刻很得意的回答："稳赢啊！没有人是我的对手。爸你知道吗，其实本市——"

我爸咳嗽一声，他打断我的话："你今天作业写完了吗？"

我心沉了沉，收住话题："……还没。"

我爸的眼睛继续盯着电视，用那种介于责怪和命令间的口吻继续对我说："你啊，别总在空手道上浪费那么多时间，平常还是要以学习为主。这次你能考上西中，确实很不容易。原本，我和你妈还想把你送出国念书，没想到你中考发挥得很好——"

早在前两年，我爸和我妈就紧锣密鼓商量，想把我送到国外寄宿学校读书。我以为考上重点高中，至少能把这事先缓缓，但我爸今天居然又提起这茬！

我的心瞬间沉到脚底，索性打断他："我先回房间写作业。等妈妈回来后叫我下来吃饭。"

等独自坐在房间里，我开始在崭新的作业本上一笔一画地写自己的名字：李春风，李春风，李春风，李——

瞪着自己狗爬一样的字，我恶狠狠地用圆珠笔在名字上面打着叉，一直到圆珠笔的叉痕掩盖住了原来的笔迹。

打小我就最讨厌自我介绍，因为，我特别讨厌自己的名字。还有最后一句话，我始终憋在心里没说出来，那就是我特别特别讨厌给我起这个名字的大人。

我爸李京，在他春风得意的人生中，唯一不春风得意的事情，大概就是生了我这么一个不争气且总给他丢脸的女儿。

什么"生在春天"，他就给我取了"春风"这个狗屁名字！我心里明白，要是我哥还活着，我根本就不可能生出来！要是我妈身体能再好点，我早不知道多了几个弟弟！

眼前作业本被画得乱七八糟，只剩白纸的一角留下"李春风"的"风"字最后一撇，它零零散散地躺着，就像是一声冷笑，仿佛此刻正跟我说，小样儿的，你可屁都不是。

我狠狠踹了下桌腿，在钻心的疼痛中，换了个本子去写作业。

本人来年就要满16周岁，只能参加青年组比赛，周六的这场比赛是我最后能打的几场少年组比赛，因为确实就很重视。

日子很快到了比赛的那周六。青少年专场的空手道比赛场所，一般都是在清空了的篮球馆或乒乓球馆改成。开幕仪式上一群龇牙咧嘴的小孩穿着空手道服沿场跑一圈，代表各大道馆的旗号。

我在乱哄哄的帷幕里系鞋带，只看到旁边有个洋娃娃般的女孩走来走去地在打手机。"妈妈你到了？啊，你到这么早干什么？还有我说过，我只要你一个人来！不要带爸爸一起！什么？哥哥也来了？算了……我现在不想吃东西……我也不想喝东西！我不会受伤的！你不要一直念我了啊！很紧张！我挂了啊！"

我闻声望她一眼，她不好意思对我笑笑，自我解释般嘟囔句："家长真是很麻烦。"

我也只好说："可能吧。"

我经常参加比赛，本市练习空手道的同龄人几乎都见过，但我可以肯定从没见过她，否则这么漂亮的人物肯定留下印象。我只希望待会抽签时别抽到她，否则，殴打一个漫画女主角似的洋娃娃，有点负罪感。

开赛前，教练和我坐在角落里聊了几句。

我无精打采地说："没人看我比赛。我妈要去医院检查身体，不来了。再说，我没把亲友票给他们。"

"把票给谁了？"

"……高中班主任？"

教练点点头，我也点点头。

等抽签完毕后，我和抽签选定的对手从两端走上道场。

互报名字，彼此鞠躬，抬起身后一对视，我心里就哎哟了一声，眼前的还真是我在更衣室碰到的漫画女主角。近距离一看，这洋娃娃比我们班那个小演员更好看，而且该死，她比我高半个头。

洋娃娃朝我不可察地笑笑，神情从容，但目光隐隐又往观众席上瞟了一下。

空手道对决里，站在道场上不看对手是非常失礼且不专业的行为，洋娃娃能参加我这个等级的对决，按理说不是新手，怎么会犯这种低级错误？嗯，一定是觉得心虚打不过我，

我看她这样立刻安心了，但不知道怎么回事，忍不住也瞥了一眼观众席。

你猜，我看到谁？钱唐？是的，此刻我的校友真的正走进来，弯腰在后排找了个座位坐下。

但是，我绝对不是因为看到钱唐出现而感到惊讶，我居然看到我爸也正活生生地坐在观众席第一排，和坐在他旁边的家长一边握手一边低声交谈。

我爸怎么来了？他不是没票吗？他不是说今天开会吗？

我发现居然紧张到忘记说脏话，直到场外的裁判吹了响亮的哨子，体育馆安静下来，我才和洋娃娃双双收回视线。

戴上头盔的时候，我对自己说，李春风，千万不要输。

洋娃娃的中端踢位，可能是我遇到对手里数一数二的，而且她居然是个左撇子。前者不太麻烦，后者我有点适应不及。一招扫腿被她巧妙地避过去，比赛时间已经过半，我承认自己有点兴奋，也有点着急。

洋娃娃不弱，我倒不指望领先 8 分干掉她，但熬到时间结束，分高者获胜这招还是很有把握。目前为止，她落后我 4 分，而我眼尖看到洋娃娃腋下露出个破绽，连忙一步抢上去，洋娃娃迅速反应过来，但没用，哼哼，我的

手肘已经到了——

"Hansoku-chu!"主审的犯规警告立刻响起。

搞什么！！！到底在开什么国际玩笑！10厘米之内，只要我没碰到对方根本就不算犯规好吗！我俩距离有10厘米吗？不止吧！就算有，凭什么连个低层次的keikoku惩罚都不给我啊！

我扭头就朝着主审大声地嚷嚷，目光正好落在观众席，钱唐盯着我——他应该是专注地盯着我，不然干吗把椭圆形的眼镜取下来。

耽误的工夫，我没时间替自己辩解。主审一挥手。3名复审没有提出异议，计分板上已经少了2分。

一言以蔽之：恨。

我狠狠瞪一眼主审，他正好望过来，被我目光刺得顿时皱起眉头。

临上场前，教练嘱咐我要对主审放尊敬，不然会留下很差的印象分。于是我朝他翻了个大白眼，不甘地转回目光。

见识到我的招数，洋娃娃下一回合谨慎不少，进攻不像之前那么有冲劲，防守非常完美。我沉下心来，有惊无险地取了两个2分，看来赢还是没问题的——关键是别犯规。

我默念着这句话，手和脚都在合理范围内停住力道。得体，真是太得体了！我忍不住想夸自己，接下来的动作就要继续踹她下盘。

随着我气势汹汹地逼近，洋娃娃连续退后，她踩在地面的脚因为用力，从袜套中滑出来的脚趾，涂有亮晶晶的指甲油。洋娃娃可真闲啊！空手道比赛不允许带配饰和化妆，我觉得，涂指甲油也算化妆，那么她也犯规了吧……

分神的时候，洋娃娃找准机会进攻，一股劲风朝我扑来。我下意识出招抵挡，高段位踢出去，再反手将对方猛举而摔出去。

再然后，我的视线范围内除了裁判和其他正比赛的选手，就彻底没人了。

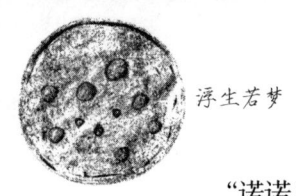

"诺诺！"一阵女声吃惊地喊。

与此同时传来的还有主审惊怒的声音："shikkaku！"

代表最高惩罚。

我呆呆地站在道场中央，难以相信。我居然这么输了，这梦真是噩！

两次严重犯规，我在今天整场比赛里彻底没戏了。

洋娃娃被我直接摔出了场外 1 米，但没受什么重伤。她和我握手退场的时候，风度很好地追问我："你很强。你是叫李春风吗？"

我默默瞅了她一眼。洋娃娃赢得比赛，但表情并无喜色。嗯，我略微理解她不高兴的理由，然而别指望我去同情她了。

等洋娃娃被她的父母前拥后簇地带走，我则被罚下场。教练还有别的学员参赛，现在也没工夫数落我，铁青着脸对我挥舞了几下手，翻译成人话就是赛后算总账。

我独自坐在长椅上，玩着长长的腰带。过了一会，感觉有人站在我面前。不用抬头看过去，就知道来人是谁。

我爸咳嗽一声："你那对手的父亲，正好是爸爸同事。他女儿身体向来不好，练习空手道只是为了强身健体，你要是赢了她，我也尴尬……所以，这样的结局倒也没什么不好。"

之前的剧烈运动，让我大口喘着气。大概是头脑缺氧吧，也没法清楚分辨我爸是不是真正想安慰我。不管是或不是，他傲慢强硬的口气，简直像当着所有人的面抽了我一记火辣辣的耳光。

我只能死命抠着手："对不起，爸爸，我输了。"

"你确实没做好。李春风，你应该长点教训，就算空手道也有自己的规矩。你不懂得遵守规矩，也怨不得别人判你输。"我爸照例在进行他那种老生常谈的说教，"唉，你要是男孩，我就把你送到军队里锻炼几年，真枪实弹地锻炼，等你出来后，自然就懂什么是纪律性，什么是服从组织性，知道什么是进退。但你是个女孩……"

我可能宁愿我爸直接抽我一个耳光。因为他说的话，永远就没有一句是我想听的话。是的，如果我是男孩，如果我能更争气点，如果我能跑回到几秒前把比赛结果改过来……

我爸在我旁边又沉默了一会，换了话题："累不累？喝点水。结果已经不能改了。"

我缩了缩头，因为心里那股执拗劲，让我没接我爸递过来的矿泉水瓶。

我爸就有点不耐烦："你现在什么态度——"但话没说完，他显然误会什么，因为随后，我爸想到了有一种"专门属于女人的专门情况"，他挺尴尬地说，"是不是不能喝凉的东西，那喝点热的？待会，我让秘书去附近买点红糖水……"

我爸对妇科知识还挺懂的啊，但我听了后简直头都能炸了。别说水，硫酸我都喝，我一把抢过我爸手里的矿泉水瓶。咕咚咕咚，一口气不停把整瓶水都喝完。

我爸皱眉说："慢点。"他咳嗽一声，"你也不要难过。比赛结果虽然输了，但我看你打得也不算差。想当初，我年轻的时候——"

再待下去听我爸说话，我简直就能疯了。

"爸爸，我现在想喝点热的东西，我能出去买点吗？"

我爸估计觉得我特别反复无常，他的语气恢复了熟悉的强势："哦，带钱了没有？"

我摇摇头，我爸从大衣里掏出钱包，塞给我几百块钱。

"那，如果教练待会问我去哪里了——"

我爸此刻估计也特想我从他眼前赶紧滚蛋，他说："我处理，你先去买水喝。"

我简直像小偷刚从牢里放出来，带着耻辱和我爸给我的钱，逃一般地奔出场馆。

这是周末的下午，城市里到处起着挺猛的秋风。老天爷有点像我爸，估

计看我特别碍眼,刚出门就被迎面刮来的沙子迷住眼。

我胃里灌的凉水,跑一会就只能停下,站在原地死命揉眼。

有人在背后叫我:"特长生?"

我勉强想睁开眼睛,但睫毛动动就生疼,只好朝身后的方向瞎挥手:"哎哎,带我去厕所成吗。我眼睛看不见……"

等我用清水冲洗完,抬起身子一抹脸,随后惊讶地张大嘴。就在镜子后面,照出身后一溜排洁白的小便池,墙上标语是"请勿尿在外,大便在隔间"。

我提高声音问带我来的人:"你怎么带我来男厕所了?"

钱唐把纸巾递给我,他淡淡地说:"我不像你,什么厕所都敢来。我只能进这么一个男厕所。"

我盯着他,极度怀疑这家伙在整我。不就因为我上次图省事,溜进男厕所涮墩布!但他不能把我带到女厕所门口,让我自己摸进去啊?

我沉默片刻,决定换另一个话题:"嘿,你可别以为,我刚才是在为输比赛而偷偷地哭!我就是被沙子迷住眼睛了!"

钱唐提起嘴角算是笑过了,此刻倒开始仔细打量我。

我真恨自己嘴贱,伸手就想挡住他视线:"行行行别看了,反正,我刚才真没哭……爱信不信。"

钱唐叹口气:"你哭什么?我才该难过。特长生,我已经被你耍了几次?先前骗我什么前排票,结果观众席总共就三排,坐的都是板凳。我指望着看你好好打一场,结果你又输了。"

我一愣,不由得垂下手。

钱唐接着问我:"为什么输了?我没看明白规则。"

我将光头教练天天朝我吼的话,依样画葫芦,跟钱唐讲了一遍。

空手道是基于严格精神约束下对身体的强健训练。抱、推、摔、踢等进攻只讲究技术上的意义,不可无故伤人。对决中如果违反以上精神,轻微犯规扣 1 分，再严重点扣 2 分。选手连续两次犯规，整场比赛都要挂掉之类。

"青少年比赛不允许触碰对方身体的，"顿了顿，我低声说，"我这次把她摔出去，犯规挺严重的，会被禁赛三个月呢。"

说归这么说，我没感到太沮丧。

反正被惩罚已经算是家常便饭，像是以前，教练让我围着操场跑 8 圈、10 圈、15 圈，差点能把我跑到吐血。但我现在的身体素质好啊，罚跑就罚跑吧，不让参赛就平时多训练呗，并没什么大不了。

眼前的这个钱唐就跟知道我琢磨什么似的，他评价道："不如罚你把规则亲手抄个 3 遍，再跟对方鞠躬道歉，估计你就能长点记性。"

我没理他。钱唐望着我表情，他再说："区区失利不足灰心，胜败乃兵家常事。"

我跟听天书似的看着他，钱唐笑了："我的意思是，你平时已经足够威风，别太在乎一次性的胜负。"

钱唐掉书袋的解释并没真正安慰到我。也许，"兵家"不在乎失败，但是，"李家"绝对不允许失败。说实话，我在犯规后根本都没敢看我爸的表情，那应该是一句非常形象化的"傻帽"。

但是钱唐说我"威风"，我多少爱听点，于是，我重新打起威风问他："你今天怎么过来了，你不是说没时间看我比赛吗？"

"做大人就有这么一点好处。当我们想有时间，就可以有时间。当我们不想有时间，就永远没时间。"

我不由愣住，看到钱唐眼睛略微露出点笑容，才知道他又在逗我。

世界上怎么存在这么恶劣的大人？我曾经特天真地以为，有资格上西中的人多少有点素质，但开学就碰上这种校友——所以我拼死拼活地复习考上西中到底为了什么？

突然间，有一个男人急速从外面冲进来，边跑边解裤子。他看到我后，顿住脚步："不好意思，走错——"他转身就退出来，几秒又闯进来，艰难道，"小姑娘，这里不是男厕所？你在这里干什么？"

钱唐递来张纸巾:"特长生,别难过了。擦擦眼睛走出来,如果你今晚没事,我请你在附近吃顿便饭。"

他这种对待小孩的姿态真碍眼。

"去你的!我没有难过,我也不跟陌生人吃饭。"我突然生气了,"你赶紧走,就让我自己待着!"

钱唐再微微笑了:"哎,所以我说你不聪明。"

闯进来的男人等得快疯了,也帮着钱唐提醒我:"小姑娘,你赶紧走行不行,这里是男厕所!是你待的地方吗?"

后来我大人有大量,还真跟钱唐远远跑去东四吃了顿火锅。

我原本不想去的,但走出体育馆,远远地看到我爸的专车正驶离门口,红色的后车灯一拐,就这么独自走了。

我呆呆地望着车牌号消失在视线里,孤独、失败感和耻辱感又重新回到心里,沉甸甸的,直到钱唐叫我上车才缓过神。

钱唐在一路上很识趣,他没继续逗我,就问了一句:"你叫李什么?"

"李春风。"

这次我懒得说什么生在春天的话,钱唐爱怎么笑话我的名字,就去笑话吧。

钱唐点点头:"我叫钱唐,"随后,他又很多余地补充,"你应该已经听过我的名字。"

我没吭声。是的,我知道他的名字叫钱唐,这可是西中校长在开学典礼上说的。

我觉得自己很倒霉,所以吃饭的时候全程黑着脸,幸好这一切都没影响到我的胃口。

等闷头涮完第三盘小羊羔肉的时候,我终于恢复点元气。

一抬头,钱唐正隔着热气腾腾的黄铜炉子,慢慢地喝凉水。他涮火锅的时候，摘下可笑的椭圆形眼镜，但不戴眼镜的时候又总下垂着眼，整个人再次显得不太好接近。

我突然想到，曾经看过的某部好莱坞电影，一外国男的，只要把眼镜取下来，就能在天空飞来飞去的——这电影叫什么名字来着？

钱唐帮我接下去："电影？《超人》？"

"对对对！"我把百叶、猪血、粉条一股脑地扔进辣锅里。

钱唐笑笑："第一次听到有人这么形容我。"

比起我，钱唐全程没吃多少，即使吃的时候也很小口。要说一男的，怎么才让我看不起？最容易的方法就是吃饭吃得很慢又很少，钱唐全占满了。这个人，除了说话隐隐刺耳，行为举止也像老太太似的不急不缓。

我嫌弃地看了他一眼，继续埋头吃火锅，过了一会想到是对方请客，不好总不搭理人家，于是努力回想西中校长对钱唐的介绍，就记得他是什么文字工作者。其他早忘了，也懒得想起来。

我就直接问钱唐："唉，你是干什么来着？很牛吧？为什么我们学校能请你回来演讲？"

钱唐略微一皱眉，过了一会才回答，"我就一编剧吧。"

编剧是什么啊？我装作很懂的样子点点头："当编剧赚钱多吗？"

钱唐微微提起嘴角："还能养得活自己。"

我不太相信钱唐说的话，虽然刚才一路上心情不好，但也注意到这人开的是一辆造型很奇特的跑车。我在小区里，好像也看过类似的一辆，听和我晨跑的保安说，那是英国限量款的什么什么牌子，总之价格死贵。

接下来的时间，我就不知道该跟他继续聊什么了。

钱唐一直沉默地坐在我对面，只有当我起劲儿地捞羊肉、粉条、章鱼丸、调酱料时，才帮我递一下空盘子和纸巾，其他时间从不主动搭讪。

但是你评评理，大家一起坐着吃饭，他身为大人，居然全程不开小差、不闲聊、不玩手机、不和旁边的人说公事，更不主动问我学习成绩怎么样想考什么大学以后想做什么工作——妈呀，这搞得我很被动啊！

过了一会儿，我又忍不了这种沉默，只好继续装老练的社会人跟他攀谈："哎，你那编剧的工作，具体是干什么活的？"

钱唐耐心地回答："编剧就是创作者，写剧本的。但我自己几乎已经停笔，更多的工作内容是雇佣和监督别的编剧完成剧本，然后选出——"他想了想，再简单说，"看过电视剧吗？所有演员的台词，以及剧情发展，都是编剧设计出来。一般而言，制作一部电影或电视剧，不止一个编剧。"

我再呼啦啦吃了一会，终于憋出一个新话题："那你都搞过什么电视剧？"

钱唐随口报出几个名字，如果我平常多看点电视，大概就会具体知道。但现在，我张口结舌地看着他。

他倒很善解人意："你应该没看过。毕竟课余时间里，你要练习空手道，还要学习——"

我很诚恳地截断："不不不，其实是我自己不乐意看娘里娘气的言情电视剧。我觉得那些都特俗、特没劲、特缺乏营养！"

钱唐仿佛对我高看一眼，他说："你平时读什么书？"

"……我也不看书。"

沉默了会，我终于极不情愿地承认："嗯，我一般写完作业，就跑去练习空手道。练习完空手道后就真的特别累，洗洗睡了。我平时不太爱看电视，也不太爱看书。"再勉强替自己找补了一句，"但我也不打游戏不上网不跟着别人瞎混啊。"

钱唐假惺惺地夸我："你还真是一个好学生。"

我忍了一会，愤怒地撂了筷子："那个谁，我没逼你今天非请我吃火锅吧？不就是那天不小心把你录像机踹翻了么，我都送票给你道歉。你干吗总阴阳怪气地损我？嗯，送你票说是前排票……这个也不好意思。"

钱唐却转了话题："我最近正好制作一部电影，原本想在你身上找到点高中生的灵感——"

我一愣，开始兴奋起来："哇噻，你想请我演里面的女主角？"

钱唐扫了我一眼，他收起一直挂着的笑容："你想当演员？只可惜了，我电影的背景虽然在学校，主角都是男人。"

"不不不，没关系，你可以把我当男的看，反正我知道自己不是女孩。真的，真的，我从小都没穿过裙子，也没有留过长头发，我都没有哭过——女孩做的事情我都没有做过，男孩做的事情，哼，我能比那些丑八怪做得更好！"

"两码事。我现在没有选角儿的需要。"钱唐打断我，语气更淡了几分，他再瞥了眼我碗里的羊肉，"话说回来，有一点你说对了，你这食量倒像个小男孩。"

我洋洋得意："别看我个子小，但我打从小就特别勇敢。别说吃火锅了，你给我端来什么菜，甭管什么，我都能给你吃得干干净净。"

钱唐没纠正我对勇敢的定义，他随口问："今天输了比赛，你还能有胃口吃饭？"

我重新举起筷子的手一停，一瞬间，真想将眼前沸腾的火锅全掀在钱唐脸上。这位西中校友的口吻很温和，但随口抛出的每一句话，怎么都跟刀子似的戳人心窝？

然而我也有不好。既然输了比赛，此刻也就不能怕别人说风凉话。

于是我没发火。我冷静告诉钱唐："对，如果把'输'比成一盘菜，只要别人敢给我端上来，我就敢一口一口地全部吃下去。因为，我这个人什么也不怕！我既然能赢，也就绝对不怕输！"

钱唐听我咬牙切齿说完，看了看我，再低头看了看锅。然后，他善良地提醒我："铜锅内的羊肉要煮老了。"

就在我慌手慌脚地捞肉，钱唐重新跟我确定了一遍："特长生，你之前说自己叫什么名字，你叫李春风？"

我很警惕地看着他。什么意思，难道他现在才想取笑我的名字？反应略慢了点吧。

"我只是想再确认一下，已经记住了你名字。"钱唐笑了笑，闲散地又喝了口凉水,"继续吃你的吧。"

除了吃得少,我还不太喜欢钱唐说话总留一半的作风。怎么,剩下的话头,难道打算攒着去换钱吗?

结果还真叫我说准了。等结账的时候,刷卡机出了故障,钱唐发现现钞已经不够交我吃的各种肉,只得问服务员附近的取款机在什么地方。

我在旁边扶墙站着,吃得有点撑,深呼吸一下就能吐。随手摸兜,就用我爸之前给的钱垫了火锅钱。

钱唐收起钱包:"待会去取款机,我取钱还你。"

"不用还。"我很慷慨,"就当我踹倒你录像机,和今天让你来看我输掉比赛的赔偿。"

钱唐不置可否,那表情估计还是打算取钱。

然而那天晚上又发生一件小事,我和钱唐暂时忘掉借钱这一茬。

我说完家庭地址后,他整个人就陷入沉默。等15分钟过后,跑车直接开到了我家门口,而我非常惊恐:"……就,你怎么不需要刷我们小区门卡?你怎么能直接就把车开进来了?"

编剧的社会地位难道有那么高了吗?不能够吧。

"我们是一小区的邻居,特长生,咱俩还真有缘分。"他麻利地停在我家楼下。

我非常迷茫地走下车,站在秋风中消了会儿食,突然间再次恍然大悟——我说呢!刚开始看到钱唐的跑车,感觉这么眼熟!钱唐跑车前档上挂着奇怪的平安符,这不就跟我总在小区看到那辆跑车里挂得是同一个嘛!

到了第二天上学,我半信半疑地拿钱唐的名字,请教了班里几名同学。

万万没想到,课间里总讨论博尔赫斯、康德和费曼的一帮西中优等生,(居然)对娱乐圈的事情也门儿清。他们全知道这名叫钱唐的校友,以及他的那些口水电视剧。

什么"收视率爆棚""金手编剧",有个自己的工作室,什么捧红的不知名演员比地上的蚂蚱还多。

连班里向来高傲的小演员都暂时抛弃神秘风度,跟我蛮有兴致地聊了几句。

我一边竖着耳朵听八卦,一边马不停蹄地抄着所有的笔记。

虽然和钱唐住在同一亩地,但随后一个月,我并没有在小区里再碰到他。

钱唐送我回家那天夜黑风大,我光知道钱唐的家貌似在C楼(或者D楼?),再多的也真不知道。而钱唐本人留下的唯一线索,也就是他那辆锃亮锃亮的小车。经过我仔细观察,车主大部分时间都不在家。

开学2个月,学校不动声色地来了一场"摸底"理科考。西中是市内首屈一指的老牌重点,上课节奏巨快,课业巨多,从来不补课,课余时间"显得"相对自由,但一考试,就露出狰狞本性。

我就告诉你一件事:西中出的试卷,从来没有选择题,都是简答题。

本人在体育特长生里属于异类,这表现在理科成绩还算凑合,我对"西贱"的作风早有准备,再熬夜做了足足6份模拟卷子,考场上连蒙带猜,最后考了个117(满分150分)。

我拿到成绩后,松了一口大气。我这成绩,在右脑过于发达的西中学生里绝对不算拔尖,但对于体育特长生,要求也向来不高。

羚羊身为学霸,直接考了145分(不知道这喜讯能不能让他回去洗洗头),其他同学考得有好有差。最悲催的是叶青,她是开学仪式捧花的那个小演员,卷面才达到我的一半分数。

西中的惯例是举行模考后立刻判卷,第三天讲完试卷后,中午放半天假让学生休息。

我独自做完班级值日,趴在椅子上把窗户关了,盘算着去校门口买个烤红薯后再去进行空手道训练。但回头一看，空荡荡的教室里，还有一个同学趴在课桌上动也不动。

我拍她："叶青？"

手劲可能有点大，叶青抬起头瞪我。这家伙上学肯定偷偷化妆了，眼角被眼泪一冲，就跟被人打了似的发黑，我赶紧退后，瓜田李下的，这还在禁赛期呢。

叶青被我的反应逗笑了，她揉着自己肩膀，冷冷地说："李春风，今天又是你值日？"

我支支吾吾了几声。值日这事，说来话长。某天早上，我迟到了。第二天早上，不小心晚点半个小时，到了第三天，我看起晚了索性直接逃了第一堂课——班主任数落了我几次，又不能因为这点小事出动我家长，索性罚我放学做值日。

叶青冷笑地损我："您每天不能受累早起床几分钟？天天迟到，是被罚出快感了？话说，您已经连续而稳定地承包班里一个多月的值日了吧？"

我脸色也不太好："你走不走呀，我现在得锁门。你要不急着走，临走的时候记得帮我锁门。"

叶青不说话，她沉默把小细胳膊下压着的鲜红色考试卷展开，再慢慢叠进书包："李春风，你陪我去片场好不好？"

我立刻拒绝："不行，我得去练空手道。"

"片场就在初中部，5分钟走过去了。我现在心情不好，你陪我一会。"

我和叶青的关系还行。我身为管出勤的体育委员，每天课间操时，都会默许叶青留在教室，不让她娇嫩的脸受任何风吹雨淋。叶青身为语文课代表，不管我在课堂上默写的古诗词有多烂，她给我登记的平时成绩永远是及格之上。

这样深厚的友情，不得不费力维持。

叶青边下楼边跟我轻声说："我下个月要接新戏。这么一耽误，肯定要旷课，一个月后还有次大考，我再考这么差……怎么办呢？"

"你不是有私人教师可以补习吗？"

叶青白我一眼："光补习不消化有用吗？我得跟我妈说，推迟或减少戏份。"

我真是不懂叶青的心思，她明明立志当演员，却这么努力地学习数理化。这也没什么用吧。反正，叶青以后走的是艺考的路线。

叶青振振有词："你懂什么？文化底蕴能增强演员对角色的理解，我以前在英国取景拍戏，知道很多演员都是牛津、剑桥毕业的学霸，我要向他们学习。"

这种事我倒有所耳闻。好像有一个英国人，最初是喜剧演员，后来通过他的不懈努力，嚯，居然当上总统了。

叶青蹙眉想了会："你说的是肯尼迪？他是美国人，根本就不是发生在英国的事情！"

我被她说得有点不好意思。后来在一次世界史补考中，我才知道那总统的名字叫里根，根本就不是叶青说的什么肯尼迪！

边说话间，我俩已经走到初中部。

那里还真像叶青说的在拍戏。空旷处围起帆布，挡着其他学生好奇的目光，透过简易门口，几个瘦高的演员穿着薄西装对台词，更多穿着便服的人高举着各种话筒、摄像机走来走去——这么一堆牛鬼蛇神般的人物，在校园里显得特别扎眼。

在这堆特别扎眼的人中，有一个人打扮得很不扎眼，但我又觉得他尤其扎眼。

我的校友兼邻居正坐在一个很矮的塑料马凳上，和七八个蹲在他旁边的人低声交谈。除了几个演员，就属围在钱唐身边的人最多。我不太懂演戏，但也隐隐觉得不对，按道理说拍电影，应该是导演的地位比较牛吧。

我还没琢磨明白，叶青已经走上前。清场的工作人员拿着她的片场入门

卡上和她本人比了又比，放她进去。

我想跟进去，却被对方伸手拦住。他板着脸："证件。"

等我掏出西中的学生证，对方却狂瞪我。叶青柔声替我求情："大叔，她就是我同学，想进来看一眼——"

"不行，场地里只允许剧组相关人员进入。"他生硬地把学生证塞给我，"走吧。"

我对拍戏有点好奇，但不进去也没什么大不了。就在这时，有人走过来附耳对那工作人员说了几句，不知道为什么，看门的人挥手就放我进了。

"你居然在拍钱唐的电影？"我后知后觉地问叶青。钱唐怎么又耍我。他不是说他的电影主角都是男演员吗？

"前天才得到试镜通知，好不容易得到的机会。"她苦笑，"我妈在那边，我先过去——"

叶青跑过去找她妈妈也就是她经纪人，原地剩下我一个人。

我还踩着西中土地，感觉却像进入另一个世界。没有同学，没有老师，地上各种电线插座板，椅子桌子上摆满纸张，腰间戴着对讲机，贴着工号的工作人员不停搬着机器来去，看到穿着校服的我都皱眉推开，却也没人有空盘问我的来历。

我下意识地去找钱唐，钱唐依旧坐在小矮凳上。他身边已经散开点人，却还剩下四五个人紧锣密鼓抱着笔记本电脑谈事情。

我站在他身后猛咳嗽，指望钱唐能回头看我一眼，但是钱唐没反应。再等了会，我又轻轻踹了踹他坐的凳子腿提醒，依旧没有回应。

我原地思考了几秒钟，决定转身开溜，反正也没我事。这时候，钱唐终于转过头。"李春风，懂不懂好好地跟人打招呼？"

他又对身边的人说几句，起身离开座位。

11月的天气已经冷下来，因为在室外工作，钱唐脖子上裹着深灰色围巾,戴着圆眼镜——怪不得,我第一眼看到他觉得眼熟,这人有点像哈利波特他爸。

钱唐问我:"今天这么早就放学?"

我挠了挠头:"刚考完试,放了半天的假。"

"这次又交白卷了?"他猜。

这人怎么不盼我点好,我没好气:"我及格了。"

钱唐皱眉:"说话真文静。"

我也皱眉:"不文静又能怎么样?我还不愿意跟你说话呢。我马上要去练空手道,现在还没吃午饭。唉,你吃饭了吗?"

钱唐却指了一下远处补妆和对台词的男演员,他轻声问:"你想不想要他们的签名?"

隔着挺远的距离,我只能勉强看到男演员,长相挺清秀,气质挺出众。但是本人不追星,因此一个明星都认不出来,更不知道为什么一堆初中生都聚在楼上,拿望远镜嘻嘻哈哈地看他们。

"他们又是谁?"我恶毒地问,"从韩国偷渡过来的搞笑艺人组合?"

不光钱唐,他身边的人开始哄笑起来。

我耳朵慢慢烧红了。这就是狼狈吧,每当自己不假思索地说了什么傻话,大人们都会露出这平静的笑容,就跟看到你脸上画有个大王八,而且永远不打算告诉你一样。

钱唐似笑非笑地回答:"特长生,我发现你每次开口说话,都在触碰很危险的话题。"

我不发一言,准备转身往外走。钱唐收起笑容,从旁边的矮桌子上拿了两根香蕉一盒牛奶,装个袋递给我:"带到路上吃。"

这人难道真把我当成小孩了?我皱眉坐在公交车剥香蕉皮,突然意识到自己忘记买地瓜了。而就在我拿牛奶的时候,从袋子里面掉出张名片。

我捡起来。"姓名+手机号"的简单设计,钱唐什么时候放进去的?是故意的还是巧合?我瞪了它好一会,决定丢在一边,开始咬牛奶的吸管。等

下车后，再把名片和食物垃圾潇洒地投进垃圾桶。

……好吧，我承认我也没那么潇洒。换空手道服前，我谨慎地给完全印在脑海里的号码，发了条短信："嗯，我是李春风。"

剩下的训练，我每隔5分钟都冲下去看手机，被教练大吼了好几嗓子才消停，但等学了一个新上盘进攻，就把整件事都抛在脑后。

第二天清晨，我被手机闹铃吵醒，钱唐的回复短信已经躺了一整夜："好。"

那天早上，我罕见地没有迟到。班主任不得不临时调了一个小组，进行放学值日。

"李春风你居然不迟到了！"同学对我刮目相看，只有做值日的小组仇恨又忧伤地望着我，"李春风你居然不迟到了。"

"好！好！好！"我笑着回答，仅仅因为钱唐给我发的一条"好"的回复短信。

钱唐在我的手机通讯录里的名字，经过我的百般思考，就叫钱唐。

假如我妈看到，少不得数落我没礼貌，说我对长辈不用尊称之类。问题来了，钱唐属于我的长辈吗？编剧到底是做什么具体工作的？

这些我都完全不知道，我只知道，如果我叫钱唐为"叔叔"或"哥哥"，他和我的脸色都会变得非常非常精彩。

算了，爱谁谁吧。

钱唐带领他的电影大队，在初中部继续拍摄工作。我偶尔路过，没有凑上去看，也不知道钱唐是否还坐在矮凳上。

不知道其他高中生如何，反正我每天的基本生活是由睡觉、上课、空手道、抄作业和眼睛疼所组成。至于我的友情观，连好丽友派都达不到，再多的也真不懂得怎么做。

因此某天下了晚自习,我坐公交车回家时,车窗外面晃过一个长得特像钱唐的人正坐在马路边。我第一反应,是阴天里无聊到眼花,要不然就是我喜欢上他了。

幸好,两种情况都没发生。

我提前跳下公交车,好奇地往回走。

有人手里捏着黑框圆眼镜的镜腿,跷着二郎腿坐在行人长椅上,正在独自出神。

我像苍蝇一样在钱唐身边来回转了几圈,终于百分之百确定是他本人。嗯,怎么打招呼显得我比较文雅?

"嘿,你要不要还我火锅钱?"

钱唐停顿了好一会才转头,他那古怪模样,不像等人也不像发呆,倒跟我在语文课上的状态差不多,肉体还坐着,灵魂早飞升了。

"李春风?"他认出了我。

钱唐有点奇怪,他的声音微微沙哑,话说得又慢,字就似键盘样一个一个敲下来。又过几秒,钱唐仿佛终于彻底缓过神,目光聚到我身上:"你放学了?"

我翻了一个白眼:"不,我准备背起小书包,放火烧西中。"

钱唐没有笑,他问我:"身上带钱了吗?"

我万万没想到,见面不到几次,钱唐居然敢向我借钱。

但等他用指尖点了下我掏出来的 10 多块钱,轻皱了下眉头,还有点看不太上的样子。他把皱巴巴的钱还给我:"你到前面小卖部,帮我买几罐啤酒。"

我呆了几秒,钱唐怎么这么自然地指使人呢?何况,我还是未成年人,他又怎么能让我买酒?

钱唐便问我:"你多大岁数?"

"我才 15 岁啊!!!"

他漫不经心地说："已经15岁，具备大部分民事行为能力，怎么还嚷嚷自己是小孩。若是在古代，也已是及笄之龄。"

"……及，及什么，"我没听懂他在说什么，皱眉道，"你结巴个屁？"

钱唐听我骂脏话，一言不发地看着我。他并不喜欢在脸上摆太多表情，但也不会让人觉得特别不近人情。但今天的钱唐比往日更古怪，显得心不在焉和冷酷。

天色暗下来，我被钱唐沉郁的目光打量到有点瘆得慌，结巴说："……你，你没事吧？你总看着我干吗？"

钱唐没来得及回答我，上方的天空突然传来一阵轰雷声。今年最后一场秋雨猛然倾泻下来，特别冷，特别大。

我原本应该舒舒服服地在家写作业，却因为该死的好奇心，不得已和钱唐困在小卖部的屋檐下躲雨。

我没穿外套，只穿着校服和毛衣，冻得直打哆嗦。钱唐便把他外套脱了递给我，我嫌弃地把薄西服拧成一团，想当围巾绕在脖子上。

钱唐冷眼看着我，他终于开口："特长生，我这西服很贵。"

我嫌他小气："不然我还给你？"

钱唐已经自己买了啤酒，他一边用下巴夹住冰镇啤酒罐，一边掏出钱包，用食指和中指点出几百块递给我："这是上次欠你的火锅钱。"

我一时觉得，钱唐夹酒递钱的姿势有点帅气，一时又觉得他难以置信："喂！你身上不是带了钱包？有钱为什么还要找我借？"

他平静说："不想破整。"

我张了张嘴，吧唧再闭上，下定决心不和这个人多废一句话。

天空黝黑得不行，秋雨就像打了鸡血似的冲刷地面，雷声神出鬼没地炸着，每一声，都能让我头皮发毛。

肩膀上的书包非常沉，一个劲地往下滑。我郁闷地琢磨，现在应该顶着暴雨走回去,还是站在这里等着雨停——两个选择都很丧气的样子。

我正在心烦意乱,鼻子突然闻到一股绝对不属于我的香水味。很淡,不难闻,让人安定,来自脖子上缠绕的西服。

西服主人正站在我旁边,慢慢抿着手里那罐啤酒,目光不知道飘到外面的什么地方去了。

我趁着这当口,再仔细打量这位西中校友:身材高且瘦,却和班里马猴样的男同学完全不一样的物种。衣服干净整洁,总是带着一股神秘气息,嗯,眼睛又黑又深,很好看——等等,钱唐也正在平静地回望我。

我没来得及转开视线,再次听到巨大的心跳声。该死!"摘了眼镜后有魔力"这个梗,不是只有在电影上才出现?

钱唐突然轻声叫我:"李春风?"

我尽量深呼吸:"干吗?"

"等你将来结婚,记得告诉我一声,我会送你一份很贵的嫁妆。"钱唐口吻淡淡,就像在说什么再平常不过的事。

我下意识地先答应了,等到回过神,脸颊立刻滚烫,随即一种被冒犯的愤怒感直烧到胸口。

我脱口而出:"谁他妈结婚啊,你别胡说——"

钱唐突然皱眉扫了我一眼,原本温和的神情顿时冷下来。我不由得打了个寒战,下意识把话咽下肚。

不知道为什么,我变得小心谨慎起来,倒不是怕钱唐翻脸,只是讨厌得罪他。

我勉强忍气说:"你乱讲什么!我才几岁,而且,我是不会结婚的!"

钱唐罕见地没攻击我,也没嘲笑我的结结巴巴。他只是点了点头,又继续安静地喝那罐酒。

我瞪着钱唐。从我俩第一次见面,这家伙就在我面前摆着一种淡定,一种高冷,一种居高临下和一种浓浓的做作姿态。然而,我好像没法真的生钱唐的气。

钱唐刚刚独自坐在马路边,他眼睛里露出那种思索的表情,如果我文采好一点,也许会形容为"忧伤",但我脑海里所能想到的高级形容词,也就只是"茫然"。

他怎么了?

我试图缓和两人的气氛。
"你今天为什么坐在马路上?等人吗?"
"你为什么想喝酒啊?"
"你多大岁数来着?"
"你是今天失业了吗?心情不好?"

钱唐却只喝酒不说话,搞得我这么直爽的人,都有点忘记耳边讨厌的雷声了,只好再退后一步:"得了,我以后会尽量结婚。真没见过上赶着送礼的。脑子有病吧。万一我不小心结婚了,一定最先通知你,让你送我礼物行吗?编剧很有钱吗?我能找你要车要房?你能捐个体育馆给我吗?你今天怎么了,跟我说话呀,别总摆出这么悲催的样子。"

钱唐漠然地喝空第4罐酒,除了喉咙微动,他对我的唠叨完全不回应。

我终于暴躁起来。姑奶奶本来脾气就不好,今天作业没写完,现在还因为下雨没法回家。还有,这人凭什么总是乱问我问题?姑奶奶连期末试卷上的题目都不知道呢,结婚简直比高考还要远。钱唐岁数比我大这么多,独角戏轮不到他陪我玩。

我冷哼一声,扭头进小卖部,在柜台上抓了一把雨伞。但付钱前,我犹豫了一会,又伸手多拿了一把雨伞。

等交钱走出来,门口的钱唐已经把啤酒都喝完,正抽出张纸巾,很自然地擦手。他那动作很讲究,却也不娘娘腔。

不知道是不是喝了几罐啤酒的作用,等钱唐再抬眼看我的时候,我发现他依旧面无表情,但眼神那股有点厉害又带点平静的东西恢复得差不多了。

"你真喝光了全部的酒?"我踢踢地上空的啤酒罐头,再好奇地追问他,"你到底怎么了?俗话怎么说来着,你有什么不开心的事情,说出来,让我开心一下?"

钱唐随手戴上圆框眼镜,整个人又恢复成弱不禁风的文艺男青年形象。他接过另一把伞,作势要敲我的头。

我立刻退后几步:"你干吗?"

钱唐"啪"地撑开了伞,一个跨步,走进了外面的倾盆暴雨之中。他西装裤挺括,神情淡漠。他转头问:"回不回家?"

"那,那就走吧。"

雨幕里,我俩这么一前一后地安静走回小区。

等晚上洗完澡,我想起钱唐今天的话,随后在草稿纸上写自己的名字。

李春风,李春风,李春风……唉,这个糟糕的名字,估计会陪伴我一生——那还真是了无乐趣的一生!如果我能够顺利结婚,收到请帖的人一看到新娘的名字,肯定就会先笑场。真烦人!

我长久地趴在书桌上,怎么都打不起精神来,直到我妈的脚步在走廊里响起,才抓起笔假装做题。再过了一会。我发现自己无意间在纸上写了两遍钱唐的名字,吓得赶紧撕了。

窗外依旧传来雷声。无论多么严密隔音的窗户,都不能完全堵住这讨厌的声响。

手机里的天气预告说,秋雨估计要下一夜,明后天好像也有雨。

我放下手机,撑着腮想,钱唐今天怎么回事?他回家后会做点什么呢?他是只有今天这么奇葩,还是平时也这么古怪?上西中到底有没有前途?钱唐高中时洗头吗?还有我明天早晨吃什么……

我思考着这些和那些的深奥问题,困意一阵阵袭来,索性放弃写剩下的语文作业。

而以我的人品,第二天偏偏查语文作业了。本人的班主任就是语文老师，可以想到，我又开始罚做值日了。

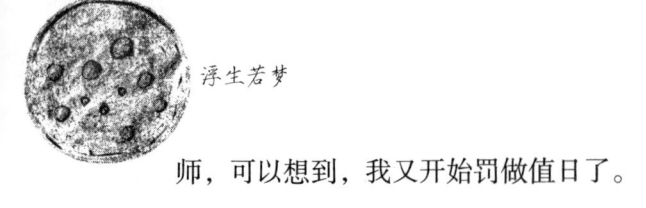

钱唐那晚的异样，对我来说，就像语文老头偶尔激动时露出奇怪的口音。

我们语文老师会声情并茂地说"一层秋雨一层凉"，虽然我没听懂，但感觉传达了很厉害信息，因此在同学们都窃笑的时候保持沉默。

更何况，刨根问底这行为挺蠢的。我不是不懂。

从小到大，除了"你名字真有个性"，我还忍耐过一堆的愚蠢问题，就比如"李春风，你是不是还有个妹妹，叫李秋风、李冬风"。

去你的。没有，我没有妹妹，但我的确有一个亲哥，他有个非常像样的名字，叫李权。

李权比我大4岁，传闻聪明又漂亮，刚出生都自备胎毛，但在2岁那年生了场重病，突然死掉。

我妈经不起打击，一病在床。姥姥家和奶奶家的老人们互相指责，差点闹得老死不相往来。我爸独自摆平这些乱七八糟，原本想从亲戚那里过继一个男孩子，但我妈检查身体时发现有了我。

我很健康，而且我的出生，基本是以毁了我妈的身体健康做代价。

小的时候，我妈经常需要去医院静养。我爸一把屎一把尿带我长大，我怕雷声的原因很简单，你要是有这么一个爸爸，总讲惊悚的睡前故事，"现在已经开始下雨，每一声的雷都是生命倒计时，所以再不上床睡觉，你会双眼流血而死"。简直毛骨悚然！

假如我哥现在还活着，他像钱唐这么瘦、吃东西这么少，甚至还当了什么"编剧"，我爸绝对会率先疯掉。每次一想到这个，我就感到特别搞笑。

爸爸坐在对面，他盯着我："吃饭就吃饭，傻乐什么？"

我虽然吃饱了，还是"嗯"了一声，装模作样地继续动筷子。

我爸又说："我明天要出差，你在家好好做功课，照顾一下你妈。"

"行，我最近没什么事。也不用练空手道。"

我爸抬起眼皮，严厉地看我一眼，估计又嫌我吃饭时候说话太多。

我在学校，本来想找叶青问有关钱唐的事情，但每个课间总是急急忙忙地补作业和抄别人的笔记。等到放学，教练给我发短信，通知我禁赛期过了。

这表示着，我又可以名正言顺地上台打人了。

好不容易熬到周日，时针刚指到四点半，我就从床上窜出来。

下过几天秋雨后的小区，飘着一股说不清的潮味，地面落着一群早起觅食的麻雀。我转弯前先习惯性地瞥了眼车位，钱唐的车居然稀奇地停在那里。

跑车的车窗被贴得乌七八糟，也看不清楚里面状况。就在我鼻子贴近车玻璃，拼命地想往里面瞅的时候，车窗无声地降下来。钱唐本人正坐在驾驶座上，他正喝着咖啡，眼睁睁地望着我。

吓得我嗷的一声，不假思索地就蹦到三尺多高。接着，全小区都知道我最常用的口头禅是什么。

"想偷车，特长生？"钱唐笑着问。

我哑口无言地看着眼前的钱唐，他精神饱满，完全看不出这是曾经孤零零地坐在大街上再拐骗高中生给他买酒喝的人物。

钱唐抬起手看看表，他再问我："今天是周末，你出门这么早？"

我缓过神："我当然去练习空手道了！"

钱唐"嗯"了声，继续任我打量。如果我现在有尺子，一定能量出钱唐对我的态度，和他之前在操场上、在男厕所里、在火锅店里，都没有任何偏差。如果不是地面依旧湿漉漉的，我甚至怀疑前几天下雨，我撞见他露出的那一丁点软弱都属于错觉。

我愣了一会，很恼羞成怒地说："那你呢，你刚做贼回来？！大清早的！你又蹲在这儿干吗呢？"

钱唐说他马上要赶去拍摄片场，等问清我去哪后，还主动提议把我捎到道馆。

我在路上问他才知道，我以前没在小区看到钱唐的车，是因为他起床的时间比我早，休息的时间也比我晚。总而言之，他就是个社会上的大忙人。

钱唐说："刚才我还想，哪个晨练的男孩直奔着我车前来了。等一走近，才发现是你。"

我刚想骂钱唐眼拙，侧头看到车窗玻璃上自己的倒影，忍了忍，没说话。

我现在套了个羽绒服，里面直接穿空手道服，像是只有天冷才穿内衣，例假不规律到半年一次，初中时接到几封情书，最后以我亲手打跑了那些白痴女生还被记了个处分为结局。虽然我不乐意承认自己是女孩，更讨厌身为女生的这个事实，但听到钱唐评价我像男生，却隐隐觉得他是个彻底的浑蛋。

钱唐淡淡地继续说："女孩有点英气好，办事不容易迷糊。"他接着问我什么时候训练完空手道。

我摸不清楚钱唐的节奏："你还想来接我回家吗？"

钱唐沉吟片刻："你不是存有我的手机号，等你训练完后，给我打个电话问问。看我到时候有没有时间接你。"

去他的吧！我摔了车门。

等在道场里，教练轻易地就将我蹶到地上："什么狗脾气！"

身边的人惊恐地回头看我们这边，我揉揉屁股站起来，回瞪着教练。

"李春风！这个错误动作，你还要重复几次？！"教练又在臭骂我，但他的神情并不那么生气，"瞪什么瞪！还嫌自己眼睛不够大？说不听了还？"

我抹了把脸上的汗水，咬牙切齿地朝他扑过去。

每当教练向新学员介绍我，一般还要阴阳怪气地补充句，"你们别学她，她向来走不要命的路子"。

我想，教练的记性一定被野狗吃了。早在当初，教练完全看着我爸面子才允许我旁练，我岁数最小，身体素质最差，真没少受数落和白眼。但是呢？练到现在，同阶的 15 个学员，没有一个再能打得过我。

教练惆怅地说："过段时间，我会让更高段位的人来带你。你很有潜力。"又翻脸数落我，"李春风，你也是年纪不小的姑娘，这个性怎么总是那么暴躁？你跟谁有仇啊？"

我全部当成耳边风，继续抬头，狠狠地踹眼前的假人靶子。一下，两下，三下，四下。

世界上最扯淡的就是闪闪躲躲，含糊其辞的作风。哼，难道要我像钱唐一样"委婉"？钱唐居然敢说，"给我打电话"，如果我肯主动打电话，早就让家里人来接我了。他算老几？

6 个小时的强度训练进行到四个半小时，教练像往常一样，把我撵出来。

"再练下去，你明天还能有力气去上学？"

我觉得自己还有无穷的劲头，但等到站在场馆外的大风里喘气，眼前确实有点发黑。

我平常爱坐公交车，顺便在路上买早餐，但今天钱唐送我来，自然没得空买东西吃，现在一阵阵饿得慌。

体育馆门口有摆摊，卖黑米糖葫芦和糖炒栗子。我摸摸兜里的零花钱，如果打车回家，就不能吃糖葫芦和糖炒栗子；如果吃糖葫芦和栗子，我又得走老远老远才能坐公交车。

我舔着糖葫芦上的透明糖皮，思考几秒，决定多买 3 斤糖炒栗子。

等都买齐活了，我拉拉毛线帽子，揣着热乎乎的栗子准备一口气不停跑到公交车站，但一回身的工夫，发现钱唐那辆拉风的跑车正安静停在马路边，而钱唐好笑地看着我。

一瞬间，我真的很难形容自己的感受。

钱唐的每次出现，都像是一场幻觉，让人莫名兴奋更让人迷茫。如果我

不是一个女生，真想跑过去隔着车窗亲他一下，确认他的存在。

"我原本想在场馆外面逛一圈，看到你就接上，看不到就不管。这还真就碰上了。"钱唐的口气也很惊奇，他顿了顿，接着问，"特长生，你不会主动打电话让我来接你吧？"

他用的肯定句，我也就点点头。

钱唐听完后，他也很平静地评价我："看来，你的个性还是很迷糊啊。"

我依旧听不出这人的话是同情还是讽刺。

成年人有车就是好，等钱唐开到小区的时候，天都没黑。这一次，我终于打听清楚钱唐家住在哪，C排3号楼（没准从我卧室阳台望出去，能直接看到他家小院，回去后得赶紧找望远镜）。

原来小区里，每年春天都被我摘秃的桃树也是钱唐家的。如果我不是每次走路的时候总戴耳机，眼睛垂着看地面，说不定早认识这号人了！

"你想进我家看看吗？"钱唐看透我心思。

我摇头，又想起来一件事："那个，我有你的号码，那以后我能没事就给你打电话吗？"

钱唐毫不在意地回答："如果你真的有事，可以打。"

这人说话怎么永远一个调调，把拒绝都说得那么委婉。我忍不住翻了个白眼，抬头把手里的纸袋给他。

钱唐估计被我上次空手道送票送怕了，先问我是什么。

我有点局促地挠挠头："我刚刚在路边，不是买了一包糖炒栗子？我现在帮你把栗子皮都剥好了，你回去后，直接吃仁儿就可以，还热着呢。就……我送你栗子，是想谢谢你今天接我回家。"

在钱唐诧异的视线里，我拿着装栗子仁的纸袋，就像提着一只活蹦乱跳的白兔子耳朵。

几次相处，钱唐没有对我摆出任何成人架子，但是从偶尔聊的话题，车内听的音乐，见识过一次的工作环境，以至于他穿着黑色大衣站在不远处盯着我——我都能明显感觉出来,和眼前这个人相比,我略微有点不大成熟。

钱唐在我抓狂的前一秒,他接过纸袋:"谢谢你的栗子。李春风同学。"

我若无其事地点头。

第二章　他是钱唐

我妈早上为我准备早餐，她奇怪地问我："小风，最近上学怎么去得那么早？"

我低下头，含糊"哦"了声。

我妈再用软绵绵的手摸我的额头："最近都在降温，天天坐公交车累不累？让司机叔叔送你吧，坐你爸的车也行，他反正不在家。"

我躲开我妈的手："我爸肯定不愿意，他老嫌我娇气！"抓起三明治，"走了先！"

出了小区门一路狂奔，钱唐的车正在路口等着我。我气喘吁吁地拉开车门："不好意思，我不是故意迟到的，我妈非拉我说话！"

钱唐瞥了眼我手上捏扁的三明治，启动他拉风的车。

我问他："你的跑车为什么都没有声音？电影里那些跑车，开起来不是都会轰轰隆隆的响吗？"

"这里有一个按钮，关了后就没声。开着声儿太扰民。"过了一会，他又说，"你慢点吃，我给你拿了一个冬柿子。"

我美滋滋地侧身拿过来："洗干净了吗？是你自己家院子种的柿子吗？"

钱唐冷冷地说："超市里买的。"

我再傻笑一会："你这人真有意思！"

钱唐最近因为拍电影取景，总在我们学校出没，我也就勉为其难搭他车上下学。付出的代价，就是每天早起床将近两个多小时。

这种反差估计有点大。你想想，每天原本最后一个来的人，变成每天早上第一个来的，经过学校看门保安的强烈反应，班主任只好把班里钥匙交给我。

周一的操场上，旗杆光秃秃地站着。我冻得把手缩到校服袖子，回头看到钱唐停住脚步，从口袋里掏出个小本子记录什么。

要说钱唐像大人，他符合我内心有关大人的一切定义。但有时候，我又觉得钱唐像个春心泛滥的小丫头，有随时记录心情和所见所闻的娘炮习惯。

我自己从不乐意记录。一来懒；二来如果有东西记不住，我就任它忘掉，绝不会刻意想起来（这也可以解释我语文成绩为什么那么低）。

钱唐听我说完这个理由，又开始在本子上写："……诚然，山之光，水之声，月之色，花之香，文人之韵致，美人之姿态，皆无可名状，无可执着，真足以摄召魂梦，颠倒情思——李春风。"

……天啊！

我最初怀有偏见，觉得钱唐肯定不是一个从事正经职业的人，比如学习不好，才跑去娱乐圈这种地方当编剧，但后来悲痛地发现，钱唐在西中读的也是理科重点1班，他还是他们届高考理科三项总分第一。

钱唐随口告诉我，他之所以进入编剧行业，完全出于偶然——偶然？偶然？！为什么我做语文倒数第二道阅读题，都会不偶然地开始犯困？

钱唐从我第一次遇见他，他就是大忙人。一般放学时，我给钱唐打个电话，没人接听就说明他正忙，自己老老实实地坐公交车回家。

后来有一天，钱唐得空接我回家。走去教学楼的停车场的路上，两个高年级女生从阴影里跳出来。

"请问，钱先生能给我们签名吗？"她们眨眼就掏出两本书和笔。

我看了眼对方的校服袖口：西、中、高、三、生、放、学、都、不、补、课、吗？这也太放得开了吧。重点高中对待高考生都这样，像我这种学习不好的很担心啊。还有，她们找钱唐签名？认错人了？钱唐又不是电影明星。

钱唐好像见多了这种事情的发生，他自然地接下书。就在这时候，离钱唐最近的那个长发女生，突然踮起脚尖，轻轻亲了他低垂的脸一下。

这动作大概费尽这位眼瞎学姐的所有勇气，随后，她捂着脸哭起来。

"对不起对不起，我不是故意的，我真的我真的真的很喜欢你写的……"

在场的我，以及另一个高三学姐彻底惊呆了。反正我是惊呆了，手背起了一层鸡皮疙瘩。另一个学姐迅速搀扶住朋友的胳膊，懊悔加羡慕的样子。

4个人之中，唯独被亲的人缺乏反应。整个过程中，钱唐自始至终连眼皮子都没抬，他迅速地签完，迅速离开。

我坐在座位上感慨。

钱唐这次没有数落我，他安静地开车，对于之前的强吻事件，看不出心情更好还是更糟了，只是维持漠然。

"听说，艾滋病是通过口水传染的。"我幸灾乐祸地告诉钱唐。

钱唐转头看看我："特长生，系上安全带。坐在副驾驶座的死亡率比口水传染艾滋的概率更高。"

"……那我要换座位，我很宝贵不能死。"

钱唐扫我一眼，眼神有点发凉。但我可不怕他，直直地瞪回去。我有些挑衅地问："刚才的那事老发生？"

"偶尔。"钱唐承认，语气里完全没有炫耀或者鄙夷。车窗外的路灯照在他侧脸上，我听他慢慢地咬着字，"总有一些小女生，热衷明珠暗投。"

我怀里的书包里有这次数学作业，老师打分是5-，正好和我给钱唐侧脸打的分数一样。而我书包里同样还有这次发下来的语文作业，老师的打分是"0，重写"，也正好就和我给钱唐的人品打分一样。

我这人其实也没啥人品。

我从小被我爸当男孩养，空手道、野外拉练、打枪、童子军训，一个都没落下。等到我爸突然意识到，我永远不可能变成男孩，再一脚把我踹给我妈。

直到现在，我不乐意读书也不乐意看电影，对时尚、化妆、文学、星座一窍不通，因此跟正常同龄女生不太能聊得来。至于男生，西中的男生，基本属于学霸和怪物。

比起他们，我更乐意和这个作风不正派的钱唐在一起，而且，我自认他是我朋友。钱唐是我在高中交的第一个，也是目前为止唯一一个朋友。

就在我俩的友谊如火如荼地发展到第二周，我对钱唐越来越好奇。钱唐冷不丁地说："特长生，我在你们学校的取景已经结束了。"

我缩坐在他车里，研究着英语课本的"现在完成进行时"（早上第一节课就要考试的英语老师应该头上封着油漆桶从101大厦踹下去——）。

"现在完成进行时"的概念是，从过去开始，持续到现在说话这一秒，有可能刚刚停止，也有可能继续。我把刚才的概念读了两遍，扭头看他。"你的电影拍完了？"

"没拍完，但现在要去别的地方取景。"

我叹口气。得了，看来又要把班级钥匙还给班主任。不知道面对这个转变，是班主任还是看门大爷比较伤心。

"以后你要自己坐车上学。"钱唐继续说，"这是我制作的第一部电影，所以很上心。到时候电影上映，我送你首映票。"

我对他的电影和事业完全没兴趣："为什么我要去看你的电影？"

钱唐眨眨眼："因为它是我写的。"

我关心别的："我以后还能给你打电话吗？"

他笑了，用轻快的调调来敷衍我："如果有事的话，你当然可以打。"

和钱唐一起消失的，还有应邀在他的电影里演一个配角的班花叶青。

不同于抓不住行踪的钱唐，离我日常生活更近的是叶青的空桌椅。而叶青一走，我只会默写背诵段落的开头和结尾这个事实，被无情揭露。

我们班主任是一名从来不看《动物世界》，但据说把《史记》读了3 000遍的人物。他对惩罚我有点打不起精神，招了招手，让班里的"羚羊"学霸监督我放学后把课文背熟。

我看着眼前一丝不苟地梳着羚羊角发型的学霸，开始长吁短叹。

说真的，我在学习方面遇到的最大障碍，就是头脑清醒时也不愿意看书，更别说，我上完一天头晕脑涨的化学课。

我正思考怎么溜走，羚羊开口了。"李春风，你回家吧，我跟老师说你已经背会了。"他抬抬眼镜，"这段课文背不背都行。反正现代文的背诵段落，在考试里出题概率很低。"

我不相信自己的耳朵："你不监督我背书了？"

羚羊的表情很为难："你还真想背书？那你十五分钟能背下来吗，我五点半约好公会要上线，不能迟到。"

我憋了一会："……背不下来。还有，什么公会？"

羚羊急着回家，没解释就匆匆走了。而我感觉中了彩票，迅速收拾书包。

我生怕羚羊反悔回来找我，不敢从前门走。但在溜出后门时，有几个西中初中生举着DV，假模假样地拍摄什么"小学升入初中的感言"。

这些小孩子自来熟地叫住我："学长，有没有空对我们说几句？"

除了把我认错性别，小孩们居然问了我开学和钱唐一样的问题。我想了很久，在简陋很多的短镜头前一字一顿回答："西中是个好学校，我会珍惜在这里的时光……"

"……这就说完啦？""学长你多说点。""太打官腔了。""表情不够自然。"

这群烦人欠打的小孩。我推开他们，夹着尾巴跑了。

高一的上半年跟飞似的。秋天入冬，我很快也就在繁忙的学业里对钱唐淡了点心思。

冬天的天气经常很阴沉，抬头望天空，云彩都在很吃力地移动。天气预报昨天就嚷嚷要下雪，但直到今天下午才下雪。全城的建筑物瞬间就白了，不得不说，还挺有新年气氛。

擅长突击考的西中，把第二次理科大考延期到元旦假期的前两天。

那会儿子离期末大考也没多长时间，老师为什么还要多浪费一次纸出考卷？我坐在考场里苦苦思考这个问题。正在这时，许久不见的叶青跑进来，坐回到她原本的空座位上。

同学都对她如此执着地想参加考试，爆发出热烈的掌声，吵得监考的老师直皱眉："别闹，正在试英语听力！"

外物语数四科，我英语的程度比语文略微好一丁点儿，完形填空和最后的作文能抄抄模板。但语文考试就只会选择题，到了阅读理解，要分析作者用意，分析古文的语句妙用——我戳了很久的圆珠笔，就只能勉强写上：我个人认为，作者写得很细腻很到位，描写得很生动。

评判试卷的时候，班主任还挖苦我："李春风同学向我们展示了，感情比事实更重要的原则——"

我在大家的哄笑中郁闷地想，但凡我要是能听懂班主任的挖苦，语文卷面我就能再加10分。

语文老师也不是没有对我努力过，他给我布置一些课外阅读。但首先，我不想读。其次，班主任布置的都是一些外国小说和自传，主角名字超长，这对瞬间记忆闪光的我简直就是噩梦。他要留食谱大全，我多少还能看一眼。

我问失踪良久的语文课代表："你语文学得那么好？有经验吗？"

"背台词背出来的。"

叶青语文基础知识没有学霸扎实，但作文通常都能成为范文，全班朗诵的那种。班主任热衷在她的作文卷面上画红色的波浪线，旁批"灵气逼人"。

到了我的作文卷面，一般只写着"字数着实不够"。

叶青这次拍戏回来，瘦了很多，头发长了。不少同学专门为了看她，在我们班门口跑来跑去。

模考后举办元旦班会，第二天就是元旦，各科老师布置完作业，开着万般无聊的冷笑话："你们可以明年再交作业。"

新年气氛很足够，全班同学呵呵呵笑着，除了我。

我坐公交车回家，看车窗起了层白雾，似乎都装满咕噜咕噜的幸福味道。

路上行人匆匆，全世界好像只有我一个人，每当逢年过节，都会非常非常的不开心。

我爸外地的会议还没开完，但雷打不动的，31日晚上特意飞回家陪我和我妈吃饭。

桌上的菜挺好吃，是我最喜欢的大鱼大肉。但用餐气氛也就一般了，我惯例地汇报了自己的考试成绩，我妈关心了一下我的身体，我爸问我想要什么新年礼物。

我早就想好了："我想要辆山地车，以后骑车上学。"

我爸听了后评价："想一出是一出。"但看他神色，大概是答应了。

吃完饭，妈妈老早就先回到卧室休息。我拨着碗里的米饭和海参，很希望也能有我妈这份幸运，可以回到自己房间待着。

但事不遂人愿。"李春风，待会和我去路口，给你哥烧东西。"我爸放下筷子对我说。

外面的天已经漆黑，雪花映着路灯，不太干净地飘下来，北风一吹，巨冷。我围上围巾，再将连帽衫的帽子戴上，穿上羽绒服后默默地提着袋子，跟着我爸走到了十字路口。

这是一场已经进行15年的漫长告别仪式。

红色的塑料袋里装有黄色的纸钱，以及各种乱七八糟的东西。全部都是要烧给我哥。

十字路口已经有其他人烧过纸了，黑色的灰烬映着白雪。

我爸亲自用打火机点火，他挺高的人，一直蹲在路口，注视着祭物完全烧干净才站起来，最后将一沓纸钱递来："李春风，有什么想跟你哥说的话，想让你哥在天上照顾你的愿望，都可以对他说。"

我想说封建迷信害死人啊，但也只是摘下手套，将粗糙的纸钱接过来，重新点燃。

哥，爸爸妈妈一直都没有忘记你。我心里对哥哥说。至于我，嗯，如果一定要讲，那就是我真的挺讨厌从未谋面的哥哥你。如果你没有挂掉就好了。在你走了以后，作为备胎的我，在这个世界上活得有点不太开心。

我爸烧完纸，神情有些轻松，他和我并排走着。

"这次考试，你比上次的排名有了三名的进步。"

我愣了一下，说实话，我自己都没记得自己的年级排名。

我爸接着说："上次家长会，老师还在班里夸你理科不错。但你的文科也需要加紧努力——"

每次跟装和蔼状的我爸谈论我自己的事情，不管他说什么，都特别让我不自在，就跟一个母猩猩朝你跳钢管舞一样。

我随口"嗯嗯"地应着，希望换个别的话题，恰好这时候，我看到前面有行人牵着一条体型巨大的狗。

"有狗！爸爸，你看看，有狗！应该是金毛！挺逗的！"

但我爸看都没看。

"期末考试还需要努力。寒假要是想补习语文，就跟我说。别说全市最好的老师，爸爸都能给你找过来全国最好的——"

我眼尖，看到前面的道路口又走过来一个人，牵着跟麻雀似的小狗，小狗还没刚才大狗的尾巴大，在寒风里哆哆嗦嗦地跑。

"有狗有狗！爸爸，你看那条小的狗——"我兴高采烈地说，但回头看我爸时，忍不住退后一步。

昏黄路灯下，我爸满脸怒色。他高举着右手，明显想抽我一巴掌，此刻正用全身的力量忍耐，慢慢地收回来。

我肌肉绷紧，下意识摆出防御姿态。

"我正跟你说话，你听到没有？"我爸冷冷道，"什么猫猫狗狗？跟你有关系？你以后想自己养畜生，等工作后在自己的家养！你妈身体不好，你还想让她为你操多少的心？"

"……对不起。"

我爸眯着眼睛，然后，他的眼里的光亮慢慢暗下去。

"算了。"我爸很讽刺地说，态度就像冷藏室里没放盐还被搁置三天的剩饺子，他看着前方大步流星地走，"李春风，我还能对你指望什么。"

唯一的好事就是，剩下的路上终于安静了。

快到院门口，我跟我爸说想在大街上看别人放烟火。我爸已经恢复了常态，嘱咐我看完早点回家，接着头也不回地走了。

离零点还1个多小时，街上有人放爆竹，噼里啪啦很热闹。

我独自坐在马路牙子上，感觉那喧嚣的声音特容易把脑子塞满。也不知道过了多久，我感觉自己流的已经不是鼻涕，而是热乎乎又宝贵的脑浆。

羽绒服里的纸巾快用完了，我活动一下麻木的腿，站起身准备回家。

就在这时，一辆挺长的轿车停到我前面，一对男女勾勾搭搭着从里面走出来。

"阿唐，原来你住在这个小区？你喝醉了，我送你回家。"女人娇滴滴地说。

女人穿着丝袜和短裙，上身是套亮晶晶的黑皮草。那男的估计已经喝醉了，站都不稳，一只手扶着车屁股走路。

原本我还没当回事，但远处一辆车打着远光灯缓慢开过，我看到两个反光的圆镜片在迎面男人脸上发亮。嗬，居然是好久不见的熟人！

顺着北风，钱唐扶完车后得靠着女人搀扶，身上酒气很浓。他勾着唇没有回话，眼睛里一丁点的笑意都没有。

说真的，我到底什么八字，短暂的人生中怎么总能碰到这种烂事。我一边暗下里想，一边加快脚步准备走过他们去。

但不知道出于什么心情，路过钱唐的时候，我忍不住侧头看他一眼。钱唐正好从女人的胸前抬起眼，我俩对视了几秒，他眉头微微一皱。

我心中立刻产生不太好的预感，赶紧加快步伐。

"……特长生？"

我低头往前快步走，不好意思鞭炮声太响，我什么声音都听不到。

"李春风？"

地上有冰，我的脚突然一滑，重心不稳，得抓着电线杆子才能不摔倒，出了一身冷汗。

身后女人柔声说："阿唐，你喝醉啦！已经开始说胡话啦。"她这么说，身后那人反而又不叫唤了。

鞭炮还在放，但我又觉得死一般的平静。我离开电线杆子走几步，但咬了咬牙，转身走回来。

"钱唐？"我生硬地叫他，"你怎么了？"

钱唐略微从女人旁边站直身体，他看着我，轻声说："让你在家里等我，怎么出来了？外面这么冷。"

我不由得糊涂了："我？在家……出来……你在说什么……"

钱唐打断我，淡淡地说："不是你看到的这样。"

他身边的女人沉默片刻，问钱唐："这位小朋友又是谁呢？"

"我的小女朋友。"钱唐很自然地走到我身边，握住我的手腕。他碰我，我感觉头顶的毛都炸起来，唯一没立刻挣脱他的理由，只是因为钱唐的手和我一样冷。但你要知道，我已经在外面冻了很久。

然后就是双方各种无厘头的沉默。我其实很不太懂得分辨形势，幸好被惩罚足够多的人都有足够眼力见儿,也陪他们默默地站着,心中骂着老天。

等那个女人翩然走掉,钱唐才缓慢松开我的手:"江湖救急,不好意思。"

我也不大高兴,但今天不高兴的事情很多,索性饶了他。于是我学着钱唐说话的腔调,怪声道:"新年快乐,再见再见。"

钱唐不由得笑了笑,脸色仿佛又苍白了一层。

"新年快乐,特长生。"他很慢地说。

我盯着钱唐的脸:"呃,你没事吧?不然,我好人做到底,扶你回家?"但说完我又后悔了,钱唐下一秒顺势握着我的手腕,倒不是占便宜,他好像真的快不行了。

"我说,你可真沉啊,钱唐同学……"我阴郁地看着比我高一个头,但依旧把体重全靠在我身上的某成年人。

"唉,你不是体育特长生?"他这么说,胳膊上的重量轻了些。

我唉声叹气地看了看他。

我就是在这种情况下,首次进了钱唐的家门。

我把钱唐扔到那大得惊人的皮沙发上后,他闷哼一声,说:"冰箱里有药盒和冰袋,帮我拿过来。"

我照着他吩咐做了,钱唐又平静地说:"怎么没倒水?"

"然后泼你脸上是吗?"

钱唐睁开眼睛看看我,里面都是吓人的红血丝,我只好照做。

说实话,钱唐家和垃圾场的唯一区别,仅仅在于垃圾场是露天开放式的。厨房吧台上挂着各种易碎的酒杯,亮晶晶又安静。本来想给他烧点水喝,但根本找不到烧水壶。我打开冰箱,里面只有酒和纯净水。

钱唐就着一罐冰水咕咚咕咚地喝下去。吃药的时候毫不犹豫,跟吃糖似的。

"……啊,其实你吃的就是糖吧。"我拿起药盒,反复又遗憾地看介绍里的长串英文,"我也想吃糖。老实跟你说,把你搬到这里来都累死我了。"

钱唐笑到沙发都在发抖,在我变脸前,他指了指前面:"你去翻翻茶几下面,那里是吃的。"

说完这句,他似乎已经耗尽精神,把冰枕放在脖子后面,闭上眼略有些沉重地呼吸着。

玻璃茶几下面是大盒大盒的外文巧克力,看包装就知道又贵又好吃。我的脸刚才在外面冻得没知觉,钱唐家有足够的糖和暖气,主人没轰我,我也就不想走,自顾自地拆巧克力。

房间里很静,只听到我手下窸窸窣窣的声音。

我不喜欢钱唐身上的酒气和香水味,坐得远远的。过了一会觉得巧克力甜到齁得慌,起身挑了一个胖胖的酒杯,从冰箱里给自己倒冰矿泉水喝。

正很忘我的时候,突然发现钱唐已经睁开眼,直勾勾看着我。

我尴尬着:"你要不要也来一块巧克力?"

钱唐似乎很擅长倒打一耙。像现在,他在这么羞耻场景里遇见我,还有精力盘问:"都这么晚,又是跨年夜,你又自己跑到马路上做什么?"他乐观地猜测,"期末考试没考好,比赛又打输了,决定打算离家出走?"

我沉默地缩了一下脖子,钱唐的风凉话说对一半。离家出走这事,我考虑过千万遍,但今天具体想让我离家出走的原因,我又是不想说。

钱唐估计也就随口拿我寻开心。他取笑完我后,再看向窗外:"已经元旦……"顿了顿,笑着说,"燃灯朝复夕。"

熟悉的恶寒感向我传来,偏偏嘴里塞满巧克力没法说话,只好翻白眼。不过被钱唐这么一提醒,我突然想起来:"几点了?"

我打算溜到小区门口看别人放零点烟火,到了零点就回家睡觉。

钱唐想了想:"我家有小型烟花,你要自己想放,可以带走。"

他从垃圾场里搜出来一小袋烟火,据说是什么"线香花火",我看了实物后非常无语。就一小捆绳子上缠着小烟花,手拿着一头,点燃另一头,姑

奶奶3岁就不玩这种东西了。

我很扫兴:"还以为是大型危险烟火。"

钱唐兴致很好,除了行动迟缓,完全看不出这人喝醉了。"不满意?那你就在我院里点了吧。"

我提醒他,小区内不允许放烟火。钱唐耸耸肩,像个漫不经心的少年。"这是我家院。我乐意烧。"

啊,没操守,够残忍,我喜欢!

走到院子里已经接近到零点,越来越多的烟火在我俩头上"嗖"地飞上去,炸开。声音很响,距离很远。

我和钱唐摸黑地坐在院子里的小石凳上,点燃弱智的小烟花。隔着寒风,他身上依旧是阵阵的酒气飘过来,谈不上好闻。

我望着钱唐的侧脸,知道自己不了解他,也知道自己没资格评论大人的事情,但终于忍不住问:"你什么时候回来的?电影拍完了吗?今天为什么喝那么多酒?"

钱唐不说话,他盯着那小烟火,片刻后从眼镜后淡淡看了看我。那眼神我懂,是"你又说了蠢话所以请你乖乖闭嘴"的意思。

我瞬间丧失好奇心:"不想回答就可以不说。"

没想到,钱唐拿古文打发我。"为什么喝醉?"他缓慢地重复,有些讽刺,"还不都是为了阿堵物。"

烟火声中,我很难听清钱唐的声音,偏偏他还说这些有的没的。

"你就不能好好说话?'阿堵物'是什么?"

"现在不知道也没关系。"钱唐换了个话题,"快新年了,特长生,许个愿吧。"

我诚恳地说:"我就特希望,你以后能像正常人一样说话。"

钱唐没说答应也没说不答应,他"啧"了声,点燃了一根新的线香花火递给我。

我和他有一搭没一搭的闲聊。

"钱唐，你说你是编剧。那么，编剧写剧本，导演一定要照着你规划的剧情安排？"

"有变通，但差不多。"

"即使演员知道你写的都是假的，也会当成真的东西演吗？"

"不然为什么叫演戏？"

我没吭声。说实话，我一直都很好奇，为什么3·15晚会从来不把"电视剧"和"电影"当成靶子——明明都是骗人的东西，把"假"当成"真"的。有人因为卖假药进监狱枪毙，钱唐为什么能被西中请回来做演讲？

我由衷地说："我真羡慕你。"

"羡慕我？"不知道是不是我的错觉，钱唐声音里的讽刺又加重了，"羡慕我什么？没有家长管？不需要考试？可以晚回家？能随便喝酒？很自由？"

我终于感觉到钱唐是有点喝醉了，不然，他平时可没那么多废话。我恶意地上下摇动小烟花，看钱唐锃亮的镜片开始反光，黑暗中阴险又可笑。

钱唐罕见地不依不饶，他还在追问："李春风，说说你羡慕我什么？"

我懒得理他，就冷笑两声。羡慕钱唐吗？是的，钱唐现在比我有钱，也比我自由。但我其实也谈不上羡慕他。毕竟，钱唐现在拥有的那些东西，我长大后肯定也会有。

埋在内心深处的一个愿望，没有告诉任何人的必要。

钱唐还在问我："你羡慕我什么？"

我开始瞎编："羡慕你是编剧啊！能把假的东西都写成真的。对了，你刚才不是让我许愿吗？我希望你以我为主角写个剧本！"

钱唐一瞬间好像完全失去兴趣，他淡淡地说："这就是你的愿望？让你许一个现实点的愿望。"

"你动动笔就不得了。"

钱唐明明白白地挖苦我："我写的东西很贵，特长生，你出不起钱。"

我恼羞成怒，一时就拿他说的话堵回去："贵有什么用，你写的东西，还不都是阿堵物。"

这句话不知道戳中钱唐什么，他望我一眼，没话了。

我好声好气地劝他："大家都这么熟了，你就写一部以我当主角的剧本呗！把我写得好一点，高端大气上档次点，懂吗？

他陪我乱扯："比如，考试第一，比赛全赢。"

"对对对，这些你全部都要替我实现！还有，不要用我的真实名字当主角名！我的名字不要再叫李春风了！"

钱唐顺手给自己拿了一根小烟火，用打火机点了几次才点燃："就算我写了，没人愿意看它，也没人愿意买这种东西的版权。我剧本里的你，根本不是真实的你——"

我脱口而出："所以，我才想让你来写我！"

15年来的愿望，完全不可能实现的愿望，一直很羡慕钱唐的真实原因。

"钱唐，如果你有一天写我的剧本……"

"什么？"

"我说，以我为主角的剧本——"

零点了。四周的爆竹声震耳欲聋地响起来，我听不到自己的声音，只看到钱唐的嘴型动着。我朝他大喊，他还是听不见，我不得不用尽所有力气朝他吼："钱唐！你要是写我的剧本，绝对要——"

钱唐注视着我在原地跳来跳去。各种烟火飞到他的头顶，风把我好不容易回暖的脸重新吹僵了。黑夜里，我想到了逢年过节给哥哥烧掉得无数纸钱，爸爸凝视着我时永远流露出的失望眼神。

"在你的剧本里，要把我写成男生！！我真的很想当男生！！！可不可以让我当一回男生，就算是假的也好！！！"

最后成了喃喃自语。就像比赛过后失去所有力气，也不管钱唐听没听到，我颓然地把脸埋到膝盖里。

过了一会，周围亮起来。

我一抬头，钱唐抬高他手里快要熄灭的花火，正无声察看我的表情。他的眼神很深邃，映衬着线香花火最后的光亮，直直射进我的眼睛里，再突然暗淡下去。

我缓过神来，立刻觉得脸红，忍不住眯起眼睛："你想闪瞎我吗？"

钱唐沉默地伸手扳起我的脸，似乎想确认我哭了没有。就在我皱眉想反手推开他的时候，他缓慢地一用力，把我拉向他。

我惊慌失措，眼睁睁地看着他的脸离我越来越近，酒味越来越重。

"喂，我说你——"

16岁这年的第一天，我丢了自己的初吻。

钱唐据说很难得又很贵的玳瑁眼镜，也被我一拳打在地上，再暴怒地踩得粉碎。它的尸体，至今还在他家书房最下面的柜子里。

我切切实实地把元旦当作一个噩梦。

但是，所有噩梦都会过去。元旦放假一天，等回到西中，马上就进行更噩梦般的期末复习。老师发卷子的速度就跟月末的手机扣费似的，蹭蹭蹭不眨眼，上课都不敢走神。

西中的空手道兴趣小组已经建立，我在完全没有被通知的情况下，被选中当了团长。

班主任找我谈了几次话，其中两次让我对语文多上点心，剩下的几次是因为我值日忘记关窗户，第二天教室里落了一层灰。他说这对他嗓子不太好。

剩下的，就是无穷无尽的小破事。

比如说，我买了新的双头荧光彩笔，挺好用，我一口气又买了30根；新买的自行车我骑了几次，结果全城下雪路面结冰，我开始坐公交车了；羚羊学霸在元旦期间突然剪了头，经过洗剪吹后的他，一举成为我们班的新任班草。

班里女生这几天都在暗暗讨论羚羊的颜值，我也很感兴趣地回头听，等听她们八卦完，看到叶青的眼睛正落在我桌面上的《古诗选登》上。

叶青平淡无奇说："李春风，今天放学后我陪你做值日，然后顺路送你回家。"

我赶紧把书收到桌斗里："谢谢。但为什么啊？"

"我要去找钱先生。"叶青望着我，"他和你不是住在同一个小区？我帮老师抄过一次花名单，记得你家地址也写在那个小区。"

我简直震惊了。能当演员的人，绝对有潜力当总统，或者做演员的应该都是很可怕的人。叶青细致的记忆力和观察力让人瘆得慌，我得想想自己有没有得罪过她的地方。

叶青在出租车上肯定地告诉我，"还记得开学典礼吗？你跟个哪吒一样。"

我让她别逗。重点高中是"未成年人奇葩圈养地"，我这样的朴素孩子，搁西中就是百分之百的原装正常人。

要说我们隔壁重点班，有个胡大仙人，入学成绩比我们学霸都高56分。之所以没让他在开学典礼上当"智"的代表，是因为他学习太好了，脑子就有点问题。胡大仙人每天早晨上课前，都要完整地打一套太极拳才肯落座。校长跟他谈话都没用。

我个人认为，应该不给他椅子坐，这样就能长教训了。

叶青不属于西中的奇葩，她的一举一动完全不像高中生，更像钱唐那圈子里的人。

我又是半个月没见到钱唐。一方面原因是我和他都比较忙；另一方面我每天早上都跟做贼似的溜出小区侧门，生怕碰到他。

其实想想挺窝囊的，又不是我偷亲的钱唐，躲他干吗？我还未成年少女，他当时又喝了酒，发生那种事情完全绝对都是他的错。

小时候，我妈特喜欢给我晚安吻，但她亲完后，我一般偷偷摸摸拿被子擦5分钟。被抓包一次后，我妈就不亲我。钱唐那天晚上突然俯身过来，我愣了足足有10年——或者说足足10秒，才从"现在发生什么事情""为什么""他没疯吧"这些情绪中反应过来，狠狠地给钱唐脸上兜了一拳，慌不择路地跑掉。

叶青突然在我旁边问："你表情怎么这么痛苦？"她捏捏我的脸，笑了，"李春风，你就像个小男生，超可爱。"

我没好气瞪她一眼。

安全起见，我在小区门口就挣扎着下车，反正不想去钱唐出没的地方，那家伙的人品和脑子肯定也有问题。我这种类型他都能下嘴，要不是因为我不懂法律，就告他非礼未成年。

没想到，叶青第二天上课，她神色古怪地递来一大包精装的巧克力。

"钱先生让我带给你的。"叶青比我还好奇，追问我，"你俩很熟对不对？你们怎么认识的？"

我绷着脸推开她，把巧克力分给全班同学，分到最后一颗时，发现盒子下面夹着一封信。我假装不在意地塞到校服袖子里，捱了一节课后跑去厕所看，心怦怦地跳。

钱唐居然给我写信！他会写什么？应该是"对不起，请不要告发我"和"大王，你饶了我吧"，最不济也该写着"那天我喝醉了"。

但等我尽量镇定地拆开信封，发现里面有一张厚纸，用黑笔写着"这是你喜欢吃的白巧克力"。然后呢？然后没了。

我翻来覆去地看，足足想了5分钟，勉强摸清其中的逻辑：因为，元旦那天我在钱唐家挑了白巧克力，所以他现在把"家里剩下的白巧克力都送给我"当作道歉的礼物。

我愤怒地把那信撕得粉碎，再扔到垃圾桶里。钱唐这人又忘记吃药了吧？不然，他怎么就跟电视剧演的一样傻！当自己的生活是戏呢？上次他就塞给我一袋香蕉，这次又想塞给我巧克力？太糊弄事了！

我冷着脸洗手，旁边突然有人伸手，颤颤悠悠又坚定地帮我把没关紧的

水龙头拧上。抬头一看,居然是我们班的羚羊学霸。

他看到我的脸色后,退后一步,再退后一步。

"嘿,新头型挺不错的。"我朝他点点头,很和颜悦色地说。

"喂,李春风。"羚羊叫住我,他脸上的表情仿佛便秘,然后指指门上标识,"这里是男厕所,你是不是走错了。"

我抬头看了硕大的标示,很镇定穿过男厕所门口一大帮围观的男生,他们同样肃穆地看着我。再然后,我撒丫子就赶紧跑了。

身后一片哄笑声,我发誓,这辈子绝对不原谅钱唐,绝不,绝不!

放寒假前,我的精神一直比较蔫,喝什么鸡汤都没用。

我爸元旦后第二天又飞走了。他总是出差,经常见不到他,我也习惯了。我妈上回的体检结果不太好,开始静养着,一天到晚也和我说不了几句话。

寒假的空手道馆不开门,教练带着全家去了日本玩。我闲得无聊,替自己报了两个理科的补习班,但只能打发上午的时间。每当到了晚上,我就倍感人生空虚寂寞。

这股寂寞,督促我把寒假作业写得差不多了——当然,语文作业一点都没动,我还没寂寞到练字的地步。

"妈妈,我说咱家养条狗吧。"我趁着我妈气色好,悄悄溜进她的卧室问她。

我妈放下手里的书,她笑眯眯地说:"好啊,你从小就喜欢动物,家里养只小点的狗也好。"

呃……嗯……唉……我一点都不喜欢小狗,更喜欢像我一样有智慧的大型犬。但妈妈松口说能养狗,我已经很开心。"小狗也凑合,我明天就去狗舍订一只好不好?"

我妈听了后,却换成一脸为难的表情:"我这里没问题,但你要不要先跟你爸商量一下？"

又来这招，真烦。我妈和我爸总是一个唱白脸，一个唱红脸。我妈身体不好，家里的事基本就我爸做主。关键是，我爸这人特讨厌小动物。他只喜欢人类，还只喜欢男人。我估计，我爸唯一喜欢的女的可能就是我妈了。

从小到大，我爸扔过我偷偷养在屋子里的蚕宝宝、小鸭子、小鸡、小兔子、蚯蚓、金鱼和蟑螂。我妈则负责在我爸扔完我东西后安慰我。

我刚开始恨死了，首次想到离家出走。不巧第二天发高烧打点滴，医院里把我妈心疼得够呛。我爸赶过来，情况立刻变了，他轻描淡写地说最讨厌小孩瞎闹，还让我写检讨。

折腾两次后，我也就放弃求可怜的路线。

再后来，我慢慢长大，慢慢学乖，慢慢不再怕任何东西——我开始习惯直接动手打人（还在日本的教练知道这句话后，一定想哭）。

我从我妈屋子出来，百无聊赖地坐在楼下客厅看电视。

深夜 NBA 的中场比赛间隙，电台孜孜不倦地放广告。画面中全家人和宠物狗坐在一辆车里，翻山越岭的去参加野营。我盯着那幅画面里没牙的小婴儿，突然间感到，上帝弹了我脑门一下——养不成狗没关系，我可以养个孩子啊！

如果我生一个自己的孩子来玩，我爸妈总不能扔了它吧！

早在 8 岁之前，我坚定地认为自己身上缺个特重要的东西没能长出来（后来钱唐告诉我是脑子，真谢谢他），频繁地洗下半身。

再后来我上了生理课，从科学那里知道性别的真相，那几秒的感觉极其挫败。幸亏班主任补充说，女生有很伟大的一点，就是有生育能力，我这才慢慢罢休。

是的，我一直想生个小孩，来陪我玩。初中学习比较累，空手道又耗费了我大量时间，这事就慢慢忘了。但现在，这想法又出现在我脑海里。

寒假在家窝得久，我想生孩子的念头到达有点发疯的境界。

腊月二十八，我妈让我去小区门口的超市买鲜肉馅，走着走着，我发现自己走到婴儿食品区。婴儿吃的东西看起来很美貌，连名气也起得好。什么果泥肉酱、婴儿酱油、奶粉之类。

我思考着自己的孩子绝不会这么娇气，一不留神，就和前面停着不动的老大爷撞了满怀。

这大爷挺清瘦，经不住我这一撞，踉跄几步扶着货架，奶粉架子被他猛地拉倒。大爷没摔，但地面就白了一片。

"小姑娘，你……"

我赶紧扶起大爷，深吸一口气："大爷对不住。但您也有不对，您怎么光站路中间就不动呢？"

大爷振振有词地说："我正打算给自己挑奶粉吃吃。"

叶青的高分作文里有一句话，写"生活是一场又一场的奇迹"。我看看眼前仙风道骨但明显上岁数的老大爷，再盯着地面那罐"三月到六月婴儿适用奶粉"，认为不太喜欢生活里的这种奇迹，这种奇迹太没安全感了。

我还说不出话来，大爷已经威严地唤来超市工作人员。

"小伙子，你们奶粉嘎怪，密封着的铁罐，被我一碰轻轻掉在地上就散了？欺负人弄不清哦？我有数的，你这罐奶粉已经到保质日期了，你看看罐底的日期——"

大爷带着难以抗拒的口音，底气特别足，每说一句话都用他的拐杖凿一下地，包公问斩似的。

超市工作人员点头哈腰，老大爷终于放过他："去仓库看看，有没有日期新鲜的奶粉，来一罐。"转过头看到我，挑起眉，"小姑娘，你怎么还在这里？你也想给自己挑奶粉喝？"

当大爷知道我想挑婴儿果泥沾面包当早餐吃，他又像找到知音，同情地问我是不是牙也不好。我差点听成，你丫也不好啊。

当然，我现在感觉确实有点不好。不知道为什么，一想到眼前的老大爷居然喝婴儿奶粉，我感觉想象中的孩子已经默默流产了。

跟大爷道完歉并且顺利流产后的我满身轻松，挑完我妈要我买的肉馅，就准备排队结账。

由于过年的关系，超市里的人挺多。收银台里又看到那位老大爷，他那一大包奶粉已经包好。老大爷看了看钱包，再吩咐收银员："钱没带够，你先放着，待会自有人替我结账。"

不得不说，这老大爷虽然说着方言，但有股气势实在难以抗拒。年轻收银员眼睁睁看着大爷拄着拐杖昂首走出去，无声张张嘴，也没说话。

快轮到我结账的时候，给老大爷结账的小跟班才不紧不慢地来。

这是我今年第一次在有光线的地方下看到钱唐，而我见到钱唐后的第一反应，就是"哦，又下雪"。

钱唐穿着深色大衣，除了掏出钱包没有多余动作，在低头的时候，头顶有融化的水珠。他戴了新的金丝细边眼镜，眼角贴着两张创可贴，看上去显得像个斯文败类。

我扑嗤就乐了，钱唐闻声抬起头，看到了我。我刚想扇自己，他已经走上前，把我从排队结账的长队伍里，直接提溜出来。

这人有病吧！又想被打吗？我刚想发火，钱唐把我购物筐里那堆东西摊到他的奶粉上："一起结账。"

再和我见面，钱唐尴不尴尬，我是完全没看出来，但他显然有所思考的样子。

我心里很紧张，但也不能输阵地冷着脸。结完账走到超市门口，有卖栗子的，我多看了几眼，钱唐特有眼力见地再掏钱买了。我犹豫片刻，很勉强地接手，紧紧捂在怀里。

外面果然下雪了，雪点还挺大。

钱唐一手帮我拎着我的袋子，另一手拎着他上司买的婴儿奶粉，走得就有点吃力。

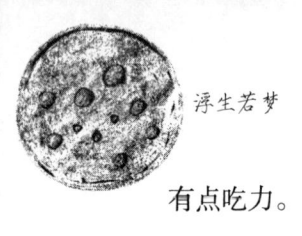

我没打算帮他,也没打算主动说话。迎着大雪,我俩就这么沉默地走到小区门口。潜意识里,我不想和这人一起走进小区,准备把钱唐手里的袋子接过来。

没想到,钱唐递给我袋子后,干了件特过分的事情——他伸手就准备拿走一包糖炒栗子。

我不由死死地按住,抬起脸瞪他。是人吗?钱唐还是人吗?一共才买了5斤的糖炒栗子,他居然还要抢我一半!

"一包你的;另一包是我的。"钱唐解释。

我当然不乐意,断然说:"你自己再买一包去!"但说完又后悔了,干吗主动跟这人说话?!

钱唐听我话后松开手,不知道是不是他换了金丝眼镜,当他从眼角看人,居高临下的,在雪天里显得特深特邪。

我仰头盯着他的眼睛,想到自己应该多讨厌眼前这人——总讽刺我,说话跟念课文一样,抢我栗子吃,还……还敢亲姑奶奶。最后这件事心里阴影实在太大,就连现在,我仍然觉得有一股淡淡酒气凝结在脸颊旁。

我把两包栗子狠狠地扔给钱唐:"算了算了,都拿走!我不要你买栗子!刚才买肉的钱,你等我还给你。"我稳定下情绪,边掏零钱边用很淡的声音说:"钱唐。我从来没有看过你编的戏,也从来没有看过你写的一个字。我不是你的脑残粉,不会让你送我点吃的再给我签个字我就能原谅你——"

钱唐终于开口了,他问:"签什么字?"

一想到这事,我又开始蹿火。钱唐附在巧克力盒子里的破卡片,什么道歉都没写,就除了一句话"这是送你的巧克力"!我当然知道那是巧克力,他当我瞎啊!

钱唐听我胡言乱语地说完,他问:"你把那卡片翻过来没有?"

"翻过来?"

钱唐解释:"我的确给你写了张'道歉卡片'。但那是一张'卡片',你知道所有'卡片'都有对折的'两页'，可以'翻开'，里面才写着具体内容。"

我突然噎住，站在原地干眨了半天眼。猛地想到，在厕所费了半天劲，才把那张厚得过分的纸撕碎。所以……不会吧……那是卡片？能打开看吗？要不要这样啊。

"但是，任何道歉的话都应该当面说。李春风，那天晚上我喝多了，脑子已经糊涂了。相比我的冒犯，你那一拳实在太轻了。"钱唐对着自己脑袋，缓缓比了个开枪的手势。

遭受了刚才的打击，我一时没敢吭声。钱唐话里的真实性，和我的智商一样有待怀疑。虽然钱唐半句都没有提，但我辗转从叶青那里知道，因为元旦那一拳，他足足看了大半个月的眼科大夫。

到时候，钱唐"非礼未成年少女"，我"故意伤人"，别到了监狱，又成一小区的狱友。

钱唐等了我一会，他说："讲一句对不起太轻。但以后，我不会继续困扰你。再见，特长生。"

他转身要走，我脱口而出："呃，我的栗子。"

钱唐有点无语地转过身，他掂量着两个纸包，问我："都拿走？还是给我留一包？"

我犹豫片刻，完全出于教养，默默从他手里拿了一包栗子，再默默退后两步，尽量离他远点。

气氛好像无形中缓和了点。

钱唐没走，站着看我，我想了想："唉，我也不坑你。你把你家所有的巧克力，都再给我送过来赔礼道歉吧。"

钱唐答应了。

"还有，那天晚上你吃的薄荷糖，也顺便来几包。"

他苦笑一声："说过那不是糖……行吧。"

"再以我为原型写个剧本。不算标点符号三千字以上，哪天有空要交给我。"

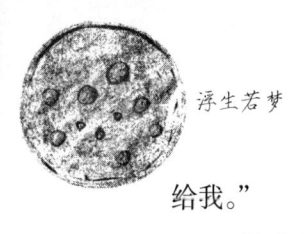

"得寸进尺了啊特长生。"

"你别跟我说得寸进尺！嗯，尺，车！！！我的车！！！"我突然一拍脑袋，在钱唐莫名其妙的追问中，掉头重新往超市跑。

我明明骑着自己的山地车去超市！为什么居然跟钱唐走路回来了。

比起拥有闪亮的瞬间记忆，我的长期记性不大好。当然，你可以换个角度，形容我性格大度之类。

把落满雪的自行车推回来，我大度地跟钱唐恢复邦交。"邦交"这词，是跟着新闻学来的，我之所以能看新闻，纯粹因为我爸回家了。

我爸这次出差回来，带回一只奇丑无比的毛绒玩具。他肯定不会亲自给我买礼物，他秘书的品味又没那么恶心，这事就成了个不大不小的谜。

钱唐告诉我，这是本届亚运会的吉祥物，我才琢磨明白，这估计是别人作为纪念品送我爸，我爸不好意思扔，顺手就牵回来。

但它已经是我为数不多的毛绒玩具。我洗干净后，珍惜地摆在床尾，可惜第二天早上，这玩具就被我从床上踹到地面。再后来发生几次相同的情况，我彻底失去耐心，把这破玩意儿塞到柜子里。

到如今，我已经不想要小孩、不想养宠物以及摆弄毛绒玩具了。钱唐比这仨加在一起都好玩。

我的西中校友，是一个话少且很识时务的大人。

就比如，当你问钱唐"一加一等于几"，他会直接回答"二"。

尽管口气单调且缺乏耐性，但不会像别的大人叨叨什么"怎么连这些都不知道""这是数学常识""你说一加一等于几"之类的废话。

再比如，当我在大街上指着一条狗说"有狗"，钱唐也陪我看一眼，不会评价任何话。只有当我继续追问"这是什么狗"，钱唐才会回答"应该是苏格兰小猎犬"。

钱唐好像什么事都知道，他还有西中学生的共同点，就是特别聪明！只不过，他是一个体育白痴！哈哈！

钱唐知道我每天早晨跑步，心血来潮加入。等我轻松跑完8圈，他还在跑第6圈，而且喘得不行。

我抓紧大好的机会打击钱唐："你们那会上学，还没身体素质训练吧！我告诉你，我们现在如果跑不下8圈，就是没素质的代表。"

钱唐没工夫搭理我，继续往前跑。我则在旁边放松小腿肌肉，冷眼盯着。

原本以为这人跑一会就准放弃，结果他不吭不哈，倒是跟我一样足足跑了8圈才下场。等跑了一周多，钱唐居然能跟着我整圈整圈跑下来。

我暗自想，他好像真和别的大人不太一样。

"你有没有QQ？"我忍不住问钱唐除了手机以外的联系方式。

钱唐表示没有那玩意儿，他给我一个社交媒体网站的账户。我回家一查，崩溃发现那是一个让用户拿手机拍照再上传的社交网站。这不就是看小女生自拍的网站吗？

钱唐对此的解释却是，艺术和美食，不需要语言就可以沟通，他乐意从这个网站看不同国家不同人发的不同照片之类。总之，一堆废话。

我一方面难以理解这种癫疯的情怀；另一方面，我的老式手机是黑白屏，看什么照片都类似遗照。

钱唐听我抱怨，他随手从自己家垃圾场翻了翻，翻出了3只没开包装的全新手机，再递给我。我想，这人的家里到底藏多少东西？

钱唐微笑说："也不能白送你。就拿你现在用旧的诺基亚跟我换吧，好不好？"

我怀疑地看着钱唐，那只二手诺基亚，连新手机价格的零头都不到，这哪是换啊，其实等于钱唐找了一个借口，要白送我。

本人对触屏手机无所谓，更何况，我爸一直不喜欢我用过于高科技的东

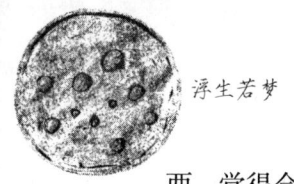

西，觉得会影响我的学习和视力什么的。

我意兴阑珊地拒绝："我不要，我还是高中生，不需要用这些大人的花里胡哨的东西。"

但最后，我又稀里糊涂地跟钱唐换了手机。

钱唐居然跟我扯什么佛教，他说假如一个人送你东西，这是"布施"，布施者，以己财事分布予他人，名之为布，惙已惠人，目之为施。

勉强翻译成白话，意思是假如一个人想送你东西，就是想消除他自己的悭鄙吝惜之心。作为接受方，你要成全对方的心意，并心怀感激地接受。

我听钱唐拽第一句古文，就已经彻底疯了。别说换手机，换我手榴弹都成！

"你这家伙怎么那么怪？"我疑惑地问钱唐。

主动请我吃饭，再要送我嫁妆，又送我巧克力和手机——佛教允许有这种程度的傻帽存在吗？钱唐是因为亲了我而内疚吗？也不至于吧。

我暗中警惕起来，歪头阴沉地看旁边的钱唐一眼。这人正无聊地用皮鞋踢地上滚动的雪球，动作利落得出挑。真是怎么打量他，都感觉不太像特有出息的精英。

我还是得找个机会，把话对他说明白的好。

于是，我语重心长地说："钱唐，你觉不觉得，你和刚刚路过我们的那一条苏格兰小猎犬很像。"

"哦，因为长相？"钱唐随口问。最近我总嘲笑他的金丝眼镜，但只要我不骂脏话，他从来不计较我的胡闹。

我缓慢地摇头："不不不，我觉得，你和刚才的那条狗一样。你们都特别想要追我——"

我的本意，是想学叶青那种高深的口气，隐晦提醒钱唐除了当朋友，别打我的歪主意。说真的，钱唐身为一个中年人，就请不要抱着和我早恋的打算了。

但万万没想到，钱唐顿了下后微笑，接着大笑，再然后，他一边咳嗽着憋笑一边掏身上那个小本，把我说的话又全部记下来。

我脸都黑了，等钱唐好不容易止住笑，他才说："我送你手机，并不会影响你学习。我心里有数。"

说得好像他很了解姑奶奶我似的。

"那天请你吃火锅，我以为你会要酒，或者点烟抽。结果你光顾着吃——"他眨眨眼睛。

这话什么意思啊？钱唐第一次请我吃饭，不是说想从我身上找电影灵感吗？我突然灵光一闪："啊，你那破电影到底讲什么的？"

"不良少年。"

我气得又想打他，这人眼瞎啊。姑奶奶到底哪方面像不良少年了！

"形潜能睹，随在智犹迷，然已属难得"，这是钱唐在那天吃火锅后对我的评论，我把那小破本扔给他，郁闷说："你写的话，我一句都看不懂！"

"真的一句都看不懂？"钱唐反问，他口气很淡，望着前方，"特长生，你这么聪明，肯定知道我很欣赏你的个性。因为你确实很特别。但其他的东西，我确实没想法，希望你也明白。"

我真心受不了钱唐话语里隐隐的自大，好像做什么都带着一股倨傲态度似的。到底是谁醉后主动亲的我啊？这人怎么还有理了！

在寒假结束前，我又主动给叶青打求助电话，因为我显然没补完语文作业，打算让她网开一面。

语文课代表接了电话，却不理会我的作业，只来回试探我和钱唐之间的关系。我索性把钱唐扯的那番佛教谈告诉叶青，我和他，就是肉和佛教的关系——也就是没有关系。

叶青在那边沉默很久："李春风，看不出你傻里傻气，有时候看得挺透。我想警告你有关钱唐的事情。"

我注意到，叶青终于不肉麻地叫钱唐为"钱先生"，但随后，我被迫从

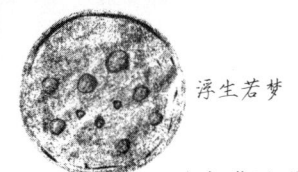

叶青嘴里进一步知道了钱唐的发家史，或者黑历史。

钱唐和他的舍友，在大学暑假里以玩票的性质，合写了部网络小说，没料到爆红，出版后拍摄成电视剧又卖游戏改编权。他舍友很吃了点红利，丢了学业继续写文。钱唐选择利用这机会参与小说的游戏研发。等钱唐舍友第三部小说，失败得连妈都不认得时，钱唐握着优秀大学毕业生的奖状毕业，又拿了大笔的游戏分红和研发盈利。

后来，舍友和钱唐因为版权闹翻，差点对簿公堂，钱唐已经拥有半个游戏公司的股权，他衡量完整个形势，居然利落地把属于自己的一半版权，连同游戏公司的股份高价抛售，干干净净地从淤泥中脱身，成立了自己的影视工作室。

钱唐最初改编了一本恶俗又无聊的泰国言情剧本，捧红了主角到配角一干人。舆论疯狂攻击此连续剧漏洞百出，他动笔写了部古装正剧，重金砸来当红导演和当红演员，这部古装剧的收视率创下5年内全国的最高收视纪录。

随后，本剧女主角被拍到和钱唐共度整夜，而绯闻一周后迅速淡下，娱记又拍到钱唐和另一名陌生女子的亲密照片。钱唐亲口承认那名陌生女子将是新剧的主演，并透露拍摄计划。在这之后，他就像浇了热油的鲤鱼，在娱乐圈这口破锅里蹦来蹦去，身边的女朋友也换来换去。

叶青叹口气："钱唐有才吗？他肯定有才，但有才的人有多少。他走得比谁都远，现在仅仅冠名他工作室名义的剧本，已经比一流编剧的价钱还高。更别说钱唐本人动笔的东西，一流导演还不一定能邀请得到。因为和投资方的关系好，他已经往监制和投资IP电影发展。"

我由衷地赞叹："牛，太牛了，真佩服他！但我的语文作业啊！叶姐姐，我的语文作业一点都没写呢，你能帮我糊弄过去吗？"

叶青说："钱郎，钱狼。"

钱唐有两个外号，欣赏他才华的人会在媒体报纸访问前尊敬叫他声"钱郎"。剩下的人，都阴阳怪气地叫他为"钱狼"。

"他的恋爱绯闻一长串,而且,钱唐只和他自己戏沾边的人传绯闻,女主角非名即贵。每次等戏结束,一切立即停止,没有人能抓住钱唐的把柄。"叶青沉默片刻,"刚开始我佩服钱先生,但现在说不准……没有人能说得准。他出道走到现在,简直一点错事都没做过,一点机会都没放过,一点弯路都没走过,顺风顺水。这种人精,难道不可怕?"

我一直强调自己的语文作业,但叶青就跟我说这些八卦。

"我不知道你和钱先生怎么样,但记住,离他远点。他也算是个好导师,对人也不差,但是,"叶青再压低声音,"张天后和玩具大王的儿子,上个月解除婚约,这事闹得沸沸扬扬。听说就是因为张雪雪看上了钱唐。她只是来客串我们电影——我可听到玩具大王在片场放下狠话,夺妻之恨,不得不报……"

我妈正好敲门问我要不要下楼吃橘子,我听了后,直接挂了叶青的电话跑下去。

跑到客厅,我猛地止住脚步。

我爸在沙发上端端正正地坐着,听下属在跟前说事。我下楼闹出那么大动静,我爸也就往后瞥了眼,反而是他下属眼尖,很虚伪地应酬:"李部长的女儿?长得真清秀。"

我爸目光一转,他已经看到我手里握着的新手机。我一阵紧张,生怕我爸追问这手机从哪来的,拼命在脑海里编个像样点的谎话,结果我爸盯了手机几秒钟,暂时没吭气。

等他下属走了,我非常忐忑,也不敢说话,就坐在沙发边上默默吃橘子。

我妈问我寒假作业写完没有,我说还差语文。话刚说完,我爸的眉松开再皱上,冷冷搭腔:"抓紧时间!"

我爸和我一样不太注重语文,认为那些东西属于无病呻吟。我不爱看书,可能同样遗传于他,小学的时候想订《米老鼠》杂志,我爸虽然没反

对,但脸上那皮笑肉不笑的表情也够可以的。

我继续往嘴里塞橘子,希望赶紧吃完走人。

我妈又嗔怪说:"慢点吃,没有女孩家的样子。"再要站起来给我端杯水,结果被我爸喝止了。

"她不是小孩子,又不是没手没脚,什么事情都让她自己去做。"我爸叫我,"李春风!"

我下意识坐直身体。

"眼睁睁看你妈忙来忙去,合适吗?"

大概是语文作业没补完,大概是听叶青之前说的话太多,大概是从楼上跑下来太喘。我现在特没耐心应付我爸,于是我没理他,把最后一口橘子吃完了就想溜。

我爸却再次叫住我:"李春风,要是下一个学期成绩下降,你自己买的这玩意也别想要!"果然,他指了下我的新手机,"家里有点钱,也不是供你乱花的!别光长岁数,就学会怎么吃吃喝喝,等过了18岁,你就成年了!家里可是不养闲人,你看看国外,多少孩子都能自己赚学费!"

我猛地转过头瞪他:"如果我到了18岁,我能自己赚学费,到时候我看你怎么说!"

我爸一拍沙发,我觉得他应该特满意我说这句话,因为我爸立刻接口:"那你现在更应该用功读书!否则将来没有任何一技之长,又能靠什么来赚钱?搬砖吗?去门口捡垃圾吗?"

我一跺脚,猛地冲上楼,感到憋气,感到气短(这一定说明我是英雄),感到想打人。这种情况,也别指望我去再思考什么钱唐,我赶紧打电话给空手道教练,问他究竟什么时候回来。

教练在电话里说他刚下飞机10分钟,还给我带来日本的零食。我和他讨价还价,磨到了后天的空手道训练,才挂了电话。

第三章　啊！闪亮瞬间

语文老师在一次评阅作文中，不客气地说我缺乏内心世界。

这评价肯定不对。我也是人，当然具备内心世界。我只是不喜欢抒情，因为抒情没水平，抒情很没劲，抒情很低级。更关键的是，抒情会伤心。

通常情况下，我都是深夜里一边抄语文作业，一边痛苦地抒情。

比起语文老师文绉绉又无关痛痒的讽刺，我更喜欢空手道里的血腥惩罚。我从小就练习空手道，也最喜欢这项运动。每当和同伴打招呼，换衣服，站在木地板上，活动关节准备运动，世界上所有的烦恼都变得很小很小。

我唯一不喜欢的，也就是光头教练的絮叨。他说什么空手道不仅仅是进攻的艺术，是对耐力与智慧的修炼，是头脑和控制的合一，是灵与肉的大和谐之类的废话。

隐约记得，我爸曾经教我踢足球的规矩时也说过类似的话，他说在球场上被对方铲倒摔跤后，不应该立刻站起来，反而应该就地打个滚儿，以保护自己的腿关节不受进一步伤害什么的。

但是，我至今学不会滚，面对任何困难，只会抖擞精神，再次猛冲上去。

"先休息一会儿，李春风。"教练又一次把我轻松挥开，再将毛巾砸到我脸上。

"教练，我今天的状态怎么样？"

教练瞪着我，我流着汗，一眼不眨地盯着他，直到他微微露出笑容："今儿还可以，唉，春风你这样的，哪能不可以啊。"

于是我非常高兴，坐在地上拆教练给我的日本糖。旁边和我同阶训练的师姐凑过来，我也分给她们，有几个女生都赶紧拿手机拍照，说从来没有见过这么可爱的包装。

可爱？我低头看了一眼，倒是一点兴趣都没有。

周围人都在玩手机，我闲着也是闲着，就用新手机开始刷社交媒体网站。结果钱唐3秒前更新了一张照片。他好像买了一台新音响正在组装，照片上露出一个塑料盒。

练完空手道回来，我没有先回家，绕到钱唐家小楼的门前瞅了又瞅，开始翻他家墙头。

没一会儿，钱唐闻声走出来，看到是我后，他说："特长生，我家哪天被偷了。警察第一个得上门去找你。"

钱唐家的客厅里，深色木地板搁满了电线和包装纸，像另一个小型拍摄现场。钱唐穿着衬衫，挽着衬衫袖子，在中间走过来走过去，偶尔不经意地看一眼说明书。

我坐在滑溜溜的皮沙发上，边吃他家的巧克力，边默不出声地看着钱唐装那个音响。

嗯，如果你要问我，叶青警告我远离钱唐对我有没有影响？有的。但语文成绩对我重不重要？重要。你看我在乎它们吗？不在乎。这俩答案一样。

我那会是天不怕地不怕的高中生，宇宙资深小超人李大胆。我唯一担心的，就是钱唐喜欢上我，他会给我添麻烦。但钱唐说他没有喜欢我，我也就放心了。

反之，如果是我自己喜欢上钱唐——请相信我，那现在该痛苦和不自在的绝对是钱唐。目前，我可不打算替他操这份闲心。

吃完巧克力，我又看到钱唐家厨房案板上多了一罐奶粉，而且是一罐挺眼熟的婴儿奶粉。

钱唐安装好音响，打开调控。他在交响乐中提高声音说："你春节不是也看到老钱了？他是我父亲，因为公务从本市转机，顺便到我这里过年。我这段时间里推了工作一直陪老爷子，他前天刚走。"又苦笑，"要不是你陪我跑步，那时间就更煎熬。这不，老爷子走了，我立马给自己买个大件安慰自己。"

我有点不相信："超市的大爷是你爸？"没可能吧，长得一点都不像。钱唐是被领养的？

"那帮老律师不知道从哪打听的养生方法，开始流行喝婴儿奶粉保健。我父亲也跟风，结果买来的婴儿奶粉味很怪。老头儿压根没喝几口，全留在这里。唉，我母亲没管他，就让他随便折腾吧。人老了，有些事想做总归是好的。"

钱唐说起他爸，口气带点揶揄，但也非常亲热。

我联想到老大爷很豪迈地说"待会自有人结账"，估计钱唐家里的关系很和谐，是传说中能随便开玩笑、一起吃饭和一起郊游的家庭关系。

但我家从不这样。我妈和我爸吃饭时，我都不敢插嘴，他们只讨论什么什么调动，什么什么项目。偶尔谈起我，都是问成绩。我在家很少吃东西，饿了就喜欢去外面啃零食。

"不好好吃饭，怪不得长不高。"钱唐轻描淡写地总结。他每次听我抱怨这些，半点都不会追问。

但随后，钱唐开始撺掇我，要我把他家那几罐剩下婴儿奶粉拿走。看上去，他巴不得赶紧打发这几罐奶粉呢。

放完寒假，西中新学期开学，我蹬着新买的山地车去学校。

班长收学生证的时候，我在班级里找了几圈，没有看到叶青的身影。

不知道是不是之前贸然挂电话让叶青生气了，之后跟她几次短信说抱歉，她都没联系我。幸好我的寒假作业，已经写得七七八八。至于几篇古文题，最后直接放弃了，姑奶奶短暂的青春，可不打算写那么多废话。

仅仅放了一个月的寒假，我的脸盲症又有加重的趋势，真得看着花名单，才能重新认识同班同学。班主任换了几个同学的座位，我继续是正数第三排，而羚羊学霸调到我后排右边，至于我的同桌是，嗯，嗯——

"李春风，你在搞笑吗？我在你旁边坐了这么久，你依旧连我的名字都叫不出来。"班长抱臂看着我。

我尴尬地低头看她的名字，张嘴却没发出一点声。

这事不能完全怪我，我同桌的名字叫亓妡。她的姓不认识就算了，这名我也不认识。她的家长得多仇恨社会，才能给孩子取出这名？

"我是体育特长生，学习也不特别好。要不你提醒一下我。"

如果我读懂了亓妡的唇语，大概她想让我滚。忘了说，亓妡是开学典礼上的"德"姑娘，各种 NGO 组织都参加过。她现在是我们班班长、年级学生会副主席，入党积极分子，英语特别得好，唱歌也好听。

我真怀疑，语文老师对学生有什么古怪收藏癖，要不然我们班怎么混来四个"德智体美"，这概率未免略高了吧。

亓妡是重点高中标准的好学生，无穷精力，无穷爱好，热爱社会，全心贡献。这明显就和我不太搭调啊。我上文科课基本全趴着，有时候精神不好还会睡过去。

我听历史课正无聊的时候，裤兜里手机震动一下，还以为是订阅的手机冷笑话大全，拖到下课才打开看。但那是一条短信，"我在西中。"

发件人是钱唐。

我猛地从座位跳起来，差点把旁边做题的羚羊吓倒，但我可不管他，跑到走廊给打电话。

对方电话响了一声，我怕这行为有点贸然就赶紧挂断了，打算发个短信先问问，结果钱唐立刻又给我打回来。"下课了？"他问我。

"哦哦哦，你又是怎么知道的？"

钱唐沉默片刻："你们的打铃不是震动，是全校公放。"

我恍然大悟地"哦"了一声。

我气喘吁吁跑到学校办公区的停车场。钱唐的跑车安静地泊在停车位上，钱唐本人正靠在低矮的车头前吸烟。

虽然进入3月份，但天气还没回暖，他永远穿那么少，寒风里丝毫不畏惧的样子，真神奇。

"你又要来我们学校拍戏了吗？"我兴高采烈地问，"我又能搭便车了吗？"

钱唐却摇摇头："今天来一趟西中办事。"又问我，"什么时候放学？"

"还有两节课呢。"

他想了想："我等你放学，送你回家。"

我实在忍不住猜测，钱唐在他辉煌的人生，是不是又遇到什么挫折了。总感觉这人平时冷酷无情难捉摸，只有逆境中才会露出一点善良。

钱唐没理我，他说："想找个清静的地方，自己琢磨点事，回去后还有一堆人应付，特别费脑子。"随后摆出个淡淡的表情，"不过你说的也没错，我的确遇上事了。"

嘿，瞧我说什么来着！

"西中发了律师信，让剧组把在西中拍摄的全部电影戏份和镜头都删除，损失很大。刚才我和校长来谈得就是这个。"钱唐平淡的口气好像说的完全是外人的事，"局面闹得很僵，另一个总制片人和律师依旧在楼上谈。"

我伸着脖子等了又等，等到钱唐手里的烟都快灭了，才知道这人不打算跟我透露更多。唉，钱唐风度永远那么好，但永远那么多心眼和那么多保留，这让我很生气，想阉了他。

钱唐再问我："你怎么跑来找我，不上课了？"

钱唐并没有主动叫我来看他，是我自己巴巴地跑到停车场想见他。唉，我现在很舍不得离开,想跟他再胡侃几句,但下节课又是我超级喜欢的数学老师,少上他的课1分钟,就像少吃一口肉。

我想了想:"那成吧,我先走了。"

我转头快跑几步,又犹豫地停下脚步。钱唐依旧站在冷风里看我。他微笑着朝我摆摆手,我再一咬牙,依依不舍地跑走了。

好不容易等到放学,我动作很快地收拾好书包,听老师布置完作业后快速冲下楼。

钱唐虽然答应送我回家,但他这人总是来无影去无踪,我挺怕他一声不响就走掉。

直到这时候,我终于承认自己挺在乎钱唐。刚开始,是因为他身上那股说不清道不来的劲儿,再往后……再往后我也说不好,也许只是图个新鲜吧。

我坐在钱唐暖和的车上,啃中午剩下来的苹果,含含糊糊问他事情解决没有。

钱唐敷衍地摇头,前方是红灯,他缓慢地停了车。

也就正在这时,车身突然从后方受到巨大撞击,整辆车都往前出溜了三米多。我没提防,一下子往前面的挡风玻璃上弹过去,中途被安全带生硬拉回来。

旁边的钱唐也好不了哪去,他一手挡在我面前:"怎么样?"

话音刚落,撞击感又传来,比上次轻了些,但依旧让人很难受。我紧紧抓住把手,从后视镜上看到是一辆停在钱唐后面的车正在打方向盘,显然还想继续往前开过来。

这是学校外边比较僻静的单行小道,即使对方想超车,也可以从道路左边平行而过——根本不是意外追尾,那辆车就是故意想撞我们的!

钱唐肯定想到这点。他眼也不眨地望着后视镜,身上那种有点厉害和冷酷的劲儿又出来了。

钱唐对我扔下一句"抓紧，坐好"，接着面不改色的倒车。是的，钱唐一边盯着后视镜，一边手势娴熟地倒车。跟演好莱坞电影似的，我们的车作为回击，下一秒用车尾狠狠撞到后面那辆车——主动撞人和被撞显然有很大区别，这次的撞击感比前两次震感都强，但没有前两次那么让人不爽。

对方显然没预料到钱唐也是硬来的主，一时倒有些犹豫地刹住了车。

钱唐立刻趁着这空隙，踩油门开走。

但很快，后面那辆车又追上来，这次，对方没有继续撞钱唐的车屁股，开到和我们平行，但车窗玻璃是黑的，也看不清驾驶员的样子。

钱唐把他这边车窗降到一半，在冷风中，略微扬声说："有话要嘱咐钱某我？"

那一辆很破的桑塔纳又和我们并行开了一会，随后，不紧不慢地要矮下车窗——说时迟，那时快，我解开自己安全带，离开座位，扒着左边车窗朝对方大吼："脑子都是海水啊？凭什么撞车？老子还坐在车上吃东西呢你知不知道？你是不是想死啊！我跟你说我要是少了一根汗毛，我爸第一个先打死我，第二个杀你全家！有事说事，找麻烦看准对象！我还在车上好不好？你眼这么瞎，就别出来混，先去治眼睛！"

钱唐在我扑过来的瞬间，他身体一震，立刻稳住方向盘，呵斥道："李春风，你给我坐回去！"

桑塔纳里的人听我这么叫嚣，缓慢降下的车窗，居然又要升上去。

我这个人，别提多聪明。敌人走一步，我就想到了三步（那成语怎么说，我一时想不起来）。

两车的车距很近，我大半个身子探出去，在摇晃的双车中，把没吃几口的苹果堵到了对方车槽，防止他进一步关窗，我再将放学后买来的可乐狠狠摇了几摇，开罐后，狠狠朝着对方驾驶座扔过去——肯定扔中了，因为我听到可乐持续地喷白沫的声响。

整个过程只有8秒。感谢空手道和多年素质训练，我做得行云流水，身体快于脑子。而等我脑子终于反应过来，已经被猛拽回车。

钱唐一边开车，一边用胳膊夹着我。他把车拐到正路，那辆破旧的无牌幽灵桑塔纳被甩开，现在旁边都是正经车，不会再有人蓄意追尾。

我的心跳慢慢平息，试着想挣脱，但钱唐的手臂硬得掰不动。我在他怀里略微一动，就能闻到那股有点熟悉的气味。脸开始臊得慌，估计刚才在车窗外吹得有点感冒。

"你再不放手，我打你了！"我威胁他。

钱唐没有回答，也没有松手。过了一会，他在我头顶上方问："李春风，你多大岁数？"

我皱眉，这人记性不太好吧。但我也忘记自己有没有跟他说过岁数。

"我？我15岁，不，我今年都16啦。"

钱唐松开我，又看了我一眼。每当他这么望着人，我都特想把钱唐那破金丝眼镜扔了，因为那表情特别像大灰狼，而且，是肚子里想法比较多的那种大灰狼。

我还以为钱唐对我年龄要说什么，非常警惕。结果钱唐把车又一拐，驶进一个地下车库。

钱唐停车后，捞出一件长风衣，让我穿上。

"我不穿，我要回家。"我冷下脸对钱唐说，"你把我带哪儿了？我回家晚了，我妈得说我。"

钱唐直接将风衣扔给我，他就推门下车，绕到柱子后面打电话。

我抱着风衣要朝他扔回去，但联想刚才撞车那一幕，又感觉后怕。叶青说得对，这男的不是好人。平白无故地走在路上，就被人撞车，这明显是来找他寻仇的！我得和钱唐保持点距离，为了好奇心把姑奶奶的命搭上，很很很很很不值得。

钱唐走过来，他把我从车里拉下来，将风衣披到我身上，拥着我往前走，那姿势几乎可以说是亲密了。

"你不能立刻回家。"钱唐好像对我的愤怒毫无察觉，只用平淡又不能抗拒地口吻安抚我,"再给我半小时,让我把事情处理完。特长生,今天非常抱歉。"

我马上就要翻脸,却听钱唐说:"但李春风,你还真是当事不惧,为……"

"噢噢噢噢你闭嘴先!"

上了电梯,我发现钱唐带我来的是一家很知名也很大型的商区。我小时候老来这里滑冰馆滑冰,寒假经常来附近上补习课。

我这才略微安心,也不怕钱唐把我偷偷卖了。

但等他押着我来到一家奢侈店里,我可就有点慌了。而钱唐很自然地把店长叫出来,指着我:"给她挑全套衣服和鞋,"顿了顿,看了我眼,"得再化个淡妆吧。"

"你想干吗?"我猛地挣开他。

钱唐被我推得连续退后几步,不过,钱唐比他爸坚强,腰狠狠撞到玻璃柜台的尖角边缘,都没显出痛的表情。他继续淡淡说:"换上新衣服,我让人送你回家。"又补充,"是想明天和我一起出现在杂志里?照我说的去做,特长生,你乖一点,不然没人有能耐把你从摄像里删了。"

店长给我拿来几条裤子,尺码不对,不然就是太花哨。你能想到牛仔裤上,全缝着细小的水钻吗。我穿上后和印度阿三唯一的区别,就是我可能还白一点。

"小码的衣服每次到店就已经被预定完了。"店长迟疑,"小姐,你身材太瘦,西装裤又不适合你年龄。不介意的话,我可以拿来童装最大尺码——"

童装?要不是她是女人,我一点都不介意地想打她。但现在,我就希望赶紧回家。

店长看我不说话,再迟疑地拿来另一套成人裙子。

我接过来,一到手,就感到非常满意,那条小黑裙的价签上是五位数。

哈哈哈哈哈哈，五位数。编剧业不是有钱吗？我倒要看看钱唐愿不愿意花这份冤枉钱。到时候，他得亲自跪在面前，求我不要买。

换好衣服，我忍耐闭着眼睛，让店长在我脸上涂了点东西，又略微整理一下头发。全部搞好，我提着书包从试衣间走出来。

专卖店的黑白相间大理石，让人不爽。过于明亮的灯光，让人不爽。镜子里那个穿裙子提书包的小姑娘，让人不爽。我尽量避免看自己，四处张望钱唐。

钱唐并没有在店里等我，正站在外面低声和身边的人说话。

来商场前的路上，他的确打了几个电话，没想到，救星到得这么快。

我好久不穿裙子，路都不会走，别别扭扭蠕动过来。店长跟在我后面，貌似很有眼力见地替我拿着书包。估计怕钱唐不交钱就跑，于是拿着我书包当抵押。

我走过来，钱唐和他身边的人止住话头，齐齐望着我，一时间没人说话，后来有个人吹了声口哨。

"钱爷，这妞不错，哪个公司的？"

我沉着脸瞪他一眼，钱唐也没搭理，他走过来对我说："打扮不错。"叫来一个人，让我跟着他走。

我没好气："我的书包！我的校服！我的球鞋！"

钱唐从店长手里接过来衣服和书包，再给我送过来。他表情缓和一点，低声说："哪天带你出去吃顿饭来压惊。"

闹出那么大事，他就光知道吃吃吃吃吃。我转了转眼珠，想到钱唐今天的车被撞了，我的衣服又估计花了他不少钱，略微压下气。

我严肃地说："今天这事，你得给我个解释。"

钱唐说没问题，我俩一时又相对沉默。我又说："那你写我的剧本里，记得要把撞车的一幕写上。"

钱唐忍不住扶了下额头。他打发我："你赶紧回家。"

钱唐指派送我回家的人，显然对我很好奇。几次等红灯的时候，他都忍不住从后视镜里偷看我。

最后一次偷看，被我正好抓包，对方也不尴尬，朝我龇牙一笑，把车缓慢停在路边。

"你要干什么？"我很警惕，离我家还有两个街区呢。

他笑着说："嘿嘿，你千万别紧张，我是钱老师的助理。钱老师吩咐我在这里停下，让你先把原来的校服重新换回来。我下车抽根烟，小丫头，你自己在车里换衣服。"

我在窄小的后车厢费力地脱下裙子，换上熟悉的校服。刚拉上校服上衣的拉链，后座车门就被打开，一股子冷风吹到后脖子。我随手拿起包装袋，狠狠地朝来人砸过去。

"啊哟"一声，居然是个挺好看的女的。我尴尬地连声道歉，对方被我砸得很不高兴，但也没说什么。她捂着额头，递来湿纸巾，让我记住把脸上的妆抹了，随后绕到前座坐着。

我也不知道这女的是谁，但过了一会，她突然问我："你是钱唐的亲戚？"

我愣了一下："呃，不是。"想了想，努力显出自信，"我们是朋友。"

前方却传来冷笑："他把你藏得好。天后和小薛这还头破血流地争虚名分，谁都不知道，他还有你在这儿蹲着呢！"

我不由得沉下脸，简直受够了！但凡跟钱唐沾边的，一个个说话令人听不懂。

钱唐的助理这时候重新上车，看了一眼副驾驶座那女的，好像并不意外，他只是说："你千万得知道什么时候该闭嘴，不然，太容易把自己当回事。"然后，他回头客气地对我说，"小丫头穿好了啊？后座有水，你渴了就喝，别客气。"

我很渴也很饿，今天一直努力压着的满腔怒火终于憋不住。我狠狠踹一

脚副驾驶座的椅子背，怒声说："我跟钱唐就是朋友，你别总瞎说！还有，你又是谁啊！咱俩认识吗！"

那女的后座被我踢得一震，倒也没吱声。钱唐助理却不生气我踹他车，反而开始嘎嘎嘎嘎地乱笑，反光镜里露出一口白牙。

"哇噻，这脾气可真大！挺好挺好，这样才不容易受我们老师欺负！"

街角有家麦当劳，每到放学，都是附近高中生的天下。钱唐助理的车在麦当劳门口把我放下，他又往我手里塞了个纸袋。

"咱们以后肯定还能再见着。"他奸笑着说，"留下次，我再跟你做自我介绍。"

我不答话，抬脚又想踹车。但小轿车一溜烟地就开走了，我在后面紧追几步，气喘地停下脚步。

天已经全黑了，我光记得，自己收拾书包从教室里跑出来找钱唐。其他的事情呢？其他的事太离奇，记忆发生了一点混乱。

钱唐从没有在我面前，遮掩过他成年人的生活，但有关钱唐的世界，太光怪陆离，只略微掀开一角，我就受不了了——这根本不是一个正常高中生应该能接触的世界吧？

我在熙熙攘攘的麦当劳门口，傻站半天。这时，一个人叫我名字，原来是亓妡，她正和西中的学生会的同学在麦当劳喝咖啡，问我要不要参与，我赶紧拒绝，头重脚轻地跑回家。

已经七点半了，史上回家最晚。我妈几次打我电话都没人接，吓得不得了。

我爸黑着脸站门口，先喝问我："李春风，你手里提着什么？"

我这才注意到拎着一个纸袋，是钱唐助理临走塞给我的，看包装估计是新买的裙子。完了完了，钱唐送我的手机，可以说自己买的，五位数的裙子就绝对蒙不过我爸，信用卡也没记录。怎么办、怎么办、怎么办？

我在我爸的催促声中，磨蹭地打开袋子，里面居然是几本全新的高一下半学期练习题册和买书发票，除此以外，还有两盒没打开的蛋挞——这真是我的作风。雁过啄一口。

我盯着袋子里的东西，再傻也能编出谎话，只说自己放学后去书店，忘记时间所以晚回家。

我爸上下看看挑不出错，又怀疑地盯着我："你头上夹着什么？"

我（假装）镇定地从头上摸下一个硬邦邦又冰凉的东西。估计试衣服时店长往我头上戴的。山茶花的明显标志，但外面地摊也有大把大把的仿品，不难糊弄。

我整个人就硬气起来："怎么，我戴个发夹都不行？"

我爸刚要冷笑开口指责，估计想起我的性别，立刻闪电般换了借口。他将蛋挞摔进垃圾桶，冷声说："怎么总在外面买零食？零花钱给太多？这些甜食有营养吗？干净吗？整天不知道学习，就光知道吃？"

我爸还要继续叨叨，但被我妈推走了。我妈让我洗手吃饭，然后柔声嘱咐我下次去书店或者回家晚了，都要跟家里说一声原因。

这事才终于无声无息地过去。

之后几天，我紧张地拿手机刷娱乐信息。

我不知道自己那天的举动，有没有给钱唐惹来麻烦，但我的名字和照片没有出现在任何媒体报道里。与此同时，钱唐那方也没有曝出新的绯闻。唯一有关钱唐的消息，是他和某香港娱乐公司的老板一起签了个什么声明什么协议。

我连续刷了几天手机新闻都一无所获，不由得开始怀疑，钱唐搞出那么多花招，又是类似开学典礼上那样在耍我玩。这家伙！他肯定会消失某段时间，然后再跟鬼一样若无其事地冒出来，当什么都没发生过。

到了下一个周五，我在晚自习的间隙，飞奔去西中门口的小吃摊买章鱼烧，混乱中，肩膀被人拍了拍。

"我也正排队呢，别催别催。"

过了一会，我突然觉得不对，猛地回头，就看到钱唐本人正站在我身后。

我呆呆地瞪着钱唐，脑海里冒出那么多问题，就汇成一句话——他究竟从哪里冒出来的。

钱唐微笑说："特长生，我猜能在这里找到你。"

我说不出话，不知道为什么，我在钱唐面前总是会突然心跳加速，非得相处会儿才能自然。

钱唐不等我说话，递来一个袋子。这次的袋子里，才是我那天试穿的巨贵小黑裙。他居然真的买下来送我了！随后，钱唐轻松地告诉我他在短短这几天里，电影撤资，他身为总制片人因为解约，身后欠了一大笔债。所谓积土风云起，不差毫沙（这句话可以忽略）。就算退掉裙子，现金也要3个月后才能打在他停用的信用卡里。不如真的买下来送给我。

我简直呆了。欠债，他怎么又欠债了？钱唐总是云淡风轻地丢来爆炸性消息。还没等我发问，他又说："你是不是有一个同班女同学，她在我电影里演阿梨……"

"叶青？"

"对，那女孩的头脑很玲珑。就可惜，她母亲只愿意看眼前利益。"钱唐顿了顿，他说，"特长生，有关我的事情，单独解释起来有点复杂。你可以去问问那个叫叶青的同学，反正我的电影已经拍不成，她马上就要回学校读书了。"

钱唐明明答应过，他会就撞车意外给我一个解释，但现在，他公然违约，只打发我自己去问叶青。这态度够不要脸也够自信，就好像钱唐确认每个人都认识自己，他也完全不在乎别人嘴里怎么评价自己。

此时此刻，钱唐陪我站在一堆同样饥饿的西中学生当中。他没有穿西装，没有戴墨镜、帽子，全身很低调的打扮。但我几乎百分之八十地肯定，钱唐在高中时期就已经是呼风唤雨级别的人物，也绝对是校草呢。

我真想告诉钱唐,我早从叶青那里知道他是资深人渣,我还可以骂一句脏话。但憋了半天,我把那袋子递给钱唐:"你把裙子退了吧,挺多钱的。你不用买给我。"

钱唐微微扬起眉:"你这是想跟我划清界限吗?"

他居然还敢数落我不仗义。"我替你背黑锅都不止一次两次了吧?"我没好气,突然想到一词,"仗义总为杀狗徒,负心全是读书人!这就说你呢!"

钱唐一笑。他眼睛向来特别有神,但现在,我都能看得出疲倦,也不知道这两天都经历了什么。

他说:"答应送人的礼物,不能往回收。再说,这裙子可是我信用卡停掉前最后刷的东西,送给你,不是也挺有纪念意义的?"

我俩站在章鱼烧的门口一时僵持,周围的学生走来走去,几乎冲散了我们。终于,我架不住他那淡定眼神,满脸悲壮地接过那袋子。

钱唐点点头,他说:"再说一次很抱歉,特长生。"

关于眼前这个西中校友,我肚子里实在有太多的疑问,先挑了个最近的。"你的车没事吧?"这几天在小区里,我都没看到他的车。

"已经送去厂里返修。"钱唐依旧招牌的平淡表情,若无其事的,压根不见心疼的,唯独眼神显得有点冷酷,"下次不应该用车尾撞——我的发动机安在车尾,剧烈撞击也许会产生爆炸。"

我再次目瞪口呆。说实话,我身为李大胆办事再莽撞,但和不要命的一比还是显得没档次啊。

钱唐看我表情后却再失笑。这时,钱唐的手机响了,他看都没看直接挂掉,却把我刚买的章鱼烧抽走:"给我吧,我正好今天没时间吃饭。"

我跟着他走出人群,而小吃摊旁边,停着一辆鲜黄色的敞篷跑车。驾驶座上有一个50多岁的高瘦老女人,大红唇,挑染的短发,鼻子里喷着烟,姿态高傲,正吊着眼睛藐视旁边围观她跑车的西中高中生。

钱唐在众人的目光中,捧着章鱼烧,姿态自然地坐进副驾驶座。

我跟在他身后,简直震惊到无语。怪不得钱唐不心疼自己的车,合着他已经立马换了辆新车,还白饶一女司机。

"欠你两顿饭了。"钱唐毫不顾忌任何人,他笑着对跟出来的我说,"我今天是来西中特意见你的,特长生。"

旁边的老女人看了看我,看了看他,最后再看了看我。

这时我又该说点什么呢?我心里狂冒着酸水儿,能说这人吃软饭都能吃得这么坦荡,我真服了他吗。我实在忍不住,回了个从近而远的中指。

钱唐朝我笑了笑,随后,他身边那个老女人就把跑车开走了。

我怀着无可奈何的失落情绪,独自回到班级里。亓妡还正歪着身子和旁边的女生聊天,她估计第一次见到我没拿吃的回来,慢悠悠问:"李春风,你终于不吃垃圾食品啦?"

亓妡和叶青都像大人,这表现在她们想的事和做的事都很稳妥,一丁点儿都不馋嘴。如果换了她们当了我爸的女儿,我爸可能会喜欢她们点儿。但即使成熟如叶青,也在钱唐口中被称为"小姑娘"。所以,我在钱唐眼里究竟是什么,简直不想探究。

钱唐的车位在那天之后,一直都是空的。

出于一种不爽的心情,我也没去他家的小院门口看,虽然我知道,这家伙还好好活着。网上钱唐的资料很多。他的名气属于光与暗的交界处,但所有动态新闻都是第一线。

钱唐本人不高调,除了早期合写期间,和他舍友接受过一次很模糊的视频采访,之后所有采访都是书面形式。不过官方消息虽然少,不代表花边新闻少啊。

我输入钱唐的名字,智能搜索跳出的关键词,是10多名和他传过绯闻的女艺人名字,往下拉还有一名男导演的图片蹦出来!

每当钱唐或他那工作室有什么新剧本拍摄计划流出,他就开始和女艺人传各种火爆的绯闻,媒体争相猜测这次又是谁有幸"羊入狼口"。而偏偏钱唐的外号,还真叫"钱狼"。这更好笑吧?我简直快笑死了,笑完后啪嗒合上电脑。

那天晚上,我第一次隐隐体会到钱唐身上的复杂性。说他谨慎吧,这人倒真敢主动去撞车;说他莽撞吧,钱唐在这么乱的时候,还能记得搞来那几本高一新题糊弄过我爸。而如果只读娱乐新闻,钱唐就是一个风流公子哥儿形象,和现实中总神色匆匆、守口如瓶的他完全不同。

真是一个有点矛盾到可怕的个性!

我打了个哆嗦,把钱唐送我的黑裙子,连包装带纸袋的扔进装玩偶的柜子里,没有再碰它。

后来有一天,我爸在餐桌上突然对我说:"李春风,我在电视上看到你了。"

我嘴里的梅菜扣肉少了大部分的好滋味,直到我爸说什么西中建立本市第一个空手道社团,上面有我的照片出现在本市新闻里,我才敢把腮帮子里的肉咽下去。

我咬着筷子苦苦地回忆,终于回忆起来曾经参加了西中的空手道社团。但我把那个据说跟着日本什么流大师的亲授子弟副主席打哭之后,平时活动和训练就再也没我的事了。当然,西中空手道社团有什么活动,还是得打着本团长的名号——没办法,姑奶奶活得就是这么拽。

我爸说:"听说你们这次参加本市比赛,有一场比赛要和白区附中打?"

我真心不知道社团的活动,也不关心,就哼哼哈哈地想应付过去。但我爸居然接着说:"注意遵守规则。"

"嗯?"

"别又给我惹事。"

"啊?"

我压根就没听懂,我爸却失去耐心,他把筷子搁下:"上次空手道比赛,

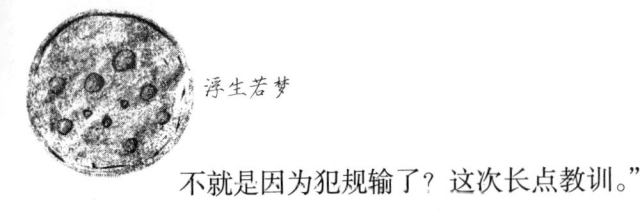

不就是因为犯规输了？这次长点教训。"

我跑到八辈子都没去的西中空手道训练社，把社团的赛程表要到手，才明白我爸嘴里说的是怎么一回事。

本市要举办高中生运动赛，什么篮球足球健美操赛跑之类都可以参加。空手道算小众项目，专业性和经费要求都挺高，本市建立空手道社团的学校就8所，4所还是体育校。西中今年才新成立空手道社团，但野心不小，居然想保四争三。

空手道社团的副主席看我脸色阴晴不定，在旁边小声的叫我："团长——"

我说："叫什么团长啊，叫我大哥！"

副主席泰不由得翻了个白眼。

泰是高二的学生，也参加了西中空手道社团。他初中时曾去日本交换过两年，学了身特别英俊又特别没用的空手道，那身优美的小花拳对别人也许有用，但对我没戏。5分钟内我踹了他三脚，这还算手下留情了呢。在此之后，泰对我一直保持尊敬但又不屑一顾的状态。

"李团长，"他这么叫我，我也就忍了，"本市最好的高中空手道社团是白区附中和连山中学。团体比赛要四个人，你想参加这次的比赛吗？"

我干脆地回绝："不想。"

泰噎了一下，但他也不意外："没关系。"

我翻着那页纸，顺便问他："你高二的作业不多吗，怎么还能有时候参加比赛？"

泰轻松地说："那也有时间练空手道。"

我叹了口气，有点羡慕。上重点高中还能参加课外活动的人可真行，学渣如我，明显感觉高一下半学期的课程更紧张。通常一份数学作业15道题，我至少有8道缺乏头绪。为了课业就很忙很累，连教练那里都请了好几次假，也没精力参加学校里的比赛。

"得了，你们好好训练吧。下星期开始，我每周也至少来一次社团活动吧。老不来也不好。"

我转身准备走，才发现脚下还踩着张纸，捡起来发现是比赛人员的正式安排。泰刚刚还问我参不参加比赛，但看起来，他压根没打算请我，西中的领队已经印着他自己的名字，以及白区附中的空手道社团的领队程诺。我隐约觉得，这个人名有点眼熟。

泰有点慌手慌脚地想拿过这张纸，我沉着脸说松手，他也就眼睁睁看着我把比赛表抽走了。

我没上高中前，就知道西中和白区附中之间的恩怨。

基本两所闲得发慌的重点学校之间斗呗。据说中华人民共和国建立多少年，西中和白区附中为了争夺本市第一重点学校的名头，就激烈地厮杀了多少年。

白区附中新修了个游泳馆，西中24小时内让施工队重修跑道；西中在芝麻大点的校园里努力腾个地建了天文馆，白区附中马不停蹄地贴上"欢迎××航天员的孩子来本校就读"的锦旗。白区附中整天吹嘘自己理科实验班，西中恨不得把院士都请来教我们高中生。

硬件条件就不说了，两个学校在每年的升学率，考试不及格率和优秀率，以及各种奖项都暗暗较劲。我当初填志愿，在西中和白区附中选了前者。倒不是有偏好，纯粹因为西中离我家更近。

但是，我就一直没想起来，白区附中的程诺是什么人物。

直到上完两节课，语文老师突然放下课本，点我名："李春风，你清醒点，别再长睡不醒了！"

我从课桌上抬起头，瞬时间想起来的却是别的。曾经在青少年比赛里，被我打出场地的涂着脚趾丫油洋娃娃，她的名字不就叫程诺！她的家长和我爸是同事！怪不得，我爸冷不丁地就跟我提起空手道这事，还让我这次比赛别输呢。气死我了！

浮生若梦

我自个儿不想参加学校举办的比赛，但白区附中空手道社团是什么水平？万一多几个像程诺那样的洋娃娃，泰那一帮人肯定赢不了，到时候还得连累我受我爸数落。

我找万能广大的亓妡，让她帮我借了一套白区附中的校服。

亓妡答应后又故意问我："李春风，我帮你借校服，你打算怎么谢我？"

我糊弄她："我亲你一口行吗？"

原本以为亓妡要骂我神经病，结果估计她在国外做义工混久了，接触了些不正当的人，还真的把脸凑过来："好呀，能让你亲一口也好！"

我在亓妡和她那帮学生会的混蛋朋友发出的笑声里，闷闷不乐地换上白区附中的校服。唉，当初真的应该报考白区附中，这样能少碰到很多神经校友。

白区附中和西中隔着4千米，蹬自行车20多分钟就到了。白区附中的校园四处盖着新楼，体育馆也不叫体育馆，叫什么文化活动A楼，我走不多一会就彻底迷路，拉住急匆匆走的一人问路。

他往前一指："这你还认不出来，跟着男生下课跑的方向就行。"

等我奋力从一堆打球和踢球的男生中挤出来，找到了据说是白区附中的空手道活动场所。我蹲在墙角里，默默地看了一会白区附中的空手道社团训练，就把心放到肚子里。

看来白区附中派去参加运动会的，同样是一群花拳绣腿的小白痴，泰还是有很大的赢面。

我刺探完军情后就准备走，等拐弯下楼前，一个巨漂亮的小姑娘带领几个空手道的人往上走。

那就是叫程诺的洋娃娃，她现在穿着白区附中的白色校服，居然显得更招摇了。如果头顶上方再有樱花花瓣飘一下，周围再有点背景音乐，基本就是美少女战士的隆重出场。

我面不改色地继续下台阶，目光和她相碰了一下也不慌张，知道她肯定认不出来我。

"李春风?"

我差点跌下楼。这声音是从洋娃娃的身后传来的,我们班的羚羊学霸正从台阶下面奇怪地看着我,而我扶稳楼梯,心情可以用四个字来形容:大吃一惊。

原本上楼的洋娃娃停下脚步,一双大眼睛先不解地看了看我,再用很亲热但语气又刻意压得很淡的声音说:"哥,你来我学校干什么?"

我看羚羊快步走上台阶,才知道洋娃娃正和他说话。他俩怎么认识?而且她叫他什么,"哥"?我没听错吧,这"哥"是真哥还是敬语?

羚羊很奇怪地看我一眼,但看我满脸紧张,明智地决定不追究。

"不好意思,同学,认错人了。"

我知道羚羊在替我解围。但是,为什么他穿黄色的西中校服,都能大摇大摆地进宿敌学校?白区附中门口的保安都是摆设吗?早知如此,我根本不用求亓妧帮我借校服!

羚羊和洋娃娃并肩亲热地走了,我满脑子糨糊,又不太敢考验"李春风"这名字能给别人留下的深刻程度,只好先溜走。

回家后,我赶紧问我爸,他那个姓程的同事除了女儿,是不是还有个儿子。

我爸面无表情地说是,又补充说他的同事有两个儿子和一个女儿。他说这话时,我能感觉到他心里发出的巨大叹息。我爸现在肯定在想,他李京这一辈子为什么只有个女儿,还是眼前这样的货色。

"爸爸,学校这次的团体空手道比赛,我不能参加了。"我也不知道自己为什么突然想把这事告诉我爸,估计也就想让他更恼火吧,"反正,我这次不能和你同事的女儿打了。"

我爸听后居然不太失落。

他好像在安慰我,又好像自言自语:"不能打了?那你好好学习,我心

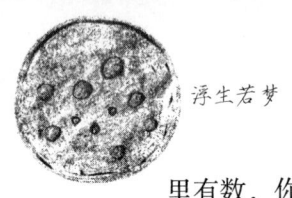

里有数，你比那个叫什么程诺的好多了。"

我刚有一点高兴和巨大的内疚，就听我爸继续漫不经心地说，"那小女孩身体不好，她家长当初让她学空手道，纯粹强身健体。至于你，从小就学空手道，现在赢了她也不稀奇。除了体育，你也得学习成绩比她好，这个才有用。"

气得我又是说不出话来。

实话讲，我不参加学校的比赛，不仅仅是因为嫌他们水平低，或者浪费我时间，而是我不想遂我爸的意思，仅仅盼望得到我爸的认同，专门做一件事——我15年的人生里已经做得够多。

那天之后，我在班里对羚羊有点敬而远之。

我俩谁都没提在白区附中的相遇，班里好像没第二个人知道，这个衣着朴素的学霸是双胞胎，他还有一个洋娃娃般漂亮的妹妹。而现在羚羊的头发又跟吃了药般地疯长，班草的美名再次默默离开他。

我已经完全接受西中学生的身份，平时除了校服，不穿别的衣服。高一下半学期，老师组织针对性的学科考试，我看着自己始终中等的数理成绩和始终在及格线哭泣的语文成绩发愁，思考除了厨子和运动员以外的前途。

也就这时候，消失很久的叶青回来了。

她带回来两个消息。第一，叶青已经成功说服她妈停了她所谓的"演艺事业"，让她先专心读书参加高考。第二，叶青客串的电影彻底黄了。

那是钱唐编导的电影。他当初还说要送我票去电影院里看呢。

我虽然早知道了，但听了这消息还是迟疑半天："什么叫彻底黄了？"

"投资方撤资，所有演员合同全毁，钱和努力都砸水里了——"叶青突然止住话题，她看着我，露出个小巧地微笑，"李春风，你在关心谁呀？"

我不高兴地说："你说话就说话，别带吱吱呀呀的感叹词。你现在可不是课代表了。"

因为叶青总不来上课，班主任老师已经指派另一个女生当课代表，我现在也不用巴结前语文课代表。

叶青收起笑容："李春风，你这人会不会聊天……好吧，反正，钱唐自己是这电影的主笔，也是主要制片人和投资人。当初这电影好几个传媒大咖竞相制作，上映日期经过计算，原本还想拿去海外参加几个奖。现在突然闹成这样。我也不知道太多内幕，光知道钱唐砸了一大笔资金在里面呢，这两个月的日子特别不好过。哦对了，他的那个工作室已经将近解散了，那里养活着50多口人。"

她拿带着香味的纸巾，仔细地擦课桌上不存在的灰尘，慢腾腾地说："这行业好的时候热锅烹油，坏的时候上门讨钱。就是这样。"

我被震得没说出话。上上次见到钱唐，他说西中禁止电影用什么场地。再上次见钱唐，他又说自己欠了一大笔债。但因为钱唐非常沉静和自信地脸，所以我不当回事，没想到真的有那么严重。

整个下午，我都在给钱唐打电话和发短信，但手机号码已经成了空号。到了放学傍晚，我重新站在久违的钱唐家院子前敲门。

他家没有透出灯光，我敲了很久的门，也没有声响。我呆呆地看着紧闭的大门，一瞬间，有什么怒火混合失望猛地蹿上来。

我把书包扔在旁边，使劲踹一脚他家的铁门。

"钱唐！你给我出来！我的剧本呢！还有两顿饭！妈的，为什么你这个人这么讨厌，为什么你总是突然就不见了！！！"

我在寂静夜色中，不知道踹了多久，反正就像鬼片一样，里面的门突然吱呀呀地慢慢开了。

我看到钱唐戴着个巨大的耳机，穿着拖鞋，像仙人般走出来。

"访旧半为鬼。"他靠在门上，依旧是神态轻松但并不是懒洋洋的状态，钱唐看着我，他模样和两个月前没有任何改变。

"这位执着的小鬼，你是打算继续踹门，还是进屋坐？"他笑着叹气。

见了钱唐，我这一喜简直就是非同小可。

"钱唐！"我不假思索地就冲过去，伸胳膊抱了他一下。

钱唐身体一僵，但没怎么犹豫的，他沉默地回抱住我。接着，我感觉自己的头顶被什么东西轻轻一触。

"喂喂喂你干什么？"我赶紧推开他，来回摸着头顶，耳朵一下子烧红了，"你，你！你！"

他眨眨眼睛："又没亲你嘴。"

我简直快被他气死了："亲你个头啊！信不信我把你嘴剁了，你怎么就那么流氓似的啊到处占别人便宜！明明在家，为什么不给我开门？你是不是神经病！"

"不好意思，我只会这么对待女孩子。"

又是这种腔调。

钱唐偶尔会说十足让人想砍的话，但神态不让人讨厌。大概只是因为他眼神和举止什么都淡，内在了然于胸的样子。他不是传统意义上的帅哥，但我好像一丁点儿都不意外，在钱唐身边总不断出现着女孩子，她们会不停地喜欢上他。

钱唐问我进不进屋，我摇头拒绝，他也不强求，随手把院子里灯打开。那不小的院子，挂着拳头般的小灯笼，外表挺旧的，但在风里摇曳又有一种很雅的意境。

春末天黑得越来越晚，钱唐把耳机挂在脖子上，和我无聊地说了一会儿话。

"电影的确夭折，我树敌一直不算少，这次一起发难，统统还清。工作室没有倒闭，我把我手下的作者的条约放出去。作者总有创作高峰，不需要耽误在我这儿。欠债？的确欠了一大笔债，我那车至今还留在厂里，付不出全款维修费，保险只能保一半……你还有什么问题想问我？"

我酸溜溜地说："上次来接你的大妈，她怎么没帮你还钱啊。顺便说一下，我挺喜欢她那辆黄跑车的。"

"你这样说人家不合适吧。"钱唐微微笑了一下，"特长生，你可能从别人嘴里听到过我的一些故事，但那些肯定不是全部。其实比起欠钱，我觉得人情债更为麻烦。"

他沉思地说:"这个圈子里做到我这样的程度,不可能不被人利用。男人和女人都有,我并不会特意区分。唉,真是一些腌臜事,也许等你自己遇见就会知道一些。"

我不耐烦地说:"行了行了,别总扯那些我不懂的。还有,姑奶奶这么用功学习天天向上,不会遇见任何事的。"

钱唐笑了下,他说:"嗯,是我失言了。你不会遇见的。"

问题是他错了。

就在第二天课间,泰突然出现在班级门口,点名要见我。

我正奋笔抄着羚羊卷子的答案,等亓妧敲敲桌子才抬头,在全班的异样目光中走出去。

泰很不客气地告诉我:"输了。"

我惊讶地问:"什么输了?彩票吗?"

泰气得手都抖了:"还有什么,空手道比赛!"

西中的空手道在本市高中生运动赛季中输了,不仅输了,还输得特别垫底,直接躺在第8名。白区附中的洋娃娃在比赛前,先用那张漂亮的小脸把泰迷得转圈,随后场上猛打西中,几乎把西中整个士气都打散。

打就打吧,洋娃娃下场时还嘱咐泰替我问好——"如果李春风当你们学校的领队,白区附中就没把握赢。"她这么甜笑地对泰说,"李春风很强。"

忽视挑拨离间的因素,我很赞同洋娃娃的话,但泰显然觉得自尊受到侵犯,他气冲冲地在课间来找我对峙。

看我不讲话,泰激动地指责我:"你身为社团的负责人,但自己从来不去参加训练,也不关心比赛!你连社团里有几个队员都不知道!像你这样的,西中当初降分招你,你半点都不为学校作贡献,也没有集体荣誉感,还配当一个体育特长生?"

亓妧正好和她朋友说说笑笑地走出教室,听了泰的话。她沉下脸:"你说谁呢？体育特长生怎么了，体育特长生起码还有特长。像你这样的，学习一般，空手道一般，长相一般，脑子一般，体力也一般，西中压根不缺你这种庸才！"

亓妡一口气说完，问题是她语气特温柔。泰脸色发白还想对我说什么，我也懒得理他，撞开他肩膀，走到正看书的羚羊面前。

我问他："真的是程诺赢了我们？"

羚羊慢吞吞地放下书，抬头望了望我。

"你有什么了不起的，李春风！"泰居然还没走，他在门口狂叫，"你给我出来！"

我们班先静了几秒，再开始笑。

"哎，又一个错把咱们李春风当男神的！""这次怎么是男的啊？芳心错付啊兄弟。""你谁啊就来我们班喊，滚出去滚出去！"

我从羚羊的桌子前直起腰，皱眉看着泰，其实我也理解泰输了比赛心情不好，要我输了比赛，我也心情不好。老实说，我对社团也有不关心的成分。

泰冷静下来："她不是说你强吗？你强你上啊，行，行，我退出！你以后自己管社团里的烂事！爱怎么着怎么着吧！"

我沉下脸来，想在全班的笑声中出去追泰，但上课铃响了。

上英语课的时候，羚羊特意选了我做口语 Teamer。

我对羚羊的印象一直停留在开学典礼上，他主动介绍自己"我也是西中"，就感觉挺嘚瑟的性格。但我看人的眼光不太准，钱唐那样巨嘚瑟的性格，我刚开始还觉得他温顺。羚羊身为学霸，他在班里除了学习成绩外，一直都很老实也很正常。

然而羚羊怎么就有一个阴险派的亲妹？

羚羊也对我抱歉："肯定就是她搞的鬼！"

据他说，他和程诺虽然是双胞胎，但羚羊很少去看程诺的空手道比赛，用他原话是"反正我爸妈次次都去,她在家一点也不缺人宠。"

如果我视力依旧5.0,那一瞬间,羚羊脸上流露的表情我很熟悉,那应该就是赤裸裸的嫉妒。向来自视甚高的羚羊居然嫉妒他妹,估计他心灵也不怎么健康。

但我没空追究一只羚羊的心理健康。我自己在教练那里还落下空手道训练,越来越难写的作业,以及什么社团——我不能让泰离开学校的空手道社团!

我随后又和泰发生了以下的对话。

"你真的要退出社团?你想清楚,如果半年后申请国外大学,空手道社团肯定能给你加分""话虽然这么说……""再说你不是'参加社团',你都副团长了,社团的创始人。社团里能打的除了我这种特长生,就是你。你很重要!""嗯这倒也是……""下周训练来不来?""你让我再想想……"。

也不知道泰想明白了没有,但是经过我安抚,他没再提退出社团的事。而我的"腌臜风波",也就出现在参加完学校的空手道社团活动后,一起去旁边的冰激凌店吃东西的时候。

因为我是不负责任的"团长",兼不管事的"大哥",所以这次我掏钱请客。大家叽叽喳喳说话等冰激凌,旁边坐着一对异校高中生情侣互相逗闷子。

男生开玩笑:"你真是一白遮百丑啊。"那女生很羞涩地说:"我很白吗?"男生刚要说话,一个好听的女声替他接下去:"傻瓜,他是在说你丑呀。"

我离得他们很近,把对话听得清清楚楚,忍不住喷笑,但抬头看了眼说话的人后,笑容猛地停住。真是冤家路窄,居然是程诺!

男生听到了程诺的话,原本还想生气,但看到程诺的脸后也就没吱声。他的小女朋友可就不满意了,转头对程诺冷冷地说:"你嘴巴怎么那么贱。"

程诺估计就是一时嘴快,但听到女生说出"贱"字,她的眼神顿时冷

住。她倒没吵，只是傲慢地扫他们一眼。

"你看什么看？"小女朋友急眼了，她男朋友赶紧拉她坐下。

闹出的动静让我们这边人都看过去。此刻，西中空手道社团的人也都纷纷地认出了这个长得太漂亮嘴巴又太坏的程诺。

"那人就是白区附中的队长。"

"把泰打得像狗一样。"

"看不出空手道那么好。"

泰的脸就像得了白血病，他狠狠地看我一眼："李团长，你和那个程诺认识？怎么不过去打招呼，她不是还特意让我向你问好吗？"

大家再争先恐后地看向我。我心里很烦，但也没办法解释，只表示自己根本不认识程诺。

正在这时，我们这桌的冰激凌送过来。我挪下椅子，为服务员腾空间，不小心撞到旁边桌子站着的人。而旁边的人就是那小女朋友，她手里红色玫瑰茶全部洒在裤子上。

我能记住最后一件事，就是她突然"哇"地一声哭出来。

程诺带来的几个白区附中的人怎么向那对情侣道歉，泰怎么忍不住出声反讽，程诺身边的人想起我出现在白区附中的校园里，嘲笑我"刺探军情后依旧输了比赛"，西中空手道队的人转而讽刺程诺做人不厚道，程诺几句就彻底把泰激怒——总而言之，白区附中和西中的两帮空手道社团的学生开始打架了。

羚羊急匆匆地推门跑过来，看到眼前的一幕，声儿都变了："我回班拿个书包，他们怎么打起来了？！"

我很茫然地吃着香草味暴风雪："不知道哇，突然就动手了。"

冰激凌的店员报警后，西中空手道的全部成员，程诺和她那几个白区附中的同学，以及我和羚羊，全部被拎到隔壁的派出所。

两名警察叔叔在桌子对面，商量我们这是"斗殴"还是"闹事"。几个之前蹦跶很高的学生,堂堂西中和白区附中的重点高中生,此刻都有点垂头丧气。那对情侣沉着脸不说话,但出了派出所肯定得大吵一架。

我也很郁闷。我的确想过,以自己的个性,有一天很可能坐牢。但在被警察抓起来前,至少我曾顽强地战斗过,完全没想到,自己是作为看热闹的被抓起来。

"李春风?"一名胖警察登记到我的名字开始乐,"这名好啊,春风得意。但你春风得意,也别得意到打架上来。"

胖警察知道我没参与,让我交代一下事情起因。我想了一下,指着程诺说"她嘴贱",又再指着泰"他手贱",最后指着那对情侣中的女生"你是挺白的,但你的确不大好看"。

说完话后,场面一片安静。西中、白区附中和那对情侣都疯狂地瞪我,只有程诺突然笑出声来。"嗨,李春风。"她大大方方地说,"又见面了。"

我没搭理洋娃娃,继续对警察说:"我们没打架。你自己看,一个受伤的都没有。虽然说都是练空手道的,但除了我,他们全是不入流的货色。还有,为什么店员报警,你就把我们抓进来?我们违反治安条例了吗?你教育我们几句就得了,狐假虎威地给谁看?"

程诺不笑了。

胖警察瞅瞅我,他放下笔:"我狐假虎威,你的同学都不入流,你才是入流的货色?"

羚羊突然搭腔说:"叔叔,你能给你们局长一个电话吗?或者,我现在给我爸打一个电话?"

程诺也怒了,她冷冷地说:"真牛,你爸是谁啊!"

她亲哥更怒了:"还不都是因为你!"

这对兄妹俩直接把警察抛到一边,激烈地争着基因问题。而白区附中和西中的同学也开始躁动,纷纷附和着我的意见。

和大家的偏见相反,重点高中的学生不像小流氓那样刺儿头,但学习和家境都不差,真讲起歪道理来,个顶个的能说。

我看到面前的胖警察缓慢站起来。他旁边的几位警察劝他不要跟熊孩子计较，又让我们赶紧安静。

我两眼冒起光。话说，我还挺想和警察打架的，至少现在，没有教练在我旁边叨叨叨叨叨叨。如果有和专业级别人员切磋的机会，真的很不愿意放过。"大叔你可以和我试试，指点我一下。"我鼓励胖警察，"你有点胖，估计年纪大了的关系。那你年轻的时候练的是近身格斗吗？"

——这就是整场风波的起源。

这场风波的最终结果是，胖警察被我狠狠踢中右膝盖。他膝盖曾经在军队里受过伤，吭也没吭就躺在地上，被送到医院。西中和白区附中的同学，还有那对小情侣全部被打发走了。只有我单独坐在很小的拘留室，长达半小时之久。

随后，门开了。我爸的秘书进来了，他让我出去。

我爸背着手站在外面，他看我一眼，面无表情的。随后我跟他上了专车，和他坐在后排，车里虽然有4个人，但是特别安静。

我很少坐我爸的车。小时候闯祸，都是我爸把我从犯罪现场捞出来。有时候他是真生气，会罚我独自走回家（我砸碎了奶奶家的乌木窗户，在冬天里走了一个下午加一个晚上）。但有的时候，我爸觉得我闯祸闯得挺有创意，也允许我上车，他拉不下脸跟我说话，就让司机在前面放相声给我听。

我不习惯我爸跟我好好说话，我更不习惯这种沉默。

"你现在满意了，李春风。那警察从医院出来后，工作算是没了。"我爸突然说。

我抬头看着他。

"他是刚转业的人。原先是军队教官，看到你就想到了曾经自己手下带的兵，就想跟你比画比画。但他行为已经违反了警察的纪律。"

"不，但是都是我的错！是我主动——"我没经历过这个，心特别乱，也不知说什么，"不太好解释啊，反正都是我的错！爸爸，你能帮他吗？你给他说点好话行吗？别让他把工作丢了啊……"

"李春风，"我爸打断我，他加重语气，"我曾经告诉你多少遍了！每个人都要会为自己的行为负责。你已经15岁了——"

我看着我爸，突然醒悟过来，我爸正在虚张声势。他的语气根本不是教训我，也不是想警告我。那是种若有所思后的沾沾自喜，他才不在乎那个警察呢，他也不同情任何人，他就是想借这个千载难逢的机会教训我。

"因为你不守规矩，毁了别人的一生。"我爸最后总结。

我一声不吭地忍耐，快下车后说："爸爸，那警察……"停顿一会，耻辱地继续，"反正你别追究了行吗。下周我生日，我不要生日礼物了。"

我爸愣了一会，估计才想起我要过生日这茬。他没答应也没拒绝，只摔上车门走了。

我把整场风波都告诉钱唐。这是打警察之外，整件事里唯二让我不迷茫和烦躁的时刻。钱唐没表态，但我觉得他听得津津有味的。

"洋娃娃是上次你摔出场地的选手？"

"可不就是！"

钱唐告诉我如果不打算和程诺发展友情，就保持比她强，但不要再和她再动手。

我叫板。"那我要想和她成为朋友呢？"

"下次见面，再把她摔出去。"

我笑了，钱唐给出的建议好像总是特符合我的心意。而且有一点钱唐说对了，他看出来我不想和洋娃娃有任何瓜葛。

潜意识里，我认为长得好看的男生女生做事就不应该太招摇。我一直都不喜欢纤细风格的女生，我喜欢强壮类型的。我就特喜欢韩红。如果不得不做女生，我要做韩红那样的女生。

不知道空手道社团的人回到学校说了什么，同学间传言，说我嫌冰激凌店没给足分量，带领西中空手道的人把冰激凌店砸了。还有传言，说我因为不满白区附中在比赛中赢了西中，于是托关系让警察局把白区附中空手道的人都抓起来，再狠狠打了他们一顿。

我很佩服同班同学的想象力，也很遗憾在文理分科时要和绝大部分的同学分开。而有的分开，是非常不必要和提前的。

泰找我谈了一次，再次委婉表示，他想退出社团。我听后直接说"不成"，泰满脸的不情愿，但也没继续说什么。

自从我们从警察局出来，他好像由鄙视我变成彻底地怕我。

3天后，我骑着车绕到之前派出所看了一眼。那个胖警察似乎没受到什么影响，依旧坐在椅子后做录口供的活。除了桌子旁靠着个单架。

这个风波就又那么无声无息地飘过去，我心里有点放松，也有点失落。

这种情绪连教练都感觉出来。"李春风，最近怎么知道控制力道了？"

我闷了一会："教练，我以后成为专业的空手道选手好不好？然后到你的道馆工作。"

"说什么笑话！你爸能同意？"

我立刻说："我做任何事都不需要征得我爸同意。"

光头教练难得地对我和颜悦色："小春风啊，平时说话做事不要那么冲动。自己多动脑子多想想，也要多听父母的话，他们都是为你好。"

我趁教练说话时，揪着他胳膊想把他摔倒。可惜力道太小了，只让他一个趔趄，又被教练反擒住。

他朝我吼："李春风，你这动作——"

到了我过生日的前一天，我妈送了我一个五格的迷你羊皮包，五金和内里刻着我的名字和生日，特精致又淑女，但从里面掏个东西就跟掏井似的。

我爸没送我生日礼物，他带我和我妈去一个挺高档的馆子里吃了顿饭。我闷头吃清蒸河豚，包厢里突然闯进来一个大叔。据我爸说这是什么大学的法学院院长，自己开事务所。

他们大人聊天，我也不好吃饭，只好用双手围着碗，怕我的食物凉得太快不好吃。但那院长跟我爸说着说着，他突然转过头，建议我这个暑假来他们事务所实习。

我不假思索地就拒绝了。这不有病嘛！我就一高中生，刚从警察局放出来，在他们法律事务所能实习个啥。再说，趁着这个暑假，我还想多练练空手道呢。

等那个院长走后，我爸和我妈的脸色都不太好看。我妈仔细地问我对待文理科分班的态度，她一直希望，我以后能像她那样学法律。

我爸对此的态度就比较模糊了，他对我妈说的律师路子不置可否，但显然想不出我能干什么。唯一肯定的是，我爸绝对不希望我当运动员或者厨子，这种有损李家名誉又"低劣"的职业。

班里跟我关系比较好的同学，也送了我生日礼物。亓妡送我的是一个会飘雪的水晶球，我苦着脸掂量了下，挺沉的，她笑了："哟，不喜欢？本来打算送你一瓶香水。"

我真诚地说："那你还是送这个吧。"

亓妡刚要开口，叶青拿着个小盒子走过来，她又不吭声地自己看书。

我后知后觉地意识到，我们班里虽然汇集了年级四大"德智体美"，但除了对我，他们彼此间居然完全不会主动说话，特别看不上对方的样子。

我好奇地问过叶青原因，她跟我狡辩："你最近也没有和羚羊说话，为什么？"

还不都是为了羚羊他妹！自从警察局回来，羚羊曾经跟我带话，说洋娃娃希望和我单独见一面。但我想起钱唐的嘱咐，直接没答应。羚羊碰了两次钉子后，识趣地不再提这件事。

"李春风，你不会喜欢羚羊吧？"叶青冷不丁地问我。

我狂翻白眼。这又是哪儿跟哪儿的事？就算我早恋，心中的那个人选，也绝对不会是羚羊！对吧？对的！

我如今每天放学，有事没事地都会去扒某人家的墙头。

钱唐以前行踪总是不明，这段时间却总在家里，虽然锁死院子门，但家门却总虚掩不关，一开始我还按按门铃，摸透规律后，基本翻墙就入。

有一次翻墙翻到一半，突然听到身后我妈叫我。我手滑半路摔下来，校服裤子裂了个口子，等爬起来，赶紧跟我妈说网球掉到别人家院子里去。

我妈半信半疑，还真去按钱唐家的门铃。

不是钱唐开的门。一个挺熟悉的小平头带着个特别艳丽的年轻女孩出现在门口。他估计听到我瞎编的谎话，还真似笑非笑地递给我妈一个毛茸茸的绿网球。

我定定地望着对方刺眼白牙，想起他是钱唐的助理，曾经送过我回家。

"我说什么来着，咱俩又见面了？"他趁我妈不注意，小声对我说。

我没搭理他，但看那人的表情似乎挺开心的，仿佛一点不意外能在小区里看到我。

话说回来，我一直不喜欢别人身上那种游刃有余感。回想起来，刚开始认识钱唐的时候，他身上也带有这股子劲头，不过他的助理比他更不会掩饰。

到了晚上，我妈在餐桌上把我爬墙这事告诉我爸。我爸森森地看我眼，讽刺我："还当自己是猴子。"表情却还挺温和的。

我趁着机会提要求："爸爸妈妈，我想这个暑假，报一个空手道的夏令营。"

我妈自然是先看我爸的态度，我爸抬起头，面无表情望了我一眼。

"下个暑假就要升到高三，估计要补课。"我咽了一下吐沫，"我，我平时会好好学习的。"

我爸皱眉说："比你脑子好和比你勤快的人，他们从这个暑假就已经开始补课。你能赶得上他们？"

比如说羚羊？桌面上永远都有3本习题册待做。大家都议论班草这称号已经无法把羚羊留在地球。他在宇宙唯一的竞争对手，就是隔壁班上课前打太极拳的胡疯子。

我爸没有答应我，也没有一下子拒绝我，就说"过段时间看看再决定"。显然，他等着"看看"我的期中成绩单。

第四章　基本三流水平

我坐在钱唐家里，苦苦地思考，一个人的成绩在短时期怎么才能巨大提高。钱唐和下午开门时见到的艳丽小姑娘待在楼上，时间已经过去很久，不知道他们在捣鼓什么。

钱唐多事的助理坐在客厅沙发上，饶有兴趣地打量我。

"小丫头，你经常来我老师家？"小平头问我，但更像自说自话，"是，你和他都住在一个小区，你自然也得扑上来。你家里做什么的？估计也特别有钱有势吧？"

我讨厌他的口气："我家是保安世家，全家穷得只穿一条裤子。再说了，多久算'经常'？"

"就前段时间，钱老师把自己锁在家，谁都不见那会。"小平头做了个夸张的表情，"当时外面急疯了，他和我邮件联系，三天一次，指示我什么时候做什么事。我今天也是第一次见他。"

我愣了一下。

我可不知道，钱唐正在玩"隐居"那一套，他从来没跟我说过这事。刚开始翻墙进他家，我还有点不好意思，冒了个脑袋伸进门看看情况。

钱唐正戴着他的金丝眼镜，坐在客厅打游戏，目光相对，他提起嘴角："谁家小贼？"我这才放松地跑进来。

大多数相处时间里，钱唐一言不发地听我闲扯。我这人比较纯朴，觉得他独自待在家很无聊，放学路上看到好玩的，买回来给他。

前几天买到一小坨像虫子屎样的水果,钱唐听我的描述直皱眉,看了看说是"桑葚",这东西在他们家乡到处都有。原来钱唐是浙江人,但他家乡具体在哪儿,我听过地名又忘记了。

叶青之前对我说过钱唐的那些话,就像水过鸭背,早没影了。不过在钱唐家待久了,倒也能感受点儿这人的风格。

比如说,钱唐家除了高清的音响和电视,还有专门存电影碟片的书架。影碟架最下藏着着一块造型很怪的太湖石,尖顶吊个细长的兰花釉盆。旁边摆着一架巨大的古典钢琴。至于木桌上铺着块条纹布,挂着一些木雕,我也看不懂。

总而言之,钱唐的家一点都不整洁,甚至算得上乱糟糟。但因为屋子里什么东西都有,莫名其妙显得很大气,只是关于他的工作,姑奶奶依旧缺乏头绪。

"钱唐现在混得很惨?"我怀疑地问钱唐的助理,"看不出来啊?他欠债多少?没工作了吗?他为什么整天都能在家待着?"

他助理随意地点根烟:"嗨,你别担心,我们钱老师仙人一个,哪能把自己混到'惨'的级别。外面投资方还整天联系着,演员依旧往上扑。但他现在按兵不动,谁都不知道他的想法——"

正在这时候,钱唐走下楼。他身后跟着的女孩也扭着细腰慢腾腾地过来,近看的话,年纪挺大,得三十多了吧。

钱唐的助理收住话题,突然含笑看我一眼。我连忙收好脸上端详的表情,但已经来不及了。果然,小平头以看热闹的口吻,悄悄对我说:"小丫头,这才是你该担心的事吧?"

我真恨钱唐的助理,也恨钱唐。

我记得,曾经在钱唐家偶然看到了一张抓拍的合影。钱唐正在和人打麻将,他没有盯着镜头,依旧招牌的平淡表情,除了腰上一只雪白的女人手臂正紧紧缠着他。照片上除了他,剩下露出的三张人脸都特别眼熟(我这种很少看电视的人都觉得眼熟的,肯定都是名人!)。

这人怎么能这样，明明外表看上去那么清心寡欲！

钱唐对他助理说："孙爽，把烟掐了。未成年人坐在这里。待会儿带上笔和电脑跟我去楼上。你可以先走了。"最后这话是对着他身后那女孩说的，口气还挺温和。

4个人里唯独忽略了我。我快然坐在那儿，刚感觉有点局外人的意思。钱唐微笑问我："特长生，今晚有空吗？等我谈完事回来，请你吃饭吧。"

我刚刚顺便告诉钱唐，前几天是我生日。

那女的仔细看我几眼，慢声慢气开口："钱爷，今晚言总父亲的寿宴，您……"

钱唐眼神往四周一带，指着一个胭脂红的鼻烟壶说："这是随礼，孙爽和你今晚带过去。好好跟人家打招呼，我跟别人的矛盾，不影响你们做事。"

"您依旧不露面？"那个叫孙爽的助手有些焦虑，插话说，"电影片段既然已经漏出来了，现在也没办法。外面风声都是不利于我们的。您依旧是连传集团的大东家，总这样不露面的话——"

钱唐摇头。"还没到我掌灯添酒重开宴的时机。"

孙爽沉默片刻："行，我今晚参加。张总那里——"

钱唐沉吟："就你和阿非去。"

我不由得皱眉，这到底唱什么戏？眼前这位说着什么总什么总的钱唐很有些陌生，我宁愿看他挽着姑娘。

我打断他们："我今晚没空。再说了，哪有请人吃饭，当晚才说。我作业一堆没写，我很繁忙的。"

孙爽跟变脸似的，分分钟就换下了忧虑神情，朝我竖起大拇指，咯咯咯咯地乱笑。

钱唐又在鼓励我做坏事："少写一天作业也没关系。"

其实搁在平时是没关系，但如今我还想参加空手道夏令营，可不能耽误了。

"那可不行，我是好学生，我得写完作业。"我躲过钱唐想敲我的手，一溜烟就准备撤,"这样吧,我先回去。今晚看情况给你打电话。"

临走前,我听到孙爽试探地问钱唐:"钱老师,这小丫头怎么个情况?"

我顿了下脚步,钱唐估计原本想回答点什么,但看我回头,他笑着说了一句:"已然看尽洛阳花。"

我得说,我刚开始为什么不喜欢钱唐,很大原因是他这个缺点,总念诗,总说古话。这不就是一个傻帽嘛。

那天晚上,我依旧紧赶慢赶地写完作业,溜出家门。

我爸有饭局不奇怪,妈妈居然也要和大学同学吃饭。想想都不公平,我混了高中将近一年,都没同学主动拉我吃饭。

钱唐和我坐在他们家唯一不那么像垃圾场的餐厅,厨房里忙活的据说是什么大厨,他带着原材料来钱唐家,做完饭后再走。

孙爽和那个中年女士已经离开,我俩坐在高吧桌前边聊天边看电视,电视正在播放什么颁奖仪式,主持人用吃错药般的高亢声音介绍某歌手出场。

钱唐抬起眼睛:"我也应该送你生日礼物。"

我摆手:"算了吧,你现在不是特别缺钱吗,自己的车都还被扣在厂里。"

"也是。那就祝你生辰快乐。"他也就答应了。

这也太不真诚了吧!我偷偷瞟了眼坐在旁边的钱唐,他依旧望着屏幕,察觉到我凝视时,再随意地看回来。

我俩干巴巴对视了好长一会,钱唐温和地说:"特长生,以后别这么盯着你们班男生看。"

"为什么?"我奇道。

"让人想……"他停顿一刻,形容道,"不太像女生,目的性太强。"

我教练也说过类似的话,什么目露凶光,表情难以讨人喜欢。但为什么动手打人前,还要讨人喜欢?

我问了钱唐一个问题："钱老师（他果然露出古怪的表情），我都16啦。你觉得，我现在能恋爱了吗？"

我要敢在家里这么说，我爸会将两颗原子弹塞到我的喉咙里。但钱唐对什么都不吃惊，他平淡无奇地说："我的想法对你这个问题没有意义。"

他的想法对我特别有意义！可惜我穷追不舍的目光，对钱唐没有产生影响，他扭头看着电视。直到那首巨耳熟（因为总在超市里播放）的歌响起来，我才突然想起，演唱者是什么什么乐坛天后。而我之所知道天后的名字，是因为她和钱唐传过绯闻，听说连自己婚约都解除了。

钱唐一直盯着载歌载舞的天后，但也只是纯观赏的目光，挖掘不到更深层次上的意义。

厨师端上来几盘花红柳绿的凉菜。我研究着钱唐，有一口没一口的吃饭："钱唐，你的初恋是在多少岁？"

"13……嗯，23。"钱唐立刻翻供。这次他不看电视了，目光收回来，从金丝眼镜后审视着我，"我23岁才初恋。"

拉倒吧！在我极度鄙视的目光中，钱唐放下筷子："特长生，我向你解释一下。早恋这种东西，在本质上是让一些有能力去损失部分智商去做学习之外事情的学生玩的游戏。"

这话太绕了，我又得想了一想："呃，所以？"

钱唐用筷子轻敲了一下我面前的碗："本次案情陈述完毕。"

我再一愣："什么案情？"

他笑而不语。

晚上回到家，我琢磨出味道，钱唐这是赤露露地讽刺我智商低，我不配早恋。唉，要不是我刚洗完澡正香喷喷的躺在被窝里，简直想把"智慧"这两个血字刻脸上，展示给钱唐那种眼拙的人看。

但如果真这么做了，钱唐也不会多看我一眼。我一直想当男生，是因为认识的男的没一个喜欢磨叽和讲究的。目前最爱磨叽和讲究的就是钱唐了，但我还丝毫不觉得他是个臭老娘儿们。

顺便说，钱唐家那厨子最后做的那种齁甜但特别噎人的乱七八糟的糕，说什么江南特产，提供给小姑娘过生日时吃的。我很喜欢那口味，临走又拿了一大堆。

我对自己智商的信心，很快遭到了现实的打击。

参加空手道社团，前段时间被抓到局子里担心受怕几天，一直想抽时间找钱唐玩——几件事混合的效果，就是我在期中考试的考场上，再度对着理科卷子的后两道大题发呆。

迫于无奈，我检查了前面的试题。会的题永远简单，不会的题永远不会。教室里的同学都在答卷，和我一样发呆的只有旁边的羚羊。只不过，他卷面已经写满了，现在正在草稿纸上乱画。

我眼瞅羚羊涂了个很丑的变形金刚和机器猫，觉得自己永远不可能走入他的内心世界。

大概察觉到我的目光，羚羊无意识往后瞥了眼，再过了一会，他用手臂把卷子往右边悄悄地移了下。右边就是我坐的位置，以我现在的角度，能清晰看到羚羊最后两道大题，和他答题卡的所有答案。

一瞬间，我屏住呼吸，听到了别人圆珠笔和纸张相碰的沙沙沙声音。

我的内心传出一个声音，它极小声地提醒我：羚羊无事献殷勤，什么奸加什么盗。但是不抄白不抄，期中考试成绩对你很重要。而内心另一个声音说，楼上说得好像很有道理。

考完试后，叶青又跑过来找我对答案。她微微皱着眉："这次卷子好难。填空很多不会，最后四道大题完全没有头绪。"

"我也只会写 Cos 和 Sin 的那道。"我诚实地说。羚羊的思路我看懂了，但全抄有点不仗义，凑合抄了公式。

叶青好像没有听到我说话，她看着窗外，轻声说："整天穿着校服来考试和上课的日子好无聊。"

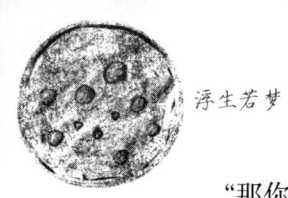

"那你以前都过什么日子？"

"拍戏时经常熬通宵，但特别有成就感。累的时候想要单纯的生活，要回到高中好好学习，然而现在真回到学校，我一点都不适应。"

叶青话语里的惆怅感影响到了我。

我也学着叶青的样子，趴着窗户往下看。西中校园永远涌动着黄色校服的西中学生，高矮胖瘦看不出任何差别。钱唐曾经是这里无差别一员，而我现在也是这里无差别的一员。

我有点羡慕叶青，她知道自己想当演员，我难以想象自己的未来会是什么样，至少我爸总挂在嘴边的"前程"和我妈说的"律师"，都非常无聊。

期中成绩发下来前，我双手合十许愿。如果这次总名次前进三名，我放暑假前，就再也不去钱唐家玩了，省下的时间里努力做做卷子。

结果我的总成绩倒退了足足四名，这还是偷偷作弊了的结果！

货比货得扔，人比人得死。羚羊和我一样失魂落魄，他在理科将近满分的情况，依旧（又）比隔壁班的胡疯子低了10多分。

我一下午都生着自己的气，放学后风风火火地骑车出校门，但刚蹬了几步，就被迎面而来的车给撞了。对方及时刹住车，但我的自行车车头依旧狠狠撞在车灯位置。

"同学，没事吧？"司机连忙问我。

我沉着脸刚要说话，轿车后座的车玻璃降下来，一张挺熟悉的面孔露出来。什么叫不是冤家不聚头，程诺揉着她的额头，很熟络地说："吓我一跳。怎么又是你，李春风。你骑车可真够快的。你们班放学了吗，你看到我哥出来没有？"

那一张漂亮的脸，揉着额头的手势，无意识撒娇的寒暄语气，一下子勾起我曾经在道场上的回忆。

偏偏程诺继续问我："你在派出所还好吗？你家长没说你吧？那天都是我不好——"

我一直憋屈的胸口就像被人用针狠狠扎了下，里面的气聚集在了她身上:"你的车撞了我。现在下车,我要你向我道歉。"

程诺脸上的笑容淡了点:"这是丁字路口,张叔叔车速已经很慢了,他没看到你……"

我推着自行车,堵在车前:"下车,向我,道歉。"

程诺迎着我的表情,终于,带着娇俏和亲热的精致假面消失了,她慢慢抿起嘴。虽然洋娃娃的甜美外表特别欺骗人,但实际上——哼!她骨子里绝对不是轻易服输服软的人。依我看,程诺这人还挺高傲呢!

但我不怕她,更不怕把事情闹大。我决心耗在这里,不做一丝退让。而程诺沉思地看着我,就在我下一步准备不管不顾地砸她家车的时候,紧闭的后车门终于开了。

先是穿着长筒袜子的修长小腿,接着一根拐杖,最后另一条腿。程诺在我目瞪口呆地注视中,她撑着拐杖,缓慢地钻出车,亭亭玉立站在我面前。

问题是,她什么时候瘸了腿?

我呆呆地望着程诺,心里怒气消失,取而代之是一种无力。我现在想找茬打人,不然,让人打我也行。此时此刻,我又哪能让一个醒目的残疾人跟我道歉?

马路中央,众人鄙夷的目光中,我连声对程诺赔不是,好声好气地请她回到车上安坐,再既往不咎地把她送走。

第二天,我找个机会和羚羊主动说话。

"谢谢你在考试时让我看你答案。"

羚羊赶紧转动着犄角般的头发看了看周围。"你不想理我妹,我理解。她就是个特别大的麻烦。"说这话时,羚羊依旧习惯性地抬着下巴,"程诺平时就听我妈话。但我妈精力不好,这两年没管她——"

我懒得听他家事,直接问:"程诺的腿没什么事吧?"

"什么?"

"她的腿怎么瘸了?"

羚羊虽然口头一点也不关心他妹，但听到我这么说，表情也有点不高兴："谢谢你的关心，我妹挺好的。"

我非常不解："上次看到她，她不是瘸了，还柱了个拐杖。就在昨天啊！我亲眼看到的！"

"没有的事！早上程诺和我一起上学还活蹦乱跳。她是在你面前装的吧！"沉默片刻，羚羊看着我发黑的脸色，他意识什么，痛苦地说，"你俩又发生什么事了？"

我琢磨明白后，后槽牙都快咬碎，程诺为了不跟我道歉，居然装瘸，她那拐杖又是哪儿来的？无耻，太无耻了，按照空手道的标准，程诺不是什么重量型选手，绝对是技术型，满肚子的花花肠子，怪不得泰都能着了她的道。

我和她这梁子，算是彻底结下了。

我又把期中成绩拖了一天，终于知道瞒不下去。而告诉我爸成绩，永远是一件吃力不讨好的事。

如果考得好，我爸就会露出一副"难道你不应该考好"的表情。如果考不好，我爸依旧铁皮嘴脸，除了眼神急剧变冷。谈话肯定是以"你学习上遇到什么问题"作为开始。

"你学习上遇到什么问题？"

"没有什么问题，爸爸。"

"期中考试的排名为什么会退步，你有没有总结出原因？"

我都有点记不清，我爸从什么时候开始关心我学习成绩。我小学成绩特好，也算战过学霸，但我爸完全没上心，记得一次评选三好学生，老师要家长出席投票，我跑回家兴冲冲告诉他，结果我爸说自己要睡午觉，不能参加。那会子哭得我！

现在，我爸突然提高声音："李春风，就你这懈怠样，怎么考大学？"

"对不起，我下次考试会努力。"

我爸一言不发地盯着我，估计是想怎么治我。很快，他就想到了招数："上次你说的空手道夏令营——"

我抬起头，不安又绝望地等待我爸宣判。

他故意停顿一会："我知道你想去。但你是个学生，目前这个阶段，什么对你来说最重要，你自己也很清楚。那就再等期末成绩——"

"可是，夏令营的报名都快要结束了！"我焦急说，"爸爸，你给个准话行不行？我期末好好考，你先给我报名行吗？"

我爸突然伸手拍了一下桌子，他那声势特别吓人。我正在无意识抠着瓷杯上的花纹，一惊之下，盛着热水的杯子脱手砸地。

完了，这是我妈最喜欢的一套餐具了。

我爸露出满脸不耐烦的神情，挥挥手让我赶紧走："李春风，你连端杯子都端不稳，还总想练空手道？有用吗？"

因为冲洗不及时，我的脚趾被烫伤了，穿人字拖都得小心翼翼。擦黄色药油的时候，我想到程诺擦成花花绿绿的指甲油，她家长不会说她吗？

唉，我不喜欢那个叫程诺的洋娃娃，不仅仅因为她总是露出被宠坏了的机灵嘴脸，还因为她和我爸都属于一拨人，那一拨人叫"特别擅于用他们和别人的关系，让别人不好受"。

钱唐就属于另一拨人，那一拨人叫"想要一块吃饭，即使吃不上饭，一起说说话也挺开心"。

当天晚上，我就又跑到钱唐家对他诉苦水。

钱唐正在伏案练字，我凑过去，一个字一个字地念出来："人莫不知和柔宽缓，然临事则反至于暴厉。曰：只是志不胜气，气反动其心也。"

什么意思？我一股火气从心底腾起来，真想撅了他的破笔："你这也是在教训我？"

钱唐看了我一眼，淡淡的："共勉。"

这回答挺新鲜的，我立刻笑呵呵地问："嘿，又是谁惹你生气了？"

原来，就在我期中考试的当天，一名二线的女演员，头朝下从15层跳下去，抢救无效而死亡。她最后的一部作品，就是在钱唐半路夭折的电影里面客串了一个小角色，连自杀前几个小时，最后发的几条微博，发的也都和角色相关的感悟。

这件事一下子引起了娱乐八卦自媒体的兴趣。

钱唐在娱乐圈一直是黑多红少的争议性人物，他的热播烂剧和绯闻女友都遍布五湖四海。

不少微信公众号在揣测该女明星死因的时候，都提到了钱唐的大名，其中最火爆的标题，直接形容钱唐为"一个投胎好的男婊子"。

我拿着手机，忍不住哈哈笑起来。钱唐搁了笔转头望我。他现在大概也很头疼，破天荒地向我吐露点自己的事情。

"压根儿就不熟。是另一投资方硬塞过来的人，饭局上见过几面。"钱唐说这话时，依旧从容的态度，语气也稳，根本看不出他正在生气，"我现在不方便发声，他们便把事都推给我。泼我脏水无所谓，何必闹得死者都不安稳。我家老爷子也特意打电话跟我发脾气。"

钱唐抱怨他爸像个小孩似的。可惜没有小孩和钱唐一样有不动声色的眼神，他沉吟："我自己一团乱，又背上人命——"

我继续翻八卦，那上面说，钱唐和天后目前的感情已经脱离蜜月期，天后正在逼婚要公开关系。而在她之前，有个姓梁的富家女看上钱唐，追了他足足10年，一直借着投资的事想接近他。发现钱唐脚踩无数船后，联合天后的前男友作怪，不料又逼死了这个二线女明星什么的。

成年人的感情世界，未免太乱了吧！

我看那些报道都写得有鼻子有眼，钱唐却说通篇是假的。我向来是个挺有主见的人，但在钱唐面前，不知道为什么就显得没主见了。

我想了想："我到时候可以帮你烧纸钱。"

他一愣："嗯？"

我最喜欢的节日向来是清明，那是举家给我哥扫墓的大日子。我妈和我爸，至少有两个月完全不搭理我。我的意思是，如果钱唐想，我可以顺便帮他给那名死去的女星烧点纸钱，慰藉一下她的亡灵什么的。

大约是我的神情挺凝重，钱唐微笑起来，眼睛里有什么略微松下来。

"其实这不重要。"

我不禁皱眉。刚刚钱唐还说自己背上人命，现在又自相矛盾地说不重要。

"但替我做这事吧。"他又说。

此后钱唐就不大作声了。我俩之间这么快就不知道说什么了？是因为我的生活跟他沾不上边，他不愿意和高中生谈更多？我看着钱唐低头收拾他自己的那堆纸墨笔砚，金丝眼镜边散着光，内心好像有什么东西在拼命挠。

终于，我忍不住开口叫他："钱唐？"

"嗯？"

"你是不是，你是不是真的交往过挺多女朋友噢？"

钱唐瞅了瞅我："女朋友的定义是什么？"

我沉默片刻，鼓足勇气说："你看我也不太像女生，这样吧，我能当你的男朋友吗？"

这简简单单的一句话，凝结了我前半辈子智慧。以致连钱唐都说我扮猪吃老虎，他自嘲精明如己，以养企鹅的代价养了只大鹅。

但当时钱唐怎么回答我的？在挺短的沉默后，钱唐褪下脸上所有匪夷所思的表情，淡淡地说："换别的问题折磨我吧，特长生。"

这算答应还算不答应？但我估摸，算是不答应了。告白失败，成绩差劲，人生走投无路，那么多挫折感向我涌过来，我实在难过极了，立刻翻脸："你怎么那么小气！那你马上把欠我的剧本写出来！"

钱唐居然又微笑了："说话文静一点。"

"你在家闲着也是闲着，赶紧地给我写剧本。在里面让我当主角！让我当男生！让我当皇上！"

他叹口气:"好吧,给你写就是。"

我正气得在原地疯狂转圈,想着名正言顺地把钱唐摔出院子去,或者砸坏他家点东西。听到钱唐这么痛快地答应,不由怔住。

钱唐把晾干的宣纸收到一边,他说:"我倒是可以为你做点别的。你刚刚跟我说的什么空手道夏令营。这样吧,我叫人先帮你报上名,但至于暑假能不能去,就要看你的成绩能不能入了你爸的法眼。"

我不转圈了,把其他事情抛到一边去:"真的吗,你愿意帮我吗——夏令营必须家长签字才行!你真的能帮我报名?你到时候说是我哥就行!我我我先把我户口本押给你!我会好好学习的……"

钱唐打断我的胡言乱语:"这些都是小事而已。但特长生,你以后别在我这儿耽误太多时间。"

我催钱唐,"你现在就给我报名去!快点去!立马去!跑着去!你也别耽误我时间!"

我在上初中的时候,曾经打伤一名向我送情书的女生,她高中的表哥带着外校的人来包围我。再后来那一拨人又被我打了,我和她的表哥不打不相识,居然熟络起来。

那段关系不能定义为早恋。因为我俩在搭伙吃完两个季度的麦当劳儿童乐园餐,攒齐所有玩具,胖了5斤的高中男生就决定和我分手。不,他说不是"分手",性质得是"绝交"。

"不让牵手!招之即来!不负责任!"

按照这描述,我觉得自己足够胜任钱唐的男朋友。你看,钱唐消失我等着,钱唐说话我听着,钱唐亲了我我也忍住没杀死他。人是有劣根性的啊,觉得好的东西就真的肯定会想留住。因为觉得好啊!

钱唐之前没帮我报空手道夏令营前,我还思考着如何向他示好。现在钱唐帮我报了名,我也不关心他想法了。我直接把自己当成钱唐男朋友了!

但钱唐不提醒我,我也知道不能在他身上耽误太多时间——光靠打架赢不了整个世界，我仍然需要优秀的律师把我从牢里赎回来。虽然对以后的所谓"前程"依旧没头绪，但每科取得至少优以上的成绩，才能堵住我爸的嘴。

我爸从小就说李家没第二名，这是家族传统。我挺认同这传统的，只可惜自己……不提了。反正90分挺好，能给我爸交代，也能给我自己交代。

学习不仅花费时间，还需要耗费极大的耐心。我这暴脾气，总得想出点什么事打发精力。

叶青借我理科作业抄的时候，她无意发现我的无聊爱好，但凡汉字里出现"钱"和"唐"这俩字，我都会拿彩笔标出来。

叶青合上书后，看着我很有意味地笑。叶青是一个特灵敏的人，我又不是个特能找借口的人，索性不掩饰。

没想到，叶青一点也不意外，说早知道我对钱唐的那点小心思，因为每当她向我提起羚羊，我就只会说起钱唐。

沉默片刻，我很诚恳问她这两件事有什么联系。叶青用她那双黑白分明的眼睛看我很久，然后说："李春风，我喜欢羚羊那种类型的男生。"

我出奇地震惊。后来发现叶青喜欢羚羊这事，全班貌似就我和羚羊本人不知道。亓妡讽刺我对高中生活一点了解都没有，我忍不住反驳，她却问我："隔壁班永远考年级第一的胡疯子，全名叫什么？"

"呃……"

她哼了声："人叫胡文静。"

我憋了会说："真像女名。"

"人家就是女的！因为个子矮，说话怪里怪气，才总被别人当成男的。李春风，你不会连这都不知道吧？"

我不知道。我患了一种病，叫"青少年热情严重缺乏症"。有时候大家在自习课说笑，我也想插话，可是真不知道大家都在高兴个什么啊！有时候亓妡要跟我讨论化妆品，我也拒绝："别跟我说化妆品，我不要脸！"

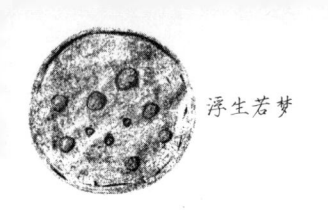

像大禹三过家门而不入,挺住没看他老婆,我勇敢地抵挡住去钱唐家玩的诱惑。就这样,两个月,足足两个月,60天,我跟关在水牢的猴子似的寂寞又躁动的学习和背书,每天喝一瓶维生素饮料维持生命迹象。

等攒到20多个瓶盖,也到了期末考试交卷那天,我终于有了点活人气息。

班主任老头晃晃悠悠地挨个收卷子,被我猛抬头的表情吓了一跳。"怎么了,李春风?"他问我,"这次考得怎么样?下半学期很努力啊,老师都看得见。"

我质问他:"老师你出卷子前都不看教学大纲吗?今天那背诵课文里的段落压根就不是书上的。12分呢!"

语文老师愣了一下就恢复正常表情。"大纲算什么?老师是在教育你们,在你们这个岁数,面对任何突如其来的情况,都要做到坦然、平和、专注。"

搞文科的人都有一大通病,就是他们特别瞧得起自己。语文老师给分的时候,绝对没口头上这么坦然加平和加专注。

但不管怎么说,我考完了。

胜利的果实没品尝前,尾巴不能翘得太高。等成绩那两天,我老老实实地待在家里,也没心情练习空手道,闲得无聊就在跑步机上蹦跶。

偶然间,听到我妈在隔壁屋对我爸说:"风风期末大概也没有考好。最近她瘦了很多,你不要再说她。"

我爸过了一会儿,冷冷回答:"她已经被你放纵惯了,做事总是不尽全力。不然,学习成绩也不会这么差!"

我真想咳嗽一声,提醒我爸我妈这墙挺薄的,他们骂我能不能小点声,别不知不觉地把脸丢尽。但是我爸的这句话也说对了,我就是不想尽全力,尽全力干什么?费尽全力拿个第一,谁都不稀罕。

我在跑步机上跑一会,心情有点烦。刚考完试也不想继续看书,索性悄无声息地溜出家门。头脑还没决定往哪儿去，脚步就已经被自动带到钱唐家。

钱唐家很稀奇地全部亮着灯，透过院子外就能看到。反正到了夏天，校服都是短袖，我换了短裤，动作特别方便。但刚翻墙落地，门在我面前突然开了，我连忙闪开，差点摔倒。

"谁？"灯光从一个人后面打过来。

我直直看着那个人，一瞬间说不出话。

除了国外球员和歌手，我没有追过明星，也不关心。这份不关心让我在钱唐面前都从不过问他的生活。像是屏幕上的东西，还是留在荧屏里吧，它们对我缺乏任何现实意义。

然而我看邱铭的第一眼，就百分之百确定他是明星，估计是已经成名很久，千分之千的大牌明星。让人心慌发抖的眼睛，抿着的嘴唇，以及无形中特别强大的气场，这气质就和普通人太不一样了。

邱铭重新问我："你是谁？"

"呃，这里不是钱唐家吗？"

邱铭面无表情再看我一眼，掐灭了手里的香烟，让开一条道。我走过时，感到他审视的目光还凝在后脑勺上，等进屋后才缓过点神。

钱唐正靠在他家冰箱前玩手机，见到我出现时抬起眼睛。我赶紧问："你家外面那男的是谁呀？"

"邱铭。"

不是钱唐说的，是邱铭自己回答的。邱铭随手拿了吧台上的酒和杯子，再深深看我一眼，他对钱唐点点头，自顾自往楼上走。

钱唐微笑着跟我介绍邱铭，果然说是什么巨星，红得发紫。当时在西中，钱唐曾经问我要不要邱铭签名，结果被我无情拒绝，这事被整个剧组知道，当成很久的笑料。

我直直地盯着邱铭的背影，看他消失在楼梯口才回过头，却发现钱唐正忍俊不禁地看我。但随后，他脸上很淡的笑容就没了，用手指敲敲桌子：

"特长生,最近过得怎么样?"

依旧若无其事的语气,很泰然,像我们昨天才刚刚见面。我这么长时间不来钱唐的家,他没有主动过问我。钱唐换了新的手机号,也不肯告诉我。现在我沉默不回答,钱唐也不急,好难忍受的等待。

直到感觉出我的不对劲,钱唐终于收起可恶的调侃语气。他略微扬眉,凑近我:"怎么回事?特长生,脸都涨红了?如果还想要邱铭的签名,我现在可以——"

我打开钱唐的手,极力镇定下来。

"钱唐,我说……我说你整天除了那么多的女朋友,你身边到底还有多少男朋友?"我悲愤地大叫着。

钱唐不由得愣住。他戴着该死的金丝眼镜,直到要看到嘴角明显上挑,我才知道这人又是在笑。

突然间,钱唐伸手在我的脸狠狠一拧,手劲压根就没分寸,疼得我当场废了他千万次的决心都有了。

他说:"男朋友?我确实不缺男朋友。我好像已经有一位自告奋勇的男朋友了,是不是,特长生?"

我闷闷不乐地揉着脸:"我只想提醒你,你有一位男朋友就够了。"

钱唐再大笑,他笑完后似乎心情挺愉快:"今晚来找我,看来你的期末考完了?"

"还没出分呢。"我继续不甘心的追问,"你和邱铭什么关系?他为什么在你家啊?他去你楼上干什么啊?"

"看电影。"钱唐回答了我最后一个问题,"我的电影被砍,但后期剪得差不多。不能上映,自己想留个纪念。几个熟人都在楼上观影。你也想去看看?"

我只来过钱唐家的 1 楼,现在才知道,2 楼居然还有个微型电影院。

推开很厚的一扇门,房间里满是雪茄和洋酒味道,五六个人坐在超大屏幕前。而电影已接近播放到结尾，主演邱铭在屏幕中扬着那一张365°没死角的血脸，对他的异域杀手恋人冷笑："有种你一枪毙了我，子弹可以要我的命。但毁不了我对你的爱。那的确是一件破破烂烂的玩意儿，但那破烂玩意儿也永远属于你。"

下一秒，恋人感动流泪，他毫不犹豫地拔出暗藏的手枪爆了她的头，得意洋洋地开车走了。

我悄悄地对钱唐说："台词你写的？好酸啊，都能蘸饺子吃。"

钱唐在黑暗里的表情仿佛是笑了，但没发出声音。我接着逼债："有关我的剧本，你写好没有？"

钱唐刚要说话，前方坐的人很重地回头"嘘"了一声，我只好沉默。

我俩就坐在最后一排。剩下的30分钟，除了屏幕上的光芒和演员的台词，整个放映室非常安静，我的眼皮子越来越沉。

片尾曲响起，我被钱唐轻轻地摇醒了："睡着了？"

我猛地从瞌睡中睁开眼，脸上发热，赶紧站起来："嗨嗨，刚考完试，我熬夜太久了，突然就……"

灯全亮了，我看到屋子里足有七八个人，他们都是类似我爸或我爸同事的中年人，穿得朴素无华，但看起来非常稳重决断。

"非常非常非常的好。"一个人对钱唐说，"一流水平。绝对一流水平。"

这些陌生人把他团团围住，钱唐已经没工夫和我说话，他们再度热烈地说着我听不懂的话，兴致勃勃地讨论我所不懂的东西。

房间里空气不流通，醒来后就有点头疼。我在后面独自站了一会，决定回家，摸下楼时路过厨房，邱铭不知道什么时候又提前走出来，他独自靠着一人高的冰箱喝酒。

"你好。"我向邱铭打了声招呼，"请你告诉钱唐，我先回家了。"

邱铭无声地朝我举了举杯子。

我得摸着良心说，和眼前的邱铭相比，钱唐的颜值撑死就沦落到"还

127

成"的级别。然而说也奇怪,钱唐刚才站在相同的位置向我打招呼,那一瞬间,我眼中根本就没有任何人。而邱铭站在钱唐旁边,我分分秒当他纯花瓶。

我走出门前,仍然忍不住遗憾地想,邱铭那张英俊的脸怎么就不能长我脸上啊,太遗憾了。

第二天中午,西中就把总成绩的排名列出来。

我坐在座位上,气沉丹田地吃了个水蜜桃,吞了一小包我妈给我准备的蓝莓,再呱唧呱唧地啃完整包的苏打饼干。吃饱喝足后要来名单,终于看到自己的成绩。

具体排名呢,就不说了,但我考得不赖。上考场前就知道,我只要语文考好点,姑奶奶的总排名肯定进步。但你也知道,西中语文好和语文极好的人简直无穷尽了,我还指望教学大纲能拉自己一把,偏偏摊上总说废话的语文老师——做人真忧伤。

但是我所谓考得"不赖",也依旧被我爸归类为"差"的档次。我爸握着期末成绩单,很长时间没说话,我紧张得要命。

然后他问:"夏令营要怎么报名?"

"爸爸!爸爸!"我惊喜地大叫。

但我看到我妈把手放到我爸手背上拍拍,仿佛示意什么。我爸略微皱眉,没说话。我妈叹口气,转头对我说:"凤凤,你可不可以只参加半期的夏令营?你出去外面那么久,妈妈会想你。而且,我早就跟你张伯伯打好招呼,让你暑假去他那里实习。"

我缓慢张大嘴。什么实习?我不想实习,谁爱实习就自己去。

"我和你爸都商量好了,只让你感受一下环境。"我妈轻软地说,她再摸着我的头发,"凤凤已经是个大姑娘,有自己的想法。但妈妈希望你能……"

虽然不如我爸强硬,但我妈学法律出身,执着起来异常地难搞。

"就这么定了。"我爸一锤定音,"你参加夏令营,但参加半期就得回来,接着去你妈说的这个实习。李春风,你偶尔也要接触一下社会,别以为外面世界都像学校那么单纯。"

回到房间,我踹了半天的椅凳都不解气,翻箱倒柜想找出我爸给我带来什么亚运会玩偶,打算用剪子剪掉它尾巴。这时,一个包装袋突然从上面掉出来,打开后看到的是钱唐送我的裙子。

大概在气头上,我鬼使神差地重新穿上它,还配上我妈送我的那个羊皮包。但是镜子前走几步,我就觉得自己身材太瘦,头发太细,目光和表情又太凶,总之整个人显得很别扭。

我粗鲁地脱掉裙子,坐在地上时感到特别伤感。

在这个正常的世界上,我总这样不男不女。就像我在家,难以找到自己的具体定位。

西中放暑假前还要上课一周,但文理分科表已经发下来。

我没怎么犹豫就选了理科,仿照我爸签名就直接把表交上去。我早跟着泰打听好了,如果选理科,就算到了高三,化学和物理有时候都没作业。

回家后把结果告诉我爸我妈。他们密密切切地在书房讨论半天,不知道为什么,这件事居然由得我做主。

班里选文科的人不少,羚羊不管文理都是当之无愧的学霸,他选了理科。亓妡是要考 SAT 的人,跟我们就只是混日子。最出乎我意料的是叶青,她理科考成那个熊样,也准备选理科。

我不由得问她:"叶姐姐您说您图什么呢?"

叶青横我一眼,她表情含蓄,没有说话。

我不禁回头狠狠地瞪了一眼羚羊,叶青选理科肯定有其他私心。过了一会,羚羊也莫名其妙地看我,唉,这学霸的情商绝对在娘胎里时被他同胞的狡诈妹妹吸收了!

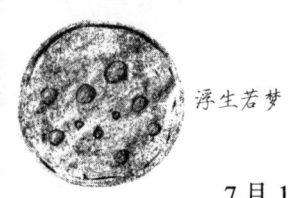

7月1日开始,这个夏天就变得特别热。

学校的空调不给力,我在教室里只能靠喝冰镇饮料解暑,到了晚上在家,我就对着冷气口默写公式,常穿的大背心被新的保姆阿姨越洗越松,领子几乎垂到胸口。

虽然如愿参加夏令营,但总有一种用力过猛后的空虚感,我天天提不起精神,晚上写完作业溜出来,把夏令营的报名费还给钱唐。

这一次,钱唐的家里安安静静,没有什么生人。

"特长生,你怎么没精神?"钱唐从冰箱里拿出猩红色的树莓冰激凌招待我,他也看出我的意兴阑珊。

我怕他提起上次看电影时睡着这茬,赶紧截住:"生物学说,人类在夏天都会累一点。对了对了,你写我的剧本呢!两个月了都!"

钱唐无声地望着我,显然又思考该怎么应付我。我威胁了他好大一会,等钱唐向我保证肯定会写,这才开吃冰激凌。

正在这时候,他冷不丁地,又问了我一个怪问题。

"为什么练空手道?"

我每次说到自己的体育爱好,肯定又要说到我爸。

最初我爸逼我练得空手道,他的身体素质特别好,游泳、高尔夫、滑雪什么的普通项目别说了,样样拿得出手,马拉松还拿过亚洲的奖。而我身为他女儿,能力也不差。小时候住在大院,我爸基本领着我向四周小楼的邻居都鞠躬道过歉,而随着我空手道的精进,我成了人民公害,我爸单独搬出来才算了事。

直到现在,我这人的耐心越来越不好,唯独把空手道这件事坚持下来——

"因为,我找不到其他更擅长做的事情。"我老实地承认,"我也知道,我在别人眼里就是只会惹麻烦,干什么都不行的人。但是我自己知道,我至少可以打好每一场空手道——就凭这一件事,肯定能代表点什么吧?"

钱唐沉默了一会儿没说话。也是，他这种所谓的"天之骄子"，又怎么能明白这种感受呢？

我举着冰激凌，扬起了一个得意的笑："嘿嘿，终于轮到你不懂我在说什么！瞧，你也有搞不懂事情的时候！"

钱唐却望进我的眼睛里，他说："李春风，你是天下一等一的好姑娘，他们现在不懂，但以后绝对会有人能够明白。"

我被钱唐语气里蕴含的东西，说得向后缩了缩。片刻后，我立刻反驳他："全世界都知道我是个好孩子。只有你不知道，你以前还在我身上找不良少年的灵感呢！"

钱唐皱眉："特长生，注意言辞。"

到了那晚临走前，钱唐让我先等一会儿，他从楼上走下来，递给我一张光盘，说这是他被砍掉电影的蓝光碟。

我不太想收这玩意儿，什么电影啊，压根儿就没兴趣。但是钱唐告诉我，他除了我之外，没有把这光盘白送过任何人。"因为，这不是能轻易送人的东西"。

我听了这句话，勉为其难地收下来。

夏令营开营那天的清早，我爸亲自开车，把我送到接送的大巴站点。

我以为我爸察觉到了报名的猫腻，假惺惺捧起假期作业看，车到达集中点，我高兴地推开车门，第一眼看到不远处站着正拉小拉杆箱的程诺，我脑海里立刻浮现出刚刚课本上的那句"伏惟圣朝以孝治天下凡在故老犹蒙矜育况臣孤苦特为尤甚"。

我爸押着我朝他们走过去，他无意中说："我正好跟同事说你要夏令营。他女儿听后也想来。"

我还能说什么？我只能狂翻白眼，慢吞吞挪过去。

幸好我爸看不出那么多，他逼着我跟一堆人打完招呼后，径自和送程诺的父亲聊天。而洋娃娃搂着旁边的女人亲热地说话，见到我毫不意外。

我眼神中估计一点欢迎的意思都没有，但程诺依旧朝我露出天使般的笑容，也不得不佩服她。

"你腿不瘸了？"我故意问。

程诺反问："谁腿瘸了？"看我气得抿起嘴，她才微笑说，"你那天很凶，我如果不演戏，你肯定不放我走。"

我憋得吐血，程诺又闪着大眼睛问："你的名字很好听，春风又绿江南岸，对了，你去过杭州吗？"

几次相处下来，我认为洋娃娃绝对不是自来熟加喜欢热脸贴冷屁股的人，但现在，她对我的态度出奇地和善。

直到大巴准备开走，我才知道原因，她也在她父母面前装老实孩子呢！

我爸冷声对我说了一句"注意安全，别惹麻烦"，就算告别。而旁边被程诺挽着胳膊的女人抱了抱女儿，她沙哑地说："诺诺，暑假好好玩。你是小孩子，很多事情不要想太多。"

程诺乖乖地答应："好的，妈妈。"

程诺妈妈显然知道程诺本性，她望着女儿蹙眉，片刻后放弃，转头朝我微微一笑："你就是李春风？果然是个聪明好看的小姑娘，怪不得你爸爸总以你为豪。"

论演戏，程诺她妈比程诺更精湛。这位阿姨曾经亲眼看过我是怎么把她宝贝女儿摔出空手道场，刚才一直在旁边听着我与程诺和我爸尬聊，现在还能很自然地夸我。

只不过，我倒挺喜欢程诺她妈的。

程诺在家长们都走后，立刻收起洋娃娃的虚伪嘴脸。

她冷冷地说："不准你喜欢她，她是我妈！还有，夏令营是我妈非给我报名，我自己一丁点儿都不想来！我知道你不想认识我，我也不想招你。这样吧，咱俩井水不犯河水。"

我很轻蔑地说："去你的！"

我俩说到做到，大巴开向山里训练营的路途中，虽然是同座（感谢我爸安排），但是一句话都没跟对方说。

我望着窗外发呆，过了一会，感觉书包里手机震动。拿起来看，是个未知号码，估计推销保险和房子，我直接挂断，没想到10分钟后又打来，姑奶奶说不接就不接，再次挂断。

20分钟后，手机又震，旁边戴着耳机的程诺闻声看过来。

"喂?!"我口气很冲地接电话。

"特长生?"

第一个字说出来时，我就辨认出来钱唐的声音。不知道为什么，脑海里一下子死机了，周围都是蓝屏，只能听到突然放大的心跳声，直到钱唐重复说了什么，我发现自己还没闭上嘴，正胡乱地傻笑。

"呃，是我。嗯，我还挺好的……"

钱唐在那一方顿了顿，他问我："不方便说话?"

我缓过神，赶紧提醒自己头上顶着的是脑袋，不是菜花："咳咳，不好意思。方便啊方便。有什么事?"

"想起来你今天参加夏令营，打电话问问情况。"钱唐沉吟片刻，"前几天见面，我看你好像一直不在状态。"

"没，挺好的，就是之前熬夜，很努力地学习……"

钱唐没等我编完瞎话，他直接问："期末考得怎么样?"

"还行。"

"能让你说还行的，肯定就是第一名了。"

钱唐这么说，我反而有点不好意思："没没没，就是还行的程度。班级第五，年级第五十多名。唉，考第一都不是人干的事。"

那方轻轻笑了："能参加夏令营，也算如愿以偿。"

我沉默片刻，突然说："我爸其实很不满意我的成绩，我只有考第一名，他才会高兴。"

钱唐反问我："换了你你难道不会更高兴吗?"

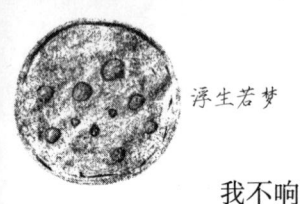

我不响了，心情有点烦躁。

钱唐没继续纠缠这话题。只说自己今天也要出一趟急差，先飞香港再去成都，三天后回城。

"啊，你又有工作了？"我真心替他高兴，"是又要拍新电影，还是新电视剧？"

"没有接新工作。"钱唐在那方耐心回答，"我需要先收拾以前的烂摊子。"

我同样忍住了想追问钱唐所说的"烂摊子"，到底是不是指他众多的男朋友和女朋友。现下，我只能特别悲伤地说："唉，你总得想出点新法子赚钱。不为别的，你那辆车不能总留在修车厂，多不值！"

钱唐在那方笑得很愉快："连你都奚落我，特长生！我太伤心了。"

我也被钱唐的语气逗笑了，心和手指都隐隐发痒，却不知道说什么好，结结巴巴聊了几句，挂了电话。

我在剩下的路上一直保持傻笑，直到旁边的程诺摘了耳机，她用一种非常奇异地眼光打量我。

我的心情全面好起来，也不跟她计较："你上车前，问过我去没去过杭州？"

程诺勉强问："你去过？"

我笑眯眯地回答："从来没去过！"

程诺抿抿嘴，明智地决定不搭理我，继续戴上耳机玩手机。

空手道分很多流派，流派彼此的级数安排和标准不通用。

我参加的这次夏令营属于刚柔流，等大巴停到了山里的营地，除了青少年，还有些面容刚毅的大叔大妈之类的成年人。

住宿是双人间，可以自由分配，我和程诺不太愿意住一个屋檐下，互相鄙视地看了一眼，就此分开。

我拿到分配后的门卡，进屋看到另一张床上坐着一位光头男人，他戴着无数闪亮的耳钉，正看着电视。

我跑去前台找负责人换钥匙。对方振振有词，说绝对没有把我分错到男学员的房间，等我拖着他来到房间，那个光头闻声站起来——外表怎么看都是男的，胸巨平，腿巨长。但一说话，就又听出是女声。

"放心吧小女孩，我半夜不会扑你。"

换成别的陌生人，敢这么跟我开玩笑，我就算没法嘴上回击，行动上也要给他点厉害的瞧瞧。但眼前的光头女，说话间散发出一种无形的气势，那种气势和我的教练相似，叫我打不过只好不搭理她。

负责人走了后，光头女继续看电视。我收拾书包时瞄了一眼，发现是本期的娱乐新闻，内心不由哼了声，庸俗！

我的空手道在西中混得特好，但砍倒高粱显出狼，在夏令营只属于垫底。比我更没溜儿的程诺和我一起垫底，唯一庆幸的是，我俩没分在一个小组。

与我的兴致勃勃相比，第一天的夏令营训练非常不顺利。

平常的训练里，我只负责注意技巧，由教练喝止我注意力道。然而这次，号称"小蛮牛"的我突然连眼前的沙袋都踢不动。

"你们往里面多灌了沙子吧？"

得到否定答案后，我尽全力用右肩撞了一下沙袋，沙袋终于动了，然而重心没克制好，往前摔了个大马趴。

我到临睡前，心情都不太良好，匆匆洗完澡钻进被窝。过了一会，感觉有人在看我。

我睁开眼，同屋那个不男不女的光头正在凝视着我。"你是高中生？"她突然问。

"嗯，马上高二。"

"岁数真小。"光头的口气很淡，目光重新望着电视，"你要不要看一会电视再睡？"

我礼貌性地扫了一眼屏幕，里面播放一个吱吱呀呀的破古装连续剧，各种衣冠人士在说话，真吵真烦。

"阿姨你自己看吧，我先睡了。明天早上要早起练习空手道。"我板着脸，"我今天练得特别烂！"

她闻言关了电视，语调在黑暗中没有一点波澜。"好吧。"又说，"我叫萧玉玲，是梁氏影视的武术指导。"

过了一会，我才明白她这职业意味什么，赶紧重新亮起台灯。萧玉玲保持着关灯前动作，坐在床边安静地看着我。

嘿！专业级别就是不一般，眼神锐利，再配上那大光头，实在精神极了。但，这也太像男的了！

"萧阿姨，你会指导武术？那你愿意指导我一下吗？"

第二天，我很早就起床，不甘心地望了眼依旧在旁边床上睡觉的萧玉玲。她昨晚没有答应我的要求，直接翻身睡了，大概当我是不开窍的。

我倒也没抱什么指望。毕竟，有一些要求，你知道提出来后可能没结果，但主动问出来，也就图个不遗憾而已。

眼前的萧阿姨突然睁开眼："你蹲我床边干什么？"

"没事，阿姨，我就想看看你。"

她用可以冻死人的目光盯着我，简洁地说："走开。"

我走。我走。

第二天的夏令营训练依旧不顺利，指导我侧踢的教练笑着说我力道轻得像小鸽子。

小鸽子？！我不能相信，我以前都会像坦克一样扑上去，教练费尽力气扒拉下来，再扑上去。但在今天，对方轻轻闪开，我扶着膝盖喘气，全身莫名其妙地发软。

我中午去餐厅，躲开组员，盛了一碗白米饭，在上面浇了点肉汤汁，坐在角落羞愧地扒饭。

吃到一半，程诺和她小组的人走进来。我一人独坐在大圆桌旁，非常不幸地被询问可不可以和他们拼桌。我只好点头，再加快吃饭进度。

程诺是她那个组里年纪最小的，他们的大龄组员在聊什么第一版的《西游记》电视剧这种很具年代感的话题，只有她和我满脸茫然。

程诺的表情比我装得好，她不说话也不显得突兀。但是我就不行了。

一个大妈对满脸愕然的我搭话："小姑娘，你应该没看过这一部老电视剧。"她感叹，"我在当时你的年纪里，还很喜欢里面的女儿国国主。"

我应该也像程诺那样保持沉默，但我犯了第一个错误，居然顺势讨论起西游记的角色扮演。

"如果我去西天取经，我想当唐僧，因为我不太喜欢走路。我记得《西游记》里，只有唐僧能骑马，他都不用走路。所以，我比较喜欢当唐僧。"

程诺有点好奇地看我一眼："我还以为，以你的个性会更喜欢孙悟空。我自己倒很想当孙悟空。"

跟程诺斗嘴，是我犯的第二个毁灭性的错误。

我不耐烦地说："就你？你还能当孙悟空？人家孙悟空多厉害，你的空手道练得不怎么好，如果你当悟空，武力值那么低，该怎么保护我这个唐僧？难道你要帮妖怪一起打我？"

程诺笑了笑："这个嘛，倒是可以考虑一下。"

"什么？你敢打我，你难道不知道我能念紧箍咒？"

程诺狡黠地说："你要敢对我念紧箍咒，我就去杀你的白龙马。你可以对我念紧箍咒，我最多头痛一下子。但你只有一匹白龙马，等我杀完马，你得全程自己走路去西天取经——"

餐桌上的其他中老年人已经停止吃饭，微笑地看我和程诺斗嘴，而我嘴巴笨，说来说去都说不过滔滔不绝的程诺，于是我很快就犯了第三个错误。

"你丫闭嘴！"

一上午的心气不顺，声音就大了点。等我吼完这话后，整个餐厅的人都用异样目光看我。我又悔又烦,瞪一眼同样有点发怔的程诺。

"不好意思,不好意思。"我低声嘟囔句,推开大半碗饭走了。

目前来看,我日夜期盼的夏令营已经被毁了一半。我爸还只允许我参加一半行程的夏令营。这可真要命。

我在晚上逃掉了篝火晚会,独自待在房间里写作业。同屋的萧阿姨很快就回来,她依旧没有主动跟我打招呼,迅速地洗完澡,就躺到床上开始看书。

我好不容易把一函数题算出头绪后,摸上床就又准备睡觉。

"需要关灯吗?"萧阿姨冷淡地问。她的眼珠颜色很浅,玻璃珠似的。她现在握着的那一本书,封面上的名字特别眼熟。

"钱唐!"我忍不住把作者名念了出来。

萧阿姨闻言,也默不出声地放下书。我俩互望1分钟,我诚恳地说:"阿姨,您看我干什么?您是在想怎么指导我空手道吗?"

"没有。"

我只好闷闷不乐地说:"那您手里的书,能借我看一眼吗?"

这时我第一次看到钱唐的书。曾经,我也无聊地问过钱唐,可不可以把他写的书借我看看。结果钱唐直接说没有,"我家不存垃圾。"他用招牌的淡定口气说。

眼前这一本,就是由钱唐的电视剧本改编而成的小说,上面的腰封写着最佳编剧,金牌制作,以及跟着无数电视剧名,最后列出获得过什么什么奖项。我后知后觉地想起来,钱唐家的垃圾场汇集了全天下最显摆的东西,但从没有看到过他自己的任何奖杯之类。

我翻了翻书的封底,写着价格是34元。我问萧阿姨:"您这本书看完后,原价卖给我吧?"

"怎么,你喜欢他?这个叫钱唐的?"她问。

我毫不犹豫地点点头,萧阿姨闻言后冷冷地笑了,唇角只扯起一点点。

她估计忘记把耳钉摘下来，当望着我的时候，光头、耳钉、眼睛齐齐的闪着寒光，交相辉映。

"也是，高中生肯定都知道钱唐。那人的剧和书，都各种捞钱，平日不接受采访，故意把自己搞得神神秘秘。而你们小女生的确都吃这一套。"她漠然说，"这本书，你想要就拿走。"

我不太喜欢她提起钱唐时的讽刺语调，皱眉把书原封不动地推回去。

萧阿姨，不，我现在决定管她叫萧玉玲。她看着我，嘲讽说："呵，这就生气了？小女生都喜欢幻想，这不稀奇。但我告诉你，钱唐不是童话里的白马王子，而你不知道钱唐的事，海了去。"

我脑子再迟钝，也意识到眼前的这个萧玉玲肯定认识钱唐。天啊，难道她也是他众多的前女友之一吗？我简直又嫉妒又好奇又不想落下风，憋了一会没憋住，就站在道德制高点去攻击她："我告诉你，我就是不喜欢听别人说我喜欢的人的坏话。即使有一天我不喜欢那个人，我也不会在背后说他坏话！"

萧玉玲用白开水般的目光看我半响："小丫头还挺天真！你现在头头是道的，嘴巴挺利索，怎么中午在餐厅发火？"

我涨红了脸，知道她也看到我和程诺争执的一幕："我乐意！再说了，程诺都说要杀我白龙马，我能怎么办？！"

萧玉玲笑了。这次，她不是扯嘴角，真笑了。但即使这样，气场都没有半丝柔和。萧玉玲突然解释："你别误会，我可不喜欢你那个钱唐。但是，我和钱唐确实很早就认识。"

萧玉玲有个叫梁细细的好友，家里开着内地最大的娱乐公司，现在坐头把交椅，好像对钱唐有那么一点意思。

但说了一句，萧玉玲就立马封嘴。

"向一个圈外人透露圈里内幕，对我自己有什么好？"她冷冷地说，"抱歉，我这里没有更多八卦。我就是想让你了解，你跟我，以及你跟钱唐，根本都不是一个圈子的人。你一个不懂事的小丫头，别在钱唐身上继续浪费

139

工夫。"

我简直能被这些成年人说话留一半的风格逼死，就问她："那你觉得，我应该在什么上浪费工夫！"

萧玉玲又用她那双透明的眼睛看了会我："我今天看到你空手道训练了，基本动作不错。"

到此为止，我可以先剧透一下。我费尽心思才能参加的夏令营已经算彻底毁了。但你猜错了，暂时还没毁在萧玉玲拒绝跟我八卦又拒绝指导我空手道的晚上。

和萧玉玲没聊多久，临睡前，我愤恨地把所有电子设备都上了闹钟。

半夜的时候，我迷迷糊糊翻身时，隐隐听她站在阳台不耐烦的讲电话："……多想了……就一缺孩子……他是什么人你还不知道，只会越推越远，别闹……"

我暗中诋毁，萧玉玲说不能和"圈外人"说坏话，但她和"圈内人"说得倒挺欢畅。

到了起床的时候，我穿完衣服后扶着对面床头站了会，觉得身体有点不舒服。

正琢磨自己这两天是不是没吃零食，身体怎么能软成这样。这次萧玉玲连眼睛都没睁开，再命令我："走开。"

我坐在自助餐厅蔫蔫地吃早饭，又碰上程诺。

现在的洋娃娃对我来说，跟鬼娃花花子没什么区别。我转身就想走，然而夏令营指导员把我叫住，说了些空手道是什么古老高贵的东西，又说我昨天的口出恶言违反了夏令营的原则。

总之，他让我向程诺说句对不起。

不久前，我在大马路上逼程诺对我道歉。现在，我被要求在众目睽睽下向程诺道歉，只可惜姑奶奶没带拐杖，不然我也想装瘸。

于是我立刻跟教练说:"我生病了,我不道歉。"

站在教练后的程诺脸色微微一变,拉了拉教练的衬衫。我可不喜欢她那眼神,赶紧顺着程诺目光,低头看向脚下。我穿着的雪白色球鞋,此刻正踩着一小坨黑水上。

再然后,我惊奇地发现,黑水是从我身上淌下来的,沿着白色的短裤腿,依旧一滴一滴地流。

更丢脸的事情发生了,我突然一屁股坐倒在地上,狰狞地捂着肚子,满额头的冷汗。足足停了4个月没来的例假,在我全面忽略这茬,三天两头大吃冰棍时,突然就如血崩般地来临了。

算了,我也不用形容的那么委婉,当众尿裤子也就这感觉吧。

夏令营的负责人不顾我的抗议,坚决给我爸打了电话。

我坐在县城充满消毒水味的医院里,虚弱地把头搁在胳膊上,腹部绞痛如刀,吃了布洛芬才好点。

门突然响了下,我以为护士给我送饭来,结果我爸推门走进来。3个小时不到,他居然亲自开车跑过来的,身后没人,估计那俩秘书和司机都没带。

我脸上不由讪讪的,也不知道解释什么。闹出这么大阵势,只为了个来例假。

我爸居高临下地看了我挺久,也不知道他对眼前这场景什么想法,反正依旧是那副石膏面孔。

"穿上鞋,跟我走。"我爸又转身出去。

我爸的车路过夏令营的宾馆时,并没有停。我以为他要先带我吃饭,等车都上了高速好几千米,我这才意识到,我爸居然直接要带我回城。

我一下子急眼了:"爸爸!夏令营还没参加完!你怎么就……我暑假作

业还留在宾馆呢!"

我爸盯着前面,过了会,他平淡地说:"拿我手机,给小诺打电话,让她把作业给你快递回来。"

"小诺是谁,哦,程诺。"我恍然大悟,内心又一沉,"我跟她不熟!爸爸,你把车开回去!我至少拿回作业,书包手机钱包还在里面!我还有两周的空手道,怎么也得让我练完再回城啊?我现在挺好的,喝点热水就没什么事了!爸爸?你这人怎么能这样!言而无信——"

我爸一言不发,突然间,他把车子刹在紧急车道上。

我刚被安全带拉回来,就听到我爸说:"想回去练空手道,现在就下车。"声音和车里空调一样冰冷,"李春风,我回去还有工作,没工夫继续和你磨叽。"

我记得小时候,所有人都说我和我爸长得很像,曾经他新秘书找不到我家小院,满头大汗,看到在警卫处玩的我后一路跟回来。当时我爸还难得开玩笑,自嘲说自己丑,我长相该像我妈才对,据说我哥长得就像我妈,特别好看。

此时此刻,我爸严厉地望着我,他重复一遍:"你不是要拿作业吗,你下不下车?"

我现在的脸也像石雕吗?我不知道。我只觉得满心怒气和无助,但也只知道自己不能现在下车,这可是高速公路,我身上一点钱都没有。

我爸看我不吭声,他重新启动车,剩下的路程都是沉默。只有太阳透过车窗晒进来,油汪汪的。

我回家后要对着着急的我妈。她那么有文化的人,说也不说就把我送到中医院。

老医生对我把了半天脉,又让我伸舌头又咽吐沫,过了会一捻起根针在我胳膊上一扎,等全部折腾下来,得出的结论是我月经不调——神医啊,就跟我刚进门没告诉他似的!

"按药方喝药,三天后过来拔罐。这孩子身子板儿也太瘦,要多增重,不然以后会出大问题。"

老中医随后又嘱咐了一些平时凉白开水不能直接喝得、喝温开水之类的话。我妈偏偏吃这一套,她满脸担忧地出门,立刻就把中医的话完完整整告诉我爸。

我的意思是,如果我爸真想知道,他为什么刚才不同样坐在里面听呢?现在,我爸肯定要说我了。

果然,他不由分说地指责我:"你的饮食有问题。平时不按时吃正餐,饮食不规律。"

我没搭腔。

我爸想了想,他又说:"别摆脸色!你现在这个后果,怨不了别人。"

"我没怨任何人,我就饿了。"我诚实地说。

那个暑假,不是我有生以来最漫长的假期,但就无聊和悲情程度,也排得上前号。

首先,我避免去想自己在众人面前出的大丑,其次,我乐意写的作业全部落在宾馆里,最后,在原本应该练空手道的当口,不得不每天喝一堆恶心无比的中药,净琢磨前面两件破事。

我无所事事、专心致志、毫无希望地宅了3天,到了第4天,终于坐不住了。

钱唐自从给我打完电话,好像就一直没回城。我就在抽屉里翻出来了他之前送我的DVD。

本来抱着不信任的心情去看电影,我略带鄙夷地欣赏了片头曲里30秒西中熟悉的教学楼,但等95分钟结束,全剧终了,我发现自己正独自坐在客厅,张大嘴巴,一个字都说不出来。

后来,我大学修了本系口碑最好老师的课。那教授是奇葩,你不知道他看过多少种语言写的多少法典,上课内容巨难,辩论磕巴就立刻让你滚,下

143

课布置的阅读量超级多，全部啃原著。我被逼得准备好了重修，但红着眼睛熬过了一学期，等考试全考完了，你发现那教授极力想让你读的想让你懂的，你居然还真就懂了！

这就是我当时看完钱唐电影后的感觉。它讲述3个底层不良少年误入黑帮又脱离黑帮的老套剧情，但里面混合了许多东西，有嘲讽，有尊严，有悲悯，有希望，有若有若无的理想。邱铭那张能给人留下深刻印象的脸，钱唐只让他在告别的时候露出微笑，但是，令人热泪盈眶。

到了晚上，我一直回味这电影，感觉就像在飞。不是因为主角的表演，也不全是因为跌宕的剧情，大概因为我知道这电影完完全全属于钱唐，只有钱唐才能制作出这种程度的东西。我实在想跑去对钱唐说，你太牛了。

我待在家里，足足把钱唐的电影看了七八遍。程诺给我打电话的时候，我正不知足地看家里收藏的别的黑帮和武侠影片，这样每天看一部，去不成空手道夏令营的遗憾被冲淡不少。

眼前的武侠电影按了暂停，女主角用刀指着对方。我接起家里电话，心不在焉应付几声。

程诺问我："李春风，你的暑假作业打不打算要了？"

我下意识地看了一眼日子，夏令营这么快就结束了？

程诺告诉我取书包的地方，是一个富丽堂皇的五星级酒店。来的时候，她还没下楼，我只好坐在大堂等候。

来的时候乘地铁，车厢里特别热，现在终于凉快下来，但嗓子都直冒烟。大堂里有免费冰水，我想到老中医每次问诊，都把我形容得离死不远，还是决定买杯热饮。

付钱的时候很心疼，一杯热饮65块，应该去外面挑个便利店。而我身边，一个戴着墨镜的冤大头点了一杯黑咖啡，他低沉说："账单挂在2032房间。"

服务员客气地说："不好意思先生，咖啡不能记在客房账单。"

对方沉默着把全身掏了一遍，一毛钱都没有。我看他表情有点尴尬，看到黑咖啡价格正好是35元，递出100元："一齐付了吧。"

我拿着自己的热饮想走，却被墨镜男叫住。其实，他也不是在叫我，而是低声说："钱唐？"

我猛地回头张望，但四周哪有钱唐的影子，眼前墨镜男很缓慢地往下拨了一下他的墨镜，我再次呆住，忍不住思考世界第九大未解之谜，就是邱铭那张脸为什么不能长姑奶奶的脸上？

对方见我认出他后，又戴好墨镜。和钱唐总若无其事的举止不同，邱铭是一个大明星，他的一举一动敛着一股成熟快烂掉的男人气场。

大概我打量他的目光太贪婪，邱铭笑了笑，不动声色将距离和我拉远："你这眼神……"又说，"我叫邱铭。"

我由衷地点点头，"我知道你了。"赞美他："你长得很好看！"

他再朝我举举咖啡杯："谢谢你埋单。小丫头，你叫什么名字？"

"李春风？李春风！"

我黑着脸，回头看穿着人字拖的程诺向我走来。她的衣服打扮很随意，但不知道为什么，整体感觉就和五星酒店很搭调。唉，好看的长相果然是一切的敲门砖呀。

程诺问我："你身体好点没有？"

我一方面觉得，程诺实在太有眼力见儿了，她如果当场点明我有月经不调，我只剩把她灭口这条路。但另一方面，面对这么有眼力见儿的程诺，我感觉她真的聪明到讨厌。

程诺的目光已经不动声色地打量完站在我身后的邱铭。她突然露出洋娃娃般经典乖巧又不怀好意的笑容："挺行啊你，李春风！"

我一皱眉，什么就行，哪儿行了，没听说过啊！

程诺不再继续开玩笑，她从口袋里掏出手机："不逗你了。这是你的手机。之前自动关机了，我用自己的充电器帮你充满电。你直接开机就成，有好几个未接电话，我从没有碰它，也不知道是谁打来的。你的暑假作业和衣

145

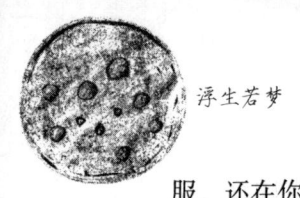

服，还在你的书包里。"

我草率地点头，程诺再吐吐舌头："对了，你今天在这里见到我，请你对谁都不要说。其实我也是偷偷逃掉剩下的夏令营活动回城的。李春风，你应该是口风很严的人。我担心你着急想要回自己东西，才把你作业带回来。虽然咱俩做不成朋友，但也不需要互相拆台吧。"

程诺嘴皮子挺有一套的，我也保证："你放心，我压根儿不关心你的事。"

程诺闻言又露出独特的洋娃娃笑容："嗯，希望咱俩有机会在道场上再见，你和你的'朋友'先走吧。我继续回房间睡觉啦。"

她再仔细地看了一眼邱铭，随后决定不追究，活泼地转身走了。

我盯着程诺的背影，思考给她一个过肩摔，应该是特愉快的永别方式。

旁边站着喝咖啡的邱铭，不知道把我俩的对话听到多少，此刻冷不丁说："你这朋友可不是省油的灯。"

我就看不得别人这么瞧得起自己，凭什么邱铭和程诺都认为对方是我朋友？但我对着这张脸也不能发脾气，只好说："我看了你演的钱唐那部电影。很牛，真的。特牛，电影不能上映，实在太对不起你这张脸。"

"哦，那我和钱唐谁更牛？"邱铭问我。这人真是气场强大，嘴里说出"牛"这个词感觉也不违和。

我特别没出息地回答："完全不能比，我更喜欢你的脸啊！"

邱铭笑了，他戴着黑黝黝的墨镜，一切表情都好像假的："小丫头一个。听说，你总去钱唐家？"

怎么老有人问我这事？我还没回答，邱铭就说："他和张雪领完鉴定结果，今天就坐高铁回城。"他抬手，看了眼手腕上的表，"三个小时的动车，现在还有一小时到站。"他淡淡地说："小丫头，你想不想去车站接他？"

我和邱铭告别后，立刻在酒店大堂打车，去火车站蹲着了。

赶到火车，候车室的屏幕里正在滚动出一个广告，特适合钱唐，"某某牌卫生巾，妇女之友"。

邱泽口中的张雪雪，是歌坛里一枚巨大的天后。因为名字特拗口，又多年不想改名，正常人和歌迷都省略后一个字，直接叫她张雪。我不听歌，也都知道她这么个人，更何况，钱唐之前就是和她传绯闻的。

虽然总去他家，但我和钱唐的交集，实在少得可怜。他的事情我不懂，我的事情他又不感兴趣。可是我好像总不能相信，钱唐是个女友遍天下的花花公子。

一列长长的火车在眼前停下来。门打开，一堆人纷纷涌出来，本来找人很麻烦，幸好商务舱车厢的乘客不多。

人群中，我一眼看到钱唐。他在夏天里戴着滑稽的毛线帽。那毛线帽实在太丑，以至于看到它的瞬间，我就感觉大脑血液流得异常欢畅，不知道为什么想大喊，想吸引钱唐全部的注意力。

接着，钱唐回头从车厢里再牵出个三四岁的小女孩。他一手拖着行李箱，一手牵着那小女孩，罕见地微微不耐烦表情。钱唐没有向人潮汹涌的出站口走，而是沿着相反方向，也就是我站的位置走来。

等还有几步的距离，我终于忍耐不住，从柱子后面跳出来，对钱唐喊："哈喽！大惊喜！大惊喜！你看谁来接你了，钱——"

一丝惊讶很快从钱唐眸子里闪过。钱唐没有说话，也没有避开我的眼睛，他微微站住，神情很难形容。

也许是多年练空手道对于突发情况的直觉，也许是聪明之神扇了我一耳光，我继续大叫着，却和钱唐擦肩而过，径直扑向他身后一名同样刚从车厢下来，正拎着公务包准备赶路的中年阿姨身上。

与此同时，我可以清晰听到有连续的"咔嚓"，以及余光瞥到无比耀眼的闪光灯。

被我扑住的阿姨吓了一跳，但估计看我学生模样，也没生气。"认错人了吧，小姑娘。"

"噢噢噢，不好意思。"

那个阿姨身后，一个身材削瘦，戴着墨镜和围巾的女人走出车厢。应该就是张雪雪。她疾步走到钱唐旁边，一把抱起那小女孩。在不知道从哪冒出来的记者簇拥下，和钱唐两人并肩急匆匆地走了。

我回到家，我妈还问我："凤凤，脸色怎么那么差？今天有没有坚持喝药？"

我脸色不由得更差了："还没。"

"这可不行。身为女孩子，更要多注意保养身体，不然到特殊时期就会很难过。"

我剥着毛豆，悲愤地说："唉，谁敢让我难过，我就能让他更难过！"

我妈不由得"扑哧"笑了，摇摇头，转头让阿姨帮我热中药。而我百分之八十地肯定，我妈压根儿就不知道我在说什么。

吃完晚饭，我借口要去小区健身房打网球，飞快地跑去钱唐家。

这次我没翻墙。不知道为什么，感觉有点拘束。在他家门口站了很久，开始哐哐哐抬手敲门。

又是那个大白牙助理给我开的门，他愣了愣："你有什么事？"

我直接闯进客厅，孙爽的手提电脑正连接着电视屏幕，上面都是年轻漂亮女孩的古装试装照片，不由"嘘"了一声。孙爽皱眉要赶我走，正在沙发上打游戏的钱唐却说："你就继续说，谁来也不碍你事。"

孙爽瞪我一眼，接着点鼠标翻照片，开始说那些女孩的简历。钱唐跟我点点头，继续打他的枪战游戏，一言不发地听着。

没半晌，孙爽念完人名，钱唐依旧没反应，孙爽只好自言自语："得，明天我再把演员的名单给爷您送来一份。"

这架势跟钱唐选妃子似的。我冷眼旁观，联想到下午钱唐和张雪雪抱着孩子并肩离去的画面，只觉得非常非常憋屈。就像想出门跑步却发现天在下雨，舔了一口的糖突然掉在地上。

趁着孙爽去倒水，我艰难地问："那个，你是不是都有孩子了？"

钱唐一枪爆掉屏幕里最后一个歹徒，然后关了电视，语调平平地说："下午那是张雪的女儿。"

我非常不相信他："你干吗给她抱孩子，她自己怎么不管？"

"一个不懂事小女孩，一味地只想缠着你，你能有什么办法？"

我在脖子上横着比了比："你懂的。"

钱唐半开玩笑："不需要这么麻烦。她得不到想要的东西，自己就会走。"

我不由得拿眼横视钱唐，他这个妇女之友，当的太不了解妇女了。

"你和张雪雪，她和你什么关……"

孙爽端着啤酒走过来，他好像忘记之前对我的不耐烦，咧着白牙说："小春风，你太小瞧我们钱爷！张雪都有孩子了，就凭这个，我们钱爷也不肯给人白当爹！替她白养拖油瓶吗？"

钱唐特平淡地说："倒也不是她孩子的问题，是我对她确实没想法。"

孙爽做了个鬼脸，坐下来没再说话。

我在旁边坐着，按理说，我听钱唐这么说应该是暗中松口气，然而不知为什么，心情更低落了。

钱唐没问我为什么在下午出现在火车站，他也没问我为什么跑来他家，他只是又抄了一串新的电话号码，再递给我："以后有什么事，可以先打电话给我。"

接着，钱唐就依旧做他自己的事情。孙爽在我旁边咳嗽一声，显然想单独跟钱唐聊他们的工作，但又碍着我在，只好不停催我走。

我不接受暗示。我不想走，我还有一堆问题想问，一堆话想说。但为什么钱唐的身边无时无刻地总有这么多人围着？不是男的，就是女的。

坐了几分钟，主人也安慰我："明天再来找我玩吧，今天太晚了。"

我只好站起身，让钱唐送我到院子门口。夏天的热风里，我沮丧地告诉钱唐，我看过他的电影。

钱唐显然略微意外，他随口问："评价怎么样？"

"普普通通。"我咬牙说,"普普通通吧。"

钱唐不以为意,接着问我夏令营玩得如何。我沉默几秒,再次深刻感到自己的生活乏善可陈。总不能说,我就去夏令营待了3天,就因为月经失调而被强行送回家?

"普普通通,普普通通吧。"我倒是想起来别的,"对了,我在那里面认识一个阿姨,她说她认识你。她剃着大光头,说自己什么武术指导。"

钱唐的口气依旧没什么大变化:"难道是萧玉玲?"他笑着说,"玉玲说了我什么坏话,嗯?激得你都跑来车站接我?"

黑暗里,我根本看不清楚钱唐的表情,但下午就隐忍的怒火已经烧起来,咯咯地咬着牙控制着。

我一直特别特别地想揍钱唐。

我想揍他,并不是因为钱唐的性格里有寒冷且变幻莫测的一面;也不是因为钱唐的男女关系乱,拥有什么萧玉玲、张雪雪、梁细细之类的众多女朋友,是个名声不好的人渣。

我想揍钱唐,是因为钱唐从来没想过掩饰他自己的这些方面,他觉得别人不该总去关注这些。揍得就是这种欠揍的灵魂!

然而刚一出手,我就被钱唐握住了。

别看他瘦,劲儿还挺大,我有点怀疑以前这人故意让着我。钱唐悠悠地说:"特长生,你那剧本,我正在准备写。"

我烦着呢,脱口而出:"算了,姑奶奶不要你写剧本!"

钱唐问:"真不要我写了?"

我肯定地点点头,他再追问:"真的不要我写了?"

我突然间又泄了气:"不然,你让我再想想。"

钱唐笑了,我意识到他还拉着我的手,赶紧松开,只觉得拿眼前这个大人一点办法都没有:"我的意思是,你要不乐意写就可以不写。"

他说:"这也挺奇怪。"

"怎么又奇怪了?"

"我现在乐意写你,这不挺奇怪的。"

我没吭声,直到钱唐再安慰我:"回家吧。"

比起我的倒霉遭遇,钱唐在暑假开始了他的王八翻身计划。

之前从楼上跳下来的女星,尸检报告隐瞒了她怀孕 3 个月的事实。钱唐秘密去外地测试了 DNA,半个月后拿到检验结果。张雪雪陪钱唐前去取的检验报告,此行原本保密,不料火车站居然埋伏了记者。

但这又让人感到奇怪,邱铭亲口告诉我有关钱唐的行程,我一直以为,邱铭是钱唐的漂亮男朋友!

"我没有男朋友,我也没有几个同行的朋友。"钱唐平静地说了一句。随后,钱唐又说要谢谢我,因为我提起烧纸钱这茬,他才想到重新查尸检报告。

我不知道钱唐在最后怎么处理这件事的。但没过几天,他的跑车就有人付好修理费后,主动送回来,重新招摇地停在外面。

钱唐依旧是懒散的样子。他自己的工作室好像快倒闭了,但对外事务依旧全部交给孙爽,整天穿着旧的运动衫,戴着眼镜整日翻书。

"金簪子掉在井里头,有你的只是有你的。"钱唐垂着眼睛解释。

像现在,钱唐坐在我对面看我吃樱桃。他手里的本子看着特眼熟,那是他总带在身边的记事本。

"你干吗?"我警惕地问钱唐,"你拿出来那本子想干什么?别给我说古话,我是真听不懂。"

"我要写你的剧本。"

我这才意识到钱唐要动真格。

钱唐告诉我,好故事和好剧本是两码事,故事好坏和电影卖座也是两码事。

"那个时代好,允许文字玩票,互联网野蛮发展。但再往后,就基本靠团队运作以及明星挂名。和你空手道一样,任何技能都需要长期训练。我对写剧本兴趣不高，但名声还在，于是开了个工作室，自己只负责后期的审核把关。"他转着手里的笔，很娴熟很流畅，"我可以保证我经手的都是一等品。但我亲自写的东西，谁知道呢。"

我问他："你跟平时工作的人也都这么说话？"

"不然像外面的制片人？刚开始雄心壮志，到后来粗制滥造，心智不清醒。"钱唐敲了一下笔，"不浪费时间了，特长生，先跟我说说你哥。"

我震惊地望着钱唐。

我发誓，平生没有跟任何一个人说起过我哥，因此，当我第一次听别人语气平和而毫无感情地把"你哥"说出来，还真有那么点……刺激。

"你怎么知道我有一个哥哥！"我沉着脸站起来。

钱唐比我淡定多了。他在本子上写了几个字，然后说："猜的。"又问，"你哥哥没有抚养在你父母的身边？"

我怔怔的，该怎么回答呢？回答他，我哥只活了2年，但他的影子还在某个角落影响着我。我哥快死的时候，我爸很着急，甚至想把自己骨髓捐给他。我哥才是全家人的掌心宝贝，我只是后来的替代品，嗯？

我只能简单地回答："他很早就死了。"

钱唐看着我，他迅速地说："抱歉，下个问题——"

然而我受不了了，我站起来，下意识地收拾书包："别下一个问题，我要走了。"

我匆匆跑出了钱唐院门，才停住脚步。即使是钱唐，我也不喜欢他看透我心事。

和钱唐待着也就那么点好，他不问不该问的事情。

但是我现在有点伤感，特别的伤感。为什么世界上好的东西，总带给人失落感呢？比如钱唐，比如我哥。

接下来连续几天，我都闷在家写作业，没去找钱唐。

我妈看我老老实实地待在家里，把药喝得差不多，她又把实习这事想起来了。

我妈想起来不要紧，雷厉风行执行的却是别人，等我早上跑步回来后，罕见地发现我爸还没上班，坐在客厅看报纸。

"穿件像样的衣服，待会去事务所。"他吩咐我。

我特别不情愿，但也没办法，上楼翻了一圈衣柜，里面都是运动衣牛仔裤校服，唯一的裙子就是钱唐送我那身，原本收起来，但保姆阿姨估计整理时看到又给我挂起来。

我把衣柜都挠破了，最后破罐子破摔，穿那身裙子撑场面。反正我爸压根看不出来。

果然我爸皱眉看了我一眼，再皱眉看眼表："快点儿走。"

去事务所的时候，我爸又照例发表一通简短的说教。

简单总结一下，我爸觉得我是养在温室里的奇葩，如果我是男生，他一定让我接受更多历练。但我是女生，多少也要争气点。

"这次让你进事务所，就让你扩大眼界，接受一点训练。"我爸严厉地说，"你堂姐在银行工作，哪天也让你插进去，了解一下金融的工作体系。你以后要进入社会，参加竞争前，至少了解一下自己几斤几两。也别这么自大。"

我直撇嘴。着什么急，我还没上高二呢。

"就是，你才高二。"我爸的话明明白白就在挖苦我，"怪不得我看你上次成绩退步也不着急，考不好也不着急。李春风，你很自信，很胆大啊？！"

我爸的逻辑特别蛮横也特别周全。假如我什么都不是最好的，那以后我在社会上生存困难，还得仰仗我爸赏我口饭吃。假如我努力发奋，有了所谓的"光辉前途"——那不过因为我是李京的孩子，李家拿第一名是理所当然，也没什么特别了不起。

"实习也不要害怕，你妈已经打好招呼了。我了解了一下，这个是综合性事务所。名气不大，但主要可以做事。你也可以按照自己的兴趣选部门，从基层干起——我说过，也不是非要你当律师，但扩大眼界后，可以更好地选择自己以后的职业。你回高中也能更好地学习……"

我只能说"知道了，爸爸""知道了，爸爸"。

车终于停到了一座玻璃大厦门口。我爸看了看表："你还需要我和你一块进去？"

"呃，不用了。"

我爸的表情也压根不打算和我进去："接你的叔叔已经在大厅里一楼等你。"

"好的，爸爸。"

一个穿着西服的中年合伙人来接待我，他和和气气地介绍了本事务所，我看他态度这么好，也听得高高兴兴的，就是听不大懂。

我就直接地问他，当哪种律师才能赚最多的钱。

"嗯……可以。"对方这么回答我，但没有下文了。

我告诉他："以后我得自己养活自己，所以现在，我就希望看看你们这最赚钱的律师做什么。"

他很尴尬地说："律师可以分成诉讼律师和非诉讼律师。一般来说，非诉讼的业务……"

"赚钱多？"我赶紧问。

"呃，是，呵呵呵呵呵，但你家……"

我几次重复自己真的"很缺钱"，终于如愿被安排进了律所里的房产项目办公室。

这里事情不多，基本核对名单，装订，帮助填写卷宗，或者在电脑前练练打字速度，其实也就是跟在那群人里混所谓"行政"。

刚开始，还有人把我当回事，跟我说点合同法的基本内容。但日子一久，大家忙过头，也就没时间搭理我，跟我说话，就是指使我帮着他们买盒饭和寄快递。原本自诩从没口头禅的我，最近都有了两句"这什么玩意儿啊"和"这怎么回事儿啊"。

我自觉是有工作的人了,跑到钱唐家炫耀。但孙爽听了后,却恨铁不成钢地骂我:"小春风,你是不是傻?你家长给你找了这么好的实习,你就给他们买盒饭?你看看你,都选的什么部门?"

我莫名被骂了一顿,连忙向钱唐告状:"你的助理脑子不好吧?"

钱唐暂时没说话,先帮我倒茶。他大学时候辅修过法学,顺便把司考也过了,他爸好像也是司法体系里的人物,因此也算半个法律界懂行人物。

"特长生,你应该选择诉讼部门作为开始。"

钱唐跟我说的话,和那个合伙人最开始告诫我的一样。他的意思是我没有系统的学习过法律条文,应该先去诉讼部,接触律师思维、学会如何谈判和系统地驳倒别人,建立法律学理性意识和完整的逻辑等等。

我怏然地说:"但是,我听说诉讼律师赚钱少。"

"你又不缺钱。"

"……我现在是不缺钱,但是,我还有两年而已。"

我说到这里顿住,孙爽看我有苦难言的脸色,识趣地先走了。既然单独对着钱唐,我也没什么秘密,索性都说出来。

"我爸曾经说过好几次,他自己18岁的时候,就已经完全不花父母的钱了。我爸也总说,我应该主动点去自立。而且我知道,但凡我高考没考好,他百分之百要把我直接打发到国外。"

"很多高中生都怕父母把他们送到国外一流学府,对吧!"钱唐显然又在挖苦我。

我摇摇头:"反正,我早就想好了。以后如果在国内读书,我就要勤工俭学,绝对不用我爸的钱。如果出国读书,那必须要是我、自、己、想、出、国,而不是我爸强行把我踢走!"

我最讨厌别人安排我的命运,把我像球一样踢来踢去。半点尊严都没有。

如果要我总结所谓"空手道精神",其实就两字"别忍"。如果有人敢给你一巴掌，你就要分分钟把他活埋。但是，打不过另说。我现在忍着我爸，只是因为我还不到18岁——

"就算你到18岁，事情也不会有任何改变。"钱唐几乎是用很漠然的语气说："你爸爸都是为你好，他自己也是大忙人。成年人的生活，并不像你想得那么简单。"

"钱唐，你到底向着谁？我方律师还是他方律师？"

"现在在上庭？"

"当然了。"我坚持。

钱唐的表情不以为然："你有点偏激了，特长生。"

这不是我第一次隐隐感觉到和钱唐之间的差异。你看，我都可以接受他有很多女朋友，也可以接受他不靠谱又飘忽的工作。然而，钱唐却不肯承认我爸对我缺乏父女感情，他认为"我爸都是为了我好"这事，没有争论余地。

我绞尽脑汁地举例子，甚至不顾脸面，把因为来例假而夏令营半途作废这事都说出来。但钱唐更向着我爸了。

"你父亲放下自己工作，来回四个小时，亲自开车把你接回来？就为了阻止你去夏令营？给你找不自在？"

我告诉钱唐。我爸并不是真正担心我身体，他只是接到夏令营电话，因为我的事太羞耻了，所以要亲自来处理。我爸一方面怕我丢他的脸；另一方面当看到我的确做不到男孩能做到的事，他也会很有成就感。

"简直胡闹。"钱唐不置可否。

到最后我都快爆炸了，钱唐才做了一个"休战"的手势："不提了，好不好？"

我喘了好大一口粗气，再把杯子里凉的茶水灌下去灭火："永远都别提！钱唐，我还以为你什么都好，但你怎么能这么偏心眼！"

他笑了："我如果偏了心眼，身边那么多的女朋友也不乐意啊。"

见我又要着急了，钱唐才提醒我："剧本。别忘了你的剧本。"

钱唐随手拿起他的本子敲了下我的头。终于，我俩又开始聊别的，不再说这个话题。

但是我从钱唐家跑出来后，思来想去，还是接受他的建议。

钱唐用了更文艺又更不文雅的成语表达他的观点，有人看到一只鸟站在佛头上排泄，于是他问和尚，鸟有没有佛性。和尚回答有佛性，不然，为什么鸟只敢选择佛像，而不敢选在老鹰头上拉屎——这就是"佛头著粪"这个成语的意思，代表美好的事物被不好的东西所亵渎、玷污。

我想了想，觉得不能因为我爸很讨厌，而把这次绝佳的实习机会也浪费了，于是第二天申请换到了诉讼部门。

和非诉讼部门的高大上相比，诉讼办公室里都是一堆名牌大学生在那里实习，但他们也都是穷人。而且说实话，他们的法律水平好像也不比我强多少，于是我也不太有局外人瞎起哄的感觉。听他们不停地说什么法律援助、检察院和看守所的各种时效和流程。

你别说，我特别有兴趣。有时候还认真地想想，"迟来的正义是否属于真正的正义"这种矫情命题。他们加班，我也跟着加班，七八点回家也成了常事。

暑假终于不再沉闷，我听多了法律条文，有时候还像模像样地教育钱唐："像你们这种工作室啊，签署的两年制劳务合同，就完全不合劳动法的第……"

钱唐漫不经心地逗我："我从不屑做合法的事情。"

8月末过去，暑假实习结束。

那个压根没怎么出现的院长冒出来，请我爸我妈吃了顿饭，席间把我夸得天花乱坠。夸我我不反对，但用"冷静""善良""理智""上进"这些词，明显就不真诚。

我吃得冷汗淋淋，幸好我爸没说什么，就让我举了举杯当敬酒。

浮生若梦

回家的路上,我爸我妈在车里聊天,聊着聊着就开始八卦,说什么程诺他爸他妈最近吵得很凶,但说到程诺又都是好话:"老程家的孩子很懂事。"

我想到洋娃娃,心中来回哼了几声,也不是说真心瞧不上吧,反正就那么回事。

到了9月,有新一波的初中生考进了西中,成了新高一,我终于不是高中部最垫底的年级。

我站在教室门口,仰头看着班号牌,还挺不习惯上面多加了一横。

这次的开学仪式,西中请来的演讲校友是一名大腹便便的企业家,他给我们西中捐了50台新的苹果电脑。

亓妡暑假去南疆玩,晒黑了不少,她带给我不少巴旦木和葡萄干。

叶青则说我变了,我刚准备跟她炫耀我暑假学来的渊博法律知识,叶青却说:"头发留长后,显得像女生了。"

第五章 谈谈"惩罚"和"转折"

我想具体说下自己的高二。

我在钱唐身边待了8年零9个月,在西中待了2年零3个月。那3个月的时间,基本就是我全部的高二生涯。

高二开学要面对什么?首先就是永无止境的模拟考。我不耐烦地做完填空题,翻开作文卷面,看到《一切梦想是否都能实现》就知道肯定是语文老师出的题目。

考完试后回班,就又要开始换座位。羚羊过完暑假后身高足足蹿了一头,调到后几排,亓妡因为眼睛散光,往前排挪了一个位置。班里走了8名学文科的同学,转来了几名新同学,正在台上做老套的自我介绍。

轮到最后一个人,班里连一根头发掉在地上的声音都能听到。

"我叫胡文静。"

我立刻从昏昏欲睡中醒过来,第一个反应,就是回头看羚羊。

羚羊果然正托着腮,聚精会神地打量前方的宿敌。可惜对方连看都没看他一眼。这一名活在传说中的学霸,留着天然稀黄的短发,她走过来,一屁股坐在我旁边的空座位。

桌子不太稳,被胡文静身躯一撞更不稳了,我赶紧扶快掉下去的水杯。

胡文静跟我说的第一句话是:"薯片能吃吗?"

还没阻止,她就把我中午吃剩的薯片袋子里剩下的残渣,都哗啦哗啦地倒进嘴里。

"不用客气。"我只好自言自语地补充。

每天清早，换成我们班同学和老师，旁观胡文静打完她的太极拳才落座。如果说，叶青和亓妡属于我的朋友，但胡文静却是我的女朋友。

这里的区别在于，胡文静和我心灵相同：我俩都属于能动手的时刻都懒得说一句话的人。除了上课听讲翻翻教材，她的桌屉里只摆着各种巨厚的原版闲书和零食。

"李春风！胡文静！你俩能有一天上课的时候，嘴里不嚼东西吗？"语文老师特别绝望，"怎么跟驴似的。"

但班里除了我以外，没人愿意和我女朋友坐。谁愿意自己拼命写着作业，同桌在旁边悠闲地吃苹果？但我没压力，我跟胡文静一块欢乐地啃苹果。

语文老师不愿意放年级第一离开，他忍住对胡文静的不满同时，也就只好顺便默默忍了我。

假如你问我，胡文静是天才吗？我可以肯定说是的。胡文静是个疯子吗？我也可以肯定说是的。

当我问胡文静为什么转班，她说以前的教室处于西晒的位置，拉上窗帘后没自然光，不拉窗帘晃得眼睛疼，所以她跟年级组长说转班。我向亓妡和叶青反复验证后，才知道胡文静说的是实话。

"再过十年，西中肯定得邀请胡文静来参加新生演讲。"我对钱唐断言，"她可真是奇人。"

钱唐正若有所思盯着我模考的语文卷，随后问我："这作文是谁写的？"

我无精打采地说："我写的，怎么了？"我的作文又没及格。

等他现在扬起卷子，我才发现收拾书包的时候，一不小心把同桌的卷子顺手拿回来。胡文静是用文言文写的作文，段落里奇多"之乎者也"，我估计判卷老师懒得细看内容，直接给了最高分。

"对，就是我刚才给你说的胡文静。我的新同桌。"

钱唐想了想："你和她熟吗？"

"还可以。"

"她应该练过颜体。你同学语文很好？"

"天啊，胡文静什么学科都很好。不然为什么叫学霸？"

"还有呢？"

我被问急了："还有还有，还有她喜欢吃抹茶蛋糕？"

钱唐笑了，把卷子折好递回来："特长生，我想会会你这位同学。你帮我给她带个话。明天我去西中找她。"

我先稀里糊涂地答应了，怔了怔反应过来："你找她做什么？"

他说："明天你也一块儿来，不就知道了？"

叶青得知钱唐要找胡文静，她眨了眨眼睛。"我好像知道钱老师要干什么了。"

胡文静在她的作文里改写了石崇和绿珠的故事。石崇是一个混官场的古代大叔，为了保护宠姬绿珠，生生得罪了所有人。胡文静果然是天才（或者说疯子），她在那作文里说石崇把绿珠视为梦想，与现实抗争什么的，可惜最后还是闹得家破人亡。

叶青说："那放学后，我也要跟着去。"

但胡文静却在旁边瞪着眼拒绝，她问："钱唐是你什么人？他找我干什么？"

我磕巴了一下："你见一下他又不会死。我空手道很厉害，到时候叶青也跟着去，你没生命危险。"

"我不想去！"

"你再想想！"

"不行！"

"可以！"

161

语文老师在讲台上猛地把书扣过来:"胡文静,李春风!这还在上课!你俩都给我闭嘴!吵什么吵?"过了一会,他又怒说:"都低下头,你俩一块瞪我干什么!"

放学后,我死拉硬拽将胡文静按在校门口的墙上,耐心等着钱唐。叶青远远地站着,假装不认识我们。

钱唐还没出现,他的助理孙爽还有另两个女的先来了。孙爽穿上西服后人模狗样,朝我咧嘴时露出大白牙,但特有风度地对胡文静说:"胡同学,你好,我是钱唐工作室里的孙爽。这是我的名片。"

叶青这时走过来,乖乖地叫了声"孙哥"。

我松开胡文静的腰,她虽然没什么劲,但块头不小,刚才挣扎得我俩都一身汗。与在我面前的固执不同,胡文静在旁人面前基本不说话,她面无表情地看着孙爽,也不接他名片,转身又想走。

叶青和孙爽连忙一前一后地拦住她。他俩可比我能说会道多了,劝胡文静去旁边的咖啡馆借一步说话。

胡文静终于开口了,不过,她先指了指我:"李春风也要一起去。"

一行人到了咖啡馆刚坐定,孙爽就把菜单塞给我,让我去点东西。

我立马拒绝了,为了钱唐的面子而出卖胡文静,我心有内疚,此刻决心当好她的保镖。

孙爽急眼了:"待会我们谈正事,您就别添乱了!钱唐在最里面坐着,你去找他!"

我走的时候,认真对胡文静说:"遇到危险,你只管叫我名字,我立刻就赶回来。"

胡文静点点头:"李春风,你快回来。"

其他4个人不约而同地捂住头。

钱唐果然独自等在咖啡馆最里面，女招待弯腰和他说话，好长时间只保持一个姿势。钱唐抬头看到我，将正在看的菜单放下，女招待这才转身离开。

钱唐今天来找胡文静的缘由和叶青猜的一样，他希望买下胡文静的那篇文言文，再由她自己扩写成一部完整的小说或剧本。

"想看看小姑娘有没有创作潜力。假如她自己不愿意做，至少把那篇文言文的版权卖给我。那素材和故事都很不错，交给合适的人，可以推向荧屏。"

"你买人家的作文，怎么自己不出现？哦哦哦，"我赶紧压低声音，"懂了，外面有记者跟踪你？是不是？你要先看看情况，再决定出不出现？"

钱唐也配合着我压低声音，他说："没有记者！"再笑了，"你不是总埋怨我身边的人太多？今天我就抽几分钟时间，单独陪你聊聊。"

我不由得呆了一下。

钱唐给人的感觉总是特别好，不是因为他的外表，可能是因为身上的那点东西。简单来说，钱唐不吝啬，这不单单指钱财，而是说别人需要什么，他身上就有什么，而且能不动声色地把这些东西发展到极致。

但我却有特殊的心病。自从钱唐敏锐地察觉到我有个哥哥，我已经主动减少聊自己私事的频率。也不是不信任他，只是痛苦这种情感毕竟挺私人的，如果不能避免软弱，那就确定藏得深一点吧。

但和钱唐单独聊什么？嗯，只能聊属于我的剧本了。

我把自己的剧本构思告诉钱唐："'我'是男扮女装的大侠，一统江湖后，千辛万苦当上皇帝。中间发生的各种故事你自己编。"

钱唐像模像样地跟我讨论："这样的'你'，当了皇帝还是皇后？"

"当然是皇帝！"

"当了皇帝的人总是身不由己，选择当皇后的境遇会好点吧。"

"当皇后能决定自己的命运吗？"

钱唐停顿片刻："恐怕不能。"

假如做皇帝和做皇后一样身不由己，我可更希望当皇上的。故事逻辑性统统不管，非要钱唐按照我的构思写。到后来我开始污蔑钱唐写不出来我想要的故事，目前只是想找借口推脱。

钱唐的回答倒流露出他特有的酸劲："今日结盟之后，来往莫相猜。"

我翻了个白眼，重申一下自己的要求："记住，在你的故事里，我要当女生，我也要当皇帝。"

钱唐默然。足有好大一会，他慢悠悠问："这句话还有什么别的含义？"

"哦对了，还要一堆人哭着喊着说喜欢我。"愣了愣，我皱眉问他，"什么别的含义？"

钱唐又笑了。他说："特长生，我可真拿不准你的心思。"

世界上能让我最拿不准心思的人这么评价我，这评价就感觉很值钱。

等我们再聊了几句，钱唐说唱白脸的该掸尘登场。果然，胡文静那里的对话进行得并不顺利。

孙爽说得口干舌燥，胡文静却紧紧贴在座位最里面。两个人看起来都快烦到撞破玻璃了，钱唐这个白脸不来，白衣天使就该来了。

钱唐走过去后，他没跟胡文静寒暄，就翻出2张合同递给她。

"你不用知道我是谁，但我对你的作文很感兴趣。我希望你三天内，把这八百字的作文扩写到两万字，或者你可以交给我一篇长篇的大纲。如果你的文笔能让我亲自来改，报酬在这个数字的基础上再增加三倍。"

自从他开口，我看到胡文静挺直了背，注意力集中起来。

她皱眉问："你想把我的作文拍成电影？"

"胡同学，你写的东西不赖。但有实力能把这东西拍成电影，还能保证票房，全国不超过五个手指的人能做到。而所有的一切，要等第一步合作顺利后才能继续深谈，我唯一能告诉你的是，这是你18岁前所能遇到最有挑战的一个机会。"

我看到胡文静向来眯着的眼睛，散发出一种感兴趣的光辉。

钱唐说完这些话，看了看表："好了，高中生课业紧。孙爽，你和阿非送这两个小姑娘回家。至于，李春风你——"

他显然沉吟一下，估计想是否要送我。但我想到上回的撞车事故，就觉得特别不吉利，连忙说："你可别送我了，我要自己回家。"

钱唐猜到我的担忧，他勾起嘴角："随你。"

叶青却在旁边犹豫地叫他："钱老师，能借一步说话吗？"

钱唐看了她一眼，率先走出去。他们在角落里站定，我看着叶青正仰着头跟钱唐说什么，钱唐挺温和但也有点面无表情地听。

胡文静直勾勾地问孙爽："扩写的话，文言文还是白话？"

孙爽正晃着车钥匙朝我挤眉弄眼，听到胡文静的话后，他赶紧答："随你高兴。我们反正看得懂，不像某些没文化的高中生。"

胡文静严肃地点了点头，招呼都没和我打，就握着那页纸低头飘出去。孙爽和他带来的那俩女的连忙追她出去，我也想走，却被刚才的女招待拦着："您好，请结账。"

我笔直地把手指着钱唐，结果钱唐说他的零钱都在车上，叶青又说没带钱包。

简直气死我了！这群人为什么出门只带卡？最后还是我交了钱。

从那天之后，胡文静连续3天顶着黑色的眼圈出现在课堂上，也没工夫打太极拳。不止我们班，整个年级同学都特别震惊，争先打探原因。但只有我知道为什么。

3天后，胡文静和我在校门口等着钱唐。钱唐接过那厚厚一沓纸，他还没说话，孙爽却感慨："哟，你纯手写的啊！太稀奇了，我这都多少年没见到过纯手写的文稿！"

胡文静瓮声瓮气地回答："要是写得不好，请把本子原封不动还给我。"但她很自信的神色，显然不觉得自己写得不好。

我看看胡文静又看看钱唐，又觉得自己被排斥在他们的世界之外。

165

他们一行人顺道把我送回家，孙爽边开车还问我："小春风，假如有机会当演员，你想不想来试试？"

　　我完全没有兴趣，觉得他们圈子脏。

　　孙爽听了这话就不乐意了，他回头瞪着我："哪个圈子又特别干净？娱乐圈俊男美女多，曝光率特别高而已，但是我们也有好处，只要你真的能豁出去不要脸了，嘿，真是日进斗金——"

　　"开你的车。"我和钱唐异口同声地喝止孙爽。

　　终于安静了，但钱唐说完后看我："你是不是多说了个丫？"

　　我装傻没吱声，钱唐不置可否，他继续翻胡文静的本子："以我们李小朋友的个性，只怕没红前，先被人断脰决腹。"

　　"我这不挑演员挑红眼了嘛。春风长得好，家庭也有背景，现在还哄得您亲手为她写剧本。小丫头自己的确还有点个性，万一真进圈子，绝对冉冉一枚新星——"

　　我忍不住插口："我可从没想过当什么演员。"

　　孙爽半真半假的："考虑考虑我这建议，万一你高考失利——"

　　我放下狠话："我高考只要没考满分，都算失利。我到时候拿到成绩，第一件事就是来揍你。"

　　钱唐直皱眉："特长生，你整个暑假在事务所实习，现在光学到打人？"又冷淡地说，"等我和孙爽的劳务合同期满，你再打他也不迟。演员是非常严肃的职业，并不是你们嘴里能当退路或捞金的东西。"

　　孙爽原本估计还有满腔的话，但钱唐开口了，他只能干笑两声转了话题："对了春风，你空手道到什么段位了？"

　　"我没考 16 岁以下的青少年部段位。但今年可以报名成人的段位。"我美滋滋的。其实教练已经帮我报上名了，等我考完期中，就去考。

　　孙爽不由得说："啧啧，你才 16 岁呀，这可真是一个好年龄。"

　　这话说的，就跟他自己没从 16 岁活过来似的！

胡文静和钱唐的交易进行得很顺利，我不知道具体细节，但胡文静的家长都出现了。

　　他们请了律师，和钱唐签了合同。她那作文据说能出版，这在高中生看来是很牛的事情，但胡文静依旧老样子，课前太极拳，课上听课，课间后不复习，整日倒是学着钱唐拿个本子写啊写的。

　　升入高二，所有老师都把高考挂在嘴边，唯独我爸对我年级里的名次好像看淡了一点。

　　他出差回来后，看了我开学模考的成绩单又放下，继续盯着电视机。我同样扫了一眼电视，明年就是世界杯，他正在看年末的欧洲赛。

　　"保重身体。"我爸突然开口了，我赶紧收回余光："身体是一切的基础。你暑假在家养身体，成绩下降也情有可原。这次英语为什么没考好？"

　　我诚实地说："没背单词。"

　　我爸居然轻而易举放过我，他只说："别犯懒病，不会的问问你妈，或者请个家教。"

　　"十一"过后的秋天是个好季节，风和日丽不下雨，但就是满大街地刮秋风。我每天顶风骑车上学，车轮碾过干巴巴的树叶跟踩到薯片似的，特响特脆。但是为了头顶那么蓝的天，我愿意忍受那么大的风。

　　钱唐的生日也在秋天里，而为了庆祝和他认识1周年，我也往钱唐家拖了一箱活螃蟹。

　　但钱唐看着水篓，淡淡地问："这是什么？"

　　螃蟹的细腿已经从缝里伸出来，滴着水，挠在光滑的木地板上嘎嘎响，他这不明知故问吗？

　　"我没在跟你讲螃蟹，我是在跟你讲道理。特长生，拿自己家的东西送外人，这是什么道理？"

　　我愣住："啊？"

　　钱唐的口气依旧很淡很温和，但说出的话就不好听了："你家的东西自然有你的一部分。但你自己吃完螃蟹，往我这再偷偷搬一箱，算怎么回事？"

我这才听懂一点。合着钱唐话里话外，指责我当了家贼。其实，我跟家里报备过要拿走家里一箱螃蟹，我爸随口答应了。他没问我送谁。他压根就不关心。

我一言不发，准备把螃蟹拖出去喂野狗，钱唐却先我一步弯下腰，将那箱湿淋淋的篓子丢到厨房的水槽里。他看看我，柔和口吻："算了，下不为例。"

我说："你觉得我下次还会送你东西吗？"

"我想让你记住第二个道理，女生就不应该主动送男生东西。"钱唐略微弯起一旁的嘴角。

先不说这事有点小题大做，钱唐的确属于那种能笑着发脾气，笑着解决的人。有这种性格的人通常有点小怪癖，比如说亓妡，她从不肯借钱，就算我们的钱包落在班里，保证马上就还，她都不肯借。

而钱唐更过分，他从不肯收女的送的礼物。

大概南方某地的一种臭讲究，认为男女私相授受，难登大雅之堂。于是从小到大，钱唐不收血缘外女性送的礼物，他真的不收。我都能想到，这怪癖肯定造成不少人际和金钱上的损失，还可能得罪过人。

但钱唐破过例吗？他说目前还没有。

"现在为你破例了。"钱唐叹口气。

我可真谢谢他，也一点不自豪。但钱唐的提醒令我醒悟，我一边讨厌着自己家，一边拿着家里的东西做顺水人情，这实在很没有意思。

我认真地告诉钱唐："等你下次过生日，我会送你个完全属于我的礼物。"

钱唐依旧笑着，他正在上香，淡淡地说："你到此为止吧。"

我在钱唐家东张西望，他家电器都是最高科技，装修和摆设是书卷味挺浓的全中式，还供奉着一个菩萨。刚开始，我还以为那是埋在他那华丽垃圾场里的精美蜡烛。

"这是地藏菩萨。"钱唐告诉我,"是保守秘密的菩萨,'安忍不动如大地,静虑思密知秘藏'。"他转头看我,"你要不要奉香?"

我摇摇头。我这种增体重都得先胖脸的人来说,内心那点秘密也就不劳烦菩萨替我操心了:"你信佛?"

本以为钱唐会点头,没想到他淡淡的神色:"白天相信。"

"啊?"什么意思,怎么还一半一半的相信?晚上相信什么?

钱唐望着那佛像,就没下文了。

我不动声色地偷看他温和的面容。如果是别人说这句话,我肯定继续好奇地问那晚上呢。但面对钱唐,我隐隐有点不太想开口,虽然我只是单纯少女,就是不想显得单纯又蠢。

于是我点点头,我也凝视着菩萨的细腰惆怅地说:"你知道吗,通过对我们班同学一年多的观察,我发现,人和人,因为智商的关系,做事风格差异特别大。"

钱唐只咳一声,我没听到回答,便追问下去:"你觉得是不是?"

"有些人,只用三天就能观察出这个道理。"

大概眼前垂眉的菩萨看起来比较好说话,我突然再问了一个蠢问题。我问:"钱唐,你觉得,我以后能靠自己干成一番事吗?"

话问出口,我就恨不得闭嘴。通常这种话不应该问,尤其是问那些工作后了的大人。

钱唐表情纹丝不动,他说:"这个问题,得靠你自己用一辈子回答。"

他总是轻轻的一句话,将我的尴尬带过去,不多问,又不敷衍我。以前认为钱唐脾气好,相处越久,才发现他只是跟什么人都能聊得起来,我心中有点异常滋味。

"我自己都不知道。"终于我低声说。

这次不怎么顺利的送螃蟹结束前,钱唐递给我两盒包装精美的巧克力。

但不是给我的，前几日改剧本开会的时候，他好像把胡文静骂哭了。

"特意为她准备的道歉礼，所以没你的份。"

我不由得又从鼻子里冷冷地哼一声。钱唐他自己从不收女人的东西，但轮到钱唐送女人的礼物时，他可是特别大方。有时候，我感觉这人心眼特别多，就是那种弄权！两面派！

我把钱唐托我带去的巧克力送给胡文静。她也没惊喜，只是默默地接过来，面无表情地拆开，然后在我面前全吃了。一点分享的打算也没有。

我只好收回渴望的目光，继续吃自己饭盒里的春卷。

胡文静写剧本后瘦了挺多，但她在一次化学实验课上依旧惹了众怒。她用酒精灯烤盐渍橘子吃。那味道实在太香，别人跟着她有样学样，弄碎了两个大烧杯。

班主任顺道也把我叫到办公室，我一激动，提出抗议："我又没跟着吃橘子！"旁边的化学老师也激动了一下："你是没吃橘子！你自己把糖结晶吃了！"

"我就尝了一口！"

"你傻啊，胡文静步骤规范得很，知道消毒！她那结晶多纯！你刚弄完硝酸铜，刷都不刷就直接吃！"

我一时没说话，赶紧奔着漱口。自来水有股水锈味，在口腔里特别凉。

总而言之，我去钱唐家的次数越来越少。

我一个人坐在房间里做作业，写单词，算数学题，抄语文小抄，日子和我女朋友过得一样单调，而为了保住我的名次，我也得作出努力。

后来还是叶青告诉我，胡文静的剧本主线在钱唐高压逼迫下已经写完了，现在正在招募联合编剧，项目的选题策划已经过审。叶青打算去试镜当演员。

我正在课间里跟大家交流生物复习资料，发现内分泌那章节什么都不会，听到消息后愣了一下:"你又想要去当前列腺?啊,不,演员?"

叶青笑着说:"我的理想就是当演员。"

我下意识地问:"但演员又不是正经职业……"

叶青没有生气,她露出曾经考试完,看着窗外的表情,非常笃定又宁静的神色说道。

"有些人想当作家,有些人想当老师,还有人想当医生……我就想当演员,嗯,站在那个地方,背台词,走位,一帧镜头拍完,灯光打在我脸上。每个动作都被设计过,像个木偶一样。但还是觉得,即使接不到好剧本都没关系,只要演戏就好了——感觉对着镜头的那个人才是真正的自己。"

我看着叶青,她的长发从不像普通高中女生梳着马尾,总是很精致很花时间的盘着。

"当初退出那圈子,是真的想好好学习,但好好学习也是为了当演员。你可能理解不了,我想演戏的欲望真是到了超级变态的强烈。成瘾了,根本没有办法做别的事情……"

我呆呆望着叶青,心想她怎么能这么确定以后?而16岁的我,对"永久"的唯一概念,就是那一辆国产自行车。

叶青说:"所以我跟钱唐打好招呼,等下个月,有个新电影试镜,我也想去。因为上次的电影,他的资金还没法很快流动,这次也许会考虑选新人当主角。我就想,嗯,也许我可以试试。就算试不上都好……很想试试。"

西中在10月中旬,有个全校性的社团招新活动。我这才意识到自己还是空手道的团长。泰在上高三后转到国际学校,退出社团。而在我的懈怠下,空手道社团基本只有零零散散几位同学。

空手道社团属于体育社团,本来就冷门,几个有兴趣的同学,和我聊了几句后又撤散,更别说我那两天正捉着数学老师问问题,没时间管这茬。因此等到别的社团招新快结束,我才发现空手道社团的新成员申请表压根儿没人填。

浮生若梦

我赶紧向学生会小天后亓妡求助，亓妡玩了一会自己手指头，给我提出个特别诡异的建议：让叶青加入空手道社团。

"但叶青她压根不会空手道。"

亓妡却坚持："她加入你们后，你们社团就会有新人了。"

我半信半疑的，跟叶青磨了一会，让她加入我们社团。说也怪，等叶青填写完空手道社团的申请表第二天，就不断地有男同学到我们班找我来要申请表。最后我彻底烦了，索性把表格放在门口公示栏。

等年级组长收表的时候，我已经收了30多张报名表，异常圆满完成招新任务。

"因为叶青的原因啊。"亓妡很冷淡地说，"她挺受人欢迎的，在我们学校知名度都很高。"又看了看我，"其实，李春风你的知名度也很高。"

不不不，我有知名度完全是被我女朋友带起来的。幸好班里没有一名同学说我疯。这估计是练空手道和练太极拳，业余疯和专业疯的差别。

教练空闲的时候，经常逼我把墙上的空手道精神念一遍："求至高人格，守忠诚之道，养努力精神，重尊卑礼仪，戒血气之勇。"

我飞快地读完，教练还不依不饶地问我："李春风，你自认为哪点没做到？"

对待教练，就得像对待我爸一样，凡事不能违背，不能有自己的主意，都得顺着他来。

我从善如流地回答："我觉得我都没太做到。"

教练的反应就像我爸。不但对我的答案不满意，而且总觉得我态度特别敷衍。不过教练不是我爸，他如果要想打我，我不怕他。说不定我还会特别开心地扑上去——多好的训练机会啊。

教练狠狠数落我："不修炼自己的心性，就算空手道练到高阶，你也会止步不前。"他说，"春风，你是我教过练空手道进步最快的孩子，但你这样的性格……实在有点危险。"

"危险？"

教练看了我会，他叹口气："算了，回去继续俯卧撑。"

也不知道怎么回事，之后几天，我爸居然知道我在暑假空手道夏令营里和程诺的争执。

"越来越能耐了你，李春风？"我爸回到家，把外套递给我妈，面无表情地嘲讽我，"上学期打警察，这学期还会对同学说脏话？真以为自己是小流氓？你跟程诺当时都嚷嚷什么了？也跟我显摆一下。我倒要看看你上了高中都学会些什么。"

我解释这都是几个月前的事情，偏偏我爸还在那逼我："你跟她说什么？"

我烦透了，实在拗不过只好低声说："……你丫闭嘴。"

"什么？"

"你丫闭嘴。"

话语落地同时，我爸就来到我面前。他比我高很多，影子把光都遮住，我看到他眸子里猛然泛出令人惊恐的怒气，然而语气还非常危险："再跟我说一遍。"

我忍不住退后一小步："不不不，这不是跟你说的，爸爸……我当时跟程诺说的话就是，你丫闭嘴。"

你可能觉得这场景特别好笑，实际上，连旁观的我妈都忍不住笑了。她拉开离发怒就差1秒钟的我爸，低声劝着他，挥挥手让我赶紧上楼，但我只感觉到一种屈辱。

到了吃晚饭，我爸又仔细打听程诺的哥哥在我们班里的排名。他听完后，再面无表情地看了看我，什么话都没评论。

"呃，我现在挨着的同桌比羚羊成绩更好。"我尽量轻松地说。

可惜胡文静没有给我挽回一点的自尊，我爸在对面瞟了我一眼，冷冷地说："你同桌的成绩和你没有一点关系！"

幸好我妈赶紧说别的话题，餐桌才没继续冷场。

吃完饭还得我负责刷碗，我爸规定，每周至少两次得我来做家务。我戴上围裙的时候，我爸叫住我，递给我一沓钱。

"买点你们小女孩爱吃的蛋糕、糖果、或者礼物什么的，去给程诺道个歉。"他冷冷地说，"顺便告诉你，这笔钱是你暑假实习里事务所开给你的工资。李春风，你还让我对你说多少遍，做什么事情前，都要考虑怎么负责。不要总是胡闹。你不会以为，家里能给你擦一辈子的屁股？"

说完后，我爸估计想到，提前结束空手道夏令营就是因为我的屁股，他挥挥手让我走了。

我听到我妈柔声说："好好说话，晚上回家就休息，为什么总对春风发脾气？"

我爸的声音像是窗外挥不去的阴霾，他从牙缝里挤出话："我没有生气。只是，她实在是太……"

我停下动作，听我爸评论我什么。

"没有出息。"他的口气很平，我听到我爸困惑地问我妈，"你说，我们怎么会生这种孩子？"

我爸的语气是认真的，他真的不明白。

刷碗的时候，我眼珠子都瞪直了，只有手在机械地动。保姆阿姨看我不对劲儿，跟我爸说什么我又快来例假不能久站着这种鬼话，让我提前回屋。

坐在床上，我把塞在兜里的钱全掏出来，奋力抛在半空中。那钱就跟下雨似的轻飘飘落下，又像刀子一样生生刮着我的脸。我踩过钱，回到书桌写作业，但开始在卷子后面反复涂写名字。

李春风，李春风，李春风。这破名简直像一团乌云笼罩在我的上空，时不时阴云密布。我什么也不怕，但最怕打雷。不知道什么时候，就突然来一声惊雷，接着倾盆大雨。像我爸那失望的眼神，总能把什么事都浇得透心凉。

第二天傍晚，我在图书馆的男厕所门口堵住羚羊。

自从胡文静转到我们班，羚羊就经常跑去自习室用功。羚羊镇静的功力见长，他等了我一会，谨慎地开口："李春风，你找我？"

我咽下一口气，勉强说："麻烦你回去转告你妹。夏令营里骂她这件事是我的不对，但她跑去向我爸告状，这也太不厚道吧。"

他一怔："你俩又吵架了？你都骂她什么了？"

这次可不是我主动要说脏话的。于是我痛痛快快地说："你丫闭嘴！你丫闭嘴！你丫闭嘴！！！"

看羚羊沉下脸，我也不管他："反正，让你妹闭上嘴。我很讨厌她！我没打算对她道歉。"

我揣着我爸给我的1 000多元，直接冲去商场的体育专区买了个中档的网球拍。剩下100多元的零头，又补贴点零花钱，在饭店定做了个天然非人工奶油的蛋糕。

等取到蛋糕那天，我直接拎到钱唐家。

过去的时候，钱唐正要出门，他说："抱歉，特长生，不能和你说话。我今晚有安排。"

"哦，那你吃口蛋糕再走吧。就一口，这有勺子。"

钱唐正往手上戴着表，他看我一眼："怎么突然吃蛋糕？"

我能怎么说，喂钱狼总比喂程诺那头白眼狼好吧？我随便编了个理由："呃呃呃，庆祝你有新电影拍了！开门大吉！"

大概听到这句话，钱唐挑了挑眉。他停住匆忙的脚步，用勺子舀了块蛋糕，很斯文地送进嘴里。

我一直受不了男生比我吃得还少，但我现在望着钱唐，他穿着银灰色西服，打扮得整整齐齐。叶青说制片人都和钱有关，钱唐来往密切的，都是一

堆有话语权、艺术家或有钱人。

但钱唐自己不像生意人,也不像老师,钱唐……就只像钱唐。

"蛋糕不错。"钱唐抱歉地对我说,"特长生,我实在赶时间。"

他说完后就开车走了,我坐在钱唐家锁着的门口,把那所谓"赔礼道歉"的蛋糕一口一口全部吃完。

吃完蛋糕,我拍拍屁股回家了。我爸去外地开会了,因此我压根就没费心思去藏网球拍。

叶青的课桌又空了,我需要费很大的力气,才让自己不对钱唐、叶青甚至胡文静他们的事情,产生更多好奇。

尤其是钱唐,我对自己说,当他的男朋友就够了。我对自己和家庭都非常无力,而钱唐是我生活中唯一的好东西。不要多问。

同龄人里和我聊得来的人不多,亓妡看起来是唯一一个比较正常的同学,我尽量多和她说说话。但亓妡现在身边总带本很厚的单词书。不出意外,下学期她要转到国际学校了。

"你没有考虑过出国吗?"亓妡随口问我。

我心一跳。上周的时候,我妈就提起我舅舅他们就在大洋彼岸,如果我出国,他们正好照应我。最近,我妈和我爸总在说我美国的舅舅他们家的事,边说还边看我。

我从来没出过国,一次都没有。

这在我们班同学里算罕见了。我姥爷、姥姥有一次都押着我去了机场,但看到海关口,我疯狂挣扎,跑不过就直接从电梯往下跳。直到现在,膝盖那里还有个很长的疤。

我放学后练习完空手道回家,手里转着自行车钥匙,打算回到房间写完物理卷子,好好泡个澡。

刚走到客厅,发现我爸坐在沙发中央。他正单手玩着我新买的网球拍,再冷冷地望着我。我接触到他目光，立刻哆嗦一下。

"回来了？"我爸语气还挺正常。我拿不准他是发现那网球拍是新买的，还只是又随便给我摆下马威，"今晚吃完饭后，我和你妈要和你谈谈。"他放下网球拍，很淡然地说。

我站在客厅，尽力地缩小自己。

如果说钱唐的家像是热闹的垃圾场，我们家像什么呢？我只能想到4个字，古墓棺材。不管是实木地板，墙上的古画，楼梯的冰冷扶手，家里哪里都亮亮堂堂，但冷冷冰冰的。最主要的是，所有摆设都跟我没什么关系，我唯一亲热的就是我的床。

等好不容易（然而又是时间飞快的）吃完饭，我跟上刑的感觉差不多，推门走进书房。我爸跷着二郎腿坐在沙发上看文件，也没抬眼看我，我妈坐在他旁边，轻手轻脚地给我们倒茶。

我掐着手心，绝望地想这阵势估计得谈挺久，到时候写完物理作业又得半夜了。

我爸咳嗽一声："春风，"他顿了顿，估计内心也为这个称呼恶寒一下。不过阻挡不了我爸接下来的话，"我和你妈决定让你出国读大学。"

意外吗？其实也就还好的程度。因为内心早有所准备，我只是惆怅想着，说不定又能和亓妤念一所国际高中。

"根据你的成绩，在国内考 SAT 没有把握。我和你妈决定，一月份让你去美国直接读高中。城市和学校都已经联系好，高中学分也能转，你舅舅也同意——"

我看着我爸的嘴一张一合。他依旧毫无表情，我真奇怪到底我爸是怎么做到的，为什么说玩笑都能说得那么正经。

"谁跟你开玩笑？"我爸皱眉说，"去美国前，还是要准备一下半个月后的托福，你妈今晚已经帮你报上名了。"

开玩笑吧？这没开玩笑吧！

"但现在都十一月，你们一月份就让我走，"我喃喃地说，"根本就没多长时间……"

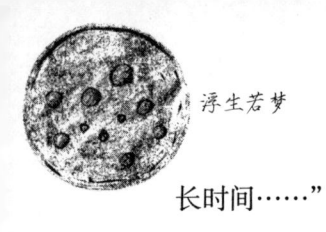

"所以你要好好准备托福。"我爸习惯性地把问题简单化，他说，"你舅舅那边都给你安排好了，到时候你妈送你出——"

"这哪叫让我有准备啊？你们都决定好了，然后通知我一声！所以我又被你们踹走了？！那你们起码也得提前半年吱一声啊，一个月前通知算怎么回事？"

我当时一定是在跟他们大喊大叫了，因为我看到我爸皱眉盯着我，而我妈走过来要拉我的手。

我猛地甩脱，退后几步："你们就这么讨厌我吗？我哥的死，跟我没有关系！你们为什么总拿我和他比？如果不愿意生我，就不要生！生了又不好好养，养着不舒服又转手，算什么东西！"

我看到我妈的脸一点点苍白下来，然而她依旧拦着我爸。我爸三步并作两步走上前来，架势很可怕。他显然在控制着，然而控制得又不大好，脸部肌肉跳动一下。

我爸低声说："坐下！你还好意思说你哥？你跟他能比？"

我只感觉脑子都空了："我才不跟他比！我恨李权！我也恨你们！"

第二天清早，我看到我妈眼睛红肿着，然而依旧温柔地给我做早餐。我爸在厨房里喝水，站着纹丝不动，和他擦肩而过的时候，我俩都没说话。

昨天晚上发生在书房的激烈争执，就好像根本没发生一样。他们越这样冷静，我就越知道无法挽回。我爸我妈任我自己闹腾一晚上，这是他们给我最后的宽容。

整件事都已经决定了。1个月后，我就要被他们送去别的国家读书。这件事情就已经决定了。

我骑车骑到西中的门前，如果说，去年还为考上了西中而小开心一下，但现在结束了。一年零几个月的时间，这就是西中给我留下的所有。最后能保存下来的，估计是那两套鲜黄色的校服！

我坐在教室里，也没心情吃东西。我安安静静地上课，目无焦点地盯着黑板，语文老师却对我刮目相看。我很想告诉他，珍惜我吧，还有 1 个月的时间，我就不是西中的负担了。

我可能装得太自然了。或者，身边的同学依旧只关心自己的事情。没人主动问我发生了什么。居然是羚羊率先察觉出我的异常。

中午午休，我独自在塑胶操场上跑步，一圈又一圈。头顶的天空很阴，我脸都被吹疼了。但就是不想回班。

我坐在跑道终点，听到有人叫我，发现羚羊抱着篮球坐在我旁边。

"你最近没事吧？"他先这么问，然后看了看我的脸色，慢吞吞地说，"程诺有什么得罪你的地方，你可以对我发火。她总有一天聪明反被聪明误。我那天回去，已经向我妈告发她夏令营——"

"有妹妹是什么感觉？"我打断他。

"啊？"

我问他："有妹妹是什么感觉。我没哥哥，所以想问一下。"

羚羊一怔，后来看我没在开玩笑，他才谨慎说："没什么特别多的感觉。从小的时候，好东西都被她抢走，她一直是跟在我妈身边长大。仗着身体不好随意撒娇。就算有了弟弟，她还是家里的心肝儿。呵呵，脑子和脾气都特别臭——"

骂了很久，羚羊才把自己扭曲的脸摆正，他咳嗽一声再说："但我妹就是嘴里没把门儿的，她不会真正害人的。"

我斜眼看他一下。过了一会，羚羊有点奇怪的问我："你俩怎么总是吵架，我妹的人缘一直好，但她每次提你时也是表情特别无奈。"

我长久地看着灰色天空下猩红色的跑道："是啊。我这人很凶，你让你妹妹以后小心点。"

"你俩别闹了。我让她明天来咱们学校给你道——"

"她不用跟我道歉，真的。"我打断他，过了一会，我又说："对了，你知道咱班的叶青喜欢你吗？"

羚羊提起他妹只是很嫌弃，老老实实地说话。但现在，我眼睁睁看着羚羊从不解然后到整个脸皮涨红，他原地蹦跶起来瞪我。

羚羊沉下脸：“你很庸俗！”

"但你不喜欢叶青，你喜欢的女生是胡文静。就因为你成绩没她好吗？"我觉得自己说的话挺正经，但羚羊头顶那一撮尖毛都竖起来。

他压根没再费力气跟我说话，气咻咻地转身走了。跑道上羚羊黄色的校服背影很鲜明，随着他渐渐走远，我后仰着躺倒在地。

身边明明没有人，但我总感觉我爸，甚至还有我哥，他们无时无刻不沉默地站在我身边。

天啊，我要出国了！他们终于开心了吧！我现在不开心，并不是害怕陌生的国度和陌生的环境，懂吗？根本不是害怕。只是讨厌他们这么随便对我，忽视我，嘲弄我，抛弃我，让我一点尊严都没有。

我闭上眼睛，心底的愤怒像带电的火苗，噼里啪啦，四处乱炸，让我总是想喊想叫乱踢乱打。随着时间推移，挥之不去，终于就要爆发了。

半个月之后的托福考试，我压根没参加。

应该考试的时间，我坐在考场外的餐厅，生平头一次试吃了麻辣小龙虾。以前总觉得它们全身发红，视觉上就没食欲。但如今因为觉得隐隐危险性，反而更想尝试。

下午回到家，我爸问我考得怎么样。我含糊地哼一声，低头换鞋。我爸却特别有耐心，等我换完鞋之后，他又重新问了一次。

我依旧站着不吭声，我爸依旧坐在客厅里，我俩之间隔着夜里吹灭蜡烛后的寂静感，沉默在我俩之间无限地跌下去。

直到我爸突然很平淡的问："李春风，你今天参加考试了没有？"

我犹豫片刻，刚做出摇头的动作。下一秒，有什么贴着我脸颊火辣辣地摔过去，带起一阵风。

不用回头，我都知道身后那个大花瓶已经砸碎了。压在碎瓷片上方的，正好是我新买的网球拍。

我弃考的时候就已经把所有后果都想好了。但是想好归想好,真正熬过去,需要很大勇气。毕竟,得罪我爸是一件堪称恐怖的事,尤其在他不吼叫不警告不阻止不骂人的时候。

我爸猛摔完东西,反而平静下来了:"你给我解释一下,为什么不去参加考试?现在编,编也得编出个理由。"

我咬紧牙关:"因为我没心情去考试,我就没去。"

我爸听后居然笑了,那笑容森森寒冷:"好,我问你,西中的入学考你有心情吗?抓到派出所你有心情吗?给程诺买道歉礼物你有心情吗?从小到大,我替你收拾过多少烂摊子。你是不是觉得,你爸特别有心情,我看上去心情总是很好?"

我爸突然大步朝我走来,我还以为要被扇耳光,拼命梗着脖子,然而我爸只是俯身把网球拍捡起来。

他无动于衷地说:"我现在不惩罚你。李春风,从小我就告诉过你,你要对自己的行为负责任。但是你一直不听,很好,你现在不是讲没心情参加考试吗,这话除了对我,你能对别人当面说吗?"

我不解地看着他,心里突然有一种不祥的预感。

然后,我听到我爸冷冰冰地说:"把你手机掏出来,挨个地给通讯表上的名单打电话,我不管对方是谁。李春风,你就挨个告诉他们,你下午没参加托福考试。我倒要看看,你对自己的做法自不自豪。"

等我拿出手机时,才发现手已经变得汗津津的。

手机通讯录里名单很少,十多个人。钱唐名字前我加了个a,排在第一个。此刻,我无比恼火自己的多事,因为在我爸的强迫下,第一个拨打的就会是他的新号。

喂,钱唐吗?我是李春风,嗨,没事,我就想告诉一件小事,我今天下午没去参加托福考试。为什么不参加?嗯,因为我没有心情考试。我不想

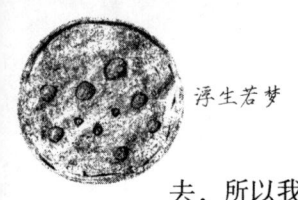

去，所以我就真的没去。

原本以为这句话很酷，很牛，很豁达，我能很平静又有尊严地说出口，我甚至觉得，我爸突发奇想的惩罚很公平。并没什么大不了的，是不是？轻飘飘一段话而已。

但我实在发现高估自己了。当一个一个数字地按钱唐的电话号码，才按到第三个数字，我就已经受不了。之前内心狂蹦乱撞的愤怒迅速流失，我的感觉是被贼洗劫过了，内心一种空，好像跑了1万米后，停下来坐在地上时，脑子里完全没感觉。

不对，我还有感觉。

我干巴巴地眨着眼睛，看着手机屏幕。是，我可以在我爸面前无所谓，我说不在乎，我让世界去死。但在别人面前，真的有努力学习，我的笔记整理3遍，理科大题什么错都只犯一遍。上次化学老师骂完我后，看我一遍遍地做卷子后，还亲自送我糖吃。

我小的时候被惩罚太多，长大后又努力装乖。我其实很想出国看看，只是很讨厌身上背负的东西。为什么他们总要这么逼我呢？

"爸，我不想打电话。"我低声地说。

我爸沉沉地望着我："李春风，现在不是由着你心情做主的时候。"

我挣扎片刻，终于认输："我错了……我自己再交钱报名考试行吗，我会好好考——"

左腿小腿突然被我爸一踹，我猝不及防就趴在地上。我爸真是高手，怪不得从来看不起我空手道，我连他动作都没看清，就已经中招。

我还没抬起头，眼前伸来一支网球拍，直接对准我的鼻子，上面的塑胶味都能闻到。

头顶上，我爸的声音有股冬天里敲击钢铁的感觉。

他很缓慢地，一个字一个字地说："李春风，我对你讲的话，不想再说第二遍。你今天再跟我呛声试试？别再做让你后悔的事情。现在，打电话，照着我说的去做。"

缓慢的绝望和慢慢觉醒的羞耻感，渐渐带来了一种无助。

那是无限长永无尽头的等待提示音。我祈求菩萨或者任何一个高等生物，就让电话继续响，就永远不要让钱唐去接听——

"特长生？"

钱唐的声音在话筒里有些磁性，有些轻佻，语气都笑眯眯而温和。平常我听到后都会有些心跳发快，口干舌燥。

但肯定不是现在。

我在我爸的目光中说不出话来，我没法呼吸，我不想呼吸。我半跪在地上，剧烈的哆嗦才能忍住喉咙里迸发的呜咽，如果有可能，我只希望自己从来没有认识过钱唐。我希望自己能钻到地缝里去。

"钱唐？"我细声细语地开了口。

"特长生，我现在有点忙，你能不能待会——"

"快说。"我爸站在旁边，不耐烦地催促，"几句话，赶紧对你同学说。这才第一个人，你待会还有几个电话要打，不要耽误时间。"

"钱唐吗？我想，那个，我想……我想跟你说……"

我爸在旁边冷冰冰地说："李春风，快点！直接说你做了什么！"

"我……我，我……我今天下午……我今天下午，不，是上午，我，我没有参加……"

我爸继续逼问："没有参加什么？"

"没有参加……我，没有，我没有参加英语考试……"我拼命压着嗓子，但声音已经走形。

"什么英语考试？叫什么？"

"托……托福……"

"为什么没有参加？"

"因为，因为……"

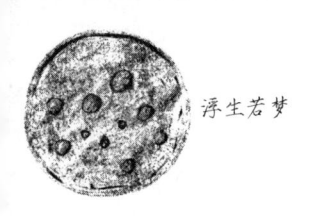

手机那方的钱唐非常安静,我希望他已经挂了电话,但不知道为什么,我又知道他没有,钱唐现在正安静地倾听着。然而我什么都顾不得了,我死死地抬着头,再咬着嘴唇。但是声音可以控制,求饶可以控制,呜咽可以不露出来。但我无法控制自己的泪水。

"我,我不是故意的……"我绝望地张张嘴,下一秒,满腔的泪水都在不受控制地倾泻。

这场景感觉特别眼熟,就好像我爸绷着脸拿走我所喜欢的漫画书、零食和宠物。我爸把我丢到体育场上,逼着我锻炼,和我一点也不喜欢的小伙伴去竞赛。

我曾经所有想做的事情和所有想要的东西,都被他毁了,然后,我爸准备把已经变成这样的我,再扔到另一个国家。这种痛苦,已经折磨我太多次了,平时能忍就忍了。

但今天,我任性了一下……我真的做错了吗?我也不会做别的事情。凭什么姑奶奶总那么倒霉!

我爸皱眉头:"哭什么?既然觉得不参加考试,心情会好,你现在为什么哭?"

我没说话,用手背擦着眼泪,内心满当当全是黑色的羞耻和厌恶感。

我爸提高声音继续问我:"没有参加考试的后果是什么?告诉你同学!"

"……我,我没,没参加考试……因此……因此得了,我会得零分……"

"什么样的人才得零分?家里有谁会因为考试得零分?"

"……没,没有……我,我不知道……"

我爸淡淡地问:"为什么不参加考试?"

我不肯回答,我就是不想说。我越哭愈厉害,全身在颤抖。

然而在我爸目光下,哭简直太太太跌份了。我憋着一口气,一把拽过还指在我鼻子前的网球拍,狠狠地扔在地上。

我爸居然没有继续生气,无声盯着我一会,转身走了。

我出声叫住他,因为憋着哭开始打嗝:"怎么?这就,就完、完事儿了?剩,剩下的人……你,你,不打电话了?"

我爸回头,他的眼睛里又升腾起怒气:"你还想继续吗?"看我抹着眼泪摇摇头,我爸冰冷地扔下一句"少像小孩子一样哭哭啼啼",接着上楼了。

剩下我独自跪在地面,哭得整个人喘不过气。正在这时,突然想到手机还没挂。

钱唐那方一直很沉默。

我试探地叫了声,过了一会,才听到他轻声说:"宝贝,你把我心都哭碎了。"

那声"宝贝"差点再让我掉眼泪,但以我现在的心情,应该只是恶心和厌恶。我没有感动,因为此时此刻,我讨厌世界上所有"正确的事情"。

我轻声问:"我,我……现在……能去看看你吗?"

"不行。"钱唐又是直接地拒绝我,"我已经耽误了时间,等我回家后,给你电话?"

我黯然地摇摇头,随后意识到钱唐看不见:"那就不用了。"

挂了电话,我用胳膊肘擦着眼泪。最屈辱的时候已经过去,剩下的只剩下脸疼。是的,脸疼。我恨我爸,我也恨自己,无比的茫然和自我厌恶感。

突然听到手机震动,原来不小心拨通了叶青的电话,她重新给我打回来。

叶青的声音很紧张:"李春风,你要干吗?我正准备试镜!你不要给我打电话!"

我擦着脸颊,再度听到反应慢一拍的菩萨或者另外什么东西,给我打开一扇大门的启示声音。

我问她:"试镜!你在哪里试镜?"

叶青告诉我试镜的地址,挨着一堆灯红酒绿的体育馆和酒吧。

我上出租车的时候,眼珠子跟手心一样干燥,除了脸颊发烫以外,基本看不出哭过的痕迹。出租车司机还问我:"晚上去酒吧玩啊?"

我点点头,望着窗外。下车后天都黑了,我问了3个人后,终于找到叶青告诉我的地址。

3层的玻璃别墅门口前,围着不少人。门卫拦着我不让进,说需要邀请函,过了一会,有人闻声走出来,是孙爽。

孙爽扬起一边的眉毛:"李春风?"

我讨厌流鼻涕,也更讨厌哭。无论是哭完还是流完鼻涕,我的反应都会慢半拍。孙爽问我是不是来找钱唐,我迟疑地摇了摇头。他古怪地问:"难不成你参加试镜?"

我愣住,孙爽看看我,慢悠悠说:"如果你来找钱爷,那我可不能让你进,他现在有事忙,但你如果来参加试镜。哎呀,你求求你孙哥,我神通广大,能帮你安排一下。"

我沉默片刻:"我不知道。"

孙爽像看傻子似的:"那你跑到我们这来干什么?"

我喃喃地说:"那就让我试镜吧。"

孙爽上下打量我,嫌弃地递给我张纸巾。他说:"先擦擦鼻涕。"又看了一下表,"今天正好有两人没来。你替补上去吧。"

我被孙爽领进来,走过一个房间又一个房间,路过不少挺好看的女孩和成人,但始终没看到叶青的身影。最后,孙爽让我在一个房间里等待,说去帮我"加塞儿"。

"你就这样试镜。穿着运动服?化妆了没?准备词了没?"看我皱起眉头,孙爽翻着白眼,"得得得,反正你今天就玩票,我也当日行一善。"

我独自坐在陌生的房间里,花了20分钟,把想流出的眼泪全部压回去,冷静下来。我其实跑出家,就是觉得再在家待着我得憋死。但是,我又哪里会演戏?

我在屋子里烦躁地转了几圈，准备趁着没人遁走。

好巧，一个特别瘦特别娘的化妆师没敲门就进来了，顺便还给我带了套裙子。我也没心思穿，只让他赶紧给我化妆，等化到眼睛时又喊停，再让他搞别的地方。

化妆师也不开心，他撅着嘴，给我草草弄完后，眼睛却一亮。他问："你多大了？"

"十六。"

"你让我给你画眼睛行不行？就涂个眼线。"

我诚实地告诉他下午刚哭完，如果他碰完我眼睛，第二天肿了怎么办？不料化妆师开始扭捏地笑，笑完后打量我："你浓妆后，会非常非常好看。"

对方从化妆包里掏出一个面膜："这是眼膜，回家后你贴在眼睛下面，第二天眼睛就不会肿。"

"那我还是不想画眼线。"

"小妹妹来，我们先涂睫毛。"

我实在要说，钱唐这个圈的人实在都太能扯淡了。我和那个化妆师扯皮扯了 10 多分钟。我本来就烦，现在更是满头大汗，你看，也不好打一个比我还像女生的男生是吧？

孙爽再过来敲我的门，皱眉说："你怎么还不换衣服？"

化妆师也跟着告状："她的妆也只让我化了一半。"

最后在我坚持下，我没换那身看起来特别丑的裙子。但在化妆师的坚持下，我依旧抹个血盆大口，心不甘情不愿地低头跟孙爽走出去。

孙爽边看他手机，边抽空问我："紧张吗？"

我点头："真有点。"

孙爽扑哧一乐："行啊你，小丫头。我看你挺有演戏天赋的。你这表情哪是紧张啊，你这是刚杀完人归来吧。"

我沉默片刻，故作轻松地说："其实吧，我上午没参加托福考试。"

也不知道孙爽听没听明白，他低头看着表："什么考试？以后别跟我说这么学生腔的话，听了头疼！正式试镜的都结束了。剩下的就你们这种过场了。现在，你推开门走进去。里面的人让你做什么，就做什么。懂吗？"

"但我什么都不会。我都不懂！"

孙爽正接电话，他只匆匆带我来到门前，朝我做了个"赶紧进去"的示意手势，就转身走了。

这关头，不上也得上了。我是打算对着里面的人鞠一躬，然后再走人。

进场前掏出兜里的手机，准备调成静音，然而手机里只剩下2%的电量，屏幕上显示收到2条短信："今晚我出去吃饭，你和你妈在家自己吃。"第二条是，"好好反思自己的行为！"。

发件人是我爸。

我独自站在门口一会，调整好表情，推门走进去。

但精心准备的温顺表情被浪费，房间里全黑的，看不到任何场景和任何人，脚下只有一点点微弱的光当作指引。我也没多想，跟着光芒心不在焉地往前走。

走了没多一会，却发现连那点光都丢掉了。

"嘿，屋里有人在吗？"我试探地问。没有人回答，周围只是安静。这算怎么回事啊？

我捏着自动关机的手机，大约在黑暗里，各种感觉都非常清晰，瞬间想到很多的事情。比如，我干吗不去参加托福？我干吗跟我爸道歉？明明都是芝麻大的小事，我干吗总这么生气？

四周那么黑，是断电了？孙爽是不是在耍我？气得姑奶奶又想哭了，该死！

我摸黑在黑暗里转了一圈，确定进门的方向，准备走出去。但临走时突然撞到一把椅子。几乎毫不犹豫的，也几乎是下意识的，我飞起一脚，狠狠地把肇事椅子踹飞了——就在与此同时，身后突然有闪电似的强光，连闪了3下。

我吓得跳起来，赶紧往后退了几步，摆出防御姿势。

然后，我就眼睁睁地看着，房间里的灯一盏一盏，缓慢以不刺激人眼的速度亮起来。屋子里面至少有七八个人，他们坐在远处的简易椅子上，钱唐也坐在他们中间，正眯起眼睛看我。

我的身后再传来轻微"啪"的一声，原来背靠一个投影仪屏幕。刚才我在光明瞬间的惊愕表情全部被拍下来，正投映在身后。

"怎么样？"我听到后面有人轻声问。

突然间，我就被带到那群人面前。他们有些人正翻找我的档案（能找到就能见鬼了），有些人看着我低语，有些人把姑奶奶刚才照的照片打印出来。

孙爽没一会也走进来，讨论声，嘻笑声，纸张摩擦声。难以想象这群人刚才怎么能在房间里保持彻底的安静。

我只顾盯着钱唐。他离我几步的距离，却没看我，正垂眸听身边的人讲话。

"你刚才摆的那架势，是练过的？"坐在钱唐身边的鹰钩鼻突然开口问我。

孙爽见我发愣，直接帮我接上去："卫导，春风可是从小练空手道，现在专业级别。这孩子家教严，平时也不见外人，不然就她这样貌，早在马路上被捉去拍广告——"

我的脸腾地就热了。神经病，编瞎话都不打草稿！

"我练过七年空手道而已。"我瞪孙爽一眼，板着脸回答。

鹰钩鼻没有在意我们，他转头看看钱唐："小唐，这是你的人？"

钱唐自始至终都是挺平淡的模样，听到鹰钩鼻这么问，把目光转向我。他没承认也没否认，招手让我过去。"春风，过来打招呼。这是卫导。"

钱唐把坐在他身边几个人，向我介绍一遍。我只好学着孙爽的样子握手。而孙爽真神，这么短的时间里，还真给我捣鼓出一份简历（但估计也就身高体重这些基本东西）。

卫导翻我资料的时候，突然冒出一句："你喜欢暴力。"

我不解地一回头，看到刚刚在黑暗里踹翻的椅子只剩3条腿，第4条腿居然被我踹断了。

我脸色讪讪的，正好触上钱唐的视线。他朝我一挑眉，像是促狭，也像是揶揄或取笑。突然间，我的心莫名其妙地静下来。哎，只要应付完这个局面，应该就可以走了吧。

鹰钩鼻的导演没轰我走，他再开口时，居然问我"在此之前有没有舞台经验？""平时喜不喜欢表演？""最喜欢的电影和演员是谁？"这类无聊问题。

等我耐着性子把那所有琐碎问题都回答完，他终于问："看剧本了没有？现在试试台词。"

卫导命令完，偌大房间里已经再次熄掉半排灯只剩下一点光幽幽照着我头顶，就像刚进屋那样——好吧。即使我再鄙视装腔作势感，现在也不得不承认，实在有点被唬住了。

至少半分钟内，我大脑里一片空白。房间里很安静，刻意的安静变成异常给人压力的沉默。我浑身冒汗，越紧张嘴里越说不出一句话。

但我不能逃。世界上为什么有人喜欢吃麻辣小龙虾？3斤的麻小，2斤半的壳，就跟我的自尊心似的。是的，我可以接受输，可以接受侮辱，但假如此刻转身逃走，简直死都不能原谅自己……

"边看本子边念台词。"钱唐的声音不高，但隔着山高水远的黑暗清晰传来，像是种柔和的力量，猛地把我大脑从失神中拉出来。

他含笑说："哎，特长生，你念台词先把嘴合上。我好不易才在卫导面前说上话，你倒好，张张嘴就给我丢了。"

随着钱唐开口，远处的人好像也跟着他笑了笑。

我赶紧闭上嘴，在钱唐熟悉的讽刺里找到自己的声音。于是我大着胆子说："能把灯开着吗？光线这么暗，我压根看不清楚纸上的字。"

几秒后，房间的灯重新开启。不知道为什么，我感觉底下那群人看我的目光更怪了。卫导和钱唐说了几句话,亲自走过来。

他说:"我和你对词。"

这鹰钩鼻的卫导是一个有气质的大爷,但绝对不是个特别和蔼的大爷。尤其是头顶上的灯光打在他灰白的头发上,他皱着眉念着台词,居然真的像古人,有点咄咄逼人的感觉。

他说:"珠娘方才为何驻足?"

我愣了一会,赶紧低头念词:"妾不过感叹晨露易逝,鸿飞不计东西。妾此生已为大人所有。然而,远嫁终归难为。若有一日……只求大人允我骸归故里。"

卫导说:"珠娘恋故,不过恋在梦中!你母亲只因改嫁,欲将你卖入伎团。你义父贪恋金钱,将你转让于我。你情人因所谓'大义',不敢与你相见远走。几番忐忑,几番波折,你依旧有重归故乡之心?"

我沉默片刻,按照剧本说:"只求大人垂怜。"

"我珍珠十斛娶你为侧。教你琴棋书画,教你诗歌词赋,教你事无巨细。为你修金钟园,为你饲婢妾鱼。我可宠你一生一世,供你荣华富贵。绿珠活在吴媚细软之中,整日无思,怎越发不安。"

我下意识抬起头,看着卫导紧逼又严厉的灰色眼睛。一瞬间,就好像回到了逼仄的下午。我爸用网球拍指着我的鼻子,他眼睛里的神色是了然、厌恶和逼迫。不,他眼睛里永远是谴责,永远是不满,永远是不屑。

龙虾有壳,人有尊严。我又不是机器。不是随便一个比我强大的人,都可以伸出一只万能的上帝之爪去调校我的零件。让他们都去死!

"珠娘明明在我身边多年,早该看破世情。所谓故乡,不过蛮越之地,穷乡僻壤——"

我抬起头看着他,冷声说:"我乐意回去,管得着吗!"

卫导愣住,他皱眉看着手里台词:"你接下来是这句词吗?"

我猛地缓过神来,整个内脏到脸都紫涨起来,简直前所未有的狼狈,终于管不了那么多，转身就想走。不巧那三条腿的椅子又绊了我一跤，我爬起来再飞踹一脚。得，就剩两条腿了。

出门前，身后传来清冷的喝止："李春风！"

我略微停下脚步，胳膊已经被拽住。一回头却发现是卫导，他紧紧盯着我的眼睛，却露出今天第一丝笑，难以形容的高兴。

卫导对钱唐说："小钱，这小姑娘转给我吧？就是她了。"

钱唐正快步朝着我们走过来。

"李春风，"卫导看着我，他简单地说，"给你两天的时间，你考虑一下。"

足足耽误了1个小时后，我才终于坐上钱唐的车。

钱唐之后还有饭局，孙爽本来说他送我回家。但钱唐抬起眼，他冷冷扫了孙爽一下，而向来笑容满面的孙爽打了个寒战。钱唐拍了拍他肩膀，沉默地取过车钥匙。

钱唐过了一会才开口，但他没问我为什么闯到片场，也没问我怎么莫名其妙的混入试镜。他说："你下午给我打来的那通电话，是怎么一回事？"

我本来还想问卫导的话，但提到被逼给钱唐打电话的难堪一幕，立刻转过脸去假装看窗外。

"哦，我爸我妈通知我，要让我出国念书，下个月就走。"我喃喃地说，"我我，我，我……"

"怎么又开始结巴，下午听你电话就已经够难受了。"他轻松地说，"是因为这个和父母有矛盾？其实世界很小，我以后出国出差，会去看你。"

"骗子，你才不会到国外来看我的。"我低声说，"我不相信你们的话，你们大人都是骗子。"

钱唐又笑了，他说："走着瞧。"

车厢里很幽暗，我呆呆看着钱唐的侧脸。车外路过的高楼大厦，在黑暗里镇定地闪着光。而我身边开车的家伙，他的一举一动像磁石样紧紧吸引我，相处久了，那股若即若离感又非常清晰地显露。

我突然把手放在钱唐开车的手臂上，他微微一僵。"特长生。"钱唐的声音有些警告，好像预料到我即将说什么。

那我可就直说了："嘿，我今天不是来玩玩的，我想当演员。"

钱唐连眼睛都没多眨，无声一笑："知道了。"完全不惊奇的模样，他只是继续开车，淡淡地问："下个月出国，学校选定了没有？哪个州？"

"我真的想当演员。"我重复一遍之前的话，"我没开玩笑。"

钱唐在开车间隙又看我一眼："为什么想当演员？"

我很反感他的态度，只绷着脸回："我肯定有我自己的理由。"

他笑了："这理由不会是和我有关吧，特长生？"

我毫不犹豫地否决："当然和你无关。"

钱唐眯起眼睛看向前方，又沉默了好大一会，他终于敛起笑："我认真地问你，你为什么想当演员？"

第六章　粉红色泥巴

为什么想当演员？接下来一周里，我被不同的人问了这个问题。

想象一下，一名普通高中生（唯一的亮点，可能就是上西中）决定不去国外当小留学生，在国内演电影，这在别人眼里未免太惊悚了。

我爸刚开始都没搭理我这茬。"你想当演员？"他连眼睛都没看我，"这主意好。以后你再惹了事儿，我直接把遥控器关掉就清净了。"

我头一次觉得我爸还挺幽默的。可惜，我爸这种幽默感，只持续到卫导带着两个人在小区门口拦住他的车的那一刻，我又发现，我爸和我一样，属于情绪不太稳定型。

我妈研究了一下合同，她的态度有些捉摸不透。"风风，你没参加托福，是因为想当演员？"

我犹豫片刻，摇摇头："我的托福在上午，晚上才试镜。"

我爸沉默地坐在我妈旁边，他显然还没有把我逃掉考试，以及之后所发生的恶毒惩罚告诉我妈。

这么说有些怪，但我和我爸确实早就达成共识，发生在我和我爸之间的争执，就只发生在我和我爸之间好了，没必要牵扯上我妈。

现在不是要自尊的时候，我问我妈："妈妈，你看这合同骗没骗我？"

我妈摇摇头，她转头跟我爸有些高兴地说："你记得钱老家的儿子吗？他如今跟咱们住一个小区。我今天才知道。"

我爸皱眉说一句："哦，哪天可以去看看这邻居。"然后就站起身准备离去，他临走前抛下一句话，"你不可能当演员。什么演员？就你？李春风，你是不是还想造反？"

我竭力沉住气："我，我不会出国。"

"这事已经讨论过了。"我爸冰冷地说，"由不得你来做主。"

"我自己的事，怎么就由不得我做主？"我握紧手，学着我爸那种语气，尽量强硬地说，"爸爸，我现在可是提前通知你的。我要当演员。我不会出国读书。你爱去自己去。"

我爸缓慢地转过身看我，他的嘴角已经隐约下耷，这是发怒前的征兆。我还没怎么着呢，我妈先坐不住了，她柔声地问我："风风，那你先跟妈妈说，为什么想当演员？"

真搞笑，他们好像头一次关注我的想法。

我缓慢地想着答案："感觉这行业赚钱挺多的，那导演很有名，而且这是个好机会，我还能当主角呢……"

"钱多？"我爸漠然地打断我，"就这点片酬，还不够填你上大学时我们家给你的一年学费。再说了，演电影、当主角？你也不自己照照镜子，别的不说，那个圈子里多少演员都是自小在底层社会摸爬滚打起来，李春风，你能比得过别人？你又懂什么叫表演？"

我暂时没出声，大脑拼命想词。

我爸冷目望着我："这件事到此为止。你的叛逆期也该过去，别总像个小孩子，多长点脑子！家里现在给你铺的路，等再过十年，你会感激我——"

我脱口而出："不，我讨厌你！"

下一秒，失去耐性的我爸扬手就抽了我一个耳光。我感觉半边脸都麻了，而我爸打完我之后，好像一下子又恢复冷静，他眯着眼凝视我，冷笑说："你继续说？讨厌我？你有什么资格对我说这种话？"

我妈很震惊地拦着我爸："你居然动手打孩子！李京，你是疯了！"

看样子我妈应该也动气了，居然直接叫我爸名字。要是我妈知道，我爸曾经体罚我到把她的镇纸都打断，估计就不会这么尖叫了。但不对，我妈应该隐约知道这事,她和我爸无话不谈。他们一个幽默感么强;一个脾气那么稳定,怪不得这么讨人厌。

我一个字一个字地重复:"我就是要当演员。你管不了我!谁也别管我!我不需要你们管!"

我妈气道:"凤凤,你别激你爸!这样吧,等你大学毕业以后,你想做什么,家里都绝对不再管你,但现在——"

我从小对这套词都听腻了,索性大嚷:"我现在就要当演员!"

"你才16岁呀——"

"《禁止使用童工规定》上第十三条。文艺、体育单位经未成年人的父母或者其他监护人同意,可以招用不满16周岁的专业文艺工作者、运动员。用人单位应当保障被招用的不满16周岁的未成年人的身心健康,保障其接受义务教育的权利。文艺、体育单位招用不满16周岁的专业文艺工作者、运动员的办法,由国务院劳动保障行政部门会同国务院文化、体育行政部门制定。"

天知道我这种语文课文盲,怎么能当场背出那么长一段话。

我胸口起伏,急促地说:"我要当演员。我想当演员。我就从没这么想干一件事过。我需要监护人签名,你们要是不签,我,我去法庭上告你们——"

我爸在我妈后面扬起眉,他那目光就像看蝗虫,轻视嘲讽的级别都算不上。我立刻知道,这威胁对他来说多么无足轻重,

脑海里有什么突然就断了,我以一种确定地口吻说:"不当演员,我就去死。"

房间里一片寂静。

"我,我……我真没那么多远见,也没那么多耐心,我怕来不及,我……我出国就回不来了,以后不知道还想不想做别的……我,16岁就要过去了,干什么不是干啊……但我想当演员,我第一次想自己试着做一件事……我就只知道,现在不做这件事,我会死……"

我爸沉默片刻，居然特别有幽默感的反问："饿死？"

我极度憎恨他的语气："告诉你，就算我以后要饭，光着屁股饿死在大马路上，我都绝对不会后悔，更不会找你来求可怜！"

我爸怒极反笑："呵，够有本事的！你现在吃家里喝家里——"

"你以为我想？你以为我愿意？我一开始就不想被你们生出来，我也根本不想吃你的喝你的！我有选择吗？如果你现在让我当演员，我立马就靠自己赚钱，我只要赚钱就全部还给你！"

我妈脸色苍白，倒退两步急促地喘气。我爸的脸在盛怒之下全面地扭曲，他喝道："李春风，你要是想当什么劳什子演员，就从家门滚出去。我和你妈只当没生过你！"

我却笑了："你以为我稀罕吗！真的，我一点也不在乎！你养条狗还能乖点！爸爸，你压根儿就不该生我！我讨厌你们，我讨厌你们所有的人！"

然后，我从家里跑走了。

当钱唐打开门，他看到我肿胀的脸时也怔住。

我以特别冷静的语调告诉他："请你告诉那个什么导，让他把位置给我留着。我要当演员。"

说完这句话，我就转身跑走了。

沿着马路，不停地往前跑，不少行人和车辆都被抛在脑后。我想着，我爸要是搁在古代，他估计就是一个大酷吏，除了牢房里只关着我一个人。但是，当我对我爸说"我会死"，我还是清晰看到他瞳孔里有什么动了下。

我知道我终于戳到他的痛处。他已经体会到一个孩子 game over 的感觉。唉，但我当时为什么不多骂几句？为什么总在吵架过后才能想到各种伤人的话？这种迟钝的恶毒有啥用啊！

跑着跑着，就跟演电视剧似的。老天开始打雷，下起小雨。等我停住脚步，发现居然已经跑到了西中门口。

我在雨中浑身打着哆嗦，只觉得全天下这么大，却没有任何地方可以收容我。而当我沮丧地回过头,却发现钱唐一直都在我后面,但是,钱唐也没有在背后叫住我。

雨水还在下,他的肩头已经全湿了。过了一会,钱唐叹口气:"受够滋味了,回家吧。"

我目不转睛地看着追我而来的钱唐。他那么体贴,那么洞察,但我不希望他看到我这么狼狈的一幕。我只希望,自己在钱唐面前永远有活力,是一个被父母疼爱、成绩优秀的高中生。

但是我不是。而且,世界上最应该关心我的人,刚刚打了我一巴掌。

"特长生?"

我缓过神后对他强笑:"你帮我看看,我脸上没破相吧?"

钱唐深深地望着着我,他的目光好像探究,又好像不解,终究只回答:"这次还没有。"

我动了动喉咙,终于对钱唐说:"我要当演员,我真的想当演员。"

他说:"你要先看医生。"

曾经在亓妍那里,我翻到什么年轻医生当男主角的言情小说,但现实生活里,给我看病的都是四五十岁左右的大叔、大妈。

钱唐倒是符合小说里男主角的方方面面,但比医生更缺乏职业道德。他打量我的脸,片刻后,把消肿药膏递给我:"那边有镜子。"意思是让我自己去抹。

我边擦着药膏边问他:"你是不是要劝我别当演员?"

钱唐却说:"你要当演员,那你有什么计划?"

我卡壳了:"呃,计划还在我深深的脑海里。"

钱唐看人的时候,眼神容不得半点躲闪。于是我受到了钱唐对我做出的首次人身攻击。他温和地说:"特长生,你的脑海里全是粉红色的泥巴。"

我讪讪地对着镜子抹完药膏,再厚着脸皮跟着钱唐回家,赖在他家的沙发上。身上被雨淋湿,头脑发昏,过了一会就趴着睡着了。

这一觉睡得不踏实，断断续续地做梦。梦里有一个小男孩，我死活认定他是我哥，追着他跑。但没一会，他就没影了，我正失望地站在原地，回头却发现他阴郁地站在身后——请不要这么没有礼貌！

半睡半醒间，突然一支微凉的手伸进了衣服里，沿着我的腰，轻柔地往上摸。我的意识有点浑浊，被摸得挺舒服也就懒得动弹，直到摸我的人低声说："看起来没发烧。"

我妈把我里里外外摸个透，确定体温正常才住手，这时候，我已经被摸得毛骨悚然。我刚想睁眼，却听到我爸冷冷地说："让她睡，我们上楼说正事。"

我紧紧闭着眼，假装自己是浮尸。我妈便再轻轻地碰我的额头一下，微不可闻地叹口气。

等脚步声全部消失，我才敢掀起眼皮。一人多高的电视映着我呆滞苍白的脸，四周依旧是有点凌乱又带有点饱满的气场，我睡在钱唐家，但是我爸我妈怎么来钱唐家了？

我认真思考要不要趁机逃跑，然后发现鞋没了。我光着脚在钱唐家找了一圈，都没找到，脸上伤口又开始疼。

大秋天里在室外演卖火柴的小女孩也没意思，我只能坐回沙发，过了一会，我把外套脱下来。把衣角绑在手腕和脚踝处，又把衣服和钱唐家的沙发系了个碗大的死结。

我拽了拽自己，确定自己已经牢固地绑在钱唐家，就迷迷糊糊再睡过去。

这次睡到天亮也没有做梦。

大概早晨6点多左右吧，我突然被惊醒，客厅里依旧灯火通明，钱唐正斜躺在旁边的独立沙发上，边看书边抽烟。这人和正常人抽烟的姿势不太一样。大多数时间都不放在嘴边，任烟气缓慢地飘，手头上好像闲散地摆弄一个道具。

我盯着钱唐几秒，重新闭上眼。随后听到钱唐问我："你终于醒了？"

我暗骂几声，睁开眼闷声问："我爸我妈走了没？他们什么时候走的？我要当演员。你别问我为什么，我现在解释不好，等以后再告诉你！大不了，我演完这部电影再出国！我绝对不回家了！"

钱唐终于抬头看了我一眼。他似乎一晚上没睡，眼睛带着疲倦，但目光足够锐利到让我住嘴。

他淡淡地说："你父母看到你睡觉的样子，他们很伤心地走了。"

我不吭声，知道他指的是我把自己捆在钱唐家沙发上的举动。

"真的想当演员？"钱唐问我，"当一辈子那种？"

我点点头。说实话，我目前的确想试试这个机会。也许只因为我太需要逃离父母了，也许只因为我从小就不喜欢自己，也许只因为我内心一直就有股强烈地想当别人的欲望。

钱唐合上书，他吸口烟后望着天花板，笑笑说："当别人又有什么不同？庐山烟雨浙江潮，未到千般恨不消。及至归来无一事，庐山烟雨浙江潮。"

我瞪着他："你念诗就不如杀了我吧！"

"清官难断家务事。"钱唐回答，语风一转，"但是……"

"没有'但是'，我这么大了，能为自己的人生负责。"我沉声说，"我还就告诉你，我绝对不回家，也绝对不出国！我李春风，宁愿去麦当劳端盘子，当个捡破烂的死在街头，绝对都不再沾我爸的光。李京要是觉得，我在跟他放狠话，那他看我敢不敢死！"

钱唐却平和地继续说："我不喜欢给人建议。但真的，卫导的机会千载难逢。既然你那么想当演员。那就来我这里试试看。"

我呆呆地看着钱唐。而钱唐先让我把自己手腕和脚踝上的衣服解开，他告诉了我三个决定。

"第一，你父母和我昨天晚上商议后，他们同意让你去做这件事。不是

因为别的,就因为他们真的在乎你。"(我反驳那是他们是没办法不同意!但钱唐又深深望了我一眼,没说话)

"第二件事,你父母把你交给了我。你会是我自己文化公司里签约的第一个艺人。"

"第三件事……李春风,你现在在找什么?"

我心里的大石落下,口干舌燥地打算找杯子喝水,顺便满屋子找吃的:"你家除了巧克力和糖以外,有没有其他吃的?"

"没有。"

我皱眉:"你就这么对你男朋友的?!"

钱唐走到我面前:"男朋友,在开机前的那两个月,你母亲让你借住我家。至于房租,就从你的片酬里扣。这是第三件事。"

至今为止的人生,我曾经做过无数次的冲动决断,但最重大的一次仍然是我在16岁那年最后一个月,准备演部叫《绿珠》的电影。

在这之前,我变着花样又躁动地尝试做过各种事情,但最终总得心不甘情不愿地听从我爸的管束。而套用空手道教练的话来说,就是在那之前的自己,一直活在我爸所教导我的保护伞下。

我每一天都活得非常压抑。虽然热爱练习空手道,但面对打击,别指望我像日本人尊崇的那样,我爸每次给我一拳,我还得站起来连声感激"爸爸,谢谢你一拳让我清醒,促进我奋发向上"。

我做不到,谁爱犯贱谁自己去。

无论从哪个方向思考,我当时的决定都是偏向自毁式的。但也许是命运眷顾我,在那一年,钱唐开始往制作人转型。他创立了一家文化传媒公司,而我是他签下的第一个艺人。

就钱唐本人和娱乐圈而言,这个由钱唐亲手创立的,取名为CYY的公司,2年后就对娱乐圈格局形成巨大影响。但对我来说,嘴巴上虽然说想当演员，内心实在是对娱乐圈一无所知，觉得能生存就够了。

我是抱着必死的心来演电影的，当时宁愿死都要跳出我爸的视线和他为我规划的未来，也没精力去想别的。

搬到钱唐家1楼的客房时，钱唐让我给他家的地藏菩萨点3炷香，说实话，我对那些科学之外的东西有种天然抗拒感。但人在矮檐下，谁敢不低头，只好乖乖顺从。而既然烧了香，那就顺便许个愿。

等香都快燃尽，我也没有想出个特别满意的愿望。"……反正希望一切顺心。希望我当演员能火，吃喝不用愁。"最后我随口说。

钱唐眼快地接过我手里要到尽头的香，帮我插上。

"许愿的时候，嘴里不能念叨。"

"菩萨不会管我的。"我低声嘟囔，"我只爱做决定，不爱许愿。"

幸好钱唐好像没听见。而坐在客房，我暗地里做出了第四个决定：瓜田李下，我可不能和这人的关系再不清不楚的。

虽然后来再回顾时，我发现我所做的决定对娱乐圈、对钱唐，对我本人都完全没有任何影响。

去西中办理休学手续的那天，我回班上把每天削苹果的水果刀顺走。那会是课间操时间，班里空无一人。班里后壁的黑板上，挂着本次小考的前三，羚羊的名字赫然挂在第二。考试名次基本和我无关了（好吧，以前班里的前三名也和我没关）。

为什么不出国也要面临告别？我有点伤感，在原座位坐一会，锁上班级大门撤了。后来叶青说课间操结束，没一个人带班级钥匙，语文老师和全班同学足足等了半个小时，才把门重新开了上课。

我对着电话笑很久，突然跟叶青说："对不起。"不知道为什么，感觉面对她，自己有莫名的心虚。叶青落选了钱唐电影试镜里的所有角色。

但叶青只是轻轻说："祝你好运。"她就挂了电话。

姓名，李春风，16岁，女。后面跟着籍贯、身高、胸围、体重，曾经作品一栏是空的，这就是本人的履历表。

开机还有至少4个月的时间，我要做的事情有了详细的列表。什么形体、舞蹈、表演、发音，剧本台词，甚至还有了一张私人食谱和锻炼流程。根据上面嘱咐，我提前过上糖尿病晚期老干部的退休生活。

除此之外，钱唐整整一周都带我参加各种饭局。他说："因为你需要给别人一个交代"。

所谓"给别人交代"，意思就是，所有与这部电影相关的各种投资制片以及什么什么总，我都要在他们面前亮相。他们得亲自考察一下，我这个被卫导亲"亲选"的女主角是什么德性。

我回答了至少500遍，"你为什么想当演员"这个鬼问题。等被问多了，我机智地发现别人根本不在乎答案，反正你只需要嘿嘿嘿傻乐，摆出一副神经病的嘴脸。那些人就会自动脑补梦想、金钱什么的。

钱唐也笑笑说："对，最重要的就是态度。"

饭局时候，钱唐全程陪着我，让我坐在他身边，极少部分的情况下席间有女宾，他就打发我挨着女宾去坐。

假如我识趣点成熟点，可能会告诉你饭局里有多少勾心斗角和交换秘密，或者坐在我旁边的富商姐姐，她的硅胶胸比我整张脸都大——但我压根没管，我抓紧在节食前的最后时光里大吃大喝。

饭局里，众人对钱唐突然成立的新公司和他本人的兴趣远远高于我。我偶尔接到他人的探究目光，豪迈地朝他们点点头。

3次饭局之后，我就获得特别难听的外号，叫"春娘娘"，什么钱爷神通广大，把自家正当宠的"小春娘娘"贡到了卫导的房间里，让我当上女主角。

我气得七窍生烟，钱唐却冷冷告诉我还有更难听的流言。

"而且，一切都还没正式开始。"钱唐回过头看我，口气里似乎有深意。

等一天饭局结束，我被送到摄影棚里试定妆。在棚里重新见到卫导，他上下打量我，说了特别简洁的两字"瘦脸"，我就再也不被允许吃晚饭了。

钱唐给我领来3个年轻人，两个助理和专职司机。两个女孩看上去就20岁左右，一胖一瘦，跟俩大丫鬟似的垂眉顺眼坐在咖啡馆。男的岁数比较大，一看是小京混子，平头，腰间戴个小挎包。

我混饭局还能充样子，但平时确实没怎么见过大世面，见人下意识先板脸。那三人看我这样，估计也有点紧张，互相看了一眼。

"这是小春娘娘。"钱唐坐下后介绍我。

我脸顿时就黑了。别人这么喊就算了，这外号从钱唐嘴里云淡风轻说出来，怎么格外的损！

气氛的僵局被打破。对面胖女孩低头捂嘴笑，那瘦女孩对我轻快说"我叫秀佳"，司机看了看钱唐，要给他递烟，被钱唐婉拒。

"以后就叫她春风，"钱唐微笑又补充一句，"有我这前车之鉴，以后也别拿类似的称呼跟她开玩笑了。"

我皱眉瞪钱唐一眼，只有他敢这么跟我开玩笑好吗。

"呃，你们好，我叫李春风。"我干巴巴地说，尽量装得自然点。

托钱唐的福，这次倒真没人拿我名字开玩笑。

回家的路上，钱唐告诉我那3个人从明天开始跟着我。

我原本不吭声，听到这话不由怔住："那你呢？你以后就不再陪我出去了？"

钱唐笑了一声："特长生，你已经是CYY的一姐。不能再大小活动，都拉上整个公司陪你亮相吧？"

"去你的！哪有整个公司！"

CYY就是钱唐的新公司，前身是他曾经的同名编剧工作室。自从投资的电影因为私人阻挠而无声夭折，钱唐不再满足做产业链上的一环乃至投资合伙人。他的目标是从签约剧作家，扩大到签约导演和制作人，囊括人才到前期剧本和后期制作。形成可以自由组合的优秀剧作班底的顶级经纪公司——

瞧，这话说得多牛！但目前为止，CYY公司就1名签约艺人，那就是我，公司里只有1名正式员工，就是他自己。而所谓的"艺人"还借住在正式员工家，总共2人，钱唐居然道貌岸然说我是"一姐"。

钱唐告诉我，以后我去哪，身边至少要有他们3个里的其中1个人陪同。

"目前三个人足够了，你好好地和他们相处。如果自己以后看上了什么人，想收到身边用，也可以告诉我。特长生，我不是你的助理，我是你的经纪人。知道经纪人意味着什么吗？"

我不解地看着他，钱唐嘴角微微翘起来，但语气又不像开玩笑。他一字一顿说："这意味着你凡事都不要对我有秘密。"

我翻了个大白眼，装神弄鬼！

我的两个助理，叫琪琪和秀佳。

琪琪有点胖，举止像熊猫，跟我说话也是细声慢气。秀佳就快言快语，长得也挺秀气，曾经在几部电视剧里演过女三旁边的小丫鬟之类的角色。

"钱爷说招人，我就跟过来了。"她笑眯眯的，"我一看到你，就感觉春风你一定能红。这么大制作的电影，让你当了主演——"

琪琪在旁边没说话，微笑看看我。她是某著名大学的中文专业的研究生，鬼才知道为什么到我跟前当个助理。

如果说我对这两人只是有点好奇，琪琪和秀佳对我简直格外好奇！她俩知道我住在钱唐家，互相交换了个特别有深意的眼神。我们仨基本胡言乱语的时候，那个平头司机在前方听着广播，也没搭话。

卫导特意安排我学民舞，因此我立刻就被送到形体教室。琪琪在外面等着，秀佳练过舞蹈，她陪我同练。

也许你觉得，我练过多年空手道，再练舞蹈有优势。但相信我，这两样完全不是一个玩意儿。舞蹈老师年纪挺大的，白头发，远看像一个棉签。

她摸了摸我腰，又让我摆了几个姿势，摇摇头："柔韧性不错，但身上太硬——"

我皱眉："那是我好不容易练出的一点肌肉。"

"跳舞不像打架，要有眼神交流，要有感情流露。"

"空手道不属于打架。"

"动作不能硬邦邦，要舒展，要放松，要听着音乐，充满节拍感和沉醉感，先感动自己，再感染他人——"

我算是发现了，舞蹈老师压根就没搭理我的反驳。4个小时之内，她就放着舒缓的音乐，再拍着手当节奏，让我绕着教室走来走去，走来走去。

连续2天，我都在绕着教室，跟着她的节拍，单调地练习"走"。到后来秀佳都耐不住，在旁边歇着。只剩下我依旧重复做这一个动作。别看这是基本动作，但完全不轻松。

但我也没抱怨，老师说什么我就做什么。半个月过去，这舞蹈老师的课依旧就只教我走来走去，走成大号的神经病。

有一天下课，秀佳突然再对我说："春风，我觉得你有红的潜质。"

我正腰酸腿疼着呢，又不想贴着电梯，只得硬邦邦站着："……这话你上次在车里已经说过了。"

秀佳笑笑说："这次是真心的。"

我怀疑地扬起眉毛，琪琪沉默地上下打量我，过了一会掏出拿手机给我照了张相，我下意识挡住脸。

秀佳笑着说："挡什么啊？你很好看。"

琪琪也说："春风是风格型的大美女，而且头小，特别上照。"

我再打了个寒战，我可能从小被人横眉冷指惯了，面对秀佳和琪琪时时刻刻地夸，也难受啊。

钱唐放话让我多和这3人相处，快1个多月的时候，我顺势请他们3人吃饭。

去的一家火锅店，我看完菜单后点了鸳鸯锅底，心想为了节食，我吃些清汤寡水的东西，但起码他们可以吃辣的。结果一抬头，发现秀佳和琪琪都诧异看着我。

"你也要吃吗？"

我愣住了，她这么说是什么意思？

"你要节食，春风。"秀佳犀利地说。

后来在琪琪的求情下，秀佳让我吃了两片白菜，外加两口哈密瓜和一根3厘米长的火锅面。剩余时间，我全程嚼着口香糖，眼睁睁看他们吃到尾。火，锅，可，是，真，香，啊。

到了准备结账，我突然发现一个更犀利的问题：我没钱。

我假装要去卫生间，实际摸手机想给钱唐打电话求助。请助理吃饭，应该属于公费吧？结果，琪琪的手机率先响了，她立刻接起来，微笑用口型对我说：是钱唐。

我眼睁睁看着琪琪走出去接听电话，内心烦得犯愁。

从家里跑出来后，我就一直住在钱唐家。住在钱唐家，倒是不用交房租。但关键问题是，我自己的零花钱早就花光了，全身只剩了200块钱。这1个多月，我只穿着从家里带出来的西中校服，也多亏了钱唐家有烘干机，才能天天洗和天天换。

根据刚才点的牛羊肉套餐，这顿火锅得往600多块钱。但账单一送来，我差点吐血，他们今晚吃了2 000多块啊！

那个叫贾四的司机率先出去开车，我坐在座位开始出冷汗。钱唐曾经告诉我，拍电影准备周期长，让我要在前期和后期都得耐得住寂寞。

但这已经不是寂寞的问题，这已经上升到经济基础决定上层建筑的问题，上升到火锅店老板会不会打死我的问题。我就只希望速来钱，把饭钱先给结了。

正在这时候琪琪走回来，手里的电话还没挂。

"春风，你比较喜欢和我们一起逛街，还是和钱老师一起？"琪琪笑着问。

我一愣，但再回答这问题已经晚了，琪琪已经对电话说："看来，她估计更想和您在一起逛街。"挂上电话，她悄悄对我说："你没换洗衣服了吧？"

秀佳已经递过卡，她特别自然地帮我把饭钱结了。

我整个人都非常不好意思，但秀佳和琪琪都安慰我，这就是助理做的分内事情。

"再说也不是我们出饭钱。有人替你报销。"秀佳朝我眨眨眼。

冬天外面天寒地冻的，她俩非陪着我站在门口等钱唐的车来。等好不容易等到他，我立马扑过去开门。

钱唐却朝我点一下头："你不跟她们说再见？"

我这才想到秀佳和琪琪，连忙朝外面摇摇手，让她们先走。她们相视一笑，再看着我。

"明天见。""明天见。"

钱唐刚从另一个饭局赶来的。不过他显然没喝酒，神清气爽地开车，只除了衣服上沾染着股恶毒的香水味。

我闻着那骚嗒嗒的香水味，感觉比闻火锅味道还挠心。

钱唐依旧若无其事，他跟我说："哎，原来你是没钱买新衣服了。我以为你爱穿校服，对西中有某种特殊爱好。"

原来，琪琪把我跳完舞后穿校服的照片发给钱唐。我一方面很感激琪琪的体贴。但另一方面我没钱又没法还人情，就实在觉得琪琪这行为特别多情。

现在钱唐要载我去挑衣服的节奏，我板着脸说实话："买衣服可以，但我身上没钱。"

"以后还。"钱唐看着前方，"现在不用出钱。"

我拼命控制着下垮脸的表情。难道他不应该客气地说一句"不用还钱"

吗？我现在很穷！

但随后，我的心情更恶劣了。钱唐这么讲究的人，只知道全城一个商业圈，停车的时候我还不特别确定，但等坐上直梯，我已经百分之百确定钱唐又要把我往曾经那家奢侈品黑裙子店里送。

"我不穿裙子！"我赶紧声明。

钱唐看看我。他思考了几秒，就跟我商量："特长生，自己去选衣服。我在一层喝杯东西，半个小时后，我上去为你结账？"

我惊了："半小时？"

他沉默片刻，以为自己时间说短了："一小时？"

我是钱唐的男朋友。什么叫男朋友？我们男朋友挑东西一般15分钟搞定，省着精力继续折磨全世界。

我雷厉风行地把钱唐带去阿迪达斯，买了两款不同颜色的运动服和球鞋。

专卖店里都是父母陪孩子在试鞋，我不好意思对钱唐直呼其名，一时激动，脱口而出叫了声钱老爷（我发誓我想叫钱老师来着）。钱唐手也一抖，顺便帮我把一个双肩包和三双鞋都付了款。

我俩沉默地坐回车里。等收费栏杆放行时，钱唐突然问我："你身上还有没有钱？"

我连忙翻钱包："有的有的，你要交多少钱的停车费？20够吗？"

钱唐用我的20元钱付了停车费，然后，他把自己钱包里的现金全部都给了我。

"先当随身零花。"钱唐沉吟，"琪琪和秀佳她们那里都可以报账，以后你有购物清单交给她们。你个人的花销和收入暂时记入我的名下。"

他递给我的是挺厚的一沓钱，摸着特别有安全感。但我内心又不免担忧，下午秀佳对我说的话，又冒出来。

"你觉得我能红吗?"我忧心忡忡地问,"或者,我有红的潜质吗?"

钱唐勾了一下唇角:"特长生,你是想红呢,还是想当演员?"

我卡壳了一下,其实我主要想问怎么还钱。红了才有钱啊!

钱唐看了看我紧张的表情,他显然误会了,便放松语气:"红不红,这问题问早了,我现在不能回答你。但我可以说,CYY存在多久,能得到最顶级的资源都会让你先挑。"他淡淡地说,"只要我还管着你,你起码在娱乐圈就不会走着走着突然掉井里去。"

嚄,好自命不凡的语气!钱唐有时候就这样,说话挺傲的。但他这样吧,我心里倒还靠谱点。

我想了想:"我倒没想这么多,就想好好把卫导的片子拍完,看看自己能做到什么程度,什么水平。"

"说到电影,"钱唐问,"读完剧本了没有?"

我摇头:"还没,最近练舞和念台词完全没时间,我今晚会回去继续看。"

"加快脚步。"钱唐顿了顿,他轻描淡写地说,"今天饭局回来,女二已经内定谈妥,尹子嫣,她是目前在海外唯一取得两项影后的女演员,国内有很高的知名度。"

我说:"她的岁数应该比我大挺多的吧?所以我还是有优势的。"

钱唐原本好好地开车,结果一下子就笑场了。过了一会,他才轻声说:"子嫣不老也不年轻,她和我差不多岁数。"

我请教他:"你多大岁数来着?"

"子嫣比我年长四岁,不过根据官方资料,她今年27岁。你也只需要记住后面这个年龄,不要乱说话。"

又过了一会,车因为等红灯停下。钱唐突然探过身,把我手里的钱抽走了2/3,我手忙脚乱地捂住:"你不是说这钱给我了吗?"

"我得回收一部分当作惩罚。"钱唐似笑非笑,"早该这么做了。为了你这张嘴,以后我们真得多立点规矩。"

钱唐给我立的规矩，就是"禁恶言污语禁出口无忌"。

我俩单独相处的时候，钱唐不太约束我。但有第三个人，我只要情绪略微激动，钱唐的目光就冷淡地扫过来。等别人走了，钱唐一句句地告诉我，我刚才哪句话应该怎么更有效地表达。

天啊！我只好长教训，每次忍不住想跟别人胡扯和吹牛，想到钱唐这种耐人寻味的目光看人，就提高警惕地说话。

其实我不经常说脏话的，我只是不明白，钱唐为什么说我没口德，他自己明明才最擅长讥嘲。钱唐曾经形容我的性格很"胈"，我查了新华字典，发现"胈"特指白色大腿上弯曲的黑毛。

我紧赶慢赶，终于在舞蹈老师整天拍手让我走路的空隙里把胡文静的原版小说啃完了。那简直是超长的文言文阅读题，等头晕脑涨地阅读完，发现后面还没有选择题。

钱唐跟我简单介绍过卫导，他是个对细节严格到偏执的导演。但随后，他的话就有意思了，"我和他之间不对付"。

钱唐说的不对付，就是卫导单方面非常之看不惯钱唐。两人现在合作电影，见面倒是客客气气。但卫导每次接受采访时，都对钱唐闭口不谈，明摆着为利益强忍他存在的感觉。

但不管你相不相信，所有人都说，卫导非常青睐我。包括钱唐也这么说。卫导在那天的试镜中，明知道我是"钱唐的人"，依旧一眼相中我，再排除各方力量争取我这种高中生当主角。

我再见到卫导，在琪琪和秀佳严格监控下掉了5千克。腰是瘦了点，脸暂时还见不着动静。副导演想了想，问我每天晚上是否用瘦脸霜做按摩，我跟看到大猩猩似的看着他。

卫导淡淡笑了下，跟化妆师说："先给她画个全妆。"

宗白华曾说过，汉末魏晋六朝是中国政治上最混乱，社会上最苦痛的时代,然而却是精神史上极自由解放,最富于智慧最浓于热情的一个时代。

我化了足足3个小时的妆,层层叠叠地穿上史书里"裙长值足,腰系长带"的衣服,头上带了个味道巨大又巨沉的假发套。

等重新推开门,卫导正坐在原座位的沙发,和他身边的美术指导聊天。

我拼命抻着脖子,挺着胸,很慢很稳地走过去,尽量不让那发套和头上戴得叮铃咣啷的东西落下来,大约走了一光年之远,挪到卫导跟前。

卫导微微颔首:"不错,认真地练习了步调训练。"

卫导又让我接着试演跪姿,这我可就不会了,扑通一声跪成东倒西斜,赶紧坐起来。

卫导略微皱皱眉,接着问:"书读完没有?对绿珠有什么评价?觉得自己和她最相像在什么地方?以你的见解,石崇为什么喜欢绿珠?"

我的假发沉甸甸地压着脑壳,脑壳里完全没东西,吭吭哧哧地完全说不出话。

卫导等了我一会,伸出一根干枯的手指,缓慢把我下巴勾起来。

试镜那天,我就感觉到了卫导和钱唐身上有股劲头很像。他们都有种让人瞬间沉下去的气场,也都喜欢做很暧昧的举动。但钱唐无论做什么,你知道他是在玩,温和又克制,随时喊停。

卫导就不同了,他挑着我下巴,那姿势说不上嫌弃,但感觉你不值钱,很冒犯很压抑。

我浑身紧绷,眼也不眨地回盯着他。

过了半晌,卫导开口说:"眼睛长得很有神,但光瞪眼睛算什么演技。你要补的基本功课还有太多。"又说,"性格也得稍微收收,学学涵养和风韵。演员讲究三分性情,七分假意,最重要的是自控。像你这种十分性情十分流露的人,什么都演不好。"

我心里知道,我现在跪在这里当演员,很大原因就是卫导愿意赏我口饭吃。但是他赏饭能赏得愉快点吗?嗟来之食,弄得大家都不开心。

我冷着脸:"我回去继续努力。等下次您再考我,我绝对不像现在这样了！"又实在是憋不住，我咬牙切齿地说，"你，不，您，您以后说话就说话，骂我也成，就能别碰我吗？我可是练空手道的，万一再打伤了——"

卫导低头朝我看了看，这点依旧和钱唐挺像，看不出生气不生气，就光拿眼睛冷冷扫着你。

他突然说："我已经看到合同。你家里同意让你演戏了？"又说，"你目前住钱唐家？"

我草率点点头。幸好卫导只从鼻子里不痛不痒地哼一声，转了话题："待会子嫣也过来，到时候你和她碰一碰。"

化妆室里的尹子嫣，并非我想象中的那种巨漂亮的大美女。

第一眼望上去，她极瘦、极干、极白，四肢的肌肉隐隐有点松弛。我跟着卫导进去，她正用单手扎着头发，自然而然地甩了一下手腕——我头一次在女的面前红了脸。

尹子嫣对我的态度不错，但她的地位摆在那儿，也没特别的亲热。卫导和她也聊了一会，同样探讨剧情。尹子嫣的功课显然比我做得好太多，几句话就让卫导陷入沉思。

我坐在旁边，呆呆地看着她穿上戏服。尹子嫣说话、行走、喝水，甚至偏头一笑，所有的动作都行云流水——简直像刚是从古代穿越来的。和她相比，我就是一条咸鱼。

"剧组要是半途换女主角，我会得到多少违约金？"上了车，我立刻问琪琪。今天秀佳和贾四不在，是琪琪单独开车跟着我。

琪琪愣住，她的脸色立刻有点发白，很紧张地问："怎么了？卫导骂你了？"

等听我说完，她松口气，"尹子嫣是影后级别的，岂非你这种新人朝夕可敌。不过，她的名声在外，片酬并不很高。现在圈内片酬最高的都是噱头最足的流量女星。在这行混，演技只要合格就可以。"

213

我觉得她完全没抓到重点。问题不是尹子嫣，是我！我完全没演技啊！

她笑了："你现在不是正在学？卫导不是亲自教你？你现在的条件，很多人做梦都求不来哦。"

我深深觉得琪琪患有"美好病"，索性闭嘴。

车在小区门口停下，琪琪看着我走到小区后，才将车开走。

已经是傍晚，天气很冷，小区路旁里的松柏喷上白花花的假雪，吊着闪烁的假灯，每年圣诞前夕的标准布置。

我走在道路上，饶有兴致地欣赏了一会。

前面一辆车亮着大灯，缓慢开过来，一眼就认出是我爸的车，只是不知道我爸现在坐没坐在车里。我头皮瞬间麻了，直到几秒后和车擦肩而过才终于喘了口气。

我妈以法定监护人的身份答应替我签合同，她的条件之一就是我必须住在同小区的钱唐家。大概是觉得，这样能更"方便"。至于"方便"什么，谁知道呢。

这一个多月来，我妈碍于我爸而没有来看我，但她偷偷地捎过不少东西。我当着钱唐的面，把送来的吃的和衣服直接扔了。

"我妈总是这样虚伪！她送东西只是为了让她自己心情好受！有没有考虑到我根本不想要！搞什么，又不是上演乡村亲情剧！"

钱唐冷眼旁观，就跟我的话是一阵风似的。但此后，他家里便再也没出现这些。

"态度最重要"，这句话明明是钱唐告诉我的，但他自己就缺乏明显态度。就像我至今不知道，钱唐对我当演员究竟什么看法。他好像不以为然，却也没有阻挠。

回忆起来，除了那句"试试看"，钱唐就没有明确表态。自从我搬进他家后，钱唐就几乎不怎么回家了。

我住在钱唐家，但两人的相处甚至比以前更少。我白天都得苦哈哈练习各种所谓"基本功"，晚上回家要打起精神研究剧本，连钱唐几点回来都不知道。

　　刚开始，我还眼巴巴地等钱唐回家。可惜经常等着等着，就在沙发上昏睡过去。半夜醒来，发现客厅的灯熄灭一半，身上多披了层厚毯子。除此之外，什么都没有。

　　后来我不等了，老老实实地回房间睡觉。

　　本人辍学做演员，是想证明自己可以做好这件事，是在启动悲惨人生自救计划。而不是从我爸那里滚出来，再从钱唐这里饥渴地求关注！

　　李春风啊李春风，你又不是流浪的野狗！再说了，你以后会红到让各种人跪舔你的！钱唐算什么！我通常伴以狞笑的表情睡觉。

　　如果说之前的生活像个茶几，摆着一堆教材和垃圾食品。如今，那些教材和垃圾食品突然被收走，擦桌子换桌布，重新在原来位置摆满了花花草草。

　　刚开始的一切都很新鲜。

　　秀佳陪我练发音，练舞蹈，练形体。琪琪把剧本整理成白话，补习魏晋时期的知识。贾六熟了之后，他每次说话跟逗哏似的。

　　虽然自称我的"经纪人"，但陪着我吃完一轮饭局后，钱唐就把我交给了那俩助理，自己整天不知道忙什么，大概是忙CYY。钱唐给我找的助理，像水一样覆盖我原先的课堂日子。

　　生活彻底被改变，在曾经的同学面前，我已经不是高中生。但在所谓娱乐圈，我是彻底的入行新人，前途漫漫。我在这种两头不是人的日子里，告诉钱唐："钱唐，我终于想好了。"

　　他问我："想好什么？"

　　"就你上次的问题。你问我是想红，还是想当演员。我决定当很红很红的演员。"

　　钱唐点点头："那你有什么计划？你想当多久这样'很红很红的演员'？"

　　我再被问愣住了："这我倒是还没想。"

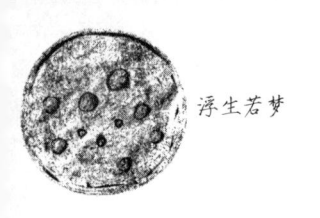

圣诞节过去不久，钱唐告诉我，剧组准备让我有计划地接受媒体曝光。但我却因为另一件事而愕然，那个小白牙孙爽被钱唐辞退。怪不得试镜之后，我就再也没见到过他。

"试镜过程中，会有候补和塞人的情况。走后门不稀奇，但孙爽直接帮你插到了正式人选——"

我不耐烦听这些："我现在不是被选上当主角了，为什么还要开除他？"

"你被选上，但你是例外。"钱唐看着我，"你的定位是演员，有关你的那些例外就成了传奇。以后也许有不少人还指望靠你的例外吃饭。但孙爽不同。他是替我做事情，必须要讲规矩，原本的编剧工作室还是小作坊形式，散漫些无妨。但现在要做CYY，我身边不能用太没规矩的人分我心。"

我盯着他："孙爽帮过我！"

钱唐扬眉："那你自己报答他。但他坏了我这里的规矩，就不能留，这是两码事。"

我觉得对不起孙爽。一个人因为我，丢了他原先的工作。

"哦，还有三个人因为你而找到了新工作。"钱唐不当回事。他对孙爽的离去态度很平淡，似乎见多了身边的人来来去去。

少了小白牙孙爽，取而代之的是一个叫阿武的白胖子。我见过他一面。他和琪琪和秀佳侃得挺开心，但他见了我后只眯起眼睛。

那人的嘴比孙爽更油，牙没孙爽白，地位却比孙爽高。他和钱唐经常商量正经事，不太像是只会跟在钱唐屁股后的人。

可惜我不太喜欢阿武胖，而且我感觉自己害了孙爽，于是要到他的手机号。

但等我自报名称后，手机那头就没声了。

道歉的话还卡在嘴边，孙爽就丢来一句话："小丫头，你那文化水平能记住台词吗？"

"……你觉得我怎么考上西中的?"

"对了,"孙爽笑着说,"你总是自称重点高中生。"

孙爽依旧挺豁达,至少电话里的态度很豁达。他说钱唐最初是把他从名不见经传的一地方挖过来。挖的时候条件丰厚,辞退的时候仁至义尽,推荐了下家跳板。

"帮你插试镜是小事,钱爷的意思是,他觉得我并非他新公司起步需要的人,然后就借机辞了我。"孙爽挺平静地,但我能感觉到,他以前语气里特飞扬的东西没了,"我现在在另一家公司当商务,真没事儿。哎,可能就有点没想到这事会轻易发生在自己头上,毕竟我跟钱爷工作时间不短了。他说让我走就真的让我走了,我求过他好多次。"

我没有接孙爽的话茬。你可以说我虚伪吧,但我不打算因为孙爽而向钱唐求情。钱唐对我放任又耐性,似乎有求必应,我却感觉他不会因为我而改变决定。

"钱爷喜欢你的。他喜欢往身边搁点热热闹闹,不拘着不窝着的人。因为钱爷自己不是这样的人,他没常性……"孙爽沉默片刻改了消沉的语气,还鼓励我,"算了,跟你小丫头说深了你也听不懂!啧,你就好好准备一切,得听钱爷的话!我当初敢把你往正式名单里面加塞,就觉得你会入选!你肯定会红,到时候别忘了你孙哥我!"

挂上孙爽的电话后,我愣了很久的神,直到秀佳走过来推推我。

"春风,该进去了。"

之后两天里,我的舞蹈练得很勉强,动作到位,但状态就很不好了。舞蹈老师冷眼旁观,却没有指责,等这天上午练完舞蹈后,她叫住我:"明年训练的时候,用心一点。"

我不解其意,秀佳却立刻反应过来。她笑着说:"春风,今天是31号,今年的最后一天。"

这个很烂的冷笑话,我到底要听多久?

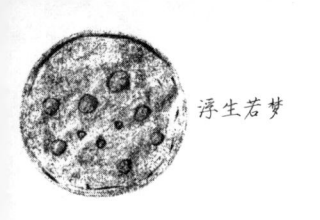

等我坐到车上，情绪低落到秀佳担心的摸了摸我的头。接着，她从包里神奇地摸出一根体温计，我翻翻白眼，任她折腾。

其实，我没病。我就是有点慌神了。

是的，慌神。李大胆从没后悔也很少慌神。

自从做了当演员的决定，我面对钱唐观望的态度时没慌，面对卫导的考察时没慌，面对尹子嫣的演技没慌，甚至原有的坐姿站姿走姿到全身上下都被纠正到一文不值，我还特别淡定，依旧坚信做了正确决定，眼前有大好前途，奥斯卡小金人向我招手——

但我对自己有信心是一回事，孙爽凭什么对我有信心？他一口咬定我"会红"。就算因为我被辞退后，孙爽依旧坚持这观点。这人没问题吧！

估计前段时间节食节得狠了点，大脑饿得不大正常，开始疑神疑鬼起来。联想到钱唐说孙爽辞职，有个什么词听着挺耳熟。但到底是什么词？我想了想，应该是"责任"。

我特别不喜欢"责任"这词，带着种不知所终的压迫感。不夸张地说，这词曾经在我耳朵的出现频率，和教室里"高考"出现的频率一样。

我爸经常说："李春风，学习和娱乐孰轻孰重，你自己难道不知道？关键要对自己负责任！""李春风，你要做个负责任的大人！""李春风，你不负责任，以后谁会帮你？"

责任责任！我呸，还以为暂时告别它，没想到这破词又蹦跶出来。那如果把钱唐话里话外的东西补全，他是不是想说"孙爽落到换工作的下场，也有你的一份功劳"。以及，钱唐是不是也在隐约提醒我"你现在身边有3个助理，如果你一举一动走错，他们也会因为你而承担责任"。

一往深了想，可就更惹得我犯起傻劲。因为，我真的很怕背负别人的希望，讨厌那种大山般的"责任"。

"春风有点发低烧。"琪琪看了看体温计后,"要不然今天休息吧。"

"不行,她下午还要去电台。"秀佳接口,"状态还好吗?"

今天下午要参加的栏目,是为网络特别策划的访谈节目,我会在里面和某著名二线演员聊天,剪辑成很短的花絮,插播在娱乐新闻里。

在此之前,我可以先向你们解释下,什么叫作"有计划的媒体曝光"。电影剧组开正式的新闻发布会前,我会以适当的频率刷屏,让个别八卦觉悟比较高的热心观众记住本人的脸。

为了这7分钟的采访,秀佳跟我演练好几次。她让我多笑,说话语速慢一点。

"身体能坚持吗?"秀佳又问,她们显然都觉得没问题。反正轻伤不下火线,我得对自个儿负责任。

我默默坐着,把围巾拉高,盖住鼻子。

访谈安排在电视台的旧楼里。

屋子里的暖气不大,造型师递来一条非常脏的粉红色纱布蓬蓬裙,我不情愿地换上,露着胳膊和大腿,非常窘迫又非常的冷。

要采访的明星迟到了将近1个小时,等他到场后还需要化妆,又要等2个小时。

漫长的等待里,我披着大衣,沉默地坐着。

琪琪在耳边不停告诉我位置和注意事宜,比如那明星喜欢被拍摄右脸,我要在问第几个问题时微笑,该把"神秘礼物"藏在什么位置。

接下来的采访进行得挺顺利。我顺着工作人员的指示而做任何事情。单子上列出的问题都问了,礼物也送了,微笑了至少8次,次次露出牙齿,展现的态度温顺又和蔼。

7分钟的采访,录制耗了将近一下午和晚上。等全部结束,我冻得直哆嗦,抓着外套就准备回去换衣服,却听到身后有人讽刺。

"不知道的还以为今天请来两位腕儿呢。她算哪根葱！在台上摆什么架子！"

我的精神一直绷着，此刻霍然回头："你是在说我吗？"

没有人理睬我。屋子里30多号电视台的工作人员，仅仅在我刚开口时，大家诧异地看了我一眼，但随后，他们旁若无人地说笑，聊天，偶尔对上我的视线后淡淡移开，就像我是透明人。

我大声地问："刚刚谁说的话？我哪里没做好，你可以直接对我说的。"

后来秀佳和琪琪把我拉走。到车上的时候，琪琪又给我量了次体温。

秀佳5分钟后跟进车，她的脸色不好，跟琪琪嘀咕几句后转而跟我说："没什么事，被那小明星的经纪人拉住，跟我聊了会儿天。顺便跟节目的编导聊了一下。"

我立刻问她："他们骂你了，对不对？是因为我做错了什么事情吗？"

秀佳笑笑，用刻意轻松的语气说："哪儿的事！"然而没一会，就斟酌地挑着用词，"春风，在咱们这行业，台下等候的时间就是比上台多。咱们以后在等待的时候，千万别摆出不耐烦的脸色。就算现在生病，别人跟你搭话时，你必须都要答应。"

我很冤枉："我都答应了。"

"你现在是新人，没有任何作品。做事最好低调稳妥为主，在节目里也不要抢别人的风头……"

"录制里倒不怨春风，"琪琪帮我辩解，"那歌手自己说话慢，春风帮他接下去。"

秀佳立刻说："我上台前就嘱咐了，访谈节目里绝对不能抢话！这是大忌！对方才是录节目的主咖，这是他的主场，就算他不说话，也要等他想好了说。还有春风说话太难听了，人家只是说转行是想扩大戏路，并不是春风说的没活路了。这种玩笑不能跟前辈开！"

除了贾六在前面跟耗子"吱吱"笑一声，车里非常安静。

我被秀佳数落后，才知道刚刚在访谈中犯了那么多错。而秀佳苦笑了声没说话，琪琪拍了拍我的手。我想到临走，琪琪顺手帮化妆间里的人把所有垃圾袋都带走。

有的时候，我发现自己缺乏一种眼力见。也许，我并不是讨厌负责任。而是讨厌世界上所有的坏事，都和我有点责任。

我拖着病体回到钱唐家，发现主人罕见地待在家，正往厨房搬果篮。

新年要到了，钱唐家里也是疯狂地涌来各种礼品。我窝在沙发里，看他弯腰整理地上凌乱的空果篮。等钱唐收拾好后抬头，对上我的眼神，笑起来："我脸上开花了？"

我干笑两声，收回目光。钱唐走过来，递给我一杯热水："还发烧？"

自从给我找了助理，钱唐立刻从我身边隐身。他依旧亲自研究和制订我的演艺规划，掌握着我每日的行程。但是到了具体执行，他就永远让助理来出面解释。

在我面前，钱唐仿佛和那些事情孤立起来，因此他永远摆出值得推心置腹的朋友姿态。

钱唐现在知道我发烧，这不奇怪。但他知不道下午发生的小插曲？以那俩助理的速度，估计早就通知到他。钱唐可比那俩助理难对付多了。

我先发制人："我看完第三遍剧本，终于看懂了点内涵。为什么石崇身边围着那么多好看的小姑娘，他就最喜欢绿珠？除了她长得特别美，也许因为，绿珠是个不负责任的小姑娘！哎，长得美又不负责任，就是她的独特魅力！你想想，在这世界上，有人专门负责任，有人专门来当别人的责任！也许绿珠就是第二种人！但最后她还是死了，这可能是因为，她想对石崇负责任了。唉，负责任死得早，我们要当不负责任的大人！"

钱唐抽出我手里的剧本，他说："'恋童癖'的外号给石崇倒也贴切。但特长生，今晚跨年，我请你出去吃饭。素斋、菌宴、烤肉？你有什么想吃的？"

"没胃口。"我有气无力地说，"你有活动就自己出去玩吧，我得再看一

遍剧本。不然，下次卫导问我话，我又不知道怎么回答了。"

回想起来，自从我搬到他家，钱唐为了避嫌，基本只在2楼走动和活动，连游戏线都拽走。但那天跨年夜，钱唐把他的手提电脑拿下来，陪我坐在客厅里。

我披着毯子看剧本，钱唐在旁边用电脑。我开始吃芒果的时候，他不停地打电话（说的自然都是CYY的事情）。我打开电视看跨年晚会的时候，他依旧忙得不可开交。

我以为钱唐等我放松警惕后，会谈谈下午我的不慎言辞和举动。就像钱唐之前热衷念的三流小诗，总是在不动声色的时候戳我一下、教育我一下。

但到了凌晨，钱唐烧第三壶热水给我喝。他对我说了句："特长生，新年快乐。"然后他就点点头，走上楼。

新的一年平凡无奇地来，像我的低烧一样没有痕迹。第二日，我神清气爽地起床，手忙脚乱地穿衣服，准备参加新年第一场形体训练。

在车上，我突然"咦"了声。秀佳转头问我："怎么了？"

我合上看了无数遍的剧本，原本上面都是荧光笔和贴满标签。但多了一行字，曾经在一张厚卡片上见过的钱唐字体。

他写了一个批注："浮生若梦，和别人又有太大关系。"

3天后，我接到了卫导的通知，让我停止研读旧剧本。

钱唐突然提出要求，再等了一周后，秀佳说改剧本这事已经势在必行。据说此次改动还比较大，演员的戏份也进行了全面调整。

我依旧是女一。按理说，主演的意见都要参考到改剧本的过程中。但谢天谢地，讨论剧本没我什么事。秀佳转达钱唐的意思是只让我好好练习舞蹈，其他的，钱唐会帮我处理。

这才是经纪人应该做的事情！

我继续练舞。舞蹈老师总算不让我像去年一样走来走去。她让我摇胳膊摆腿，把自己想象成一棵站在北风里的柳树。

休息的时候，秀佳婉转问我之前是不是跟钱唐抱怨过什么。

我努力想了想。嗯，我貌似只和钱唐讨论了1分钟的剧本。他夸赞我给石崇起的外号比较贴切。再其他，就真没了。

不过说到改剧本，我是举双手双脚的欢迎。卫导之前给我提出的那堆问题，说实话，我一点头绪都没有。压根想象不出1 000年以前的绿珠是什么人，她和我哪儿像，我也压根不知道石崇除了美色之外喜欢绿珠的原因……

秀佳从头到尾打量我。我觉得她看我的眼神有点怪，就那种竭力想透过皮肤看清我胃里都装着什么的感觉。

我正被看得毛骨悚然，秀佳含着奇怪的笑容，说了句："钱爷是真疼你啊。"末了，她再悠然说："唉，春风，你会红啊。"

这已经是秀佳第三次跟我说这句话。

秀佳刚开始说这种话，我就当她在客套。但秀佳总在重复，简直就像债主对一穷人恶狠狠地说"快还钱"似的，一次比一次听得烦。

我不乐意听了："我是螃蟹啊，我一下锅就会红。"

她扑哧笑了："钱爷这么捧你，你的确横着走都没问题了。"

我真不想搭理她！只怒气冲冲地站起来，继续去舞蹈老师那里扮演柳树去了。

再等2周后，我重新拿到新剧本。

原本属于我的戏份减少了1/3，平均分摊到邱铭试演的男主角和女二男二身上。戏份虽然减少，我的角色却立体，台词更白话，感情更加明练，几乎可以总结为三个部分："背井离乡""极力变通""心有不甘"。

好像理解秀佳说的"钱唐疼你"的意思。钱唐重新帮我更改的剧本里，他没再让我费劲思考为什么石崇会喜欢绿珠，为什么绿珠和我很像。在我完全想象不出绿珠形象的时候，钱唐直接把绿珠写成我本人，把她的心境写成我的吻合点。

我只需要演"我"，或者演我身上的那几个特质。而至于为什么有人瞎了眼喜欢上我，那已经是邱铭作为男一号要辩证性思考的问题。

我没来得及欣喜，实际上我更忧愁了："钱唐，你都能让导演改剧本，是因为你给剧组追投了钱？我以后该怎么还你？"

钱唐正打开冰箱喝水，他好几天没回家，此刻还穿着西装。

他回头看了一眼我："钱早晚能收得回来。"过了一会，他又淡淡地说，"特长生，你得想清楚。你跟着我，只能成为流量演员，但成不了真正的演员。"

"这两个有区别吗？"

钱唐微笑："当然。我有我自己的一套，那一套都是商业化运作的模式，考验的是我的掌控力。我会挡在前面，让你走得顺些，省事些，但是，我这一套东西无益你去磨炼演技。而且有一天，我不再需要你……"他说的温和，语气里有什么东西非常漠然，"我放手后，你就会跌得非常非常快。"

我想了想，问他："你放手前会提前告诉我一声吗？"

"我已经提前告诉你了。今天对你说这话，就已经算是警告过你了。"

就我个人来说，真的很感谢钱唐的新剧本。但就我个人表示，驳回他这种单方面警告。

没错，钱唐很了解我，不过这只是基于他脑子好，对人有更多耐心，然而但凡钱唐对我再多用一点的真心，他就应该去查查我的空手道犯规记录。

李春风是什么人？当教练喊"停"，我只会判断成"可以再5五分钟"。教练嚷嚷"李春风"，我只会听成"可以再打1分钟"。当教练把我拼命拽走，我依旧会对着空气狠狠踢过去。

对演员这个职业产生专业认知前，我翻到过钱唐家里的一本书，上面有段话这么写道，"到了命运不要王尔德演下去的时候，王尔德还在演"。

我想，我就是王尔德这种类型的演员。命运可以直接放弃我，可以折辱我,但你不能唧唧歪歪地先警告和敲打我。因为没用!我不接受。

如果有一天钱唐对我放手,我可能会摔得很惨,但我也可能不摔下去啊。他这警告实在低估我了,反正,我的人生总在一鼓作气地折腾着,李大胆绝对不怕任何失败!

那次电台访问后,钱唐也直接帮我取消之后大部分的打酱油活动。

"以她的性格,与其费心约束或放出去得罪人,不如开始就拿出正宫的架势,"钱唐这么说,"就当真性情去宣传吧。"

我在他们为我制定新的宣传策略前,赶紧声明底线:"我不要成为钱唐那样的人,我不想和乱七八糟的人传绯闻!"

琪琪和秀佳不约而同地望着别处。而某人盯着我一会儿,不紧不慢地问:"其他要求呢?"

等钱唐走后,秀佳笑着告诉我:"春风,其实你现在已经有了绯闻对象。"

什么?!谁?!我呆了片刻,突然反应过来:"是和钱唐?"

钱唐在娱乐圈的地位一直很微妙。很多像我以前那样的普通人,对钱唐的了解只限于他是高收视电视剧的编剧,以及各种真假莫辨的绯闻。

在我没入行时,叶青提过几句钱唐别的,我再知道了他合写网络小说、游戏公司和工作室的那摊破事——然而这些依旧不是全部。

据说钱唐老家里在江浙沪有资本,和父母关系很好。在游戏公司研发自己小说改编的游戏时,他便借母亲的名义先一步对移动数字娱乐进行投资。离开游戏公司的同时,凭在音像和数字版权方面的影响,他母亲(实际上是钱唐本人)已经成为连传集团的大东家。

剩下的事情,你都已经知道:钱唐建立了编剧工作室,成为金牌编剧。但背地里,他比普通编剧的话语权大多了。钱唐自己有钱,又握有剧本版权,近几年还担任制片和监制。因此在剧组,他完全不在乎导演中心制,钱

唐自己才是剧组里的太阳。

大多数投资方发自内心热爱钱唐，他的名字代表高回益率。钱唐经手的电视剧是很多广告商投放商争抢的资源。何况钱唐总摆着文人嘴脸，喝茶养生国学佛学无一不精，接触起来显得有档次。

但在娱乐圈里讨生活的广大贫苦群众，眼睁睁看着钱唐，顶着上流的名头，做尽中下流之事：和编剧抢饭碗，和演员传绯闻，把导演当孙子使——

联想到胡文静曾经每天在我旁边啃苹果，次次考试都拿第一次，羚羊整日忧郁痛苦的眼神，我非常能理解娱乐圈里有人想咬钱唐的心情。

如此载歌载舞又如此讨厌的低调，早惹怒了圈内不少人，不少还挺有分量。钱唐的第一部电影声都不响便直接夭折，一部分原因是他的关系都在投资方，圈内的人情世故缺乏经营。钱唐沉寂了半年，基本谨慎处理这层关系。之后他开创CYY，原本只是想先推出绿珠剧本试水。但为了我，他才又重新投资做出品。

根据惯例，钱唐一有新作品，就跟与作品相关的女人传绯闻。我很不巧是所谓CYY的"一姐"，还是电影主演——这"春娘娘"的破外号，估计得缠着我到死，或者等到钱唐结婚吧。

"我可以考虑传绯闻的。"我很真诚地告诉秀佳，"只要不是和钱唐，我可以去和其他人传绯闻。"

秀佳白我一眼："春风，这么矫揉可不像你啊！"连温和的琪琪都劝我别发疯了。

唉，我总不能解释自己不想和他人传绯闻，就是因为钱唐。而不想和钱唐传绯闻的原因，也同样是因为钱唐吧？但这又的确挺不好解释，再往深了想是挺矫揉的。

我也就没话说了。

所有被钱唐砍掉的活动里，他为我留下了一个，那是某台湾进驻大陆的美食节目。节目组到各种特色餐厅试吃，然后请回台湾大厨，和嘉宾一起在摄影棚重新回炉，做改良风味的菜。

饮食节目比普通访谈节目的录制时间更久，虽然面对各种生肉很恶心，每次试吃完后都得在秀佳灼灼的目光中吐出来，虽然邀请的厨师通常比我还紧张，我还得给他提词——但我得说，我热爱这节目。

节目组的编导也热爱我。两期录制之后，他们邀请我当长期嘉宾，夸赞我每次吃东西的表情是真正的享受，一点也不扭捏——他饿3天试试。

钱唐对这个结果也挺意外，他随口说："特长生，以后你不当演员可以开个饭馆，正好取名叫唐门。"

我的耳朵一下子就红了，不知道说什么。结果，钱唐抬头就打破我的幻想："唐门？温瑞安的小说？专门做毒药的地方？"他的语气很淡，"可不是冠我的名。"

我的脸很难不僵硬："你如果不想被我毒死，就不要说话了！"

除了新剧本，我对钱唐追加投资的直接感觉，就是自从钱唐介入后，整个电影的准备进程明显加快。开机日期提前2个月，接着迅速确定宣传团队。

《绿珠》的影名随着戏份的调整，有意改为《别晋高楼》，取自"百年离别在高楼"。目前营销还在对受众做调查。

琪琪悄悄告诉我，卫导和钱唐在更改剧本的过程中摩擦不断。比起卫导更偏向艺术家的精工风格，钱唐的更改更偏向投资方和制片人的利益。关于剧本，他提出"直观"和"可视"，调低剧本的细节和逻辑。两人争执不断。

我之后又见了卫导一次，他对我的态度依旧很严苛。

"年后开机，是骡子是马，拉出来遛遛！"卫导说，"我随时准备换掉你。"

临走的时候，卫导让助手包了一个红包。

那红包非常的不薄，我握着红包喜笑颜开，张口就想说"谢谢卫伯伯"，但在琪琪和秀佳射来的冷酷眼神里，连忙改变称呼："谢谢卫大导演。"

"卫大导演",是钱唐在我面前对卫导的称呼。他每次说得很轻,却又字字清晰,语音隐隐地调侃。我估计学得比较像,然后看到卫导脸色微微一变。

"你还小,平时多学学好!别整天学那钱狼说话,总有一天把我气死。"

快到春节时,钱唐压根儿就不见踪影,他家里就只剩我一人,在白天结束练舞和调整发音的训练后,我坐在空空荡荡的客厅里,独自背台词。

后来接到了妈妈的电话,她说电视上看到了我。那又是一通非常令人难受的电话,因为我妈在电话那端又哭了,问我什么时候能回家。

我一着急,脱口而出:"你就当我嫁人了!"

没想到,我妈在电话里扑哧笑出声,气氛当时就幻灭了。

我快然挂了电话,皱眉思考我妈的笑声是什么意思。没多久,手机再度响了。钱唐今晚有饭局,这事不奇怪,奇怪的是,他专门打电话,叫我也过去参加。

钱唐的声音比往日更低了些:"你现在就出门,有车在小区门口接你。"然后报了车牌号。

我看了看表,非常为难:"一定要过去?有什么特别重要的事情?都那么晚了,我快睡了。"

"现在就过来吧。"钱唐没多加解释,我隐隐听到他那端四周传来窸窸窣窣的笑声。

第一直觉告诉我这可没什么好事。北京话里有句,叫"提溜人",意思是饭局进行一半再喊人参加,都算"提溜人",而且"提溜"来的人,通常也没什么尊严。

我记得曾经参加家宴,某位喝醉的长辈喝高了,硬逼着我也喝酒,我冷着脸直接把酒泼了,倒也没人敢难为我。

此刻的场景估计八九不离十,但我却拒绝不了钱唐的无理请求。电视总出现一句特别恶俗的话。怎么说来着?谁谁谁,你不过是仗着我喜欢你。

在钱唐的催促声中,我一字一顿地悲愤说:"好吧,我过去。但是钱唐,你不过仗着我是智障!"

第七章　轻岁怎么谈深情

我黑着脸，走出寒风四起的小区。

在等车的过程里，我没怎么费劲就想起来，钱唐曾经在除夕的马路边醉倒在女人身上的回忆，接着又花了好大工夫，控制住自己想走回去的脚步和想打人的手。

一辆很长的车在夜色里徐徐地驶来，要不是司机小跑下来给我开门，我都找不到车门。豪车的好处之一，就是可以随随便便停在金碧辉煌的餐馆门口。

我在进入包厢前，脑海里预想了所有糟糕情况：酒池肉林，钱唐醉到神志不清，拉着我向别人介绍"这就是春娘娘"，就是那种油腻的成年人作态。

无比地厌恶抗拒，但我也居然隐隐盼望这场景的发生。也许某种潜意识，我希望看到钱唐表现出糟糕恶俗的一面，就好像考砸了的期末，只盼望知晓最终成绩，早失望早安心。

嗯，最好早点死掉，那一颗在钱唐面前总蠢蠢欲动的少女心。

结果包厢里面水晶吊灯闪烁，吊灯下面是圆桌子，包厢里七八个人，只是很普通的饭局末尾，男的举止挺合体，女的衣服看上去穿得不少，神态松弛，都是正经人面孔（至少装得像正经人）。

随着我的出现，席间上的大家停止交谈，包括钱唐，他们的目光纷纷集中到我身上。

我出门没刻意梳头，胡乱别着几个夹子挡住刘海，身上穿着一件带有巨大 logo 的艳粉色运动衣，席间的人衣着不能说是精致但也得体，像我这样的装扮，确实比较触目惊心。

在钱唐的审视目光中，我的鼻尖就有点冒汗。钱唐起身向我走来，步态很稳，但靠近后带着满身的酒味。他不动声色地伸手，从我额头上取下最大的发夹。

钱唐把我带到席间，他对其中一个络腮胡子说："王导，您看看，资质怎么样？这就是我们公司里的春风，李春风。"

络腮胡笑着摆摆手说："挺好挺好。以晟晟的意见为准。"

他口中的晟晟，是坐在钱唐右手边的一个年轻女孩，破洞毛衣袖子松松垮垮挽起来，手臂上戴着 3 斤多的水晶和象牙挂饰。

那个晟晟挑剔地打量我，她冷冷地说："这是从哪个星球的农村里逃出来的乡巴佬？或者说，你穿着狱服就跑出来了？"

钱唐眉眼微微一动，我脱口而出："我要是越狱，跑出来第一个想见的人能是你吗？"

她皱眉说："见到我怎么了？！"

以我的嘴皮子，只能想到这种程度的反击。我吭哧吭哧了一会，只好说："也没怎么样，可能就会很失望吧。"

那叫晟晟的女孩又从鼻子里短促地哼一声，对钱唐说："阿唐，怎么这次心血来潮要捧这种榆木脑袋？"

钱唐几不可见地牵了一下嘴角，淡淡地回答："我自己都想不明白我为什么捧她。我也来帮你问问。"他转头看着我，"李春风，你刚才是从哪个村里坐车来的？"

我拼命压着怒气："……从你家。"

钱唐听到后仿佛很惊奇，又问："你这身衣服是谁给你买的？"

这人是真喝醉了还是假糊涂啊："你给我买的啊！！！"

"你之前给我家取了个什么外号？"

"……垃圾场？"

这时，我好像终于明白了钱唐的意思。因为钱唐微微一笑，将刚才取下的大夹子重新别回我头上，接着望进我的眼睛里："春风，你今天很好看。你也一直都很好看，不需要在乎别人的眼光。"他再转过头，"这是我们村的人，我觉得她不赖。"

席间保持一阵非常诡异的安静。我的脸慢慢滚烫起来，有点手足无措。

还是那个络腮胡子打破了寂静："小姑娘，来来来。先跟我喝一杯。"

钱唐也拍拍我的背："去吧，挨个儿给这里的人敬杯酒，抿一口就行。"他低声说，"你没问题的。"

随着我主动敬酒，酒席间的气氛再热闹起来。等重新坐回座位，钱唐和身边的人正讨论什么高尔夫球场，说得非常红火的样子。

"乡巴佬，你忘了给一个人敬酒吧？"身边传来凉凉的声音。

不用回头，我就知道又是那个叫晟晟的女孩子。

仔细看去，晟晟比我大不了几岁，脸颊处有不少痘印，颧骨高，是挺普通人的长相（说实话，今天这饭局里没美女），但方才她这么明显地找我的碴，席间都没人拦着她，不知道来自哪条道上的英雄。

我对她翻了个大白眼，结果，晟晟作势要打小报告："阿唐，你家的——"

我不想拿这点小事吵钱唐，只得说："行吧行吧，别叫了。我敬你酒。"

晟晟却努努嘴："你先把头上发夹取下来。这么丑，真碍眼。"

我冷笑两声，不准备跟她废话。结果眼前这不怕生的，居然伸手来我跟前想取发卡。我想都不想，挥手就打开，正撞上晟晟手臂上那堆水晶和象牙，质地巨硬，疼得我再一咧嘴。

钱唐闻声看回来，晟晟又恶人先开口："阿唐，你让她把发夹取下来。我要看看她整体的脸型，不然她戴着发夹，总跟马戏团里猴子似的。"

钱唐这次不打算帮我了，我只好任人摆弄，让晟晟特别嫌弃但轻巧地取下我那堆发夹，她再掏出化妆包，快手地替我化了个妆。

"哟，长得还行，化妆后好看了点。"晟晟歪头，几乎是贴着鼻子打量我,"但我的本意是找个丰满点的,略微有点胖的女孩。"

钱唐替我解释:"她最近因为电影节食,应该能再吃回去。"

"眼睛太清了。我想找个眼神朦胧点疲倦点,还略微带些忧愁和孤独的——"

"让她连续熬夜,熬着熬着就朦胧了。"钱唐冷酷地说,"她在我家吃白食,心情毫无压力。"

这次不光是我狂瞪他,连晟晟都被钱唐气笑了。"哎,你还真想捧她是吧。但你找错人了!我不考虑用新人。本小姐第二次当导演,她又是完全没当过演员的。到时候大家在片场都干瞪眼,怎么搞?"

钱唐慢慢地转动酒杯:"我要求不多,你给春风一个机会,也许她会给你惊喜。"

"开玩笑!就她?惊吓还差不多吧。"

他们中间隔着我就交谈起来,好像我压根不在场似的。我默不作声,先用纸巾将唇彩擦下来,又举着晟晟精致的小镜子看了看自己。

镜子里的女孩眉眼清晰,面容熟悉但又陌生。不管你相不相信,不管别人说娱乐圈多么繁华浮躁。但在某个程度上,这个以"虚伪"当噱头而疯狂吸金的娱乐圈,却帮我找到了自己的定位:女的,活着,被人需要着。

当然,如果我能红就更好了,不红我对不起全世界的辍学高中生啊。

我"啪嗒"合上镜子,对晟晟说:"你就让我试试呗。"

"你插什么话?你知道我干什么的吗,上来张着大嘴就说要试试?"晟晟直接呛回我。虽然神态讨厌,但这个晟晟确实感觉和普通女生不一样,带着和你讲道理的骄横感。

我哑口无言,晟晟皱眉看着钱唐:"为什么把她往我这里塞?你本事这么大,《绿珠》这部戏都能给她拉来,接下来就继续走大制作大场景。我跟你讲,商业片不是我的目标——"

"商业片也不是春风的目标。"钱唐说,"不管你相不相信,她心里很明白自己的定位。"

他估计说对了什么话。晟晟再看向我的时候，目光略微缓和，没有之前那么不屑。

"也行，试试也行。今晚我把剧本传真过来，你让她后天来香港。记得买次日往返票，因为很可能她第二天就灰溜溜滚回来。对了，酒店自己报销。"顿了一下，晟晟又厌烦地补充，"把你信用卡给她，让她买点正常的衣服穿。"

钱唐笑了，他一点也不生气，只说："王晟，你和我，我们都是很多年的老交情了。"

等回去的路上，钱唐介绍王晟是一名独立女导演，也是席间络腮胡最宠爱的小女儿。

络腮胡是国内的一位知名文艺导演，拍过很知名的几部歌舞片和推理片，业内和观众口碑非常好，圈里资历很老的前辈。王晟大学时学的艺术设计，如今也当了导演。她还有个哥哥，也是小有名声的商业导演。

我暗地里想，这算什么导演世家，这不就是一家子的闲货嘛！

"今天把你叫过去，主要就是为了见见王晟。她马上拍第二部电影，之前的女主角刚查出来怀孕，宁愿付违约金都辞了，角色正好有空缺。"

我已经和钱唐坐在那辆加长车里，酒店的代驾司机正开着钱唐自己的跑车，在后面缓缓跟着我们。

钱唐不掩饰对王晟的欣赏："我打算让王晟当CYY签约的第一名导演。她很有才气，而且我最欣赏她的地方在于，王晟根本不需要做太多的努力，就已经能把很多东西表达出来。"

我很快然："我看出来了，她不喜欢我。"

钱唐轻描淡写地说："你并不需要她的喜欢。"

我没吭声。就在刚刚临走前，王晟看看我，又望着钱唐。趁着没人注意，她有点无奈地伸手打了钱唐胳膊一下"你还真是一个祸害，等着天收你吧！"

234

半真半假的埋怨，亲密无比的动作，钱唐当时连眉毛都没抬，依旧不显山不露水的表情。

我在满肚子的疑惑和不爽中，终于问钱唐："你和那王晟怎么认识的？很熟吗？你俩到底是——"

但没有收到回答，钱唐已经歪在座位上睡着了。

某个时间里，我盯着钱唐沉静的睡颜，内心澎湃，很有点想扑上去摇醒他再把他推下车的冲动。这人是故意的吧？

钱唐居然形容王晟是"不需要做太多的努力，就已经能把很多东西表达出来"，但钱唐难道不知道，这样心高气傲的王晟在跟他说话的时候，一直情不自禁地握紧自己的水晶镯子？这对狗男女！

而且你能理解旁观者我的心情吗？身为男朋友，眼睁睁看到自己的对象出卖美色，给自己赢来机会。我心情一时特别复杂，眼前的迁怒对象又睡着了，最后只好对虚空劈了几下，重新闷闷盯着车窗外。

黑钢化玻璃上映出我郁闷的脸。我再掏出发夹，把头发按来时的模样，重新别上去——呼，终于神清气爽了！

车终于开到小区门口，我想叫醒钱唐。却发现对面的人已经睁开眼睛凝视着我，也不知道看了多久。

"你又要干什么？"我抖了抖，一时忘了之前想问钱唐的各种问题。

钱唐突然问我："适不适应这种生活？"

"啊？"

他却合上眼睛："有时候不知道你是反应慢，还是心胸开阔。"

"嗯？"

"估计是前者。"钱唐笑了，"我得承认，特长生，我至今还是有点看不准你的性格。"

我过了几秒，皱眉问他："你说谁反应慢！"

钱唐曾经跟我形容过，娱乐圈的本质是"花显镜里"，"一片泥心融玉壶"。有的电影想讲故事塑造人物，有的电影想传达情怀。后者可以统统归为文艺电影，或者说，彻底赔钱货。

王晟在第二条黑道上走得不回头，那晚回去，我熬夜守着传真机，囫囵吞枣地看了一遍王晟的剧本。

她的电影叫《时间止痛片》，不同于《绿珠》的大气，是个很细腻的故事。一对青梅竹马的小恋人，男生在一次车祸里去世，男生的父亲因为儿子的死，终于和貌合神离的妻子离婚，移民到美国。男生的父亲在7年后到香港出差，在酒店前台和一个年轻女人聊天，愕然发现眼前的人是儿子曾经的女友，而她居然已经沦落风尘。

他们在3天时间里形影不离，聊天、购物、喝酒。大叔既把她当死去的儿子同般疼爱，却不自禁地产生了男女间的情愫。到了第4天，他沉吟要不要说出真相，但最终对禁忌关系缄口不语，两人在街头擦肩而过。

老实说，《时间止痛片》的剧本非常单薄，台词散漫，对话日常。但读完自己的那部分，我有点缓不过神来，感觉莫名被抓住。

秀佳火急火燎地去为我签香港通行证、定酒店和机票。

琪琪轻声跟我解释："你专门飞去香港试镜王晟的这个小众电影，这说明你刚出道就有拍摄文艺片的志愿，而不是上来就拍商业大片的炸子鸡。在以后的宣传里写出来，也能提升你的格调。"

"我试镜的角色是那个丧子的大叔吗？"我乐观地问。

琪琪和我一样缺乏幽默感，我俩干巴巴地相对瞅了会。"你演那青梅，"她翻了翻剧本，"呃，女一号。"

钱唐说王晟的话不错，她身上有一种野路子闯出来的才气，非常引人注目。王晟在剧本里，甚至没给青梅竹马的女生起名字，通篇只用"女一"代替。

我请教中文系的琪琪："你说，王晟为什么给电影取名叫《时间的止痛片》?"

琪琪想了想:"小王导想表达的意思可能是,时间终将治愈一切伤痛?"

我翻了个白眼,那不如改名成《都得死》,这样更直观。

距离《绿珠》开机1个月,距离农历春节还剩2天,钱唐居然给我揽来一个试镜的机会。

王晟喜欢短战线的拍摄,感觉对了直接action,实地取景,紧密日程,一鼓作气直到剪辑结束。《时间止痛片》作为小成本片,计划在香港拍25天。这么算下来,和《绿珠》的日程并不冲突。

那3天里,会有几个同样候补人员纷纷飞香港参加试镜。

临走前,钱唐把信用卡留给我:"卡没密码,直接签字。自己去买衣服和包。"过了一会儿又补充,"只能买裙子,包不能是双肩包。"

我心不在焉地揣在兜后,再挥了挥手。直到钱唐掐我脸一下,才嗷地叫出来。

香港的酒店订在特别热闹的铜锣湾,明天就大年三十了,琪琪和秀佳对购物的兴趣很高,我借口自己很累,她们嘱咐我有事打电话,便相携兴冲冲逛街去了。

琪琪、秀佳,包括钱唐,他们对试镜这事的态度都比我平和,好像料定了我不会入王晟的法眼。只要飞一趟香港,获得个"曾经有演文艺片意向"的噱头,便算大功告成。

但是从拿到《时间止痛片》的剧本开始,我在飞机和去往酒店的路上都没停止过阅读。不知道为什么,我觉得王晟剧本里有种魔力,即使偶尔有点出戏,但看完后总有很多细节忘不了。

钱唐给我打来电话联络的时候,我正笨拙地对着镜子练习着眼神。

"为什么王晟当时说她喜欢眼睛'朦胧点、疲倦点'的女生?"

大概是要过年的关系,钱唐的声音听上去都仿佛蕴涵笑意:"特长生,你得先给我讲讲剧情。我没来得及细看王晟的剧本。"

我磕磕巴巴地说完剧情，钱唐才悠然点解我："也不知道你的年纪懂不懂：有些女孩子需要很费劲地才能满足自己欲望。你说的那个女主角，她失去少年恋人，如今靠皮肉为生，即使表面光鲜亮丽，但内心的某个地方都是破碎的。她们比较看透人世。而王晟要求的，就是那种'看透后的疲倦感'，是努力地够一样东西，越努力，越够不到产生的感觉。"

我皱皱眉。其实听不太懂，但潜意识里，我感觉自己应该还挺讨厌这种自恋自怜的"疲倦感"。

钱唐似乎没打算和我讨论剧情。

"你在香港面试几个造型师，抽空去迪士尼和海洋公园看看。绿珠的剧本随时看，每天都要读。那部影片对你进入娱乐圈有决定性的影响。"钱唐叮嘱我，"别在王晟的剧本上耽误太多工夫。"

我又不明白了："但你不是对王晟说，我很了解自己的定位？你不是说，商业片不是我的重心吗？难道我不应该对这部电影上心吗？"

他笑了："我不这么对王晟说，你现在能在香港？"又解释，"那天晚上，我说的都是实话。在我眼里，你是很有自己性格的女孩，非常可爱。王晟也是有自己风格的新锐导演，很有才气。但春风，你的精力有限，这次试镜只是一次经验——"

我沉默了半分钟之久，嗓子里的什么东西被堵住："钱唐，你总这么说话办事吗？"

"什么？"

"就是……说一句话但又代表其他意思。就总说一套，做一套。"

他若无其事的回答："是，也不是。"

到了晚上约定的试镜时间，我去敲王晟的房间门。

她和我住在同一家酒店，打开房门，满屋子的摄影设备，还有不少人用粤语叽里呱啦地谈什么。地面都是资料，连个落脚的地方都没有，王晟穿着马靴踩在白色床单上，用流畅的英语打电话。

王晟依旧是初次见面有点猖狂有点贱的模样，戴着满手臂的水晶象牙，胳膊在半空中挥来挥去。

"你怎么还穿得跟村姑似的。"王晟跳下床，皱眉对我说，"外套脱了。"

我忍声吞气地脱下外套，王晟也不废话，跟捏柿子似的直接摸了摸我的胸和臀，又让我原地转了一圈，走几步。

"不行，真的！就真的还是不行啊。姑娘你还是个处女吧？你这样的小绿果，完全没有风情和内涵，我真没法要。"王晟不耐烦地说，再挥挥手，"行了，你可以走了。跟你家钱唐说啊，真不是我不要你！我是真没法要你！"

试镜全过程耗时1分钟。我连一句台词都没念，就被她打发走。琪琪和秀佳等在走廊里，讨论连卡佛的折扣。

秀佳安慰我："没事，咱们明天去迪士尼玩。对了，顺便给咱们春风买点衣服去，钱爷说了，这次出行没有预算。哈哈哈。"

"再买点中药。春风好像例假不太稳定，这次来香港带她再去看看。"

上了电梯，她俩絮絮叨叨的什么例假，什么衣服和什么迪士尼。

我突然缓过神来，大喊一声："你俩都给我闭嘴！！！"

在她俩呆滞的目光中，我用手强力扒开还剩一条线的电梯门，直接杀回王晟的房间。门虚掩着，我一推，估计撞到一个香港人，对方用粤语骂了一句。

"对不起！但滚开！"我怒气腾腾地说。

房间最里面的王晟惊奇地看着我冲过来，吓得退后一步："你，你要干吗？"她很紧张，"李春风，你——"

"我觉得你想的角度不对！！！"

琪琪和秀佳紧紧追着我跑过来，急得满头冒汗。我盯着王晟，整整4天都在念她的破剧本，搞得魂不守舍。她不能只说一句话就打发我走，多少得给我个理由，至少我也得回骂她几句。处女怎么了！

239

"我虽然没有风情,长得也一般,但很多演员刚开始演角色都是第一次,我会很努力!再说你需要特别风情的女主角?但你的电影故事主线是讲那个大叔,他儿子去世后独身这么久,碰上了这个小姑娘。他对她动心,也有可能就只因为觉得小姑娘年轻,想享受同样年轻的感觉,并没有特别深沉的理由!只有在相处里,才知道特殊在哪里!关键不是长相,是流露感情!"

满屋子的人鸦雀无声,只剩下我的普通话在胡言乱语。王晟在最初的惊奇愤怒过后,沉着脸听我说。

本人很少表达自己的观点,说了几句就有点哑口无言:"总而言之,你所说的疲倦感,不应该是成熟女人的风情,应该是……应该是迷茫和执着。我觉得我可以达到你的要求!起码让我念念台词吧?"

片刻后,王晟冷冷地问:"说完了?"

我迟疑地点头。

"说完了滚出去,下次进门先敲门。乡巴佬一个,出来丢什么人现什么眼!"

她这句话再把我气倒,然而又心有不甘。这时候,琪琪赶紧拉着我往外走,秀佳对着满屋子的人连声鞠躬道歉。

等我夹着尾巴要走,王晟用她那种尖酸口气叫住我:"李春风,明天早上五点半在酒店大厅等我,不许迟到。我就再给你一次机会。还有,你要是敢再穿着粉色连帽衫来见我,我就把你的连帽衫和你纯洁的处女之身捆在一起,撕吧撕吧扔到维多利亚港喂鱼,听懂了吗?"

我重新站在电梯里,就算我刚刚从王晟牙缝里抢来了角色,但秀佳和琪琪没有喜色,她们望着我只是沉默。

琪琪面色苍白,直直瞪着我,她的圆眼睛里什么晶亮的东西闪烁,突然间捂住眼睛,指缝里有泪水流下来。

她哭了。真的,我没开玩笑,她居然真哭了,一个研究生在一个高中生面前流下眼泪,我确实有点目瞪口呆。

"李春风,你能不能别这样……你现在是新人,压根都没出道!没阅历也没人脉,谁会尊重你?不都是看在钱老师的面子上忍着!你总这么冲动,让身边的人跟着你操心,有很大压力……"

我呆住了,没听懂:"你跟着我有压力?"

"要不是想跟着钱老师,谁来给你当助理!"琪琪朝我嚷嚷,"你知道你上次的访谈节目,得罪整个栏目组的人吗?全部都是我和秀佳打点!你甩脸色甩得轻轻松松!背后被人指着鼻子骂的是我和秀佳!就你有性格,就你狂,你是大腕?!小王导本来就怪脾气,你俩刚才再吵起来。人生地不熟,我和秀佳该怎么办?你多少考虑一下别人的感受好不好!你不要总丢钱老师的脸,好不好!"

电梯已经到达楼层,秀佳把琪琪先拽出去。

秀佳冷笑说:"别这样,安琪。你这样哭多没劲啊!钱爷给咱俩的价钱可比普通助理高几倍吧,春风的性格,他一上来也明说过了吧!这活你爱干干,不爱干就滚,有的是人顶上来。你自己想对钱爷发春,就憋在心里,少拿来明面烦人!春风明早还要试镜,没空听你磨叽——"

秀佳丢下低声啜泣的琪琪,绷着脸把我拖回房间,合上门后喘了口气,语气恢复如常:"春风,我们暂时先不告诉钱爷,如果小王导确定用你,这电影的事才算彻底定了。我再立刻给他打电话。"秀佳冷静地跟我商量,"现在八字还没定就说,让钱爷平白无故分心。"

我被刚才的琪琪吼得面色发白,喃喃说:"秀佳,上次你真被电视台骂了?"

秀佳没有直接回答:"别理琪琪,她有点嫉妒你。"

我问她:"你以后还会继续当我助理吗?"

秀佳长久地望着我,目光莫测,最后,她伸手拉了拉我的连帽衫上的绳:"春风,我有时候觉得你特别傻,但有时候又觉得你还挺懂事。你说说你自己,这究竟是怎么回事啊?"

沉默片刻,我诚实说:"我脑子一次只能琢磨一件事。现在满脑子就只想着拍这片，我愿意尽一切可能去做。你们可以看不起我，也可以觉得我没能力。但身为我助理，我希望你们别总泼我冷水和分我心。还有，我不要跟你们去什么迪士尼！"

秀佳笑着说："看吧，现在还学会往别人身上推卸责任！"

"对不起……"

秀佳抿了抿嘴："我也不怕跟你说实话，当初选择跟你身边，也是想靠上钱爷这棵大树。他想捧你，我也全心全意地帮你。琪琪不是坏人，只是太书生意气。但咱们也不跟这种人生气。这年头什么行当都不好混，连点小委屈都受不了也挺没劲的。"

我不知道秀佳最后一句话是在说谁。我只能挺悲伤地问秀佳："那你呢，你会在我身边待多久？"

秀佳笑了："就看你能让钱爷捧你多久了。我可是跟着钱爷做事的，所以啊，我才一直叮嘱你要红起来啊！"

等秀佳走后，我站在酒店的透明落地窗往下眺望。

眼前这座城市和我所习惯的城市不同，高楼很高，高楼也很薄，像刀样根根指着天际。远处的广告牌闪烁，似乎永无落幕。就在这个时间，我才真真切切意识到自己已不是高中生，正四脚朝天地踏入另一个圈子。

这个新圈子里，我谁都没有，只有钱唐、陌生人和各种要靠自己争取的机会。

细想想，我这种性格的确是挺麻烦的，但的的确确真改不了（就像我爸这么多年没尝试过似的），也的的确确不打算改了。也许，真的只有红起来，才能让别人因为金钱和名声围在我旁边吧。

但这事也并不丢人，是吧。我真的不知道自己的前途，但唯一确定的是，我绝对、绝对、绝对不会看破红尘！去他的疲倦感！

我整晚没睡觉，坐在大厅的沙发看了一宿的剧本。

凌晨五点半，王晟就和她的一个助理出现在酒店大厅。她戴着黑框眼镜，又穿了工装马甲，看到坐在沙发的我时一愣，问："哟，这么早就下来？"

我赶紧问她："你觉得我现在眼神里有你想要的疲倦感吗？"

王晟盯着我的连帽衫："你怎么还穿这一身衣服，你有把我的话放在眼里吗？"

我快被王晟折磨死了："我真的没有衣服！我来香港，就带了一件衣服！昨天也没逛街，你觉得我穿着不好看，那你给我买，你给我买什么我就穿什么！"

王晟终于闭嘴了。她把我领到了酒店旁边的早茶堂，用高抬贵手的口吻说请我早饭。而过程里，王晟问我："你一点舞台经验都没有吧？除了那次《绿珠》的试镜和之后参加了一个月的演员培训？"

我点点头，她再看了我一眼："那现在，给我表演一下眼前这碗粥很难吃。三、二、一，Action！"

剩下的2分钟，王晟和那个助理，眼睁睁地看我用筷子慢慢把粥里的米粒全部挑出来，再全部搅和起来，再一口不吃。

王晟终于受不了了："行了行了，你弄得我都倒尽胃口。"又皱眉说，"这是耍小聪明，不是演技。"

我不由得对王晟多了几分好感，没人说过我有小聪明。

王晟答应再给我一次的试镜机会，就是女一和男一在大厅初见。

我赶紧翻看剧本，这一场戏是讲大叔来酒店前，和前妻有场不愉快的电话。此时前妻已经重新结婚，有了新的孩子。大叔问能否将儿子生前最喜欢的存钱罐邮寄给自己，被前妻断然拒绝。大叔在前台 Check in，无意发现旁边的年轻女孩，手里拿着一模一样的存钱罐。

我被要求换上新衣服，穿上全新的裙装和高跟鞋，有点蹒跚的靠在前台。左手空着，右手里捧着红色的铁皮存钱罐。

开拍前，王晟递给我个隐形耳麦，让我插在右耳里，可以听取她的指示。

"我的房磁卡……坏……"上来就说错台词了，这次剧本算真飞了，还有昨天白得罪琪琪了，我明天要去迪士尼……

"小处女，把台词继续说完，"耳边突然传来王晟的声音，她在耳麦里用近乎耳语的声音告诉我，"电影不是拍照，电影只是记录，流动才是它的主题。要把自己的动作和语言结合，让它流动起来。说错了台词也不要停下来，把整场戏演完，让故事自己缓慢流动起来。"

我收紧了右手抱着的存钱罐，把左手搭在桌面，蹙眉看着前台："我的房间门卡磁条不能刷，为我换一张。"

不记得说了几遍，我开始感觉，得亲手杀掉前台才能换到那张倒霉的门卡时。王晟终于说："可以了。"

秀佳第一个跑过来，她抱住我："很棒，你的行事很稳啊春风！"

王晟却再皱眉："入戏速度这么慢，拖我进程。"

我全身脱力，存钱罐都快被胳膊夹碎了，无声地望了王晟一眼，等待她最终表态。

说实在的，到了这个时候，假若王晟不满意再把我一脚踹走，我真正没二话了。

王晟抬头看我，勉强说："对新人来说，这个程度应该算不错。这样吧，我们就再试试另一个重要镜头。"

我想起秀佳的话，连忙板着脸说："我只能让你试镜一天，再往后，就要收钱了。"

王晟咬牙对我笑："了解。处女的价格都很贵！"

我气得抖了抖，王晟这人怎么满嘴都是黄腔！

那天是大年三十，香港冬天向来少雨，午后却突然下起雨来。正好电影里有一场男主的雨幕，王晟是非常穷的小众导演，估计压根没预算雇水车。

她顾不得我,带着那堆人马冲出去取景。

临走前嘱咐我一句:"晚上是你的戏份,到时候太平山顶见,你吃完饭自己去美容店做个头发!"

王晟是一个细节控,小到我的指甲和睫毛都亲自检查过,我只好又坐在美发店里做造型。

店里放着轻柔的背景音乐,昨晚没睡,上午又耗神。我在理发店特有的药水味里撑着没一会就打瞌睡了。

顾客椅前都有小电视,我旁边的人正看娱乐新闻,耳边时不时传来激昂的粤语,神志迷糊时听到几句普通话。

"……大家很关心我的续约问题……目前,我已经……可以……信任……我答应了……"

陪我的秀佳轻声说:"麻烦把电视机关了。"

我很快睡死过去,再被秀佳摇醒,还以为坐在下午的课堂,我立刻抬起袖子擦嘴:"老师,我错了!"

秀佳笑着说:"同学,你哪里错了?"

这时候,我脑袋上已经顶着一头人工的长发,唯一的好处是暖和。"我还能洗头吗?"我摸了摸厚厚的发梢,对自己的新造型有点恶心又挺新鲜。

一抬头,发现秀佳正盯着我看:"春风,你长发其实很好看。显得淑女。"

这个问题又不太好回答。对于长相,我只能说,自己长得属于正常人范畴吧。

等出租车时,秀佳一直低头摆弄手机。今天只有她,琪琪没跟来,我没问原因。毕竟我这个人心胸也不是很宽广,并不想见到她。

车开到山下停稳,我们沿着柯士甸山道往上爬。

秀佳嘱咐我:"今儿是大年三十,小王导待会给剧组人员发完红包,你也要记得发红包。到时候我给你报销。"

据说春节期间开工,导演和主演要按照惯例给整个剧组工作人员补发红包做礼节。

我郁闷了一下:"我也要主动发红包?我都不确定自己是不是主演。"

秀佳笑笑:"没多少钱,心意而已。"

我感慨地点点头。在以前,我都是只收红包的那个人。

雨已经停了,临近夜晚,山间被风刮得巨冷。我冻得哆哆嗦嗦,路过一家商店,秀佳把我拽进去买了手套、围巾和外套。

我站在门口等她结账走出来。店里放着当地电视节目,眼瞅着都是脸生的明星,又说粤语。好不容易看见了一个我认识名字的女星,眉眼干净,说着普通话。

张雪雪面对众多话筒,微笑说:"半年来,大家都很关心我的续签问题。老实说,这两天还有人对我提出邀请,问我可不可以加入他的新经纪公司……我想在这里答复一下——"

秀佳结完账,她叫我:"春风,我们走了。"

我站着没动,盯着电视,内心突然隐隐预料到她接下来的话。

"非常可靠的人,我在认识他的第一天,就确定自己可以百分之百的信任他。只要他提出的要求,我什么都可以做到。而我也相信,他会让我的事业有更大发展空间——"

张雪雪是出道很早的歌星,早就有了女儿,而她此刻的一颦一笑,却像含羞而容光焕发的少女。

"我签约了CYY。"她轻笑,"在这里,祝大家新春快乐。希望大家能像我一样,有个崭新美好的新年!而现在,我也要和我最爱的人一起跨入新年。"

出了商店,秀佳轻声劝我:"张雪雪是天后,她答应签入CYY,绝对是新公司的很大荣耀。能为CYY提升名气……"

"钱爷签了什么人，不是他个人的事情，而是整个 CYY 的事情。他签约了张雪雪，不代表他以后不会再捧你。真是两码子事，生意归生意，工作归工作。钱爷对你不一般。"

"这件事策划很久了，春风，你不要总耍小孩子脾气……"

但我不管她，一路上都在给钱唐打电话。钱唐不接听，最后直接转入语音信箱。我心里一阵一阵地慌，又控制不住自己打电话的手。

我知道，钱唐准备将王晟当作公司里签约的第一位导演，我也知道钱唐经常打趣我是 CYY 的"一姐"，是他唯一签的女艺人。但钱唐为什么不告诉我，他也打算把张雪雪签成 CYY？很神秘吗？就连秀佳都知道这事啊。他是故意瞒着我吗？我不过来了香港几天，钱唐的效率这么高，这么快就办成这事了？我还什么准备都没有呢——但我又该准备什么呢？

脑子里很乱，我想到钱唐来香港后给我打电话，耐心听我说了 15 分钟的剧本——总是这样对我言笑不禁，讲着有点刻薄的话，开有点恶劣的玩笑，不动声色呵护我，仿佛了解我内心的所有想法。

然而，我绝对不是钱唐这么对待的唯一一个人。

喜欢钱唐，信任钱唐，和钱唐处得来，觉得钱唐人很好，世界上绝对不是只有我一个人。娱乐圈里有那么多人骂他，但也有很多人喜欢他，他们为了能和他共事，或只为了能见他一面而感到自豪。

说真的，我以前从来没有想过这件事。但张雪雪签约 CYY，让我重新认识到和钱唐之间的无数沟壑。

我爬到山顶时，王晟早已经在等待。她满意地看了看我头发，看到我的眼睛时又愣住："怎么了这是？"

我的唇无声翕动着，说不出话来。秀佳赶紧说："天太冷了。"

王晟狐疑地看我一眼，说："那边有热咖啡，给她灌一口。凌晨前弄完，咱们还可以放本地工作人员回家吃顿年夜饭。"

秀佳把我拉到一边，她严肃地说："春风，我不管你是不是——"

我突然把紧握的手机摔在地上面，秀佳吓了一跳，我从地上捡起来手机，又开始耐心地用石头砸，这么猛砸了没几下，钱唐送我的智能手机的屏幕终于被砸碎。

我也满意了。

"没事啦。"我说，向秀佳扯着嘴笑了笑。

秀佳却盯着我，她一字一顿地说："别这样！春风，你这样的性格，摆出妒妇的嘴脸，真的太不合适了。我在钱爷身边，看多了这种嘴脸了。工作是工作，跟感情无关！你要知道，钱爷并没有对不起你，他工作上的事情，没必要跟你废话——"

"你说谁是妒妇了？"我皱眉打断她的话，"你不要往我身上泼脏水好嘛，我可不喜欢钱唐！"

秀佳被我气笑了："你不喜欢钱唐，听了张雪雪签约CYY，那眼神杀人的心都有了！你不就是吃醋吗？"

我忍不住狠狠瞪她一眼："我可不杀人！"

王晟在那边远远地叫我们。秀佳拍拍我的肩头，止住话："行了，先去试最后一个镜头，回头再说。"

王晟让我最后试镜的，是男主和女主分别前最后相处的一晚。比起至今未定的女一号，电影里的男主演员一开始就确定了，是个香港本地演员，五十出头，风度翩翩。

我看着对方的脸，觉得特别眼熟，又叫不上名字。秀佳低声提醒我是罗良友，他在电视屏幕上出现的频率很高，演过谋反的王爷、阴险的大家长、年轻时背信弃义的总裁等，演技虽然出色，但并不讨普通观众的喜欢。

王晟的品味显然特殊，她是罗良友的资深影迷。《时间止痛片》这部电影，就是她特意为罗良友所写的。罗良友不愿意去大陆拍戏，王晟才上赶着飞到香港拍摄。

我赶紧翻着剧本，发现我和罗良友要进行这段对话。

女主角（望着前方）："我错过他的葬礼。因为我妈那天让我回姥姥家，我说了我想去参加同学的葬礼，我妈却很忌讳，她说死人的脸有什么好看。我不能告诉她，我喜欢那个正躺在棺材里的男生。我总想，如果我妈让我参加了那次葬礼，我感觉自己的人生很多选择都会有所不同。但现在，他们都从我手里白白流走。"

男主角（沉默了几秒）："你还年轻，相信我。就算你当时参加了葬礼，那被改变了的人生也许依旧不是你想要的生活。每个人都一边走着自己的路，一边随波逐流。"

就这么两段台词，整个电影里唯一的抒情部分。

王晟冷冷地对我说："这段夜景，你拍得好就留下。拍不好，明天自己滚去迪士尼玩儿米老鼠吧！"又对罗良友说，"这丫头除了吃什么都不行，您千万别以为她代表我们大陆演员整体水平。到时候麻烦您亲自带她入戏吧，她也不是我的第一人选女主。"

罗良友风度非常好，他笑着说："哎，不要戏弄她。"

寒风里，我忍不住问王晟："为什么你给电影取名叫《时间止痛片》？"

王晟回过头，她说："所有的止痛片都是上瘾药物。你想靠时间痊愈你，还是对麻木上瘾？"她又挥挥手，胳膊上水晶和象牙碰撞发出清脆声音，"本质上来说，就一混淆观众的名字。我随便取的。"

我点了点头："有意思。"

王晟看我一眼，招手让造型师把我的头发扎成马尾。她说："你嘴巴真碎，但你脸上又总有股硬撑和倔强，我要你把它在镜头前表现出来。"

等一切就绪，机器对准我，我在山顶的风里对着满城的灯火，将台词清晰地说完。王晟在第二遍的时候，让摄影人员打开了机器，对准我。

王晟看了小屏幕好大一会，她这个人虽然讨厌，但是非常决断。

"留下。"王晟说。

随后，我就开始了香港22天的密集拍摄生涯。

我至今不知道，王晟为什么让我当了女主角。本来想像参演《绿珠》似的嗫瑟一句"不过运气好"，但王晟没有给我任何品味优越感的机会。

拍摄的日程非常密集，王晟把男人当牲口，女人当母牲口。

那段时间，我进入了类似曾经练习空手道，但又是练空手道时前所未有的状态。因为王晟把嘲讽这一门技能，上升到全新境界，她也打破了我对导演和人渣的容忍底线。

罗良友最开始还拦着，但王晟骂人像机关枪，她说我演技差、脾气糟、脑子笨、没品味、红不了、没前途、上了高中后还是处女，她只是给钱唐面子，还会继续面试别的人来当女主角等。

但一投入拍摄，王晟又跟换了一张脸似的，细腻又负责，对我极有耐心又温柔。面对这种真正的精神分裂型人格，我反而没脾气了，只能老老实实地忍耐。

后来有一次，王晟偷拍街景，不小心拍到脾气暴躁的老板娘，她老公和弟弟拿着菜刀追了我们3条街，我挺身而出，带着摄像组那堆年轻人反过来把他们吓跑了。再之后，王晟就不叫我"小处女""小绿果"了。

"会武功的春娘娘。"她这么叫我。我也懒得搭理她。

等拍到最后一幕，我和罗良友相视一眼，再擦肩而过。本来以为这幕又要经过无数次重拍，结果3遍就过了。

王晟躲在监视器后，她又开始喷："其实你只是没发育好，但已经不是真处女了吧？是钱唐吗？"

我一结束，就不客气地指着她鼻子回骂："你个八婆碎嘴子！"

如今姑奶奶总说脏话，王晟在其中要付很大责任。她在我面前，不是开黄腔就是提钱唐，我越烦她就越提，她越提我就只好靠钻研剧本来转移注意力。

到最后，王晟简直像大号吸血鬼，把本人的全部精力吸去拍那部破电影。等我面不改色接受完两性知识，乃至听到钱唐的任何新闻都保持淡定，电影就杀青了。

王晟轻松地挥挥手，单独请我吃了顿饭，其间，她主动说了和钱唐的相识过程。

王晟的哥哥有个快要结婚的女友，是一名记者，但这名女记者因为工作关系和钱唐打过几次交道后，突然对他哥哥提出分手，而且怎么也不说原因。

王晟因为未来的嫂子，打算找挖墙脚的钱唐"聊一聊"。

"聊一聊"的后果是，钱唐和王晟成了好朋友，他鼓励并投资王晟拍了她的处女作。那是部非常小众的文艺闷片，但在境外的二流电影节上横扫不少奖项。凭着海外市场，钱唐勉强收回本钱。

"李春风，你真想当演员吗？"趁着秀佳不注意，王晟低声问我，"当一辈子演员？你别怪我损，但你戏路有限。普通的好剧本都撑不起你，得一直挑一流剧本才行。而且，我总感觉你的心思压根不在演戏这方面。"

我没说话。

"钱唐能帮你。"王晟点了根烟，她很安静地说，"也就钱唐能帮你。他自己当过编剧，自己有 CYY 公司，能帮你挑剧本和资源。更别说，他捧人特别有一手。"

临走的时候，王晟让我转告钱唐，她暂时依旧拒绝 CYY 的邀请。只想自己专心做小众电影，而且"总不能让钱唐什么事都如愿吧？"

她轻轻巧巧，有点开玩笑地说。当时，我并不知道精力旺盛的王晟，也有自己毒品成瘾的问题。

离开香港前，我在机场的迪士尼纪念品店，买了一个大号的布鲁特，那是米奇养的大黄狗。

我回来的时候已经半夜，钱唐家依旧黑着灯，他本人也没有跪在地上迎接我。

自从张雪雪表态签约 CYY 后，整个 CYY 上下在春节都没有休息，处理各种公关和后续的行程安排。钱唐不在本城，他在北美联系张雪雪下半年的"冰雪皇后世界巡回演唱会"。

"借口！他估计忙着和张雪雪和她女儿一起 happy 度假吧。"我实在忍不住酸溜溜地想，脑海里浮现出他在火车站和张雪雪双双离去的背影。

我整个春节都没有和钱唐联系。

一方面王晟拍摄日程特别紧；另一方面我拒绝换新手机。我不知道钱唐对我能接拍《时间止痛片》，持有什么态度。估计惊奇几秒的工夫，接着一笑置之。

毕竟比起张雪雪影视双栖的天后动辄几百万元上千万元的买卖，我接拍《时间止痛片》这种小型文艺电影，又能算什么呢？

回城后第一件事，先去空手道馆看了看教练。他依旧在场馆里指导人练习空手道，不知疲倦，我的意思是，我自个儿可就不能总那么耐心地给人当教练。

"春风，这么久都不来训练？成人段位考也没参加，报名的钱还在我这里。"

"哦，我得暂停空手道一段时间。"

"学习很紧张？"

教练很理解地点头。

我没告诉教练自己休学，前段时间还到香港拍了个电影。我选择坐在场馆里，边看教练给他人示范动作，边啃苹果，等半小时后秀佳把我接到舞蹈教室。

我冷静地上演员培训课，冷静地练习笛舞，冷静地任舞蹈老师教导我，冷静地掐算自己什么时候才能拿到奥斯卡金奖。

琪琪没声没响地走了，我身边又新来一个助理，叫爱沫。

秀佳和我商量媒体宣传时的定位，我翻了翻她的本子，看到上面有无数选项。"御姐""清纯""个性""高雅""性感""时尚""夸张""励志""亲民"等写通稿时的形容词。

"那我选狂野派，或者抽象派。"

秀佳没搭理我。她思考着说："目前我们想好的定位，是健康、向上、偏向古灵精怪。看过日剧吗，类似晨间剧的女主角路线。对了，春风你会空手道，宣传的时候需要提到这个。你还得抽时间把空手道段位考了，越高越好。这样更有事实依据。还有你的名字，李春风，这名字也给人温暖的感觉……"

一个好消息和一个坏消息。好消息自然是我以后能正大光明重新练习空手道，坏消息是我突然想到自己那糟糕的名字——真奇怪，我之前居然完完全全没想到！

"秀佳姐。"

秀佳很警惕地说："不行！"

"我还没说什么事呢！"我顿了顿，"我的名字能不能不要叫李春风？演员有艺名这回事吧？"

秀佳当我开玩笑："你想叫什么？李春卷？？"

"不要拿我的名字和食物开玩笑。"我板着脸。

冒出艺名这个主意后，我脑海里几乎马上蹦出另一个名字。真的，很难不带恶意地想，假如我爸看到那熟悉的名字出现在电视屏幕上，他那张脸还会不会总像个石头面具似的纹丝不动？他还不会再摆出轻蔑、冷漠和无动于衷的模样？

"我要叫李权。"我缓慢地说，然而声音在发抖。

这种说大不大又说小不小的事宜，秀佳要先等待钱唐意见。等跟我说完之后的安排，秀佳便拿着那一大沓资料先走了。留在我身边的，就是新助理爱沫。

钱唐当初为我选的琪琪和秀佳，劝导和约束的意义比较多，琪琪和秀佳最初都是和我本人签合同，我把她们当姐姐一样对待，并不敢真支使。

但眼前的爱沫就不同，她直接隶属CYY本部，参加过助理培训。到目前为止，我对爱沫的感觉，的确就是"专业级别的助理"。

爱沫是资深哈韩族，担任过某韩粉团里颇有威望的粉丝主席，但并不是粉红娇弱女生。她少言寡语，手机里除了热爱的欧巴当壁纸，全是我的个人材料。

虽然不像曾经的琪琪那样总在我耳边唠唠叨叨，爱沫是除了我妈之外，唯一能把老中医让我禁食列表全部流畅背出来的人。

再后来，我俩的对话就全面缩略成这样。

"八点，明天，十分钟。"

"家乐福超市，塑料。"

秀佳忍不住问："能解释一下你俩交流的暗号内容吗？"

"明天早上八点，她在门口等我，可能会迟到十分钟。下午我要去超市买东西，让她提醒我带袋子去。"

秀佳学着我翻了个白眼："你俩真行……怪不得 CYY 指名让她来。"

干吗说这么委婉。还 CYY，不就是钱唐让她来的？我装聋作哑没说话，秀佳最近一直被我严令不许提起钱唐的名字，她肯定觉得我特别幼稚加特别玻璃心，但她也没说什么。

此刻，秀佳正和贾四聊天

"钱爷没料到春风居然接到了《时间止痛片》，他问了我两遍，又亲自给小王导打了电话，直到小王导确定。"秀佳跟贾四说在香港拍电影的事，"小王导就说了，咱们春风一念台词，那主角就没二人了。说实话，我到现在还没缓神呢！在香港每天提心吊胆，总怕小王导疯起来再换人——"

贾四笑眯眯的："我知道王晟，有名的喜怒无常，她的戏不是普通人所能接的。第一部电影虽然国内没上映，但海外有知名度。咱们的春风别在非洲先红起来了！"

他们在前面逗哏，我同排的爱沫在旁边保持安静，但她的沉默和琪琪不同，脸上没有特别好奇和特别感兴趣的神色。

我不由得想，她是什么背景呢？怎么被钱唐挖来的？

我曾经见识过钱唐面试。那会 CYY 刚招人，钱唐会亲自面试。而他最喜欢问别人的问题，就是"你是什么背景"。

钱唐解释的"背景"，并不是指家世或者教育程度。"背景"，是指一个人最初走入社会的方式，第一次跟的上司，赚到第一桶金的手法，第一次面对重大失败后的决定等。

"背景是很广泛的含义，基本决定了一个人以后的处事方式。"

钱唐总结他自己的背景是"网络小说"和"游戏"，所以他对"版权控制"和"佣金抽成"敏感度非常高。

以这种言论，我的背景可以用两个字概括，"你"和"时间止痛片"。我最初因为钱唐才决定来娱乐圈，第一部拍的电影是《时间止痛片》。

原本以为，回城后要马不停蹄地开始拍《绿珠》。但剧组开机前都要请"大师"选定吉日，一轮风水八卦的东西算下来，不知道为什么又延后一周。

直到《绿珠》开机前，钱唐都没有回家。

去河北的影视基地，我坐在车上，左手抱着我的布鲁特，右手抱着钱唐家那个供奉的地藏王菩萨。我觉得这两个东西挺搭配，有时间可以问问钱唐，他愿不愿意养狗。

秀佳的表情就有点狰狞了。"姑奶奶，钱爷供在家里的佛像，你随手牵出来了？我……我，我，哎哟……真没法说你，到时候他回来，你自己告诉他去！"

接下来的一路，贾四和秀佳轮流跟我上课。再简单来说，就是如何装乖和显得识趣。那个口诀是，见人就要三分礼。

一般大腕都有特定俗称的尊称，跟着叫就行了。其余的，看着有文化的都叫老师，看着眼睛精明辘辘辘辘转的都叫哥，年龄不管多大的女的都叫姐。再其余的，分别叫"老板""总"以及各种稀奇古怪的外号。

我忍不住问了钱唐的诸多外号。这才知道"钱郎"和"钱狼"一般都出现在媒体上，一般管钱唐叫"钱老师"的都是跟过他剧的演员和编剧，叫

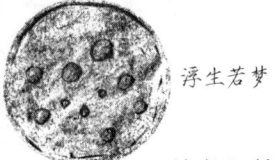

"钱爷"的都是曾经目睹或听说他的一件事。

据说早期上饭桌，钱唐滴酒不沾。后来有个来自新疆投资方的亲弟弟跟他叫板，嘲讽他小白脸，最后还扯上签影视合同。结果钱唐不吭声，就陪他喝了。等喝了八轮后，对方直接吐了，钱唐微笑着把他堵到男厕所里。

大家都喝得完全站不起来，也不知道里面发生了什么事，只听着对方哭叫钱爷住手。再后来合同签成，"钱爷"这外号就小范围地传开了。

秀佳摇摇头："那会儿钱爷还太年轻气盛。能喝的名声传出去，以后再上饭局，多多少少都再也推不掉喝酒了。"

我想到钱唐家自备的一堆花花绿绿的药片，他面无表情地喝水吞药。说实在的，了解越多，我对钱唐的感觉就越复杂。这样的人对我好是真好，忽视起来也真不当个东西……

车开到影视基地，我让爱沫把菩萨像先放回酒店，自己先去卫导那里报到。

影视城的路对载重有要求，我们坐的是高尔夫小型巡回车，路过的时候看到了一个很陡峭的长阶和圆形大水塘。我去的 3 号棚里，仿建了楼梯和高楼，基本我的戏份都集中在这里。

有钱没钱还就是不一样。王晟那种又穷又想烧钱的人，基本完全比不了这大场面和大制作。

影视棚里人的不少，群众演员有一个专门的区域。秀佳领着我去和一圈人招呼下来后，在门口和许久未见的卫导打了个照面。

卫导顿住原本匆匆的脚步，看来，他已经知道我接拍了《时间止痛片》，还问我："王晟那孩子，不是专门拍 cult 片？钱唐也真让你去拍？你也真赶过去拍了，你脾气不是很大吗？"

我下意识地回答："我脾气不大。"

卫导没搭理我，领着导演组那票人走进去。秀佳脸上保持着佛系微笑，把我拉去换衣服，再拉我去化妆间。

化妆间也超级大，但乱糟糟的。我坐在椅子上，闭着眼任各种刷子在脸上扫来扫去。爱沫站在旁边帮我按摩着手，贾四在外面散散漫漫跟着，和场工聊天。

他们今天都是来围观我拍电影的，因为，姑奶奶第一场戏就是亲热戏！

胡文静写的《绿珠》那本小说特别纯情，被改成剧本后反而有了几场挺凌乱的东西。但当时，我正陷于"整个剧本都完全看不懂，怎么办、怎么办"的状态中。

虱子多了不痒，也就没特别关注亲热戏。

而经过钱唐更改过后的剧本，基本删除所有需要露胸露大腿的超纲地方，但为了剧情和眼球，全片依旧留下几个极度暧昧的场景。其中一段是石崇买下绿珠后，诱惑绿珠向自己主动献身。绿珠不甘，但不敢不从，只得闭目垂泪。石崇思考片刻，披衣从外室端来一盆樱桃。

石崇微笑对绿珠说："君子有信：若在我褪掉你衣服前，你将整盆樱桃食尽，我从此便放你回归故乡。你愿意不愿？"

绿珠明知有诈，然而为了避免恶心只得一试。石崇刚开始只是极有耐心地散开她的头发，动作舒缓。绿珠渐渐放松，垂眸吃樱桃。但接着，石崇的动作便加快起来。转瞬之间，外衣尽去。

绿珠大惊，一边尽力推阻，一边继续取樱桃。美女食态自然别有风情，一吞一吐间，嘴唇脸颊神色是嫣然羞恼急迫之色，最后终被石崇得逞，绿珠嘴中填满樱桃无法发声。她闭目流泪，无力放开掌心里捏着的最后一颗樱桃。鲜红水果从葱白指尖滑落到床帏，滚落在两人层叠的衣服旁。

这一段剧情完全不需要演员任何裸露，也没有任何激越的镜头。然而字字暧昧香艳，幕幕风流刻骨，无限遐想都在其间。当时琪琪看完改后的剧本，笑着说："你现在知道。为什么钱老师动一下笔，就敢收这么贵的价钱了？"

我脑子里只有几个大字：已经很黄色了好吗？

等化完装后，秀佳和贾四都夸我好看。我在《绿珠》一共20套戏服，其中7套租赁，5套是来自专门定制，剩下的七七八八不知道来历。

我今天穿的衣服料子轻软细薄，肩上有帔子，裙裾垂至地面，拖曳出很长，再加上各种飘带。走路的时候就像一只神气活现的公孔雀。

贾四说："呀呀，春风像小仙女。"

我忍不住说："仙女？你知道我头上东西多重吗？3斤多！哪家仙女那么累！"

秀佳往外推搡我，给我掏出半个能量棒，化妆师在旁边不高兴地阻止："刚给她涂口红了嘿！"

我赶紧张口要咬，秀佳又把手缩回去，她叮嘱我："今天拍这种戏，才格外奖励给你。这都是工作，没办法，你别有情绪，发生任何事情都别骂人。等拍完后，我把剩下的一半给你吃。对了，春风你记住，小王导和卫导不一样。卫导是你前辈，你千万别跟他呛！"

副导演已经催我过去了，我为了不弄脏口红，只得小心地吃，再漱漱口，又嚼了口香糖，爱沫在后面帮我提着裙子，秀佳却又跑过去打电话。

卫导正在跟着地上的轨道看机位，我特别想走过去看看他都在看什么，顺便看看高级版的摄像机。但今天这场戏的3名男演员已经等在副导演那里，我得先跟他们打招呼。

其中一个比较眼熟，就是邱铭。邱铭扮演的是石崇，我和他的戏份最多。他现在已经像我一样化好古装。背手，束发，穿了身有暗纹的衣服，越发显得五官大气。

剩下的两个男演员，我又不认识了。

邱铭帮我介绍，年纪大些的，面目冷然，叫邓力，在电影里演孙秀，也就是最后把我逼死的反派。年轻点的男演员叫叶伽蓝，挺奶油小生的，在电影里演绿珠原先的恋人，一直想刺杀石崇。

除了邱铭，那两个人在打招呼的时候，显然都暗自打量我。

我依着秀佳之前反复教过我的话，客气地打完招呼，觉得能听到他们边打量我，脑子里边嘟囔什么："哦，原来就是她""其实也没什么了不起"。

邱铭在旁边突然笑了，他开口："好久不见，小丫头。"

"您好您好。"我念着秀佳之前的嘱咐，特别有礼貌的回复他，"邱哥。"

结果邱铭的笑意更深了："这身衣服很适合你。"

我随口应付："嗨，就随便穿穿。"接触到贾四和爱沫鄙视的目光，我连忙改口，"不不不，这是剧组特意为我挑的。"

寒暄了几句，卫导呼唤我单独过去说戏。

卫导和王晟的风格都被评论为细腻，但他们俩明显不同。王晟跟我讲戏，总是先问我的意见，找到和她剧本里的文和点，鼓励我把这感觉表现出来。

卫导就不同了，他跟我聊了一会，上来就直接跟我示范该怎么演绿珠。当你看着一个年过半百的男导演，跟你做出少女姿态，感觉还挺神奇的。

但我随后也不由得惊叹，卫导模仿少女的姿态特别像，要不是那张脸，他比我都少女。

"表情要生涩，手自始至终都捂在胸口上——为什么要捂着胸口，想想你挤公交车，身边人非常多。女生第一反应，是先护住自己的哪个部位？"

我觉得，我应该会先护着钱包，就是裤兜的位置。但卫导的眼神跟鹰似的盯着我，我只好说："您觉得，是捂住胸口好，还是抓着胸口好啊？"

卫导看我眼："看来你跟着王晟，真学了点东西。"思考了一会，他慢慢说，"我的想法是，你应该紧紧抓着胸口前襟的衣服，对。你不敢太抗拒石崇，毕竟身份在那里摆着。想象一下，石崇是你这辈子见过地位最高的男人。但你不信任他，无法全部交出自己，又忍不住被他的魅力所诱惑……"

我就又不明白了："这个绿珠脑子里怎么能想那么多，她喜欢石崇吗？"

"在那个时代里，没有母家和夫家庇护的女人，都是弱者。而弱者必须先在乱世生存下来，他们没有那么简单的喜欢或不喜欢。"

我心里有点不是滋味。卫导和王晟还有个很大不同，就是王晟再疯也有种女性的细腻。而卫导是个男的，他拍男女的感情戏，总带着股冷酷压倒的意味在里面。

假如换成卫导拍《时间止痛片》，搞不好能拍成个贺岁喜剧片。他对那些零零碎碎的感情完全不感兴趣。

这个3号棚里有个大水塘，早春也挺冷。场外清了人，总有几个白痴在看热闹。被人目光盯着，被灯光烤着，我这儿还好点，基本只对邱铭作出躲躲闪闪的动作，再露出厌恶的表情就可以（但可能有点极端了，卫导几次让我表情柔和点）。

比起我，对戏的邱铭累得半死。他扒衣服看着爽，实际上那衣服的扣子特别难系，布料软，带子又多，邱铭把手都揪红了，感觉还跟薅羊毛似的看不见头。

最后卫导都急眼了，亲自来扒我衣服，再让我把小衣的扣子虚掩着，大家这才松口气。

等正式开拍前，秀佳过来喂我点水，爱沫帮我把汗湿的长发撩到后面。

我靠在秀佳大腿上养会神，再睁眼的时候，发现邱铭正望着我。

邱铭除了相貌英俊，的确有点演技。刚才扒我衣服时，他居高临下地望着我，眉眼略微一挑——这个表情特别生动，而且不管拍了几次，他都能做到一模一样的生动感。

哎，怎么做到的？我迷惑地打量着邱铭，他静静地任我打量。过了一会，邱铭用眼神示意我看自己旁边，我瞥一眼，瞬间开心起来。剧组真贴心，他们为我准备了一大盆樱桃，待会拍摄时就可以吃了。

我立刻下意识抱紧秀佳大腿："我能真吃樱桃吧？哇噻！"

秀佳却皮笑肉不肉的："别高兴太早。"

随后，卫导和剧组里的演戏老师，他们跟我示范怎么吃樱桃，示范了足足半小时"从最细的地方，捻起樱桃梗缓慢地吃……无名手要微微绷直，要优雅！但尽量有急迫感……樱桃汁不能溅出口，不能像仓鼠一样鼓着嘴……

不能扁嘴……"

　　这场亲热戏就是体力活，感觉足足拍了八万辈子。

　　场外各种鸡毛蒜皮的小事，场内各种动作被分解得一清二楚。卫导跟我讲戏，夸我的长处是放得开，短处是太放得开。卫导本人喜欢演示，把细节拆开一点点指教我。

　　越拍到最后时，我的内心越麻木。邱铭在上方压着我，英俊的脸在灯光下晃来晃去，始终抓着我手腕，本人的手腕都已经被他抓红了。

　　他在上方慢条斯理地说台词，身上传来强烈的男性气味，不难闻，但超级冒犯。偶尔还有什么很硬的东西碰到我的大腿——

　　烦爆了！！！脏死了！！！去你的！！！！不能打人！！！！我尽量放松身体，不去呼吸邱铭的气味。他高挺的鼻子在我脸上亲昵贴着，与此同时，我还得忍声吞气地抓完全尝不出味道的樱桃，塞在嘴里。

　　到最后，嘴里已经都是樱桃。我胸口来回起伏，简直忘了鼻子还能呼吸。那感觉是缺氧，严重缺氧。我的眼前越来越黑，最后一个动作依旧是抓樱桃——

　　"绿珠感觉如何？"邱铭在我耳边轻声喘息，带着亢奋和刺激。

　　"不，不要了……"

　　完全凭着脑海里的印象，我小声地念出下一句台词，那声音娇柔得都不像自己。

　　邱铭亲了亲我的脸颊，我松开手里的樱桃，任它滚落。再然后，我就被自己生生憋晕了。

　　其实晕了没几秒，我大脑发沉发木，但仍然有残留意识。一时间，只听到身边窸窸窣窣地说话。

　　有人低声让周围人散开，留出空间让我能畅快呼吸。接着额头被什么东西冰了一下，身体被扶起来，靠在一个人肩上，他用力捏着我的人中，逼我

浮生若梦

打开牙关，再来回重重地推我胸口，让我把嘴里的樱桃核吐出来——

"想想你挤公交车，身边人非常多。女生第一反应是先护住自己的哪个部位？"卫导之前说的话太对了。我是个女生，钱包固然很重要，但老实说有人敢抢我钱包，我会打他，有人要是敢摸我，我得打死他。

我在耳边声音的指示下，缓慢地用嘴巴和鼻子呼吸，把堵着的樱桃吐出来，意识终于渐渐清醒，眼前也有光，但胸口前那只手还在用力按压我——去他的，拍戏的时候还没摸够？有完没完了？

我身上一鼓起劲，立刻粗暴地推开那人，顺便踹他一脚。

这场亲热戏在一个类似帐篷的纱幔里拍的，四周有柱子撑着。来人被我推倒后，一声闷哼撞在柱子上。那柱子不结实，头顶的纱棚随即散倒下来，我和对方就像落在盘丝洞里的猎物，被裹得严严实实。

等我好不容易挣脱了身上的纱巾，摇摇晃晃地爬起来。卫导他们目瞪口呆地看着我，邱铭满脸愕然，想走上前几步，又克制地停下。

等一等，邱铭？邱铭本人现在站在眼前，那刚才，不是他摸的我？那完了，我把秀佳打了，她估计要辞职了。

但我绝望地抬起头，却看到秀佳好端端地站在我左方，满脸更绝望地看着我。

那我刚才推的人是谁？我深呼吸几口气，慢动作地回头看。

钱唐正一声不响地从一片狼藉中站起来，他弯腰拾起眼镜，没有看我，却把西服外套脱下来丢在我脸上。秀佳和爱沫迅速缓神，用西服捂住我皱巴巴的上衣。

"冰块。"钱唐仿佛没看整个片场惊诧的目光，他揉了揉手腕，"拿点冰块，让她喝点水。"

一个场务立刻跑走。

我悄声问秀佳："秀佳小姐姐……"

"姑奶奶，你可千万别叫我姐姐。没好事啊……"

"他什么时候来的？"

"你吃第二颗樱桃的时候赶来的,坐在导演旁边,"秀佳特别小声地回答,"刚才你那一条算过了。卫导喊停,邱铭从你身上起来。结果发现你整张脸都白了,躺在那儿没进的气。钱爷亲自过去看了看你,没让别人碰……你醒来后就把他打了,当着那么多人的面。"

钱唐客气地对卫导说:"卫导你们继续拍,我在外面等着。"

说完这句话后,他就往外走了,根本没再看我。片场所有的目光又集中在我身上,一种非常诡异的沉默气氛。

我终于意识到一件事:"我那一条过了是吗?我拍得好不好?"

这句话倒是让卫导听到了,他冷淡地说:"差强人意,不过你的水平暂时就这样吧。"

整个片场里,好像就我和他还挺高兴的。

"还能拍吗?"卫导望着我,

我是一点劲头都没有了:"可以是可以,但我没法跳舞。"

剩下的戏倒不需要跳舞,也不需要交流,基本就是几个特写,有个补拍镜头,邱铭给我解头发,我静默不动,每动一下基本得补妆。

秀佳把剩下的能量棒喂给我吃,我一口气喝了不少冰水。但再要的时候,被制止住。

"多喝水了,你待会肯定得去卫生间,现在穿这裙子不方便。"

我休息一会就又有活力了。之前的突然晕倒,和钱唐之前的出现,很快就从脑海里滑过去。我甚至还和邱铭开玩笑,说他把我压晕了。邱铭提起嘴唇笑了笑,没说话。

等拍完3场戏,收工的时间已经到深夜。明天5点钟又要开始B组,我跟几个副导演打完招呼,赶紧换衣服回去睡两三个小时。

下肢因为久跪而僵硬,我被扶着站起来的。贾四半开玩笑地问,他需不需要背着我去化妆间。要搁以前的性格,我宁愿拖着走也不愿意让人背,依靠别人总让我觉得没骨气、有心理阴影。

但现在，我尽量不这样了。

等换下重重的戏服和头饰，我再想起来细问秀佳："钱唐今天为什么来？"

秀佳沉默了片刻，我心里一动，鼓励秀佳："说嘛说嘛。"

原来，张雪雪担任《绿珠》片尾曲的演唱。钱唐和她今天一起前来，原本张雪雪要来会会卫导，但因为清场进不去。钱唐便让她在外面等着，先进来看看我。

秀佳看我的脸色，她让我别想太多。"张雪雪想唱主题曲，她肯定要和卫导打招呼。正好和钱爷赶一块而已……"

我气得脑仁儿都疼，只能一声不吭，过了一会，我问秀佳："他俩是准备结婚了吗？"

秀佳"扑哧"就笑出声："哎，我刚想夸你今天表现好。怎么一说话还像个孩子！这都是工作关系，怎么扯到结婚上了啊。"

我深深皱眉："钱唐和张雪雪，他俩是男女朋友吧？不然怎么老黏在一块。"

秀佳又笑我："这又哪儿跟哪儿。"然而秀佳含糊着，没说不是，也没说是。

臭不要脸！添堵高手！这就是我脑海里瞬间涌上描绘钱唐的形容词。原本我还能想点别的，更高深点的词汇。但不知道为什么，我有点怕秀佳再说我"嫉妒的脸"，于是只能憋着，深呼吸几口气，假装不在乎。

秀佳识趣地转移了话题："还有半个能量棒，待会咱俩一起吃。"

贾四看了看我脸色，也逗我："来来来，吃完东西，我把你背到车上？"

我趴在贾四的肩上，浓重的疲倦和累，只想赶紧回酒店洗澡吃点东西睡觉。

爱沫先去开车，等秀佳拉开车门，里面传来一声"她怎么了"。

是钱唐的声音，他正坐在我的保姆车里等着我。我紧闭着眼睛，听秀佳替我回答："春风今天拍戏太累，贾四就把她背回来了。"等待片刻，她估计也看出来我没睁开眼睛的打算，只好无奈说，"估计这姑娘睡着了，钱爷。您看……"

钱唐沉默片刻，他说："车上坐满人，没多余位置，把她扔到后备箱。"

这话可就把我气到了！我猛地睁开眼，倒是要见识一下，谁还坐在姑奶奶的车里。张雪雪吗？

睁开眼睛就知道上当，除了钱唐气定神闲地坐着，后车厢里空无一人。灯光近无，他的半张脸隐藏在朦胧的黑暗里。

接着，钱唐笑着伸出手，把我拽到他旁边的座位坐下。

第八章　是你的狗

酒店其实非常近，只有三四分钟的车程。

我气鼓鼓又疲倦地坐着，钱唐坐在我旁边打电话，三言两语把深夜里的聚会推了。"你们先谈，问题不大……我这里有其他的事情，不过去了。"过了一会，他温和地说："我再不管这位，只怕又要被打一拳。"

爱沫在开车，坐在后排的秀佳和贾四微微抖着身体，估计憋着笑。

挂了电话，钱唐对我说："特长生，待会去你房间，我们得商量下你想改名的事情。"

重复一万遍，我真心特别讨厌钱唐那种风格，不管我俩多长时间没见面，他对我态度总是这样温和，再用这种近似于若无其事的口吻说话。

但是，钱唐现在说的是对我挺重要的事情，也不能断然骂回去。我哼了声当作回答。秀佳在反光镜里，拼命对我眨眼睛和挥手，估计让我对钱唐态度礼貌点。

我默默地移开目光，后来走在酒店的走廊，突然醒悟过来秀佳的暗示：钱唐家的地藏王菩萨像，还躺在我房间呢。可不能让他看见！

我猛地回过头，钱唐猝不及防和我撞了满怀。他刚把西服脱给我，此刻身上的衣服是有点毛茸茸又有点扎脸的薄羊绒呢，我的鼻子撞到他胸口，特别酸疼。

"春风？"钱唐随手扶住我。结果他的钻石表链和我发梢又缠在一起，拽得头皮生疼。

"你别动你别动！"

我的手笨，钱唐也好不了哪去，研究了半天都没解开，我累得满头大汗。"怎么弄啊，我这一撮儿人工毛很费精力！"

钱唐早就看到我的头发，但一直忍着没评论，此刻他微笑说："这就是你在香港接的长发？王晟眼光不错，你的新形象很好。"

想打马虎眼地夸我？晚了！像我这么酷的人，实在应该借此场景狠踩钱唐一脚，或者照着鼻子给钱唐一拳。最不济，我得骂一句恶心一下他。

但耳边窸窸窣窣，钱唐准备褪下手表，想和我拉开距离。而像本能反应似的，我借着这么近的姿势，伸手紧紧地抱住了他。

在安静当中，头顶的钱唐仿佛很轻地叹口气，熟悉的气息吹动我发丝。他的胸膛近在耳前，我安静听着他沉稳的心跳声。但是钱唐什么也没说，继续解着手表。

"钱唐，琪琪在香港被我气走了。"我听到自己这么对他说。

钱唐无声地再按了按我的头，头发一轻。他重新把手表戴上，简单地说："进房间里说。"伸手就要取我房卡。

我连忙缩手，借口要收拾东西，让他在房间门口等待 1 分钟。

爱沫把钱唐家的菩萨像，摆在衣柜的最高处。菩萨和在钱唐家时的表情没什么不同，依旧是一股莫测高深的雍态。我垫着脚尖够起它，坐在床边，让它冰凉的头贴在我脸颊旁。

要到这时候，我才能缓慢地体味内心迟来的占有欲、挫败感、求之不得，以及深深的嫉妒。

秀佳说得没错，我就是嫉妒。但最嫉妒的不是张雪雪，也不是嫉妒钱唐身边的女人，我想，我真正嫉妒的人就是钱唐他自己。

有句话很肉麻，所以只说一次：一直以来，我都非常孤独。从开始，直到现在，然后我就遇到了钱唐。

琪琪曾经笑着说，我身上好像有开关，能从高中一下子转换到演员模式。她当时和秀佳讨论出来的结果是，我家教好，见过大场面，所以很自信地在众人面前展示自己。

绝对是鬼话！我的确有家教，我爸从小罚到大，用各种方式训诫我如何改掉身上的各种习性。拜"优良家教"所赐，我从参加演员培训，独自香港过年，拍片时被王晟翻来覆去的数落也能做到完全不在乎，心里一定要争口气，拍部电影给我爸看。

每当这时候，我总忍不住想钱唐。他脑子好使，和父母关系也亲密，说话像读书人一样掷地有声，但又非常强势，多少人骂他多少人喜欢他，都不妨碍他做任何决定。

每个人，都愿意聚在这种有坚定信念的人身边。但我总觉得，钱唐和我有一样的孤独。只不过他的底色是灰暗的，认为很多事情都没有必要，也打从心里不在乎。

就连那地藏王菩萨像，钱唐口头说是"供"，但其实被他有一搭没一搭地冷落在角落，做个完美的假样。

……那还不如把菩萨像给我呢，我还能天天陪着它！

我把菩萨像胡乱藏在高柜子里，用被子掩上。洗了把脸，打开房门。

钱唐靠在墙上，风度很好地等待。他走进我的房间，笑了一笑："我是不是来到山大王的窝了？"又低头端详我晚上准备吃的沙拉，若无其事地说，"特长生，今天晚上我也没饭吃，你的沙拉介不介意分享？"

我板着脸："你只能吃一点点。"

钱唐把饭盒推到茶几，自己坐在沙发上："别关门，问你几句话就立刻走。"

我坐在他对面，钱唐随口问了我在香港的事，就提到正事。

"你要改名为李权？给我一个不是为了气你父亲的理由。"钱唐迎着我的目光，一挑眉，"别这么看我，特长生，我是你经纪人。当初我们就说好，你不能对我有任何秘密。"

我沉默片刻，决定实话实说："其实吧，我也不确定自己能当多久的演员，能当成什么程度的演员。但怎么说呢，当演员毕竟是在公众面前露相的机会——"

"所以万一红不了，万一名声臭了，不能让人人都骂李春风。索性让另一个姓李的给你背黑锅？"钱唐用叉子搅拌着我的沙拉，他淡淡说，"糟糕阴暗的做法。"

我一下子就恼火起来："我改名，可不光为了气我爸，至少并不只是为了气他！反正，我早知道自己不是他最想要的孩子。"顿了顿，我止住气，慢慢地说，"但我哥死了，除了我爸和我妈，世界上已经没人记得他，也没人知道他存在过。如果我的艺名叫李权，这是我哥的名字，唯一可能再出现在别人眼球里的机会，我就觉得这件事挺好的。"

钱唐长久地望着我。他向来不动声色的，此刻也看不出接受不接受我这种解释。过了一会，钱唐说："过两天，我再告诉你我的决定。"

他这意思，这自然是让秀佳通知我了。

一时之间没人说话，房间里特别安静。我打着精神，吃了几口眼前猪食一样的沙拉，偶尔抬头，发现钱唐的目光正落在床上。

床头正摆着鲜黄色的布鲁特，当时在香港机场买下它，只因为那条狗带点夸张的快乐。如今看来，这玩偶不知道为什么就显得傻，感觉是小孩子玩的东西，缺乏档次。

钱唐收回目光，他似乎觉得有趣，微微一笑。我的脸又有点红了，手痒想打他。这是怎么回事！

"你……""我……"我和钱唐同时开口，都顿住。钱唐等我几秒后就先说："我的房间在你楼上。这两周内，我都会留在这里。"

我愣住几秒，一时间，脑海里只庆幸钱唐不回城。那他暂时发现不了，家里丢了一只菩萨像。等哪天我让贾四偷偷回城，再把菩萨像放回原位，神不知鬼不觉的……

"你刚刚想跟我说什么？"钱唐问，显然正等着我继续说打断的话题。

我不敢吐露太多。钱唐猜我心事，一猜一个准。于是我憋了一会，问："你被我打得疼不疼啊？"

钱唐反问："你认为呢？"

"我认为，你不应该占我便宜。"

钱唐嘴角一勾："那你对邱铭还真是手下留情。"

我迎着他略微兴味的目光，想起来钱唐之前在片场目睹了我和邱铭滚来滚去的一幕，脸不由得红了，内心的某部分又开始咆哮。

我板着脸："咳，邱铭当时在拍戏！随便摸一下两下的……无所谓。"

钱唐平淡地回答："我当时为了救你，摸一下两下也情有可原。"

我实在忍耐不住，咔嚓把手里的塑料叉子捏断了。

拍戏的时候，邱铭在我身上压来压去，我虽然能感觉出他的克制，但感觉已经接近百分之九十八的暴躁（要不然，怎么能把自己生生憋晕）。假如不是因为吃着樱桃，我早一巴掌把邱铭直接掀走再放火烧了围观的人——

"特长生，"钱唐显然不打算再纠结这个话题，他的声音非常温和，"在香港怎么样，有没有吃苦？"

我狞笑着回答："没有！每一天都过得特别特别爽，特别充实！在半夜里，我还经常活生生地笑醒呢！"

钱唐也假惺惺地接下去："看你这么快乐，我就放心了。"他再补充一句，"看得出，你成长了很多。"

说好话谁不会，某个喜欢装无辜装清高再臭名昭著的编剧、经纪人和制片人和CYY的老板正坐在我对面。他好像只是在无聊地拿话逗我，然而态度又带有那么一点的认真——洞察人心和缺乏操守到了恶劣的程度。

钱唐说他对我放心，但他压根就没对我上过心啊。还有，到底是谁那么恶劣，非得在亲热戏里还加吃樱桃？

钱唐望着我片刻，估计也没话说了。他开始动手收拾我那没怎么动的沙拉，不管我怎么抗议，带着我唯一的口粮扬长而去。

我彻底没东西吃，被钱唐气得隐隐肝疼，只好先去洗澡。

过了一会，秀佳又来敲门。她心不甘情不愿地给我端来一小碗的速食粥，那是一碗真正的肉粥，有米又有肉的肉粥，等喝完粥后，她还递给我香蕉，一根特别甜美的大香蕉！

我颤抖地接过来，受宠若惊地看着她："我真的能吃吗？"

"钱爷太惯着你了。好不容易瘦下点来，整天给你测脂肪率。有什么办法，你一多吃就脸胖。"秀佳满脸不高兴，她抱怨，"慢点吃，春风，别总是显出我虐待青少年儿童的饥饿表情！"

我吃饱喝足后，心情终于好了点，又把菩萨像从柜子里解救出来，放在最初摆的位置。

"哎，春风，这菩萨怎么还没跟钱……"秀佳又在大惊小怪，我实在太困，歪在床尾直接睡着了。

到了第二天晚上，我才在片场里终于见到了张雪雪。

下午拍的是邱铭和邓力的对峙戏份，基本上我就当个布局花瓶，也没什么大事。但是我也不敢迟到，就化好装等着。

在一条书房的镜头过后，卫导跟邱铭说着戏，自己的兴致也上来了，他放下耳机和扩音器，也用毛笔在纸上勾了几笔。写就写字吧，卫导偏偏把角落里站着的钱唐叫过来。

卫导是一个非常懂世故，也很擅长人心细微处观察的商业导演。只不过，他有时候会故意折人威风。比如，卫导一直瞧不大上钱唐，而且完全不隐瞒这点。

我一看到卫导露出点冷酷的眼神，立刻察觉有热闹看，提着裙子奋力地挤到最前排。

卫导在纸上写的两行字，是"宁可清贫自乐，不作浊富多忧"。钱唐身为假面甜心，自然绝口称赞，卫导把笔塞给钱唐，微微冷笑："你懂这两句话吗？你来继续写。我看看，你能写出什么。"

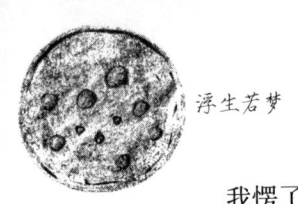

我愣了愣，应该写什么，LZ+1？

钱唐倒是丁点不推诿，提起笔，在卫导的字后飞快地补上两句。我看到卫导脸色接着就变了，眯着眼睛盯着钱唐。而钱唐的手一停，一滴余墨印染在宣纸上。

钱唐立刻止笔，歉意地看着卫导，卫导冷哼声直接走了。

两人从紧张到再松懈只半分钟。半分钟过后，只剩下我瞪着眼睛，丈二的和尚摸不着头，望着卫导的背影，再转头看钱唐不紧不慢地把宣纸折叠，扔到旁边道具的火盆里烧掉。

所以，他俩都发生了什么事儿？不带这样欺负文盲！

我极度不解，于是死死缠着钱唐，非让他把整句诗写完给我看。钱唐被我烦得不得了，趁着没人处，在手机上把那句诗打完。

"宁可清贫自乐，不作浊富多忧"，这是卫导写的。

钱唐接下来写的是一句对联，"看尔曹整顿乾坤，任老子婆婆风月。"不过，钱唐把"尔曹"改成"尔等"，剩下的半句又没完成，如此，便成功气走卫导。

我盯着手机屏幕，异常不理解文化人之间的斗气。有劲没劲啊，搞这么酸溜溜的做什么？这样隐晦的反击，估计只能气到卫导吧！换成我我就不生气，我压根都不明白啊。

钱唐问我："特长生，你自己的手机呢？"

我还盯着那句里的"老子"，思索这算不算脏话，漫不经心地说："哦，摔碎了。"

钱唐刚要开口，他的手机就响了，我下意识看了一眼屏幕，上面显示着的姓名是"张雪雪"。

我不由得回头盯着钱唐，钱唐回看我，连眉毛都没动一下。我想到，昨天才见着钱唐，他有心情优哉游哉地逗我，却丁点儿都没跟我解释张雪雪，估计也不打算解释。

过了几秒后，钱唐问："特长生，你不打算让我听这电话？"

我这才缓过神，把吱吱乱叫的手机塞给钱唐，再一声不吭地准备走。

往外奔了没几步，就和张雪雪打了个照面，片场里人挺多，她显然拨着电话正找钱唐。

张雪雪戴着黑色口罩，皮肤好得没挑，额头都像雪一样反着光。她先惊喜地看着后面，估计是看到随我走出来的钱唐，再然后就像有什么第六感，张雪雪调转了目光，专注地打量我。

我心里不由得说，你看我干什么。

这会子的我，其实已经开始不太像普通高中生。几个月里别的没学会，我学会怎么接受别人的打量。张雪雪是一届歌坛天后，她肯定不会认识我这种小蚂蚁，但她的目光又好像认识我一样，也不是说居高临下，眼睛里的东西就让人难受。

我原本想直接走，但被她这么盯着，反而停下脚步。

钱唐和张雪雪打招呼："张雪，怎么现在来了？"

张雪雪从我脸上收回目光，柔声说："唐，主题曲没问题。昨晚你怎么不在？真是场好戏，卫导被你公司的那几张嘴哄得五迷三道，估计现在才缓过神。"

钱唐一笑，目光在我脸上停留了半晌，估计是要介绍我："这位是——"

张雪雪笑了："这位就是你现在亲自带的小女孩，叫李春风对不对？她是你朋友的女儿，唐，你要好好栽培人家。"

张雪雪是歌手，嗓音通透好听。但她对钱唐说起话的感觉，就有点我妈对我爸说话的即视感，而现在她跟我说话，又有点像我妈对我说话似的。

说实在的，我可管不了张雪雪和钱唐的关系，但我不是她家的女儿，那种姿态就少来了！

也不知道钱唐感受到那气氛没有，我讽刺地望向他，正好碰上他看我的目光。钱唐神色没变，唯独眸子幽深了些。

我觉得他那眼神，是在告诫我无论如何都要对天后保持礼貌，等后来我才知道，钱唐那时也同样隐隐不快，不过他涵养比我稍好点，只是按下不提。

我用仅剩无几的修养，低声对张雪雪和她身边的人打了声招呼，再撇着嘴转身离开，背后听到张雪雪淡笑："这么喜形于色，还是小孩子的脾气，像风一样……"

钱唐抽冷子就说："她不是李春风。"

我略微顿住脚步。钱唐什么意思？

"她叫李权。"

张雪雪没接茬，估计没听懂钱唐话里什么意思。我只感觉心里瓦凉瓦凉的，深呼吸口气，提着裙子跑走了。

等我换完戏服，回酒店都没见着秀佳身影。

爱沫沉默地帮我揉肩膀，她可真是全下天一号贴心的助理，安静体贴又不多话。基本有她在，我什么都不用操心。不光是我，同剧组的演员都非常羡慕。我敢说，邱铭那3个助理都没爱沫好使。

回到房间洗完澡，我抱着布鲁特发呆，又听到投胎般的密集敲门声，秀佳在门口叫我。

我以为又有粥，提起点精神开门。结果什么吃的都没有，秀佳直接就问："春风，你怎么说动钱爷许你改名的？"

怎么说动的？我今天和张雪雪见了一面，她对我打了声招呼，临走钱唐突然改口称呼我为"李权"，我什么都没做。

秀佳听完后的神情很复杂，揉着额头："还真是一骑红尘妃子笑。"

我皱了一下眉，今天什么毛病啊，怎么所有人都跟我念诗。

沉默片刻，我告诉她："秀佳，我今天见到张雪了。但我觉得钱唐不喜欢她。"

秀佳不以为意："嗯，这不早跟你说过了。"

"但钱唐不喜欢张雪雪，不代表他喜欢我啊，"我沮丧地说，"张雪龇牙说我几句，钱唐就把新名给我了当作补偿——哄了西边哄东边，姑奶奶是他养的狗吗？"

秀佳看了我一眼。那眼神有点熟悉，不知道为什么，我突然想到张雪雪下午望着我的目光，凉飕飕的。

"都已经这样了，春风你还想怎么折腾？为了您的改名，我被叫过去开了整晚的会。钱唐赏你名？改名就动动嘴皮那么容易，赏也得先有东西才行呀！"秀佳自己打住，一副懒得跟我说的神情，再从包里掏出一只新手机，"你现在能换手机了吗？"

我在香港摔坏手机，秀佳立刻给我买了只新的，但我当时内心犯着傻念头，非得坚持到钱唐亲自来过问后才肯换。

新手机和钱唐之前送的一模一样，没有区别。

秀佳站起来，她走到那菩萨像前拜了拜："春风，咱们好好珍惜一下现有的资源和平台，只想着让你先树立形象，走上轨道。至于其他的事情，你也不要真跟那外号似的，开始往恃宠而骄的路上走……"

"什么外号？"

秀佳蹙眉说，"你不会忘记，咱俩第一次见面，你的外号是春娘娘？"

我望着秀佳，突然间，心里跟明镜似的。

秀佳一边希望我和钱唐间亲密点，这样我好能跟钱唐多要点资源。但是，秀佳并不鼓励我对钱唐发展超越出工作的亲密。秀佳也察觉出我对钱唐那种复杂的心绪，我如果太依赖钱唐，只会让她的工作也变得非常被动。

但是，钱唐也是她的老板，秀佳心里很多的担忧都没法跟我明说，所以她总催促"让我红"，大概希望我独当一面。秀佳曾经说，她很喜欢经纪人这个职业，而世界上，想要独立证明自己能力，并不是只有我一人。

但秀佳为什么不明白，我不是想逼着钱唐非得喜欢我，我只是希望他能多重视我……然而这么说，感觉就低到尘埃里去了。我也不喜欢这种没存在感的事情。

我呼了一口气，重重点头："明天，我就把钱唐家菩萨像还回去。"

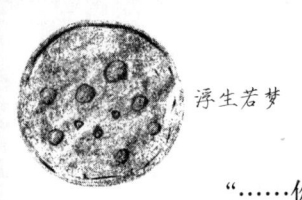

"……你有听到我之前说的话吗？"

"你是让我清心寡欲，然后红起来。"

秀佳盯着我片刻，我总结得非常完美，她挑不出我错，无奈地摇摇头："得了，你也从不听话，反正我帮你收烂摊子就行。"

这时候，门再次轻轻敲起来，秀佳走过去开门，我生怕是钱唐，赶紧跳下床先把菩萨像塞进被窝。

等收拾好想走到门口看看动静，秀佳却沉着脸走回来。

"是叶伽蓝，他说，明天是你和他的戏。想要你和他对台词——这大半夜的，发什么神经！"

"他打不过我。"我信心满满。

"根本不是打得过打不得过的问题。"秀佳丢了个白眼，她嘱咐以后开门前，一定先看谁。除了钱唐本人，任何异性进我房间都要先给她电话。

这时候，秀佳显然已经想到别的了："光跟你说闲话，忘记告诉你之后的工作安排。我把开会时的记录给你看。还有，我一个人管不过来你，得再从 CYY 给你调来个助理。"

我又在秀佳的催眠中，沉沉睡死过去。

张雪雪的行程很赶，她得到卫导肯定后的片尾曲，第 3 天就走了。而钱唐留下，他在影视城待了 2 周。14 天，没少待 1 天也没多待 1 天，

开始的时候，钱唐会和我一样出现在片场内。他不是什么明星，但比起气场镇人的邱铭和高高在上的卫导，大家更乐意跟他攀谈。到后来，片场里的三教九流，每个人都过来跟他打招呼。钱唐就只微笑听着。

我在前两周的戏份非常密，整天都得在片场里，也没落得和钱唐多少的相处时间。而且到后来，我被钱唐身边大批人马动静吵得台词都背不下去。索性帮卫导除害，让钱唐赶紧从片场滚蛋。

钱唐滚了。

但他不在酒店里好好蹲着，听说驱车去附近同期的剧组转了一圈。我发

现虽然钱唐在闲着的时候喜欢让人围着，但真要做事，他只带很少的人。有时候，连秀佳都不知道他在哪儿，我也懒得问。

偶尔收工能碰到钱唐，我累得半死，耷拉着脸从钱唐和他那一堆明显不是剧组人员的人边上飘过。他却开口叫住我："特长生？"

我停住脚步。钱唐打量了我好一会，他不动声色地问："今天的拍摄怎么样？"

"挺好。"

"你入戏快不快？"

"还行。"

钱唐从我凌乱的发型和衣服收回目光，淡淡说："很好。"过了一会，他又诚挚地补充，"这电影的票房，我可全指望你了。"

我决定不被他气死，临走前感觉钱唐还盯着我背影。

但也不知道从什么时候，"春娘娘"这外号基本是传开了，他们说我不愧是钱唐公司里的人，他们说我做人势利、爱慕虚荣、只对卫导好声好气。

这很冤枉！至少在每天的NG当中，我的忍耐力有慢慢增强的趋势。有一次，试演我身边丫鬟的女生，脱口而出管我叫"绿娘娘"，我连翻白眼都没翻。大家应该夸我和蔼可亲。

卫导只在镜头前指导我，平时当我是透明人。邱铭对我的态度不算冷也不算热，邓力刻意地和我保持距离。剩下一个年龄和我相差不多的是叶伽蓝，自从他半夜到我房间敲门，秀佳便对他印象极差。

叶伽蓝是圈子里著名的富二代，电影里的戏份不多，能当上一个男花瓶，是他的单亲富豪娘拿钱砸进来的。

叶伽蓝对什么都不是的我能当上女一号，感到相当的好奇，在人前，他一般拿鼻孔对着我，背地里却不是了。

"小妹妹，等戏呢？"

我趁着休息，玩了一局保卫萝卜的游戏，准备把分数上传到论坛。但整个片场里都没信号，有也特别微弱，我举着手机，在棚里走来走去找信号。

叶伽蓝一把拽住我。我新手机"啪"地掉在地上，而地上有一个排水道不畅造成的水坑。

我俩之间安静了几秒，叶伽蓝原本的皮肤就白，现在更白了。他定定神："不好意思啊，妹妹。叫你你没听见。"

我盯着他，说："给我捡起来。"

这时候是午餐时间，助理去取盒饭了，也没人打圆场。叶伽蓝硬着头皮从水坑里捞起手机，那手机沾着水居然还亮着屏。他松了口气，把手搭在我肩膀上："没坏。玩儿什么游戏呢？那么入神。"

我用自己的两根手指，从肩膀上捻下他的手，没怎么用力，但叶伽蓝疼得脸色都变了。偏偏这人有几丝硬气，依旧斜着眉毛强笑着看我。

我平生最佩服有硬脾气的人，于是加大了手上的力气。等叶伽蓝忍不住变色，我才终于施施然地走开。后来，我听说叶伽蓝在下午的剑戏，因为手腕发虚，总是卡镜头，被卫导骂得狗血淋头。

我没有把这点小风波告诉任何人，比起这档无聊事，我更关心几天后尹子嫣要进剧组。虽然只有一面之缘，尹子嫣给我留下深刻印象。

演技这种东西，行家一出手，就知有没有。问题是我还真没有，而且还缺大发了。尹子嫣没进剧组前，我已经是戏渣垫底了。她来了之后，那阵势排山倒海地压过我。

尹子嫣不是爱发嗲的女人，她是罕见的不太搭理钱唐的女人，做事独立，但演戏时的眼神动作到位，永远充满踌躇顾盼，总让人围着她打转。

卫导这么软硬不吃的人，都对她格外好声好气。我骨子里那股不服输的劲头上来，没事便跪在旁边练习姿势和台词。一天下来，脚上磨出水泡。

爱沫扶着我走出来，秀佳婉转地问我，需不需要钱唐留在片场里，或者让钱唐直接给卫导打个招呼。

我想都没想，立刻打断她的话："别这样。"

"不是帮你求情，"秀佳一副很正直的样子，"就问一问卫导对你的期望到底是什么。如果照着尹子嫣比,她那样的演技,整个圈里不超过五个指头,你——"

"至少我做到及格,你不要让钱唐管。"

秀佳还想说什么,但我们走到我房间门口,门前的地毯上摆着个方方正正的盒子。秀佳拦着我不让过去,立刻打电话把贾四叫上来。贾四以点炸弹的姿势翻了一下盒子,确定没危险才打开。

盒子里面是一台全新的平板电脑,里面下载好各种各样的游戏,是叶伽蓝送来的。

秀佳的脸色,立刻变得和包装纸一样花花绿绿的。她说她一直瞒着没告诉我,叶伽蓝是传说中的城中四少,轻浮无比,风评糟糕,特别喜欢占年轻女孩的便宜,还总和嫩模传绯闻。

"叶伽蓝他妈是启成集团的大董事。估计看CYY目前刚成立,知道我们轻易不会得罪人,借机缠上你了。"秀佳抱怨着,"卫导讨厌剧组里有绯闻,他还来这套。他给你送平板电脑干什么?"

我更感兴趣的却是别的:"城中四少都有谁?"

秀佳还没答应,闻讯而来的钱唐接下去:"城中四少,风少花少雪少月少。"

我在嘴里来回念叨几遍,勃然大怒:"什么风花雪月,你真当我傻?"忍不住再问钱唐,"有你吗?你是城中几少?"

钱唐直接说:"我是四少之五。"

"我就知道,你是……算了,你去死吧!"

钱唐没有把平板收走。他随手把玩一遍,开恩让我留下。

"可是——"秀佳蹙眉,看钱唐的表情如常,就没再吭声。

钱唐只说我该睡了,随手带上门前,冷不丁地又对我说了一句:"只是暂时让你留着,等拍完戏后,还得原封不动送回去。"

我觉得钱唐的眼神好像怪怪的,话里有话,然后顺着他的目光,看到昨晚柜子上没来得及收起的菩萨像,冷汗当时就下来了。

"我错了。"我赶紧说,"我立刻就把平板还回去,真的,我都没跟叶伽蓝说过话!你的菩萨像我不是故意的……"

钱唐望着我一笑,抽回手。"没事。"他这么说,"留着吧。"

到了第二天下午,一个平板电脑厂商代表来了。他们正好推出新型平板电脑,打算用《绿珠》宣传海报当噱头。拍摄期间,他们希望主要演员的通讯客户端都是本品牌。

卫导自然看不上这等小恩小惠,坐在机器后冷冷哼了句:"钱唐又拉新赞助了,多事!"

电脑厂商给主要演员和工作人员免费发了新平板样机,正好是叶伽蓝送我的同一型号。一时间,人手都捧着相同品牌的平板电脑,大家都对白来的东西挺高兴。除了我和叶伽蓝。

我是因为心虚,叶伽蓝不高兴就肯定是因为别的了。

他把我堵在化妆间门前。"那平板电脑……"他欲言又止,单手撑着墙。过了一会,叶伽蓝好像想通什么,他掏出自己的手机,"李妹妹,你上次到底玩什么游戏?我没找到。"

我懒洋洋地说:"我没工夫和你玩儿。我得背台词。"

叶伽蓝低声说:"别这么正气凛然地看我,妹妹,我没想怎么着。交个朋友啊。交个朋友又不违法,你又不是钱唐的女人——你不是他女人吧,劝你别啊。钱爷最近不是和梁细细复合了?"

我转身就要走,最讨厌炫富且八卦嘴碎的人了。世界大体是公平的,以叶伽蓝那种低智商,要是他祖辈再没点钱。那就的确太不公平了。

却听到他在后面说:"怎么那么清高啊?我可是听说,你在香港,到处跟人宣扬自己是个处女?"

我眯着眼睛,缓慢靠近叶伽蓝,趁着他眸子里有点慌乱,一脚踩上他的脚背,再把他胳膊往下狠狠一拉。

秀佳他们本来就在我身后聊天，半分钟的工夫，叶伽蓝坐倒在地上。这人也是倔，依旧没喊。既然没喊，我就继续猛踹，我打人的时候最讨厌我打的人不吭声，没成就感啊。

贾四先看见了，他迅速拦着我。秀佳狠狠瞪我眼，赶紧和爱沫把叶伽蓝扶起来。

"我压根没打他脸，"我义愤填膺地告诉秀佳，"他故意捂着头！胆小鬼！王晟是不是又远程骂我了？你们管不管啊！"

叶伽蓝的经纪人和助理也慌慌张张跑过来："怎么了怎么了？"

叶伽蓝是个小白脸，但他是一个很有钱的小白脸。而一般有点钱的人都要点脸，他不肯承认被我打，强笑着："没事，刚才摔倒了，李妹妹把我扶起来。得，我手机呢？"

我在秀佳目光的逼迫下，不得已把角落里他那破手机捡起来，再假装乖巧地递过去。

他沉默地接过来。到了这时候，我总得想句话说吧，于是犹豫了半天说："你这金色诺基亚挺好看的。"

"这是 VERTU。"叶伽蓝纠正我，他的面皮白净，当嘴角浮现一丝笑容，就显得格外阴森和若有所思。他缓慢说："看来，李妹妹你还真是什么都不知道。"

秀佳把我往后一拉，她和贾四笑眯眯打圆场，还说要出动钱唐请他吃饭什么的。叶伽蓝经纪人对刚才那一幕有怀疑，但叶伽蓝不说话，他也就还算礼貌地应付着。

互相说场面话的时候，叶伽蓝低头揉着胳膊。他没再看我，仿佛刚才那刺眼笑容就是我的错觉。

我马上就要过 17 岁的生日了。

最近，在卫导整日温水煮青蛙的熏陶里，在尹子嫣从不浪费胶片的刺激中，在逃避秀佳唠叨我动手打人前，我进入绿珠模式，感觉是活在 1 000 多

281

年前的宠姬绿珠小朋友。

不过更多时候，我还是李春风小朋友。

每当开机前，我都会找个软绵绵的东西暴打5分钟。这是李春风的解压方式，但钱唐笑说我是胡文静附体。想想还真是，自从养成开机前暴打东西的习惯，卫导都对我态度好了点，大家估计都怕疯子。

这么多天下来，邱铭和我相处得挺熟的，他被卫导折腾得不轻，最近有点感冒，多数时间也在行军椅上躺着，用保温杯喝参汤。我让爱沫匀给他点热水。

邱铭主动问我，需不需要一起合照上传到微博，帮我宣传。他提这个建议的时候没看我，略微看了一眼秀佳。秀佳立刻让我谢谢邱铭，她的脑子里显然飞快思考着。

最后，秀佳将半个决定权交在我手上："春风，你想穿白衣服拍，还是穿紫衣服拍？"

说是随便拍照，也拍了八九张。我选了一张极丑的鬼脸，秀佳则坚持用张正常的。邱铭索性把2张照片都发到他的微博，这事立刻成了当天热门话题，叫"论正常人见到男神如何一秒变成狗"。

我期期艾艾地问秀佳，我和邱铭会不会因为这合照，而开始传绯闻。秀佳冷漠地回了我3个字："你不配。"

瞧她话说的！我郁闷地说："到了电影宣传，媒体不会捅出我住在钱唐家？"

"你家小区不属于民用区，地址都不允许公开见报。宣传媒体的事，你不用担心，哎，对了，"秀佳说，她最近也多了个毛病，就是很重要的话总放在最后说，比如现在，"你还不知道吧，小王导同意签约CYY了。钱爷今晚要回城了。"

临走前，我和钱唐在影视城的小饭馆里单独吃了顿饭。

钱唐绝口不提王晟，他嘱咐了我几句："自己警惕叶伽蓝，和邱铭不要走得太近。卫导那里要有礼貌——"

我点头往嘴里狂塞各种肉食，心不在焉地听着。

钱唐望着我，他用指节叩了一下桌面："特长生，我希望你听一下我的话。男女有别，不是所有年纪大的男人，都把你当小孩看。还有，别再傻盯着我，我不像你眼前的这顿饭，吃完就会消失。"

我可懒得管他，该吃吃，该继续望他就继续望着他，反正看几眼又不会死人。钱唐对我也有点头疼，他换了话题："要过生日了？我跟卫导打过招呼，让你休息半天，秀佳那里也让她对你松点。"

他再温和地问我："有没有想要的生日礼物？告诉我。"

我愿意拿盘子里很难吃但很珍贵的咕噜肉打赌，钱唐仅仅知道我快到生日，但压根不知道具体日期，他仅仅知道要送生日礼物意思一下，但压根不会上心为我挑选礼物。

这人洞察人心，然而对某些稍微用一丁点心就可以发现的东西却从不屑去发现。我对他这种作风无可奈何，也不想为他的骄傲埋单。

于是，我更不上心地回答："CYY不是刚签了王晟，你把她叫过来，让她给我磕3个响头当祝寿礼物。"

钱唐笑着回我一句别胡扯，这话题也就轻描淡写地放过去。

娱乐圈的人都有一个德性，就是说话不靠谱。比如卫导，他说好生日的时候放我假，但在那天没放假，硬生生地用3台水车轮番把我浇晕了。

那是一场连续拍了3个大夜的重头戏。工作人员都站在岸边上穿着雨衣，卫导拿个扩音器，骂完剧组后又开始骂我，因为我和邱铭得跳进湖里，是我最先蹦到湖里，穿着铅球般沉的衣服在人工雨里跳一场舞。

那场舞，我练习了足足半年，每天都压腿。但我来着大姨妈，半个身子泡在水里，水车往湖里浇，接受补妆后再淋一遍，足足5次，洒水车的水不干净，溅到眼睛特别难受。

邱铭已经发烧了，双手冰凉，我俩总是有小状况，不停地NG。等卫导终于放人，我俩直接被扛着回去的。到了第二天，我眼睛肿得老高，也开始发烧了！但邱铭反而没事儿了！

唉，我的身体一直特别好，小病小灾都少。这两年不知道触了什么霉头，不是濒临绝经就是生病。青春小鸟难道抛弃我了吗？

卫导探望我两次，让我好好休息。邱铭送了我一个大而香的花篮外加一只戒指，听秀佳的嘶气声感觉应该挺好看，我眼睛蒙着纱布也没看见。

尹子嫣也象征性地探望我一次，我趁乱摸了她的手，特别软，跟我妈似的。据说叶伽蓝也看望我，不过没说上话。我躺在房间里把生日耗过去，也错过了剧组开放媒体的第一次探班。

眼睛的红肿总不退，发烧是病毒性的，左耳在夜里锐疼。我吃了药后在床上翻来覆去，爱沫和贾四日夜守着我，等后来好了点，秀佳坐在床边跟我说话，我让她给我读剩下的剧本。

一天睡得迷迷糊糊的时候，感觉有人坐在我身边，摸了下我的额头。

我最近天天被人握手摸头，享受临终前的待遇，但不知道为什么，我这次下意识地就问："是钱唐吗？"

钱唐按住了我想摘眼罩的手，他的语气听起来好像不太好："怎么就病成这样？"

我回答不上来，摸索着向他声音的方向，竖了俩手指，再被钱唐捏住两根手指头："哎，我从外地中止会议，特意飞回来看你，就得到这待遇？"

钱唐的口气不像邀功，但说完那句便没音儿了。

房间里很安静，过了一会，我试探地再叫他声："钱唐你还在吗？难道我他妈病出幻觉了？"

下一秒，手指尖再疼了下。钱唐放开我的手，他说："我得咨询一下医生，总说脏话这种不齿的毛病，能不能也一块治了。"

我这才确定钱唐真来了，世界上没人把脏话说成"不齿的毛病"。

"你怎么来了？秀佳跟你说我快挂了？还是，我真的快挂了？"我将信将疑的,"钱唐,我没得什么重病吧?"

钱唐冷哼一声,他拖长语调回答,"别紧张。你能活得好好的。"

我追问他:"可是,你为什么特意赶来啊,有事打电话不行吗?"

唉,你要理解一个病人的惶恐。

向来日理万机,只是捎带关照我的钱唐,大老远地赶来探望我,套用句台词就是"寡人不胜惶恐"。我内心隐隐感觉都对不起这种重视,唉,是不是得至少得摔断条腿,才能报答他啊!

但我的发烧只是小病,除了眼睛还都快痊愈了。讨厌,钱唐总不按套路出牌!

我焦躁地想扯眼睛上的纱布,钱唐手快地重新按住我。他略微迟疑了一下,就顺着我的话说:"这次特意来,其实是想问你……想好要什么生日礼物没有?"

"啊?"

钱唐淡淡地说:"特长生,你一个小姑娘,孤身在外,第一次拍戏,还要自己过生日。现在生病了,身边又没有家人在旁边。我实在应该多照顾你,但……"他好像无声地笑了笑,继续说,"我之前问你想要什么礼物,也是想多了解你的喜好,并不是不重视你,或者忘记你。你也不要多想。"

估计是深夜,估计是我大病初愈心情比较脆弱,估计是我本质上好强,不能忍受这种莫名其妙的安慰,因此听完钱唐说完这席话后,我第一反应依旧是脱口而出的:"我靠——"

钱唐沉默片刻,反问我:"这就是你想要的生日礼物?"

钱唐的掌心还覆在我眼睛上,隔着纱布,好像把他的体温都传来。我的脸猛地烧红了。王晟跟我开这种黄段子没关系,反正她是女的,脑子里都是水。但钱唐,他,他怎么能——

我恼羞成怒地甩开他的手:"什么话!你是不是刚从王晟身边回来啊!庸俗!无聊!去死!神经病!你走开!"

钱唐顺势问下去:"那你到底想要什么礼物?或者你有什么想要实现的东西,能不能告诉我?。"

我沉默片刻,说:"你这人,怎么总愿意逼人收礼物啊。那么,你就给我随便讲一个古文故事吧,挑个有意思的说。我实在不想听秀佳跟我念那破剧本了。"

钱唐笑着说:"悉听尊令。"

我说:"尊你个大头鬼。"

脸被不轻不重地再掐了一下。

那天晚上也就没有更多的情节了。钱唐估计真是挤出的时间,匆匆赶过来探望我病情,第二天早上又离开。临走前,钱唐自嘲地说:"应该多陪你一会儿,但很多事情等着我,实在分身乏术。"

我问:"你去忙吧,我能帮你做点什么吗?"

他摸了摸我的头:"就一个字,乖。特长生,这能做到吗?"

"比较难啊。"

钱唐走了,同时,房间里摆着的那个地藏王菩萨像也被他带走(钱唐说什么它冲到我了)。而等他离开,秀佳才透露,原来我发烧最糊涂的那两天,每天晚上都缩着身子哭(这绝对不是我)。中途期间貌似好像喊了几句胡话,叫了别人的名字。

"我喊你的名字了是吗?"我赶紧问秀佳。

秀佳跪在床上整理着我的剧本,她眼睛看都没看我:"你就自己默默哭,一直嘟囔说不想回家。然后喊两个人的名字,什么李权,和钱唐。是我给钱爷打了两通电话,让他过来看看你。"在我羞愧的表情中,她再安慰我一句,"你病中重复最多的还是,不想考试和想吃肉,你有多饿?"

我听完秀佳的话,真想自戳双目。

怪不得,我发烧这点小事都能惊动钱唐,让他特意丢下工作赶来看我!他一定觉得我特别喜欢他特别依赖他,生病迷糊还喊他名字。

"孽缘。"秀佳小声地说,有点无话可说的样子。

冤枉死了,我发誓自己彻底没印象了。

几天后终于病愈,我重新戴着假头套坐在卫导边,仔细地看他摆弄那3个机器。

导演并不是耍威风,反而是求人多的工作。戴着耳机的卫导几次被我的裙子所绊倒,他打量我一眼:"病好了?又有劲儿烦我了?去去去,到一边儿去待着背台词,待会儿叫你。"

片场里每个人都在忙,我安心地握着剧本,坐在导演的软便携椅上,想到钱唐那天晚上随口给我讲的故事。

桂林有个韩生,喜欢喝酒也喜欢法术。一天,他和朋友在外夜宿,半夜走到院子,用勺子舀着院子里明晃晃的月光,作势放入篮里,然后说:"今夕月色难得,恐他夕风雨夜里,留此待缓急尔。"

大伙都笑话他神经病。但到了第二日,一行人坐船至邵平,夜间挂起大风,没法点蜡烛喝酒。朋友想起来昨晚的事,再取笑他:"子所贮月光今安在?"

韩生就笑了,他取篮杓一挥,白光燎焉见于梁栋间。连数十挥,一坐遂尽如秋天晴夜,月光潋滟,秋毫皆睹。大家就着韩生储藏的月光,重新开始喝酒作乐。

钱唐之后还讲了几个别的小故事,但我只记得这个,也不知道里面什么穷酸情节触动了我。

也许和心境有关,我身为一个固执的人,但不喜欢固执这个品质,更喜欢洒脱性格的人,比如韩生又比如钱唐。

韩生储藏月光,又懂得挥洒月光,这个古人是活明白了。我从小打定主意,不会变成我爸那样固执的人,就算我哥死了,我爸还会用一辈子总想着他。

我始终告诉自己，我喜欢钱唐，那只是一阵子的情绪。谁又知道这份喜欢能维持多久？也许就像钱唐曾经说的，等我年纪再大点，这感情就慢慢淡了。现在我要做的，就是等待。

钱唐就是我的月光，无论我从他身上尝到什么甜头，都该明白，所有美好东西的本质，都应该是透亮和自由的。他们是会离开的。

不知道我把这意思说明白了没有。

我被骂完场记的卫导轰下软凳，重新提着裙子，回自己的特定小马扎旁，发现专属座位已经被人占了。

生了场病，我的脾气可能大了点，不太乐意别人占我座位。"请问，你是——"我板着脸。

我看到了个熟悉的女光头，银耳钉闪闪发光。

"再叫我一声阿姨试试？"萧玉玲冰凉地截住我，她的口气不太好。

我立马改口："玉玲大指导！"

萧玉玲作为电影的特聘武术指导，她的到来，为剧组注入新的血液，也让我除了等戏外有了事干。

我的戏份拍摄有3个月，我缠了萧玉玲2个月。自从她来了，卫导和邱铭他们在我眼中，就像过眼云烟。

其实我当演员新人，受过委屈吗？说实在的，除了王晟，目前为止还真没人特意为难我，大家很忙的，没人会欺负我。

秀佳也让我少操心这些人情世故。她说我幸运的地方，就是根本不用操心这些。

"通通都由我来帮你解决。我解决不了的问题，还有钱唐。"秀佳非常自信，我发现钱唐身边的人提起钱唐，都有种隐隐的自信感，怎么来的啊？

"所以，别人送你什么，跟你许诺过什么，第一时间要告诉我。不要着急做决定。如果对我不好意思说出口的事，告诉你家钱爷。最重要的是，做事情一定要和我们沟通，不要有秘密，好吗？"

不要有秘密，这句话是钱唐很早之前告诫我的。比起"不要自作主张""不要擅自行动""不要额外生事""不要不负责任"，钱唐显然用了更委婉的词劝阻我。

但首先，委婉这招对我没用，其次，我缺乏秘密。倒是在骚扰萧玉玲的过程里，我发现了她的一个小秘密：萧玉玲貌似喜欢邱铭。

萧玉玲的私人手机屏保是邱铭戴着墨镜的照片，面孔身姿都模糊，平常人完全看不出来。但我不是平常人，3个月的时间里，我每天近距离对着邱铭的脸，难听点说，邱铭就是烧成灰，我都能认出他来！

"萧姑娘和邱铭的事，可都已经不是秘密了。"秀佳扬眉说："人人都知道但人人都不点破的事，还算秘密吗？"

正在帮我收拾行李的爱沫点了点头，显然也知道这事。

邱铭和萧玉玲相识于早起的某武打片，萧玉玲帮当时还跑龙套的邱铭推荐了第一部电视剧，并助他签约了梁氏娱乐。据说，两个人还交往过极短的时间。

秀佳又扳着指头："邱铭可不是一个善茬，他呀，从小混江湖出来的。倒是萧姑娘性子淡，近几年又信了点佛，有出家的打算，被家里人拼命拦下。听说，当时也是萧姑娘甩的邱铭。但邱铭这么多年一直否认。一堆恩恩怨怨。"顿了顿，她又问，"对了春风，一直忘记问你，你和萧姑娘又是怎么认识的？"

"这是秘密！"我得意洋洋地说，本来指望她们追问我。结果秀佳和爱沫都露出完全不感兴趣的表情，让我憋屈了一会。

谢天谢地，电影里我的部分终于到了尾声。说句大实话，到后来，我都不知道自己演什么了。明天正好休息，今天深夜还要赶回城去约见造型师。

邱铭等戏前，他若无其事地问我了句："喜欢戒指吗？"

我不由得猛想这到底是哪段的台词，只好说："我又忘词了，不好意思，等我看一下。"

邱铭却重复问了一遍:"你生病的时候,我送你的戒指,钱唐没有收走?"

我这才想起来:"没有。在我房间,你想要回来吗?"

邱铭眼廓很深,定定地看人的时候仿佛有辐射。他露出个很淡的微笑:"留着吧。"又补充说,"是礼物。"

我现在真希望邱铭在说台词,我起码能知道怎么接下去。

"谢谢,你太破费了。"

片场里人多口杂,秀佳和爱沫基本上不多说话,但在我房间里和回城的车里,她们总是肆无忌惮地八卦,贾四还在旁边补充要点。

我让他们格外说了说萧玉玲,圈里人称她为萧姑娘(据说他们武行讲究辈分),签约的梁氏是圈内最老牌的娱乐公司,萧玉玲的表姐(还是表妹?)就是传说中的梁细细。

梁细细这名,我没入行前听过很多遍。可惜年龄和照片都是谜,完全没头绪,但她显然是钱唐之前制作电视剧传的绯闻女友里,最有实力又最低调的一位。

基本上,张雪雪是我见过钱唐第一个也是最后一个真身绯闻对象。再以后我闲着没事,想盘问钱唐从前一长串的情史,完全无从下手,全部被钱唐遮过去。这大尾巴狼!

听着听着八卦我就困了,模糊中,秀佳轻轻捏了一下我的鼻子。

"把空调关了,别冻到她。跟了这丫头快半年,她也是娇生惯养的,倒是没叫过苦。"

贾四说:"春风是小旋风,睡一觉等于充电。起来又没人敢招她了。"

姑奶奶只是睡觉,这还没死呢!但我太困了,头一歪就睡着了。

回城的这三四天,简单来说就是把几个造型师气走的过程。

首先,我根据自己三围,搞了个塑料模特的假人,然后是联系厂商品牌，从衣服鞋到首饰，不停地和品牌公关交流。当演员有点好，我总能发现身上存在以前从没注意的新特征。比如说，我也是个有虚荣心的人。

我坐在华丽的改衣室，把画册里各种花里胡哨的衣服穿在身上，这幻想就挺美好——直到我的裁缝（还是专业形象设计？）极力鼓吹旁边一个中年阿姨："你一定要打美白针！你得白，白了才能有气质。像她就不用打，她有气质。穿衣服好看，不用细挑。"

我发现他的"她"居然是我。回去后，我兴奋把这事告诉钱唐："你知道这事说明了什么？"

钱唐在我絮叨中，终于抬起眼皮看我一眼。

钱唐创立的 CYY 高调签了张雪雪和王晟，最近发展的迅猛势头，堪比窗外骤然热起来的速度。简单来说，CYY 就是把从前签艺人人身的经纪合同拆成一个个分块，和艺人签的所有合同都属于"战略合作"，代理宣传、影音，还为企业品牌客户提供艺人的营销和品牌咨询。

很多艺人对 CYY 报出的低佣金感兴趣，但多数持谨慎的观望状态。钱唐的人脉惊人，但做事特别稳，没有急着宣传 CYY，一方面培训经纪公司的人员；一方面加固之前工作室的编剧队伍；一方面广泛社交，接触他感兴趣的艺人和奢侈品公司。

我抓紧时间和他贫嘴："因为那阿姨看上去就比我有钱，在她身上容易创造需求哇，所以裁缝就撺掇她打针，对我就说不用打。对症下药，销售的手段！"

钱唐重新看着眼前的电脑："下个月你要飞湖南，顺便看看野生动物园长对你和其他动物的态度有什么不同。"

回城的几天，钱唐大部分时间依旧不在家。

我问过钱唐，为什么总是参加应酬，他会振振有词说什么影视行业的老总和普通公司不一样，财务行政可以做到术业有专攻，但影视公司的老总往往需要亲自出马，去处理导演、编剧等多边的商务关系。

钱唐这么说的时候,我逼着他陪我在一家餐厅吃饭。以他的工作行程,以及我的节食大业,也只能陪我吃顿早餐了。

钱唐抱着臂说:"特长生,照你这手劲,电梯只可能被按坏。"

我依旧疯狂按着电梯的按钮:"我穿这鞋就像站在铡(cè)刀上!"

钱唐这才留神看我一眼。我拍完《绿珠》,就要飞去长沙参观野生动物,之后的路演要穿高跟鞋。秀佳索性把我的平底鞋都收走了,让我平时穿着高跟鞋多练习。

钱唐昨夜显然很晚才回家,今天又被我喊起来吃早饭。他收拾得挺体面,脸色倒是看不出疲倦,但说话语速慢了点:"那字念zhá。"再把胳膊朝我弯过来。

我不明所以,他再解释,"可以扶着我的手。"过了一会,钱唐皱眉推开我,"扶着我,不要全身都扒着我。"

我只好松开他的手。

钱唐低头看了看我,还是用手撑住了我:"特长生。之前答应你的剧本,我写完了。"

"又是什么剧本?"我现在听到"剧本"和"盒饭"两词,都下意识撇嘴,等撇了会嘴,才想到八万辈子前逼着钱唐给我写的剧本。

钱唐把我的表情尽收眼底,他这人有点文人的小气,等走出电梯,也没再装绅士费心扶着我,自顾自先走了。

我只好穿着高跟鞋,追着他进餐厅。落座的时候,钱唐闲适地把早餐都点完了。我气急败坏地踩了钱唐一脚。

他吸一口冷气,我假惺惺说:"眼神不好,被桌子绊了一下。"

"应该不是桌子的问题。"钱唐冷冷地说,"这桌子肯定知道我的皮鞋和剧本的价格都不便宜。"

"谢谢你。这总行了吧?"我说。

等我再回到剧组,补拍几个镜头,《绿珠》终于完事了。终于。

卫导单独请我吃了顿饭。钱唐也赶来，在席间他和萧玉玲叽叽喳喳地说话，也不怎么管我。

我喝了点钱唐带来的红酒，敬了卫导一杯。卫导等我喝光了红酒，才略微抿了一口。他盯着我，那眼神我有点熟悉，就怕他抓着最后机会数落我几句。

果不其然，"你没什么拿得出手的演技——"

我不知道该怎么回答，只好悲愤地坐在他身边。也不想反驳为了这3个月的拍戏我都放弃过什么，但的确本人尽力了。

"我知道你努力了，所以才为你遗憾——《绿珠》之前的剧本对你虽然难了点，但攻克下来，你的演技能得到很大提升。偏偏钱唐给你改简单了。"

钱唐听到自己的名字也看过来。卫导看着他，冷冷地说："这是个好姑娘，你别误了她。"

钱唐和我的目光在空中交汇片刻，萧玉玲坐在旁边一点声音都没吭。我又尴尬又烦，但这3个重量级人物，谁都没法得罪，只好来回摆手："不不不，我也不是特别好的姑娘，我见过更好的。"

卫导沉默片刻，我觉得他又想大耳光扇我，于是赶紧谄媚地给他倒酒。

"总之，以后要更努力。日久见人心，人生就是场马拉松，得撑住。"卫导饮尽我敬的红酒，"电影是个好东西，是艺术，是梦想。而你想要多好的东西，就得拿自己的一辈子来换。不能凑合地做垃圾。"

我心想这话题深了，该怎么接下去。楼主加二？钱唐适时举杯："敬艺术，也敬卫导——"

不知道是不是我错觉，钱唐好像一直懂卫导在说什么。不过，钱唐兴趣缺乏，并没有把卫导说的那些东西看得那么崇高，他和王晟那种二混子型的导演更能聊得来。

至于我？我在饭局上只负责吃，我觉得和他们这伙人都聊不来。到现在，我也算拍完2部电影，但你跟我说电影是什么，艺术是什么。我只能说，我不懂的东西，我讲不好。

席间没留神多喝了点酒，直到钱唐夺了我杯子，才感觉脸有点发热，萧玉玲陪我在外面站了一会，她的光头在夏风里看着特别凉快，萧玉玲是我在剧组唯一呕心沥血想认识的人。可惜她总刻意和我保持距离。

我问她："你拳法都那么好，为什么还参加空手道夏令营？"

"有人让我看看你。"萧玉玲简略地说，她微微一笑，"现在看来，她的担心不无道理。你的确挺让人意外的，居然还当了演员。决心不小嘛。"

我的心提起来："呃，是……梁细细让你来的？"

萧玉玲却自顾自地说："再过5年，我的资历就可以收徒弟。你想不想跟我学拳？我的拳法是中华南拳流派，你那空手道一套的，得全部废掉——"

我摇了摇头："不不不，我只想学空手道。"

"空手道？呵，练出个二流的空手道水平，你能开心？"

我坚持着："可是，我只想学空手道。"

萧玉玲沉默片刻："性格倔，还那么二缺。"过了会，她又说，"那钱唐呢？你是为了他才当演员，我告诉你，没用。他身边这种姑娘多了，你打算没名没分的跟他多久？他不会和你结婚的，你家里也好，也不想想你父母的意见——"

"特长生？"

钱唐站在我们不远处开了口，他头顶的灯光盖住脸色，看不清楚表情。我喝多了，头有点晕，迟疑片刻跟萧玉玲说了声再见，转身向钱唐走过去。

萧玉玲站在原地看着我们，她抱臂冷冷地说，"你和这丫头是有点配。小丫头是这里缺东西。"她指了指她的太阳穴，"而阿唐你呢，你是这里缺东西。"萧玉玲指了指自己的胸口。

我晕晕乎乎地被钱唐扶住，心想哦了，钱唐是平胸。

钱唐听了萧玉玲的话，似乎在考虑要不要说点什么，随后决定不说了。他说："玉玲，多谢你片场里照顾春风。"

"别谢我，"萧玉玲冷冷地说，"这丫头，我想让她离我远点都做不到，简直就像苍蝇。"

钱唐领首："我理解。"他随后补充，"我对着梁细细，也有同样的感觉。"

萧玉玲一时哑然。

钱唐语气温和的，但他毫无表情地再重复了一遍："跟苍蝇一样的东西。你别跟她学。"

不管什么时候，不管真情假意，钱唐都会维持最低层次上的风度，不让人太难堪。但我不愿意拿"好脾气"来形容他，因为失去耐心的时候，钱唐的态度就骤然像冬天寒风里的车皮，寒冷彻骨，刮得人骨节都疼。

钱唐把我扶回房间，一路上我俩都没说话。他估计想试探我清醒不清醒，逗我一句："特长生？"

我拼命压着舌头，决心不吐出来，从嗓子眼里挤出句"嗯"。

"卫导酒席上说的话，有什么感触？你当演员也好，需知——"

我一直警告钱唐，他一喷古文我就想吐，钱唐也肯定没当回事，但现在，他估计要当回事了。

钱唐这次开的房间比我低3层，进了他屋，钱唐一丁点都不含糊拿着杯矿泉水往我嘴里硬灌，完全不拿我当人。我推开他，跑到卫生间就哇的吐了。

钱唐在旁边把我扶起来，他不是爱沐，拿毛巾给我擦嘴的姿势不太温柔，而且他还厌恶地说："你吐我浴缸里了。"

我两眼通红地瞪着钱唐，趁机会踹他一脚："我自己收拾不行啊！"我用手背抹了抹嘴，摇摇晃晃地躺他床上，"给姑奶奶弄口水喝！"

他冷笑："独夫之心，日益骄固。"

"你再废话，信不信我吐你床上？"

钱唐气笑了，他转身想走，我却死死拉着他大腿。

"你和梁细细什么关系？你俩现在还有关系吗？你俩多少年了？她有孩子了是吗？她怎么又有孩子啊！你是不是恋老癖！"我一边问他，一边想用

295

浮生若梦

枕头砸他脑袋。

钱唐夺过来枕头,警告我:"特长生,发什么酒疯!"

"今天是什么日子你知道吗?高考的第一天,我要不退学就能升高三了。我太伤心了,你说以后我干什么好啊?为什么《绿珠》完事了,我一点都不开心!"

我突然不说话了,直愣愣地看着钱唐,真心实意地说:"你要是我哥就好了。"

钱唐几乎立刻温柔地说:"春风,不如我就认你当妹——"

我顿时提高了声音:"不行,我不要当你妹妹!你要是我哥哥,那你得改名叫李唐!我还大礼堂呢!你要真当了我哥,我肯定一辈子都喜欢你,还是算了吧!我真的不想为你再难过了。"过了会,我又开始满屋子地嚎,"我渴!!!我要喝水!!!嗷嗷嗷!!!"

早上醒来,我头倒是不疼了,就有点晕。坐起来看见钱唐在床的另一边躺着。他睡相比我好,没盖毯子,露出一段清瘦的腰。

我赶紧检查自己衣服,倒是完好,但闻上去一股酸味。昨晚临睡前,好像再跟钱唐聊了一会,但现在怎么想都想不起来说什么,可以肯定的是,我当时特别语重心长,还打算慈爱地摸钱唐的头。被钱唐毫不客气地一把拍下来。

我跳下床,准备悄无声息地溜走,但怎么也找不到房卡,只好轻手轻脚地开始搜床。

摸到钱唐那块时,他一睁眼醒了,挪了挪身子。清晨里,钱唐的眼睛褪去锐利,看人的时候显得专注又善良。可惜,他的话不是。

"别再占我便宜了。"钱唐叹口气,"特长生,你昨晚不仅喝了我半瓶2007年的勃艮第红酒,还一直想摸我。"

我赶紧缩手:"你,你怎么跟我睡啊?我都喝醉了,你应该新开一房!知不知道避嫌?"

"昨晚是谁拉着我,不让我走,叫了一晚上我的名字,要和我聊聊人生？"钱唐面不改色。

我也感觉是我占了他便宜，有点无地自容："行了行了，再多说一句我杀了你！"

钱唐放过我："房卡在茶几上，回去后换好衣服，待会大堂见。"

我穿了衣服下楼，在跟剧组道别的时候还低眉顺眼的。秀佳额外提醒我，说请多去电影院为《时间止痛片》捧场。但我实在有点说不出口，怕电影不好看，浪费别人的钱。

"这有什么，演员就是推销！往后媒体见面会上，你也得学会如何处理回避自己不想回答的问题。"秀佳很有信心，"我已经把可能问到的问题都列出来，到时候培训一下问答。"

关于如何委婉的回避话题，我应该首先跟钱老师学习。

钱唐的厉害之处在于所有和他交谈过的人，都确信自己能给钱唐留下深刻印象——实际上呢？我这么通俗易懂的名字，当初钱唐也是问了好几遍才记住。

但世界上火眼金睛的人少，再讨厌钱唐的人，总能买他几分账。等早上我告别的时候，大家越过我后用更热情的语气跟钱唐说话，好像他才是在场地里含辛茹苦待了3个月的那位。这还有没有天理啊？

"别总说傻话，特长生。"

钱唐解释自己现在的工作就是和人打交道，而经纪公司的本质就是在人和人之间建立商业联系，维持人脉关系格外重要。当然他也不忘借机敲打我。

"你现在的工作是演员，演员最基本的素质就是形象。特长生，平时不要总把心思摆在脸上，也不要总表现得自己像局外人。这样的性格，在任何行业都会业余。"

这句话重了点，钱唐说完后看了看我。而我也看了看他。钱唐说："你现在内心是不是在骂我伪君子？"

浮生若梦

我坦率地说:"是啊。"

钱唐望着我突然笑出声,我这还莫名其妙呢,他就转了话题。

"昨天晚上,你问了我梁细细。有段时间,我的确和她走得很近。而这么多年,她也的确乐此不疲的在我生活周围绕圈子。仅此而已。你以为她真想进入我生活?她只是不敢彻底地走进我生活,这就是我和梁细细的所有。特长生,我没骗你,我的身边确实很热闹,但只是虚假繁荣。"

3天后我飞了长沙,每当对媒体有点无话可讲,都希望把钱唐那段话抄下来。什么叫声东击西又满腔废话的经典范本。

不过钱唐最后补充了一句,他微笑说:"假如梁细细能说出昨晚你的那句话,我早就去追到她。"

这怎么又扯到我了?我昨晚喝醉对他说什么了?我带着满腔的疑窦,在6月末的长沙被热得死去活来。

第九章　今天月是天上月

保护长江中下游珍稀水族动物的活动，是由省环保局、长沙林业局和共青团支部组织的公益宣传，主要让公众人物走访水族馆，来江边被蚊子咬，顺便还要学习动物知识。

这种活动通常没任何报酬。但是，省级政府请来的多少算脸熟的小明星，我跟着他们屁股后面打诨，却发现省电视台的镜头明显地偏爱我。

不光如此，到了聚餐的时候，我没被划拨到演艺圈的大厅，直接被提到领导的小包厢里了。

我连忙跟秀佳打听："这怎么回事？钱唐的意思让我陪酒？"

秀佳期期艾艾的态度，被我逼急了，才坦白说："唉，其实我们也不知道这事。"

我突然明白了这关键，立刻上网，输入我爸的名字。果不其然，我爸这几天就在湖南出差。

秀佳看着我的表情，立刻说："春风，这饭局不能取消——"

我板着脸说："放心吧，我跟吃的没仇。"

到了当天晚上，我穿了个特别暴露的小短裤和小背心，还逼着化妆师给我画了紫色的烟熏妆，总而言之，打扮成我爸最讨厌的"流氓"，就是见面时要气死他。

秀佳极力阻拦，但随后我接到通知，席位已经恢复正常，我和普通演员一样坐在大厅里吃饭——到底还是晚了一步。

我都能想象到，背后发生了什么，首先，肯定有多事的人知道了我是谁，向我爸打电话邀功："李部长，我们肯定会对您的女儿多加关照。"

"女儿？"我爸一定冷冷地反问，他的声音并不是寒冷，就是像死水般毫无波澜和毫无兴趣，"什么女儿？哦，她放弃正业，参加这种不入流的活动，倒也不需要多加关照。让她自讨苦吃吧。"

再搞不好，我爸还会说："她的事情和我有什么关系？我从来不把她当女儿，尤其是现在，居然当什么演员？还要糟蹋李权这个名？"

话说回来，我妈已经4个月没给我打电话了。估计是我爸拦着，也有可能他们在等待，等我碰壁后回来乖乖认输，居高临下地说"我早告诉过你——"

我爸还要再说一句："你居然改名叫李权？李春风，你真是小丑心态。"

但他错了。我心里告诉我爸："其实，我真的一点都不稀罕你的关注，爸爸。一点都不稀罕。"

我食不知味地坐在饭桌前，直到旁边的人碰碰我的手臂。

抬头一看，是个加长版瓜子脸的年轻女孩，虽然化着浓妆，但看上去不比我大多少。她特别自来熟地说："李春风？哎，你就李春风吧？"

我烦着呢，就说："不，我叫李权。"

对方眨巴眨巴她的眼睛，显然不太理解。过了一会，她再不甘心地问："你爸是李京吗？"

我终于打量她一眼："你是我爸的小情人啊？"

她一下子就笑了："你怎么那么逗，我要是你爸的小情人，那我爸不也得疯了！"她亲热地向我介绍自己，说是蔡某某的女孩，叫蔡林珊。

我心不在焉地摆摆手，让她别烦我。但这个蔡林珊凑过来低声说："你的鼻子也是整的吧？哪个地方做的？打针吗？我观察半天了，我就喜欢你这样的鼻子，高得特自然。好看。"

"啊？"

"下巴打了没有？我能摸摸吗？"

我怀疑这女孩说的是湖南方言。不然，我怎么一句都听不懂。

"你谁啊，你怎么认识我？"我问她。

蔡林珊吐了吐舌头："我爸说的，我爸是你爸的下属，就让我来找你玩儿。对了，其实我爸也特别不支持我到演艺圈，不过我跟我爸说，女生嘛，趁着年轻玩两年，出国混个文凭，怎么着也能嫁人啊。我爸只好答应我，没想到你也是这想法！而且你运气怎么就那么好啊，居然拍了两部电影。对啦，卫导人怎么样啊？邱铭呢，他——"

整个吃饭的过程中，我都在听蔡琳珊叽叽喳喳地讲话，什么她今年20岁，去年刚去日本整了鼻子，刚休养调理好了，打算进娱乐圈拍几部电视剧。

我被烦得够呛，但还是和她互相交换了微信。

秀佳听我说完，倒是毫不为奇。

"嗨，像这种小姑娘，圈子里不要太多。"秀佳低头按着手机，估计查蔡林珊的父亲是谁，"不过，你可以和她认识认识。他们真的有个挺高端的圈子，家世普通的都混不进去，都是要凭出身的。春风你就没问题的，闭着眼睛，秒杀她们。"

我讨厌听这种话，默不作声地看着窗外。长沙的夜色雾蒙蒙的，天空下显得低矮，而我开始迫切地盼望下个月《时间止痛片》的首映仪式。

趁着在长沙的两天，我把钱唐给我写的剧本看了一半。

说实话，我原本抱着很高期望，但不免大失所望，因为那是一个特别三俗的剧本。以前就知道，钱唐受到市场超出规模的追捧和漫骂，因为每年会制作稳定的狗血但特别叫座的电视剧。或者说，娱乐垃圾。

现在，我终于有机会见识到了，什么叫彻底的狗血恶臭肥皂剧。

故事主线讲的是双胞胎皇子，大皇子原本继承皇位，被老二毒死。千钧一发之时，大皇子的青梅竹马用巫术救了他的命，把他的灵魂转移到了自己身体上。没错,大皇子复活了,然后变成女人,再然后是一堆人马帮着变成女人的大皇子,重新夺位的故事。

钱唐又是在很长时间后才勉强对我招认,这是在工作间隙动笔的,他只亲笔写了前3集,随后就提供大纲,让手底下编剧补充细节,打算用这个糊弄给我当生日礼物。我就呵呵了。

"这是35集长的电视剧,开机的话最早应该十一月,等我再去问问公司里的具体进程。"原本说着话的秀佳抬头看了一眼我的脸色,不由一愣。

她紧张起来:"你这表情是啥个意思?你是不喜欢钱爷这剧本,觉得他写得不好,还是觉得你在里面戏份少……"

我缓慢地摇了摇头。

秀佳怀疑地看了一会我,继续说:"你的下半年主要是跑宣传,不会再接电影。一年内接这么多也吃不消,好剧本和好导演都有点难求。而电视剧方面,你目前的重心是——"

"不要脸!"我突然大声地嚷嚷。

秀佳吓得把手里笔都掉了,她瞪圆眼睛看着我!

我咬牙切齿地说:"玉玲大指导说错了,钱唐不是没心,他是不要脸!"

"……啊?"

很多人,也包括我,做不好一些事情的原因就在于"太要脸",拉不下脸尝试一些可能会被人拒绝的事情。但钱唐从他20出头创办编剧工作室,到如今的CYY,不管受到多少群嘲,雷打不动地只做纯娱乐。

换句话说,钱唐只做多情节、强冲突、高密度的电视剧。他的内容是为市场服务的,我听他每次打电话,更像一个会计师、一个资本家和一个历史考据狂,根本不像编剧或文人。

卫导和王晟推崇的"艺术"和"情怀",钱唐一笑置之。除了偶尔对我念几句酸诗,他从不轻易和任何人讨论那些更深层次、更沉重的东西。

如果不是我看过钱唐唯一的电影,我简直要用我们空手道教练的话,评价钱唐和我一样,骨子里"缺乏对这门古老艺术的敬畏感"。

我内心边骂钱唐,却也忍不住飞快地看完剩下的剧本。

人人都有恶趣味,钱唐的剧本极其狗血,但又像是环环相扣的铁链,总拽着你往下看有什么翻转,接下来怎么泼狗血。比如弟弟到底喜不喜欢哥哥,之后的阴谋是什么,尚书的女儿知不知道她的斗嘴对象其实是男的,那哥哥得到皇位后还能不能再变成男的。

这种剧本真精彩,隐隐地让人欲罢不能,但好看归好看,不能深琢磨。我总是在读的过程中出戏,想到钱唐隐在幕后的表情,动笔写这种白烂剧本时的嘴脸,冷淡嘲笑所有被假象所迷惑的人。

尤其是再想到主角可能是我,我就想哆嗦:男魂女身,怪里怪气的,干吗不好好写个女的啊。

钱唐在电话里听到我的评价后,他的声音有点奇怪:"嗯?"

"嗯什么嗯?"

他笑了:"你当初不是让我把你写成男的?"

我愣了一下。我跟钱唐基本无话不谈,早忘了以前随口跟他说过什么。再加上前段时间硬记下来那么多台词,大脑的确也出现重度损伤和断层。

钱唐提醒我:"你说你希望当男孩,说自己什么都吃,不愿意穿裙子,没留过长头发,也不会哭。你说你不怕失败,天天缠着我——"他顿了顿,不动声色地指责我,"你当初可是让我为你记了不少笔记。我的剧本把你这些要求都满足了吧?"

"总之——"我气急败坏地打断他,"你能不能再改改剧本?"

钱唐直截了当地拒绝。"这就是成品。CYY现在这么忙,这个答应你的剧本,估计是我近两年最后动笔的东西。"

那就不能多上心点来写吗?但我忍住这话,试探地说:"呃,那我能不演你这剧本吗?"

钱唐在另一端似乎又沉默了2秒，但好像是我错觉。他只说："你自己去和秀佳打好招呼。"

我听钱唐这么说，内心有点难过："为什么和秀佳打招呼啊？你不才是我的经纪人吗？而且，你才是秀佳的老板，你能拍板决定一切事情吧？"

钱唐笑了，他说："特长生，你可真是个能折腾人的。"

秀佳在我眼中的形象，一直是严肃紧张活泼，是镇定而有决断力的大将之风的人。

但秀佳这一次听完我的决定后，她立马急眼了，直接问我是不是被长沙热糊涂了，并善良地劝我直接跳到长江里清醒一下。

"我的祖宗！怎么又不演了？这剧不就是钱爷特意为你写的吗？"

我把心里话说出来："呃，我觉得这剧本是个三俗片。"

她接着跳脚："三俗？你还嫌这剧俗？你现在就拍了两部电影，可以嫌弃别的东西庸俗？你觉得以你的鉴赏能力，比金牌编剧都强？钱爷做过多少电视剧，我跟你说，编剧只要把故事解释合理，让观众有想看下去的动力就算合格。剩下的就是导演和演员的本事，你身为演员，要把编剧塑造的形象展现得合理，这就是你的工作。你懂不懂？"

我点头："我懂我懂。"

秀佳指着我的鼻子就破口大骂："你懂个屁！"

我忍不住哈哈大笑，秀佳气得拿起床上的布鲁特抽我，打着打着，她自己也笑了。

笑完后，秀佳愁容满面："春风，我每次觉得你成熟了点，你就开始给我掉链子！人家把路都给你铺好了，金光大道就在眼前，你偏不走。我也不教训你，你先告诉我，你是自己有什么打算吗？"

呃，我其实没什么打算。如果钱唐认为亲手写剧本就能让我感激，那我是挺感激的。但我也得承认，这么点程度上的东西难以满足我。假如一定要拍个白烂的傻剧，随便拍个就行吧，不一定非得是钱唐的剧本。

秀佳烦躁地抓了抓头发，她冷笑："是啊，不一定非得是钱唐的剧本，你当然可以试别的东西。但实话告诉你，剧本要多少有多少，角色要多少有多少。但差的多，好的少，选择余地更窄。就算碰到好剧本，每个公司都有自己当前最想照顾最想捧的艺人，你能确定自己到时候能当女一号？拿到差剧本，你跟着别的草台子混，能混出什么鬼？"

我不出声。

秀佳再深吸一口气，跟我促膝谈人生的郑重表情："春风啊，你告诉你秀佳姐，到底是为什么不想拍？是累了吗？还是——"

我说："因为我要脸！"

秀佳眼睛一瞪，又要骂我，这时候手机在旁边响了，蔡林珊约我晚上唱卡拉OK。

秀佳在旁无声撇嘴，意思是现在参加公益宣传活动，我不能出现在夜场。我暗暗希望，蔡林珊提个更正常的要求，这样我能立马答应。但除了唱卡拉OK，她居然想不到其他正常的业余活动，嗯嗯啊啊说不出其他。

我这头还干着急呢，秀佳就说："你问她城里有没有好的spa馆，今晚你俩一起去按摩吧。"

放下手机后，我挺不好意思地望着秀佳，感觉她看透我的小心思。

秀佳摇摇手，她说："算了，你今晚先放松一下。这么长时间，你也一直很老实。剧本的事，你别急着推，我们先缓缓——"

"因为太容易了。"我终于解释说。

我伸开双手，在面前胡乱地套了一个巨大的圆："你不觉得吗？钱唐给我弄的这一切，太容易了。"

在我爸给我上过的严厉版人生指南里，他总是警告我：人生很险恶，女孩子很容易受诱惑，因此要小心所有看似容易的事情。

我估计，他的意思是，当我们在面对容易做的事情时，反而会放低警惕和要求。以前总想，我爸只是想简单地多给我找点罪受，他就是想让我的日子不好过。

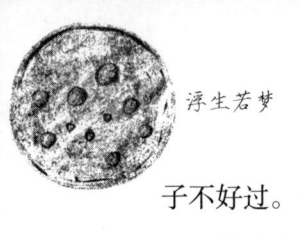

但这么多年下来,我真的习惯了他的理论。你说我自命不凡也好,妄想狂也行,眼看钱唐狗血横流的剧本,特意为我打造的角色,也许外人看上去这是金光闪闪的大道——我就是忍不住先怀疑一下。

至今合作过的两位电影导演,风格有所不同,话里话外可都是让我远离钱唐。我能隐隐感觉到原因,钱唐的剧本为什么能卖到那么高的价钱还有人买,就因为他的剧本像鸦片,有些演员不能离开他的剧本。而离开他剧本的演员,演艺生涯便再也没有起色过。

秀佳若有所思地说:"嗯,我有点明白你的意思。"过一会儿,她摇摇头,"不,我还是不明白。春风,你脑子里到底是什么东西?"

不过,她没有再劝我。

剩下几天公益宣传的录制,我在秀佳敬佩的眼光中(我自己这么认为的),过得扬眉吐气。而蔡林珊的存在,也让我心情非常之好。

贾四开玩笑说,我终于在演艺圈里找到知己了。其实也不是知己,蔡林珊岁数比我大,但她知道的东西显然不太多,是不是?

"哇,导演旁边坐的是录音师呀!我还以为是副导演,那副导演是干什么的?"

我想了想:"应该是管盒饭的吧。"

蔡林珊满脸敬佩地看着我,我一直认为,自己性格有那么丁点的天真,而随着开始拍戏,我还隐隐怀疑自己脑子有点不太好使。但是蔡林珊的出现拯救了我,和她相比,我简直是成熟冷酷优雅炫的大小姐。

和她相处久了,我觉得自己有点喜欢上她这种小白兔了。不过,蔡林珊不需要我喜欢,她父母在南方很有背景,而且有一个男朋友。

"我男朋友也是演员,他的脾气怪了点。但对我很好。之前他自己吃到新摘下的黄杏,觉得好吃,当天立马给我空运了三箱!"

我听得直流口水,回去缠着爱沫说也想吃黄杏。爱沫一边低头给她韩国欧巴点赞,一边说:"水果性燥,痘痘,首映。"

"哎哟，就吃一点点！"

爱沫想了一会才答应："到成都买。"

我一结束完长沙的公益活动，又要飞去卧龙保护区，参加一个保护大熊猫的活动。

等到成都，我终于拿到一小盒黄杏，不过那时候，又没有食欲了。

别看电视里的大熊猫憨态可掬，圆滚滚惹人爱。实际上，它们无比地臭。在进入熊猫馆前，摄影大叔提醒我要憋住气，我还八卦地问他："为什么？"

大叔没来得及回答，我就被迎风爬来的大熊猫熏出热泪。

真心形容不出大熊猫身上的味道，有一次，钱唐坏心地让我吃块法国的绿奶酪，我嚼几口发现不对，苦着脸吐到皮沙发上，被逼着用湿抹布沾着清洁水擦——那种混合食物呕吐化学味道放大个10万倍，就是大熊猫的体味。

大熊猫除了颜值，没有任何优点，皮毛摸起来很硬，指甲也尖，看人时把小黑眼睛瞪得圆圆的，阴阳怪气，完全没有国宝的憨厚觉悟。之前长江珍稀动物什么的都在水里，我还能想象炖了或者红烧的口味，但我一直都没思考好，大熊猫该怎么吃。

我问爱沫："今天咱们坐车回来，看到路边的人打麻将，他们桌子边放着的那堆小吃是什么？我感觉挺好吃的。"

爱沫想了想："你不吃辣。"

"那没关系，我边喝水边吃，你给我弄点来，咱俩一起尝尝行吗？"

秀佳突然冲进来，她果断地说："收拾行李！"

我烦死了："行了行了，我不吃不行吗？怎么老威胁我！"

"什么吃不吃的？你又要吃什么？"秀佳蹙眉，"收拾一下行李，我们要去广州。"

秀佳微笑，她看上去心情很好："春风，你可是赶上好事了。"

浮生若梦

王晟的电影《时间止痛片》剪完了,但是每年的7月和8月份都是黄金暑假档,文艺片排不进院线。

也该她运气好,香港最近连番曝出与内地游客的矛盾,在多重压力下,香港政府请求影院同期引进大陆片。为了照顾本城观众和内地官方的情绪,香港影院折中选择了有内地新导演指导,香港老演员参与,而且是文艺片加持的《时间止痛片》。

如此一来,王晟的电影不仅提前了档期,而且,在广州和香港双地首映。

"知道这件事多高大上吗?知道是多么好的开端吗?知道香港电影在亚洲电视圈的地位吗?知道这是多么大的馅饼,啪的一声就砸到你嘴里了吗?还是肉馅的!"

我立刻告诉爱沫,等到了香港,我要再去吃中环的烧鹅。秀佳收起笑容,拿起布鲁特抽了我一会儿,完全不尊重我练过空手道。

首映式前有几场媒体点映,我望着发给我的电影赠票发愁,想起曾经参加空手道比赛,也是拿着赠票都不知道给谁。一般都是求我妈去看,偶尔被我爸撞到,他还总嫌我吵我妈清净,再后来我直接扔了。

秀佳帮我做人情寄给卫导,再寄给曾经合作过的邱铭和尹子嫣,剩下的三四张余票,我全塞给了蔡林珊。

蔡林珊非常激动:"哇噻!你要送我票!到时候一定带朋友来!太牛了,电影首映仪式!哇噻!"

我很尴尬地告诉她,这电影里除了罗良友,完全没其他明星。

"没关系,你就是明星!咱们不是最好的朋友吗?我挺你!"

我在这事上压根儿没想到钱唐。等他也飞来广州和我碰面,半真半假地找我要电影点映票的时候,我当场就愣住了。

"你没票?没票就不能进吗?但秀佳他们能进,你也肯定能进。到时候,你就说我经纪人行吗?如果他们不让你进去看,我也陪你在门口站着。你不进去，我肯定也不进去。"

钱唐微微笑了："不敢当。"

我对他这种不温不火的态度急眼了："你是在耍我吗，你到底有票没票？"

钱唐这才皱眉："发布会上敢说一句脏话，你永远留在香港啃苹果。"

为了首映仪式的形象，我一天滴水未进，还在美容院做了半天的脸。此刻我越发拉着钱唐，不想让他离开："那个，钱唐，要不你今晚也去我屋睡吧。"

钱唐偏头看着我，面无表情的。我连忙解释："不不不，你别多想，跟那天晚上一样。咱俩聊聊人生。你睡在沙发上。"

钱唐却问："你什么时候住过我的房间？"

"啊，就那天我喝醉了——"我看着钱唐镜片后略微眯起的眼睛，突然醒悟过来，向四面八方的看了看，压低声音说，"哦，懂了！我以后不能说这种让人误会的话是吗？"

钱唐嘴角一提，慢悠悠地反问我："什么话不能再说？"

我忍不住撇了下嘴，这人可真没劲！

钱唐不愿意陪我进房间，我只好依依不舍地让他把我送回房间。为了多耽误点他的时间，我磨着钱唐陪我爬楼。酒店房间在24层呢，看谁耗得过谁！

钱唐扫了一眼我的高跟鞋，欣然奉陪。他这人有一点好，大事绕开我直接决定，小事倒是经常顺着我，好像饶有兴趣地看看我能折腾到什么地步。

我把高跟鞋脱了，光着脚就往楼上跑。钱唐愣了一下，立刻追我，而我在冲到23层楼的防火通道口，一下子就撞倒了王晟。

王晟比我晚2天到广州，除了短信互骂，彼此还没见着面。她还是老样子，穿着波西米亚式样的衣服，手上戴着一堆叮铃咣啷的水晶手镯和象牙。

王晟正靠在墙上抽烟，此刻趔趄地站起来，目光蒙胧地要往楼下走。我最初没察觉到她有什么不对劲，但王晟和我们擦肩而过的时候，钱唐突然伸手拽住她后领子，他不再装出爬楼时故意的气喘吁吁，利索地把她从消防通道一路拖到我房间。

我赶紧跟进了房间，钱唐已经反锁了盥洗室的门，就听到里面传来浴头淋水的声音、冲马桶的声音，以及王晟喉咙里咕噜咕噜呕吐和她痛哭的声音。

我顺手打电话叫了客房服务，盘腿看着电视里的NBA赛事，喝了淋了一大勺蜂蜜的热牛奶，等钱唐在厕所里叫我才敢走进去。

钱唐已经摘了他的眼镜，正漠然地用浴缸里的水龙头洗手，他衬衫袖子翻到手腕，其他衣服完好。王晟浑身湿透，狼狈地趴在浴缸边，钱唐的手一松就滑倒下去。

她全身打着哆嗦，完全没有那会子初遇和在香港导演时张牙舞爪的劲儿。

钱唐看都不看她，走出来，扬手把我桌上剩下的牛奶喝了。"怎么那么甜？"他微微皱眉。

我也急了："牛奶我喝过的！"

钱唐低头扫了我一眼，这时候，他戴上金丝眼镜，看人的时候毫不遮掩的锐利。但除此之外，脸上什么多余神色都没有。

"王晟今晚留在你屋里睡，她抽多了。不能让别人再知道这事，我现在调下酒店的录像。"

我愣了："抽多？什么抽多了？"

钱唐看着我迷茫的表情，微微一笑，但等他望着满脸萎靡的王晟，唇边淡薄的笑意又收起来。

沉默里，我已经想明白了："她是吸毒吗，不会吧？真的吗？"

钱唐低声说："乖，听我的话。其他的不要多问。"

好吧，我当然听钱唐的话。我从来没法拒绝他那种语气啊。

我费力地给王晟换下湿衣服，她手上那堆手镯是很大的障碍。我今天没吃东西，动一会儿就累得直喘气，跪在旁边打量她。王晟的样子的确有点不正常，整个人都像被抽了骨头，无力地垂着头，呼吸微弱，还不停地流着鼻涕。

我不禁毛骨悚然。以前在学校看过不少戒毒电影，据说吸毒的人为了毒品，会变得特别可怕。王晟会不会咬我？那我只好暴打她了。

我自言自语："虽然不关我事，但你为什么吸毒？我觉得，你这样不好。"

本来以为王晟不会搭理我，但她突然开口了，喉咙里含含糊糊的："狗屎！我抽的不是白面儿，就是大麻。没控制好，过了点量。钱唐，至于嘛，他早知道我抽……他又装什么清高……"

我也不懂她说什么，只好继续专心剥她衣服。王晟却开始没完没了地絮叨，她一个字一个字往外蹦："我是怕。我真怕，明天电影，反响差。还要去，香港。我怕，自己，有一天失去，自己的灵感。我怕，我很怕。我并不坚强。我并不像，钱唐那么坚强。我怕，我怕他对我失望。"

我握住她的手，鼓励她："不要怕！"

窗外突然打了一声响雷，吓得我猛地攥住王晟的手腕。她痛得说话都利落了："小处女，你和钱唐都想要弄死我？"

在本人人生中的第一次电影首映前夜，我不负责任的经纪人没有安慰疏导我，留给我一位抽大麻抽昏了头的导演。那位导演跟我嘟囔说她内心害怕，怕明天电影失败。

我真的就疯了！那我又能找谁哭去啊？

花了九牛二虎之力，我才将王晟扔到床上，窗外已经下雨，电闪雷鸣之中，我抱着布鲁特缩在她身边睡着了，但睡了没多久，好像刚合上眼睛，就被王晟的人马和我的人马分别叫醒。

秀佳端着咖啡走进来，正好碰到王晟被簇拥着走出去。她有些惊讶，但一丁点儿都没问。

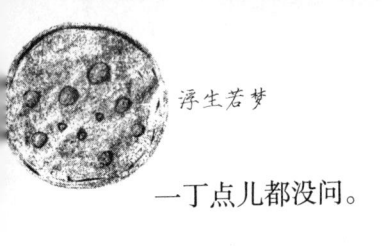

广州的首映式规模不大。

《时间止痛片》一共的投资成本400多万元，因此也比较穷酸。罗良友因为他父亲做心脏手术，缺席了广州的宣传。王晟一扫昨夜的失态，她在面对媒体时妙语连珠，记者问我的问题我有点发怔，她还接过话筒替我回答过去。

我放下心来，在发布会上开始溜小号发呆。这时，我看到钱唐正独自站在媒体的摄像机后面，我连忙盯着他。钱唐朝我眨了眨眼，随后身边人找他，他低声和别人交谈着转身走出去。

等一行人和媒体坐到电影放映厅，我又开始有点紧张。

即将要在大屏幕上看到自己的表演，像是面对未知的对手和未知的结局，过程已经无法改变。我指望身边的王晟能给点安慰或者打击，转头发现，王晟的脸色比我的更差。

王晟刚刚在发布会维持容光焕发的假象，这好像抽走了她10年的寿命。她不停地出虚汗，连矿泉水瓶都拧不开了。

"头痛死了，"王晟在我耳边呻吟，"钱唐那孙子，他昨晚到我房间里把布洛芬都搜出来扔了！装什么清高，神经病！"

我左边的位子一直空着，等有人坐下，才发现那是预留给钱唐的。

"王晟说她很难受。"我悄声地跟钱唐传话，"她说她想走。"

钱唐不动声色地对我耳语："电影开播后20分钟，她可以到洗手间休息10分钟。但她必须回来给我坐在这里。等电影结束后，这里还有庆功和另一场发布会，她全部都不能缺席。"

"可是，王晟看起来真的挺难受的，她说她头痛。"

钱唐的语气温和，声音也不高，却能让隔着我的王晟也清楚地听见，他冰冷地说："忍着。"

我昨夜同样没睡好，今天也是高度紧张，本来想劝王晟睡会就不难受，结果我俩身为难兄难弟，电影放映10分钟，就彼此靠着肩膀昏睡过去。

电影快结束前，钱唐提前把我和王晟踢醒。他昨晚也没睡，但全程清醒着看完整场电影，先深深看了我一眼。

"不错。"钱唐若无其事地说。

我跟在王晟旁边，对观影媒体一起鞠躬时，还琢磨他是什么意思？他在夸我睡得好，还是夸王晟的电影拍得不错？

晚上庆功宴的时候，只看了电影前10分钟的我心虚向秀佳打听："你觉得电影怎么样？"

秀佳还没说话，爱沫罕见地抢先："我喜欢。"

我不禁摇了摇头，算了，她俩的话不可信，我演一棵大树，秀佳都能夸我演出了枝繁叶茂的劲头。但我也不敢问钱唐的反馈，他可是清楚知道我睡着了。

总体来说，广州的首映很平淡。比较知名的影评人之后给出的反馈不好不坏，主要问题是故事的节奏过慢。但他们也没特意点出我演技烂，给整部电影抹黑。

我原本想溜出去到影院重看电影，但一直没时间，几天后到香港刚溜出酒店，门口有人堵住我。

几位穿着白衬衫校服的高中生，拿着《时间止痛片》的海报，找我要签名。我得承认，自己非常尴尬，她们反而比我自然，彼此用粤语说笑，再上上下下打量我。

我下意识地写"李春"，听到秀佳低声提醒"错啦"，才想到自己改了名。把一切应付过去，出了一身汗，怪不得钱唐不喜欢干这事。

秀佳却皱眉："字也太丑了点。回去后，你好好练练给你设计的签名儿！"

我没料到会被要签名，更没料到《时间止痛片》在香港票房一路缓慢飘红。刚开始，香港院线只在每天的非黄金档排一场。没想到第4天开始，场场满座，网上影片预定的票排到下一周。

等我和秀佳她们从迪士尼乐园玩完回来，酒店旁边的电影院的霓虹条目上，《时间止痛片》和同档上映的好莱坞电影并排挂着。而本地的电台很快就注意到这影片，他们随机在电影院前采访观看电影的观众。都是重复观众。

"我已经看过一遍了。拉着好朋友陪我再看一次。""我也看过一遍。这次想让男朋友陪我看。告诉他什么是真正的爱情。""我是罗良友的忠诚粉丝。""觉得拍得很不错。第一遍看完了，想重新看一遍"，"同事间口碑不错。"

这事不只是我，王晟和钱唐恐怕都非常意外，尤其是钱唐。

"谁能想得到？"钱唐挑眉评论，"成本收回来了，还让我赚了点钱。"

他说完后又沉默地看了看我，也不知道说想什么。

王晟的名字随着电影的热映，短时间内广为人知，被邀请到港大导演系做一个访谈，钱唐也同样被邀请。

我去健身房的时候打开电视，看到他俩坐在高台上的棕色的小沙发，畅谈华语电影的未来。比起王晟的滔滔不绝，钱唐自始至终没说几句话，只有王晟没听清一个英文问题的时候，帮她回答了电影起源的问题。

主持人问到钱唐自己的创作理念，他倒是很真诚："虚名在外，并不算是真正的编剧，专注发行比较多。如果你们要听对市场的解读，我可以分析一下。"

没人愿意听钱唐说市场。"市场"这两个字在大学生的眼里，就和我本人一样无人问津。所以更多时间，钱唐都凝眸把玩着话筒，任王晟和主持人，王晟和台下电影系的学生因为各种观念吵来吵去。

《时间止痛片》的票房一直很稳定地攀升，宣传海报在点击率最高的壁纸网站上，3周内下载量第二。但它到底是文艺电影，观众口碑和票房榜都挺好，并没有像老房子着火一样烧起来。

香港专业影评人更关注王晟的才华，香港观众更关注电影本身甚至配乐，演员被集体忽略，连罗良友都鲜有人评论。

我本来指望，有人批评或者表扬我演技。再不济，总该有人骂我长得丑吧。但姑奶奶什么都没捞着。唯一可提就是，香港八卦媒体某段时间想深入挖掘我辍学投入演艺圈的黑历史，后来悄无声息。

那我从电影里捞着了什么？就捞了点粉丝的礼物，以及酒店门口，零星的陌生人（都是女的！）找我签名。还有就是吃饭结账的关键时刻，见惯明星的香港小食肆老板瞥我一眼，压根没搭理我。

王晟、钱唐甚至是秀佳都忙到不见踪影的时候，我只需要忙完宣传即可，闲到和爱沫去了3次迪士尼乐园（确实挺好玩的）。

爱沫告诉我："你需要时间。因为大众还没来得及关注你演技。"

她解释："王晟的个人风格太强，剪片子的水平也一流。大家暂时关注的都是她故事里的感情，并不是演员本身。"

爱沫看我满头雾水，笑了："但我觉得你演得不错，达到及格线了。你的优点在于你不装，不会用小孩子的心态去演大人的感情，因此显得很自然。我很喜欢这部电影的镜头感，王晟确实是一个天才。"

我抽了个空，在酒店走廊里抓住王晟。

王晟吓到面部都痉挛了一下，她立刻把我甩脱。可能是心理作用，我最近看她有点神经质，虽然那晚之后，王晟恢复了那种嚣张的德性，但很明显地开始避着钱唐走路。

不过，王晟没有避开我，她揉着手腕狐疑地看着我："是你？你又要干什么？"

我只好就电影的事向她请求解惑，王晟听后，毫不留情浇了冷水。

"你想红是想疯了？这电影制作才花了多少钱，走到现在这步已经很不容易！刚开始拍的时候，我就告诉过你，想红就不能跟我，路子不同！你得另去找有噱头的电影，我可没求你拍，当初是你和钱唐巴巴地贴上来！"

我怒了："滚，我不想红！"

她斜睨着我："那你这跟我哭什么！不就是电影上映了，我身为导演，被人四处请着了，但还没人认识你，没人捧你，你心理不平衡了？"

我气得手发痒的，内心深处知道王晟说得不对，但也不知道自己该怎么反驳。

"片酬！"我突然想起来，"都这么多人看这电影了，我也演完了，但片酬怎么还没收到？你是不是想赖债！"

王晟哑然，随后她怒了："你平常学认字吗？都看不懂合同？片酬刚开始就全款付你了！还有，你别跟我哭穷！钱唐借我这电影一直宣传他那CYY公司，最后还把他名字和发行权加上去，现在我还没找他要钱呢——"她挥了挥手，一副不想多说的样子，"我对这些商业上的事情也不太懂。现在全权交给钱唐处理。但你俩也够可以的，合着伙气我！"

我被王晟说得有点抓狂，坐在街角隐蔽的茶餐厅里喝奶茶消火。

香港的冷气开得特别足，跟冰柜似的。无聊的时候，我辨识玻璃板底下压着的粤语"冻奶茶走冰，减2元"。街上的行人走过来走过去，步调非常快，好像人人都不屑于回头。

正发呆的时候，有一张脸挤在面前的玻璃上，居然是蔡林珊。

首映仪式上，我被王晟搞得心不在焉，没格外和蔡林珊打招呼。蔡林珊托男友的关系，在广州接了个剧本。但她也是富贵闲人的料，这两天在电视上看到我在香港做宣传，居然抛下剧组过来找我。

蔡林珊热情地说："对了，我看了你的新电影！真好看，就没看懂！你能跟我讲讲电影都讲什么意思吗？"

我建议她，看不懂再看一遍，好多人都这样。

蔡林珊点头："对哦，李权你在香港好红好红哦！我看电影院最近都是这电影,酒店外也好几个人等你要签名!"

我翻了个大白眼。再多说几句,她急着要去购物,我在外面不能多待,扯了几句就散了。

下了酒店电梯,正好碰到秀佳。我还没说话,她老远挥着手里的纸,声音挺大:"我们今天接到釜山电影节的邀请了!电影节邀请《时间止痛片》剧组去参加开幕,把它当开幕电影之一!"

"真的?"

这可不是我回答的,爱沫显得比我还激动。估计为能去韩国看到她偶像而开心。唉,我怎么没培养一批疯狂跪舔我的粉丝!我身边就总是蔡林珊这样不靠谱的,丢下剧组,这怎么想的啊。

秀佳兴致勃勃地跟我说:"对了,明天回城我们得去见俩导演。钱爷昨天帮你要到了个电影的客串。还有国内摇滚歌星 MV 的女主角,你去看试镜,看能不能——"她突然看着我,"祖宗,你怎么又不太高兴?"

我说:"没什么。"

秀佳再打量了我一会,她说:"那我告诉你一个你喜欢听的消息——下个月,我们给你报了参加空手道的训练营,到时候在宣传的时候,我们就正式拿你的空手道当噱头。对了,等你回去后,形象部的人……"

她又开始唠叨我的行程。不过想到空手道,我的确开心了点。

王晟和钱唐还要留在香港处理事务。钱唐没跟我道别,只让我等他回去,王晟倒是亲自把我送到香港国际机场。

临行前,她还从手腕上取了一个亮晶晶的手镯,当临别礼物。

"这手镯里没给我下咒吧?"我怀疑地问,不太适应王晟对我这么好。

王晟抽抽嘴角:"我能咒你什么,咒你早日破处?便宜了钱唐?到时候你俩上床的过程,我再实景拍一个小电影儿,去威尼斯拿奖吗?"

秀佳和爱沫同时笑喷了。我狠狠咒骂她一句,转身就走。

王晟赶紧拉着我:"行行,不开玩笑。"她难得正经,"那天你问我的问题，嗯，我得说你别着急。爆红的人有，但这种事情需要运气。就算小花旦，最快也要 3 年，你这才入行多久啊。现在季节没到，什么都没熟呢，小绿果——"

"我根本不是想问你红不红……嗯，我倒也不是不想红，我只是……"我结巴了。

王晟安静地望着我。在她不张嘴损我的时候，在她耐心跟我讲戏的时候，我总会注意到，她有一双很漂亮的深棕色眼睛，好像能猜透你大脑想什么。而且，王晟的目光比钱唐少了几分洞察，多了几分单纯。

我喃喃地说："我以前总以为，进入娱乐圈，拍几部电影，我就能找到自己的目标和价值。可是拍完电影，我好像还是没有收获，唉，我这人一找不到目标，就会特别着急，总感觉整个人都是错的，没有奔头。"

王晟却旧话重提："李春风，你想当演员吗？如果你想当一辈子演员的话，你现在急什么？其实，我们每个人都是自己的艺术家，都在寻找自己在人生中扮演的角色。而身为真正的艺术家，我们就不要怕等待。"

我重重地点头。

在回小区的车上，我看到公交车站已经贴出《时间止痛片》的海报。但是秀佳说本城的票房统计数据，明天才能拿到。我拎着行李箱走进永远静悄悄的小区，独自开了钱唐家小院的门，忍不住朝我家的方向看了看。

潜意识里，我对"红"的粗浅了解，就是一堆钱，一堆粉丝，还有一堆闪光灯。那感觉应该就像延伸道场上裁判宣布我赢的瞬间，打赢一个对手的成就感是 15 秒，当演员总该押长点时间吧。

但除了钱，我对其他附加的两样不太感冒。再其实说，我对钱也只是瞎嚷嚷，我的父母和钱唐都对我很大方，我并没真正尝到过缺钱的辛酸滋味。

那我干吗非得想凡事出头，想"红"呢？可能，就因为想要被人"看见"吧。想单纯的被人"看见"，被人认真地"注视"着。目前为止，我还没得到。

《时间止痛片》这电影捧红的是王晟。她之前只是小有名气，此后一举成为国内最炙手可热的新导演。内地几大城市不如香港风光，但整体票房不错，小赚了一笔。CYY 在其中做的宣传必不可少，而因为内地电影在香港取得的罕见成功，CYY 的名头也渐渐打响。

秀佳说我在其中功不可没："如果没有你参演这部电影，这一切不会发生。再说，小王导虽然总骂你，但她真的喜欢你，你的镜头剪得多美！你可能觉得，小王导签 CYY 是因为钱爷，但我觉得，她也是因为你才签的……"

我摇摇头，想起王晟坐在地上失魂落魄的模样，就心有余悸。

钱唐从香港回来后，他说和王晟在签约合同之外，又补签了一份风险合同。我却不由得追问钱唐，然后呢？然后呢？除了签这破合同之外，他也得劝劝她，别沾那些东西了。她没事吧？

"我早就已经提醒过她一切的后果。剩下的，"钱唐顿了顿，他淡淡说，"剩下的，都是她自己的问题。和我无关，你也少管。"

钱唐那种只扫自家门前雪的冷漠态度特别令人讨厌，但我又能说什么呢？我只好说："钱唐，以后我要是做了什么傻事，你可不能只提醒我一遍啊。你得总重复提醒我，听到没有？"

钱唐笑了，他伸手揉了揉我的头，就自己走上楼睡觉。

接下来，我走马观花地参与了几场城市和城市间的电影宣传，整个 8 月到 9 月中旬，我除了给《绿珠》后期配音，都泡在空手道馆。

唯一不好的，就是要向教练解释类似"你不上学了？""以后怎么办？""你爸没说你？""你当大明星了？"这些不想回答也没法回答的问题。

总体来说，我依旧是过得很爽。

其间除了练习空手道，我以每周 3 次的频率，参加电台的台湾饮食节目录制。有一天摄影棚的抽油烟机还坏了半小时，在大热天里吃热菜，呛得我汗流浃背。

我虽然在文艺电影里什么都没捞着，但频繁地参加节目，倒是收获了许多中老年妇女观众的芳心。每周都能收到手写信件，其中一半是中老年阿姨，夸我长得喜庆。另一半是推销她们的儿子侄子孙子之类。

一位阿姨写信告诉我，她祖上有个从山顶洞人就开始秘传的食谱，现在愿意无偿分享给节目组。

我也只能说，电视这种东西，会带给人不切实际的幻想。节目里，我就戴上围裙、问问问题、递递调料，大部分时间坐等品尝。这居然还能给大妈们"温顺贤良"的形象，真不可思议。

我从不看主持的节目，因为我知道是假的。有时候在电视里看到自己脸出现，都会像着了火似的迅速关上。

刚刚电视上正播放《时间止痛片》的宣传访谈，我立刻转台，把遥控器扔得远远的。被来客厅拿水的钱唐看见。

"怎么回事？"钱唐抬头问我。

听我解释后，他不禁啼笑皆非："这算什么？"他拾回遥控器，重新打开，"不一定非要看自己，可以看和你演对手戏的人，也可以看看别的。"

我仰头望着钱唐青青的下巴，忍不住问他："钱唐，你当初为什么想进娱乐圈？"

他漫不经心地回答："什么娱乐圈，我又不是演员。"

"但你也是'圈内人'，是不是？为什么要进入这行业？你干别的也挺好吧，为什么进娱乐圈？不嫌乱啊。"

钱唐沉默片刻回答我："因为我祖父。"

钱唐的祖父因为生病，眼睛基本失明，然而又喜阅读，总让最宠爱的外孙念报纸。社科新闻非常无聊，钱唐索性为祖父读报刊上的连载小说。只可惜每天的连载量都很少，有时候祖父正听得兴起，小说已经念完。

"有一日，我突发奇想，续写报纸上的连载小说。刚开始还能和原文有联系，到后来抛弃报纸，直接跟祖父念我自己写的。"

小孩子胡乱编纂，非常笨拙、错误百出又情节蹩脚的东西。这是钱唐的原话。他用自己的小说折磨了祖父的耳朵3年，而他祖父一声不吭地全部听完。

"他临终前拉着我，夸我写得好，说我长大后可以当编剧。"钱唐的眉极轻微地皱了一下，"当时没当回事。后来阴差阳错，我真走上了这一条路。"

钱唐第一次主动跟我说他自己的事情。我不知道该安慰他，还是继续等他自己说下去。

"呃，所以你当了编剧，是因为你祖父？"我只好笨拙地总结。

钱唐的目光不动声色地在我脸上打了个圈："这也只是一半的原因——最初尝试编剧工作，我身边有一位温柔漂亮有才的姑娘。秉烛夜谈，红袖添香，她鼓励我做完此事。"

我的脸一下子就耷拉下来，还得拼命装着不在意："……这样啊。那，那后来怎么着了？你被甩了吧？"

"后来呢，"他慢条斯理的，"后来，随着我事业有起色，我身边出现了更温柔更漂亮更有才气的姑娘。接着，又出现第三个姑娘、第四个姑娘、第五个姑娘、第六个姑娘——"

钱唐报数到第30位姑娘的时候，我这才意识到，他又在逗我玩，于是在他绷不住的笑声中，我气得从沙发上跳起来。

钱唐挑眉，收起笑容。我终于忍不住告诉他："钱唐，你虽然从来不说脏话。但我觉得，你这个人内心其实特别残忍。唉，你知道不知道啊？你这人就是特别特别的残忍，我真的特想打你……"

我顿住了，钱唐也等着。

"算了。"我收回手，怏然说，"我忍住了。我每次想打你，我都忍住了。"

我很不高兴地走回卧室，感觉钱唐的目光一直跟在我身后。

在空手道和饮食节目的双重拯救下，我倒是渐渐从电影的感觉里走出来。晋朝少女这个角色带给我的影响不大也不小。念了那么长时间的剧本，我会想假如自己出生在几千年前，手无寸铁之力，干啥啥不行，到底该怎么活。

秀佳没我思考的那么深远，她思考的是，我现在该怎么活。比如，我要不要往厂商代言和社交导演方面多扩展渠道等这种细节，但又如何不磨灭形象。

"规划！很多演员和艺人认为，好作品很重要。但在好作品来临之前，你要保持自己的最佳状态，而这一切都需要靠规划，不能靠运气。我们不能什么都依赖运气。"

我在飞到韩国参加釜山电影节，就是在秀佳的唠叨声中度过的。

釜山那天毫不留情地下完一场秋雨，我上场前，又和秀佳因为礼服而闹了点小矛盾。

我因为岁数小，撑不住华丽的珠宝，造型的重点是衣服和发饰，这次走红地毯的礼服裙，属于造型师对我作出的最后努力：白色绉纱，长裙拖地。头上用几个银饰，盘着我那掉得差不多的假发。

"但我觉得，后背露得太多。"我说。

秀佳声音很大的磨牙："已经没替换礼服，你昨天吃酱螃蟹时把衣服弄脏了。"

我想了想："我想外面穿个披肩，天气太冷。"

秀佳对我露出8颗牙的假笑："要不要给你找个更保暖的军大衣再披上？"

贾四赶紧打圆场："军装上阵，这可就属于侵略了。"

爱沫陪我等迎宾车，顺便给我挡风当翻译。韩国女星都特别敬业，脖子上冻得起疙瘩，依旧穿得很少。有几个在韩国发展的中国艺人碰到我，挺开心地跟我打招呼。她们互相能聊，我插不上嘴，就只会站着。

没一会，又有人拍我肩膀，居然是邱铭。

邱铭去年和韩国导演合作了动作片，很早就被正式邀请来，因此不像我是在媒体单元后排打酱油的。"好久不见，春风小丫头。"

我连忙低声提醒他："李权，我叫李权。早改名了。"

邱铭微笑，他和我到底拍过戏，态度还是挺不错的。但我自从知道他和萧玉玲的关系后，不知道为什么看他也有点怪怪的。

邱铭淡淡地跟我寒暄："我看过《时间止痛片》，令人印象深刻。"

不管他的夸奖是真是假，我都非常感激："你真是一个好人！"

邱铭看了我一会："你最近有什么新片的打算？"

我还没回答，陪着邱铭一起走红地毯的韩国女星姗姗来迟。邱铭说："晚上电话聊。"他转过身走了。

秀佳曾经告诉过我（实际上她威胁过我），如果在红地毯上我不小心摔倒，踩到别的女星的裙子，弄坏她们的珠宝，很可能后半辈子我的演艺生涯的主题都是"还债"。

安保一次只放5个艺人走红地毯，终于轮到我，我没有男伴牵着，一路上纵情向前。

红地毯的本质就是：走，微笑，停下，点头，拍照，微笑，摇手，继续往前走。最让我心无旁骛的，主要还是脚下的尖头高跟鞋。

到了红地毯的尽头，我碰到最先出场的邱铭。他略微有些诧异："你是刮风刮过来的？"

我也怔住。走得太快了？没可能吧，路上碰到中国媒体喊我名字，我还特意停下来拍照了呢。

邱铭把笔递给我，轻声说："以后走慢点，红地毯是展示演员的另一个舞台。"

我心虚地点头，半蹲着在签到板上签我的名。等站起来的时候，发现邱铭正注视我裸露的后背。碰到我视线，他说："裙子很别致，不过未免太简单了一些，下次借不到礼服，给我电话。"

我知道邱铭是善意的，他的长相比钱唐英俊得多，但假如钱唐用刚刚的目光打量我，我就有点生气有点不好意思，舍不得打他。可我现在绝对舍得给邱铭那张英俊的脸上来个左勾拳。

邱铭又问："你的品牌商是谁？"

我板着脸说："我挺喜欢我这裙子的。。"

颁奖仪式三个半小时，整个过程都是纯韩语，给外宾发了一个同声的英语翻译机。偶尔我神经错乱，觉得自己能听懂韩语，但下一秒知道那是错觉。

秀佳为了防止我丢脸丢出国门，上场前灌了我不少咖啡。到后来我闷得不得了，索性操着勉强的英语，和旁边坐着同样满脸痛苦的韩国胖子聊天。

我俩磕磕巴巴地聊了一会，他说自己是制作人，再递给我一张名片，上面有两个大桃心，还有个英文。我随手和手机收在一起。

本届釜山电影节的最佳外语片，是邱铭的一半韩语一半汉语的电影。导演很给邱铭面子，邀请他一起上台领奖。邱铭朝台下挥奖杯的时候，感觉好像对着我坐的方向。

我有点不理解邱铭的行为。唉，可能是我自作多情了，感觉他对我似乎总高看一眼。这到底为什么？我不懂啊，邱铭不会还以为自己是石崇吧！但姑奶奶不是绿珠，我要坚强地活着，可绝对不会为哪个神经病跳楼。

我是打算先溜剩下的庆功宴，和秀佳和爱沫她们去札嘎其水产市场吃海鲜，溜的过程中，不巧又撞见了邱铭。

他问我："早退场是去见钱唐吗？"

我不免有点尴尬，低声说："钱唐没有来。"

钱唐自然没跟着我来韩国，实际上，钱唐那个经纪人的头衔在下半年越发有名无实。

下半年开始，CYY除了准备张雪雪的世界巡回演唱会，还开始了人才储备。不少导演和演员的签约过程，基本在我眼皮子底下悄无声息地发生（说到底，我还住在钱唐家的1层嘛，他偶尔邀请人来家里做客）。而有些签约堪称各方力量博弈。但我连问都没问，就只任钱唐隔着秀佳管我，互相维持着诡异的平衡。

邱铭看了看我，他说："钱老板最近在忙什么？"

"他在忙。"我只能这么回答，然后提着裙子走掉。

吃海鲜的时候，秀佳还在拿着手机按按按。说实在的，她对手机的迷恋就像高中生。

几秒后，我眼睁睁地看着秀佳把一口酒直接喷出来。

"李春风！我就一分钟没看住你，你在红地毯上都干了什么？"

其他人也连忙拿起手机，我才知道，自己今晚居然犯了抢镜头这个低级错误。

但我很冤枉。

釜山电影节的红地毯做得很长，放眼望过去，就是条微型跑道。两边竖着不少印有艺术节和网络、品牌赞助商Logo的旗子，旁边围着摄影师和粉丝团疯狂叫着明星的名字，等明星回眸或者停留。

我这人，跑步，哦，不，走红地毯的时候，完全不能容忍前方有人挡道。秀佳告诉过我，不要抢镜头、不要闯风头、不要冲散其他剧组。这些话我都牢记在心，刻意绕边走。

但红毯两边都围着摄影师，那绉纱礼服在16孔的灯光下成了极其醒目的艳白色，我哪里知道拐着弯走红地毯的过程中，闯入不少韩星照片里，成了镜头一角。

我得再重复一句，我很冤枉。

秀佳和贾四像找连连看似的，兴致勃勃地在其他艺人的红地毯照片里分别找到我的鞋子，头发和手臂。

"裙子后摆完全飞起来！"

"影帝的照片里模模糊糊的有春风的侧脸出没。"

"这张抢着上楼梯的白背影,应该也是春风。"

"挡住女司仪脸的人也是她。"

我自己也满心不高兴,摄影师难道就不知道后期 PS 一下照片再发吗?

"这是粉丝们自己拍的先上传到网络。"秀佳黑着脸又给自己倒了杯清酒,但我感觉她想泼我,不动声色地离她远了点,"媒体一般会在凌晨发照片,会处理你这种不和谐的配角。但我最担心的是电台直播的时候,你这狂奔的身影——"

我禁不住松口气:"嗨!那肯定会删啊。"

秀佳是坏人。她瞪我眼:"但也可能留下,再慢动作放给观众看。今年大家的礼服偏向保守,总得有个噱头。是不是?你还是中国人,是不是?你是铁扇公主派过去的救兵,是不是?"

那顿饭我顶着压力,坚决尝完桌子上的所有东西。不过随后显然没那么好过。秀佳不顾我的抗议,把我单独拉到一个韩式三温暖。

韩国按摩师把我俩按到填满酵素的浴缸里,眼前的电视重播着下午的红地毯直播。不怪秀佳生气,电视里的我,一路旁若无人地绕过诸多明星,奔到终点处和邱铭说了几句话,皮笑肉不笑地接受几句采访,再头也不回地奔入场。

我听不懂韩语,也不知道那主持人讲了什么,只看到白色大长裙身影在飞快移动下非常显眼。而电视台的确给了我背影几个特写的镜头。

"走得虽然快,但很大方,"秀佳突然冒出这么一句,"但你为什么就不能回头看一眼?"

我一愣:"嗯?"

她沉着脸:"脚程这么快,连邱铭都被你赶上了。但签名完后,为什么不挽着他多拍几张照片?增加点曝光率?"

我正思考怎么回答秀佳这么深奥的问题,旁边的手机响起来。我湿着手，艰难地从小包里抽出手机接听。一听到对方的声音立马捂着话筒，无声地向秀佳示意，是邱铭。

秀佳和我没有半丝的心灵感应。她问我："你什么表情，是腿抽筋了吗？"

我只好翻了个白眼，继续接听电话。邱铭已经听到了秀佳的声音，他低声说："身边不方便？"

"呃，没，呃，是的，就我正在泡澡。"

那方若有所思地沉默了片刻，我这么有廉耻心的人，隐隐觉得自己说错话，不由得开始冒汗。

秀佳终于察觉到不对头，她无声地问是谁，凑到我耳边偷听，我只好再和她拉开点距离。

"小姑娘，等你洗完澡后，今晚还有没有一点空闲时间能留给我？"邱铭温柔地低声问。

我直接拒绝："没。"看到秀佳的眼神，赶紧改了语气，"我在外面。"

邱铭停了片刻："外面？你现在身边待着的人，还是那佳什么的，她也在？你把手机给她。"

秀佳瞪我眼，她现在展现越来越豪放的女强人作风，接过手机转身就出了浴室，浴巾都不裹。

我独自留在房间，拿起遥控器就顺手先把频道换了。

韩国的电视也没什么好看，大部分都是电视剧和新闻，广告也挺没趣儿。换到一个台的综艺时，里面一组男女在做游戏，节目组两个桃心的图案隐隐眼熟，我便停下手。

因为语言不通，我看了好久还不明白这综艺节目讲什么。说相亲节目又不像，有点拍情景喜剧的意思。只是特效做得特别好，各种补充表情，每个人的表情都非常快乐。

我津津有味地看了一会，虽然不明所以，但依旧跟着画外音傻笑。秀佳推门走进来，我随口问她："秀佳，这节目是讲什么的？"

秀佳瞟了一眼："《嗯，我们结婚吧》。让两个艺人在这综艺节目上假装结婚，在韩国和国内收视率都很高。爱沫知道的更详细，你感兴趣的话可以问问她。"

我嗯了一声，继续盯着电视，然后看女主角一脚把男主角踹到泳池里去了，观众和我都忍不住哈哈大笑。

秀佳心事重重坐我身边："邱铭说，他有个电视剧剧本想引荐你。问你有没有兴趣。今晚约个时间，和你出来喝杯咖啡细聊。"

我这才把视线从电视上收回来，皱眉说："啊，什么剧本？"

邱铭在电话里一带而过，并没有具体说明。秀佳猜测，是近期炒的非常热的那本民国小说。

原著是鸳鸯蝴蝶派的经典之作，90多年前曾被搬上过黑白屏幕，如今重新卖了影视权，刚放出制作消息就被国内几大电视台疯抢首播。

邱铭近几年的重心都在电影，但出师不利，因此只要有好的机会和片酬，也不拒绝回归电视剧。他这两年刚成立自己的工作室，还签约了几个新人，好像也打算转行当老板。

"算了，人家的事情，咱们管不着，咱们就先管好自己。"秀佳语重心长地问我，"春风，身为艺人的首要事情是什么？"

我想了想："控制饮食。"

秀佳显然又想抽我，但我俩都光着，身边什么都没有，她深呼口气说："第二件重要的事情是什么？"

正确答案是曝光率。

《时间止痛片》是个好开端，但影响力有限，秀佳让我趁热打铁，继续刷存在感。接下来，我原本应该直接参与钱唐给我写的那破剧本，这样宣传电影和拍戏两不误。按照秀佳的原话，我"脑子不知道缺什么东西"居然推辞。目前除了饮食节目，我一直是属于空档期。

剧本之外，秀佳给我订的宣传方案，基本围绕访谈节目和时尚封面，我实在不喜欢有人刨根问底地采访，推了几次后，杂志社也不乐意找我了。而目前能找我来的广告商，都是三流护肤品和各种调料品的代理商。

"我继续帮你找合适的资源，但你自己也不要坐着干等。现在邱铭送上门来了，他是前辈，你去听听他都跟你讲什么。那部民国电视剧完全是梁氏投资，普通人是真插不进去，多一条信息多一条道。"

我是真不乐意和邱铭单独待着，再说深更半夜也不想再喝咖啡。

"唉，明天去不行啊？"

秀佳已经完全把我的个人生死安危置之度外，她自顾自地说："正好在韩国，也没媒体跟拍。邱铭的酒店不远，约的是咱们住的酒店顶层酒吧。爱沫和我就在酒吧旁边的健身房等你，你随时来找我们。"又安慰我，"放心，邱铭目前处在冲神期，他特别爱惜名声，你这种未成年异性，他不敢沾。你也不是好欺负的。放心去，听听邱铭跟你讲什么。"

我吭吭哧哧地想词拒绝："万一我说错话，邱铭杀了我怎么办？这夜深人静的。"

秀佳朝我露出一个堪称恐怖的微笑，她说："你怎么不担心我现在就杀了你？红地毯的账，咱俩还没算完呢。"

这笑话完全不好笑，在我眼里，秀佳是比邱铭可怕10万倍的人物，我不得不郁闷坐在吧台前。

邱铭还没来，秀佳和爱沫陪我稍微坐了一会，爱沫帮我点了杯不含酒精的鸡尾酒。

我将手机设定了自动报警，重新塞回包里时，摸到一张硬卡片，拿出来一看正好是今天颁奖仪式旁胖子的名片。他人不错，还把私人手机号留给我。

爱沫替我翻译上面的字："《嗯，我们结婚吧》制作人，金赫泽先生。"

我盯着名片最上角两个硕大的粉红爱心，回忆着刚刚看的欢声笑语的节目，试探问秀佳："我能跟这人发个短信，问我能不能上综艺？"

秀佳正准备拉着爱沫离开，她翻了个大白眼："行啊，那你发短信问他吧。"

我用英语编了条老长的短信，删删减减好长时间，终于点击发给那个胖子，等再抬头的时候，邱铭已经坐在我旁边。他一身运动衣，短发被汗弄湿，显然刚从健身房出来。

"红地毯的事情，你抢镜了，回来后就被秀佳骂了吧？"邱铭淡淡微笑，就像我们在片场见面，完全没有生疏感，"我随口跟她说有新剧引荐，才把你叫出来。但今晚我们不谈工作。"

我听完后不由得板起脸，耍我啊。但假如现在转身就走，搞不好秀佳又得抽我，只好决心多留1分钟。

邱铭招手也给自己点了杯酒，问我最近的工作，口气深沉温柔。昏暗灯光就好像催眠，刚从 SPA 出来我也很放松，好像又回到了《绿珠》片场，连他略微靠向我都没有躲闪。

"新电影很不错。"邱铭笑意渐深，低声说，"你在电梯里最后一幕的告别，王晟把你拍得非常美，那种生机勃勃又充满绝望的美。我还想，这是一起拍戏时总嚷嚷吃东西的小丫头吗？我们在钱唐家第一次见面，你——"

他提到钱唐，我突然从邱铭那种不知觉会自动辐射的气场里缓过神来。每当深夜，我总是尽量让自己少想家，也让自己少想钱唐。不然总会有点难过和寂寞。

我坐直身体，一口气把眼前的鸡尾酒喝完。太凉也太难喝了，酸甜饮料的低级版本。我再环视四周，不喜欢酒吧这种勾起我难过和寂寞的场所。

于是我单刀直入，直接问邱铭有什么其他影视资源，能不能帮我。

邱铭不再继续刚才的话题，他撑着下巴看了我好一会，语气不变："为什么来求我，钱唐不管你了吗？"

"钱唐当然还在管我的。但是……"我顿了顿，"但是，我并没有按照钱唐给我指的那条路走。"

邱铭不知道从我的表情里琢磨出来什么，他突然提起嘴角，有些意味深长地笑了。

"我可以帮你。但如果我帮你，你该怎么定义你我的关系？"

我跑回到酒店房间后，把邱铭的这句话，活灵活现地学给了秀佳听，当然，还加了不少表情。

秀佳显然也没料到邱铭居然演这出戏，她用完全不输邱铭的丰富表情，冷哼了一声："真没趣儿！也不知道，萧姑娘怎么就迷恋他。"又问我，"那你怎么回答他的？"

我在秀佳的再三催促声中，慢吞吞地说："我把你和爱沫的手机号留给他了。"

她愣住："什么？"

"他问我怎么回报他，我就问他缺不缺女朋友？我说我身边现在有俩单身女助理，如果他寂寞，我可以都介绍给他。你和爱沫都单身，对吧？"

秀佳望着我，然后缓慢地噘起了嘴。

钱唐在平常是很惯着我的，也确实对我没上心，他不肯放下身段完全指引我。秀佳倒是兢兢业业，但有点被我逼到尽头的趋势，这表现在她越来越喜欢用随处摸到的东西砸我头。

红地毯上抢镜头的事故，有个不大不小的后续。几张背影图被几个韩国论坛连续转发，我的妆容被几大韩妆博主模仿。而韩方也对《时间止痛片》有兴趣，打算引进版权。

但是，秀佳在韩国，依旧念叨了我足足3天。

最后她说："邱铭这人心机有点深，我们不打他主意了。没办法，等回国再从CYY资料库给你调资源。唉，本来指望让你自己建立点社交网，主动出击，但算了，你别把贾四都给卖了！"

我拿着手机："你说，我可不可以参加综艺节目？"

她正给我发登机牌："什么综艺？不会又是厨艺吧，那你够了。"

331

我跟她解释:"你之前不是让我给胖子发短信吗?我发了,他回复说如果想参加韩国版的《嗯,我们结婚吧》必须要懂韩语。"

秀佳呆住,然后她说:"老天!祖宗你不会想告诉我……"

我赶紧安慰她:"我不会留在韩国学韩语。这里太冷了。"

她松口气:"咱们想点实际的。之前那剧本——"

"我就继续问胖子,我只会说中文,还想参加怎么办。他让我去找中国的电视台问,说国内电台已经引进版权和模式。我要了国内负责人的电话和邮件,昨晚给国内的人发短信和邮件,对方要我的简历。我投了,他让我回去面试……"

我抬头看到秀佳的表情,停了一下,紧张地说:"秀佳姐,秀佳姐?你不要总打我——嗷!疼!"

假如你问我"为什么想要参加《嗯,我们结婚吧》",我只能老老实实回答是心血来潮。钱唐那句话怎么说来着,"鲁人骑瞎马,此自及也,什么什么"。

屏幕里播放《嗯,我们结婚吧》,男女主角露出开心的笑脸,瞬间打动喜欢热闹但又总陷入百无聊赖的我。在不了解节目模式、不了解拍摄行程,甚至不怎么了解节目内容,我就一鼓作气向节目制作组投了简历。

感谢我的出身,我是说,参演《时间止痛片》和《绿珠》这2部电影,让我很顺利地入选。

秀佳看到电视台发来的正式通告,她的表情不知道是想骂我还是想打我:"你是真心想参加《嗯,我们结婚吧》?"

秀佳无数次向我确定,她说:"我看了,其实节目策划表还不错,目前拉来的广告商也有实力,也是电视台年度主推。但你要和一个男艺人假装恋爱。你受得了吗?我怕你再不高兴,然后撂挑子。"

我如今慢慢地学会了说谎:"没问题,我对谈恋爱很拿手的。"

秀佳冷笑:"哟,那你都和谁谈过恋爱?跟我说说名字呗。"

我沉默片刻，试图向秀佳指明我的另一个优点："我不会半途撂挑子，我很敬业的。"

秀佳随后流露的表情，显示她对我整个人都缺乏信心。我却更担心钱唐的反应。

最初在接片时，钱唐就不支持我接喜剧和综艺。他说喜剧很考验功力，女演员演得好容易被定型，演不好就神似疯子。至于综艺节目，钱唐根本看不上那些综艺节目。

比起对他自己声誉的放任自流，钱唐从头到尾都一直非常注意保护我。他能放我去韩国，也对我的闯祸不闻不问。但不知道为什么，我隐隐觉得，很难让钱唐点头让我参加这个综艺节目。

钱唐前段时间因为巡回演出会，去温哥华出了趟短差，一直没回家。电视台几次催我签合同，秀佳不敢主动告诉钱唐，索性拉我去CYY总部。

果不其然，刚从机场回来的钱唐站在门口，听我们报完节目名，他云淡风轻地否决："不能去。"又随口问我，"韩国待得怎么样？"

"嗨，我们还在说那档节目呢！"

他想都不想："和《绿珠》宣传档期有冲突。"

"没事的，我已经问过节目组，他们说迁就我的时间，不会打乱我的日程。"

这时，有人找钱唐开会，钱唐看了一眼我决绝的表情，不由得捏捏自己鼻梁。他让别人稍等，单独牵着我进入会议室。

钱唐听我讲完在韩国的来龙去脉，即使在听到邱铭时，也只说了句："你想演《梁城烟云》，秀佳怎么不找我？"

《梁城烟云》就是邱铭那个破民国剧。我清楚自己的分量，即使钱唐帮我狂插后门，估计也只能在里面演个小妾之类的人物，还不如开开心心地参加个没心没肺的综艺节目。

钱唐又耐心跟我解释了圈内的鄙视链。做电影的鄙视做电视剧的，做电视剧的鄙视综艺节目，做综艺节目的鄙视做喜剧综艺节目的。层层鄙视，等

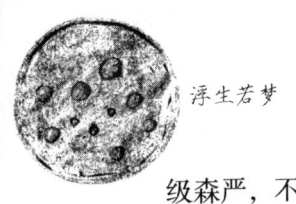

级森严，不可逾越。

"这种以系列作为主打类型的综艺节目，拍摄周期至少半年，和媒体宣传联系紧密，但中间发生的舆论状况也很多，非常打扰日常生活。而且综艺节目要想好看，必须建立"人设部"，节目组大多邀请有点名气的歌手、模特，但在内行人眼中未免不入流。你现在不是素人，是以电影演员的身份参加这种层次的综艺节目，短期内虽然可以吸引流量，但很自跌身价。"

钱唐跟我说那么一长通话的同时，仍然低头查他自己今日的行程。

我烦躁地说："我不在乎名声。"

钱唐抬头扫了我眼，他的眼神有点冷，但依然耐心问："你不在乎自己的名声，还是不在乎还没上映《绿珠》的名声？"

看我结结巴巴的没词了，钱唐走过来，刮下我鼻子，"特长生，我今天去帮你问《梁城烟云》，好不好？至于你之后剧本的事情，也有别的解决办法。"

"不好！我就想参加这个综艺节目！"我拽着钱唐不让他走。

钱唐被我弄得啼笑皆非："去韩国别的没学会，一哭二闹三上吊开始精通了？"

他嘴上说着无奈，但直接把我扔在会议室。过了2个多小时，秀佳才发蔫地飘进来，她摊摊手："没戏了。"

钱唐神通广大，随后几天，真的帮我要到了《梁城烟云》的试镜。

我阴着脸试镜，莫名其妙地捞到了《梁城烟云》里的女主角，准确地说，是女主角的少女时期，40多集的电视剧中占3集，与老戏骨和青少年演员配戏，和邱铭档期完全错开。

我手里的剧本，也从正剧换成一堆热门IP。其中有个漫画改编剧本，中国台湾地区和日本都拍过。作者对作品控制得很严，一定要以漫画原著为主。台词相对简单，但胜在感情动人。

钱唐闻知我不乐意看文字，让秀佳着重问日本漫画改编方面的电视作品。目前，已经帮我看好3个剧本。

基本上，钱唐不伸手管我则已。一旦花费点精力来，各方各面就很难逃得过他的眼睛。

我的工作一直排到明年4月，接着是空手道段位考试顺利拿到证书，电视台台湾美食厨艺栏目就要结束。编导问我对另一款旅游介绍组的客串感不感兴趣，主动提高了酬劳和档期的自由度。

秀佳因为邱铭的夜访而被钱唐数落一顿，但这完全不影响她的好心情。是的，秀佳心情很好，好到了她又恢复最初带我时，笑眯眯的状态。

我被拖来拖去地试镜、试衣服，试演，试着和新的导演吃饭。《梁城烟云》的剧本有段京剧的亮相，导演的意思是让我用真音唱，因此我在宣传间隙，赶鸭子上架学了几段京剧。

"寨主盗得此马不能乘骑，岂不是个大大的废物——"

这词是出自《连环套》里的黄天霸。有时候我嚎得用力了点，爱沫以为我是食物中毒发出的哀鸣。

我还被造型师勒令留长头发，重新上演员培训课和舞蹈课。舞蹈老师还是放着音乐拍着手，让我绕着教室的镜子走圈子。当我对着镜子一遍遍重复单调的姿势，内心已经悄然重启疯魔模式。

我得承认，自己确实还是个小孩儿，至少还在高中生的年龄。目空一切，心急气傲，不撞南墙不回头。

我刚开始只是觉得那节目挺好笑，不一定非它不可。但到后来，也就渐渐发展成一定得上那节目的趋势。想参加，超想参加，无敌想参加。没原因就是想参加！也不知道跟谁较劲。

不，我清楚地知道自己跟谁较劲，就是跟钱唐呗，虽然他不是我的敌人，他是我最好的朋友。

钱唐和我一起去打了秋天的流感疫苗，回来的时候，我在他车上用车载音响放中国台湾地区和日本版电视剧。

我懒洋洋地发呆，思考怎么让钱唐改变主意，也没听清楚他的问话。钱唐问我："特长生，你最好的朋友是谁？"

我毫不犹豫的回答："是你啊。"

钱唐听后笑了声，他说："不见得，你最好的朋友，今天还来公司见我了。"

我和蔡林珊的交情，明明比长江濒临灭绝的动物多不了哪去，但自从我给她首映票，她又跟着我去香港后，蔡林珊便自认是我最好的朋友。她不禁当着我的面说这件事，还当着全世界宣布。如今，蔡林珊打着是我"最好朋友"的旗号，特意飞到本城想让CYY签她。

秀佳说她也有点搞不明白，蔡林珊是真傻还是装的："估计是跟着你太久了，我难以分辨傻的界限。"

不过几天后，秀佳又告诉我，蔡林珊还是成功签了CYY。当然不是因为我的缘故，而是因为她男朋友对钱唐求情。

"她男朋友谁啊？"我隐隐想起来，蔡林珊有一个传说中背景很不错的男友。她每次说起她男朋友时，都露出介于羞涩和脑残之间的笑容，却总不肯吐露对方的真实姓名。

秀佳飞快地说："你也认识那人，叶伽蓝。"

"什么？蔡林珊的男友就是那个姓叶的？"

我合作过的男演员不多，对罗良友的感觉最好，邱铭很有吸引力，而叶伽蓝给我留下的印象，就是一个智商低加阴暗再加喜怒无常的小白脸。

秀佳却说，叶伽蓝在圈子里名声不佳，但肯砸下重金做公关，再因为角色加持，就在观众里讨得不错的口碑，拥有不少忠诚女粉丝。我手头的这部少女漫画在真人化演员的网络投票中，叶伽蓝以压倒性选票成为最理想的男主。

"观众都是脑残。"我忍不住说。

"不能这么讲自己的衣食父母，"秀佳明智地总结，"再说，你下一部电视剧，可能再和叶伽蓝合作。"

叶伽蓝主动协资，要参演我手头的这部漫改剧，条件是把女友签进CYY。蔡林珊也不缺钱，兴高采烈地也打算投钱。电视剧原本的投资就可以，再涌来这么一帮人傻钱多速来的家伙，立刻把这部剧捧到时尚偶像剧的高度，还有不少品牌商主动找上门来。

秀佳又说："我打听了一下，叶伽蓝的母亲对蔡林珊的条件挺满意，他俩打算公开恋情，他估计不会再招你。"

我对此耸耸肩，每天思考的，依旧是怎么让钱唐允许我参加《嗯，我们结婚吧》。可惜想来想去，没想出任何招数。钱唐并非严苛的人，但他的性格很难以去讨价还价。

这时候已经11月初，全城又开始酝酿着下秋雨。

但我不是从一个空调房进入另一个空调房，就是坐在车里或身处各种市内和棚内，对季节的敏感性降低，现在还穿着夏装走来走去。

钱唐前段时间过了生日，CYY为他举办了场规模很小的Party，到场基本是CYY的合伙人和同事。

我隐约记着，钱唐有不收异性礼物的怪癖，但在他家白吃白住也不像话，于是把拍电影时私自留着的《绿珠》和《时间止痛片》场记牌给他留念。

"我在背后签名了，以后会很值钱。"

钱唐翻翻牌子："字练得有长进了。"

"字算什么，关键是，我的签名以后会很值钱。"

切蛋糕的时候，钱唐顺手把他那份蛋糕递给了我。秀佳不在场，我赶紧捧着2块沉甸甸的蛋糕躲到厚帘子后。

正吃得愉快，角落里有人在议论我。

"黄琪有点像春娘娘吧？""感觉很像，怪不得当初老板亲自选的她。""那剧打算专门让春娘娘拍，不知道为什么改了念头，才轮上黄琪。"

我舔着手背上沾着的奶油，琢磨和我长得像的女演员，那得长什么样啊。

在跟钱唐一起回去的路上，我问他："你给我写那古装剧本，也准备开机了？"

钱唐回我："明年二月。"

"听说，新女主角长得和我很像？"

钱唐听到这话后第一反应就是嘴角微微一翘。每当他这么笑，我立刻知道准得讽刺我，赶紧在钱唐开口前说："我也是听别人这么说才问的。"

钱唐没问我从谁那听说的。他说黄琪是个话剧演员，最近一段时间被签过来。钱唐觉得她很有爆发力，打算捧她当主角，就把手头这古装剧本给她。

唉，有时候我觉得钱唐思考很多，有时候他就好像随心所欲地行事。

对于我是否和那个"黄琪"相像的问题，钱唐的回应是："怎么可能？等我回家后给你看照片——巴山夜雨般的长相。"什么叫巴山夜雨般的长相？万一她和我长得特别像呢，那我又是什么！

钱唐今晚又喝了不少的酒，语调略微拉长，显得懒洋洋的。我不想他合上眼睛再不理我，又追问："假如我想演你那古装剧本了，还能当女主角吗？"

"特长生，你想好了再来问我。"

"我是说假如。"

他睁开眼睛，静静地望我一眼："我这里没有假如，你要是重新想演，我们得再挪挪时间商量这事。"

不，我当然不想演。我憋着心思，想怎么敲诈他才能提出更多要求。但钱唐主动问我："你是不是现在还不死心，想参加那档综艺节目？"

我满怀希望地望着钱唐，结果这人又沉默。

"《嗯，我们结婚吧》，并不是真结婚，就是小孩子过家家那种。我从小就没玩过这些。"

"节目组说了，我的各项任务可以比其他组少。反正就两个人随便说说话，玩一玩。我还可以去云南拍外景呢！"

"目前国内就这么一类综艺节目啊，其他更弱智！"

"我给卫导打电话了，他说爱谁谁，这事不影响《绿珠》。"

钱唐始终闭着眼不吱声，我有点急眼了："你怎么着才能让我参加？给个筹码或给个条件啊！来来来，我们讨论一下嘛！"

钱唐终于举起双手，世界通用的手势，代表投降。不过他说的却是："嘘，安静一会。你的声音都快钻进我脑子里了，特长生。"

试拍新电视剧的宣传照时，我再次见到叶伽蓝。

蔡林珊也陪着他来摄影棚，但我看着她对叶伽蓝流露的花痴样，感觉十万分的眼瞎，思考自己是不是也这么死缠着钱唐。

叶伽蓝还是老样子，穿上西服后有种带着戾气的清秀感，衬着他苍白的皮肤。我和他的合照效果非常好，用摄影师的话说是"一看就是年轻情侣间洋气的组合。"

"李，春风。不，现在，我应该叫你李权。"叶伽蓝慢吞吞地跟我打招呼，"不过，你对我还是李妹妹。"

我仰着脸等化妆师补扫脸部阴影，假装没听见他说话，直到秀佳碰了我一下，才勉强哼了一声。

蔡林珊估计也是真傻，完全没有眼力见。拍完宣传照后，她死拉着我和叶伽蓝一起去吃了顿饭。吃饭的过程中，蔡林珊又兴致勃勃问我很多问题，基本上都跟电影有关。

有些问题我回答得出来，有些问题我回答不出来，但不敢再乱编。

叶伽蓝一直低头玩那见鬼的 V 什么手机，偶尔看看蔡林珊，再看看我。等蔡林珊去盥洗间补妆，他才把眼睛抬起来，随手点了根烟。

我皱眉，指了指室内贴着的禁烟标志。

"春风妹妹，你怎么还那么纯洁？"叶伽蓝朝我的脸喷了口烟，等我厌恶地挥手,他似笑非笑地说,"其实,你和蔡林珊是一样的。"

蔡林珊回来后,叶伽蓝当着我的面,把手低低搭在她肩膀上,往她胸口处抖烟灰。那动作非常轻浮,蔡林珊有点尴尬,但她咬唇没说话。

这可把我气坏了!感觉像叶伽蓝正在羞辱我似的,忍不住想赏他一巴掌,但触到蔡林珊可怜巴巴的眼神,又不得已地忍住。

吃饭回来后,我跟秀佳骂了叶伽蓝一顿,但秀佳也没办法,只说男主角没法换。叶伽蓝的母亲是非常有势力的大股东,几乎有能力让儿子出现在任何电影上,叶伽蓝轻易得罪不起。

秀佳劝我,这圈里鱼龙混杂,钱唐那样的道行都被人撞过车。我最起码和叶伽蓝维持在相安无事的最低层面。

"有时候,你就是不能选择自己的合作方是谁,你甚至不能选择自己的敌人是谁,这就是残酷现实。"她摊摊手,"CYY 在这部电视剧的投资不多,我们只能帮你到这里。唉,当初让你拍钱爷的电视剧,一切都能照顾你。但你自己放弃了,怪谁?"

说到钱唐那部古装剧,我好奇地让秀佳找来新任女主角的照片。假如你被人指指点点说谁和你很像,你也得看看那人究竟什么样。但看到照片后,我又有点失望,我和那个"黄琪",就是"巴山"和"夜雨"两种截然不同的物种。

但秀佳和爱沫在 CYY 见过真人后,居然一致承认那女演员和我真的有点像。我被她们说得好奇心大起,跑到 CYY 去见了黄琪。见面过程挺尴尬,我把两人的合照照片拷贝下来,在钱唐家客厅里巨大的电视上观赏,结果把半夜下来喝水的钱唐都惊到了。

"这是谁?"他走过来皱着眉问。

"你电视剧里的新女主角都不认识了?"我重新盯着合照自言自语:"秀佳说,我和她笑起来的时候有点像。哎,我笑起来也这样吗?"

没有回答。

等我回头，发现钱唐并没上楼，他正撑着吧台，也远远地望着电视屏幕。又过了一会，钱唐问我："特长生，你也算当了一年的演员。老实说，喜欢这职业吗？"

我漫不经心地回答："挺喜欢的，挺有意思的，见识了很多事情。"

钱唐趿着拖鞋走过来，坐在我旁边。"喜欢？"他低声说，"这一年来，我就没有看到你笑过。"

"怎么没笑啊，"我不服地举起自己的试装照，"看看这张照片，八颗牙齿的标准笑容。我练了很久的。"

钱唐没有移开目光："他们没见过你的高中时期。当时你活得狼狈了些，但还是比较快乐。现在的你仅仅是在咧嘴，大多时候还是因为饿。"

我没有回答。钱唐的本事，在于他总能把特别好的事情讲述得令人兴趣全无。

他又说："是真打算当演员，一部一部地接戏，致力于名满天下？"

我"啪"地一声关掉了眼前的电视屏幕，一字一顿地说："我觉得现在的生活挺好，我很开心。"

"特长生，"钱唐望着我，"娱乐圈就像东海，刚开始，什么虾兵蟹将都可以往里面跳。但等退潮的时候，能留下的凭本事和毅力留下，留不下的总归是留不下。"他仿佛迟疑片刻，终于说，"我最初答应过你父母来照看你，因此你现在才能住在我家。"

我内心早有这一个疑问，但总没问出口。想起我爸，内心一股烦躁涌上来，我猛地从沙发上跳起来，气冲冲地就要往外冲。

"不光因为你父母的嘱咐，我也得承认，第一眼看到你就觉得你有点不一样，"钱唐平淡地说，"已经很久没有人能让我一见面就产生好印象。我希望尽我所能，让你日子好过点。"

钱唐肯定在说假话，但我还是忍不住停下脚步聆听。

"但你当了演员是真的开心吗？我想，这事只有你自己清楚。我记得你曾经说过，让我在放手不管前记得提醒你，我现在可以告诉你具体时间，还剩一年。你父母替你和 CYY 签的合同是两年期。等你 18 岁，你就从我家搬出去。不管你相不相信，我对小女生还是有原则的。"

我心里难受极了，但还是盯着他的眼睛："什么原则？"

"原则就是，如果你愿意把我看为朋友，我非常乐意。但我对你的那种特殊迁就是有时效的，你的事情当然可以你自己做主，只是不要预支和试探我的耐性。"

钱唐总以这么温和的态度，去谈非常冷酷的东西，这有点把我激怒了："去你的！你哪儿迁就我了？我说想参加那档综艺节目，你都不肯让我去！"

钱唐把头抬起一点点。他不动声色地审视着我："真想去那节目，如果不参加又会怎么样？"

我噎住，过了一会老老实实地说："倒也不能怎么样。但如果不能参加，我，我，我就会非常的不开心！"

其实也知道自己在说混账话，喊出了觉得软弱无力。

我真生气，又开始埋怨自己。很久很久以前，我就感觉被什么东西牢牢束缚住，总在没有任何方向的乱撞。也许潜意识里，我就是很想疯狂一把，做一些让我父母、我自己，让钱唐，让整个世界都大吃一惊的事情。

那会我 17 岁，什么都不怕，什么都想试试，却唯独不屑做任何所谓"正确的事情"。我是残忍幼稚的儿童，把蜻蜓的翅膀扯得粉碎，才能确认自己认识到宇宙的真相。

世界上所有拥有成熟心智的人，都会嘲笑我的幼稚和愚蠢。但世界上存在一个成年人，他每次听到我说混账话后微微一笑，像是讽刺，也像是无奈，也像是觉得有意思。

过了一会，钱唐温和地说："既然你想试试，那就放手做吧。"

第二天，秀佳得知钱唐同意我参加这综艺节目后，那副脸都绿了的表情我也就不描述了，你自己去想吧。

浮生若梦

帘重

下

上海社会科学院出版社

第十章　爆炸头，望春风

根据与《嗯，我们结婚吧》剧组签的合同条款，我将和另一位男艺人在至少 8 个月的时间里，在各种公开场合假装情侣，而镜头会捕捉我们一切尴尬的相处。

不得不说，这届观众的口味可真够重的。

我嘴头虽然假惺惺地这么骂，内心还是美滋滋的。

比起曲高和寡的《时间止痛片》，遵循商业操作的《绿珠》，这款《嗯，我们结婚吧》的综艺节目比较闹腾，比较随意。再说穿了就是比较低俗，适合我的档次。

秀佳忍了又忍，终于说："我看，你的档次也就这样。说什么不喜欢三俗电视剧，但你看起来挺喜欢参加这种三俗节目！"说完后，她赶紧对哑然无声的节目制片组道歉，"我不是针对您！"

我简直倍儿精神地和节目制片人和总导演聊天，告诉他们录制节目时哪些话题我不愿意谈（比如说不要谈我的家庭和高中），哪些东西我做不到（比如说太亲热的接触），外景去哪儿比较好（比如说去哪个游乐园玩比较好）。

节目组估计觉得，跟我沟通有障碍，两次见面后，就开始跳过我直接联系秀佳。我也发现，一些大事通常能在饭桌上拍板决定。反倒是一些小事，需要耗费大量时间扯皮。

从那一年开始，跟形形色色熟悉不熟悉的人交流，逐渐变成我生活中比较重要，但我不会说这是有意义的一部分。

个中翘楚钱唐曾经传授过此中经验："饭局嘛，关键要分清什么是真，什么是假。"

我显然分不清。但也有别的方法，就是我把那些所有那些东西通通都当成虚的，他们并不是"假的"，他们只是"虚的"而已，我不能让这些"虚的东西"去影响自我。

钱唐听了也就笑一笑。

在吃了不少地方后，我基本也有了常去的几家店。其中一家是蔡林珊和她朋友所开的餐馆。蔡林珊有一帮假脸小姐妹，她和那些人小到美甲网店大到酒吧饮食，都有自己的生意，开的是红红火火。

《绿珠》的宣传还有不到1个月，卫导不准我落下每场路演。

这天试完首映会的裙子，回来赶上交通高峰，车每小时匀速5厘米。秀佳在前座翻出蔡林珊送我的美甲卡，店面就在附近，于是我们仨就把车丢给贾四，直接去了美甲店。

蔡林珊把美甲店装修得不错，粉紫粉紫的色调。所谓VIP客人和大众客人，也就是互相用道珠帘隔着。我闲得无聊，透过珠帘往外看。外面离我最近的普通客人，正让技师把脚趾涂上不同颜色的甲油。

我内心突然涌上一种熟悉感，让技师住手，撩开珠帘往外望，正好客人做完了指甲也准备走。不像其他打扮时髦的客人，她的衣服可以说普通土气到突兀，但真的，洋娃娃穿什么都是洋娃娃。

许久不见的程诺变得更瘦更高挑，她穿着白色校服，懒洋洋地拨弄一下头发，从躺椅上站起。

技师笑着对她说："小美女，下次什么时候再来？"

程诺往自己晶晶亮的指甲吹了口仙气："来不了，我老爸扣了我零用钱。这一次，我还是逃了计算机补习班来的。"

"你还是学生吧，学习更重要。"

她吐了一下舌头:"没什么。教的那些东西很简单。只有我哥那种脑子不知变通的笨蛋才次次不落的上课。"

程诺用久违的甜美语调,磨着技师打了个七折。本来这事就过去,但我看到她原来椅子上遗落一本书,忍不住张嘴"喂"了一声。

程诺闻声回头,我后悔不已,第一个反应就是捂住自己脸,另一只手指着躺椅,压低声音说:"程,呃,那个同学,同学你落下东西了。"

说完后就赶紧放下珠帘,重新缩回到躺椅上,我心里怦怦跳,希望程诺拿了书迅速滚蛋。但吓人的一幕发生了,珠帘被撩起来,程诺伸头进来道谢:"谢谢你提醒我。"

我只得镇定地点头。万幸的是,程诺明亮的眼眸在我脸上扫视一圈好像没认出我。嗯,也是应该的,我现在造型和衣着都改变,正常人是不应该——

珠帘第二次被掀起来,我手不由得再抖了抖。程诺惊喜地说:"是你吧!李春天!"

秀佳和爱沫在我身边已经停止交谈,有点好奇地看过来。

我只好板着脸回答:"我的名字是李春风。"

自从在西中办理休学手续后,我没有主动联系过任何同学。当然,我会想起他们的脸,但也清楚他们依旧一成不变地上课,准备考试和正在考试。偶尔口误,我还是会对爱沫说"等老师来了叫我一声"。

而在潜意识里,我感觉自己现在的人生是和他们"正常"的人生脱轨而行。不得不说,这让我有点自惭形秽。

"我听我哥说,你休学拍电影去了。前段时间的《时间止痛片》里是你吧,对不对?我看到你的海报!"程诺很有兴趣地打量我,"不过你改名叫李权了?嗯,你现在比以前有气质多啦!对了,你见过很多明星吗?"

我就只能笑笑,说:"好久不见。"

这也就是我不愿意见同学的原因。不喜欢不停乱问我问题,不喜欢这种

345

好奇心。

程诺不是我最想碰到的同学，她提的各种问题让人不喜欢。但另一方面，程诺有她招人喜欢的一面。比如看到我讷讷时，她也只是再笑笑就不再烦我。

"是太巧啦，在这儿居然能碰上。"程诺朝我做了个鬼脸，她说，"我最近很穷，钱差点不够用，随便找了家美甲跑进来的。"

我忍不住翻了个白眼。穷的话就不要做指甲！大冬天还涂脚趾甲油，骚包！但令人吃惊的是，我发现自己已经不讨厌程诺了。以前觉得她精滑，现在觉得她就是个普通的高中生。甚至还觉得，以前跟她闹的小矛盾都特别幼稚。

我让程诺等一等，把自己那张美甲卡送给她。程诺没推辞，她可大大方方地收下了。

"谢谢你！我现在也要赶回去上补习课，好糊弄我哥。"

我感觉上补习课都是上辈子的事情。而眼前程诺想走，我下意识又想和她多聊几句，瞄到她落下的书封面："你上的是计算机课？"

程诺微笑："嗯，编程。我的编程可比空手道更拿得出手。对了，你有什么这方面的事情都可以问我。不过，"她再吐了吐舌头，没有恶意地开玩笑，"你应该不会问我吧。"

我见了程诺后，心情不知道为什么有点低落。

回去的路上，秀佳问我程诺是谁，她基本是个见到女性的长相就立刻开始打分的人，我也等着她对程诺的评价，但等了半天都没后文。

"你不觉得，她长得很好看吗？"我奇怪地说，"除了尹子嫣，她是我这辈子见过最好看的人。"

秀佳漫不经心的回答："还不错。"她无意识地重复了好几遍，再迟疑片刻，说，"春风，有件事得告诉你。"

我警惕地看着她："你想劝我整容？"

秀佳干笑了一声，过了一会说："记得之前安排行程，说你还欠个《绿珠》的外景戏要拍吗？你一直追问我，我都不太好说。其实，"她横下心，"其实，那块的戏份你被删了，尹子嫣的戏份顶上你了。你在《绿珠》上映的时候，稍微要有点心理准备。"

我愣住了。秀佳按着我的背，安慰说："并不是你的问题。卫导当初力排众议的决定用你呢。但电影的剪辑是一回事，而且投资方觉得尹子嫣的戏份太少，你一个人难撑大梁。那会你还在香港，行程比较紧，出外景也没必要。也就没立刻告诉你……"

我下意识问："钱唐知道这事吗？"

秀佳沉默片刻："CYY 也算是资方，虽然我们不是最大的。"

"我的戏被删，钱唐也知道？"

"这事赖不着他。电影肯定不能只顾你一个人，钱爷让我找机会告诉你。我有点怕你这反应，也就没立刻——"秀佳说，"是我的错，今天跟我那朋友说到这事，我才突然想起来，春风你不要跟我见怪。"

我只觉得满心憋屈，很想大吼一声，但又不知道吼什么好，只好放在心里先想想词。

第二天清早就搭飞机赶拍《梁城烟云》。

这剧开机赶我的戏份，又得跟着剧组导演重回炉磕头烧香的流程。再精良的电视剧都比电影业余，搭的场景基本是纸壳子和塑料泡沫。第一次没人提醒，我一屁股坐坏了个假长廊椅子。

这次是民国背景的戏，在一个很荒凉专门构造民国的场地。白天还好，单穿旗袍冷了点，含着冰块压着嘴里的白雾。到了晚上才知道方圆几里之外是个大坟地，俗称乱坟岗子。

我向来是不信邪的好孩子，但往那里的酒店一住，那几日夜里还下起暴雨，还狂打雷。秋风跟刀子似的刮得窗户嘎吱嘎吱乱响。

秀佳这次没陪我来，她跟《嗯，我们结婚吧》节目组商讨假丈夫的选择问题。爱沫和贾四倒是跟在身边，但我所能做的也就是拉他们陪我打打牌，到底还要放走他们。

幸亏我也早有准备，临走前，顺手又把钱唐那个菩萨牵过来了。夜里我被雷炸得睡不着觉，一个人在屋子哼"寨主盗得此马不能乘骑，岂不是个大大的废物——"

哼了3天，隔壁的演员纷纷敲门，跪求我闭嘴。这时候秀佳来了，陪在我旁边睡，她的絮叨特别催眠，我才好过点。

接下来两个礼拜，我都在剧组扮演那个书香门第的大家闺秀。电视剧比电影好演很多，我第一次体会到不NG的快感。没事闲着就用树枝抽着地面，来回哼哼京剧词。

我演了2部电影，对演技这种东西别的体会没有，发现关键是得自信。就是你要很自信你就是你演的那个人物，你就是那个人物的灵魂。只可惜，世界上还有很多更漂亮更得体的灵魂。比如尹子嫣。

对于删戏这事，也亏秀佳这么故作若无其事地告诉我，不然我情绪得更低落。不管如何，《绿珠》让我抛家弃学，我是说，为了这部电影我转变了原有的人生轨迹。

如今一看，自己并不是唯一的女主。这就是生活！

很快到了《绿珠》的宣传，飞回城后又是一串忙活。我依旧拿到了首映式的赠票，但这次给的人就很多了，也没有剩余。倒是想过1秒要不要留给我爸我妈2张，想了几秒就放弃。

万一尹子嫣戏份比我多呢？到时候我爸又要暗暗咂嘴：李春风，演电影你都比不过别人！要你何用！

但我多留了个心眼，给钱唐存了张票。想着这下，他就不会怪我了吧？

卫导的电影宣传阵势明显比王晟盛大很多。各个知名传媒都来了人，原本不小的地方还挤得满满当当。我从小型休息室的门口扒着往外看，发现

《嗯，我们结婚吧》的剧组和摄影也来了。

"他们来干什么啊？"

秀佳说："你好好坐着。"

尹子嫣就在我旁边纹丝不动地坐着，面带微笑地接受一家电视台的专访。她脖子上戴着很大的钻石，打扮得漂亮。我刚被拉去拍了个合照，如今努力地表现出同样很自然和很有钱的状态。

这时候，秀佳再嘱咐我："待会上台接受采访，嘴离话筒远点，这样大家才听得见讲话。别担心，昨天演练得不是很好吗？"顿了顿，她又说，"今天会发生个小状况。我相信你能应付得过来——"

"什么小状态？"

秀佳笑了笑，欲言又止："反正都已经安排好了。"

我下定决心，一定要和秀佳好好谈谈，她这种每次在关键时刻卖关子的作风，非常不利于我的心理健康。但现在质问也已经来不及，门被推开。尹子嫣看了我眼，风姿绰约地站起，她示意我先带头走出去。

我走上台时想着秀佳说的"小状况"，手无意识抓着胸前的褶皱，主要怕身后的尹子嫣一脚踩掉裙子。姑奶奶也是看过格莱美颁奖露胸事件的人啊，要是真发生这么种状态，得当场疯掉。

事实证明我想多了，眼前到处是鲜花，笑声和闪光灯的海洋，远远地还听到有粉丝大声叫着邱铭和尹子嫣的名字。当然，也有人叫我的名字，不过很快就被人压下去。

我趁着没落座前，眯着眼睛往后面看了看。

不出意外的，我看到钱唐。他穿着晚礼服，没有上台或前排落座的打算，只是安静地站在记者、摄像机和所有热闹的背后。像是古老的皮影戏师父，亲手摆弄出各种活色生香的角色和结局，自己却沉默隐藏在终局。

好像察觉到我的目光，钱唐从沉思中缓过神来，朝我的方向微微一笑。

首映仪式平淡无奇，我被主持人点了5次名。基本上还都是常规问题。其他的不离感恩戴德和互相猛夸。直到接受媒体提问，有人突然问我句：

"李权,你是高中辍学参演电影——"

我心跳一下子狂飙到360迈,耳膜好像有人在敲,根本说不出来话。幸好邱铭不动声色帮我接过话茬,主持人看我发呆,也很快把话题略过去。

卫导拍下我手臂,冷冷地说:"还是太嫩了点。说你辍学怎么了,这有什么丢人不好说的?"

快完事的时候,几个主演留在台上照相。我从邱铭旁边离开,前面突然出现了一束雪白的百合花。我抬头一望,居然是叶伽蓝递来的。等我顺手接过来,他得寸进尺地张开双臂抱住我。

我的原则你也是知道:可以被触碰,但不喜欢任何人未经允许就触碰我。我毫不犹豫地用高跟鞋碾着他脚尖,而叶伽蓝也狠狠地在我腰上捏了把。

我们台上扭曲地拥抱,台下传来阵阵尖叫。猛地推开叶伽蓝后,我才注意到手里的百合用丝带密麻麻缠着,而丝带上有几个丑陋的中国字"我们结婚吧"。

涌到最前面用镜头拍摄最起劲的,正是《嗯,我们结婚吧》节目组。

"合作愉快。"叶伽蓝笑着说,他的浅色眼眸里充满讽刺感的笑意,"我是你综艺节目里的搭档。"

我震惊到远远超过所能想象的程度,但慢慢地,我开始有点缓过神来了,忍不住嘟囔了句:"我没在做梦吧?"

这句话被摄像机清晰地记录下来,《嗯,我们结婚吧》节目组事后对我这第一反应赞不绝口,但我的意思是"我没在做噩梦吧"。

下台后,秀佳进一步确定了我的想法。

"嗯,叶伽蓝就是为你选中的节目拍档。你这种未成年人找配对,不能太真,也不能太假。你和叶伽蓝年龄相差不多,外形也相配。这次的电影,以及接下来的电视剧,也算合作过两次,到时候也有点观众基础。参加这节目也能为电影和电视剧做宣传……"

我当场就拉下脸。选了半天，怎么选出这么个烂人？再说为什么是他？找邱铭，或者是找尹子嫣也行啊。

"叶伽蓝不是有女朋友吗？他现在和我来演这三俗的白痴节目，蔡林珊怎么办？"我说完后，转过头再次对无声的节目组道歉，"不好意思，不是针对你们！"

秀佳振振有词地说："我们也不能给你真找单身的男艺人，你现在定力不够，万一假戏真做，那得成什么样？就得找个你有点了解的，而且现实生活已经有了女朋友的，这样拍摄节目时，观众捕风捉影点什么，还可以稍微透露点风声出来。而你们每次拍摄的时候，蔡林珊都会跟在旁边。春风，你就把这综艺节目当训练演技的机会！"

我真的，真的现在才开始后悔了。

有位美食专栏作家宣称，他所有的美食文章，基本都是在吃不同连锁店的吉野家的时候想出来的。我觉得，自己和那位美食专栏作家没什么差别。

至少在上《嗯，我们结婚吧》这节目的整个时间，或者说从头到尾，我就没说过一句真话。

从"最喜欢的颜色"到"对叶伽蓝的最初印象"，我全部的标准答案都来自蔡林珊。她这人也特别愿意分享那些心情，我要做到的只是忍着恶心，把台词对摄像镜头讲出来。

对于叶伽蓝莫名其妙地和我搭配这个节目，蔡林珊居然也完全不嫉妒，实际上她大力支持。

"我希望你俩关系好点，这样的话，你以后给我当伴娘，伽蓝也会同意。"

叶伽蓝斜睨我一眼没吭声，我张大嘴，简直找不到任何表情能阐述自己的滔滔鄙视之情，只好绷着脸没说话。

幸好那会赶着电影宣传，卫导默许节目组借电影东风，但显然也是特别看不上那节目组，基本上来了就轰走，再冷嘲热讽地说我。

我和叶伽蓝抽空出了两趟天津的外景。每天凌晨 4 点就要开始拍摄，晚上 11 点多才回来。在 30 多口子人的围观下假装看朝阳、出海、逛古玩市场和买岁九消寒图这种假装"结婚"和"浪漫"的事情。

不管拍摄再忙，叶伽蓝每天会坚持给他的母亲打电话。我对他起了点非常勉强的敬意，当蔡林珊在旁边的时候，我也和他主动聊几句，只不过从来聊得不投机而已。

"CYY 对你的抽成是多少？""你演戏外的副业是什么？""你都认识演艺圈里的谁？"叶伽蓝还问起了我的家庭，我移开视线没回答。

但我越这样冷落他，叶伽蓝对我的态度反而越好，他整日对女友蔡林珊阴阳怪气。但拍摄时，我故意用反光板砸他的脸，叶伽蓝都一语不发地忍受着。

后来连秀佳看不过去，隐晦地提醒我别欺负他。

我想到了曾经打叶伽蓝，他痛得脸色都变了还是没有告状，决心对叶伽蓝好点，但每次看到那张阴沉苍白的脸，还是忍不住想抽他。

《嗯，我们结婚吧》的首轮收视率不错，不过我也没看，那天晚上在钱唐家 2 楼里的小电影放映室，独自把《绿珠》这部电影看了一遍。

和尹子嫣同台竞戏是很可怕的事情。外景剪辑过后的版本里，她只比我少 7 个镜头，每一个镜头都美得冒泡，我就是个彻头彻尾的捡柴火的。

我逐渐理解，王晟在电影上映前心理压力过大到嗑药的苦恼。电影可不像电视剧，最大的骂名和黑锅一般都由导演甚至编剧来背——谁叫你眼瞎选烂演员？

影评人对我还算口下留德，在《时间止痛片》的基础上还算多有夸奖。观众的口碑我就不知道了，有人骂就有人夸，他们只要屁股坐到电影院就行。

我看了第一个恶评，就立刻退出页面。在黑暗里坐了好一阵，无精打采地下楼。

钱唐在客厅把我叫住。他警告让我少动家里的菩萨像，又扔给我个折叠很精巧的小帧。"这是帮你抄的佛诗，放在枕下应该能辟邪。你以后拍戏带着。"

我随手收下，随口问钱唐的人生中有没有撞见过鬼之类的。他回答："遇见你算不算？"

我斩钉截铁地告诉他："不算。遇见我是你的幸运。"

钱唐笑了："彼此彼此吧。"

我带着钱唐帮我写的那个佛帧，随着电影宣传组来到了最后一个城市，《绿珠》的票房差不多破了6亿元。不过，电影票房里的钱和我没关系，我可是一毛都没见着。

只是有什么正慢慢改变。

之后电影宣传里，我回答完一个记者的问题，自我感觉还凑合，大厅后面突然传来鼓掌声。我以为是带头起哄的，蹙着眉头朝他们望了望。结果安静了片刻，又有人尖叫着我名字。

退场的时候，有人上来想跟我握手或者拿着电影光盘想让我签字。我好奇地停下脚步，右手臂很快就被握麻了，抽了几下才抽出来。酒店也频繁地收到陌生人送我的海量礼物和鲜花，我翻了翻，吃的用的土特产影碟光盘毛绒玩具，全是白来的。

这一切，就仅仅是因为，《嗯，我们结婚吧》放出了第2集。

坦白来说，我不知道一档综艺娱乐节目，可以受到如此规模的追捧。我对叶伽蓝的态度不冷不热，他对我的态度只算凑合，我俩望着对方时还经常尴尬冷场，但不知道为什么，我和叶伽蓝的这对"假结婚"组合，成了人气最高的两位。

电影票房继续在涨，我再次去出《嗯，我们结婚吧》制作组的外景，节目组清场很久，围观观众人数不减。我总算体会到万众瞩目的感觉，人围着人的架势瘆得慌，但从欢声雷动里走出来的感觉特别好。

我和钱唐之后的2个月，没怎么见着面。

以前是钱唐忙，黑白颠倒到现在外加出差，他的飞行里程估计都能积攒去月球两个来回。现在是我忙，忙着参演那部日本漫画改编的电视剧，以及还有势头越来越火爆的《嗯，我们结婚吧》。

《嗯，我们结婚吧》录制到了第8集，主题是叶伽蓝教我学车。剧组找来的车里压根没暖气，为了取音还不能关窗。我冻得手指发硬，捏不住方向盘。叶伽蓝看到了，无言地脱下羊皮手套帮我戴上。

我忍不住多望他一眼，首次觉得叶伽蓝那苍白的长相不算碍眼。

"谢谢你。"我说。

他挑着细长的眼睛扫视我一圈，也没说话。

等拍完那一期后，我让贾四教会我倒车和停车，但他总不肯让我上路。秀佳问过钱唐后，给我找来个私人教练专门教我。

"你怎么那么有精力？"秀佳说，"不累吗？"

我不累，我有无穷的精力。没多久，我就学会开车，兴趣很快从"怎么开车"到了"开不同的车有什么不同感觉"。

叶伽蓝身为富二代，也把自己的私人超跑借给剧组长脸。我站在他的跑车旁边东看西看，问了下那个银色的抽纸筒就值一万五，很羡慕地翻了个大白眼。

这位仁兄今天心情好，在休息的时间，他主动提出，可以带我在场景附近的街区绕一圈。我没忍住诱惑，还是跟他单独出来。

钱唐其实喜欢开快车。我很早注意到，钱唐每次上车前都会抬手看表，计算路程耗时多久。通常上车1分钟内，钱唐的时速就已经提到60迈，拐弯也不减速。

但不管速度多快，钱唐给人的感觉是他想刹车就能立马刹住，而且守交通规则。

叶伽蓝不是。他这人的作风完全就是傲慢。对，傲慢。开车跟开轰炸机似的，强烈的目中无人感。加速并道疯狂加塞，嘴角常年挂着冷笑，急了就按喇叭催促加骂骂咧咧，反正随时走向失控。

"你开车怎么跟发疯似的？"我忍不住问叶伽蓝。

叶伽蓝瞅我一眼，有点挑衅地："你很胆小吗？"

前面的路上亮着红灯，叶伽蓝踩着油门，眼都不眨地就闯过去。旁边道路上的车狂朝我们按喇叭，他都视若罔闻。

我暗地里觉得有点刺激，但还是指责他："刚刚红灯你没看见啊？"

"现在这世道，谁没闯过红灯！"他嗤笑我，用对小孩的语气说，"李妹妹，我们大人喜欢开快车，这是大人玩的游戏，你懂不懂？"

我没搭理他。这台昂贵的跑车。底盘低，驾驶快感大于乘坐的舒适度。反正我坐着不太爽，更重要的是，旁边驾驶人的技术那简直太受不了了。

车又回到片场，叶伽蓝在巨大的轰鸣声中猛地刹住。我们四目相对，叶伽蓝的嘴唇微微张开，我看见他的表情，感觉他虽然没说话，但好像在等待我的某种认同和评价。

可惜我修养不好，没法像钱唐那样自然地讽刺："特长生，你怎么不买个风火轮？"

我冷冷地瞪了叶伽蓝一眼，打定主意，再也不坐他的车。姑奶奶是很喜欢刺激没错，但我更惜命。万一挂在叶伽蓝的车上，我做鬼都不开心。

但门推不开，叶伽蓝没有打开中央车锁。

"这是我最喜欢的跑车，"他用指肚抚着方向盘，"在我家的车库，还有28辆改装过的跑车。在这个世界上，所有我喜欢的东西，都一定要随着我的意思来。"

我不耐烦地说："开门！赶紧！"

叶伽蓝对我投以冷冷的目光。"春风妹妹，你也学学林珊，圆融一点和别人好好相处。你这性格能得罪多少人？现在你是有点红了，可是多少人想黑你？多个朋友不好？"

我也不得不说，叶伽蓝这种阴阳怪气的作风是隐隐有点像我的。那个，让人不太喜欢的我。想到这点，我更不喜欢叶伽蓝了。

叶伽蓝在我爆发的前1秒，打开车锁。

"我觉得，咱俩应该成为好朋友，你可以信任我。我知道你年龄小，但其实内心你已经是大人了。可以选择谁当你朋友，而我喜欢你。"

我因为他最后的话而顿住脚步。

"我不像圈子里其他人，我这人的性格很简单：你对我好，我也会对你好。你为什么不能对我态度友善点？我们现在一起参加节目，还一起拍戏。你对我为什么总这么冷漠？"叶伽蓝又说。

我迟疑片刻。如果叶伽蓝知道我现在想拿那一万五的抽纸筒塞进他鼻子里，恐怕就不会再跟我多废一句话。

"为什么？"他瞪着眼睛追问我，"你为什么总是在无视我？"

我终于忍不住说了实话："你脑子有病吧。"说完后又补充一句，"离我远点！"

春节来临前，我还在剧组赶戏。秀佳问我需不需要休息，我摇了摇头，钱唐那几日不在家，我自己待着也无事可做。

但是今非昔比，秀佳居然给我安排了一个小型粉丝见面会。没错，有这么一种东西。场子虽然小，却足够满足我的虚荣心，20个陌生人围在我身边，带着腼腆激动的笑容，为我切蛋糕献花，讨论我的电影，小心翼翼地对待我。

每个人都诉说喜欢你的感觉有点飘，蔡林珊带着叶伽蓝也出席，我的目光基本不往那边扫。

回去的时候下起小雪，路灯下黄蒙蒙的一片，像谁偷偷撒了亮粉。我跃跃欲试地想开车，秀佳没允许，她亲自把我送回小区。夜黑人静，秀佳看错路开错了个路口，只好倒车再回去。

隔着车窗，我却看到十字路边有个熟悉的人影，正蹲着烧纸，黄纸映衬着面前的火光，那是我爸。

后视镜里他的身影沉没在黑暗里，而我因为粉丝见面会的新鲜感和兴奋，就像沙子泄在水里，什么都没了。

回到钱唐家，我打开电视，新闻是我目前唯一看的东西，上面说美国和中国又因为什么贸易而什么声明。

我剥着花生，有一搭没一搭的发呆，听外面的爆竹响。

临近半夜的时候，门微微一响。居然是钱唐提着行李箱，风尘仆仆地出差回来。他看到我坐在沙发上也一愣："没跟她们出去玩？"

那场粉丝见面会之后还有别的活动，秀佳问我去不去唱歌，蔡林珊诚挚邀请我参加跨年 Party，我都没有兴趣。

我说："我年纪比他们小，也没什么话跟他们说。"

钱唐对我总打年龄牌不由得哼一声，他说："你年纪比我要小，在我这里，你的嘴巴怎么就没停过？"

我朝钱唐挥挥拳头，他解开围巾走过来，扫了一眼我看的电视节目："在看新闻？"随手拿了我的花生，"多跟他们出去玩，艺术来源生活高于生活，总在我家待着不无聊？"

我想了想："也不会无聊，我可以等你回来。"

钱唐不作声了，他坐在我旁边的沙发上，把脚搭在茶几上，若无其事地陪我看了一会新闻。

这就是钱唐向来的态度，听到傻话略微抬下眉梢，但也不会多说什么，假如想获得他全部的注意力，就必须做出很多的努力。

但我今晚不想努力。我盯着电视机，继续想自己的心事，没一会感觉身边静得可以。钱唐斜靠在沙发上睡过去，我调小了音量，继续剥着花生看电视，直到自己的意识也开始模糊。

最后还是被钱唐推醒。"醒醒，"他疲倦地揉着眉头，"回房间里睡，春风？"

钱唐唤我好几声,但我一动不动,缩在沙发里装睡。姑奶奶今晚很累,不想动,就想在客厅里睡。钱唐叫不醒我,估计扔给我个毯子,也就自己回去了。

但过了会,身体突然一轻,我下意识搂住钱唐脖颈,钱唐正抱在我腰上的手臂略微僵硬。他立刻说:"既然你醒了,就自己走回去睡。"

我终于忍不住告诉他:"今晚回来的路上,我看到我爸了。他依旧那么风雨无阻地给我哥烧纸钱,真烦!"顿了顿,我很嫌弃地在他脖子旁抽了抽鼻子,"你身上什么味啊!"

钱唐身上总有一股子香水味,并不难闻,他不以为意:"我两天没时间洗澡,多喷了点香水。"

"那你赶紧放我下来。"

钱唐没松手,他一直把我抱回房间,再扔到床上。我挣扎着爬进被子,他还站在原地。

钱唐看着我,他说:"春风,你该知道你和你的哥哥是不同的。所以别再纠结这些了。"

我摇摇头:"你知道,我的名字为什么叫李春风吗?"

我哥的名字叫李权,因为他的八字缺木,急病早逝。风水里说春风化木,后来我出生了,我爸我妈给我取名春风,估计想用我来纪念和超度我哥。

反正是类似的迷信话,是我很小的时候,无意中从别人口中知道这事,但我从来没跟任何人提起过,也打定主意永远都不说。

说什么?我就一活墓碑,从人到名字,都是用来提醒别人我哥曾经来到过这世界上的影子。我也不知道,我爸每次皱眉凝视我的时候,他指望能从我脸上看到谁。

我摇摇头,问了钱唐在我内心深藏很久的问题。

"自从我哥死了后,我爸就只想让我取代我哥。我总在想,我要是一切都遵从我爸的期望，会不会显得我不够特别？可是如果不遵从我爸，我是不是又很忘恩负义？"

"李春风。"钱唐叫我名字，过了一会，他淡淡地说："我们是靠自己的想法认识自己，但别人靠你的行为去了解你。你必须很快地走过迷茫期。我只能告诉你，如果只是为了取悦你父亲而做好一件事，或者为了气你父亲而搞砸一件事。这才是真正的软弱。"

我思考着这个回答，长久地望着钱唐，过了一会怀疑地问："你是不是整天都在分析别人的精神状况？"

"时不时吧。毕竟做过几年编剧。"

我笑了，接着公正地评价："其实你闭着眼做的垃圾，都比别人做的垃圾好点。"

钱唐看了我好一会，不知道想什么。他没再跟我继续贫，道了晚安关上门。

第二天，我跟钱唐献宝那些粉丝们送我的礼物。

有个阿姨，没错，是阿姨，从中国台湾地区饮食栏目开始给我写信，一直到现在和叶伽蓝搭档《嗯，我们结婚吧》。反正就特别喜欢我。她还给我专门送来自己做的酸菜鱼头和烤的曲奇。

"我受欢迎吧！"我扬扬得意，跟钱唐炫耀，"前两天我在电台碰上王晟，她也要我签名呢！真的，她说她也看《嗯，我们结婚吧》！"

当然，王晟嘴里总是不干不净地揶揄我，叶伽蓝也在旁边，弄得我特别尴尬。

钱唐对《嗯，我们结婚吧》的综艺节目兴趣不高，但他赞扬了几句曲奇。钱唐不拒绝美食，不过他是那种拿着干海参都直接找厨师长去泡发的懒鬼，在他家住了那么久，我们基本就没开伙。

"你自己都从不做饭吗？"

钱唐敲了一下我的头，他好像觉得这问题很无聊，没有回答。

我自己回答自己:"你生活能力太逊了吧,我自己都会做饭。我从小就会自己做饭!真的。"

他笑了:"不错嘛,等你以后搬出去自己住,你父母也不用担心你了。"

我沉默片刻:"钱唐,你别老拿话噎我。我想明白了,其实我总赖在你这儿不走,你也拿我没办法,是吧!"

钱唐依旧没正面回答我,他说:"你以后从外面买来的酸菜鱼,当天吃不完就直接扔,不能放在我酒柜的冰箱保存。串味儿!"

因为还在过年的末尾,我跟随后的漫改剧剧组吃了顿饭。饭店门口依旧挂着大红灯笼,迎宾小姐旗袍加身。

钱唐正好到附近办事,开车把我送过去。他现身去包厢,跟导演和几个主要工作人员打了声招呼,又微笑说:"今天的账,就记在她身上。"说完把我往前轻轻一推。

大家笑嘻嘻地跟我道谢,我趁着没人时,拉着钱唐诉苦:"不早说,秀佳今晚不来。我没带钱啊。"

钱唐依旧不动声色:"我临走前把卡留下。"

他还要去旁边的五星酒店,我想陪钱唐走下楼去。可是一来酒席里剧组导演什么的还在;二来路边还守着些记者;三来我也不好意思在旁人面前,表现得对钱唐太那什么。

钱唐一走,蔡林珊笑嘻嘻地扑过来。"这就是你传说中的男人吧?眼光不错嘛!"

我不由龇牙:"什么传说中的男人。你当时签约的时候,应该也见过钱唐。"

蔡林珊一怔,她蹙了很久的眉终于想起来:"对哦!他就是签我的老板吧!怪不得,他刚刚还和我打招呼呢!"

我无语了。如果说我对圈里的很多东西都堪称无知,至少身边还有人可问。蔡林珊的态度比我还散漫,她每天就打扮得漂漂亮亮,陪我和叶伽蓝录节目，再和她那帮小姐妹不知道都捣鼓什么生意。

眼下这部电视剧里有个一个女三的角色，蔡林珊也不背词，经常被导演痛骂。但就算导演发脾气，她也整天笑眯眯的，弄得谁对她都没脾气。

蔡林珊今晚打扮得依旧很用心，酒过三巡，又拉我来自拍。等拍完我，她又依偎在叶伽蓝身边，摆出嘟嘴和剪刀手。

叶伽蓝微微流露出不耐烦，但还是配合女朋友。"照片不要发在公共场合。"他冷淡地嘱咐她。

这其实是《嗯，我们结婚吧》节目组的要求，录制期间，蔡林珊和叶伽蓝的恋爱关系必须完全保密。幸好蔡林珊脾气好，笑呵呵地对这要求没有反对。

她微笑着眨眨眼："知道了，我很大度的，不会破坏你和我'闺蜜'偷情的秘密——"

她的"闺蜜"，也就是我，忍不住让她闭嘴。叶伽蓝表情依旧不冷不热，嘴角有微微讽刺的笑容。

秀佳总说我略迟钝，我也知道，自己把握不好一些微妙的事情。但我和叶伽蓝的搭档真的无比顺利，即使配情侣档也没有特别冒犯的感觉。

叶伽蓝这人虽然有点阴晴不定，但对人还是用点心的，比如，他对蔡林珊态度很差，却也经常买点礼物，偶尔也会给我捎一份。

我思考之前叶伽蓝说的什么"我喜欢你"，其实也就类似于"我喜欢别人重视我"。别说，他身上的某些东西，我越接触越熟悉。以至于内心有种隐隐感觉，如果不是先遇上了钱唐，我倒是很有可能会喜欢上叶伽蓝呢。

为什么？可能因为我和他是一类人，也有和他一样愚蠢偏激死倔幼稚的臭毛病，而且我俩都不以为耻反以为荣地深深自恋。

"他们在行酒令！我们要不要过去！"蔡林珊眼睛一亮，我和叶伽蓝被她一手一边拉着走，再对视一眼。

叶伽蓝朝我难看地笑了下，这次我先移开视线。实际上，有些人除了当好朋友外就只能做死对头。叶伽蓝和我明显归属这种情况，我看他干什么都碍眼。估计他看我也一样。

导演很年轻，30岁出头，没架子。酒席间气氛非常轻松。他们比画的行酒令我听不懂，再加上这顿饭是我请客，只顾着先多吃点。席间最贵的一道菜是什么甲鱼羊肉炖的汤，巨鲜巨好喝，我喝了七八碗。

我去完两趟卫生间出来，他们在玩类似击鼓传花的游戏。我刚落座，就被蔡林珊满脸兴奋地塞了个芒果，我剥开皮咬了一口，席间顿时安静下来。

"你怎么把道具给吃了？"

我拿着芒果："你们拿它来当击鼓传花的花？"

众人异口同声地说："行，就李权！来来来，你选真心话还是大冒险？"

我那时已经被羊肉甲鱼汤烧得五脏六腑都发热，但到底没沾酒，也没丧失理智。我在深思熟虑后扫视一圈众人："先告诉我，谁来罚我？怎么罚？"

有人笑呵呵地举手，是我们的策划，我记得秀佳说他是叶伽蓝那边带来的人。

我思考了半天，在羊肉汤的驱使下选了大冒险。对方转了转眼珠，我怀疑他和叶伽蓝交换了个眼神，不然怎么说出这么狠的要求。

策划指着我身边的蔡林珊："你去亲小蔡一口。"

我松了口气，心想这要求虽然不合理，但也算凑合。但是他的话还没说完："等亲完小蔡，你再去亲她男朋友一口！"

我不高兴了："大冒险只是一次！"

"我们这是连环冒险！这样吧，你直接亲她男朋友也算过关！"

那帮成年人们听到这话，全部嚎叫起来，纷纷鼓掌。蔡林珊这个没心没肺的也笑得合不拢嘴。我只能说已经无语到一种境界，也特别后悔今天没带秀佳来。

亲蔡林珊很容易，她浑身都香，嘴唇也软。但亲叶伽蓝，我可是真下不去嘴。偏偏叶伽蓝一动不动，就这么冷冷含笑，于是他在我眼中就越发成为一坨苍白的大便。

编剧是 CYY 的人，他帮我圆场："这样吧，伽蓝你是男人，你主动亲小权儿脸一下。就算过关。"

我不想破坏别人的兴致，就想忍过这死亡之吻。但该死的，叶伽蓝亲就亲，亲之前还非要用手先扳起我的头，弄得像接吻。我下意识打落他的手，"啪"一声，那声音简直出乎意料地响。

我相信在同一瞬间里，我和叶伽蓝都回忆起《绿珠》片场时，我奋力踢他的场景。

叶伽蓝的浅色眼眸中顿时涌起了怒气，他轻声讥嘲我："我他妈一直忍着你，你也就真蹬着鼻子上脸了！真以为自己是当红处女？拍亲热戏的时候，你不也是被邱铭压得很喘吗？"

他的声音不高，只有靠近我们的人听见。蔡林珊的脸色一下子变了，但我脑子慢，一时也回不出话，立刻站起来想跟他动手。

在场的人都是人精，见势不妙，迅速隔开了我俩。

导演装作不察，他清了清喉咙，托词时间太晚，可以放大家回家休息。

叶伽蓝反而铆上了："回家？这也太没劲了。今天好不易我们的女主角做东，半箱酒都没喝完。不然，李权你只付前半场，后半场我来埋单，大伙给我个面子，在这里接着喝？"

蔡林珊小心地拽了拽他袖子，叶伽蓝看都没看，反手一推，直接把她撞到桌边上。我看在眼里，然后用特别成熟冷静的声音说："对，大家都不准走，这还没玩完呢。"

有几个散仙听到叶伽蓝和我这么放话，立刻提议不玩游戏。这哪成啊，叶伽蓝也是狠角色，基本每人罚 2 瓶酒下去，都坐那瘫了。

我冷眼旁观，虽然从来没单独应付过这种场面。但姑奶奶急红眼也管不了那么多。

不光是我，整个气氛都开始紧张起来。

击鼓传花这游戏没法玩了，大家换了个玩法，叫"大王，大王，不要啊"。游戏里，由"大王"说一个否定语态，他可以按照要求罚酒。

导演明显打圆场，他说："我先来当大王！片场里没有被我骂过笨蛋的，互相握个手。"

导演的口头禅就是"笨蛋"，他说的最多也是蔡林珊，我和叶伽蓝倒是从没被数落过。因此在这一局，全场就我和叶伽蓝需要握手。

我下定决心在握手时拼命使劲，但叶伽蓝先一步看穿，我俩的手还没相碰，他突然退后一步，做作地"嘶"了声："我疼！"

立刻有几个人没撑住笑场了，气得我脸都黑了。

等轮到叶伽蓝当"大王"，他慢悠悠说："我也不难为大家，在场没有改过名字的人，向改过名字的人敬三杯酒。"

我改名也不是秘密，酒席里知道我从"李春风"改到"李权"的人也不少。大家纷纷向我敬酒时，我算是明白叶伽蓝的黑心眼，他就是想让全场人灌我！这人还真有仇必报，在这儿等着我呢！

大家照顾我，用的是最小的杯子，我还是稀里糊涂灌了半瓶红酒，又忍受了5分钟"为什么叫李春风？""李春风这名字多响亮，为什么改名？"这种陈词滥调。

终于轮到我当"大王"。我脑子发昏，想了一会才学着叶伽蓝的句式说："我也不难为大家，在场从没有被我打过的人，要向被我打过的人敬十杯酒！"

我原本坐等叶伽蓝被灌晕，结果大家你看看我，我看看你，面面相觑。叶伽蓝笑吟吟地坐在原地，他阴沉地说："哎，有人被春娘娘打过？怎么当演员还要打人？那你就跟我们说说，你都打过谁。林珊，不是你吧？"

蔡林珊连忙摇手："不是，李权对我很好。她不打我的，她也不会打人。"

我语塞，知道自己给自己设下个陷阱。被打和打人都不是光彩事，而只要叶伽蓝不承认，我就拿他没招。

在场的人已经看出我和叶伽蓝的不对付，一边想看热闹，一边也想赶紧结束酒席。接下来，"大王"都没轮到我俩，反而旁边的蔡林珊被"大王"

了好几次。

我看到叶伽蓝暗中踢了蔡林珊一脚，示意她把信物传给自己，蔡林珊咬着唇，硬撑着没理他。

叶伽蓝很快不耐烦了，直接把芒果死攥在手里，也不再传了。

"叶少，不管这次是谁，别罚酒了，灌多了没法继续玩！大家喝酒就图个开心！"又是那CYY的编剧帮我打圆场，看来关键时刻还是得靠自己公司的压场。

叶伽蓝垂下头，他缓慢抚摸自己细皮嫩肉的手腕："当然，当然。我叶少不是欺负和强迫女人的那种男人。这样吧，在场这一年没有性生活的人，过来亲我一下。这简单吧？"

在场的人再次发出剧烈的哄笑，我本来想坐着不动，但叶伽蓝不动声色看我一眼："李权？你才17岁还是18岁？都已经不是处了？也够早熟的。不知道哪个男人那么幸运。"

叶伽蓝说这话时咬字很轻，就跟用小巴掌抽我脸似的。我都能想象那种感觉，空手道场上打一个毫无还击能力的对手，估计爽死了。

我捏紧了自己的筷子，心说去他的，今晚我绝对要抽这人一顿，谁拦着我我一起灭了他。

"来，这次也没罚你酒是不是。也没过分的事情对不对？你主动亲我一下就成。"叶伽蓝一定很懂得怎么着辱人，他冷笑，"也不是很难的要求，是不是？还是说，其实你已经不是……"

我站起来："好啊，我亲你。只要我亲你，之前你和我的账就算一笔勾销吧。"

叶伽蓝愣了一下，过了一会儿又笑："行行行，我是大男人，也不跟你这种小丫头计较。在场的人作证，你只要亲了我，发生在我们俩之间的所有不愉快，都一笔勾销。"他微笑着抱臂，"亲脸就成。怎么样？我够大方吧？"

我二话不说，走过去就重重地扇了叶伽蓝一个耳光。

叶伽蓝猝不及防，整个连人带后面的椅子，直接后仰八叉倒在1米开

外，砸落了不少餐具。

我估计自己的脸色已经变了，因为除了叶伽蓝的低声呻吟，场内一时寂静，别的什么声音都没再有。我俯身拽着叶伽蓝的领子，把烂泥一样的他从地上拉起来，叶伽蓝显然还没缓过神，他望向我的目光还没有愤怒，只有震惊和惧怕。

我笑眯眯地，在他嘴唇上飞快地亲了下："这是刚才欠你的。"

然后我一松手，叶伽蓝不得已扶住桌子平稳身体。等下一秒，我又把他撞倒，本来还想继续往他肚子补一脚，但关键时刻，我想到了空手道的教义。

我假装吃惊地说："哎呀，我怎么打你了？你怎么不知道躲啊？都是我的错，我喝酒喝多了，控制不住自己！你知道我练空手道！"

叶伽蓝反应再慢也醒悟过来。他剧烈喘息着，神色间都是阴冷。但我也不管他，第二次拽着叶伽蓝的领子把他从地上拖起来。今晚姑奶奶劲儿真大，羊肉甲鱼汤补肾啊！我得再喝一碗。

我在他脸颊上亲了下，假仁假义地把叶伽蓝扶到椅子上坐下，学着《嗯，我们结婚吧》后期音的娃娃声："不准生气，叶少！你说只要我肯亲你，咱俩的账一笔勾销，对不对？所以，你现在不能生我的气！"

人到底能有多假？人在受欺负的时候能多贱？我还虚伪地倒了一大杯酒，死活要敬给叶伽蓝，说他不喝就是不原谅我。

所有人都缓过神来，七嘴八舌的扯开话题。叶伽蓝拗不过去。只得把那一大杯酒都喝下去。趁着乱，我狞笑着拆开湿纸巾抹抹嘴，再借口结账，一溜烟地跑到酒店门口。

冰冷的空气中，路边有人在放鞭炮，远处还停了一辆狗仔的车。我在狂轰乱撞的鞭炮声中，朝他们的镜头兴奋地挥了挥手。姑奶奶现在才感到爽！

我站在爆竹炸剩下的红屑中，无声赞美自己的机智。赞美了一会，突然发现饭店旁边挨着的路名挺熟悉。再打量一阵想起来，我爸在我小时候，经常带我到附近的呼家楼影院看电影。

他当时把我独自扔在影院，只说等电影结束后来接我。我以为我爸终于下定决心扔掉我，不敢追他也不敢走，只能在黑暗里默默坐着流泪——这大概是我不喜欢电视剧和电影的根源。悲痛回忆！

我站在路边，给贾四打了个电话，他得有一会儿才能来接我。

结账的时候，我靠在前台吃口香糖，有几位迎宾小姐认出我。她们嘀咕一阵，凑上来找我要签名合照，我一一签了，直到身后有人牵住我的手。

蔡林珊绝对算是二十四孝女友，但在"闺蜜"和"男友"之间，她倒是更多站在我这边。比如方才罚酒，蔡林珊偷偷帮我把不少红酒换成葡萄汁。而现在，她不陪着她阴郁的男友，跟着我跑出来。

大厅里聚集要签名的人已经越来越多，我和蔡林珊躲到了贵宾室的男厕所里。我刚打了她心爱的男朋友，说不尴尬也不可能，但再继续打蔡林珊也有点过分。

为了化解这份尴尬，我和她站在小便池旁吃口香糖。

蔡林珊小声地说："李权，你生气了吗？其实有时候参加这种酒席，大家会玩得很 high，但真的没有恶意。反正喝完酒，谁都不认识谁。"

我不耐烦听这些，就问她："怎么着，你心疼叶伽蓝了？你是想问我和他之前有什么仇吧？"

蔡林珊无辜地看着我，扑闪着长长的睫毛："仇？嗯，你俩能有什么大事？我之前倒是有点担心伽蓝，但看到今天送你过来那男的，估计他一点机会也没有。"

提到钱唐，我刚才打人的兴奋瞬间就没了，还隐隐地开始郁闷。打人一时爽，赔礼道歉却是最厌恶的环节。

"他应该不会让我赔礼道歉吧。"我喃喃地说。

蔡林珊却好像没听我说话，她也陷入自己的思绪："其实，伽蓝人不坏，我和他交往前就打听过，都是那些名声臭的模特和小演员倒追他，他舍不下脸解释而已。只不过呢，"她露出很小很淡的微笑，"伽蓝的确有点小心眼，他也喜欢斗意气。但这些我很早就知道，所以也不碍事。"

为什么说我还挺喜欢蔡林珊？她有点傻乎乎，性格也糊涂，但别看蔡林珊整天傻笑，她是那种在人群里，特清楚自己几斤几两的。在这点上，我和叶伽蓝都有点比不上她。

蔡林珊和我再聊了几句，好奇问我是不是真改过名。我告诉她，李春风才是自己真正的名字，李权只是艺名。也许等所有人都知道李权这名字，我就不想当演员了，回去继续当我的李春风。

要不，怎么说蔡林珊脑子比我还傻呢，秀佳听了这番宣言能把我打晕，但在蔡林珊这里，她第一个反应依旧是"哇"了声。

"你真聪明！我怎么没想到这事！你看你都演了两部电影，《嗯，我们结婚吧》收视率那么好。我打赌几年之内，李权这名字肯定家喻户晓！"

我不作声，反复折叠着手里红的蓝的糖果纸。

"其实吧，我总感觉自己有点太着急了。"

这话最早是钱唐说的。他当时嘴里叽里咕噜的什么本人也没懂，我现在才明白，钱唐不单是指我性格，他也有点奇怪我为什么想急着踏入社会。

没当演员前，我的生活烦躁、乏闷、犹豫，带着混乱的勇气，渴望有点不一样的东西来打破这闷局。当演员这一年，我是真的真的开心。但问题是，这开心总影随着巨大的遗憾感。

我内心一直隐隐后悔，就是……我的高中结束得太快了，总觉得还有很多事情都没做完。半途而废从不是我的作风。

"《绿珠》里被删戏那事也提醒我。尹子嫣演了20部电影的花瓶，才混到今天这演技，她就是我以后的人生目标了。但其实我也不知道值不值得，因为感觉自己年龄还挺小，人生还会有很多选择。我怕我急着当演员，错过了很多别的东西。"

蔡林珊安静地听我胡扯，不知道什么时候，她眼圈红了，里面有什么东西越来越亮："是的！这也就是我担心的！我年龄还小，人生还有很多选择！"她重复我说的话，语调却比我坚定，"我其实不需要急着走入家庭！"

我磕巴了一下："什么走入家庭？"

"李权，你这人果然有思想，你说得太好啦！"

"我说什么了我？"

"你果然是我最好的闺蜜！！"

我皱眉还想继续问，蔡林珊扑过来紧紧抱住我，在我嘴上很重地亲了一口就跑走了。我丈二和尚摸不着头脑，反复抹着嘴，心想蔡林珊估计也喝醉了。可惜不能打她，唉。

第二天，我起了个大早，把钱唐堵在客厅。

钱唐这人虽然看上去很闲散贵人，但也是典型的外松内紧。我跟他家住了那么久，甭管头天晚上回来得再晚，第二天7点，他都跟闹钟似的准时起床。

我老老实实坐在钱唐对面，把昨晚打叶伽蓝的经过全说了，外面的太阳稀薄平淡，照得钱唐家客厅里里外外都亮堂堂的，也照在钱唐头发上。

四周安静，除了我说话，和他继续翻报纸的声音。

"……总之，就是这样。"

我说完后，钱唐从报纸上抬起眼睛。他望了我一会，开口说："特长生，但凡让你主动站我面前，就没好事。"

这一句说得我当时就面红耳赤，钱唐继续淡淡地问："觉得自己做错了？"

我完全不觉得自己做错，但估计形势后，选择明智点头。再根据多年积累下来丰富的认错史，钱唐接下来肯定就要问我，错在哪儿了，为什么明知道有错还要故意犯错——这逻辑就是个死圈啊。

但钱唐没问，他直接帮我总结："你和叶伽蓝之间是上不得台面的私怨，但你当着他女朋友和众人给他难堪，就属于你先挑衅，扩大了影响范围。我这样说，你懂吗？"

"懂。"

"每个人都有自尊。你不给他面子，他就得自己争脸。什么样的动物最

有攻击性？在街上被打得半死的狗。"

我非常不自然地搓搓手："你是觉得，我不应该动手吧？"

钱唐目光已经重新移到了报纸上，我不禁也看了一眼今日头条，上面说什么全球变暖速度进一步加快。他淡淡地说："我的立场对这件事没有意义。"

我沉默片刻："可能我当时亲他一下，昨晚也就没事了。"

钱唐不出声了，过了一会，他说："装醉这招其实不错。你一开始怎么想不起来用？或者，你当时给我打个电话也不难。再退一步，假如你执意不玩游戏，没人能硬逼你。"

我凄惨地想，姑奶奶要真有那么多花花肠子，能混得像现在这么惨？

钱唐也叹口气："哎，我倒是预料过要帮你收拾个大麻烦，但没想到是这个，也没想到发生时间比我预想中要晚很多。"

我可不确定他这句话究竟是什么意思，是结案陈词吗？钱唐从没发过火，也确实不需要。之前寥寥几句话，他不动声色的，我却发现心一直都提在嗓子眼。

我眼睁睁看着早晨的阳光从钱唐的头发上移到肩膀，直到他重新抬起眼睛问我："怎么还站这儿？还有话要说？"

我试探开口："那个，就是说我现在可以走了？"

钱唐放下报纸，已经最后一页了，他真是把整个页面都看完了："不然，你今天也跟我一起去看看叶伽蓝的伤势？"

我连忙摇手："不不不，我在这等你的好消息，你跟叶伽蓝说我实在是对不起他了，我们还是能继续努力做朋友的。"

钱唐挑起嘴角，很快那表情又没了。"到底哪放出来的小怪物。"我听到他在我背后低声说。

等把这事告诉钱唐，我心里算安定一点。

昨晚没怎么睡，今天没通告，我睡了个回笼觉，到了中午，又被手机吵起来。

"李权……呜呜呜，李权，你现在在哪儿？你可不可以来接我？"

我打了个冷战，把闹鬼的手机离耳朵远点："谁啊你？"

蔡林珊电话里声音特别小，语不成调。我耐着性子问，她只报出个地址，坚持让我去这里接她，还说什么现在只相信我了之类。

我上车前，给钱唐发了个短信，告诉他这件事。蔡林珊那地方巨老远，出租车不停地开，跳表跳得我心疼，最后七拐八拐，在一个破旧的小区门口停下。

我好不容易找到那层楼，蔡林珊正独自坐在石狮子的底座。

"嘿！"我试探地走过去，蔡林珊抬头看着我，她今天没化妆。眉毛疏淡，脸色就像墓里刚挖出来的腊八蒜。

蔡琳珊第一句话是："我好冷啊。"

我连忙将外套脱下来给她裹上。等我俩坐回出租车，蔡林珊紧紧靠在我身上，跟没骨头似的。

"你怎么了啊？你没事吧？"我连续问了她好几句，蔡林珊终于开口了："我好饿……"

我还能说什么，因为匆匆出门就带了300元钱，基本全给出租车，现在就让车在路边停下，买了两只烤红薯。

出租车师傅还老大的意见："您小心点吃，别把我后座弄脏了！昨天刚换的。"

蔡林珊抱着地瓜发呆不说话，也不让我吃。等车开到她家别墅区，她又突然哭着说："我不想回家，我还是去住酒店吧。"

"姐姐你别了！我身上没钱也没带卡，待会又得打车再回去。"我不耐烦地说，"别折腾，你赶紧先回家！"

我生拉硬拽地把她弄下车，打算把蔡林珊送回家就走。还没等走到她住的楼前，迎面就走过来一人，正是叶伽蓝。

看来昨晚没给他留下任何痕迹，至少他脸皮完整，步伐也挺利落的。

叶伽蓝的脸色和蔡林珊一样糟糕，他压根没看我，一把拦住蔡林珊："你，你……做了？"

蔡林珊的呢子大衣外套着我的围巾和外套，但整个身子剧烈发抖。她点点头，发颤地说："伽蓝，你、你不要生我气，我不告诉你，就是怕你对我生气……"

叶伽蓝听到她的话，在寒风里就跟冻住似的，一动不动。

但在现实生活中，被冻住的是我才对。我把外套围巾都脱给蔡琳珊，现在只穿了很薄的毛衣，没这闲工夫欣赏这对奇葩情侣打哑谜。

我摸着兜里的零钱，默默地退后两步，转身就要溜走。然后，我听到叶伽蓝用带着压抑情绪的嗓音重复："你，你把我的孩子流了？"

我的脚步不由得停住了。

蔡林珊在我身后哭得快晕过去，她小声地说："我，我也不想的。可我，可我现在真的不想生孩子。现在做了妈妈，就要总照顾宝宝，花很多时间陪他……但我还有很多事情想做，不想这么早当妈妈……如果你要宝宝，我们等三年后再生好不好？到时候你事业稳定下来，我，我也能……"

一时间，风里只传来蔡林珊断断续续的哭泣声，我听得是目瞪口呆。

蔡林珊居然怀孕了，她又打掉孩子了？嗯，刚才她是去打孩子了？嗯，无痛人流让你一生幸福，是这个宣传语吧。

我还正胡思乱想，叶伽蓝终于开腔，他仿佛嘶嘶能往外渗毒水："不，不对！我了解你。你这种性子，做不出主动流掉孩子这种事。是不是谁在你旁边说闲话，撺掇你去人流的？"

叶伽蓝毫不犹豫地把目光落到我脸上时，我隐约觉得，一口黑锅正张牙舞爪地盖过来。但冤枉！蔡林珊流产这事赖不着我，我什么都不知道——蔡林珊昨晚是不是亲了我一口？她亲我之前说了几句什么来着，光记得夸我来着。

"李权。李春风。"叶伽蓝一字一顿地轻念我名字，他冷笑说，"你怎么在这儿？"

我还没有反应过来，肩膀被人抓住。叶伽蓝指头陷进去，我感觉到骨骼疼："干吗啊你！"

叶伽蓝的语调出奇地柔和："是你吧？是你劝蔡林珊把孩子流掉，你都跟她说什么了？来，告诉我。"

"我什么都没说，放开我。"

"我们到这边来说——"

我还没说话，叶伽蓝反手就抽了我一个嘴巴。

从小到大，我是被各种体罚过的主儿。但和叶伽蓝这一下比起来，所有的耳光都是浮云，因为我的头咚得一声就撞在后面的路灯柱上，瞬间疼得休克。

等意识回过来，我发现自己捂着半边脸坐在地上，眼前的蔡林珊拼命拦住叶伽蓝。她哭喊着："不是她，不是她！我昨天自己想到的！我自己害怕，是我不——"

叶伽蓝把蔡林珊往旁边一推，气势汹汹地向我走过来，但走了一步，顿住脚步，接着他就以古怪的姿势摔倒，和我一模一样地趴在地面。

另一个身影朝我走过来，脚步沉稳。就跟电影里似的，钱唐赶过来了。

我眼睁睁地看着钱唐，结果，就在离我几步的位置时，钱唐顿住脚步。他低头看了我一眼，居然掉头走回去，又开始狠踹地面的叶伽蓝。

伏在地上的叶伽蓝沉闷地呻吟，蔡林珊扑过去。她哭着说："钱爷，求你不要再打他了！他不是故意的！"

我心里说，她忙不忙啊！而等钱唐终于重新蹲到我面前，我俩默默地对看了会，我不知道钱唐在我眼睛里都看到什么，但他略微皱起眉，没有先拉我起来。

钱唐伸手紧紧抱住我："没事了，宝贝。"

这是我第二次听到钱唐用这种口气说话，语气温柔镇定，而且不是在电话里说的。

我在他怀里抽抽鼻子，说实在的，钱唐到底都每天跟哪儿蹭的香水啊，身上总是这么好闻，那气味仿佛沁入到五脏六腑。在这其中，仿佛还隐隐嗅到有点柑橘的干燥味道，哎姑奶奶鼻子可真灵敏，看来的确没感冒。

"没事了。"他重复一遍。

我在他怀里，感觉到鼻涕又开始滴滴答答往下淌，脑海里轰的一声：我！我李春风居然能被人打了！还是被叶伽蓝这货！他打的是我的脸！！！

我的目光越过钱唐肩膀，直直地看向叶伽蓝，蔡林珊此时呜呜咽咽地扶叶伽蓝，他整张脸都是鲜血，想撑着身体起来。

钱唐的性格真是冷静又残忍，他把叶伽蓝踢得一动不动后，才来看我。钱唐现在看没再看蔡林珊一眼，把我直接抱走，我往他衣服上擦了不少鼻涕也没阻止。

我曾经说过，叶伽蓝喜欢开快车和闯红灯，但钱唐至少是闯了4个红灯，警察叔叔没追他真是瞎了眼。到了医院，我发现钱唐敢伸手抱我，需要多大勇气。姑奶奶脸上淌的根本不是鼻涕，全是鲜血！

我披着钱唐的外套，抬着血脸，让医生给我检查伤口，从右脸横贯到左脸，我被路灯的尖锐处刮了个很深的大口子。

过了一会，我余光瞥到爱沫和秀佳也赶过来。

秀佳看到我变成血人，她直接扑过来："医生别用针缝！简单处理一下，我们待会去找整形科……"

我不禁皱眉，这都什么时候了，尊严都没了，她还关心我的脸！

但秀佳没说完就被钱唐叫出去，只剩下爱沫在碘酒和酒精味中，沉默打量着我。她掏出手机："你想照相留念吗？"

医生和我不由得抽动嘴角，我想了想，还是艰难地比个V字，让爱沫给我拍了张很酷的血人造型照片。

抛开我的两个奇葩助理，我确实处于比较愕然的状态。

那天下午兵荒马乱，一切都由钱唐打理，从一个医院来到另一个小型整容医院，他从头到尾陪着我，像个家长。

整形医生仔细检查完我伤口，跟钱唐说要缝5针。钱唐点头，他俯下身问我："害怕吗？"

我困惑地望着他眼睛，再摇摇头，不懂这有什么害怕的。

钱唐却扬起眉，有一瞬间，我觉得他非常恼火，不过克制住了。

"缝针至少要5分钟，不能打太多麻药，忍着点。"钱唐说得清清楚楚。

我沉默着再点点头。

他再轻按下我的头："宝贝，再跟我说句话。"

"嗯嗯，待会我想吃橘子。"我慢吞吞地说。

脸颊的伤口一寸八，右脸靠近眼睛处伤口有点深，我屏着呼吸，感觉医生隔着塑胶手套又带着体温的指头在我脸上动来动去。本来想闭上眼睛，但只要我闭上眼睛，叶伽蓝无动于衷的脸就浮出来。

我记得，暑假在法律事务所实习，在别的实习生那里看过《刑法》，上面写："伤害他人身体健康者，处三年以下有期徒刑。"

一扯到法律，肯定有很多人笑我对法律和社会都只懂皮毛。说什么不尊法又逃法的人一大把，说什么我的思想很幼稚，说很多社会上的事情根本不是我这个17岁的人能理解之类。

但我理解一件事，法律应该保护每个人的身体尊严。根据法律，侵害他人身体健康者必须加以惩罚。

我爸每次罚我，至少都试图我讲道理，教练每次罚我，都跟我唠叨规则。该死的，凭什么叶伽蓝不问青红皂白地动手打我？

包扎完伤口回家，钱唐在路上告诉我，他准备通知片方，压缩我和叶伽蓝的对手戏，眼下的节目也会暂停一期的录制。

我下意识地就拒绝："不行！"

钱唐看了我眼，他问："什么？"他的口气不大好，表情深不可测的，所以我也无法确信钱唐现在有没有在生气。

"你没事吧?"我直接问他。

钱唐正在开车,他没回答。我眼睁睁看着车速在3秒内突然飚到100迈,钱唐以这速度开了3分钟,他又继续问我:"特长生,你刚才说什么不行。"

钱唐不属于有同情心的。但俗话说,打狗还得看主人呢,我被打了,钱唐估计也很恼火,搞不好还准备为我挺身而出。

钱唐更钟情钝刀子,不动声色施加长久痛苦。但我可从不打算掺和他这种高级的报复方式,对谋财害命也不感兴趣。我只琢磨着,把那一巴掌给叶伽蓝打回去。嗯,最好响亮地打回去。让叶伽蓝永远记着这事,让他以后看到我就像耗子见到猫一样瑟瑟发抖!

我想着想着就不由得狞笑两声,突然听到旁边钱唐冷淡说:"开心什么?"

我赶紧收起笑容,刚才一咧嘴,扯得我伤口又疼了。我想了想,把昨晚和蔡林珊在男厕所里的话大概说了一遍。

"今天这事也不能全怪叶伽蓝。"我非常虚伪地说,下定决心这事不能让钱唐插手,他一插手就轮不着我了,"叶伽蓝对我有误会而已。再说我昨天打他,他今天打我,你最后又打了他——总归还是叶伽蓝吃亏。打一巴掌么,不是什么大事。"

最后一句话,我说得咬牙切齿。

钱唐沉默片刻,他重复:"你破相也不是什么大事?"

我下意识再摸摸脸,把这道疤痕也给叶伽蓝重重算在账上。但我坚持:"我和叶伽蓝之间,就像你说的是私怨。电视剧和节目就按照原来的计划走吧,我这方面没问题!"

钱唐简略说:"这已经不是私怨。"

"可是……"

他打断我:"特长生,你信任我吗?"

我只能说,全世界我最能相信的人里面,旁边开车的人肯定是前三。但这也是两码事，钱唐不能以这个为原由劝我放弃啊。报仇就像饺子，总归还是自己包（报？）的最开心。

"记得我当初跟你说过什么？李春风。你对我不能有秘密。假如你想靠自己解决这件事，"他顿了顿，"也不是不可以。但我必须知道你全部的想法和行为——像你今天独自跑出来的事情，没有第二次。"

不知道从什么时候，我的后背已经紧紧贴着车门，下意识离他远点。

钱唐冷冷地说："需要我把刚才的话再重复一遍？"

我不知道自己心里有什么感觉，忍不住提醒他："……我，我给你发短信了。"

钱唐几乎漠然地说："发短信？你现在还达不到事后通知我的资格。"他想起来什么，"还有，你以后如果哭，也必须当着我的面哭。别打电话。"

我觉得他太霸道了："……你这人是不是有病啊！"

钱唐突然把跑车的敞篷摁开。这招太狠了，我本来就靠着门，风从四面八方疯狂地扑到我后脑勺、嘴里和耳朵里。

"钱唐！"我又惊又怒地大喊，"赶紧把敞篷关上！"

而钱唐继续开车，他甚至没望我一眼，我的叫骂只能停在嘴里。

平静的钱唐比发怒的叶伽蓝感觉更可怕。不是阴暗，钱唐向来温和，但他身上的确带着种……呃，黑暗感。虽然平时从不刻意展示这些，但你就是知道他有这么一面，而我现在面对的就是这样的钱唐。

钱唐和我共同吹了10多分钟的冷空气，在我伤口感觉疼痛前，他关闭所有车窗。

"春风。"但钱唐并不是叫我的名字，他说："我们刚才吹的其实是夜晚的春风。但这春风并没想象中那么温暖是不是？"

"……啊？"

"这就是你。"

"……啊？"

我丈二和尚摸不着头脑，但钱唐说完这句话后，自己就笑了。也不是笑,就好像突然消了气,只是重复说了遍:"确实像风一样,你真是小怪物。"

车缓慢驶进小区,泊车的时候,钱唐深深看我一眼:"听我的话。叶伽蓝这事,我会解决。你不准插手。别再做让我担心的事情,否则,我亲手把你扔回家。"

他说的可是我爸那里,我的心沉下来。

"我理解你父母的想法,你的确是太欠调教了。"钱唐继续说,他的视线停在我脸上蒙着的纱布上,表情很难形容,他缓慢说,"你是各种方面都欠调教。看来,我得亲自管你一阵。"

我发现我后背一直没离开过车门:"呃,还是不用了。"

我连夜赶去两家医院的事情在第二天就见了报。尽管 CYY 迅速出来辟谣,宣传我不小心误伤眼底。但那次饭局后,我和叶伽蓝不和的传言迅速传开,其中怎么猜测的人都有。

对此影响最大的自然是《嗯,我们结婚吧》。因为负面消息的影响,我和叶伽蓝从原本的人气第一名开始下滑。网络上也突然涌出股水军,各种真真假假的揭秘和八卦,把我塑造成一名不知天高地厚浅薄无知暴躁的小女明星。

叶伽蓝他妈出动了几名投资方的老总和老前辈,把我和钱唐请到一家粤菜馆,说是要赔礼道歉。

向来准时的钱唐带着我,姗姗迟到了至少 15 分钟。

叶伽蓝的母亲长着一张方脸,颧骨高,典型的女强人长相。我打赌,叶伽蓝那细长的丹凤眼百分之一百继承的她。她仔细查看了一下我伤口,一边长吁短叹的,一边想用带着蜜蜡戒指的手抚我肩膀,被我躲开了。

"春风是我公司的艺人,也还是个孩子。"钱唐终于开口,他淡淡地说,"她父母托我照顾她,我却把她置于危险——"

叶伽蓝冷冷一笑,他母亲立刻接下去:"唉,谁家的孩子不都是爹生娘养宠在掌心的,阿唐,我懂你这心情。他们小孩子玩闹不知道轻重,我们大人心里能没数?我带来燕窝,到时候给小姑娘补补。伽蓝!你也快给你李妹妹道歉!"

话虽然这么说,叶伽蓝的母亲却开始讲蔡林珊打胎多么造孽,她都准备抱孙子之类的话。钱唐沉默地听着,不知道他在想什么,我很少见他对人的态度这么冷。

那顿饭除了两个年纪大的,剩下不同程度的伤员都没开口。

叶伽蓝摆弄着筷子,碰到碗时发出砰砰声,跟个乞丐似的。蔡林珊重新化妆后又成为甜蜜蜜的小女生,除了眼神忧郁了点,完全看不出几天前才流掉孩子。

我心里困惑地想,这些人的操守呢?

那顿饭不到40分钟就结束。临走前,钱唐礼节性问了几句蔡林珊留在CYY是否习惯,蔡林珊却表示有事单独想向钱唐请教。他俩走到一边去,只剩下我和母子两双丹凤眼互相大眼瞪小眼。

叶伽蓝母亲咳嗽一声,叶伽蓝终于主动对我开口,他的声音嘶哑,说:"李妹妹,听说你愿意继续和我合作?"

我迟疑片刻后点头。

"之前的种种,我们既往不咎吧。"叶伽蓝扬起眉毛,伸出一只手,"希望在剩下的合作里,我们起码能和平相处。"

我从鼻子里哼了声,没伸手。叶伽蓝微微皱一下眉头,估计对我的态度也不满意。我敢肯定这一秒,他脑海里和我想的是一件事:怎么样让对方不好过。

这时候,钱唐和蔡林珊走回来,叶伽蓝趁着无人察觉朝我轻蔑又阴沉的扫一眼,和他妈和他女友转身离开。

我也眯着眼睛看着他们。宽容他们?怎么可能。

379

从有记忆以来，我不是没有碰到过顽劣的男孩。以前住在大院，有几个男孩爱捉弄我，怪里怪气取笑我名字，拿石子往我家小楼丢。我越是气得发疯，他们就越是高兴。

我那会子没学空手道，岁数小，被男生一撂就倒。但我从来没退缩，据我妈说，我总是一副宁肯被活活打死都不甘忍受任何委屈的坚毅表情。

后来那一个月，我随身带着板砖，他们再欺负我，我就把最大孩子的额头拍出血，且拒不道歉。我被我爸严罚，但从此，所有孩子看到我都绕道而行。

我如今比以前要冷静很多，但从未忘记任何一件让我不快和我觉得不公平的事情。叶伽蓝不能不受点教训。

回去的路上，钱唐告诉我，蔡林珊刚才托他向我道歉。

我还在思考叶伽蓝最后的笑容，值不值得一个左勾拳，因此漫不经心地说："她刚才就跟你说这个？"

钱唐沉吟片刻："我同意叶伽蓝做你的搭档，一多半也是看在蔡林珊的面子。那女孩心善手狠，以后的前途不可限量。叶伽蓝母亲也看出来了，不然，也不会急着让儿子娶她。只可惜，叶家现在快留不住她了。"

我有点不可相信："谁心善手狠？你是说蔡林珊吗？"

钱唐微微笑了："哎，你可不要小看她。"

于是我问钱唐："那你觉得我前途怎么样？"

钱唐却不答，他腾出一只手在兜里翻来翻去，过了一会摸到个药瓶轻轻砸我身上："我觉得你应该涂药。"

我左脸颊最深处的伤口，接近眼角就几厘米。那里脂肪层少加皮薄，早在缝合后，医生就隐隐透露会留下疤痕。只是目前也不知道疤痕大小，颜色深浅，以及对相貌的影响程度。

医生给我配了瓶法国凝胶，让我时不时就抹在伤口，加速愈合。

秀佳几乎痛心疾首:"咱们得去做光疗和点阵。你平时多吃点胶原蛋白粉,给我补起来!"

我自个儿不大在乎,回钱唐家吃冰激凌时举着铁勺子看自己扭曲的脸:"有道疤挺酷的!增加气质。"

"气质个头!药水记着时刻抹,听到没有。千万别忘记!"

秀佳显然很当真,也叮嘱到了钱唐。钱唐随手写了张便条贴在冰箱上,但我和他显然又都忽视了。后来电视遥控器、零食抽屉、平时我最爱躺着的沙发上,上面都像价格标签一样贴着"药"字。

"你怎么那么闲?"我从一个芒果上揭下"药"字标签,忍不住转头问钱唐。

钱唐家2层改造比较大,除了小型电影院和他本人卧室外没别的用途。钱唐偶尔在1层办公。茶几上堆着电脑数据线、打印机、传真机和游戏手柄。

他此刻正在客厅里聚精会神地对着电脑,举起一只手让我闭嘴,我边抹药边皱眉打量他。

通常神龙见首不见尾的钱唐,这几天都在家里待着。偶尔上午出门,中午前肯定回来。我刚拆了纱布的两天,哪都不能去,每天醒来之后都有大把时间面对他。

按理说,我应该很开心,但我第一感受就是,钱唐最近变得不太好相处了?

平时无论我说点或做点什么,钱唐即使不赞同也不会公然反对,最多不轻不重挖苦。但钱唐自从表示"管教"我,他开始留意我的各种细枝末节的毛病。

这关注首先是从他家冰箱开始。

当我在他眼皮下,第18次打开冰箱并开始烧第2壶开水的时候,钱唐终于开口请教,我每天得需要吃多少东西才能维持生命体的活力。

等我掰着手指说完，钱唐挑着眉表示，每当看到我在冰箱前走来走去，他都会回忆起一个人。

我不仅酸溜溜想，能让忘性那么大的钱唐回忆起来的，那得是什么人——莫非钱唐的前女友？然后钱唐皱眉说："让你占个便宜吧，但真的，你怎么跟我父亲那么像？"

我简直愕然了："你爸爸？？？"

经过钱唐回忆，我和他爸的相似之处，还有打开窗户透气后总忘记关上，看电视时总爱跟他说闲话，走哪都能把家里灯全灭了……

我涨红脸辩解："这都是好习惯！"

钱唐对此的评论说："真够呛。我父亲也这么反驳我。"

我知道，在我妈还工作那会，钱唐他爸就已经是我妈的领导的领导的领导。除了钱唐本人装得道貌岸然，钱老爷子道儿可能也挺深，不然，我妈这么仔细的人也不会把我扔到他家。

钱老爷子和我有过一面之缘，但显然是不怎么正常的一面之缘。什么样的老头，才能买婴儿奶粉喝？何况钱老爷子当初剩下的奶粉，都被我拿回家（公平地说，确实不大有滋味）。

钱唐告诉我，他现在之所以信点佛，也是受他父亲的影响。当初老爷子极力反对钱唐当什么见鬼的编剧，到现在，每年也洋洋洒洒地抄好几份佛经寄给儿子，让他"静心灭晦，以窥天地"。而钱唐抄了经书，也回给他爸。

其实吧，我隐约感觉自己和我爸间关系不太正常。但现在，我也隐约感觉钱唐和他爸之间这种交流……太文化人了，感觉也不大正常！

"你俩写来写去的，这都有什么用？"我忍不住问钱唐，"我看你读了那么多佛经，但你生气的时候，佛能帮你什么？"

"正常人读佛经是为了修身养性。我又不是和尚，平时也会生气，产生别的情绪。读佛经也不是求佛，知道怎么面对怒气，怎么纾解情绪，这也就够了。"

那一星期大部分的时间，我跟钱唐都在这么随意扯淡。如果说钱唐打定主意"管教我"，除了某些微妙态度的变化，他依旧没有刻意摆出长辈的姿态。

我越来越感觉，自己已经开始受钱唐意志的左右。嗯，实话说隐隐不喜欢这样，我可是杀生派的亲生传人。

等去医院复查后，《嗯，我们结婚吧》节目组开最后两期工。

叶伽蓝和我在镜头前说说笑笑，镜头外皮笑肉不笑。外景去农家乐采摘草莓。农民伯伯蹲在大棚里给我介绍草莓秧，我没看草莓，全程双眼烁烁地看着叶伽蓝，思考怎么找机打回那大耳光子。

太阳落山休息的时候去吃饭，我逮准机会看到叶伽蓝落单，刚要蹑手蹑脚地走上前去，领子被人拽住了。

我愤怒地回头，看到钱唐在夕阳下微笑，但他眼睛里可不是这个意思了。他明知故问："去哪儿？"

今天钱唐怎么来了？我只好尴尬地举起自己的泥手："洗手……"

"小溪在后边，女厕所在左边，你往右边干什么去？"

我的大脑光速运转："我，我找秀佳陪我洗手。"

秀佳帮我抹药，她差点贴我脸上研究那伤口了："伤口恢复得不错。当初怎么能留那么多血？你到底哪来那么大劲头。你和钱爷够牛的。你打了叶少一个大耳光，钱爷把他肋骨都快踹断了。"

我这才知道钱唐那天踹的叶伽蓝几下够狠，叶伽蓝疼得把自己舌头咬破了皮，内脏也有点受伤。这事闹到现在，对各方都是无法上台面的奇耻大辱，目前也只有寥寥数人知道内幕。

秀佳让我得饶人处且饶人："你还想怎样？叶伽蓝不敢动你，但怎么说在城里有点势力……"看我直瞪她，她又说，"好了，我不说了，你别撇嘴，伤口又撕开。"

秀佳拧着药盒，问我打算怎么庆祝生日。我被叶伽蓝的事情这么搅和着,已经忘记自己生日这茬。倒是昨天晚上,钱唐扯到"礼物"的话题,是他看到我正研究杂志内页的跑车广告。

钱唐走过来扫了一眼:"喜欢这个?"看我点点头,他说,"那我送你。"

我欣喜若狂,想他可够阔气,1 000多万元的跑车要送我当生日礼物。然后,我眼睁睁地看到钱唐把那一页广告纸撕下来,他把广告纸送给我了!

我瞪着他,学着钱唐的口气讽刺说:"你可真大方。"

他也被我逗笑了:"好说好说。"

比起两手空空的钱唐,我从秀佳那里收了个纯金转运珠,从爱沫那里得了双荧光色的限量跑鞋,从蔡林珊那里收到一堆海蓝之谜。其他剧组买的蛋糕,以及粉丝转送的乱七八糟的礼物则堆满后座位。

拉开车门后我不由得怔了一下:"这些都是我的吗?"

是我的,都是我的。我回去后,花了一晚上把那些礼物分门别类。吃的塞冰箱,穿的直接穿上,剩余不喜欢的东西问钱唐:"你家缺不缺起酒起子,嗯,你家缺布娃娃吗?"

钱唐变魔术般的掏出个袋子。我以为是他送的生日礼物,连忙扑过去伸手要抢。但钱唐抬高了手:"这是你家人转交给你的生日礼物。"

我立刻不说话了,而且在突然间失去所有兴趣。

"我看是时候了,特长生。"钱唐说。

"什么是时候了?"

"你还没主动给你父母打过电话?等过完这个生日,你也算成年,该主动做点什么。"

我内心涌上股烦躁,装聋作哑的不理睬钱唐。

"特长生,你父亲主动向你招手了。得知你受伤,他也很——"

"胡说!"我口不择言,"别总说我爸我爸的!这礼物肯定是我妈送我的。还有,他怎么知道我受伤?他是又嫌我给他丢人了吧!"

他打断我:"这礼物你要不要?"

"扔了。"我冷静地说,"我不稀罕。"

钱唐语气也平静得出奇:"随你自己处理。"

我龙卷风般地拿起来那充满香气的盒子,连带包装袋直接扔到门口的垃圾桶,回头时却发现钱唐不知道什么时候跟着我走出来。

他撑着门不让我走进去。"小姑娘,你一生中还会有很多人来爱你。但父母对你的爱是不同。"钱唐的口气带着不由分说的严厉,"礼物怎么处置是你自己的事情,但至少说声感谢的话,让我转告你父亲。"

我瓮声瓮气地回答他:"我不会谢他的。"

他看我眼:"待会儿,你自己回你父亲一个电话?"

"我绝对不会跟他说话的。"

"明天我邀请他来我家看你?"

我气得头发都能竖起来:"那我就死在你面前!"

黑暗中,钱唐仿佛略微勾了下嘴角,但他的语气依旧严峻:"你这段青春叛逆期到底还要等多久才能彻底过去?"

我低声说:"永远不!"

忘了说,钱唐补送的生日礼物,是他深更半夜里陪我兜了圈风。

我亲自开着钱唐的跑车,战战兢兢,双手满是汗。等把车安全停到后海时,就像烂泥样瘫在方向盘上,感觉比登月都费力。

钱唐坐在旁边副驾驶座,除了上车后让我找准油门和刹车的位置,他就没再开口说一句话,若有所思的模样。

我下车活动快成僵尸般的脚腕。四周无声,除了车前灯在夜里照出的直直两束光,一切都隐藏在黑暗当中——就像姑奶奶的前途。

刹那间,我的确感觉有点沮丧。

钱唐陪我下了车。他往车头一靠,偏着头说:"生日快乐,特长生。"又说,"你在我家住的时间居然那么久。"

我立刻联想到,钱唐曾经抛出的"有效期限"和"18岁就搬出去"的言论，忍不住打了个冷战。心想钱唐难道今天要赶我，那我待会就把他的车开到湖里去……

"说到这个。在你做好对自己未来的决定前，可以继续先在我家住下去。我之前说的话，全部作废。"

我呆呆地望着他。

"把这新承诺算生日礼物吧。唉，我也不知道，这样做是不是害了你。"过了一会儿，钱唐微微皱着眉头，"好了，特长生。别再朝我摆出这副傻表情，我现在已经开始后悔了。"

蔡林珊和叶伽蓝无声无息地分手了。

我的意思是，前几天她还在喂他吃草莓，但等这天录最后一期节目，蔡林珊已经不在场了。秀佳悄悄嘱咐我，别在叶伽蓝面前提起她的名字。

我有点幸灾乐祸，拍摄时尽量不看叶伽蓝眼睛以防泄露情绪。叶伽蓝却冷不防地对我发难。

节目组让我和叶伽蓝做一个小访谈，交流彼此对爱情、对家庭预期之类的看法。

"李妹妹，你好像不喜欢别人称呼你为妹妹。"不等我回答，叶伽蓝又继续问，"你是独生女吗？"

"……算独生。"

"什么叫算，你父母一方离过婚？"

我压着怒气："不是，我曾经有个哥哥。"

叶伽蓝一脸等我继续说下去的表情，我吸口气，尽量不带有任何感情的回答："嗯，他很早就死了。"

"你哥叫什么名字？"

"不关你事。"

"你父母一定把对他的关怀，现在都补偿给你……"

我几乎勃然大怒，当场就摔了道具："不关你事！"

叶伽蓝朝我咧开嘴，我意识到，他正在故意激怒我。

秀佳立刻给拍摄组道歉加打招呼，这一段肯定要剪掉。但大家看我的表情诡异，有着点厌恶和敢怒而不敢言。

剩下的拍摄里，叶伽蓝总是"李权"长"李权"短的叫我，我怀疑他知道了点什么，后来钱唐探班时，他才略微收敛。

钱唐不是单独来的，他带着另一位叫樊刚的导演，非常年轻，留着一把看起来很快活的络腮胡。

我略微有点诧异，倒也不是因为别的，钱唐这人确实比较难搞，他自己是投资方和编剧的身份，因此并不太尊重曲高和寡的导演，但对平庸的导演又一笑置之。

眼前的樊刚，显然挺讨钱唐欢心。我冷眼旁观着，发现了个中诀窍：樊刚有点不要脸。

"我以前也是编剧。但干了会儿编剧，总被投资方乱改剧本，都气坏了。我看钱爷现在混得很好，于是拍了下大腿，决定追随他的步伐当导演。"

钱唐微笑："少听他胡说。"

我刚刚被叶伽蓝惹得满心不快，有一搭没一搭地听他们在我旁边闲聊。那导演也聊到我，他说喜欢我在《绿珠》里的表演，在新电影里想让我演个反派。

我本来没当回事，但等到樊刚说电影主要在宁夏和西藏取景，立刻来了兴趣。

钱唐却皱眉："这么远？她不能去，恐怕她会想家。"

"才不会！我在《绿珠》棚里待了那么久，也没说想家。"

"两码事。"

我嘟囔："一码事。我在《绿珠》待了四个月，中间就没回过城。当时也没人管我。"

"现在管也不迟。"钱唐说。

我忍不住翻了个白眼，转头问樊刚："那戏讲什么来着？"

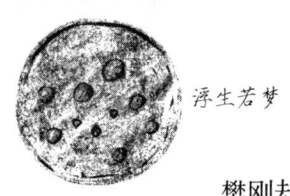

樊刚却威胁我："等你答应拍，我再给你剧本。"

我瞪着樊刚，却发现他在胡子底下笑："哎，我真该给你拍张照片。你现在和钱爷是一个表情。"

什么表情？我再回头看看钱唐，发现他好端端的没什么表情。

我左脸留下的疤痕很细，之前拍摄的时候大大咧咧贴着创可贴，节目组也没说什么。但马上有个地方大学生电影节要参加，化妆师用药妆给我左脸色画了个细小的蝴蝶，边缘处贴上细钻。

不得不说，挺好看的。爱沫看了眼睛都一亮。

我又穿着小裙子去走红地毯了。爽啊，太爽了，大家都叫我名字。而且他们看上去不比我大多少。我不由得意的想，这也算我人生中的小巅峰了。

再然后，我就看到叶伽蓝也得意地出现了。隔着夕阳下的柳絮，他看上去有种日本男演员的腔调，介于纤细优雅和纯娘娘腔之间。

主办方一定没关注最近的八卦消息，把我和叶伽蓝安排在相邻位置，秀佳悄悄问我是否需要换座位，我本来要点头，但对上叶伽蓝挑衅的眼神后改了主意。

叶伽蓝冷眼看着我落座，很久之内，我俩都没说话。

我无聊偷偷摆弄手机，叶伽蓝在我耳边拉长腔调轻声说："又没事干了吗，我的小妻子。"

叶伽蓝的挑衅很幼稚，但我也得承认自己被激怒了。我看到他就不痛快，他的声音，他的脸，他的一根毫毛，我看在眼里都感到非常不痛快，想抽死他。

我冷笑着说："挺好的。对了，听说你和蔡林珊分手了！"

叶伽蓝脸色白了点，不过他嘴角微微一翘："李妹妹，是不是你父母在你哥哥死后才生的你，出于嫉妒，你就见不得任何小孩出生？以你这种智障，你爸妈没考虑再要个孩子？还是你妈在生完你之后也多次流产了？或者，你就是一个胎盘养大的？"

摄像镜头正扫向我们，叶伽蓝是侧着头面带微笑说的，就好像他跟我多亲密似的耳语似的。我气得浑身乱抖，但还没来得及有任何动作，四周纷纷鼓起掌来。

我被莫名其妙拽起来，原来主持人宣布，我获得本届大学生最受欢迎新人奖。

旁边的人笑着看我俩，在掌声里，我提着裙子哆哆嗦嗦地走上台，临上台阶时，绊了一跤，差点摔倒在地。主持人赶紧下来扶我，四周有善意和不善意的笑声，闪光灯不停地闪。

我站在万人之中握着水晶奖杯，大脑一片空白，也不知道自己感谢致辞里说了什么鬼话。心里头只有个坚定的愿望：我得打叶伽蓝，我什么都管不了了。

领奖下台后，秀佳等着我，还没等她埋怨我点什么。我从帘幕缝隙处，看到叶伽蓝起身离开他的座位。

"你等我一会。"我把奖杯和手腕上带着的首饰一股脑摘下塞给秀佳，"别跟着我，我，我要去上厕所！10分钟就回来！"

我紧随叶伽蓝跑出去，他的西装身影消失在男厕所。我随手把"正在清洁，请勿进入"的黄牌子拖在门口，大步走进去。

然而男厕所里空无一人。我踹开3个隔间，空空如也，缓神后发现，叶伽蓝正抱臂悠闲站在门后。

"李妹妹，你可欠哥哥很多句对不起。"他用一种阴沉的语气说。

叶伽蓝说完后后走上前，迅速地将一个嘶嘶响的东西伸到我腋下。

临近了，我才看到，那是我家小区保安总拿着的电棒。我刚想踹开他，但双脚已经脆弱得无法支撑，跪倒在地。

原来，被电棒击中是这种感觉。

第十一章　孙悟空大战猪八戒

电流穿过，四肢全部陷入麻痹，连尖叫都没法发出。我的大脑倒是还没失去意识，但心神混乱，只体会到源源不断的痛苦。

等我慢慢地开始眨眼睛，叶伽蓝把我推到厕所的小隔间里，用卫生纸封住我的嘴。他离我很近，浅色的眼眸中没有任何表情。我百分之百肯定，刚刚腋下遭电击的部分已经烧伤了。真疼！

"为了不让人怀疑，我们现在只有十分钟的时间，但是十分钟，能让我做很多事情。"叶伽蓝把我的下巴扳起来，他漫不经心地用食指绕着我的耳垂，"现在终于害怕了吧？李春风。成年人的世界，有很多你不知道的道理。所以，你有什么资格在我面前傲慢？"

叶伽蓝边说边拽我的礼服，我却连一根手指都抬不起来，心跳得很快，非常快。

"先说说蔡林珊。你居然让她把我的孩子打掉？我们的事情，和你有关吗？不，当然没有。我的东西只能我自己处置。但我也好奇，你嘴那么笨，跟蔡林珊说什么了让她听你的？"叶伽蓝把我礼服裙褪到脚踝处，再往我脸上吹了口气。

我浑身发抖，想吐，想尖叫，但根本发不出声音。

"不，李妹妹你千万别说话。我现在什么也听不到。你只要摇头或者点头就行了。"

叶伽蓝开始脱我的内衣，我终于发出土拨鼠尖叫般的呜咽，随后忍住。

"我知道，你家特别有势力。我妈也不准我公然动你，那我琢磨着，私下动就可以了。当然，也要避开钱唐。我也要跟他算账，不过，一切从你开始。唉，你不知道，这个电击棒，我带了多久。本来还以为要带到片场。那里人多眼杂，你身边又永远那么多人，怎么才好下手呢？我总想着，能找到和你单独相处的机会。"

小小的厕所隔间，我已经身无寸缕，他却西装完好。一股彻骨的寒意来回刺着我的胸口：叶伽蓝如今对我做什么，我都无力反抗。

叶伽蓝抬手看了下手表，就事论事地说："还剩 8 分钟，时间依旧算宽裕。嗯，对我来说有点紧张。"

令人震惊又毫不意外的，我看着叶伽蓝解开了他的西装裤。

"我错了，李妹妹，"叶伽蓝轻声说，"我以为，我们能做个朋友。但你好像特别瞧不起我，是不是？不，你好像瞧不起任何人，就看得上钱唐。只可惜他看不上你。我可是知道，钱爷身边不缺女人，其实咱俩都一样可悲，是不是？"

他突然掰开我大腿，我惊恐地摇头，恨不得缩进抽水马桶里去。但没用。叶伽蓝占了全部的上风。

我心想这次完了，姑奶奶真的彻底全完了。

"实话告诉你，"叶伽蓝在我耳边吹着气，"我今天不碰你，我从没强迫过女孩，也不想破例。所以，剩下 5 分钟我们玩个游戏。"

我很想别开头，但现在我什么力气都没有，只能看着叶伽蓝浅色眸子中倒映着一个脸上画着蝴蝶的大白痴。

"李妹妹，你怎么那么倔，到现在都不低头求饶？"叶伽蓝低声说，"我以前就说过，只要你对我好，我也会对你好。但你为什么要逼我？这一切都是你逼的。"。

我眯着眼睛，瞪着这个人形垃圾。

"再敢这样看我，我立刻就……"叶伽蓝柔声说，"你希望在厕所里就当上我的女人吗？"

我终于开始摇摇头，鼻尖全是冷汗。

他满意地笑了："听话，我顺便介绍一下。之前想送你的手机是VERTU，我自己也有。世界上最贵的牌子之一，我平时从不自拍，现在可以试试照相功能。"

那是我人生中最恶心的5分钟。

据说演员的身体只是道具，当叶伽蓝触碰我的时候，我知道我当不了演员了，因为血液像利刃样涌上我脑壳。最后，他终于帮我整理好裙子，再无动于衷地说："洗一下脸。"

我默不出声地洗着手和脸。用药妆化的蝴蝶水钻已经被泪水全部冲掉了，之前的伤口有淡淡的痕迹。我整个人还在浑身哆嗦，被电击过的肌肉终于恢复点流畅。

叶伽蓝站在旁边翻着照片："李妹妹，你看着虽然瘦，身材却很好嘛。放心，这照片我不会给任何人。我要珍藏起来，或者——发给你父母？听说你为了当演员，和父母闹得很不愉快？你爸看到你这种照片，应该会很开心吧？嗯，也不知道钱唐看到后反应怎么样，据说，他向你父母承诺照顾你？"

叶伽蓝等了我片刻，大概想看我的反应。但我不知道说什么，只能安静地站在那里看着他。

他扬起眉毛，语气暴躁："你可真他妈迟钝！算了，你等我的短信。现在你可以走了，挺起胸膛，就像你之前打我一样。"

我不需要他提醒。我定定地看了叶伽蓝几秒，转身从这个地狱里走出去。

秀佳正在外面拖住其他摄影记者，看到我出现时不由得脸色一变："头发怎么掉了，伤口怎么也裂开了！"

我敷衍她："路上摔了跤。"

"又摔了一跤？刚才在台上——"看着我脸色，秀佳识趣地闭了嘴，叫来化妆师重新为我补妆。

等回家的路上,秀佳和爱沫对我的异样毫无察觉,她们还在讨论蔡林珊和叶伽蓝分手的内幕,讨论半天没结果,只说蔡林珊想转行当主持。

"主持人不需要长得特别好看,顺眼就行。以后也好嫁人。小蔡特别明白自己的定位——"

我一言不发,抠着药瓶盖子上的包装纸。

秀佳问:"春风怎么不说话?今天拿到奖了还不高兴?"

"我讨厌叶伽蓝。"我轻声说。

秀佳笑着说:"不新鲜,我们都知道你讨厌他!"

我咧着嘴跟他们一起笑,心想他们知道个屁!

我回家后洗了个很烫的热水澡,挑了钱唐家的水晶玻璃杯,给自己倒了两大杯朗姆酒,混着半盒冰激凌吃了后,摇摇晃晃躺在床上,用被子蒙起头。

第二天被急促的敲门声敲醒的。钱唐皱眉站在门口,说秀佳快把他的手机打爆了,我这才发现自己手机关机。

我借口身体很难受,问秀佳今天上午的工作能不能推一下。秀佳则反复提醒我往伤口处抹药:"千万别留疤痕。"

我一条一条地查看手机留言,其中一个陌生的号码发来短信"回电"。

我拨过去,叶伽蓝笑着说:"李妹妹,你昨天过得怎么样?我正好在看手机,啧,你的腿可真长!"

我无声地捏着手机,听他继续说:"等哪天,我约你单独出来'吃饭'吧。记住,这事可是我们的秘密,不能告诉任何人。否则,"叶伽蓝在电话那头笑了,"否则,我都不知道自己做什么。"

我听到自己柔顺地说:"好。你想约我的时候,随时给我电话。"

挂了电话后,我去冰箱里翻出个火龙果加冰酸奶吃下去,接着重新躺回到床上。

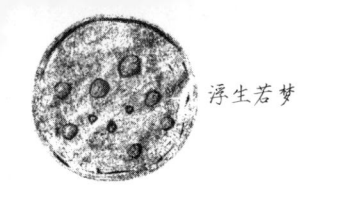

再醒来，发现眼前站着的还是钱唐，他正拿着电子体温计准备测我体温。

他温和地问："躺了一天，你是不是生病了？"

我望着钱唐片刻，终于忍不住扑到他怀里。钱唐没有动，任我抱着，我闻到钱唐脖子间隐约的男士香水味道，突然想到叶伽蓝身上没喷香水，只有股肥皂和厕所味——让人作呕！

"特长生？"钱唐转头摸了摸我头发，他略微皱眉，"不舒服？"

我想哭，有股把所有实情都告诉钱唐的强烈冲动，但是……算了。

钱唐锐利地打量着我，他有点怀疑什么。

我松开他缩回被子里："唉，我现在不是身体难受，是心灵生病了，懂吗？我在大学生电影节上碰到叶伽蓝，他骂我来着。还骂我全家！"

钱唐动动嘴角，他这才放心："他现在只敢嘴上骂你。"

我不得不把被子拉到额头，掩盖住自己的全部表情。等钱唐量了我体温后又跟我随意说几句话，准备离开，我突然再伸手，隔着被子紧紧抱住钱唐大腿。

"钱唐，我想回去继续念高中，好不好。"我抬头望着钱唐，"但是，如果你还是希望我继续当演员，那我也就继续当演员。我都听你的！但我是真的想回学校读书了，你觉得好不好？"

钱唐低头看着我良久："你脑子都在琢磨什么？这次又是什么触动到你？"

是叶伽蓝。

我只能强笑着回答："是你那天晚上说的话。我发现，我真的太弱了，我并没有当演员的决心。何况就算你愿意让我继续住在你家，我不想当任何人的累赘。"

钱唐安慰性地拍拍我的手，再挣脱我："累赘之辞可以废也。"

"那上学之辞呢？"

钱唐笑了:"特长生,今天你先休息吧。"

这是我第二次面临重大的抉择关头,这也是我第一次强烈感觉自己需要征询别人的意见。

以前我不这样。我以前想做什么就直接做什么,不用思考也懒得思考。大不了直面我爸的严酷惩罚,忍过严刑拷打后又是条好汉。

但现在不是了,感谢叶伽蓝。

我一直以为,叶伽蓝和我一样,仅仅是脾气有点不好。但我现在可以判断,我是个天才,而他是个喜怒无常的神经病。而且,叶伽蓝和我一样,也对自己的性格彻底放弃治疗。

这事必须得死死瞒着我爸我妈。只是想到他们看到照片的反应,我就从尾椎处冒寒气。其次,这事也不能透露给钱唐。无论钱唐对此什么反应,我都可以百分之百确定那不是我想看到的。

我说过自己喜欢钱唐,就算他永远对我温水煮青蛙的态度,我也只想尽量展示给他我最好最坚强的一面。钱唐不行。

秀佳他们也不行,他们太软弱。

我倒是慎重思考了一个人选:邱铭。前两天还在电视屏幕看到他一次,然而我也不愿意找邱铭帮忙,这么一来,我就欠他个人情。

我又思考了一下法律途径,还像模像样翻了下各种法。但法律是保护弱者的,我从来不觉得自己是弱者。姑奶奶只是被疯狗咬了。

想来想去,我悲剧地发现缺少"闺蜜"。蔡林珊流产后还让我去接她,我却没有任何信得过的人脉。

这时候,手机通讯录已经翻到最后一个:Z,猪头娃娃。

秀佳听说我主动要美甲的时候,她扬起眉:"呀,我家春风终于知道自己爱美!"

参加完通告,秀佳让爱沫陪着我去美甲沙龙。我期期艾艾地说约了朋友，爱沫很识趣地把VIP最里面的位置让给我，和我隔着位置坐。

等了20分钟，程诺才出现。

她依旧穿着白色校服，把书包往旁边空座一扔："不好意思迟到了，今天我哥比较难打发。"

程诺再递给我一杯果汁："我给咱俩买了杯果汁。你的果汁是橙子雪梨，我监督他们用新鲜水果打的，没加糖——你当演员应该注意卡路里吧。"程诺碰到我目光后歪头笑了，不是害羞，只是习惯性的笑。

我懒得问她又逃了什么课，单刀直入："我想问你件事。之前参加空手道夏令营，我骂了你，你是不是把这事告诉你父母，找我爸告状了？"

程诺微微扬起眉，她回忆了几秒，干脆回答："没有。我从来没把夏令营里发生的任何事在任何场合里告诉任何人。包括你突然来例假时蹲在地上——"

我脸不由得微微一红，这也不是什么美好的回忆。但我还是追问："你确定你没乱告状？你敢不敢对我发毒誓？"

"李春风，首先，我从不打小报告。其次，你走后没几天。我天天被拉去跑步，应付我们组里的大妈。再没几天我就直接逃了夏令营回城，嗯，我自己也没干好事，给你送作业本不是在酒店里？这都哪辈子的事了呀！"程诺饶有兴趣地扫视着我的脸，她压低声音，"你是不是留下什么把柄落到那夏令营手里了？我懂了，是不是八卦记者要拿这个小事对你发难？对了，那天酒店里你后面站着的人是邱铭吧！"

我摇摇头。

接下来的40分钟里，我和程诺默默地让技师在我们手指头和脚趾头抹东西。

"我喜欢做指甲，"程诺好像是对我说，又好像是自言自语，"小的时候，我一直跟着我妈在英国。那会我不会讲中文，她偶尔带我去美甲沙龙，有中国学生在里面打工，他们给我涂花花绿绿的指甲，我就跟他们练习中文。"

我干巴巴地说:"呵呵,我小的时候,被我爸扔到什么童子军训练营。四周都是比我大的男孩,吃穿住行都得自己管自己。"

程诺微笑,但水汪汪的眼睛里没什么表情:"我倒是想参加训练营。但我每天都要按时吃药,我妈不放心保姆,于是她总带我上班。我在她办公室沙发里坐一整天,玩遍所有填字游戏。"

"行了行了,"我有点烦,赶紧停止攀比悲惨童年的活动,"程诺,我今天有事求你帮忙。你答不答应都没关系,但我得确定你这人的嘴严不严。"

程诺说:"所有发生在拉斯维加斯的事,只会留在拉斯维加斯。"

"啊?"我愣住。

程诺笑了笑:"你继续。"

我望着程诺清澈的眼睛,惊讶地发现,我居然挺信任这个洋娃娃的。要不然怎么解释那么多西中的高中同学里,我单单找了眼前这个穿白区附中校服逃课的宿敌——对了!现在这都几月了,程诺为什么能那么闲?她不用参加高考吗?

我让两个美甲师出去,在刺鼻的洗甲水味道中,把和叶伽蓝发生的事情,原原本本地告诉程诺。

程诺安静地听着,她对任何事情的第一反应,永远先露出无害的甜蜜笑容。唉,她真好看,而且真是太像洋娃娃了。

做完美甲之后的几天,我保持死一样的安静,而且很乖。乖到秀佳都有点毛骨悚然。她猜测了很多原因,不过,都没猜测到点子上。

钱唐也察觉出我的异样,但是每当他问起我,我只说自己在思考前途。

"你觉得我出国读书好不好?"我问钱唐,"我想读法律。"

钱唐过了会才把视线从电脑移开,他说:"如果你真的想要读书,就留在国内读本科吧。"

"那你让我再想想。"

钱唐没把我准备重新回高中念书的打算告诉秀佳,秀佳对我态度还那样，依旧兴致勃勃地规划我"红了"后的诸多事情，而且坚信那一日为时不远。

但我兴趣缺乏，而且越来越兴趣缺乏。

之前娱乐圈吸引我的那些浮光，在和叶伽蓝共度了美妙的10分钟后揭开狰狞面纱。叶伽蓝有一点可能说对了，我当初进娱乐圈，才不是想当什么演员，很大原因，只是想靠近钱唐的生活圈。

我清楚假如当初出国念书，肯定会和钱唐渐行渐远。而我非常非常非常舍不得他。但是，本人人生的重要度排名是：自尊，生命，钱唐。而本人的命永远比钱唐重要，最起码是一样重要的。

叶伽蓝和我同时退出《嗯，我们结婚吧》，引起不大不小的反响。但我和他还有部连续剧合作，那些粉丝们也算反应平淡。即使钱唐施压要剧组压缩剧集，至少还要拍摄半个月。

我本来还忐忑，和叶伽蓝那半个月的共处会有什么麻烦，钱唐却特意抽出时间，在片场陪我几天。

如果不是叶伽蓝那些该死的照片，我真的喜欢和钱唐共处的时间。他问我的意见，当我做错事情后会象征性地挖苦我，但我说什么时钱唐也会聆听。

当然，钱唐也会给我讲了那么多稀奇古怪的话，"祗畏神明，敬惟慎独"，还说"一人之力可扛鼎，十人之力可构梁，千人之力可破城"之类有趣的废话。

我压根儿没听。实际上，每一时每一刻每一秒，我都在焦虑，担心叶伽蓝突然发疯把照片出示给钱唐看，或者担心叶伽蓝突然改变主意做出什么更疯狂的事情。

叶伽蓝也一定很享受这种心理战。他看到我和钱唐坐着的时候，总会朝我意味深长的眨眨眼，甚至主动走过来和钱唐打招呼，而钱唐也朝他领首。

幸好这种折磨期只维持一周。钱唐实在是忙，即使他想管我，都有别的事情，没几天就被叫走，飞去外地开个 CYY 的会议。

那天下午开始，我就不停地走神。导演很辛苦地忍住避免骂我"笨蛋"，而我很辛苦地避免直视叶伽蓝的眼睛。

叶伽蓝还是找到机会，单独抓住我："你每见我一次，我就还给你一张照片。这个主意好不好？"

我问他："我怎么才能相信，你会还给我所有的照片？"

叶伽蓝微笑："你现在只能相信我。你没有选择。"

我沉默很久后，点点头。他一只手按住我肩膀："你最好不要惹我，也不要把这件事告诉钱唐，或者告诉任何人。你知道后果是什么。"

我再点点头。秀佳非常警惕地走过来，叶伽蓝这才放手。

当天晚上十一点半左右，我果然收到短信，内容非常简单。

"我派来的车等在你家巷子口，不要带手机，或者任何惹我不开心的东西。"

我在凌晨一点半，来到叶伽蓝位于市中心的公寓。他穿着条纹睡衣为我开门，伸手搂住我肩膀。

"看来这两天你过得不好，都瘦了。"叶伽蓝托起我的下巴，他看着我柔声说，"放心，今晚你要是好好对我，我依旧什么都不做。3个小时后，我让司机送你回家。"

我闭紧嘴，叶伽蓝沉下脸："我不喜欢你这种充满敌意的态度。"他退后一步，声音冷硬，"少废话，先把你衣服全脱了。"

我问他："你有没有把照片发给其他人。"

叶伽蓝眯起眼睛："那是你我之间的秘密。但你继续以这种态度惹我，就不一定了——现在脱衣服，全脱，等脱完衣服后，拿手铐把自己铐起来。"

他没走近我，只是往地上扔了一副手铐，再兴致勃勃地观察我表情。叶伽蓝特别喜欢看别人陷于无助的样子，这个蠢货。

我不动声色地把手放到兜里。叶伽蓝眼瞳微缩，立刻退后几步，掏出那

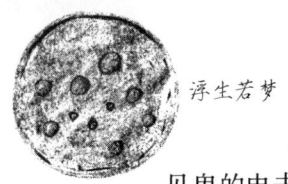

见鬼的电击棒对准我鼻子。

我听到电流吱拉流过的声音,就算反复解释自己只是从兜里拿个手帕,他没有放松警惕,冷声命令我:"脱光衣服,戴上手铐。"

我直直地看着他,叶伽蓝把电击棒一动不动对准我鼻子。

我微微一笑:"说再见。"

他在我的笑容中失神几秒:"什么再见?"

"和你最后的底线说再见。"

我把手里攥着的手帕向叶伽蓝的脸上砸去,趁他视线被挡时踹他的手腕——经过几次打架,我早发现叶伽蓝手腕脆弱得像根牙签。随后我利落地抓起那条涂有高级麻醉剂的手帕,死死按着他口鼻处。

其间因为叶伽蓝手脚下意识的挣扎,我又被他的胳膊拍打到脸颊,生疼无比。估计之前伤口又重新裂开了,鲜血横流。终于,他倒下了。

我坐在地上拼命喘气,用叶伽蓝之前扔在地上的手铐把他铐住,再爬到门口,按电子门锁为楼下的程诺开门。

程诺很快坐专属电梯上来,看到她后,我不由得一愣,程诺戴了个孙悟空的塑料面具遮住容颜。而最让人吃惊的,她牵着个八九岁小男孩。

一个活的小男孩。

"这是谁?"我诧异地问。

"他是我亲弟弟,没事。"程诺安慰我,这时她整张脸都被孙悟空面具挡住,看不清表情。只除了开口说话时声音流露几分紧张和懊恼,"你叫他小三儿好了。待会在叶伽蓝面前,你就叫我悟空——反正别叫我真名!"

小男孩双眼发光想向我扑来。但程诺一把拉回他,给男孩和她自己戴上塑胶手套,又戴了浴帽。

我皱眉:"你在干吗?"

"避免作案时留下DNA和指纹,李春风你就不用带了。叶伽蓝知道你是谁。"她沉声说。

我真得感叹一句,找程诺当帮手是很明智的决定。洋娃娃这不是寻仇的姿态，她是 CSI 杀人灭口的东西看多了吧。

我和程诺费力地把叶伽蓝拖入浴室。她去叶伽蓝卧室里搜查加捣鼓电脑，而我单独面对叶伽蓝。

叶伽蓝被我用冰汽水泼醒的时候，对自己的处境有些茫然。当发现自己赤身裸体躺在浴缸里时，叶伽蓝奋力扭动几下，但挣扎片刻就静止，他显然想说话，我已经把他的嘴用胶带牢牢粘上。

我们无声又冰冷地对视，真他妈滑稽。

"嗨，"我开口打招呼。

老实说，我瞬间也有点不知道说什么，但很快就找到词，我干巴巴地说，"没想到，自己会被绑起来吧。"

我看了眼叶伽蓝的手表："离你的司机来接我，还有两个半小时，时间不长，但我们能做很多的事情，是不是？你也别跟我说话，你只要点头或者摇头就可以了。"

叶伽蓝面无表情地看着我，好像完全不害怕我。但他这副样子已经不能激怒我。

"说实话，我不讨厌你。就算你打了我一耳光，我也只想打回去。你说的对，我有点小孩子气。我就是小孩子，因此我讨厌你，却从没有起过要严重伤害你的念头——但我真没想到，你居然这么，这么的恶心！"

我粗喘口气，尽量不去回忆那天厕所里发生的事情："现在我要做的，就是把你对我做的事情都还回去。懂吗？懂的话，就点头。"

叶伽蓝没有点头，冷冷地看着我，像是挑衅像是不屑更是轻蔑。我随手抓起他的电击棒，从脚趾部分给叶伽蓝来了一下，他表情立刻不淡定了。

我重新问他："懂了吗？"

叶伽蓝被电击后满头大汗，但这人的确有点硬气，索性闭上眼睛不理我。

程诺这时候敲敲门，让我出去。她低声说："他换了新手机，新手机里

没有照片。但我在叶伽蓝今天随身带来的 U 盘里找到了备份,我给你拿来了。相信我,只要叶伽蓝把照片传到电脑里,或者照片是用电子方式留存,我就肯定有办法给你找到痕迹。"

我谢过她后接过笔记本电脑。叶伽蓝居然把我的那些裸照做成幻灯片,而点击文件,我眼睁睁看到照片上那张涂着蝴蝶的苍白脸颊,旁边紧紧挨着叶伽蓝的下体。

我索性重新坐在叶伽蓝旁边,把电脑摆在对面,开始放映幻灯片。

叶伽蓝那天在厕所里,总共照了 200 多张,全部放映完,居然也过了五六分钟。最后一张画面是我正低头在男厕所洗脸,叶伽蓝拍了一张我耸肩的背影。

看完幻灯片后,我久久没有抬头。

我不想看叶伽蓝,也不想理睬整个宇宙的任何人。恨意,巨大的恨意和灭顶般的羞辱感吞噬着我。等沉默坐了 10 多分钟后,我才终于能控制住自己,扭头平静望了眼叶伽蓝。

叶伽蓝下意识地缩着身子,他现在真有点害怕了。嗯,就像曾经的我一样。

我点击鼠标,粉碎文件,把电脑还给程诺。再走回来的时候,我发现自己嗓音非常沙哑:"叶伽蓝,你形容我是小孩子,嗯,我的确是小孩子。我们小孩子的想法总是很单纯,认为父母的惩罚就是全天下最可怕的事情。而为了避免父母的惩罚,我们就会去做另一些更更更可怕的事情。"

我看着叶伽蓝,他平稳地和我对视,但两腿膝盖处些微发抖。我拿起电击棒又给他的脚趾来了一下:"听懂了吗?"

叶伽蓝浑身抽搐着,终于迟疑地点头。

我放下电击棒,凝视着叶伽蓝浅色的眼眸:"你觉得我们应该怎么解决这事?你这么成人范,这么见多识广,肯定有好主意吧。"

叶伽蓝不出声,阴沉地盯着我。我随手就用他家的澡盆刷抽了一下他的下体,那地方估计挺痛的,他在胶布下呜咽几声。

"你有什么解决的办法吗？"

叶伽蓝迟疑地点点头，他显然想说话。

我更狠地抽他一下，重新问他："你真的有主意吗？真的吗，真的？"

叶伽蓝的眼睛里满是憎意和怒火，但我的眼睛里应该也是。终于，他识趣地开始摇头。

"很好，假如你再敢对我动什么歪主意，我一定会让你更不好过。"我冰冷地说，"从现在开始，换我来告诉你怎么做。"

程诺这时候走进来，站在我后面，她没有劝阻，只是沉默看着他。叶伽蓝惊疑不定地盯着程诺脸上戴着的孙悟空面具，再看着戴着猪八戒面具的小男孩，直到我不耐烦地打开热水喷头直喷他的眼睛，才不得不重新在我脸上集中注意力。

"我不明白，你为什么讨厌我，现在也不想明白了。听着，现在我们要重现你曾经在厕所里对我做的事。不过，这次主角是你，拍摄的是我。我让我朋友带来些，嗯，带来些……"

"等等，"程诺突然打断我，她的语气同样阴沉，"我有了更好的主意。"

程诺回头招呼正在身后好奇打量浴室情况里的小男孩，她淡淡说："小三儿，把上衣脱了。过去和浴缸里的哥哥合几张影。如果说他和你拍那种片不算猥童，他和不满十岁的小男孩拍就算了。"

她的声音沉着冷静，但我和叶伽蓝不由得瞪大了眼睛。

"喂，你疯了！"我大惊失色，"绝对不行！！"

程诺不耐烦地哼了声："妇人之仁！假如想毁了他，不如毁彻底。让小三儿靠上他胸脯摆个样子。这小戏子要敢用身上任何脏东西碰他，我就先剁了他。"

我得说，自己彻底折服于这种不要命不要脸还没底线的洋娃娃，以前怎么没看出来啊！

我皱眉拦住小男孩："绝对不行，不能牵扯到小孩！让他拍！这成什么了!"

没想到小男孩拉了一下我衣角,小声附在我耳边说:"你不让我参与,我就要告诉妈妈说姐姐好几个大半夜都偷偷溜出门!"

程诺也小声说:"李春风你傻啊,你以为,我今晚主动带我弟来的吗!这小子亲自跟踪我来的,他心眼比我都多!拍摄母片在我们手上,我肯定能保护好我弟。再说箭到弦上了,最重要的是抓住叶伽蓝的把柄。"

贬义范围里,我得说自己确实挺纯洁的。

我留下这对欢天喜地跟过年似的程氏奇葩姐弟,自己走到叶伽蓝的阳台上抽了人生中第一根烟,脑海里没别的想法,光想着这次请程诺来帮我,她可确实够义气也够下本儿的。以前她是不是真对我手下留情了?

等重新走回屋,小男孩哈欠连天地坐在沙发上。看来之前的拍摄,也没给他幼小心灵留下什么阴影。而程诺还和叶伽蓝单独留在浴室里,我在外面等了10多分钟才敲敲门。

程诺让我进来。从她声音里透露的轻快情绪,和叶伽蓝惨白的表情,估计她把他折磨得不轻。我都不想问了,发誓以后再也不敢得罪程诺。说实话,我没见过比程诺更狠的女人。

"他的照片拍好了,待会我给你看。"程诺摆弄相机,恢复了她甜蜜又轻柔的声音,像个小女巫似的,"如果说,他给你拍的手机照片威胁指数是10分,那我刚才拿单反拍的,嗯,威胁指数90分。他后半辈子就握在我们手掌心了。"

我站在叶伽蓝旁边,他看上去仿佛特别冷,浑身发颤,我有点不忍心,给他盖了条浴巾。

程诺哼了一声:"你的心真好。"

我终于忍不住蹙眉对她说:"你能正常点吗?"

程诺冷笑说:"我在大半夜陪你私闯民宅,你以为,我能有多正常?"

我无语地扫到地面上程诺带来的各种假道具、皮鞭和乱七八糟的东西,皱眉移开目光。

"对了，你都不复习高考啊？"

"八月份我就出国，高考跟我一点关系都没有。"

"真羡慕你，我都不想当演员了。"

"不想当就撤。"

"我正琢磨着呢。"

我和程诺闲聊了几句，才重新看回叶伽蓝。他还在发抖，我又说："把浴霸打开吧，不然他感冒了，后天拍戏还要传染给我。"

这次是程诺诧异问我正常不正常，我不理她。叶伽蓝已经被程诺好好侮辱一番，浑身湿透了，但他依旧阴森森地看着我。眼神像大雨里跌倒的孤狼。

"喂，别用这种目光看着我，"我冷冷地模仿叶伽蓝之前对我说的话，"反正你想说什么，我现在都听不见。而我说什么，你只需要点头或摇头就可以了，懂吗？"

"我们后天还要继续拍戏。除了拍摄之外，你不能再找我，不许接近我，不许跟我发短信打电话写邮件，不许通过任何方式任何人来联系我，不许和我有任何目光肢体接触。只有在我认为必要的时候，你才能和我见面。懂吗？"

他点头。

"如果你还要坚持找我，刚刚拍的照片就会被送到报社，放到你妈妈以及任何我能想得到的人的办公桌上。你当初是怎么威胁的我，现在换我怎么威胁你。懂吗？"

他迟疑片刻后点头。

"目前的舆论全部都在指责我，说我脾气不好说我品性差影响拍摄。嗯，这可不行，等你有机会接受采访，要把《嗯，我们结婚吧》之所以停止录制的原因，全部揽到你自己身上，懂吗？"

他点点头。

"我们以后不会再有任何交集。任何有我出席的活动，你都不能到场。但你得在所有媒体面前，表现出你很喜欢我，我们俩之间没有任何矛盾——为了表示你我关系特别好，这样吧，你就把你那心爱的跑车送我得了。反正你那么有钱，也不缺钱，好不好？"

我漫不经心地看着叶伽蓝额角冒出青筋，但他依旧很快地点点头。

"这局面呢不会维持太久，因为我不想当演员了。你们娱乐圈，姑奶奶来过爱过征服过，我就不混了。假如你敢公布照片，哦哦哦，你看我这脑子，说着说着都忘了，你手头还有我照片呢！"

叶伽蓝没有反应，他眯着眼睛看着我。

我若有所思地望着他，过了会，我说："你还在暗自骂我是白痴，对不对？我刚才说的话，你虽然都在点头，但我一点也不觉得你会听我的。你光着身子躺在那里，但你依旧认为，李春风是个智障，是什么都不懂的小孩。你明明被我捆起来，但你认为自己很快能重新翻身。你以为我今天带了个帮手，就是为了冲到你家打你一顿，给你同样拍个恶心的照片来威胁你，而你马上就能再回击我。你以为，我愿意跟你这么玩下去，我说得对吗？"

叶伽蓝额角隐隐渗出汗来。他摇摇头。

程诺在旁边笑吟吟地说："你要了他的跑车，搞不好会出意外。他估计还想，这个孙悟空是谁，我到时候也绝不能放过她——怎么办，这家伙装得老实，但他心里已经琢磨怎么要我俩的小命了。"

叶伽蓝拼命掩饰的表情，显出程诺全部猜对了。我下意识抓住电击棒想给叶伽蓝来一下，但我忍住了。

"如果你有这想法，别想了。叶伽蓝，你估计从小你被妈妈带大，还算比较了解普通女生的心态，但你不了解我。你没受过我爸那种教育。知道吗，我爸特别看不起我空手道，他告诉过我真正打架的时候，不存在规则。你只要攻击，不停地攻击。即使对手已经躺倒地上时也要不停地攻击，占据全部优势才允许收手——我一直记着这话。我把所有比赛都看成真正的打架。你看，我这么喜欢违反规则的人，又怎么允许对手有机可乘？"

"是，你是有我的照片，我也希望你能把照片还给我。但我希望你主动把照片还给我，而不是我求你把照片还给我。"我漫不经心地看着他，"知道你为什么要主动还我照片吗？因为你有很好的理由。除了你今晚拍的照片，我还掌握着其余——"

"不不不，让我说这一部分！让我说！让我说！"程诺在旁边举起手，像个迫不及待的小学生，她用故作天真的口气接下去，"这部分是我做的！最初我受她嘱托，想通过你邮件查你IP看看你电脑里有什么，但没想到，那不是你电脑啊！你是不是把你旧电脑给你妈妈啦？哎，在我家，一般都是我妈先用最新的电子器材，再扔给我们。但你家正好相反哦，可你妈妈怎么能连杀毒软件都不装一下呢？你还得告诉你妈一声，她上周网上买的那个Hermes貌似是假货……"

我狠狠瞪了程诺一眼，她不在意地从孙悟空的面具后吐了吐舌头，那样子可真是说不出的诡异。

"总而言之，你妈用你的旧电脑办公开会。当她阅读那些股票财务报表什么的时候，我把她电脑里所有文件顺手都存了份。然后我想，说不定那些资料有用哦。正好我家里有人做这个的，于是我打印下来让她看，你猜那里面都是讲什么的？"

叶伽蓝眼睛都不眨地望着程诺。

程诺刻意顿了会，笑着问："人家不要主动啦。你要先猜哦，这样我才能揭露答案。"

叶伽蓝的嘴被胶布蒙着，他说不出一句话。

程诺欣赏了一会叶伽蓝挣扎的表情，她再悠然揭开谜底："那里有你妈他们税务造假和分红转移的证据！但这些东西，我还是不感兴趣的，我自己也是个小孩子，看不懂数据。于是，我就又翻你妈妈的电脑，接着发现，你妈妈和你有同样的爱好！嗯，你想不想让我们广大普通观众看完你的艳照后，再去欣赏你妈妈和男模的裸体Play呀？阿姨还真是老当益壮呀！"

她用纤细的手指轻轻挠着面具表面："听说，你的演艺事业，很大程度

依靠你妈妈的财力。成年人靠着父母吃饭，其实完全不可耻，但可耻的是你一边吃你妈的饭，一边毁了你妈的事业。嗯？你不相信我说的！你当然可以不相信我说的话。但等你闲下来的时候，不如查看下你常用的 Gmail 草稿邮件里有什么，再来思考我说的是真是假。我等你哦。"

叶伽蓝仔细听着程诺说的每一个字，他眼中燃烧着怒火，以及怀疑震惊怀疑软弱等不同的情绪。

如果不是看表发现还有半个小时，我真愿意看程诺慢腾腾地折磨叶伽蓝。可惜，剩下来的时间，我还有别的事情想做。

程诺会意地看了我一眼，她收起虚张声势，淡淡地说："我会把今晚你的照片全交给她，但你妈妈的那些东西，依旧留在我手里。我会很安静地在远处，看着你。只要你没按照李春风的任何嘱咐去做，或者，李春风本人出了一丁点儿的意外。叶大明星，你知道我接下来进行什么流程？到时候，你妈妈和你，就得跟你的跑车，你的好名声，你的旧电脑，以及你账户的存款说永别了。"

她愉快地站起来，拍了拍我肩膀："我去收拾公寓，你和他随意哦。"

叶伽蓝眼睁睁地看着程诺站起身走掉，显然还在极度震惊的情绪当中。

现在，浴室里又剩下我和他。

我清洁双手，戴上程诺带来的塑胶手套，走近赤身裸体的他。叶伽蓝回过神来后，显然不知道我想对他做什么。他终于不再镇定，眼睛里满是恐怖和求情。

我想，今晚应该不是他预期中"我和你好好相处"。

"叶伽蓝，我说过，你曾经对我做过什么，我都要不少也不多的还给你。现在，我要额外再送你一个礼物，好让你永远记得我是什么样的人。"

我拿着剃刀走向他，叶伽蓝用尽全部的力量挣扎，试图将身体从浴缸里扭开。但被我电击了一下后又老实了。

我得承认自己完全没有女生的巧手，动作比较笨。整个过程花了足足 20 分钟。等全部做完后，叶伽蓝浑身发抖，四肢瘫软。他双眼通红，但里面已经没有恨意，只有麻木。

被剃光头的叶伽蓝像一条滑溜溜的大鲶鱼。剃头过程没有涂肥皂，我失手在他头皮上划了几个血道子。也说不好是不是故意的。毕竟，我脸上也算破了相，他头皮刮一下没事吧。

我让程诺再进来照相，她不由抚掌大笑。而小男孩被程诺重新戴上猪八戒的面具，也好奇地走上前去摸叶伽蓝毛刺刺的头顶。

我把小男孩推到后面，贴近叶伽蓝的苍白脸颊。他和我的脸，只距离几厘米，这应该是我和他最后一次这么近距离的相处了。

"3年之内，你都要保持这种光头造型。这是我给你的留念，"我很认真地告诉他，"听到没有？"

他点头，竭力控制着啜泣的鼻音。

"那女孩之前对你说的话，你也都听明白没有？"

他再点点头。

"还有最后一件事，你听着，你再碰我一下，绝对不是今天晚上的场景。"我冰冷地撇了下嘴，"千万要记住，我是个受不得刺激受不得委屈的小孩子，好吗？"

程诺把叶伽蓝家收拾回原样，甚至还把叶伽蓝的衣服叠得整整齐齐。她牵着她弟弟的手，站在门口等我。

我低头解开了叶伽蓝腿上的绳子，至于他手上的手铐——

"我不知道你把手铐钥匙放在哪，你自己肯定知道。而如果你有什么主动想给我的东西，我们后天见。"我看了他一眼，"真是愉快的夜晚。"

走出室外时，天已经隐隐的亮起来。初夏马路上的空气不怎么清新有些湿闷。我踩在地面，肾上腺素有点消耗殆尽，感觉回到了那个有点糟糕但我还能控制住的世界。

程诺依旧没有摘下那面具，我瞅了她洁白的脖颈半天，终于忍不住问叶伽蓝妈妈那照片的真伪。

"我之前对叶伽蓝说的那话,有真也有假。但我现在都告诉你,反而有穿帮的风险——所以你权当真的听吧,叶伽蓝不敢找他妈对质的。比起这些,"程诺若有所思地环视四周,"你不觉得,咱们进行得有点过于顺利了?昨晚我上楼时,这楼旁停了那么多车吗?"

程诺还在东张西望,我在未来黑手党女传人旁边呆站了片刻,从口袋里挖出个戒指盒默默塞给她。

她有些惊讶:"你要对我表白?可是我要出国了。"

我忍不住翻了个白眼,干巴巴地说:"什么乱七八糟……我手头那点钱都拿去买麻药了。这是别人送我的戒指,我扒翻东西的时候找出来了,并不是因为你帮我我才想送你,就是……反正就是想送你的。你不要嫌弃它。"

那是邱铭送我的戒指,好像也值个两三万元呢。幸好程诺打开看后的表情是完全不嫌弃。她果然喜欢那些零零碎碎的小东西,而且最牛的地方是,她压根就不会问东西的来源。

一直靠在她腿上的小男孩哼哼唧唧的:"我要回家。姐姐,你抱我——"

程诺用戴着戒指的手敲了敲她弟弟头,牵起小男孩的手。而我看着她,终于忍不住说:"谢谢你,程诺,真的谢谢你。"

"是朋友就不用说谢。"程诺俏皮地说,"有事儿您说话。"

告别程诺后,我原路坐车回去。踏进钱唐家熟悉的家门后才觉得累,真的,是心累。当然,还有点如释重负。

天隐隐的亮了,昨晚在浴室待了一宿,袖子到胸口湿了一大片,现在也懒得再洗澡。我记得钱唐还在出差,索性横躺在客厅的沙发上。

茶几上有糖,我剥了一颗含在嘴里,还没尝出甜味就睡着了。不知道多久,反正是被手机震醒的。

第一眼看到钱唐的脸。他侧坐在我旁边,看到我醒来,连眉毛都没动。

我耳朵都能清晰听清他口袋里手机震动声,他按掉手机,继续眯着眼睛盯着我。说实话,我俩距离有点太近了,近到钱唐撑着身体的手肘紧贴着我脸颊，我略微一动都能碰到他下巴。

再加上钱唐俯身的姿势居高临下，遮挡住后面的灯光再罩着我，那气势感就太足了。

如果有暧昧，那也是我事后才想到的。我大脑先迅速把前半生做过的坏事都回忆了一遍，接着就感觉口腔里隐隐留有甜味，睡前的水果糖果已经我含成薄薄的一片，压在舌头下面。

我干笑着问："怎，怎么了？"

也就几秒的僵持，钱唐一挑眉，身上带着的那股巨大的压力片刻消失，好像之前也就不存在一样，他又成了懒洋洋但又有点不太好讲道理的钱唐。

钱唐挪开手臂，让我自己坐起来。他若无其事地说："怎么又在这躺着，去房间睡。"

我全身的冷汗，下意识快走了几步，回头发现钱唐依旧坐在沙发原位，他正低头查看刚才错过的来电，侧脸面无表情的。

"那个，呃。"不知道为什么，我突然有点不敢直呼钱唐名字了，"你什么时候回来的？不是说出差吗？"

钱唐头也没抬："有事就提前回来了。"他放下手机，低头也在茶几上给自己拿了块糖，"特长生，如果你还不困的话，就过来和我谈谈。"

我立刻懊丧自己的多话，连忙摇手回答："不不不，我特别困。"

"昨晚做土匪去了？"钱唐顿了片刻，再继续说，"不然为什么困？现在才刚刚中午。"

我在钱唐说第一句话时无声地倒抽了口冷气，而在他说第二句话，很想找堵墙先扶一扶。

钱唐的声音隐隐带了几分笑意。这可太奇怪了。"其实没有别的事情，你之前不是考虑继续回去读高中？我再问问你意见。"

我心情确实比较虚弱，忙不迭地点头："考虑好了，考虑好了。"

钱唐还在笑，他显然是故意问我："是不是你又闯祸了？怎么今天态度这么老实。"

我只能回答:"没睡好,没睡好。"

"秀佳告诉我,你每次说谎时都喜欢重复。"

"绝对没有,绝对没……"我止住声,想把自己舌头咬掉。

幸好钱唐没过分在意,他看到我脸颊伤口,问怎么又裂开了。我编了个自己是从床上滚下来,脸正好撞在柜子上的这类鬼话。钱唐听后沉默片刻,善意地提醒我的房间里压根没有床头柜。

我恼羞成怒,怀疑钱唐故意整我,但现在我又能说什么呢?只能硬着头皮说昨晚睡在客厅沙发上。

"以后不要睡在沙发上。"钱唐说。

"知道了,知道了。"

钱唐现在望着我的目光有些古怪。不是兴味,不是观望。他的目光很专注,有点严肃、惊讶和好笑,但那些情绪好像又不是针对我的。

他又说回最开头的话题:"假如现在放你去国外读书,也算历练……"我点点头,但停了片刻,钱唐再开口,"你之前问过我的意见。我希望你能回去上课,但我希望你能留在国内念大学——如果你能考得上的话。你怎么想?"

"哦,其实……等等,"我皱眉,"什么叫我考不上?我为什么考不上?谁说我考不上?"

"等结束完连续剧的拍摄,你月底就可以回去上课。"

我被钱唐的高效率惊呆了:"月底?"

他看出我心思:"还想去拍樊刚的电影,想去西藏?"

"对啊。我这辈子都没去过西藏呢,而且现在也没法出国了。"

钱唐沉默片刻:"金盆洗手就要一气呵成,这部连续剧拍完后你不需要继续曝光。至于其他的地方,以后有时间,我陪你去。"

我蹙眉:"啊,可是我只想自己去旅游。或者,跟一大帮陌生人去。那样才能显得我很酷!"

"你已经一如既往地酷了,特长生。"钱唐干脆地说,"现在是我管你,以后学着习惯总有我在吧。"

两天后，我重新在片场见到叶伽蓝，他的光头造型震撼了全场。

"是不是失恋弄得叶少心情不好？"

"也许下部是接清宫戏。"

秀佳和爱沫在我旁边嘀嘀咕咕，我尽量让自己不要显得得意忘形，但听到她俩都认为，叶伽蓝光头造型居然比原先要好看，还是忍不住把正喝着的水喷出来。

拍摄时，我在叶伽蓝躲闪的目光中打量他，也不得不遗憾承认这句话挺公正的。

叶伽蓝的鼻子很挺，但五官偏阴柔，光头却给他带了几分硬朗。至少不再像当红日本演员，更像个新疆人或白种的印度人之类。

最关键是，剧组里给他戴了个假发，那顶假发比叶伽蓝原先的发型更适合他，太没天理了！

"这一周你怪怪的。"秀佳打量完叶伽蓝后，再回头观察我，"前两天总沉着脸不肯说话，这两天坐立不安的。"

收工后，我让秀佳跟我一起来到叶伽蓝那辆跑车面前。还没说话，秀佳的脸色开始难看。

"你是划了叶少的车，还是扎了他车胎？找我来是帮你付钱赔款的是不是？"得到我断然否认后，秀佳的表情更绝望了："那你现在是想划他车？想扎他车胎？现在让我给你把风？"

我不由得朝天翻了个白眼，思考自己在别人眼中到底建立怎么样的形象。

"没什么大事，不需要你掏钱。嗯，秀佳，我就告诉你三件事。第一件事呢，叶伽蓝说他要把他这辆跑车送给我。"

秀佳瞪着我手里还热乎的车钥匙，足足3分钟没说话。

"他把跑车送你了？为什么？你怎么着他了？叶少那光头是不是你剃的？你威胁他什么了？你是不是——"

秀佳猜得有点太准了，我赶紧摇摇手："我，我可是遵纪守法的好公民！他，他可是主动送我车的！"

趁着秀佳蹙眉追问前，我把车钥匙塞到她手里："第二件事，我把这车送你了。现在，这车就是你的了。"

秀佳平常也算是个不喜形于色的角色。但现在，她对我连珠炮似的抛出八百万个问题。

我挑着其中最关键的回答了：叶伽蓝是主动送我车的。对，我没逼他，他自己主动点头的。为什么送我车？这是友谊的象征，革命的礼物，我们有钱的好朋友之间都互相送跑车。这车应该没装炸药，不过你开回家前，最好先检查一下。后天办理转移手续。为什么把车送你？嗯，因为我和你也是好朋友。我发什么疯？没有啊，我特别正常。

对了，最后一件事是，我要退出娱乐圈了。

秀佳就像脱离插销的疯狂搅拌机，一下子安静了。她问我："什么？"

我专心盯着地面上井盖的花纹："我跟钱唐说好了，等拍完这部连续剧后停止一切工作。不当演员了。"

秀佳没说话。我都不敢抬头，继续低声说："干这行我没前途的。长得不太好看，野心也不是这么大——"

秀佳打断我："你当初不是这么跟我说的。"

我呛住，然后坦率承认："嗯，我变了。"

过了好大一会，秀佳鼻音很浓地回答："春风，你哪儿变了，你其实一点都没变。"她哽咽地问我，"但我们发展得很好呀，你之后不是还有两个电影计划吗？再坚持一下不可以？很讨厌这个职业吗？是觉得我做得不够好吗，明明是——"

我回答不出来秀佳的问题，只能感觉万分的抱歉和留恋。

我是个非常相信自己的人，但同时我又经常摇摆。我是一个有时候对很多事情都很糊涂的人，但实际上我又是必须靠着使命感活着的人。

鲜花和闪光灯真的超级爽，在网上和现实生活有粉丝简直超级爽，甚至目前隐隐跟着我的狗仔队都让我倍儿有存在感。如果以后有机会，姑奶奶一定要再去享受这种万众瞩目的激动感。

但，不会再以演员、明星或偶像的身份。因为，我没法满怀热情地去拥抱虚荣。反而是在报复叶伽蓝的过程中，我很想去学法律。

"如果你不想要这跑车，我就把它卖了。到时候把钱打你银行卡里去好不好。这件事就当咱俩之间的秘密，你不要告诉钱唐好不好？是我想送你一个礼物，谢谢你对我的照顾。"

等我终于能抬起头看秀佳，她眼圈早已经通红，但直直地瞪着我。她哭着问："能不能再考虑一下。你为什么要退出？我不懂。"

我觉得，秀佳这么聪明，她未必不会给自己留后路。但我现在同样明白，对我来说无足轻重的东西，可能决定了别人的命运。秀佳对我不错，她想让我"红"，她想让我走入大庭广众的视线中，想让我做个艺人。

"为什么要退出？退出后想继续上学吗？"秀佳重复地问我，但看来她好像不需要我回答。

"对不起。"我很真诚地道歉，"真的真的真的很对不起。"

钱唐第二天回来后头痛地告诉我。秀佳昨晚哭着冲到他办公室，朝他吼起来。我正边敲核桃边敲计算器，听到后不由得望着钱唐，紧张问："她没事吧。"

钱唐略微提起嘴角："你都对她说什么了？"

我不敢回答，躲闪钱唐的目光。

"你跟她说要退出演艺圈的事？我本来打算由我告诉她，这样比较合适。但显然，我忘记特长生你做事风格一向都很主动。"钱唐打开冰箱给自己倒水，"不过我也很意外，秀佳居然是真的伤心。有时候，我倒觉得你也是狠角色，特长生。"

我干笑着看看钱唐，他停顿片刻说："秀佳不会因为你丢掉饭碗。虽然她不是CYY正式的人，但我打算直接提她做中层。CYY正缺人手，我之前早就想让秀佳捎带手的，也带别的艺人，但她说要专心跟你。"

钱唐随后又说了些CYY的事情。我没仔细听，反正知道秀佳不会因为我不当演员而丢掉饭碗，松了一口气。但随即又隐隐后悔了：早知如此，我应该先开几天叶伽蓝的跑车，爽一下也好。

等钱唐的视线淡淡看过来，我假惺惺地问："噢，秀佳没跟你说别的吧？她没跟你说，我送了她一……一个东西吧？"钱唐沉默地望着我，表情仿佛完全不知情，于是我赶紧摇手，"没，没。就一小纪念品，没什么好说的。"

钱唐含笑看了我眼，略微晃了一下杯子里的冰块不说话。

我赶紧低头，继续叮铃咣当地敲核桃。

钱唐走过来拣起来核桃仁看了看："这是打算给自己补脑子的？也不能缺什么补什么。这就像风水，有人五行缺木，但命格里不能直接补木，那就可以补水。通过水能把木滋养出来——"

我满脸痴呆状地看着他，钱唐便止住话，只敲了敲我的头："特长生，想长脑子可不能光靠吃，对了，你母亲和我联系了。"

我皱眉："你跟我妈说我坏话了？"

他说："没有。你希望我说吗？"

我不吭声了。

"你妈妈知道你想回去念书很高兴，打算明天晚上让你回家跟你爸吃顿饭。这要求不过分吧？"

我大吃一惊。这要求很过分，很过分。

钱唐边挑着我剥好的核桃边和我讨价还价，等我发现自己敲了2个多小时的核桃仁都被他吃光时候，已经答应了他。

但那天晚上，我辜负了钱唐的希望。

从最后一次跑出家门，我的世界已经有了天翻地覆的改变。但那些时间在我家仿佛停滞了。每季度都维修的楼梯擦得锃亮，依旧深色调而冒着丝丝凉气的客厅，层层窗帘低垂，即使在夏天里也感受不到热气，所有熟悉的摆设几乎都没变过，这就是我父母家。

吃饭过程中，我爸没和我说话，也没看我。我跟他们讲我在娱乐圈拍过的电影，讲我的未来和求学打算。我爸的眼睛一直盯着他手头的公文，而我妈在忙着给我削苹果和倒茶。

老实说，我也明白，我爸和我妈可能在专心致志地聆听我说的每句话，毕竟我的前途，是他们一直非常关心的事情——但他们俩依旧执着地，死死地做着自己手头上的事情，眼睛完全不看我，只留给我侧脸和后脑勺。

"……总之，我目前考虑在国内读大学。因为当演员，我也算赚了点钱，因此不需要再找你们要学费了。"我最后这么说。

我爸终于抬头了。

他用很平淡冰冷的语气说："是啊，大学学费，这就是我们家一直都没法解决的问题，因此才让你当戏子赚足大学学费。家里显然亏待你，让你在外演戏，还把你哥哥的名字搭上——"

我妈咳嗽了一声，我爸才不说话。

"春风……"

但我妈还没说完，就被我爸打断："你想继续读书就出国。"他冷冰冰地说，"国内待着干什么？之前给你联系的高中还……"

我一下子就急了："怎么，我在国内待着不行吗，是怕我丢你的人？"

我爸严厉地瞪我一眼，他说："我这么说了吗？看来当演员这事，没教会你任何分寸感。"

我张着嘴，说不出一句话。

熟悉的客厅，熟悉的沙发，熟悉的位置，熟悉的气氛，熟悉的语气和指责。家里永远一尘不染，如果有尘土，那应该是我这特大号垃圾。我做对一件事情是本分，做不对则永远是在我父母的预料之中。

"我自己的事情，可以自己决定。"我猛地站起来，"我今天就是来通知你们的。以后我的事情，永远由我自己做主。你们少管我，以后也少通过钱唐替我传话！"

我爸无声地站起来和我对峙，我忍不住习惯性往后退了好几步，下一秒，我就恨自己这习惯。

我爸眯着眼睛，用毫无感情的目光望着我，他冷冷地说："不让我们管？不让我们管，你自己能随心所欲地瞎混了那么久？现在又知道重新读书了，我之前怎么告诉你，演员是你能走的正道吗？家里不是你想来就来的地方。李春风，你再跟父母呛嘴，以后就永远别想回来——"

我倒是笑了："你以为我稀罕啊！我还就永远不回来了！"

熟悉的争吵，熟悉的废话，以至于又是和曾经一样非常熟悉糟糕的夜晚。

我在钱唐家门口坐了得有半个小时，已经沮丧到不想按他家的门铃。

真的，我明明那么牛，但为什么总是被些极其脆弱的东西所伤害？而我明明知道，什么才是对我真正重要的东西。但为什么还是会被另一些不重要的东西所伤害？

如果不是钱唐家门口蚊子太多了，我可能还会挤出点眼泪出来。但现在我走了老路，翻墙进了钱唐家的小院。他家那棵树显然长高了，我落地时双膝盖着地，轻微的擦伤，火辣辣的。

钱唐正坐在客厅，戴着眼镜看他的那堆文件和照片，看我进来后随口打了声招呼。

我勉强地笑了笑，他看着我，样子终于有点怀疑："特长生，你还好吗？"

我摇摇头。

"怎么了？"

我不出声，直到钱唐走到我身边。他抽出点时间，等我把所有的事情全部告诉他。

诉说的过程中，我一直直直看着钱唐。他不是演员，因此面部表情并不丰富，只会在思考的时候，眉心蹙起常人难以察觉的轻微皱痕。

过了会，他说："我很抱歉。"

"……啊？"

"我待会就去把院子里，把那棵树砍了。"钱唐淡淡说，"怎么能让特长生爬墙摔倒呢？"

"什么呀！"我忍不住破涕为笑，"不过，你家蚊子真够多的，尤其门口灯亮起来的时候。对了，你当初为什么选一楼当你家呀。"

钱唐微笑说："山色湖光共一楼，所以住在一楼就够了。"

"……我觉得自己跟你没法交流，我去敲核桃了。"

敲核桃的间隙里，我在钱唐家的2层里消磨不少时间。

他家的电影放映室，据说连墙壁都经过专门改造，私人空间，绝佳音响，珍藏不少电影的特殊剪辑版，每4个月有人专门调校灯光和屏幕色差。

我很喜欢这个袖珍电影院。倒不完全是因为座位很软，当然我得承认坐在那儿就开始犯困，主要因为空间大，很安静，很凉快，干什么都比较容易集中精神。

转入夏夜，我发现那是唯一可以彻底隔绝雷声的房间，因此尽可能多待在那里。

钱唐走进来，敲敲我的椅背："本影院准备打烊。"

"哦，可我还没看完。"

钱唐瞥了眼屏幕，他在我旁边坐下："这电影讲什么？"

我开始胡编乱造："一男的想甩了他未婚妻，但不知道怎么说。因此他俩一起去巴黎旅游。嗯，后来那男的发现，他真爱的是他丈母娘，于是他和未婚妻又和好了。结局还不知道，我没看到那里。"

钱唐沉默了片刻："《午夜巴黎》都被你诠释成这样，你真去了美国，伍

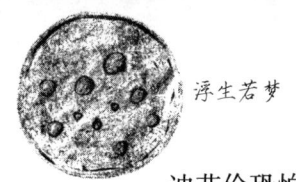

迪艾伦恐怕亲自付款来追杀你。"

我也非常不满意："你看过还问我剧情？喂，你不要总把我当小孩一样耍着玩好不好啊！"

钱唐笑了声："成年人也一样可以耍着玩。"顿了顿，他说，"有件事要告诉你，CYY会签下叶伽蓝。"

我呆了片刻，拼命地控制住脸上的表情："啊？"

他简短地说："我知道，你和他有矛盾。但以后叶伽蓝的老板会是我，你不需要再担心，他对你做出任何不利的事情。叶伽蓝的前途现在在我掌心。"

说最后这句话时，钱唐的语气没有掺杂任何得意、炫耀甚至是落井下石的情绪。实际上，他的语气很平稳，但好像又比任何时候都森然尖刻且更难以捉摸。

我问："叶伽蓝同意吗？"

"他已经同意签约了。"他说。

我吃惊极了："什么？叶伽蓝怎么可能同意签CYY？你不是曾经打过他吗？他们家……"

我内心实在有很多问题想问，但怕说多了露出马脚被钱唐捉到。只能死死地憋着话，盼望钱唐为我解惑。

但钱唐不想多谈。一提到叶伽蓝，他的表情整个冷漠下来，只是给了我一道长长而锐利的眼神。他平淡地说："你好像很了解叶伽蓝的心意？"

我心慌意乱地避开他眼睛："我跟他不熟。"

"这样回答才对。叶伽蓝不是个问题，你才是一个大问题。"他凝视着我，字斟句酌地说，"特长生，现在你得先回去上学，准备高考。等状况稳定下来，等你搞明白自己究竟想要什么——我们可以再谈点其他的东西。"

我下意识地问："谈什么其他的东西？"

钱唐微微挑起眉毛，表情有些高深莫测。他说："你现在的处境很可怜。和父母一直有矛盾，发现自己进入错误的行业。本来脑子就慢，现在看场电影也无法总结剧情——"

　　我立刻被刺激到了，不由得大怒："说谁呢说谁呢？"

　　钱唐微微弯起嘴角："像驴一样，又笨又惨又倔。"

　　"那你可就看走眼了！"我不服气，"实际上，我聪明又智慧……我惨怎么了，我不需要运气。反正我从来没那东西，也不需要！我一直就是全天下最牛的人物。我会证明给别人看的！"

　　钱唐悠然说："你怎么证明这点？"

　　我愣了一下，睁大眼睛瞪着他。还没等我想出话来回答呢，钱唐的嘴角已经弯成一个明确的笑容，他居然轻松放过我了。

　　"好了，小姑娘，不要再对我释放魅力了。"钱唐站起身，"外面雨停了，准备睡吧。待会把电源关掉。"

　　我独自坐在座位上，一方面觉得有点莫名其妙，一方面内心又隐约有种怪怪的喜悦。接着，我刷牙时发现自己正在对着镜子傻笑。为什么？就因为钱唐说我有魅力吗？

　　没想到，这可比他夸我聪明让我有成就感多了。

　　再去片场拍戏的时候，许久未见的蔡林珊出现了。

　　这是她和叶伽蓝分手后，第一次来剧组探班，其他工作人员早和她熟了，纷纷和她打招呼。

　　叶伽蓝和我都有点小激动，但我斜着扫了叶伽蓝一眼，他的脚步就迟疑地停在我旁边。我率先走过去，蔡林珊跟导演聊了几句后，亲热地挽住我手臂，再远远地朝叶伽蓝笑了笑。

　　后者顶着假发，无声地站在原地，望着她。

　　蔡林珊神秘地把我拉到远处，从包里塞给我两个东西。我被她搞得有点紧张："干什么？"

　　蔡林珊比我还诧异："是你让我把叶伽蓝放在保险箱里面的手机和牛皮袋。都拿出来带给你呀？"

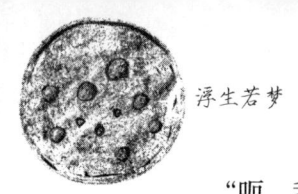

"呃，我可没这么说过。"

她蹙眉："你给我发邮件？说不让我拆开，只要我亲自带给你？"

我被蔡林珊弄得一头雾水，等低头看到熟悉的叶伽蓝的VERTU手机，突然意识到，里面可能有我那裸体照片的原版——亏叶伽蓝之前还说全交给我了，这个无耻的孙子！

我赶紧按住蔡林珊想拆牛皮信封里的手，揣摩着，没准是程诺捣的鬼，我现在只要揣着糊涂装明白就行。

"反正，反正你都给我吧。"我刚拍完戏，身上穿的是时装，一着急就把那些东西全揣胸口里。

这动作显然把蔡林珊逗笑了。"我没打开看。"她笑嘻嘻的，"是不是伽蓝威胁你什么了？唉，你俩之间怎么还那么剑拔弩张的。"

我无声地咧了下嘴。我和她男友，不，应该是她前男友之间，早就超越剑拔弩张的关系。但现在，我赶紧扯开话题："你居然知道叶伽蓝保险箱的密码？"

蔡林珊收起笑容："嗯，我俩好的时候，他曾经告诉过我全部的密码。他其实很容易相信别人，今天来，我顺便想把他家门钥匙还给他。"

我终于忍不住问她和叶伽蓝分手的原因，我的意思是，除了叶伽蓝本身是个人渣以外，他看上去还算挺合格的男友。

蔡林珊歪着头想了会，也总结不出原因。

"性格不合吧。流掉孩子对伽蓝的伤害比较大，他一直生我气。其实我自己也不好受……"忧郁在蔡林珊的大眼睛中一闪而过，然而完全影响不了她开朗的声音，"但我决定不想这事了，既然无法好好相处，大家就好聚好散。"

之后，蔡林珊絮絮叨叨跟我说她工作中发生的糗事，CYY好像帮她安排了一个时尚访问类的节目，她从演员转型到主持人。蔡林珊对新工作非常有干劲，得知我要辞别演员回去念书，"哇噻"了一声，又开始赞不绝口。

我把叶伽蓝手机冲进马桶里，牛皮纸袋直接扔在剧组积攒树叶火堆里烧掉。透过火苗，我看到蔡林珊和叶伽蓝说了几句话，他低着头，全程没什么表情。

现在的叶伽蓝对我来说，只是个即将告别的令人不愉快人物。但我还是绕到他跟前，叫住了这孙子。

"你不是说，你把我的那些照片都给我了？这是什么？"我阴沉地在叶伽蓝面前展示手机遗骸，他脸不由得有点变色，"哼，别让我发现你第二次说谎。否则，我也不知道自己还会做出什么事儿来。听到了吗？"

叶伽蓝刚想开口解释，我冷冷命令他："我说话，你就听。听到就点头。别跟我交谈！"

他噤声的时候，我放低声音说："听说你签了CYY。那就老实点，该干什么干什么。别给我找麻烦，听到没有？"

白毛女以前对黄世仁愤恨成什么样啊，我猜，就是叶伽蓝现在对我的心情，他默默地点头。

"唉，你真是太可怜了，居然惹到我。"我真心实意地说，"我本来想在娱乐圈当个好孩子的。"

我以为，威胁叶伽蓝会成为自己告别娱乐圈最后一件大事，不料一天清晨，钱唐接到电话后，面无表情地穿着拖鞋就出门了。回来后，他告诉我隔海相望的国家里有个比较知名的漫画家出车祸身亡。

我的第一个反应是撇清自己："不是我撞的！"

"我也这么告诉警察的。"

我愣住："啊？"

车祸身亡的那名日本作者，是我和叶伽蓝电视剧的原著作者，辗转送了我一套签名漫画书。可惜因为台版繁体字，我当时眼睛受伤看不了，直接扔给CYY里当纪念品。

制片方打算以漫画作者亡故为噱头，宣传这部电视剧。我潜意识里觉得这行为不厚道，但操守这种东西，我自己也没剩下多少了，再说马上就离开

演艺圈，后期宣传也没有我的事，所以也没特别在乎。

但之后，在我身上发生了一件特别诡异的事情。

我半夜去热牛奶，顺便在客厅看我最爱的绿豆蛙爱情系列动画片，正看到我最喜欢的粉色的河马出场时，眼前突然飘来了8个阴森森的大字："风雨一炉，满地江湖。"

原来是钱唐那夹着纸的架子莫名其妙地倒了，他白天写的字铺了满地。风刮得阴森森的，而与此同时，窗外传来长达30秒噼里啪啦的雷声。

我哭丧着脸把钱唐从楼上叫下来。他捡起来地上那字："不要紧。我再写一次。"

……真是白天不懂夜的黑，谁担心他那字了。

"你说会不会因为我不尊敬那日本作者，所以她今晚来找我了。"我故作镇定，"听说日本经常闹鬼。"

钱唐现在和我爸的作风隐隐有点像，他居然说："好像是，你自己保重吧。"

面对我爸的恐吓我会拼命忍住害怕，省得被他数落。但面对钱唐我可就不掩饰了。

"我今晚趴你门口睡行吗？"

正在收拾的钱唐没吭声，他先盯了我会，慢悠悠地说："这不太好吧。"

"哦，那待会儿，我把你的菩萨像摆我屋里去得了。"

钱唐听后也皱眉："别碰我家里的菩萨像。特长生，有一有二不要有三。"

钱唐大多数时间不温不火，但确实难深交，谁也架不住好好说着话，他就突然云淡风轻跟你划个距离，让人格外下不来台。不过我无所谓，他骂我就骂吧。

姑奶奶在天台徘徊很多年，一直厚着脸皮没跳，钱唐这种警告，跟以前我爸的冷嘲热讽比起来简直是柔风细雨。

我不由得在心里翻了老大一个白眼，看着钱唐，正好他也在皱眉看我。

两人的目光撞到一起，我像黄鼠狼一样朝他傻傻地摆了摆手。

"你通融一下啊。"我拧着眉毛，"我讨厌雷声。"

钱唐嘴角很轻微地一挑。沉静了好大一会，他依旧不吭声，只面无表情地盯着我。也不像同情我的样子，估计等我自己默默退散。

我就说："唉，好吧。我想起来还有你给我写的一张什么佛经。有它，我今晚就能睡好了，晚安。"

没转身却被钱唐再拉住了，他神色平静地叹了句："拿你也真没办法。"

钱唐的手很暖。平时他和我言笑无忌，但能感觉和我挺刻意保持身体距离，因此他碰我的瞬间，我感觉自己手足无措起来。然后，他淡淡地继续说："我教你念经。"

"太长太难的经文是在难为你，我就教你念六句的准提咒。这是十小咒之一，无论在家、出家，茹素、食肉的行者，念此咒者，一律可得福佑、如愿。"

我在他家柔和的灯光下，绝望盯着钱唐。除了钱唐身上那种说不明道不清有时候我甚至还特别看不起的气质以外，钱唐的长相真是普通人啊，丢人海里找不出来的那种。

但是你可以发现，钱唐在我心中多重要。不然，该怎么解释我这种人居然真的被钱唐拉到沙发前，呆呆地坐下，听他胡扯30秒。

我终于大脑缓神，断然拒绝："又不是老太太，我可不想念经。"

他说："念着玩儿么，也没坏处。"

我鼻子都气歪了："那我念它也没什么好处啊！"

"念21遍就回去睡觉，一觉天明。如果听到雷声再害怕，可以再念念这准提咒，稳定心神，对你以后的学习专注度也有益处。"钱唐耐心解释，"其实我自己也没信仰佛教到那种程度，只是一种手段——不断地修行和觉悟。"

我酸得直倒牙，心想今晚还不如撞鬼呢："反正我不想念。"

钱唐也不强求。"那我们现在干什么？你的意思是想让我今晚陪你在客厅你说一宿话？"他微微挑眉，表情莫测，"你不是还沉浸在之前的偶像剧情节里，嗯？"

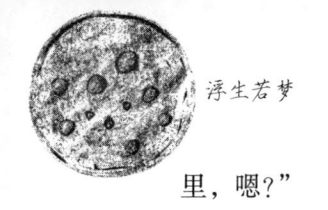

唉，这人又来这招。我倒真想让钱唐今晚坐这儿陪我说话，直到雷声过去，目前唯一留下钱唐的途径，似乎就是让他教我念经。但是念经也太不酷了，完全不是我这个年龄干的。

我接受的，可是科学和无神论教育，内心非常不愿意信什么西方极乐世界和阿鼻地狱。万一它们存在，我这人运气这么差，真的进了地狱怎么办。

钱唐听到我的担忧后，居然漫不经心地说，"是我带你结缘，也是我教你准提咒。如果下地狱，你会最先遇见我。"

"见到了你又怎么样，我有难了，你肯定不管我啊。"

"我真不管你，我还能坐这儿陪你说这么长时间的话？"

我哑然，过了会儿不甘心地问他："你为什么一定要我念佛经？你自己信不就完了，干吗非要拉上我？"

钱唐好像也被我问得略微沉默了下。很快他神色如常，把手往我头发上不轻不重地一按。

"我没想好，在这个阶段该怎么对你，特长生。我不是你的同龄人，没兴趣陪你瞎玩儿。我也不能总做你的长辈监护人，放任你在我面前孩子气。我没耐心。"

他看了看我："是这样的，念佛对我的性格有益处，我自己深有体会。所以一方面，我想让你接触点佛教，你以后能更好地了解我。而另一方面，我忍不住想把自己认为好的东西与你分享。"

我呆呆地看着钱唐，他的口气很淡，但瞳色非常深，像一滩墨能把人吸进去。

钱唐看着我说不出话的样子，不由得摇头笑了。"你年龄还是小。"他像是轻轻叹了一口气，若无其事地转了话题，"不喜欢佛经就算了。这个屋子调过风水，没有鬼怪。至于你怕雷声，这我可就管不了了。"

那天晚上，我还是跟着钱唐念了准提咒。

"稽首皈依苏悉帝，头面顶礼七俱胝。我今称赞大准提，唯愿慈悲垂加护。南无飒多喃，叁藐叁菩驮，俱胝喃，怛侄他。唵。折隶主隶，准提娑婆诃。"

说实话念那几句乱七八糟的时候，我心不在焉，满脑子都是钱唐之前那句"这样你能更好地了解我"。

等躺在床上时，我辗转反侧。怎么说呢，很复杂，有点冲动，有点心跳，有点开心，有点不知所措和难过。

我以前从不希望任何人和我分享感情，也许因为从小到大，勾起我兴奋点的事情都很危险，是大人眼中的"坏事"。我父母、老师和很多成年人，总喜欢带着优越感来批评我。

但在这件事上，我逐渐有了一个信任的人。钱唐是目前为止我遇到的人里，为数不多的懂什么叫"尊重"的含义的人。他很多时候给我讲的东西，是稍微高于我的理解力但仍然能被我所接受的东西。

我以前对钱唐怀有点儿粉红心情，但依旧有点犹犹豫豫、挑挑拣拣。如今，我已经确信自己对他的感情了。我喜欢钱唐，比任何人都更喜欢。

第十二章　特别汹涌的海

记得小学、中学的班主任在我们毕业典礼时会落泪,导演和剧组在杀青时都会难过。那么现在,我有点体会他们的心情了。告别,只会越延长越难过,不如快刀斩乱麻。

我没参加电视剧的后期宣传,抽空给那名车祸去世的漫画作者烧了炷香,不管信邪不信邪的,权当攒人品。

倒是听说,CYY给叶伽蓝接到部电影,传说中的大导演大制作的公路片,直接把他打发到青海。叶伽蓝因为高原反应,送到医院打点滴时还感染了什么孢。

我看到他经纪人发的声明后,前仰后合笑了半天。

要到快离开,我感觉出钱唐以前是在照顾我,也能隐隐感觉出真的有钱唐嘴里那种"看佛修行"的人。别说钱唐,我发现这世界上连一名人民教师都能仗着点权力,随便给人穿小鞋。

一天下午,我做贼般回了趟西中。学生资料处的老太太查完我全家户口本后,慢吞吞找到我休学资料。

等找到资料后,她极其鄙视地看着我脸上的墨镜,一张嘴就让我摘了,再盯着我的头发:"你这头发是不是拉直过?别以为我看不出来。"

老太太给了我一份试卷,让我当场做。

"测试一下你水平,小演员!你以前是西中降分收进来的体育特长生?"

她傲慢地说,"这是今年高二的期末卷。"

我狠狠瞪她一眼,趴在旁边的桌子上,埋头做试卷。

5个小时过后,我不负众望地考了100分,唯一遗憾的,卷面满分是380分。

教务处的老太太因为我,下班迟了很久,但她的表情依旧欢喜得跟过大年似的,她咯咯笑了:"从高一开始重新上吧。"

可想而知,我和她爆发了一场争执。

"我都这么大了,怎么能跟那群小屁孩重上高一!"我急眼了,"这卷子那么难,我还没复习好呢上来就让我考!让我重新上高二也行啊!凭什么让我上高一!我之前的同学今年都上大学了,我为什么还要重新读高中!老师您通融一下!"

老太太厌恶地盯着我,那表情,就跟我瞅着钱唐写的不认识的大字似的:"跟我嚷嚷有用?这里是学校,不是外面的酒吧。"

老太太可不管我说什么,斩钉截铁就得让我重新读高一:"所有学生用分数说话。考成这样,真让你去高二高三,不是拉低学校的升学率?"

我怒了,朝她挥着手里的试卷:"不公平!我不相信你的判卷水平,你再找个正规的老师给我判!搞不好,换个老师判卷我就及格了!"

随后,我就被老太太轰出办公室。关上门后,还听到她在里面恶狠狠地嘟咕:"太不像话!西中怎么什么人都放进来。"

她说得简直太对了。

夏日的风一阵一阵扑过来,热得无边无际。我出门后,颓废坐在熟悉又不熟悉的操场边上,盯着夕阳发呆。

几个打篮球的男生好奇地向我望过来,指指点点。

墨镜已经遗忘在老太太的桌上,我皱着眉,拍拍屁股要走。但他们为首的一个高个子男生,抱着篮球走过来:"嘿,你是西中的毕业生?"

我懒得说话,翻了个大白眼当回答。

对方跟着我瞎扯："学姐很面熟，你今天重新回母校看看的？"

"学你妹！"我暴躁地说。

男生油滑地立刻改口："学妹好。"

要不是保安来操场清人，我搞不好真和他们动手打起来。尤其是搞不好我还真是他们学妹的情况下。

来接我的钱唐听完整个过程，居然还微笑。他打趣我："你现在知道，当一位高中生主动跟我搭讪，我是什么心情。"

我沉浸在留级的糟糕心情中，没接他话茬。

西中资深老校友损了我几句，再建议："你告诉那位老师，西中每次开学不久，有例行大考，到时候，她以那份成绩来判断你真实水平，这样比较公平吧。"

我脑子微微一动，依旧绷着脸没吱声。

正在开车的钱唐看了我眼，仿佛猜透我想什么："怎么，又对重新回西中犹豫了？春风，不管你以后决定做什么，总不想一辈子顶着高中肄业生的名头？"

我终于开口了："什么叫'肄业生'？"

"反正不是什么脏词儿。"

我快然辩解："嗨，我倒是没后悔回来念书。但是下午那老师态度特别差。"

他问我："她是你任课老师？"

"不是，就一看档案的大妈！"

"既然不教你读书，只打几次照面的人，你现在因为她呜呜咽咽的做什么。"

谁呜咽了？我朝钱唐扬了一下眉，却想起另一件事："对了钱唐，当初你回西中拍录像。我看你一个人站在操场上，老半天没动，当时你心里在想什么呢？"

我看到钱唐微微笑了下,他懒洋洋地单手打着方向盘:"我当时在想,幸亏不用再参加高考。如今等经历过了,觉得那其实是缺少意义的事情。"

听了钱唐的话,我终于开始不甘心地"呜呜咽咽"起来,因为,我自个儿马上就要重新面对这一"必要但又缺少意义"的事情了。

然而内心里,我还是满意钱唐的回答。

钱唐幸亏没说什么追忆似水年华之类的话,那就没劲透了。虽然很喜欢拽文包,他从不对时间示弱。这就是我所喜欢的性格,文艺归文艺,但一味地只知道感慨的人,在我的价值观里是矫情的水货。

当然了,我压根儿没察觉到,钱唐又把我绕进语言的陷阱。

比如,钱唐为什么一边说"高考缺少意义",一边督促我继续完成学业。我当时对他的判断深信不疑,心想既然被钱唐说缺少意义的事情,起码应该很简单。我肯定就能完成,因此隐隐松口气。

这里面的复杂关系,你就自个想去吧。

剩下的一个月,我都蹲在私人补习班。

身为曾经被贴到电影海报上的人物,我在一次偷偷坐地铁被人发现,惊为异类,被人群追着拍照时差点挤到甬道里卧轨。加上天太热,我也懒得乘公共交通。

刚开始几天,秀佳开着叶伽蓝的炫酷跑车,每天早晚来接我上下学。不当我助理后,她开始慢慢变胖,也开始明显地拉开和我的距离。

"风风学习学得怎么样?"秀佳当然会关心我。但等我告诉她什么函数什么虚数,她的眼神全然就飘忽。

我说了几次学习状况后,终于有点眼力见,不再主动提起补习,反而问她工作和 CYY 的事情。

秀佳还是经常跟我透露八卦,比如,什么演员因为一个角色抢破了头,摄影和导演,制片人和剧组间永远有矛盾;编剧嫌自己钱少,经常听见的名字总是经常听见,偶尔冒出来的名字身后总有靠山。

我津津有味地听八卦。如今知道，为什么有人喜欢看电视节目，因为它们新鲜有趣。在抽离娱乐圈后，我生活里最有意思的事，就只剩下被补习班的老师来回修正卷子上的错题。

可惜没多久，钱唐换掉秀佳，让CYY的专属司机来接我。新的司机不同以前的贾四，完全不跟我说话，甚至比爱沫还冷淡。

我在电话抗议他罕见的专制，钱唐却笑说："那些俗事不值一听。等你脑子丰富点，会发现其他有意思的事。"

呃，我还没发现。

那年的夏天，我痛恨西红柿、苹果，西瓜和红梅这类的水果，因为它们和我成绩一样是鲜红色的，总给我视觉和心理的双重冲击。

唉，问题不是我不努力，而是在努力的过程中，我遇到的问题反而越来越多。

一个月内，我吃力地补习别的学生一年学会的知识点，有个道理，在脑海里越来越清晰，那就是世界上真的就没有捷径。本人搞不好真要从高一重新上了，即使运气好，也得跟着高二小破孩上课。

虽然懂得这道理，我还是感到心理太不平衡了，甚至顺带恨起西中，觉得它故意给我罪受。

也许别人觉得，从高一读起没什么丢人，也许压根都没人认识我是谁，我却就是老是控制不住脑海里思考这事，莫名其妙就感觉窝囊要死。

我觉得自个儿应该转学。如果重新上高中，索性换个地方重新开始，此处不留爷，自有留爷处。

但我在电话里和钱唐商量转学的时候，他只说："特长生，你即使转学转到天边，都已经比大部分的正常高中生年龄要大了。"

这话对我简直是毁灭性的打击。我目瞪口呆，发现自己压根儿没想到这事。

钱唐又告诉我一件更雪上加霜的事。CYY尽力延迟，我的最后一部电视剧根据合同，订在 9 月 22 日晚间黄金档上演。

我听到这个消息后，焦躁乘以一万倍。什么意思？这代表我跟着高一开始上课，不但年纪比同级生年龄要大，学习比他们差，而且我身边的同学还会通过电视知道我是谁！

想到西中的新高一小孩指着我说："这就是李春风，上过电视，当过演员，如今重新回来念高一，是差生。"我的呼吸不由得急促了。

出差回来后的钱唐听到我的担心，不以为然。

"特长生，如果只是担心别人评判，你做事就不敢放开手脚，你以后的工作地点只能限制在墓地。"

我不服气："咱俩的情况能一样吗？"

钱唐虽然托辞早忘记他的高中成绩，但我敢掏出 500 元打赌，他高中时应该是整洁版的羚羊。只有成绩好的人，才有资格说忘记曾经的成绩，因为他们总是接近满分。

像我们普通人，绝对不会忘掉自己的任何成败。反正，你要是开口问我空手道比赛曾经输了几次，我就能掏出小黑本，一点一滴，全部精准告诉你。

剩下补习等开学的日子，我愁眉不展，甚至隐隐怀疑自己患上了食欲忧郁症。

补习学校旁边"7-11"里的冬阴面、鱿鱼丝、瓜子、花生、开心果、韩国包子、美国热狗，以及泰式的九层塔虾仔饭，都不能勾起我食欲。反倒化学老师说"一定的溶剂只能溶解一定的溶质"，我突然一滴口水，吧嗒掉在了草稿纸上，老师吓了一跳，我无地自容。

但这时，我拿定主意不告诉任何人我很恐慌。自己精神上的重压，由我独自承担好了，在钱唐面前，依旧表现出老老实实没心没肺补习高中生的样子。

不管怎么不情愿，时间很快滑到了开学典礼那天。

我在清晨就穿好校服，苍白着脸坐在马桶上发呆，内心有个东西在搅动我五脏六腑的深处，简直快吐了。

拖到快迟到的点才出门，我开门见山告诉钱唐："你现在开始别跟我说话，也别评论我！"

钱唐闻言后，眯着眼从头到脚扫了一眼我的校服和打扮，但他似笑非笑的，果然就没说话。

去学校的路上，我憋不住告诉钱唐："待会我得和新高一坐在前排啊！那群小孩可是刚从初中升上来的！我太丢人了！"

钱唐沉默地开车。

"唉，起码我能再作为新生重新参加一次新生典礼了，我真谢谢西中对我的厚爱。"

钱唐终于开口说话了："你的教养呢？特长生。"

我的教养和之前高中学过的所有知识，都打包被野狗吃了。我异常不情愿地，恨不得捂着脸，磨磨蹭蹭下了车。点名，排队，随大流乌泱泱地坐在新生席。

热，依旧是秋老虎扑过来的燥热。我坐在座位上喝干了水，边捏瓶子边忍耐。

旁边的新生，兴奋异常地讨论西中的礼堂，分班制度，以及各项传统。而我专心致志地低头盯着鞋，伤心想自己刚上高中也那么傻和吵吗？！简直不能相信。

校长在主席台上面，先展望百年校史和今年高考的优秀纪录，（果不其然，我听到了胡文静的名字），旁边有老师悄悄地把4个新生叫出来，估计是新一届的"德智体美"。

我收回目光后长长叹了口气。回忆曾经的流程，估摸西中该放什么视频，然后会有一个神经病的老校友来讲述他的奋斗——

没犹豫几秒，我就准备尿遁，我快憋死了！

旁边坐着的是一位长发女生，我跟她小声商量："同学，能不能借过……"

突然间，耳边传来熟悉的轻咳，转瞬就逝。我内心猛颤了一下，连忙四周张望。

"有什么事？"女生问我。

"下面是才艺表现，"校长在上面干巴巴地介绍，"由西中曾经的校友主动提议表演。他现在的工作也是文艺相关——"

"你有什么事吗？"那个长发女生不耐烦地重新问我一遍。

我回过头来说："借过，我出去一下。"

长发女生站起来，她无意地看了一眼我的脸，突然开口说："你，你是不是李权？"

"不是。"

她再怀疑盯着我："你就是李权吧！我不会认错的！我看过你们节目，你和叶伽蓝！是不是？你还演过电影！我特别喜欢叶伽蓝！"

我没来得及答话，钱唐的声音再次传来。这次绝对不是幻觉，我身边还有几千多口子当见证人。

"大家好，我是钱唐。"

这声音，不是从附近，是从最前面的大讲台上方传来。高高的投放屏里，我愕然看到了钱唐正站在主席台中央。

在主席台的所有人当中，钱唐也依旧是那么惊人地醒目——不不不，真的是字面意义上的"惊人地醒目"：他下巴处紧紧系着鲜红的领结，上身是橘黄色条纹的宽大T恤，裤子下面着白袜子和黑皮鞋——简直像马戏团的镜子里蹦出来的小丑！

我眼珠子都跌出来了。

巡场的老师走过来，示意旁边的女生和我都赶紧坐下。而她还在兴奋地研究我："你就是李权，你回来念书了？"顺着我的表情看向前方，她立刻转身问旁边的同学，主席台上的人是谁。

钱唐依旧像没事人似的,他站在主席台中央,慢条斯理地把袖子挽到手腕处,再摆弄着话筒测试音量,压过礼堂里的喧哗声。

钱唐慢条斯理地重新介绍他自己:"大家好,我是钱唐。"

但我觉得,自己都不认识钱唐了。

无论休闲公务场合,钱唐的衣着都是低调的讲究,至少我在他家住那么久,从没看过钱唐的衬衫扣子多解开过一枚。但现在,他打扮得像小丑一样出现在西中,简直就太奇怪了!

钱唐来西中干什么?难道他又来西中演讲?他不是来过一次吗?他不是因为自己的电影,和西中关系很差吗?我大脑飞快地想,但那么多的疑问都没法解答。

四周已经议论纷纷,大家对钱唐的出现和装扮,同样莫名其妙。

钱唐在高台上也不着急,他分寸把握得很好:"下面,由我给大家带来一首老歌,《白桦林》。"

我的下巴,肯定砸在之前掉出的眼珠上。校长刚才说什么来着,西中老校友才艺表演?钱唐真要唱歌?

音乐前奏响起来的瞬间,我依旧处于呆滞状态。

有那么一个瞬间,时间仿佛嗖得一下就往回倒,钱唐在主席台上方,还是那张淡淡没什么改变的面孔。我得想,才知道自己在哪,今年到底是哪一年,哪些事情真正发生过,哪些又没有。

直到钱唐的歌声传来,才把我从回忆中带出来。天啊,就算再喜欢钱唐,也不得不说,他唱得简直,太,跑,调,了!

我和所有人都在下面目瞪口呆。

钱唐日常说话语调低沉,声音平缓,但唱起歌来,怎么就像个幼儿园的小朋友呢!奶声奶气的!

坦白来说,我知道,人唱歌可能会跑调,但问题是,钱唐唱歌跑调能跑成这样,和他平常那种无所不知理所当然的态度太不符合了。

钱唐放声唱了5句,就没一句在调上,偏偏他还不打磕巴地继续。西中礼堂的音响系统不错，非常诚实地把钱唐的跑调传达给现场观众。

身边所有的新生在最初的发愣后，都已经笑得前仰后合。

"这谁啊！""跑调跑成这样！""什么文艺工作者？西中没钱请乐队了？""赶紧把这孙子轰下去！"

旁边的长发女生再次问我是否认识钱唐，而我回答不出来。

我只感觉，整张脸都在钱唐难听的歌声里烧红了，内心又惭愧又愤怒又羞耻又伤心，真想赶紧把钱唐拉下来！让他快别唱了，太丢人了！钱唐怎么了，今天干吗要跑上去巴巴地献丑啊！神经病啊！

但不知道为什么，我牢牢地坐着没动。

钱唐唱了1分钟，旋律依旧离他十万八千里。但他身后的秃头和胖子不以为然，校领导们全部起立，他们笑容满面地鼓掌给他伴奏，而台下的钢琴老师也刻意放慢节奏，

身后的同学在钱唐刚开始唱，还在不停地爆笑和群嘲。但不知道从什么时候，我发现，整个礼堂里的师生居然都在为钱唐鼓掌，陪他一起唱，替他找节奏。

大礼堂居然成了其乐融融的合唱现场。

但是，台上的钱唐终究让大家失望了。他从头到尾都没找着调，唱得也非常糟糕。然而除了我之外，好像没有人特别在乎这事。

一曲终了，雷鸣般的掌声到达高潮。不少女生还互相在追问台上的年轻男人是谁，她们居然觉得，"他的风度真的很好！"。

钱唐轻咳几声，单手握着话筒，再微微给大家鞠了一躬。

他幽默地说："不好意思，我从小就非常讨厌唱歌。各位同学现在也知道原因了。"

台下再次爆发出笑声。还有男生吹口哨和起哄"为什么啊？""你是歌神啊兄弟""唱得太好了！"

钱唐也笑了："毛姆曾经说，每天要做两件讨厌的事情，这样对灵魂有好处。为了我灵魂的健康，我得继续做第二件事——我虽然不是本届新生演

讲的荣誉校友，但越俎代庖，想给各位同学一个小建议。"

停顿片刻，他说："永远不要讨厌去做那些你不擅长的事情。在我们的任何年龄，敢于挑战自己没把握的事情，都不丢人。做什么事情，都没有必要去在意别人的笑声。我的建议说完了，希望各位新老同学们，在西中顺利地度过自己的高中生活，谢谢大家。"

言毕再鞠一躬，钱唐把话筒递给校长，在欢声如雷的掌声中悄然下台。

身边的老师们重新维持秩序，西中准备按照惯例，播放校友录制的视频。而钱唐走后，我并没有逃掉之后的新生典礼。真相不是我不想逃，而是我更不想承认自己已经哭了。

绝对不想。

1个月之后，我又参加了西中的高三阶段性考试。

出成绩那天早晨，我正趴在西中的空手道训练室的窗口，看那群高一新生笨拙地在操场跑步。

他们跑得上气不接下气，我看得津津有味，还在笑的时候瞄到墙上的表，突然想到出成绩了，便一溜烟地跑过去。

当晚回家后，我死死地蹲守在客厅，又是等到快凌晨，钱唐才回家。

我如今摸透了规律，钱唐带着应酬后满身香水味和酒味回来时，最好不要主动惹他，得让他自己沉默地待着。但如果钱唐双手空空地回来，说明他只是刚忙完工作。这时候虽然疲倦，还有耐心聊天。

今晚，不巧是第一种情况。

钱唐刚参加完张雪雪的新专辑发布会回来，穿着西服三件套，前襟还别着小小的鲜花。

最近的娱乐报纸，又开始有鼻子有眼地传钱唐，张雪雪以及某个女演员的三角恋。我把八卦杂志凑近鼻子，看了好几眼，才发现第三个女人有点眼熟，曾经CYY里说长得和我很像的女演员。

我自然不高兴，但向钱唐打探这事，他总轻描淡写扯开话题。就像现在，钱唐挂着西服外套，语调冷淡："与其花时间猜测我，不如好好学你的习。"

我故意朝他眨眨眼："学习这点小屁事！"

"哦？"钱唐问。

我摸不清楚，他这语调是提醒我别说脏话还是别反问，索性直截了当地揭开答案："我的模考成绩出来啦！你猜结果怎么样？"

听我这么说，钱唐脸上才带了点笑意，恢复了白天里熟悉的打趣语调。他说："你等我等到这么晚，不会只想让我猜你成绩？"

"老子直接升到高三了！牛吧！不不不，我考得其实很一般了，但我今天去档案处那个老师那里求情，你猜我碰到谁了？我碰到我以前的班主任了！"

说实话，我不太享受和语文老师见面的重逢过程。

老师一上来就叫错我的名，说了什么"李绿珠""李春意""李益然"，才想到我叫啥："李春风。光记得是个比较澎湃的名字。"

我谢谢他的澎湃。

这位爱好澎湃的语文老师，也参加了判卷，他居然对我作文有印象，而且夸我作文和字比以前写得进步特别多（这不废话嘛，我读了那么多剧本，被钱唐嘲讽那么多次）！

没等我说话，老师就冷不防地问我，愿不愿意从高三读起。

天哪，我简直激动得不得了："可是，我现在的成绩不是特别好！"

老师挠着下巴，慢吞吞地说："你以前的学习成绩也非常差。我当初让你跟胡文静坐一块，希望她带带你，但你呢，半点好影响都没有学到。"

我不高兴地撇嘴，老师再惆怅地望着窗外："你的名字既然叫'春风'，应该最讲究'时节'，春在堂，春光值千金，误了时节不大好。唉，你肯回来上课也不易。这样，你跟着这届高三上课试试，看跟不跟得上。我现在当高三文科教导组长，做得了这个主。"

"谢谢您！"我憋了半天，"老师您真是，您真是善良如水！"

临走前，语文老师怀疑地问："你这次的作文不是借鉴的吧？"

我斩钉截铁地说："当然不是！"

老师果然高看我一眼："没想到，拍了几场戏，居然还能让你学到不少知识。"

我身为曾经的文科生，当然不可能做出"借鉴"这档事。我这次的作文，是认认真真地抄袭了钱唐早年出版的散文集。

钱唐闻言，随手翻了翻我写的作文："这还真是我以前写的。你从哪儿找来的？"

我让钱唐保证不生气后，才揭开谜底："街边盗版看到的，五块钱一本。我就买回来了。"

钱唐再翻了翻这本书："告诉你两件事。第一件事，以后别碰盗版。第二件事，这本书还真不是盗版，但是封面确实丑了点。"

"不管怎么说，钱唐。"我真心诚意地说，"我这次真是多亏了你。"

他再摇摇头："这话有失公允。"

我竖起耳朵准备听钱唐的表扬，但还是要假装谦虚一下："当然，我自己也很努力！"

"你是全亏了我。"钱唐把那本被我翻得乱七八糟的书随手扔我脸上，没错，他居然扔我脸上，"尾巴别翘得太高。我希望你的高考成绩里，不要作文分数最高。"

"污蔑！诽谤！中伤！"我大怒地把书收起来，朝他挥挥手，"你等着，等着看老子长风破浪会有时……"

钱唐等我继续说下去，我磕巴了一下，忘了诗句后面是什么，硬着头皮接下去："直，直接升入高三耍！"

钱唐夸我："李大诗仙做得一手好诗！"

其实钱唐不讽刺我，我也决定在重来的高三里夹紧尾巴。

我拖着书包，慢吞吞地走到语文老师指定的空座。没几步的路，感觉班里女生古怪地看我，原本以为他们认出我了，还有点沾沾自喜，直到同桌打招呼："插班生学妹——"

一张可以说英眉剑目的面孔，正朝我露出灿烂的微笑，显然等着我主动想起他。

我偏偏不让这傻帽如愿。我皱眉扫了对方一眼，把书包里的酸奶软糖饼干美国杏仁和面包掏出来收进抽屉里，再把教材堆到桌子上。

新同桌感兴趣地看着我收拾："你是来春游还是来上学的？"

我心平气和地回答："谁规定我上学就不能吃饭了？"

对方沉默片刻："嘿，你真的不记得我了？咱俩之前在篮球场上见过，我还跟你打招呼来着。"

我克制住翻白眼的冲动："我记得你。"他，是曾经在操场和我搭讪的男生。

"我是咱班班长和物理课代表，以后你有什么问题，都可以问我。"他装出一本正经，"我看过你演的电影，也看过你的物理试卷成绩。"

我干巴巴地盯着他，他又自我介绍："我叫萧磊。"

"你好。"

萧磊问："你叫什么？"

"李春风。"

萧磊扬眉，若有所思："噢，李权是你艺名？"

"是。"

在我耐心快用完前，萧磊有眼力见地不再问了。

上课的时候，萧磊依旧趴在桌子上观察我，我抽空狠狠瞪他一眼，正好被熟悉的数学老师叫起来回答问题。

"先解方差——"萧磊小声提醒我步骤。

等我满头大汗地坐下后，忍不住转头问这位话唠的同桌："你这次模考考了多少分？"

他小声回答："580，老子是万年的年级第二。这一届也存在学霸，虽然比不了你们那届胡文静，但也牛。我干不过人家。"

这次模考的满分是610。我沉默片刻，怀疑说："你知道我是谁，还知道我是哪一届的？"

萧磊望着我笑了，主动转移了话题："我们先听课。"

这个叫萧磊的学弟有个隐藏身份，居然是我的影迷。等我俩熟悉之后，我愕然发现他手机里存的满满是我的照片。他面不改色地抢过手机："当初年幼无知，对你有很大幻想。没想到你本人……"

我本人怎么样呢？我不甘心地追问下去。萧磊嘴角弯出不知所以的笑意："我怀疑你是不是正常人类。"

"我有23对健康聪明活泼的染色体，你说我是不是正常人类。"我翻着生物书反驳，"你倒是可以检查一下，自己少了些什么。"

我和萧磊很快熟稔起来，很重要的原因是，我俩都特别喜欢体育。萧磊是西中篮球队的队长，带过西中篮球校队捧过全市冠军，总而言之，他篮球队的威望比空手道社团大了。

最可气的是，萧磊总怀疑，我练习的空手道是类似跳舞一样的东西，他言语里总挑衅我，让我跟他打一架试试真本事。

刚开始，我守住了操守没答应他，到后期就确实没忍住，趁着课间操和他打了架。

萧磊是经常锻炼的男的，我是练过多年空手道的女的，最后结局却是不尽如人意的平手。我哪里肯甘心，和萧磊相约放学后，5天过后，我兴趣越发高昂，萧磊却拒绝对我动手。

"我一直拼命让着你。"萧磊脸色有点差，"没想到，你每次都是真打我。"

"不真打怎么样？"我不解地问，"不真打，我跟你瞎耽误什么时间？"

萧磊再不出声了，皱眉望着我，而我无辜地瞪回去。

虽然拒绝打架，萧磊也找到别的方式嘲笑我，比起我在班里实打实吊车尾的成绩，他一直洋洋自得地把他自己比喻成牛顿、托米勒、高斯甚至爱因斯坦之类的人物。

萧磊完全不能理解，他认为的那些"略微绕弯就能解决的东西"，为什么对我说了很多遍，我依旧没头绪。

"你智障吧？"跟我讲题时不耐烦了，萧磊恶毒地说，"脑科医生没关好门，让你偷偷从病房里跑出来了？"

我一般情况下闷不出声。等他自己骂爽后主动跟我道歉，继续跟我讲题。

那段时间，我坐在座位上支着眼皮看书做题，看刚打完球的萧磊满头大汗跑回来。

"今天比分怎么样？"别的男生问他。

"当然把他们干傻了！"萧磊乐着回答，转过头看我一眼，"我牛吧？"

"滚蛋！"

没过多长时间，语文老师又冒出来找我谈话，我异常绝望，以为他通知我滚回高二重读。

语文老师上来就说："李春风，我做主让你升入高三，可不是让你情窦大开的。"

"啊？"我不由得吃惊张大了嘴。旁边同样被叫过来训话的萧磊倒好，依旧漫不经心地转着他手指尖的篮球。

等我明白过来自己是被扣上"早恋"的大帽子，有点无从辩解。为了防止语文老师继续浪费我宝贵的生命，我果断截断他："萧磊不是我喜欢的类型，我早就已经有喜欢的男的。"

语文老师吃惊地露出两颗碟子样大的门牙，那表情确实傻死了，过了半天，他才想到接下去："你喜欢谁？"

我迟疑片刻："反正，我是永远都不会喜欢萧磊的。"

办公室里维持了很长的沉默，一个篮球"啪"地落地。

缓过神的语文老师倒是抛下萧磊，追问我真正喜欢的人是谁。我当然没法透露，只能答应等高考后再告诉他。

语文老师听了我的敷衍后，不知道怎么想的，居然真抠着下巴上的老年斑把我放走了。

我松口气走出走廊，发现萧磊没跟我走出来。

不管怎么说，整场谈话显然都是个天大的误会。

误会我和萧磊关系的不仅仅只是语文老师。我和叶伽蓝那部电视剧播出后，不少西中高中女生给我写信，她们觉得我不应该"有了叶伽蓝后再劈腿萧磊"。我气得把整张信都撕碎，扬言要找出谁写的。

一开始，我板着脸和别的同学辩解，自己和萧磊是纯洁的友情关系。到了后来，也就懒得解释。

应该解释但又解释不清的事情，实在有点多。比如，我现在不得不压着我的心思，专心地学习。比如高三的"一模"还有不到半个月，我的成绩依旧像压扁的蛋糕般糟糕。

"特长生，这道题你算错了。"钱唐走到我后面时扫了我一眼草稿纸，以很笃定的口吻说。

我在黑暗中复读高三的这一年，却也是钱唐疾步发展 CYY 的一年。

自从在我的开学典礼上出现了一次，钱唐每天都在不停地出差和工作，我当过演员时的日程表是用 Excel 打印的，钱唐每天的工作时间至少超过 14 个小时。

钱唐今天回来的时间已经算早，但依旧已经超过十点半。

我还在餐厅里揪着头发做作业，闻着钱唐身上一股陌生香水味和酒味，就满心不快。

"我这道题怎么做错了？你虽然脑子稍微好点，但也不可能看一眼就立刻知道答案吧！这道题光是题目就五行字，别告诉我，你能心算！你上高中已经10年前了吧？你怎么就能知道我们现在学什么？"

等我嘟吧嘟吧说完一大通话，那个"聪明"的家伙才耐心回答："我倒是不知道最终答案，但你看看，你第一行就把题目抄错了。"

我灰溜溜地换一张草稿纸，准备重新计算。

钱唐的目光却移到我的手机，这都大半夜了，萧磊还在不停地跟我发信息，屏幕不停地涌来新信息。

钱唐一点儿也不客气，他直接拿起我手机："啧，高中也有人追你？"

我的脸一下子绿了，这次真怒了："你有病吧？谁追我，谁能追我，我这样的能有谁追我！"

钱唐笑了："怎么就不会好好聊天呢？"

我瞪他一眼，伸出手："手机还给我！"

钱唐却低头，左手划了几次，将微信全删除，他把手机重新放回桌面："特长生，答应我，等你考上大学再对男生动心，好不好？"

我悲伤地望着他，这叫我怎么答应他。我不想发脾气，却只能靠暴躁掩饰自己的真实感情。我喜欢的人，就是眼前的人。

钱唐带着若有所思的表情，片刻后，他说："那我们换句话表达吧，你现在好好学习，你坚持多久不谈恋爱，我也陪着你多久不谈恋爱。怎么样？"

我呆了一下："什么？"

钱唐笑着揭穿我："你听得非常明白。"

他说完就走了，我重新看着眼前这道数学题，周期函数自始至终都在进行，即使在没有画出轴的边距里，都在不可抵挡地延续。我以为，我和以前不同，可这时候我才意识到，自己一点没变。

唉，好好学习吧。

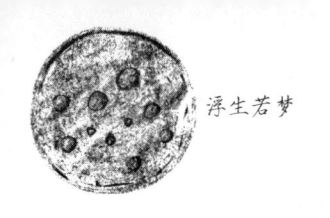

多重心理压力下，我和萧磊的友谊显得格外珍贵。

相比我，萧磊的生活简直跟塑料袋一样透明。他的成绩特别好，尤其是物理得过很多全国性的奖项，很全面地帮我补课。而在我所有接触过"学霸"里，萧磊是性格和外貌最接近正常人的一个。

他会偷懒，会骂脏话，会腹诽老师。更可贵的是，萧磊性格就像他的名字一样磊落，绝不偏执。

比如说，萧磊没打算超过年级第一："年级第一有什么好，枪打出头鸟。第二名就不错，只要能让我上想上的大学就够了，我可不为了那十几分的完美给自己找罪受。有这时间，我会打球，看看别的。"

我摸不透钱唐的心思，还试图拐弯抹角想请教萧磊的意见。

"我有个好朋友，她吧，她有个特别喜欢的男的，但是那男的经常不搭理她……"话才说了一半，我发现萧磊朝我傻乐，我恼羞成怒说，"你乐什么？"

"没事，您继续。"

虽然都是男的，萧磊和钱唐的道行又差得很远。到后来，我问的问题就比较偏向全人类，比如："你们男的普遍都喜欢什么类型的女的？""你们男的为什么甩掉一女的？""你们男的讨厌女的做什么？"

萧磊倒是老实地回答了。但我发现，他说的那些行为，我在钱唐面前都做过，也就明智决定不操这份闲心。

我如今可以基本确定，我应该不是钱唐所认识的女的里面，最漂亮、最有文化、脾气最好——最可气的是我还没说完，钱唐就开始放声大笑。

那时候我俩已经都结婚了，我上了大三，钱唐还调侃我："你在高中就对自己的定位很精准吗"

我不高兴："去你的！"

"你不需要跟任何女人比，因为你不是我的女人，你是我的宝贝。"

宝贝？！他那口气怎么跟玩似的。我一点都不感动，恶狠狠地反驳回去：

"姑奶奶可不是你的宝贝！"

钱唐也不反驳，依旧漫不经心地笑，好像完全不在意，又像对这事实万分笃定。

不过在我高中，钱唐还没表现出那么浑蛋，他每天问我最多的话就是："今天上学怎么样？"

我简直想躲着他走路了："你怎么跟老太太似的总问我学习。"

"到了二模能进全班第十吗？"钱唐又问，好像这名次已经是他勉为其难的最后妥协。

我疯了："全班第十？我现在这班是理科重点班，我要能考进全班前十，我一定往你卧室里放条喷火的恐龙！！！"

他笑了："说起来，我家里现在已经有一只了。"

那点小争执，让我第二天早上黑着眼圈去学校。

正独自走过寒风呼呼的操场时，路过篮球场，突然一个篮球劈头盖脸地朝我砸过来。我没反应过来，下一秒直接砸中鼻子。

这几天天气干燥，我在床上睡得又太多，居然飚出鼻血。

我愤怒地追了大半个操场，把萧磊堵到角落，用篮球和书包疯狂砸了他半分钟才罢休。

萧磊一米九多的大个子，很可怜地抱着头，缩在角落。等我发泄够了，才敢略微抬头。他嘟囔："都跟你道歉了，不是故意的。你今天怎么反应这么慢？"

"去你的！这能开玩笑吗？有谁这么开玩笑？以后再敢拿篮球扔我的脸，看我不把你扔到太平洋！"我抹着满脸的鼻血，恶狠狠地警告他。

萧磊灰头土脸地站起来，看我鼻血已经停住了，也松口气。

他快然说："李春风，你也就欺负我。"过了片刻，他又开始叽歪，"你性格和外表太分裂了，我估计，你在你喜欢的人面前，就装得跟孙子似的。"

"屁话！我在谁面前都一个样。再说了，人家修养好得很，绝对不会像你一样乱做事！"

看我狠狠地瞪着他，萧磊翻了个白眼，狼狈地跟在我身后一路回教室。我上课前都没搭理他，他碰了几次钉子后也拉不下脸，索性不跟我说话。

然而等到高三全体拉到操场跑步，萧磊又追上我："今天早上你想什么呢，那么出神。我叫了你好几遍。"

我沉默地跑着，过了一会终于告诉他半截子真相："没事，就我昨天跟人打了个赌，说自己'二模'能进前十。"

萧磊漫不经心地想了下："你上周五的测试排名第二十三吧，感觉没什么戏。乖乖认输吧。"

我气死了："你为什么总能记住我的考试排名？"

萧磊跟我一起跑，嘴里哈出白色雾气，但他换上有点痞气的嘴脸："因为我很关心你啊，傻孩子！"

不留神的时候，萧磊的脸凑到我脸旁边。在他有下个动作前，我往旁边跳了一下，顺便借着身高差，毫不留情地给了他肚子一肘。

萧磊痛苦地弯下腰停在原地，我可不管他，继续自顾自地往前狂奔："赌局很重要。你得继续帮我补习。"

身后传来他的大喊："你这是求人的态度吗？"

我头也不回："我这人就这样！"

如果说我能忍钱唐的鄙视，但我忍不了的是，萧磊居然也用同样的眼光看我。他撑着头，看我做一道题吭哧做了半小时。几次想提醒，我都让他闭嘴。

"你大脑里都是薯片吗？这公式，我给你讲了四五遍了。"

"我自己能做出来。"我拧眉说，"安静点！"

萧磊瞅着我，有点失去兴趣地说："怎么那么倔？"过了一会，他的胳膊肘子顶顶我，把自己的一只耳机递给我，"咱俩一起听歌吧。这是我最喜的一张光盘。"

我烦躁地代入公式，不在意地说："你给我戴上耳机。"

等了好一会，萧磊的手才伸过来。他颤颤悠悠地弄了几次，都没把耳机挂上耳朵，反而揪得我头发都疼了。

我不耐烦地抢过来，看到萧磊目光游移。"你又怎么了？"我奇怪说。

他定了一下神："没事。"过了一会，萧磊不经心地说，"脸上怎么有块疤？"

我愣了一下，我脸上唯一的伤疤那是拜叶伽蓝所赐，目前已经淡得看不出来了。

"你以前拍电影时，好像没这伤口。"萧磊又说。

我懒得搭理萧磊，也犯不着跟他说旧事，因此专心做题。等我终于算出那道题的标准答案，满足地松口气，却发现萧磊摊在桌子的书还没打开，也不知道他发什么愣。

我看了一下表，准备收拾书包回家。萧磊趴在桌上，他突然提议："要不要本少爷骑车送你回家？"

"你篮球队不训练了？"

萧磊顿了顿，他异想天开地又提出："那你留下来，看我打球，等我打球后，骑车送你回家？"

我诧异到无语，忍不住又用（估计跟钱唐初次见面时反问我的口气一样，但我又明显没他那么有礼貌）的讽刺声音问："我凭什么要留下来看你打球？"

萧磊这时也不高兴了："你每天都吃枪药了？"

我不理解萧磊的思路。两人不欢而散后，气鼓鼓地回家，我再跟钱唐抱怨。

钱唐听后，居然饶有兴趣地出主意，他让我送点礼物，哄哄萧磊，毕竟人家是学弟，也是同学，在平时耐心辅导我学习。

"要和小朋友搞好关系。"钱唐笑说，但表情冷淡，"我资助你礼物。"

449

第二天放学后，我怀着想和好的心，单独把萧磊拉出来。

但也不知道萧磊脑子里想什么，表情有点别扭局促。我搓搓手，很诚恳地说："唉，昨天是我态度不好。你看你辅导我学习，还要练篮球，我也没什么好报答你的，就只能送你点礼物。"

萧磊挠挠头，故意淡淡打断我的话："哦，你要送我礼物？挺上道的嘛。"说完后，他满怀期待地想抢我书包，估计指望我掏出个什么相册、风铃、沙漏、八音盒、水晶球之类的破玩意。

别逗了！我毫不留情地踹了他一脚，拽着萧磊校服领子，把他带到钱唐给我叫来的小面包车前，拉开车门，露出眼前小山一样的红色易拉罐。

"车里有一百箱可乐，全部都是我买给你的。当我给你赔礼道歉的心意，你看，是我帮你搬到你们篮球训练室，还是怎么着？"

我满意地点头，钱唐这主意出得好，非常好。真的，多符合高中生以及我的审美啊。眼前满当当100箱可乐啊！要有人送我一车皮可乐，我该乐疯了不可。只可惜，钱唐现在还记得秀佳的嘱咐，他让我少碰碳酸饮料。

萧磊呆呆地看着山一样的可乐，完全没有我想象中的高兴，反而急眼了。

"什么鬼！这么多可乐，我怎么搬回家？你脑子里都什么啊？你就送我这个？你能像个女孩子吗？"

我怀疑萧磊想打我，连忙退后一步做出防御姿势。

萧磊凝视车内的一堆可乐，他的剑眉放上去再颓下来，脸更是黑了青，青了红，红了又白，最后仰天张着手"啊啊啊啊啊啊啊啊啊啊啊"叫了很久。

"喂！"我试探地说，"不然我再拉回去？"

"你别说话！"他吼我。

有句话怎么说的，他嘴上说着不，身体还是挺诚实的。

那天傍晚，萧磊没让我帮忙搬可乐。他让我先走，一个人冒着寒风，吭哧吭哧把那100来箱可乐抬到了学校4层的篮球训练内室仓库。

我原本以为，萧磊要分给篮球队的队友喝，指望自己也沾光喝点。但没想到萧磊只是占用仓库空间，他没把可乐分给任何人（我的意思是，这可100箱呢！）。

之后一个月，萧磊每天放学，都往自己家里运几箱可乐。就这么足足运了一个月才终于搬完。

搬可乐的间隙，萧磊除了课间继续给我补习外，放学也不会再特意等我。而我偶尔听他的ipod，播放次数最多的歌曲是一首大俗歌《我爱上一个傻瓜》。

我决定拷贝下来，有机会用钱唐的低音炮放给他听。

那年冬天一直没下雪，天气又特别冷。

一月中旬的时候，钱唐家小院西侧的桃树冻死了。作为迷信界的大王，钱唐嫌寓意不吉利。那天他没去CYY，亲自找工人把小院里整修了一遍，并订购新植物。

我放学回来后正好赶上这一幕，站在旁边默默围观。

过了一会，我突然仰头对钱唐说："我想搁你院里种土豆。"

钱唐拒绝后，我继续求情。因为还穿着校服，那拉拉扯扯的场景估计挺醉人。我看着钱唐微微皱下眉，心中一动，惦着脚假装想亲他。果然一些工人纷纷看过来。

钱唐不留痕迹地把我和他拉开距离，再眯眼扫了下我。我可不怕他，继续追着问。钱唐终于答应，他随手一指："要种就在角落里。"

我这辈子倒是没养过宠物，但好歹也算养死过几盆植物，比较有经验，很细心地给它表面的土蒙上了白色塑料布保温，为了怕塑料袋被北风刮走，再找来石头密密麻麻地把边盖上。

等这项小工程完毕，我隐隐觉得这造型有点熟悉，又想不起来是什么。

后来钱唐带人来他家看电影。送客的时候，我听到有人笑着揭开谜底："阿唐，你家院里怎么多出一个坟？"

良久后，他无奈说："我也正奇怪。"

我赶紧识趣地把白塑料撤了，换上橘红色的塑料袋。

等再过几天，我狐疑地问钱唐："我的土豆怎么不产生变化？它怎么不长呢？"

钱唐冷冷地说："冬天里栽植物，大部分植物只会被冻死。"

"我问过了，土豆可以种在偏冷的地方。我现在种下它，它春天正好发芽。"

钱唐沉默片刻，突然换了个话题："不然还是从高二开始读吧。"

"什么？"

"我的意思是，你重新读高二，没准取得比现在更好的成绩。"

我被刺痛了，皱眉看着他："你怀疑我的能力？"

"你想让我对此简答还是细节论述？我怕我这道题得了满分，你又成为这屋子里倒数第一的学生。"

我一下子不作声，钱唐却微微笑，完全没安慰我的意思。

过了一会儿，我严肃地告诉他："钱唐，你知道吗？院里压着土豆塑料布的石头，我都是从你桌子上面取的。"

原本懒洋洋的钱唐听到我这么说，一下子从沙发上坐直了。

钱唐平时对古董珍玩都漫不经心，唯独把自己常用的文房四宝看得挺重。一瞬间，他的表情就冷漠下来："你拿了我的澄泥砚去压你的土豆塑料布？！"

接着，他低声咒骂了一句，穿着拖鞋冲出门。

我留在暖和的室内，气定神闲地背单词。隔着窗户，钱唐举着手电蹲在院子角落，做事仔细的他花了至少半小时，把我那些从工地捡来的破砖烂铁都翻了个遍。

当然，钱唐能找到他的砚就是见鬼了。我还担心那么沉的砚，压坏姑奶奶娇贵的土豆苗呢！

2个小时候，钱唐两手空空回来后，他皱紧眉看着我，我在沙发上也挑眉看他回去。

"死丫头。"他低声说，"诳我？"

我从鼻腔里哼了声："怎么就许你总拿我开玩笑？你看看，我要是耍了你，你又是什么滋味？"说完后就合起单词书，去钱唐书房写作业，留给他一个高傲的背影。

钱唐没出声。一瞬间，我还真是特别想回头看他脸色，但出于战略上的考虑，忍住冲动赶紧溜了。

我写着作业，钱唐再无声地走进屋，把我遗忘在沙发上的手机递来，顺便不轻不重地掐了一下我的脸。

我捂着脸接过手机，发现满屏都是萧磊给我发的短信。他先问我今晚作业写的怎么样，透露个小消息说老师明天随堂会有个考试，最后问我寒假想不想跟他去庙会。

我想了一会回复他："行啊。"

"你和你'男朋友'没安排？"

我拿着手机先傻笑了一会，然后说："等会，我问问。"

当我问钱唐春节计划时，他却坦言那日子通常没闲暇。

钱唐的工作性质和CYY艺人的档期严密挂钩，每到节假日是格外的繁忙。钱唐本人更对庙会兴趣缺乏。作为创办一个娱乐公司的人，他评论庙会的节目和人才延续传统又不伦不类，说创新又缺乏点子。

"我这行业已经是吃'热闹'这碗饭，工作之外也不需要格外再凑热闹。"过了一会，钱唐又说："一般忙完工作后，我会去山上住几天，烧烧头香。"

钱唐问我愿不愿去，但我完全不感兴趣。即使听钱唐说山上素斋不错，有黑松露蒸饺，生磨核桃露，也都难以打动我的心。

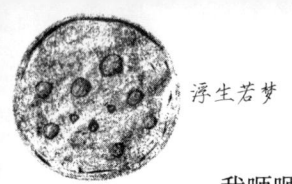

我咂咂嘴:"我不爱吃素,庙会有烤串,我要跟着萧磊去吃肉。"

钱唐谆谆善诱:"庙会上吃东西,需要你自己付钱。你跟我吃素斋不用花钱,你的零花钱可以去买别的。我还会多给你红包。"

这理由不知道为什么深深打动了我。

但萧磊不太高兴。第二天,他听我说完拒绝原因后,立刻表示可以请客,而且,他完全不信我缺零花钱。

"先不说你送我一车可乐,"他冷笑两声,"你这两天戴的消音耳机就挺值钱。"

我干笑两声,没好意思说从手机耳机到最近的 mp4,所有电子用品都是拣钱唐扔给我的。

唉,我虽然没穷过,但手头能花的钱也少!拍戏倒是赚了笔可观的钱,只可惜账一直在 CYY 里,钱唐至今也没有还我的意思。而我现在的生活消费全部记在钱唐名下,也是他给我零花钱。

钱唐经常不在家,他在家时手头不愿意留现钞,才会把现钞随手给我。就靠这样,我才攒了点钱,平时不太舍得花。我的意思是,万一有什么急用,或者路上有什么想吃的呢?

萧磊不耐烦地说:"你另有安排就说,不用哭穷。"

我犹豫了半节课,因为挺想去庙会看热闹。"那行……等正月十五那天去吧。"我终于答应他。

萧磊这才笑了。

到目前为止,这个冬天依旧没下雪。等寒假补课完,我拿着自己依旧不好不坏的期末成绩回来,在家忧伤地看着我那依旧不发芽的土豆。

钱唐看我总蹲在院子里,他意味深长说:"别等了,我已经把你土豆挖出来,扔了。"

我大惊失色,刚要冲出去,却看到钱唐在眼镜后飞快地眨了眨眼。

"你刚才是不是眨眼了。"我立刻顿住脚步。

他反问我:"什么?"然后又眨了一下眼。

我更怀疑了:"你在逗我是不是?"

"眼见为实,你不妨挖挖看。"

这次我清清楚楚看见,钱唐就是在朝我眨眼。于是我打定主意不上钱唐的当,他就是想怂恿我挖土豆,让我破坏土豆宝贵的生长环境!

我警告地点了点他的鼻子:"你,你离我土豆远点!"然后准备去给我土豆浇水去。

"现在是零下五度,"钱唐远远地讽刺我,"你能不能让你土豆好好进行冬眠?"

在听到春节爆竹声时,我给我妈寄了一张贺卡,又给我土豆旁边施了点化肥,拿着一沓卷子跟着钱唐去西山寺庙里住了一天。

我是女客,不能留宿山顶,钱唐顺理成章把我搁在半山腰的宾馆。

"会害怕吗?"他倒是问了一句。

我在呼呼的山风里睡得比我土豆还死,清晨的时候,钱唐下山来叫我。我都老大不高兴,嫌弃他满身寒气。

来参山的都是大叔级别的人物,中途有几个人说要给我看手相什么的,钱唐全帮我推了。钱唐虽然规矩多,但就这点好,虽然会有意让我接触很多东西,不特意强迫我去相信什么。

至于其他的,以我的审美水平就只能说,大和尚们做的素斋挺像肉的,尽管我还是想吃真肉。

我的腹诽估计声音大了点。等下山后,钱唐果然第一顿就带我吃了烤肉。后来的一周,他只要抽出时间就带我去吃各种重口味食物。甚至于去庙会的那天上午,钱唐在开会的间隙,还带我吃了家印度餐。

接下来整个庙会,我全程戴着墨镜,大着舌头,各个摊位四处找水喝。萧磊给我买了根1米多长的糖葫芦和几个糖人,我一点兴趣都没有。

"白水不解渴,我想喝茶,"我意犹未尽地喝干水,"萧磊,要不咱们别

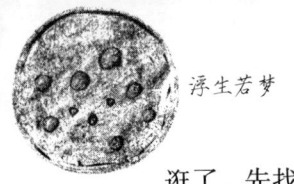

逛了，先找个茶馆坐一会？"

萧磊诧异地说："李春风，你怎么像老太太。"

"我和一个老头住，他整天只喝茶。我也只能喝啊。"

萧磊肯定不知道我说的老头是谁，他只嘟囔了句"我姥爷家也是"，就继续带我找茶馆了。

我俩在庙会什么都没吃，但最后玩得还是很开心。

从海盗船下来，我和萧磊站在舞狮队伍的末尾。寒风吹着我的脸，淡淡的阳光洒着，爆竹声炸得耳膜发麻，整个世界都不像真实场景。

我忍不住闭着眼，感觉高考虽然在转角但好像永远不会到来，钱唐和我关系特别安宁融洽。万事都那么如意，而且万事都伤害不了我。

在萧磊送我回家前，我都特别开心，不停地说话。

萧磊好像也很开心，即使我差点把他的名字叫成钱唐，萧磊还在开玩笑："我倒是不介意做你暗恋对象的替身。虽然我确实很吃亏。"

我刚想反驳，然后脸色一变，不小心踩到别人吐在地上的口香糖上，皱着眉头在马路牙子上蹭了几次，都没把那恶心的玩意弄下来。

我也不顾教养，打算把雪地靴脱下来。

萧磊毫不犹豫地蹲下来，亲自帮我把口香糖捻下来。等站直后，他望着我苍白的脸，得意地笑了："怎么？被本少爷的行为感动了？"

我默不出声，双眼直勾勾地盯着刚才从我俩身边开过去的轿车。

萧磊琢磨着我的表情，脸色也有点变："车里坐的谁啊？"

我垂头丧气地说："那是我爸的车，他刚才绝对坐在后座。"

萧磊也忍不住跟我念了句脏话，但随后，他又有点幸灾乐祸地说："你爸知道你喜欢的是别人吧？千万不要以为咱俩在早恋啊。"

我琢磨着和我爸的偶遇。他看到萧磊送我回家，肯定认为我重读高三，又不务正业去早恋了！在他眼里，我肯定无可救药了，唉，实在憋屈死了。

我在剩下 2 天的假期里整日阴沉着脸，直到开课后都没个好脸色。

钱唐又去出差，他临走前都会把我的吃穿用完善交代好，也没什么大事。因此开学前一天晚上，听到门铃响，我顺手拎着剔骨刀出去。

从门缝外望出去，我心里抖一抖，然后和我妈相顾无言地坐在钱唐家客厅里。

我爸果然派我妈，视察我的状况。我妈的模样没怎么变，头发整整齐齐地盘着，就脸色白了点。她带了一堆中药和补药，我知道我妈不喝凉水，就给她有模有样地沏茶。

我妈只抿了一口就放下，轻皱眉："这么好的茶，阿唐许你这么糟蹋？"

我悄悄翻了个大白眼，我妈居然管钱唐叫"阿唐"！钱唐身上明明察觉不到野心，但他怎么能有各种手段笼络全世界。

说完这句话后，我妈就再也没提过钱唐。她只是非常耐心地问我复读情况，还让我把上学期的考卷全部拿来，一张一张细细地看过。

我坐在旁边，看我妈用纤细白洁的手抚摸着试卷，她目不转睛地盯着我每道错题。

有时候，我怀疑自己是不是我妈亲生的。不不不，我的意思是，我的确能感觉到我妈很爱我。但我总觉得，我对她的意义，又好像远远不如很多事情那么重要。

我妈帮我总结了成绩弱项，再不厌其烦地问了我各个知识点。她终于转到正题了："凤凤，你考虑好什么专业和大学了？"

我沉默片刻，低声说："妈妈，你还想让我学法律吗？"

我妈忍不住皱眉："凤凤，你现在也该懂事了。什么叫妈妈想让你学，你可以根据自己的兴趣做你想做的，但——"

那种熟悉的感觉又来了。我每当产生什么不同的想法，我父母只认为我在叛逆期。在我的父母眼中，他们很难区别"和他们对着干"和"表达自己的主见"这两种概念。

但我也比以前成长了。我耐着 15 秒的心听我妈说完，然后打断她说：

"我也想学法律，那就 A 大吧。正好能和妈妈你还有钱唐当大学校友。"

我妈听了后果然很高兴，至少，她表现出来很高兴。

"凤凤乖，"我妈按着我的手，她又开始老生常谈，"你负责好好考。妈妈一定让你——"

"别！"我想都没想，立刻打断她的话，"妈妈，你别做其他的事！我不需要你给我走后门！"

妈妈笑了，这次她的笑感觉真心了很多，也熟悉了很多。我怔怔地看着她。好久都没看到我妈这么对我温柔地笑了。

"妈妈，我保证，我会尽一切、所有、全部的努力考上 A 大。"我顿了顿，然后说，"我不会让任何事阻挠我高考。"

我妈好像很欣慰，她看着我，突然轻声说："你的性格，其实跟你爸一模一样。唉，父女俩为什么总对着干呢？"看我皱眉，她又叹息说，"不说了，不说了。"

萧磊自从庙会送我回家后，一直问我情况，我也懒得回他短信。等到开学后，他再抓着我。

"李春风，你到底是什么情况？"

我转着笔，心不在焉地说："我能有什么情况。"

他着急地问："那天你父母看到咱俩，你回去后是不是被数落了？你父母没说你？你没被体罚吧？"

我索性跟萧磊臭贫："你既然觉得我被体罚，现在还来主动问，这不是揭开我伤口嘛。"

萧磊顿了顿，他果然换了张嘴脸，说："活该，早恋就该被罚。应该拉出去被浸猪笼！"

我气得大叫："我可不是早恋，我虚岁都 19 了！"

"你的心理年龄撑破天只有 9 岁。我真替你喜欢的那人担心，他也不怕被别人说自己恋童癖！"

我一怔，内心最深处的什么被割了一刀的感觉。萧磊是口无忌惮的，但我现在真讨厌别人说我幼稚，于是只冷冷地看回答："管好你自己的事！"

萧磊看我不快，冷哼一声，但还是没能闭嘴。

"你喜欢的人，是你当初在娱乐圈认识的？他是不是比你年纪大？"看我都不回答，萧磊再恶狠狠地说，"李春风，以你的智商，就等着被骗吧。"

我烦得要命，但打死萧磊就没人跟我讲物理题了，索性戴上耳机继续写手里的英语作文。

"嗨，李春风？"萧磊再推推我，他一本正经地问我，"跟你最后确定一件事。你喜欢的人是男的还是女的？你的脑子分辨得出来雄雌吗？"

我终于怒了："再跟我说一句废话，我就把你桌下的篮球塞到你鼻孔里再从你肚子里挖出来！"

因为戴着耳机，声音大了点。四周自习的同学不满地看过来，萧磊忍着笑，帮我给他们道歉。

到了春天，学校旁边护城河水开始化冰，冒出臭气。玉兰花的花苞停在树枝，只等天气回暖就准备开花。土豆安静无声地躺在地里，完全不乐意发芽。

我在下半学期，就尽量避免做空手道这种剧烈运动，偶尔中午做题累了，会跟萧磊打半个小时的篮球当散心。

我在萧磊面前，投了个非常漂亮的三分球，扬眉显摆，萧磊却问我："你是又打算高考完回去拍戏吗？哎哟，到时候有吻戏赶紧让我去围观！我得目睹你口臭把你对手戏的男演员熏晕了的全过程！"

"拍你妹戏啊拍。"

"哎，我的学妹不就是你吗？"萧磊还跟我贫。

我虚晃一下，想把篮球从他手里夺下来："我要考 A 大！"

萧磊没嘲笑我目前的分数不够，他就问："你当初为什么当演员！"

"因为我想和我暗恋的人一起工作！"我气喘吁吁地拍着篮球，"你肯定又问我为什么不当演员,别问了,你真的很烦!"

萧磊冷笑一声,之后,我死活都没法从他手里抢球了。

我的作息时间和钱唐持平。甚至到了以后,起得比他还早,睡得比他还晚。

成为学霸之路充满着艰辛和汗水。我以前身为学渣,感觉身边的人都是学渣。等我好不容易想当学霸,却发现大家都头悬梁锥刺股地学习。

天理呢?就没有竞争少点的人生道路?

等钱唐家小院里的新种的桃花都开了第二轮,花瓣整朵的掉落,我马上就要过生日了,比起这个,"二模"也紧锣密鼓地准备来了。高三的考生会根据这次考试的成绩,填报高考志愿和学校。

我的土豆依旧没有动静,我有点怀疑它死了。

钱唐调侃我:"你的土豆长了颗泥心。"

我不太懂"泥心",但联系上下文也知道意思,便反唇相讥:"你供的地藏王菩萨像也是一颗'泥心'!"

钱唐一下子不出声了,估计在思考我说的话。有时候,我还是能不说脏话就堵住他的嘴。

钱唐压根儿不记得我生日,反而萧磊蠢蠢欲动地想送我生日礼物,

我警告他:"你别乱花钱送我东西。只有我暗恋对象送我生日礼物,我才会高兴。其他人送的,我都直接扔。"

萧磊的表情都有点狰狞,不过可能是他装的怪样子:"你说话为什么这么难听?"

我连忙说:"好好,我说错了,那你说点吉祥话来祝福我吧。祝福我'二模'好好考!祝福我前途万里!我也祝你二模考第一!"

"我需要你这种差生的祝福吗?"

萧磊抛下这一句,就赶紧跑了,不然我得打死他。

那时候,和萧磊在一起的确是我最轻松的时光,有时候我甚至突发奇

想，要是我追萧磊可不可行。萧磊要是不答应，我就打到他答应为止。

如果，我不是那么无可救药，毫无希望地喜欢着另外一个人。

拿到"二模"成绩那天，我直接打车去了CYY的新大楼。

时间已经晚上7点，漂亮的女前台却依旧在工作。我没有工作门卡，犹豫了一会跟她说自己是李权，需要找钱唐。她眼睛也没多眨一下。就向对讲电话里通报了我的名字。

我把校服团在书包里，坐电梯上去，钱唐的新办公室很大，四周都是玻璃窗，能看到他在里面和别人开会。有老有少，其中有几个人特别好看，一看就是女演员。

我走上去敲敲玻璃，里面的人闻声全部看过来。

中央的钱唐皱眉，朝我略微挥下手，但我坚持没动，直直地盯着他。

再过了一会，钱唐跟他旁边的老头低声说了句话，然后走出来。"最好有十万火急的事情找我。"他有点不快地说。

我压着兴奋，只双眼发亮地看着他。但钱唐是吊胃口的个中老手，有的是耐心。既然已经从会议室走出来，他又显得不那么着急了，甚至还问我："你校服呢？忘在派出所了？"

"什么啊！我'二模'的分数是全班第四名，年级第十二！其实我和第三名分数一样，不过他姓安，因此按照笔画，我是第四名！"我兴奋地说，"怎么样，这名次超过全班第十了吧？"

沉默片刻，他问："不是第一吗？"

我忍不住都要喊了，但还是拼命控制住："就凭这分数，基本什么大学都能报了！我真的是吐血学习，才考的这分数！我快累死了！"

钱唐依旧若无其事的："我知道了。你在这等着，不要再打扰到别人。"说完，转身没半点表情地走回办公室。

我只得眼巴巴地等在门口，内心跟揣着兔子似的。幸好还没等到5分钟，钱唐他们的事情就谈完了，大家纷纷往外走。

出于种奇怪的自尊心，我转到角落里躲着。过了一会，听到最后走出来的人问钱唐："全班第四？"

说这话的是把很苍老的声音。估计是个老头，但老头怎么知道我成绩的？

那老头严肃地对钱唐说："我孙子次次考试都第一，也没见他跑过来特意告诉别人分数。骄傲，现在的年轻人都骄傲！"

骄傲个屁！我现在读的是高三，他孙子估计才小学。我小学也次次第一！但算了，我现在高兴着呢。也不跟他计较。

等送走了那老头，钱唐转过拐角找到了我。他依旧淡着张脸，若无其事地拿车钥匙，载我回家。

路上堵车等红灯的时候，他还调了好一会儿广播听。

"钱唐，"我在路况消息中简直快疯了，"你说句话啊。我这成绩还可以吧！我每天都跟狗一样的学习啊！你也都看到了。快点儿夸我！"

钱唐还在按着该死的广播按钮，他慢吞吞地说："大概比以前要懂得努力。"

我望着钱唐，我知道他是故意装着不表态的。我求他："钱唐，你说两句吧。"

"我在开车，不要打扰我注意力。"但说完这句话，钱唐终于忍不住破功笑了。而我也跟着他傻笑。

一时间没人说话，路面还在堵车，车厢里只有电台的情歌回响。当我看着钱唐的侧脸，内心有什么东西慢慢地要溢出来。

我忍不住咳嗽了一下，真心实意地说："钱唐，还记得你在西中开学典礼上的事情吗？当时我在下面坐着，就想以后如果有机会，一定要亲自告诉你，"我顿了顿，继续说，"你唱歌真是太难听了！我当时就想告诉你，那已经不是普通层次上'杀猪般的声音'，而是'往死里杀猪但猪很不甘心决定复活的声音'。"

钱唐收住唇边的笑，不顾前面的车正缓慢开动，先侧头扫了我一眼。

我得了机会，自然要继续打击他："怪不得你家里搁着的都是电影，一个音乐 CD 都没有。原来，你就是个音痴哇！"

钱唐刮了一下我的鼻子："尾巴别翘得太高，你那个男同桌考得怎么样？"

萧磊没参加"二模"考试。

整个考试过程中，他的椅子是空着的。我本来没放在心上，他是优等生嘛，不参加高考，参加保送也能上名牌大学。但萧磊居然好几天没出现在教室里。

到了第 5 天，他才低头贴着墙根溜进来，手上还缠着白绷带。

我瞅着他坐在我旁边。过了一会，我有点好奇地说："你怎么了？"

萧磊看了我眼。那眼神有点儿奇怪。要搁以前，他每次和我说话，都恨不得凑到跟前，不放过我脸上每一丝表情。现在，萧磊只沉静地回答："对，我没参加考试。"

我没趣儿地"噢"了声。既然萧磊不肯主动说，也就不继续问了。

从某方面来说，我对这学弟确实缺乏关心。首先，他不是我最喜欢的人（谢谢钱唐），随后，他也不是我见过最变态的人（谢谢叶伽蓝），再其次，他甚至不是我见过最厉害的学霸（谢谢胡文静）。

但是，萧磊没参加考试的谜底很快揭开了。

放学后，我发现不是以前的司机来接我。开车的居然是久违的秀佳，而钱唐也罕见地坐在后座，他们正严肃地说什么。

等我拉开车门，交谈就中止，他们一齐看着我。我一看这阵势，心里就估摸着自己有麻烦了。

好久没见的秀佳，看我沉痛的表情，她乐了："钱爷，咱们赶紧说什么事，别把春风吓到了。"

原来当我披头散发地准备"二模"考试，许久没听见风声的叶伽蓝，在

参加一次通告时，和围观群众产生了冲突。

我不由得暗自想，这关我屁事，难道是程诺打的？

"和他起冲突的影迷是你的男同桌。"钱唐平静地说。

叶伽蓝在去年因为严重的高原反应被送回来后，一直疗养身体。这是半年来首次参加的公众通告。而向来和我一样只关注NBA的萧磊，在"二模"考试前一天下午，拿着海报挤到了现场前排。

"我说，春风，你到底给你小男同桌透露了什么信息？他好像认为你苦恋叶伽蓝不成，如今想助你一臂之力。打算把叶伽蓝给你写的祝福，当作神秘的生日礼物送你。"秀佳苦笑。

我不在现场，但能想象，叶伽蓝看到李春风这名字，绝对是忍了又忍。他这人确实是有点小脾气的，反正最后，叶伽蓝没签名，他直接掀了桌子离席。

剩下大量不知内情的现场影迷，产生了小小骚动。萧磊被其他激动的影迷推倒，还撞到桌子脚，手腕扭伤也没参加考试。

就这么一出破事，我全身软骨都尴尬得嘎嘣嘎嘣响，不夸张的。

秀佳在前面继续说："如今叶伽蓝归我带，当时我也在现场，还以为那小男生是你派过去砸场子的，哪敢声张。处理好这事前一直压着消息，连钱爷也是今天才告诉。"

钱唐也半开玩笑地说了一句："我怎么不知道你喜欢叶伽蓝，嗯？"

我小心地看了一眼钱唐，他除了说了两句语气很值得琢磨的话，就在旁边沉默。那表情像是仅仅好笑，但嘴角微微收拢，两边又勾出极淡的阴影，不知道想什么。

秀佳再安慰我："别担心，写你名字那海报我收起来了，萧磊也是我亲自送回家的。没有媒体拍到不相干的东西，估计也没几人知道里面的内幕，让他们猜去吧——对了春风，叶伽蓝怎么那么怕你？你退出娱乐圈后，别人根本不能在他面前提你名字。"

我知道这里面的原因。但在旁边钱唐审视的目光下，还得拼命装出一无所知的无辜样子。

我只能悲痛地回答："姑奶奶是命中犯脑残吧。"

钱唐立刻毫不犹豫地弹了下我脑门，在我捂着额头的时候，他倒是没往深了追究，只冷冷地说："这事你也脱不了干系，特长生，下半年别要零花钱了。"

我觉得自己太冤了！

如果不是时间进入我高考的最后几个月，我会对叶伽蓝那事有更多关注。但是我忙，确实是太忙了。

我在玩儿命的节奏里，终于完成了成绩的逆袭，全面进入"争夺学霸"状态。那会子，我的成绩稳定在全年级前十（当然不是第一，我巨想得第一啊！）。

我每天就睡四五个小时随后起床读书，嗓子眼里都甜丝丝的，不是别的，是昨晚滴的眼药水味道。

整天拿湿毛巾擦光头的语文老师也很关心我："李春雷，你看看你，数理化比文科进步快，这是为什么呢？"

我咬牙切齿："老师。我叫李春风！"

除了总叫错我名字，语文老师倒是提供给我了一个有用的信息：高考也有"特长生"，虽然不能直接加高考分，但能在选专业上获得优先权。

语文老师劝我去考个空手道的一个认证资格，说这样对高考有"裨益"。我把这事告诉钱唐，本以为他会再笑我"头脑简单"，结果钱唐听了后亲自帮我打听这事。

果然，体育特长生是比普通考生多了那么点特权的。A大体育特长生提前考试中，我毫无悬念地取得了文化和身体素质第一。招生老师特别喜欢我，说把我档案提前划走。

"啊，我简直不能相信，空手道那么有用！"我忍不住喜滋滋地炫耀，

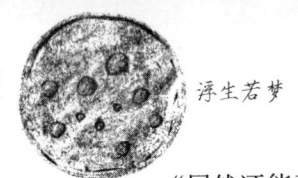

"居然还能帮我考大学。"

"特长生，这说明你对空手道只了解这么多。"

"那也已经不算少了。"

钱唐也笑了，他说："不错嘛！"

"光夸我可不行，拿出点实际的来。"

钱唐便许诺，等高考完，不管我考的结果如何，他都会把自己的跑车借我开一个月。

好事成双，随后语文老师也通知我，让我作为"德智体美"里学习成绩最好"体"，在毕业典礼上发表讲话。

之后足有几个星期，我都在钱唐面前哼一支小曲，哼来哼去就是"我作为西中的杰出毕业生，想跟新同学分享学习经验。其实我也没经验，我就是特别聪明嗷嗷嗷嗷嗷嗷"。

钱唐笑着让我别太性急，我让他别废话，反正一提到唱歌，他作为音盲就不再吱声了。

我在班里哼歌的时候，萧磊倒是还能忍受我的扬扬自得。自从在叶伽蓝的见面会出意外后，他沉默了很多，感觉人都稳重了点。

我虽然恼羞成怒，却也并没有因为这件事多责怪萧磊。毕竟，并不是每个人都能在重要的考试前夕，为了朋友的生日去要人渣的签名。反正我是做不到。

萧磊在我心中最哥们义气的形象，已经彻底无法动摇了。但当我把自己内心这种感受告诉萧磊和钱唐后。他们的反应居然惊人的相似。

萧磊恼火地说"我不稀罕！"钱唐则停了会，才说，"谁稀罕。"

值得一提的是，萧磊的志愿和我一样，从学校到专业都是一模一样。我俩的志愿表上，只写了A大和法律系，不参加任何调配和第二选择。

这也不是自负，西中学生的传统就这样啊。要不，怎么能叫重点高中呢？

高考成绩是在星期三早上接受查询的。

本来凌晨可以登录网站，但我半夜 2 点睁圆眼睛爬起来用钱唐的电脑，见鬼的网站仍处于瘫痪状态。估计不少苦孩子和我一样在刷。

中午的时候，钱唐给我打来电话询问情况。我已经问了萧磊，重点分数线过了，A 大的录取线也过了，其他的就只能靠我的空手道来补。

我正吃着炸鸡，手上全部是油，得先忙着擦，因此手机响了很久才接听。

"还在睡？"他问我。

我转转眼珠，故意压低声音："你难道没想到，我刚查询到成绩，现在正躲在厕所里哭？"

钱唐沉默片刻。"怎么样？"他终于问。

"特别糟糕。"

我忍着笑，听到钱唐那边的脚步声和关门声，他显然走到一个安静的地方，这才重新开口："好了，玩笑开也开过了，特长生。考得怎么样？"

"你怎么知道我在骗你！但你刚才还是紧张了一下是不是？"

他一口咬定："没有。"

我不相信："才怪！你肯定吓尿了，对不对？"

钱唐终于承认了："对，刚才是紧张一小下。"

我经过一上午的尖叫已经度过了狂喜，但还是嘎嘎笑着说："我以后就要变成你的大学校友啦！"

第十三章　似一阵风

事实证明，我的空手道比那些整天坐在图书馆的学霸们给力很多。

当我看到西中的小红榜上有自己的名字，忍不住扬扬得意地对钱唐说："我这种人都能考进 A 大，啧，你说来自全国的学霸，他们还努力学那么多干什么？最后还不是和我进的一个学校！"

钱唐自然又开始说道理："不要光看别人最初从哪里来，还要看别人以后往哪里去。"

我听不进去。如今什么冷水都浇不到我，反正，我以后就能是大学生啦！

高考一结束，我雷厉风行地把驾照考了。钱唐检查完我新拿到的驾驶本，公然撕毁诺言，就找来一辆二手的沃尔沃。

我心想这也太小气了，让他把自己的那辆跑车借给我。

钱唐耐心地说："沃尔沃更适合你。"

"哦，为什么？是因为这牌子更安全吗？"我还是很惜命的。

钱唐笑了一会，我下意识觉得有鬼，立刻去网上查沃尔沃，发现原来这家车企最初是做拖拉机起家。这人怎么老骂我！

但不管是拖拉机还是跑车，我荣升有车一族。

我刚开始特别兴奋，借着考完试的兴奋劲，天天主动给钱唐当司机，甚至还闲到接萧磊去篮球馆。但这股高兴劲维持了一个月，我震惊地发现，开车固然很爽，但油钱和停车费是一项巨额支出。

我年底前被钱唐停了大部分零花钱，等收到第 4 份违章停车的罚单，我不得不忍痛地把车重新还给钱唐，还得到了他长达 3 分钟之久且事不关己的"呵呵呵"。

"我帮你付全部的罚单，"我磨了钱唐很久，他才终于狮子大开口，"但你得给我的车清洁，打蜡，检查轮胎。每周一次。"

"行。"

钱唐再看了我一眼："我车里面的真皮座套，你全部得用手拿着鹿皮擦。"

"……怎么那么多事啊？"

"脚垫也要洗干净，你去 4S 店，买专门的中性洗涤液。"

我只得答应了。

顶着斗大的太阳，我拖着水桶和抹布，郁闷地给钱唐的跑车做日常的保养。而因为擦车的姿势显得太努力，旁边的车主观察我几天，试探地问我愿不愿意给他们提供服务。

我悲痛地说："擦一次收 100 块。"

就这么靠着体力劳动，我在 8 月初赚了点零花钱。萧磊和他父母出国玩了一圈回来，晒黑了的他问我都去哪儿逍遥，我只能说，自己摸遍了小区里所有家庭版的豪车。

"你就不想出去玩？"萧磊奇怪地问。

钱唐早就问过我，我高考后有没有想去的地方，他自己没时间陪我，但会给我报个高端旅游团之类的。

我想了想，还是拒绝了。

虽然钱唐在家比不在家时候多，出差比不出差时间多。但我的信念一直很简单：钱唐可以搁着我自己玩，我不能撇开他出去玩。

"你这样对我，让我压力很大。"钱唐不置可否，"你的生活不需要围着我转。"

我嘿嘿傻笑了一会，决定不告诉钱唐，自己打算上了大学，就彻底搬出他家，而这个暑假，估计就是我和他最后的室友生涯。

等录取通知书时，我闲得无聊，开始拆热心粉丝给我写的信。

除了萧磊这种伪粉丝，我曾经参演的2部电影和1部电视剧，也算取得一小批忠实追护者，他们在我复读时依旧给CYY寄去大批的信件和礼物，指名转交给我。

那些人里面什么职业都有，白领、学生、退休的大妈、宅男，甚至还有点社会成功人士。

比如说我手头的这封信。那位粉丝是个厨子，今年刚从法国回来，在中国台湾地区开了个餐厅。他在信里夸完我真实的美貌和他想象中的美好品质，诚恳地邀请我去中国台湾地区玩。

"你想去？"钱唐问我。

我下意识地咽了一下口水，这人说他是巴黎美心餐厅甜点部唯一的亚洲糕点师。看随信寄来的菜单和照片，我感觉他做的东西，确实令人很有食欲。

钱唐原本想从CYY随便拉个女艺人，或者找个助理陪我。但正好我收到A大的录取通知书里有份宣传册，说A大和中国台湾地区的大学正组织夏令营式的联谊文化交流。

我自个儿还犹豫，钱唐就直接帮我交钱报了名。他动作太利落了，我不免怀疑，钱唐巴不得我别整天蹲在他家里呢。

唉，其实不是我生活围不围着钱唐转，我目前所能交流的，真的也只有同学和老师。只可惜早和原本的同班同学失去联系，复读的时候除了萧磊，与其他同学也只是点头之交。

临行前的晚上，我兴高采烈地准备行李，发现钱唐目不转睛地盯着我看，虽然有意忽视，我还是被那目光看得毛骨悚然。

我猛地回头抗议:"你明天没工作?"

钱唐随口说:"和百代老总开会商量有关电子版权,还有要见新的制片人。"最近,钱唐的话倒是多了点。

我转身把自己所有的超短裤都塞在箱子里:"那你还不赶紧睡。明天那么多事,你得送我去机场。"

"我继续想点儿事。"

"骗谁呢!你那俩眼珠子总盯着我看,"我怀疑地说。

钱唐勾手把我的长牛仔裤也扔进箱子,他轻描淡写地说:"使君一何愚。特长生,你可还没美到罗敷那种路人都想扑倒的程度。"

我转过头:"那你总盯着我看干什么,怕我偷拿你家什么东西到台湾地区卖了?那我告诉你,我的行李就这么多,偷不了什么值钱的玩意儿。"

钱唐再笑笑,转开视线不答话。等我整理好所有行李,他突然又开腔:"特长生,你能不能帮我求证件事。"

他居然向我求证?我连忙谦虚地说:"你有什么空手道和体育问题上的疑问?我一定全部告诉你。"

钱唐的语气好像真的很疑惑:"是否在有些时候,我高估了自己不走心的能力?"

我被问呆了:"什么意思呀?"

对于钱唐云里雾里的说话风格,我一直表示理解和不支持。我是那种稀里糊涂活着的人,遇到事情就解决,没遇到事之前也不乐意多想。

但是,我终于能讲到,那一件发生在我和钱唐之间的大事了。我是说,能延续我和钱唐继续成为室友的事情。

我飞中国台湾地区的那天,正好是CYY成立满1周年。钱唐向来记不住自己和别人的生日,对他公司成立的日期倒是记得牢,特意在公司内部举行了个小的Party,请的都是工作人员和合伙人,还买了蛋糕。

我下午搭钱唐的车去机场,也在这里蹭吃蹭喝。萧磊正好给我发短信问

我干什么，我顺便把乳酪蛋糕的一角拍过去，他回复也想吃。

也是赶巧，萧磊和他那帮狐朋狗友，在 CYY 隔壁街区的篮球俱乐部打球，我叫服务员打包了两块蛋糕，打算待会儿空降过去，吓吓他，顺便跟他炫耀自己的台湾之旅。

钱唐正好走过来跟我聊天，顺口提了几句："蛋糕在路上会化。"

我有点尴尬，钱唐看到我的表情醒悟过来，他略微挑眉："看来，不是留给自己吃的？"

钱唐知道我是给萧磊带的蛋糕后，他依旧没什么反应，转身再去和 CYY 别的人说话。

周围的谈天还在继续，我包好蛋糕，跟有些面熟的人打招呼，准备开溜。秀佳和蔡林珊拉住我正要跟我说点什么，而这时候也不知道是谁，开始提议玩抹蛋糕的游戏。

在场的人最初有点顾忌，纷纷看钱唐。幸好钱唐笑着让大家随意。于是很快，每个人脸上都白花花的一片，无人例外。我被蔡林珊抓着抹了几把蛋糕，脸上被擦得像卫生纸。

蛋糕是很贵的冰激凌和乳酪蛋糕，抹在脸上冰凉凉。我正在人群中稀里糊涂傻笑的时候，却看到一个人，好端端、干干净净，西装笔挺整洁地站在长桌子后微笑地喝水，作壁上观。

依旧是钱唐本人。

钱唐平时很少摆架子，和 CYY 的下属关系相处得融洽。有时候他说话，底下工作人员一起跟着起哄，钱唐也不恼。但到了关键时刻，没有一个人胆敢走到钱唐跟前抹他蛋糕。

我远远地看着这样的钱唐，也不知道什么感觉。等我反应过来时，发现自己一边擦拭脸上厚厚的奶油，一边径直走向钱唐。

钱唐正好放下杯子，他好笑地端详我白花花的脸："特长生，玩得开心吗？"

我假惺惺地说："开心。"

钱唐顺手抽了一张纸巾递给我:"擦掉脸上的奶油后再出门,不然不像话。"又问,"一个小时后记得回来,我送你去机场。"

看钱唐这样平淡无波的表情,我心里无来由地蹿起一股火,嘴头却依旧答应:"知道了。"

钱唐再笑了:"干吗这么看我?想涂我蛋糕,可惜已经没——"

桌面的蛋糕是没有了。但接着,我把原本准备给萧磊的蛋糕拿出来,直接扣在钱唐脸上。天知道我这么做的时候,内心居然带着无比的委屈和更无比的快感。嘿!钱唐现在终于和我一样脏了!

几秒之内,不知道是不是错觉,我感觉整个屋子都安静下来。

我兴高采烈地,眼睁睁地看着那粉色白色的奶油,以非常缓慢的速度从钱唐脸上掉下来。这时候,钱唐的整张脸,也只有眼睛那一块面积是干净的——因为他还戴金丝细框的眼镜。

钱唐摘下眼镜后望着我。他的表情没有讶异,没有生气,但也没再继续挂着那么平淡的笑。

我俩互相沉默地盯着看了会,他突然挑了下眉。那沾着奶油的表情原本该很滑稽,但突然一种很熟悉的危险感觉袭过来。我觉得有点不安,却想不起是什么了。

钱唐没立刻说话,拿起旁边的餐巾纸,慢条斯理地擦净奶油。

"这蛋糕不带给你的男同桌了?"他居然还能抽空这么问我。

我皱眉刚要回答。

接着,下一秒,没有任何预兆,钱唐突然俯下身来吻住我。碰到他嘴唇的瞬间,我的脑子轰了一声,没有想法,无法有任何想法。明明全程睁着眼睛,但又看不清楚世界上的任何东西,全身都在剧烈地发抖。

等我再缓过神的时候,已经在他怀里,紧紧抓着钱唐的袖子。而他的双唇还停留在我的脸颊畔,碰着我额头。

我整个人难以呼吸又难以相信,只能震惊地看着他。

钱唐的眼睛,不戴眼镜时总似有魔力,尤其是他这么近的看着我的时

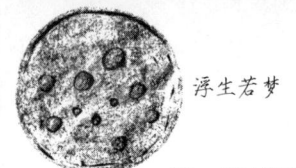

候,眼神不再像平时那么难以捉摸。我的倒影就在他瞳孔里。

接着,钱唐伸出两指,帮我把脸颊上厚厚的奶油缓慢地揩干净。

"特长生,为什么总这么暴躁?你到底想要什么呢?"他轻声问,"等你再长大一点不好吗?"

"……可我喜欢你,钱唐。"我呆呆地说,我真的想告诉他,姑奶奶真的快憋死了,"我真的真的好喜欢你啊。"

——这就是我们的很多第一次。

钱唐拉着我悄然地离场,开车回家,一切自然而然就发生了。

虽然说,我的性格有点冲动急躁,但就像我总是强调的,本质上一直都是比较纯情的少年。别误会,我倒也不是那种两耳不闻身外事的傻子,活了那么大,隐隐约约知道那事情的具体过程。

问题偏偏是,我没想到,那事儿会具具体体地在自己身上发生,而且,钱唐居然也真能这么忍心地对我!

我在钱唐家唯一没溜达过的,只剩他的卧室,钱唐永远锁着门,我更是不敢走进去。

但那天中午终于见着了,依旧没有留下丝毫印象。

大脑很乱,耳膜一直听到混乱的心跳声。钱唐扮演了我俩第一次见面里我的角色,他毫不退让,非常强硬,而我唯唯诺诺、不停躲避。

我只记得,他房间里的四柱床很硬,空调很热。钱唐压着我的时候超级重,我难受得快要哭出声儿了,不停地喘气,只觉得很多事情一点都不美好,反正完全不如我的想象。

但上方钱唐的那种表情,显然不能很快结束。在一次停顿的时候,钱唐终于翻身躺在我旁边。

他点燃了根雪茄,顺手将台灯打开。

我痛得快吐了,只得苦着表情,默默地想把身下狼藉的被子拽过来挡住身体,但钱唐朝我张开怀抱。我的脸简直冒烟,依旧毫不犹豫地移过去。

钱唐单手揽着我,一时没说话,依旧先抽烟。

印象里,钱唐基本只在社交中大量地碰烟酒,他在家喝酒,总是非常克制,唯一一次抽烟,好像还是我刚搬到他家那会。此刻淡淡的烟雾中,钱唐的脸就像初见一样陌生。

过了一会,我终于忍不住问他:"你现在想什么呢?"

"想你。"钱唐缓慢地说,"想第一次见面,我想,说话这么恶毒的小姑娘,长相肯定特别艳丽。我当初以为你是个小男孩。"

我不知道回答什么,只好干巴巴地挤出笑容。钱唐也不再说话,又是沉默地抽烟。

我得说,我依旧沉浸在十分之百万的震惊中。只记得钱唐突然猝不及防地吻了我,剩下的事情,确实再跟不上他的节拍。

此时此刻,钱唐的呼吸轻微吹拂我的头发,鼻子里闻到略微辛辣的烟气,我内心深处却希望,此刻事情从来没发生过,或者——希望时间也就永远停留在今晚。

"……你怎么就跟个妖怪似的。"我喃喃地说。

"这是什么话?"钱唐虽然这么问,不过并不在意我说了什么。他掐灭了烟,让我抬头看着他:"特长生,你说你喜欢我?"

"是啊。"

钱唐不知道想什么,又问我:"为什么以前不对我说这话?"

像我这种报仇都得赶热乎吃的性格,暗恋这种事情是不适合我。但是对钱唐,我确实一直都没拿准个主意。

我难过地回答:"……我说了也没用。当你不喜欢我的时候,我喜欢你没有任何意义。"

"但你怎么知道我不喜欢你?"钱唐居然笑着问我,他轻摸我的肩膀,"你这么直接的人,怎么开始就不直接问我?"

说实话我不敢。

有人的性格是冷漠后透着温和,有人是用温和掩饰冷漠。但钱唐有时候温和，有时候又极度冷漠，两种泾渭分明的性格在他身上分外和谐。

我担心把对他的那点心思坦率说出口，自己倒是解脱了，但钱唐也能顺理成章地直接拒绝——到时候大家都不好做人。

钱唐现在用手臂拥着我，胸膛温热，但和我说话间，他依旧半点旖旎的语气都没有，神情是驾轻就熟的冷静，目光带着一股聪明的坏劲儿。

钱唐又点燃了一根烟："看来你存着很多问题想问我，趁现在问吧。"

现在的场景像小的时候，窗外打雷闪电，我独自睁着眼睛躺在黑暗房间，握着玩具小刀在被窝里瑟瑟发抖，准备向想象中的妖怪刺出一剑，等它轰然倒地，或者，等它愤怒地重新向我扑来。

长久的等待后，我终于鼓起勇气，颤抖地说："那，钱唐，你喜欢我吗？"

钱唐深深地看着我："你觉得呢？"不过他的表情和声音都没有闪躲。

我想了想，有点不好意思："你应该是有点喜欢我的，不然，呃，不然，你不会对我……"

钱唐用夹着烟的手指背轻轻蹭了一下我的面孔，他轻声说："今晚这种事情，男人都会做。"

我愣住了，这话是什么意思啊？！

他再笑着回答："倒不是说不喜欢你，我大概是怕了你。"

我呆愣几秒，接着不吭声地想要从他怀里挣扎地坐起来，却被钱唐轻柔地按住。

"李春风，我怕再不伸手留住你，会后悔整个四季。"

这一次，一切的一切是很从容舒适。

我不惊讶钱唐有强硬的一面，但他向来对我都很好，非常非常的好，钱唐的抚摸和亲吻，让我内心最深处的躁动和慌张都悄然平息。我知道我需要这个。

但是最让我感到惊讶的是，我从不知道，自己能对别人展现这样陌生的一面，我居然愿意当一个女孩子，愿意女里女气，愿意平和温柔，愿意被征服。

我好奇地摸着钱唐光滑的脊背，他可真瘦。男的都这样吗？

"以后我给你做饭吃，你就能胖点了。"

钱唐吻了一下我的耳朵，然后移开："先管好你自己。"

我仰头看着他："哎，你别总这么泼我冷水！"

"特长生，我比你大11岁。"钱唐说完后就低头看我，正好我也在看他。

我下意识地追问："所以呢？"

钱唐的吻再落下来："所以，你得自己琢磨出这个'所以'。"

我琢磨不出来。惊喜来得那么突然，简直嗖的一下。我不停地抓着钱唐的手，强忍着不睡，为他和整个世界醒着。

本来以为中国台湾地区之行泡汤了，但钱唐在半夜里替我改签了飞中国台湾地区的机票。第二天清晨，重新送我来到机场。

最可气的是，他还不肯下车送我，给出的理由居然是唯恐在大厅里被记者拍到照片。

我简直想用乱刀砍死刚和我上完床的这男的："扯什么淡啊！"

钱唐只说："玩得开心。"他松开安全带后，俯身吻了我下，再做了个钱唐式的招牌迷人表情，"注意安全。"

我郁闷地看着他，已经不是第一次模模糊糊地意识到，自己喜欢上的是个极度复杂的家伙。

成年人喜欢将"两面三刀"，美化为"有城府"和"深谋远虑"。钱唐在平静表象之下，从不掩饰性格里的冰冷锋利，他自愿成为商业市场的理性良民，却不因此放低姿态贬低自己，就是看得韶光贱，就是薄凉骨，就是坚持只做自己，爱和憎都疏离，似笑非笑，活得清高又势利。

我懒得跟钱唐生气："嗯，钱唐，你说，等以后哪天找时间，咱俩能一起单独出去玩吗？"

"好。"钱唐显然只是安抚我才说的,他的语气心不在焉。我甚至还瞄到他迅速地看了一眼手腕上的手表,CYY 今天早晨十点钟,有个会议。

钱唐在等我离开,我却坐在座位上一动没动,看着他的侧面。

"别这样看着我,特长生。我就在城里等你回来,你去台湾后可以随时给我打电话。"钱唐再啼笑皆非地安慰我,"以前我们不也是打电话,嗯?"

我紧紧地抱着书包,脑海里想起樱桃小丸子的话,两个人如果只能听到声音看不到影子,那和放屁有什么区别?

其实,我只想去一个地方旅游,一个没有戾气的地方,一个让我放松的地方,一个让我觉得天更蓝的地方。那就是钱唐的身边。

"算了,我还是不要去台湾了。"临出发的最后 1 秒,我突然在机场外的停车场改变了主意。

钱唐耐心劝了我几句,居然也由得我。他很快启动车带我走了,也许是错觉,但我俩好像都松了口气。

简单来说,我和钱唐表面看好像没有什么改变。只除了从那天起,我开始频繁,以致后来完全搬出 1 层,直接住进他的卧室。

再说说钱唐家的卧室,家具到窗帘是黑黝黝的深色色调。很高很硬的四柱床,很硬很亮的木地板。衣帽间和盥洗室是独立在外面,卧室里摆设很少,枕头和被子都是单人的,只是墙角堆了很多笔记。

我嫌弃他房间老气沉沉,把鲜黄色的布鲁特拿到他床头,自我感觉增添了几分亮色。

没想到,提前回家的钱唐立刻问我这是什么。

我说:"这是我晚上搂着睡觉的玩具狗。"

钱唐皱眉:"玩具就搁你自己那里。我这里暂时不需要摆设。"

"为什么?你别当它是摆设,就当它是一个人就好了。"

他顿了顿:"人也不行,我屋里不能睡男人。"

我结巴了一下:"……我的狗是女人。"

"同一时期内,我的床上不能睡两个女人。"

我被他的话堵得直翻白眼,真不知道该夸钱唐有操守还是没操守。

钱唐对我还是老样子。别人的告白是三个字,他永远四个字,"好好学习"。他本人依旧我行我素,工作之外才有时间陪我。

我在事后不止一次怀疑,钱唐愿意在我上大学前,主动表白说喜欢我,只是因为他那年太忙了,等拴定我后,就能继续按照他的节奏不紧不慢地做事。

但我又同样觉得,这理由特别荒谬。我心里明白,不管钱唐怎么冷落我,甚至不管他喜不喜欢我,我可能都会继续喜欢他。

唉,我的语文太差了,觉得"喜欢"这个词概括不全面,因为我对钱唐,不仅仅是简单的"喜欢",而是他这个人,在我的生命里占据非常重要的地位。

剩下的假期,我报了一个英语口语班。课程轻松,无非跟着外教看看原版电影,除了练英语,想和钱唐多一点的共同话题。

钱唐家里那个放映厅,利用率惊人,有时候在家里到处找不到他的人,跑去2楼,他就准在里面。钱唐目前唯一接受的媒体约稿,也就是写影评,当然他的稿费收得很贵。

但是钱唐表示,他对电影没有别人想象中那么多的热情,电影史也就100多年,大师级别的作品有限。反而文学、音乐和哲学之类厚功底领域,门道众多,积累了无数学霸创造的精品,可以反复把玩。

我精神不由振奋,因为,我就喜欢往学霸稀少的领域里折腾:"那么,我要看多少年,才能看完大师级别的电影?"

钱唐笑了:"慢慢刷的话,10年也就够了。"

我泄气地趴在床上,10年?唉,我也不知道能不能坚持10年。但想了想,我又不服气地说:"总数量算什么,关键得看心情。如果特别喜欢一样东西,会觉得一辈子时间都不够用,反复看它就行了。"

钱唐收敛了笑容:"嗯,看心情,你说的也对……10年前,我去洛杉矶出差,参观我喜欢的导演的工作室,他在场记板上写,我们每个人,都过火地把人生演成他最喜欢的那部电影。我觉得更保险的说法是,我们每个人,都过火地把人生演成他能看懂的电影。"他的脸上露出一种复杂的表情,"我不喜欢和别人讨论艺术性,这些主观性的问题争议很大,我们热爱做解释,但道理很难讲清。我平日工作里已经很辛苦,多谈谈票房就好。"

时间在这一刻停顿,完美的钱唐终于在炎热的夏日深夜那一刻,有了一点点缝隙,神秘的,模糊冷淡的,几乎从不露出踌躇的样子,隐藏的……我都不相信和我成为恋人的钱唐,这样的他有点疲倦,有点磊落,却让我更亲近。

"你不用听我说什么,继续看电影,用电影学英语挺好的。"

钱唐说完,侧身在我额头轻轻一印。随后好像又怕我张口辩解,他掌心托住我的后脑勺,重重一压,五指撑开我的头发丝插了进去,将这个吻变成绵长颠倒的温存。

我在他唇边低声说了句话。

钱唐过了一会儿,停下动作,用手指拨开我耳边的湿发,用几乎听不到的声音问我:"又想让我慢些?"

我在擂鼓般心跳中摇了摇头:"打开台灯,我想要看到你的所有表情。"

钱唐含着我的唇,低声说:"乖,抱着我。"

从机场回来的路上,钱唐主动提议,把我的零花钱恢复到原先水平。几天后我在他卧室过夜,他居然又笑眯眯地把零花钱涨了五倍。

我满头黑线,莫名地郁闷:"我小小年纪,居然靠肉体赚零花钱。"

钱唐"啧"了声:"美好的肉体,当然换来美好的金钱。"

我忍不住酸溜溜地问:"你的心也属于你肉体的一部分吧,我想要你的心,你开个价吧。"

钱唐愣了一下,很快旁若无事地接下去:"你要它干什么?吃掉吗?"

我拉下脸："咱俩做个交易。我给你一百万，钱唐你去吃屎吧。我求求你了，请你直接去吃屎吧！"

钱唐扫我一眼，不忘提醒，让我记得继续给他擦车。幸好没擦一次，我就又开始麻溜地收拾行李，准备去 A 大报到。

9 月初也是年底的买片和合同到期日，钱唐又得出差，于是，客厅摆着两个行李箱，一个是我去大学的；另一个是他出差的。

我把 A 大录取通知书和身份证摆在一起，过了一会，忍不住问钱唐："那个，你告诉我父母了吗？"

钱唐正在收拾行李，他明天早晨要飞武汉，当天晚上飞回来，后天又要去东北，因此有点缺乏耐心："哪件事？"

我吞吞吐吐地说："就……我和你……呃，之间，的事……"

钱唐抬起眼睛，一眼不眨地望着我，估计思考怎么回答才能吊我胃口。

最后他看我实在苦着脸，大发慈悲地说："曾经和你母亲聊过几句。我的话只说了一半。我说令爱不厌恶我，而我也有意等你读大学时正式追求你。令堂虽然不满，但怕拒绝我后，我把你扫落街头，更怕你自己针锋相对影响前途，只表示等高考完再议——这些话，我都跟你讲过。"

按照钱唐的话，他把我俩的事情告诉我妈，就已经等于婉转告之我爸，我还是忍不住追问："我爸知道咱俩在一起了吗，他什么意思？"

钱唐用手指轻轻勾了下我下巴，我就隐约懂了。

不同于我，钱唐不事事躲着我爸，反而很欣赏我爸呢，认定我爸是"头脑明智"的人。但是，他也完全没有公开我俩关系的意思。

"把关系告诉父系家长，未免过于正式。你和我的感情，现在也达不到那种程度，"钱唐平静地叙说，"特长生，我确实喜欢你。但为了很多原因，我俩的关系目前也不要牵扯太多人。你过于年轻，而我又不想承诺，谁知道，以后会出什么变故。"

钱唐从不掩饰他的淡漠脾性，这是他最大的问题也是他最大的魅力。

我沉默着不知道说什么，心里有点茫然，又觉得确实有点无所谓。谈恋爱嘛，未必永远才算得上结局，先往前走着吧。

顿了顿，钱唐却半开玩笑："你这个年纪，我这个岁数，也说不准，你上了大学后，就会和哪个小男生跑走。你把我甩了，我多没面子。"

我勃然大怒，"啪"打掉钱唐摸我下巴的手，想狠狠骂句脏话又犹豫在口。只得挑了个最文明的词："你怎么还不去吃屎呢！你快去吃啊！"

我又把录取通知书举起来，满意地看着自己的名字，印在上面，随后郁闷地想到，入学后又要进行自我介绍。李春风这名字，念起来真的太土了，要不然，说我的名字来自古诗？

我脑海里居然还真想到了一句诗，春风不度玉门关。

钱唐一下子无声地笑了，他把电脑线缠好，再伸手摸摸我下巴："我在床上对你说的话，你记得挺牢。"

我猛地沉下脸，挥开他的胳膊。

钱唐看我实在太痛苦，随口说："春风的诗有很多——你可以说，桃李春风一杯酒，江湖夜雨十年灯。"

我敬佩地看着钱唐："你写的？"我当然知道不是他写的，但我得装傻损损他！

钱唐对我扬了一下眉头。开始掉书袋地背了黄庭坚的《寄黄几复》，我居北海君南海，寄雁传书谢不能；桃李春风一杯酒，江湖夜雨十年灯。持家……

我正还忍着恶心听呢，钱唐却突然止住不念了。

我问他："就完了？"

他说："完了。"

我很怀疑："可你刚刚还念了一句吃什么的。"

钱唐没接这话茬，他说："就背这四句话，足够糊弄那帮大学生。"

我当时不知道，钱唐没念后面的"但有四立壁，治病不蕲三折肱；想见读书头已白，隔溪猿哭瘴溪藤"，幸亏不念了，他随便念的东西这也太丧了。

A大法律系的新生自我介绍时，我还是没能用上这句诗。

法律系的女生比男生多很多，我和萧磊挨着坐，等他自我介绍完后，我估计，就算我称呼自己"李大嘴"，也没人笑话我。因为，大家都眼巴巴地看着萧磊！

"我这种学弟很吃香嘛。"萧磊用大拇指和食指，在下巴处比了个傻兮兮"八"的造型。

我也看了看他，萧磊在开学前剪短了头发，今天特意捯饬了一下，穿了件崭新的运动衫，还肯定喷上什么香水。

现在这个社会，很多男的，比我都喜欢捯饬，比如钱唐，他日日喷香水。不过，钱唐有本事能把任何事弄到特别自然，萧磊就不行了。

9月的天依旧闷热，我拿着A大发的校刊狂扇风，萧磊在旁边就像散发气味的贺卡，尤其他也替我扇风，那香水味就跟烂水果似的扑鼻过来。

我坐得离他远了点："熏死了，滚！"

萧磊也不高兴，随口讽刺我几句，又说："你报名了台湾夏令营，怎么没去？"他淡淡抱怨，"我看你报名，也报名了。补交的费用比正常贵很多，结果你不在。而且我给你打电话，你从来不接。"

我只好说："呃呃，我有别的更重要的事情。"

萧磊看了我眼："早恋去了？"

我微笑说："可以说是吧。"

萧磊看了我良久，他说："你父母不管你了？"

我恼羞成怒地说："他们没你管得多！"

他乐了："哎，学妹你怎么总这么暴躁，这样不好啊。"

我俩又进入互相叫骂的模式。

等萧磊陪我回到宿舍，我俩看着女生宿舍的构造，大眼瞪小眼，压抑着内心的激动。我是因为从没和仨女的一起住，比较激动。萧磊是因为头一次

见到女生宿舍，比我还激动。

不过，萧磊比我能克制住激动，除了眼睛眨得速度快了点，其他举止还人模狗样。他主动帮我们宿舍擦地的时候，有个女生用不大不小地声音问我："这是你男朋友？"

萧磊抢着替我回答："她倒是想！"

宿舍是按照系分的，我的室友也都是法律系，其中一个，和我一样也是本市生源，剩下的两个室友，一个来自徐州的，一个是四川妹子。

我想拉近距离，随口说："哦哦，我去过四川，我还摸过大熊猫呢！"

结果对方兴奋地说："你怎么摸的？需要预约吗？"

我一下子卡壳了，什么预约？我可是直接捂着鼻子过去摸的。

本市的女生很高很瘦，她冷冷接茬："我看，你根本就没摸过熊猫吧。"

这点小破事，我怎么自证？我没吭声，好不容易等这尴尬过去，3个女生互报自己的生日，进行所有大学寝室里的必备步骤。果不其然，我的生日比她们大。

我沉默片刻："我复读过一年。但我不太想说这事。"

除了本市女生拉长声音"哦"了声，大家交换了一下眼神。沉默里，正好萧磊给我发来短信，我噌地一下子坐起来。

3个女生都微微往后缩了一下，有点发抖地看着我。

我连忙解释说："没事没事，我看已经饭点了，那我先撤了。你们忙。"

比起我，萧磊已经迅速地和他们寝室的男生称兄道弟。他们4个男生齐齐站在食堂门口等我，也是一景儿了，而等萧磊介绍我，他顿了顿，开始"黑"我。

"这是李春风。知道吗？她以前是个演员，叫李杈。兄弟们，你们看过那电影叫——"

你可以想象一下，我饭也没吃多大好，萧磊也是。我在他桌子下，差点把他腿踢青了。

晚上就是A大大学的开学典礼。

我坐在乌泱泱的人群中，还是有那么点期待，期待能再在主席台看到钱唐的身影出现。

但是，生活不是剧本。A大身为一流大学，知名校友太多了。学校请了一个50岁国内数一数二的成功企业家，大谈创业经验，还鼓励我们毕业后到他那里工作。

"抱歉让你失望了。"钱唐笑着在电话里道歉。

"失望倒谈不上。"我漫不经心地回答，一边在他床上玩着自己的布鲁特。

虽然分了大学宿舍，但我每晚依旧选择回到他家，躺在四柱床上，仿佛能离着他近一点。

秀佳知道我考上A大，不过发了一条很简单的恭喜微信。但钱唐把我从CYY拉走，她在我和爱沫他们的群里，来回地刷"偷笑"这个表情，再发来钱唐行程并@我。

我硬撑着没回复，但往私聊群里撒了两次红包，不好意思之余，内心有种陌生的甜蜜。那感觉像用吸管喝奶茶，珍珠都沉在杯底，我看到它就高兴，喝到后就更甜蜜。

出差的钱唐并不知道我的心情，他淡淡地说："好好上学，等我回家。"

我对着天花板用鼻子"嗯"了一声。

夜深人静，全世界只有我的呼吸声和钱唐说"家"这个词的温和余音。

开学头个星期也没开课，都是买新书、体检，参加社团同学聚会之类。不过硬要说，也确实有另一件特别无聊的事。

A大新生入学后，新生要进行基本的体检，钱唐在开学前，他半真半假告诉我，体检还要检查每一个学生是不是处女。

我这人确实没心眼，听到后直接就抖了抖，整个晚上，呆呆地坐在床上，再特别怨恨地盯着钱唐。他本人笑得要死，却也不跟我解释。

第二天体检，我躲在体验队伍最后，一直心惊胆战。后来女生要单独进一个屋子。我边绝望地脱衣服边思考要不要说钱唐"骑自行车"的借口，直到发现医生，只是检查胸围之类的，才松口气。

萧磊不知内情，他以为我怕打针，阴阳怪气地损了我一下午。

"还有，你怎么不住女生宿舍，天天往家跑？做事这么娇气，不像你啊。"

我捏着鼻子说："人家就是娇气的小姑娘噢。"

萧磊做出呕吐的表情："好吧，你也是神出鬼没。我每次想找你的时候，你都不在。"

我好奇地问："为什么找我？想让我开车接你吗，告诉你，那沃尔沃不能开了。"

萧磊迅速地说："我随时都想找你。"但他又拖长声音说，"因为只有你的蠢，才能时时衬托出本少爷的英雄伟岸。还有，哪个娇气的小姑娘，整天老说我靠我靠的。"

我朝他挥挥手："滚开，你这个弱智！"

我至今都没改过来爱说脏话的习惯。

即使代表西中毕业生上台演讲时，我险些被电线绊倒，第一句就又忍不住说"浑蛋话筒"。当时，校长脸都绿了。

钱唐每次讽刺我，说什么"污言垢语，无非庸愚表其端"。但我不接受，我觉得脏话表现了我坦率的性格。

钱唐出差那几天，我每晚搂着玩偶睡在他房间，等他回来后，第一眼就看到床上的布鲁特。

"特长生，你刚搬进我家的时候，我只跟你说了一条规矩：不能在我家乱放东西。我只有这么一条规矩。现在你把玩具放到我卧室，就是违反了这规矩。"钱唐无奈地说，"赶紧拿走。"

我也试图跟钱唐讲道理："我不听！"

钱唐自己都能在客厅都乱放东西,我在他床上放个一米五左右的毛绒玩偶,怎么了?反正我决心跟他耍赖:"狗走我走,狗在我在。布鲁托就是我的化身!"

钱唐看了我一会,若有所思地说:"按照你的逻辑,它是你的化身,它就是你。那么我对你那玩具做什么,也可以对你做什么?"

我脑子一时没转过弯来,斩钉截铁地说:"行啊!"

钱唐点了点头:"好。"

到了晚上,我才明白钱唐点头和"好"是什么意思,因为整晚我一直都在拼命摇头。第二天幸亏是周末,我中午一睁开眼,想到昨夜发生什么就要抓狂。

"大变态!!!色情狂!!!我要搬回一层的房间睡。"我板着脸冷冷对他说。

钱唐很早就起了,神清气爽地收拾行李箱的西服。此刻,他眼皮都没抬:"可以。但你那个叫布鲁特的玩具要留在我房间。"

"随便你……等等,这又是凭什么?!"

钱唐耐心解释:"假如你在我房间里睡,就不准往我的床上带玩具。但假如你搬回房间自己睡,你的狗就可以留下,不用从我床上扔掉。"

我坐在床上,苦苦思考了半天钱唐的逻辑。然后觉得,逻辑还挺通顺的。

"但总觉得哪里不对劲啊!"

钱唐闻言后,脱下衬衫走过来:"好。"

我现在就怕钱唐说"好",好个屁啊。我很慌乱地说:"算了,好人不跟你斗,我把狗拿走总行了吧。"

"那你还会留在我房间?"他慢悠悠问。

"呃,"我赶紧用布鲁特挡住眼睛,"你先别脱衣服了……"

"好。"钱唐随手把我布鲁特扔到地上。

总而言之,我还会说脏话,但某个时间里,某个场所,我是绝对拼命控制住不漏出半句脏话：那就是当我和钱唐单独相处的时候。

至于代表什么意思，你们成年人自己猜去吧。

嗯，对了。我应该后知后觉介绍一下 A 大。

西中是本城百年的高中，A 大的校史则要更长且更辉煌一点。

我妈和钱唐，曾经都就读于这所大学，轮到我时，就有点"必经过程"的味道。有时候，钱唐罕见地来接我回家，我跟他说正在教学几楼上课，钱唐闭着眼睛都能摸到。

刚下了晚课后，我随大流，溜达着去图书馆看书。

萧磊依旧坐在我对面，他很看不惯我妄图混入学霸圈子的行径："开学没几周就泡图书馆，少装样子。高考都没见你这么用心。"

我没精打采地翻书，能考入 A 大的全是天南地北的牛人，我们专业分是 A 大数一数二的高，本系入学分数最低的人，除了俩特招的国家一级运动员，就是我本人。

"没关系，你有我在。"萧磊不在意地说，"到时候你继续抄我的呗，我都跟学长搞好关系。期中期末肯定能拿到一手复习资料。"

我痛苦地说："为什么姑奶奶考完大学，还要好好学习！"

萧磊讥讽我："你想干什么？回家当全职主妇？"

我略微思考了自己当全职主妇的可能，很快得出不可能。只得继续盯着书，眼前的孟德斯鸠还唧唧歪歪地宣称"婚姻重要目的之一，是要消灭非法结合那种变化无常的状态"。

"原来我现在谈恋爱，在古代就是在偷情状态。"我恍然大悟。

萧磊肯定听到我的话，但看了我一眼没作声。

我平时嘟囔点什么，萧磊都喜欢追着问，唯一不问的，是我的感情生活。甚至有时候，萧磊显得特别不耐烦。

比如现在，我问萧磊："哎，问你件事。你知道，我有个朋友。她有个特别喜欢的人，但那男的——"

萧磊冷笑说："怎么又是你朋友？你那朋友怎么还没和那男的分手？"

"你这嘴也太丧了，人家分不分手关你屁事啊！"

萧磊脸直接黑了，他戳着着图书馆墙壁上"肃静"的牌子，让我闭嘴，好好看书。

好好，我看，我看。

钱唐开完会后来接我，我告诉他，这几天晚上打算住女生宿舍。

宿舍里其他3个女孩子，都已经互相给彼此占座了，而我因为总不住在宿舍，见到她们都只能笑笑，我打算和她们相处好关系。

钱唐点点头，将车缓慢停在校园门口，我刚要下车，他却拦住我，换了有点促狭有点诱惑的声音。

"特长生，你不早说今晚住在宿舍。我待会就得独自回家，你现在不打算给我点甜头吃？"

我微微愣了下："呃，什么甜头？"

车窗外路灯昏暗，钱唐垂下眼睑靠近我，低头在我唇上轻印了一下。

"也不用太多。"他的声音带着若有若无的笑意，"春风，你住在学校几天，这脾气和说话方式得收一下。大家都是有骨气的人，别以为你们宿舍和你一般大的小丫头们，也都像我这么好说话，嗯？"

我恼怒地瞪着他，钱唐居然好意思说自己"好说话"！

钱唐叹口气，再次低头。他这次停留的时间很长，反复深吮着我的唇，我被他亲得头脑发热，神智有点迷迷糊糊。

也不知道什么时候，眼前有强光射过来。

我自个儿还晕着呢，钱唐直接把我头压进他怀里。我一时不能呼吸，听到钱唐迅速转动车钥匙的声音，踩油门的声音。

接着不过证明虚惊一场。

学校门外的保安拿着手电走过来，提醒不要在人行横道旁乱停车。等保安噙着邪恶的笑容离去，暧昧的气息已经无影无踪。

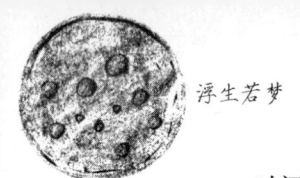

一时间，车内非常沉默，隐隐还有点尴尬。

我忍不住开口嘟囔："哎哟，这……我可算理解西门庆的感受了。"

钱唐在我旁边整理衣领，他沉默片刻后问我："你是理解了西门庆第一次见到潘金莲后的感受，还是理解了他被捉奸在床的感受？"

我结巴了几句，干巴巴地笑了。钱唐陪我笑了一会，直到他慢慢敛起笑意，轻声说："对不起，宝贝。"

等我回到宿舍，才想到应该反驳钱唐，这应该是西门庆见到武大郎后的尴尬感受，只可惜钱唐已经走了。

对床的四川女生盯着我良久。她走过来，趴在我耳朵边小声地问我："你刚刚出门的时候，不是应该穿了 Bra 了吗？"

我低头一看，赶紧套上一件 T 恤，急中生智地扯开了话题。

那晚，我体验了传说中女生寝室里的卧谈会。基本就是私密版的自我介绍外加家庭和感情生活频道。宿舍里空间特别小，4 个人睡又有点热，空调释放一股子酸味道。

其他 3 个女生说话，我半听半不听。

四川女生的男朋友是她的高中同学，如今也是 A 大的，两人学霸加学霸的组合。而徐州女生有深藏内心多年的男神。本市的女生直接说她对恋爱不感兴趣。

等轮到我时，我对着黑暗瞪眼，假装自己睡着了。直到 3 个女生说话的声音越来越小。

我没有困意，内心还在琢磨着刚才的一幕。

刚才以为我们被偷拍，钱唐把我搂入怀里，动作无比贴心自然，像是做了亿万次一样。唯一的解释，他防偷拍已经习惯了。但是，钱唐根本不是公众人物。

我头皮麻麻的，印象里钱唐向来非常熟稔媒体流程。但我意识到自己忘记了一个事实，早在很久以前，早在钱唐认识我以前，他就是无比懂女人，甚至和无数女艺人传过真真假假情史的争议性人物。

一想到，钱唐之前应该不止有我一个女朋友，我就真是气急败坏和嫉妒！怪不得钱唐刚才跟我说对不起！钱唐是该跟我说对不起！

我越想越不痛快，但又感觉发不出火，于是打定主意，要在学校宿舍里住得时间久一点。

到军训前，我一直住在宿舍。一方面新生的事情确实特别多，各种开会和教育。而另一方面，每天上床睡觉爬上爬下的用梯子挺有意思。

最重要一个方面，我发现离钱唐远点，大脑会清醒点。钱唐身边有个什么磁场之类的东西，一靠近我就又留恋住不想走了。

这一周多，钱唐只是每晚给我打电话，反倒是萧磊非常高兴。

我蹲在农园食堂等着吃关东煮的时候，萧磊问我教师节回不回西中看望老师。我站在沁园啃鸡肉串的时候，萧磊问我需不需要二手的暖壶、脸盆以及自行车。

"虽然说二手，但挺新的。这样你就能省下零花钱了，"他自己说，"你不是总说自己穷吗？省下的零花钱，跟我一起去看演唱会吧？我有前排票，到时候你请我吃顿饭就行。吃麦当劳就行！"

我说："不去，不吃，不花钱。"

等我溜去关门最晚的三食吃夜宵，他打完球，神清气爽地出现在桌子对面，又继续跟我说了选修课系统和一个月后去军训的注意事项。

我简直受不了："你说完一遍就行，别老叨叨，天啊，你就跟我的小媳妇似的。"

萧磊自然让我滚蛋。

我没滚。我还得掏钱请萧磊吃夜宵，他们男生宿舍的信息比女生宿舍信息流通得更快些，我得听听学校里新的动态和八卦。

萧磊这家伙喜欢耍酷，他在左手大拇指根部处，来回转着筷子。我看久了也觉得有意思，学着他的动作把玩筷子，结果一个握不住，吧嗒掉在地上。

我捡起筷子抬头，看到萧磊止住话头，直愣愣盯着我。他眉毛本来就很挺，眼睛有点精光闪烁的意思。

此刻，他不自然地伸出手，跟做梦似的想摸我嘴角。

"你是不是疯了？"我一缩脸。

萧磊却严肃地让我别动。我犹豫了一会，强忍着躲开的想法，让他在我嘴巴很轻地擦一下。

他愕然地看着自己手指的红迹："你嘴边流的是血吧？！"

我也不由珍惜地擦了擦嘴角，呃，还真是血。其实也没什么大事。平时跟钱唐吃得清淡，这几天学校伙食里挑着各种大杂烩吃的，牙龈有点上火，流了点血而已。

"没关系。"我安慰他，"我没中毒。"

萧磊脸色变来变去的，但也知道，他说的话我不听，只好干瞪着眼，看我继续胡吃海塞。

再过两天，我就开始牙疼，脸肿得跟猪头没区别。

我正打算给校长信箱投诉说食堂食品质量没有保证，结果到校医院一查，智齿发炎了。校医扳着我脸看了半天，说左右两颗长歪的智齿早点拔掉好。

萧磊本来想陪我去拔牙，但钱唐知道后，直接派司机把我从校医那里接去私人牙医诊所。

这举动也没多大意义。再牛的私人诊所，拔牙依旧挺疼的。我血流成河地站起来，却被医生告知只拔了一颗牙，下周消肿后再拔另一颗。

我大脑晕晕乎乎，索性让司机把我送回久违的钱唐家。

不是拽修辞，久违，也真是久违。

一周没回去，回钱唐那感觉又跟参观陌生人家里似的。他家依旧一堆纸墨掺杂古董的东西，井井有序地摆着。我满意地注意到自己之前的厨具用品还在餐厅里没被动过。去院子里看了一圈土豆，再狠狠地踢了几脚钱唐亲手种下的菊花苗。

早秋是可以关了空调的温度，我口腔里麻药还没过去，得咬着棉花球止血。我趴在他家光滑的皮沙发上，不知不觉睡着了。

结果独自睡了一宿，我嘴里的棉花球快被咽下去了。钱唐整晚都没回家。

今天正好是周末，我懒得回学校。漱完嘴里的余血就在客厅里打了一会游戏。中午大概12点左右，门响了，我正在爆敌人的头，听到声音后特别想回头，但抽不出精力。

等打完一局游戏，我跑上楼，钱唐正脱了上衣，准备洗澡。他看我门也没敲就走进来，不由皱了皱眉，但依旧像没事人似的问："乳牙拔得怎么样？"

我冷笑两声："牙疼了一晚上。"

钱唐听完后倒是走过来，让我张嘴给他看看。我趁着钱唐手碰到我嘴，吧唧把嘴合上。只可惜这家伙早有防备，完全没啃到他半根毫毛。

钱唐弹了一下我的额头："刚拔了牙，怎么还逮着什么吃什么？"

"也没什么逮着什么吃什么。我只是特别喜欢吃猪、肉、而、已。"我尽量下沉语调，学着钱唐那种绕圈圈的讲话法。

不知道这人听没听懂，钱唐无声朝我笑了笑，走进浴室洗澡。

我不由得琢磨，他昨晚是去哪儿花天酒地了？

自从我搬进钱唐家，钱唐就算回家再晚，喝得再醉，状态再差。第二天7点左右，他总是准时坐在厨房灌咖啡或喝清水。唯一没回家的可能，就只是出差去了。

这么一想，就起了莫名其妙的疑心，我站在浴室外面，巨想检查他脱下的衣服，但又有点拉不下脸，只得草草帮他挂起来时顺便看了一眼。

钱唐的衣服很干净，也没传说中女的头发和口红什么的。但就算真有，在我检查前，钱唐肯定也先拾掇干净了。

门里的水声已经停了，我赶紧离他衣服远了点。盘腿坐在床上，从他各

种笔记里抽了本假装看。

钱唐边擦头发边走出来，看了我眼："看什么书？给我念念。"

我结结巴巴地念了几句《左传》，然后，我憋不住了，说："呃，钱唐……"

"嗯？有什么字不认识。"他走过来。

我决定直接问他："你昨晚去哪儿了？"

钱唐若无其事地坐过来，先取过我手里的书，顺手把手里的毛巾给我。

我愣了一下，才明白他的意思，慢吞吞地帮钱唐擦湿漉漉的头发。他边翻书边随口问我："大学第一个月怎么样？"

"还成。"

我嫌弃湿毛巾粘手，跑下楼把自己的电吹风拿上来，因为心里对他还有股怨气，手势就重了点，对准他眉毛鼻子吹热气。但钱唐好像一无知觉，他不吭声地任我摆弄。

等终于吹干头发，我被热得一股大汗，依旧不忘问他："哎，你还没回答我问题。你昨晚去哪儿了？"

钱唐抬起眼皮，淡淡反问："特长生，我现在必须什么都要对你解释？"

我皱眉说："我可是什么事都得跟你解释。"

说句老实话，我现在都没法形容，钱唐是不是作风正派的男人，他总能轻而易举地绕开很多黑白观念，达成目的，但处在这种灰色地段的钱唐，他确实有一套自己的原则，该严肃的时候非常严肃。

对我来说，就是你不能被钱唐圆滑的态度牵住鼻子走，你得跟他明说。对，什么都得明说。

我就告诉他："还有，你不要用解释这破词，咱俩谁都不是罪犯。"

钱唐听到我的回答，他沉默片刻。终于"解释"了几句："我家老头来看我，昨晚被他捉住骂了一宿，所以没回家。"

我才不相信呢，我又问："你家老头，是男的是女的啊？"

钱唐笑了，他往后倒在床上，玩味地说："我父亲要是女的，我恐怕比你更担心。"

我和钱唐的父亲,早在挺久前有一面之缘,当时我俩都想买婴儿奶粉,真是天真无邪的时光。除此之外,我还知道钱唐父亲是他们南方挺牛的法官之类,连我妈曾经都是钱唐父亲下属的下属之类。

我起了好奇心,不停对追问钱唐:"你爸来城里了?他住在外面?哎,你怎么不让你爸来你家住啊?他还喝奶粉吗?他最近有什么新吃的吗?"

钱唐闭着眼没搭理我。他虽然任人议论自己的私生活,但对自家背景通常一笔带过,防心还挺重。

我皱眉说:"你一定是从石头缝里蹦出来的!"

钱唐终于睁开眼,他皱眉说:"你现在在我家住,我怎么让我父亲来?"

我愣住。内心隐隐有点火气升起。钱唐为什么不能让我见他爸呢?我就这么不上台面,谈个恋爱,瞒了所有人?

钱唐又免不了给我解释:"我父亲觉得,我应该清清白白地照顾你,不应该把你照顾到床上。这一事有失妥当,非常不体面。而且他觉得你……"

他顿了下,略微犹豫的表情。

我勉强压住气说:"觉得我怎么样?"

钱唐叹口气,换了极其严肃的口气说:"我父亲觉得,你目前只是个小孩子,不然,你怎么会和自己的父亲闹矛盾?他不能不管此案,因此打算把你全家、你、我都叫出去,吃顿饭,和解一下。"

我目瞪口呆,迅速选择了和钱唐站在一个战线。

"呃,为什么又扯到我全家?"我郁闷死了,"咱俩什么都没有呢,干吗要叫我父母来同你爸吃饭?你得告诉他啊!我们俩很清白啊!咱俩没谈恋爱,就瞎混呗,这可怎么办。不然我再回学校躲两天,你让你爸来你家住。再不然,你就跟你爸说咱俩闹掰了……唉,烦死了,都怪你!你干吗跟你爸说起我!"

钱唐冷眼看着我长吁短叹,他评论说:"谁说仗义总是屠狗辈,负心总是读书人？我们春风在关键时刻，总会让别人出去替她背黑锅嘛。"

我干笑着扯了两下嘴角。

过了一会，钱唐淡淡补充："除此之外，我母亲还传话，如果我想安定下来，不应该招蜂惹蝶，应该正经相亲。"

"什么？！"

我再度大怒，钱唐用力按住我手臂，他眨了眨眼："我拒绝了。招蜂惹蝶已经足够麻烦，就算成功招回来几只小蝴蝶，只怕也给家里的小狗误食了。"

我冷笑："去你的！姑奶奶很挑剔的，不吃外面那些不干净的烂玩意儿。"

钱唐有点意味深长地看了我眼，他慢慢说："我才洗完澡。"

"嗯？"

"你可以吃我。超六尘之净"

净个头！我忍不住再兴起拿枕头闷死他的冲动，尤其钱唐还说不嫌弃我乳牙都掉了的时候。

等我和钱唐双双做完那事，凑在被窝里说悄悄话，钱唐才透露自己父亲已经来本城将近一周，早上刚走。而我那会赌气蹲在学校，加上钱唐神通广大，居然都给躲过去了。

钱唐父亲很早就知道我，按照钱唐的话说，我和他能安然无事待着，全依仗他自家喝奶粉的钱老爷子分上，否则，他家小院早就被我爸一把火直接烧掉了。

我和钱唐待了挺久。一直知道他人脉特别广，肯卖他面子的也不少，但钱唐这人四两拨千斤的，基本也没用真正尊敬的语气谈起过谁。唯独提起父亲时，钱唐告诉我，世界上知道他秘密最多的，一个是他父亲，一个是我。

居然还有我？我忍不住撇嘴，由此可见，他父亲也被他那秘密众多的儿子蒙在鼓里吧。

钱唐接着说:"其实,我自己也不想让你见我爸。我父亲跟你说完我的本性,只怕比你捉到我和其他女人更容易让你离开我。"

我很少见到钱唐露出踟蹰的表情,一愣神的工夫,钱唐就又恢复自然,他淡淡接下去:"不过,我这担心也纯粹多余。你并不是什么聪明的姑娘。特长生,聪明的姑娘,早该知道要离我这种人远一点。"

我看了他一会,阴森森地说:"你们聪明人,知不知道不要得罪睡在你旁边的人?"

我一直觉得,自己是聪明又火眼金睛的人,只是偶尔有脑子转不过弯来的时候。当然和钱唐在一起后,我转不过弯来的次数就更多了些。

但我不在乎,感情不需要斤斤计较。我俩的性格,也可能是至今能莫名其妙混在一起的主要原因吧。

不过,我随后认真问过钱唐,和我在一起后,对他的生活有什么重大影响或改变。

钱唐想都没想就回答,他从来没试过在浴室的下水道给女人捞过头发。

我最初觉得,这个答案很搞笑,只是往后越想起,内心就越涌上一股说不明白的嫉妒感。为了继续恶心钱唐,我也决定一直留着长头发。让钱唐继续给我收拾卫生间吧!

因为智齿的关系,晚了三四天我才去军训。

军训基地在荒郊野外,我的肤色明显比其他暴晒后的女生白点。教官不得不单独教我打军体拳。

到了每天出操的时候,我都跟着男生队伍。因为如果教官让我当女生领跑,我跑得太快其他女生跟不上。如果把我放在中间,我会不小心踩掉别的女生的球鞋。如果把我放到女生队尾,我又总想超人。

一来二去,教官索性让我跟着男生队伍末尾,我就乐得跟他们扯了会淡。

没几天，萧磊脸色怪怪地告诉我，教官和我站在树荫底下聊天的照片，被大一新生发给媒体网站。我倒是没气得发疯，只是得知自己一张照片居然卖了3 000元，内心有种淡淡的惆怅感。

钱唐听完后也不惊讶，他平静地说："去年你息影准备高考，依旧不停地有人打探你消息。你和小叶的那部剧收视非常好，重播卖出的价依旧不低。圈里关心你的消息，CYY里也还有人怪我为什么怂恿你退出——"

钱唐把我接新片可能得到的片酬报出来，我忍不住"哇"了一声，嘴里少不得再狠狠骂了几句脏话。

"心动吗？"钱唐笑着问我。

我确实挺心动的。然而这事怎么形容？就好像钱唐之前是编剧，他剧本的市场和价格依旧在，但钱唐依旧封笔了。心动不心动吧，我们人生的这一页，已经算彻底翻过去了。

所以钱唐现在做CYY，我要继续读大学。

电话那方的钱唐听我说完后顿了顿，他说："特长生，你真的很难得。"

"嗯？"

钱唐在那头微笑了一会，像以往样没多解释，只说："你父亲想必会怨恨我，养了个这么乖的小女儿，居然半途被我拐跑。"

我也决定不告诉钱唐，全世界人民眼里，只有更凉薄的钱唐自始至终都夸我乖。刚开始我是装乖，到后来我摸透了他的脾气反驳他，钱唐依旧觉得我只是"笨"，而不是"不乖"。

我想，他应该还是喜欢我的吧。

A大的学生个个心高气傲，即使知道我曾经当演员，倒不会那么聚上来找我要签名什么的。

虽然私下里，他们少不得议论我几句。但我觉得无所谓。前段时间，军训营地里的两头白花种猪跑丢了，女生宿舍里还津津乐道地说了很久呢。我这大活人，总比头活猪更有话题性吧。

我军训的照片曝出媒体，并不是百分之百的坏事。早上跑步的时候，有个娘炮突然蹦过来。我正跑得风生云起呢，他还气喘吁吁地跟我打招呼。

"春，春风，你，你，你体力还是那么好！你，你，居然也在……A大？"

我边跑边歪头打量来人，忍不住眼睛一亮。金黄色短发，精致五官。唯一美中不足的，这人声音特别娘娘腔，估计不属于异性恋，但依旧是个唇红齿白的美少年。

现在我防范心很重，不轻易说话。但隐隐觉得对方有点眼熟。可惜刚在土操场跑了第4圈了，大脑供血紧张不足以分辨人脸。

我没好气地说："你谁？"

"你不认识我了？"她奇怪地问。

"我哪知道你是……"

等我目光又落到她中指上的戒指时，我一下子停住脚步，吃惊地说："程诺？！"

程诺说自己是看到新闻后，才知道我在A大念书。等晚上新生汇报军演，我和程诺齐齐背叛了各自系的方阵（她是读国际经济），一起溜到后面的小树林叙旧。

营地缺少零食，我偷了厨房里的冷馒头、白鸡蛋和腐乳汁充场面。

剪短头发的程诺看到后扁了一下嘴，又露出几分洋娃娃的娇气，她说："这猪食能吃吗？"

"我们军训这几天不都吃这个？"

程诺无辜地表示不知情，她一直开病假条，等昨天晚上才来参加训练。我忍不住想，她父母可真是纵容她

郊区的夜非常静谧，我心情略激动。坐在草堆里把上次从叶伽蓝家分开后自己的近况主动汇报一下。

"我不当演员，重新回高中读书了，然后考了大学。然后，呃，我现在和一个自己特别喜欢的人在一起，嘿嘿嘿。"

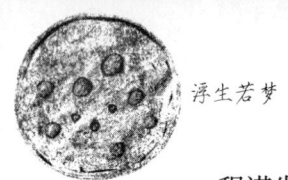

程诺先偏头看我眼，笃定说："你不是和他高一就在酒店偷偷开房啦？"

我听完不禁惊了："谁谁谁高一开房！不要瞎说，告你诽谤！"

程诺无声地笑，不过，她的笑容不再让人讨厌。金黄色短发的她没有非主流的气息，反而眉清目爽，但再也看不出以前娇怯怯洋娃娃的影子。

我得承认，自己在心底还是很信任程诺的，因此把和钱唐的事情告诉她点儿。程诺安安静静地听着，很认真又有点不在乎的样子。

我终于问："你现在又怎么回事？"

比起一年前，程诺的改变简直天翻地覆。不说别的，她的造型直接从洋娃娃转型到忍者神龟。而我有太多问题想问程诺。比如她怎么也在Ａ大，她不是应该去年就出国读书吗，她怎么剪掉长头发，还染了一头黄毛——难道洋娃娃完成了我从小的心愿，做了变性手术？

程诺吐了一下舌头，先掰块馒头，一点一点揉碎，再把碎屑扔到远处的草场。而我眼睁睁看着她浪费粮食的行为，居然也不想指责她。

"我妈走啦。"她突然说。

我迷惑地问："去哪儿了？"

旁边的程诺安静了足有好大一会，又笑了："很远的地方。"

我还以为自己的经历够波折了呢，但去年暑假我痛苦补课的时候，程诺的妈妈因旧病去世。羚羊出国读大学，程诺选择留在国内复读一年。

从去年开始，她就开始长白头发，上大学后索性直接剪短，如今染成金黄色。

听完程诺的故事后，我居然哑口无言，本来就不擅长安慰人，现在又是一句话都想不出来。在剩下的时间，我俩听着很远处传来的军歌，默默地吃完两只剩馒头，没有再说一句话。

临走前，程诺突然想起来："叶伽蓝那事我还控制得好好的，你不要担心。"

"谢谢，谢谢。"我只能诚恳地说："程诺，真的，如果你有什么事需要我帮忙，任何事情——你只要说一句话就行。我说真的。"

程诺却微笑着摇头。

"我好像没有需要别人帮忙的事。"曾经的洋娃娃淡然地说。

和程诺无言走回女生宿舍,我眼尖地瞄到大块草垛后面有什么东西在晃动。本来以为捉到了之前轰动整个军营的逃跑种猪,走近了才发现居然是萧磊。

"你蹲这儿干什么?"我皱眉。

萧磊没说出任何理由,反而理直气壮问我为什么逃军训汇演,他的眼睛还上上下下地扫了程诺。

要不是碍于程诺还等在旁边,我真得再跟萧磊多斗几句嘴,如今也只得先走了。在路上,程诺推测萧磊是刚刚跟着我们来到这里,也不知道他把我俩的对话听去多少。

"春风,我每次见到你,你身边总有不同男的。"虽然又开玩笑,程诺的口吻依旧很淡,以前那种娇气和居高临下的感觉就再也没有了。而且,她现在的神态隐隐有点熟悉。

我捏死脸颊旁边一只正吸我血的蚊子,干笑否认:"真没有。"

"不过,你状态越来越好啦,神情柔和很多。"她再静静说。

也许是因为知道洋娃娃她妈的事,我那几天感觉有点伤感,内心沉甸甸的。而等我从军训回来,收到交管局发来的短信,内心都快沉死了。

等钱唐一回家,我就朝他嚷嚷:"喂!我可是为你擦了一整个暑假的车!一整个暑假啊!整车打蜡!!!坐椅都用手擦的!!!"

钱唐的西服前襟上还别着鲜花,他愣了一下,放下手里的行李:"这话从何说起呢?"

这话就得从我的驾本被扣分说起。

钱唐当初答应得挺干脆,帮我付罚款钱,但他转眼就把这事忘记了。这不,我的驾照被扣分了!

现在作为个法律系新生,我也开始懂得看条款。等翻着交管局寄来的罚单,又觉得有点不对劲。按理说违章停车只缴滞留金,但不会扣分啊,手头这几张超速的罚单是怎么回事,为什么也算到我头上?

钱唐倒是承认了错误:"你把车还给我后,我也用过几次。天黑没看到小区的限速牌。"

"你开去哪个小区了?而且你为什么不开自己的车?蹭我的分?"

钱唐顿了顿,也没正面回答这问题。他接过我手里的罚单:"我明天就去交钱,春风警官。"

钱唐的工作相对比较灵活,忙的时候两三个月都见不着人,但闲下来,白天就窝在家里打游戏,晚上一般写几个破字。

今天晚上,他罕见地在沙发皱眉摆弄手机,我随口把程诺家里的事情告诉钱唐,但说了半天,他都没想起来程诺是谁。于是我就解释:"你第一次看我空手道比赛,被我打出场地的女孩。巨漂亮那个!"

钱唐依旧没有印象,光记得我输了比赛在男厕所哭鼻子。

我又费了半天口舌辩解自己没哭鼻子,气鼓鼓地说:"就那洋娃娃啊!她曾经和我一起参加夏令营,害我没参加完夏令营。然后她之前又害我进过派出所,还害我——程诺害过我多少事啊!"

我忍不住愤然的时候,钱唐却突然想起来:"哦,你送了她戒指。"

我心一跳:"什么戒指?"

"她母亲去世了?"钱唐继续漫不经心的问,"刚真是遗憾。"

他掌心里的手机屏幕有亮度,但钱唐的口气毫无感情。

我突然想起来了,程诺当时开玩笑的口气和钱唐有点像。怎么说呢,有着看淡一切的冷漠。就像钱唐偶尔给地藏菩萨像上香后的表情,一种火烛凝固后的沉静。

有时候,我感觉钱唐内心的某部分已经挂了,所以他才喜欢来热热闹闹的娱乐圈,喜欢当旁观者,而不是参与者。

钱唐听我这么头头是道分析后，不由眯着眼睛微微笑了。"我性格怎么样，也不妨碍我喜欢你啊，宝贝。"他站起来，吻了我一下，"对了，别人送我一箱血橙。就在后车箱，等我拿。"

他随手把手机丢在茶几上，走出去。

我在茶几前站了一会，然后，我对天发誓，真是出于某种鬼迷心窍的想法俯身就拿了他的手机。钱唐的屏保密码我知道，倒不是他心肠善良主动告诉我的，但一直拣钱唐剩的数码产品就这点好，他的密码就几位数。

输入密码，点击最近信息。因为心情特别紧张，我甚至都没看到对方的名字，只瞥到之前那人发来满屏幕的消息，但最后的一行字是"很想你"。

我的心发沉，感觉自己都不认识汉字了，唯一让我感觉没那么糟糕的，是钱唐一条信息都没回复。但依旧是普通糟糕的程度，我只觉得太阳穴和脑门都跳着疼，赶紧把手机放下。

钱唐再回来时，我已经跑到厨房里。

他果然带来箱极其难吃的橙子，那绝对不是我心情糟糕的原因才觉得难吃。反正等切开后，钱唐尝了一口就皱眉，他没让我碰，打算扔掉。但当时我内心堵着气，就想和他作对，冷笑着连续吃下3只醋精样的血橙。

钱唐审视我吃完后的脸，勾着嘴角说："这的确是我本年度见过最生动表情。"过了一会，他递来水，"很酸吧。心里又在犯什么傻？"

"不酸。一点都不酸。"我狞笑回答，"我觉得这橙子特好吃，我也不傻。"

感谢那醋精橙子，我晚上大部分的时间，都在马桶上度过。

到了第二天早晨，我一路催促钱唐臭着脸送我，踩着铃声踏进教室。幸好萧磊给我在前排占了个座，而在课间，他递给我一块士力架，我罕见地拒绝了。

"现在我整排牙都酸了。吃不了东西。"

萧磊说："哟，你昨晚是吃着什么好东西了？"

我想了想，咬牙说："屎。"

萧磊大笑着趴倒在桌子上，他说："你的口味还真是与众不同。"

"唉，关键是，我还是心甘情愿吃的！"我悲愤地喝着保温杯里的普洱茶，钱唐说这茶特好，让我省着点糟蹋。但其实就是普洱茶，也喝不出肉味。

不客气地说，我适应大学生活的速度，比每个月的手机流量都要更快点。我甚至还跟钱唐抱怨，为什么高中不直接采取大学的自由制度：上完课就走人，不用吃喝拉撒睡都在同学眼皮子底下。自由啊！

当然，你听了我这话后，肯定也可以推断，我在女生宿舍里待的时间少得可怜。

上大学前，我只和钱唐同住过。他的生活教养和习惯都好，即使到现在，钱唐在我面前做过最过分的事，无非是光着上身在客厅打游戏，或者是躺在沙发上不脱鞋而已。

通常是钱唐嫌弃我，让我不要干这不要干那，更不用说他经常强调和威胁我"请不要乱放东西，特长生！"

住在女生宿舍，就绝对不一样了。我对脏乱差没感觉，但说个特别碍眼的小事吧，确实挺受不了宿舍里女生洗完澡后，光着白花花身子走来走去的。

我现在内心又隐隐地吃钱唐醋，索性又跑回去住女生宿舍里冷静，但是晚上打电话，还是忍不住跟他抱怨："你说我有没有可能是一个隐形人？"

他懒洋洋地说："我不知道你指什么，特长生。"

钱唐对我又风风火火地搬回宿舍，几乎是不予置评。他对我比起情人间的温柔，好像还是觉得有趣的时候多。

我就说："她们洗完澡后，就……直接脱下浴巾，当着我的面换上内衣。懂吗？她们只换上内衣，然后，在宿舍里只穿内裤走来走去的！她们为什么不穿衣服啊！这都秋天了！她们穿粉红色的内裤你知道吗？"

钱唐打断我的话："我待会还得开会。这样，不如等明天晚上回来，再把这香艳镜头跟我再仔细描述之？我非常感兴趣。"

"我每晚都被她们这些裸体晃得都没心情睡觉。"

钱唐在电话那头沉默，无论我怎么叫都不说话。难道我又成了隐形人了？

后来被我吵得受不了，他大半夜赶到A大接我回去。

钱唐降下车窗，对我说了第一句话："春风，老实说我交往了个纯情小丫头就已经心存压力，现在，我担心其实睡了个纯情小男生。"

我皱眉说："我不喜欢和别人住。秀佳和你除外。"

时间凌晨1点多了，外面还下着秋雨，到了回家的中途，我嚷嚷说自己渴了，钱唐就拐去加油站加油，顺便给我带瓶水。我则瘫在副驾驶座上用车载充手机的电，心中恶劣地想，谈恋爱的感觉还真好。

我在成长期没有任何被大人无条件宠溺的经历。

假如换了我爸，我爸一定冷冷勒令我住在宿舍，别回家。他肯定认为别的女生都能忍受这点鸡毛蒜皮，我为什么忍不了？但钱唐不同，他愿意让我舒舒服服的。虽然他对此的真实态度可能不赞成，却也没拦着。

钱唐只是习惯性地先把最坏情况警告我："假如你总这么选择走读，等大学毕业后，你会发现自己不但没有大学同学，连个室友都没有交到。"

"那你现在还和自己大学室友联系吗？"

过了一会，钱唐才回答："我的情况和你不一样。"

曾经和钱唐一起合写小说的大学室友，目前是某网站上的二流作者兼编辑。他和钱唐一样岁数，却开始奔向愤青晚年，天天在网上骂钱唐，而连带的，我有时候都能被他骂了好几句。钱唐对那个大学室友从来一句多余的话都没有。埋怨，冷嘲或者瞧不起，都没有。

我紧紧追在他身后，八卦了2天，钱唐终于松口说他大学那会为什么闲得开始写小说，是因为当时的好友，也就是钱唐室友喜欢上中文系的系花学姐，打算写小说让对方多看他一眼。钱唐本人被室友拖下水的原因也无比弱智：他打牌输了。

我笑得肚子疼，但又有点不可相信：钱唐居然也有那么傻和冲动的时候?！根据他如今总胸有成竹的平淡样子，确实难以想象。

"对了，后来你室友追上那学姐了吗？"我想起来。

"无疾而终。那女孩身家显赫，自家事非常复杂。"

我突发奇想："哦，你当时喜欢那学姐吗？"

钱唐看了我一眼，他耐心回答："可能当时也有点好感吧。但不到喜欢的地步。因为假如我喜欢她，我就会直接采取行动。男女之情又不羞耻，犯不着先写小说，我也不需要让对方注意到我。"

我不由得从鼻子里哼了一声，酸溜溜的。

钱唐待人很随和，但不知道为什么，我总觉得他身上没丁点儿的人情味儿以及操守。就像钱唐做事能非常专注，但很难彻底投入什么。

我隐隐约约觉得，假如现在的钱唐再去西中演讲，有个我这样的高中生邀请他去什么空手道比赛，搞不好钱唐仍然会闲逛着去看看热闹，倒也不一定说他会做点什么，但钱唐可能会去。

所以，在很多个晚上，我之所以不太愿意住在宿舍，难道仅仅是为了那些女生裸体太碍眼？

算了，反正我回钱唐家住着。他是不管多晚，至少都会回家陪我的。

第十四章　争吵

用句特别流行的肉麻话说吧，我在和钱唐的关系里，确实没什么安全感。

但我也实话说，我在泼妇的转型路线上一直没走得特别成功。倒也不是我不想走，主要因为自己的事太忙了，从上西中，演戏，复读，到现在读A大比较忙的法律专业，我身为学渣，却必须在学霸中挣扎度日，实在硬气不起来。

除了本专业的课和A大空手道的社团，萧磊强拉我进学生会的外联分部。我都不知道那社团是干什么的，光听到萧磊吹牛："进外联社，在学校任何食堂吃饭都不用花钱。"

完全是听信这话，我才毫不犹豫地加入外联社。加入后才发现，所谓"吃饭不用花钱"，就是萧磊让我和他一起吃饭，刷他饭卡，这样就能"自个儿不掏钱"了。

"你去死吧！"我恶狠狠说。这算什么，我虽然喜欢吃白食，但我不乐意占别人小便宜啊！

萧磊还跟我贫："小李同志，你这个思想觉悟有问题，组织依法解决你的温饱问题，你还那么多毛病。再说，吃白食不等于占小便宜，这样吧，你做我女朋友，以后用我饭卡吃饭就能名正言顺。"

我翻了个大白眼："想得美。我那么牛的人，才不会给别人当女朋友。"

萧磊麻溜接下去："那我自降格调，当你男朋友吧。"

玩笑开了两次，味道就变了。我立马闭嘴不说话，怀疑地打量他。直到萧磊举着双手来回发誓他没这意思，让我不要当真。

我才不满地说："以后别跟我乱开这种玩笑。我不喜欢听。而且，我心里早就有喜欢的人了，不是早就告诉过你了吗？记得我当初怎么和语文老师说的吗？"

萧磊假装听不到我的话，他闷不吭声地扒了几口饭，突然噌地坐起来，说帮我买豆浆，在外面等我。我心里也有点不痛快，不去管他。反正这顿饭已经刷完萧磊的卡了。

萧磊确实是另一方面的典型。他延续了西中的习惯，平时不知道在哪儿晃悠，很少泡图书馆，但一看就是满脸脱俗（且不变态）好学生的样儿，真好奇他小时候吃什么长大的。

我和萧磊保持着忠诚的好朋友和纯伙伴关系。这也是有道理，从钱唐身上，我也学到了一个道理：你不用费心和所有人交朋友，你只要和人群中最受欢迎的人，成为朋友就行了。

钱唐对此比我棋高一着。比如，钱唐自己就是所谓"特受欢迎的人"。

我自己是没法太欣赏这点。这不仅仅意味着必须时常忍受嫉妒的滋味，而且还会有另一种压力：我是说，我也有自尊心和逆反心。萧磊越打包票，跟着他完全不用担心考试，我就越打定主意不依赖他。

不就是学习吗？我也会，虽然我可能没他学得那么好！

钱唐评论说："你那小男同桌对你满腔热情，你少故意难为他。"

我嫌弃他虚伪："得了吧。我怎么感觉你从来不喜欢萧磊。"

钱唐没搭腔。过了一会，他又淡淡说："看到你这样，我也有点怀念大学，那时候生活很简单。"

"因为每顿饭吃食堂，不用洗碗吗？"

钱唐无声地盯了我片刻，他讽刺说："是啊，不用洗碗。"

"我觉得也是。"

"当然不是，特长生。你现在的生活除了考试没有压力。而我待会要针对一部没有实质内容的电影，和一些人进行一场有实质内容的谈话。简直无话可说。"钱唐撑着下巴，他是真的很自制的人，晚上不吃饭，就是为了保持精力和体力。

我就告诉他："别老瞧不起我，我现在的学习也很难？"

"是吗？大一的课程很难？"

我卖弄着："是啊，很难。因为你不光要了解孟子写的东西，还要了解宪法刑法民法通则之类的。"

"孟子？"

"就是孟德斯鸠，你居然不知道他？他可牛了，我们介绍他介绍了好几节课。"

"我不知道孟子写过法律。你应该把给孟德斯鸠起的外号告诉你高中语文老师。"

"总之，我们法律系学的都是类似这样有实质性内容的东西。"

"抱歉。"钱唐又故意露出个很虚伪的表情，"我瞧不起你了。"

我朝他傻笑会，惆怅地说："我先好好学习吧。学到老，活到老，我今年都快20了，还剩下19000多年的寿命等着学习呢。"

钱唐反手摘下眼镜："这话有点道理。特长生，如你所说，我也要学习。"

"呃，你要学什么？"

他俯下身深深浅浅地吻我："要学的很多，比如，我现在可以去学你身上那些我还不特别熟悉的东西。"

我埋首在钱唐的怀抱里，低声说："你知道吗，钱唐。孟德斯鸠说，咱俩现在是在没有实质性的偷情。"

"你和你那小男同桌才是，但和我不是。"

我恼火万分，用手抵住钱唐的下巴："你们一个个总抹黑我！再说了，萧磊人很好，你会像他那样指导我写案情摘要吗？"

"懂了。"钱唐低笑，"先和你上床，杀了你，动笔写完美的案情摘要，最后继续和你尸体睡在一起。"

又到了深秋，到了大闸蟹举办的群体葬礼时，钱唐马上又要过生日了。

我知道，CYY最近发展势头很好，这好是非常润物细无声的，全部都在幕后的工作。

钱唐已经年过了30岁，随着掌管CYY的发展，气质隐隐发生改变。这倒并不是钱唐的个性不幽默嘲讽，他依旧习惯和颜悦色，但很少笑了。有时候打着游戏，钱唐突然按暂停键，很明显地思考别的事情。他整个人现在更沉淀，虽然偏文气但也有生意人的气场。

我形容不好，只能粗略说，假如现在在西中操场上碰到钱唐，我可能不会把他当成普通人。也可能不乐意和他有任何交集，因为我不太善于和深沉的人打交道。

钱唐听后也说，他对我以后的职业生活，感到深深担忧。

我在大学除了萧磊，交到的第二个朋友是苏冰洁。她就是我们宿舍里和我同城的女生。实际上，苏冰洁在很长时间内都乐意用鼻孔对着我。

直到有一天，我在食堂里碰到了苏冰洁，她正唯唯诺诺地跟着程诺，程诺主动跟我打完招呼后，我才知道，苏冰洁想从法学院转到经管院，正找程诺要资料。

已经快临近平安夜，我中午在学校水果摊买了几只红苹果，到宿舍的水房洗洗，准备分给室友吃，骗取下期末的考试情报。

其他宿舍的门没关，楼道几个女生正低声八卦苏冰洁，说她衣着打扮都跟着程诺学，但程诺的一身都是奢侈品，不免东施效颦。而且，苏冰洁为了减肥，吃了什么三无产品减肥药，3个多月都没来例假了之类。

我狠狠咳嗽了一下，她们听到有人才消停。

我回到宿舍，边看书边啃着苹果，不免算了一下自己这个月的月经日期，接着就想到"避孕"这词。

自从钱唐和我，呃，躺在一张床上睡觉，我们之间从来没有做过任何安全措施。安全套我倒是见过，但总怀疑是钱唐恶趣味的玩具，因此不肯碰，也不让他戴。

钱唐从没提过让我吃避孕药。

万一，我怀孕了怎么办？嗯，孩子。我倒早说过想生个孩子玩。但那是以前，我纯洁到什么都不知道的时候，冒出的傻想法啊！现在，该知道的和不该知道，也都知道了。

虽然感觉生个孩子不简单，但要我像蔡林珊那样打掉孩子，我更不乐意的。怎么说也是条生命，我可是连土豆都珍惜的人。更别说，生个钱唐的孩子，我还确实挺乐意的！

这一晚回家后，我把避孕药的事告诉钱唐。钱唐对女人那点月事不置可否，就说了句："别乱吃激素药影响身体。"

我随口答应了声。过了一会，我还是忍不住对钱唐说："……那个，你说，我万一要是怀孕的话，可不可以把小孩子生下来？"

钱唐正在调电视机，看今天的娱乐新闻，手势好像微不足道地停了一下。但语气还是平稳，他淡淡说："小孩子还想要什么小孩子？"

我不假思索地说："你的孩子我就要。"

钱唐只是笑了笑，没作声，单手撑着头望着电视。

我看着钱唐的侧脸，他还那么年轻，专注的时候，像个饱经世故的青年，好看得不行。

说实在的，如果钱唐喜欢上别的女的，他和我分手，我可能还会有点心理准备。但假如钱唐以后和别的女人生出个孩子，亲孩子！我会嫉妒发狂到杀了他孩子的——我可绝对没开玩笑！

然而这次，钱唐听到我胡言乱语后，没有一笑置之。

他先是沉默了片刻，突然说："你这占有欲未免太可怕了，不过，这事倒是不会发生。"钱唐先用指节扣了扣自己额头，无声吐口气，他终于说，"特长生，我这辈子是不会有孩子的。"

我没反应过来，回过头傻兮兮地看他："啊？"

钱唐第一次没有直接看我的眼睛。

"还记得我们刚认识不久，我当时在马路上独自坐着，碰到放学后的你。那时候下着雨。"他轻快，又一字一顿地说。

我回想起来这段记忆，依旧不解地望着他。那会子，我觉得钱唐满脸寂寞，我以为他失恋或被骗钱了之类。

钱唐低笑了声，再盯着自己手上的遥控器。

"那天，我刚从医院拿到最后的结果。医学术语不用解释，我性生活正常，你可以放心——"他还有心开玩笑，揭开谜底，"医学报告说，我这辈子有孩子的可能性非常低。"

眼前的电视还没有关，上面主持人正兴奋地报道什么颁奖会。

我不是特别灵敏的人，每当接受新信息会呆滞片刻。一时之间，只看到钱唐的嘴在动。

"所以你不可能怀孕，所以我没让你做任何措施。"钱唐用种总结的语气说，"春风，我应该提早就告诉你这件事。对不起。"

平地惊雷，也不比目前的情况更诡异了吧。我发誓，最初提起孩子只是随口，只指望钱唐嘲笑我或者惯常泼点冷水，我再反驳回去。但可真没想到收到这么一种回答。如此猝不及防。

钱唐并不是喜欢直接表达感情的人，但他每当直接起来，为什么就那么伤人？

大脑很乱，耳朵里嗡嗡响，我的意识先于理智作出反应，因为我发现自己已经握住钱唐的手。

"呃，没关系啊。我国人口已经那么多了，咱俩可以领养一个孩子的。没事的，真没事的。我不在乎孩子的。"

没想到，钱唐听到我话，再一挑眉。

"领养？"他微微提高了声音，钱唐居然笑了。他终于抬头盯着我，像每次开我玩笑前的低笑一样，他很坦诚地说，"宝贝，还有件事我要告诉你。

不只是我不能有孩子，我也不想要孩子。怎么解释呢？就是，即使我能生孩子，我也不想要孩子。我对传统家庭那套'十世可知也'的东西不感兴趣，所以，以后也不大可能会结婚。老实说，我从不缺结婚人选。如果想结婚，当年大学毕业就可以结了，也不用等到现在。"

我呆若木鸡，不知所措，感觉整个人都恍恍惚惚的。

钱唐握着我的手，他慢慢地，继续说："现在你岁数还小，也许不在乎。但假如有一天，你想要安定，我恐怕依旧给不了你。"停了停，他漠无表情地说："你想要留在我身边，就得提前知道这个。这件事，我也应该提早告诉你。"

我万万没想到，正式和钱唐在一起的第一年圣诞，就是这么个大礼。

那天我一晚上没合眼，第二天清晨，眼珠子和手指尖一样干燥。

之后，我和钱唐都没再提起这件事，好像从来没发生过。我每天依旧早上起床，上学，学习，回家。钱唐因为工作会晚归，我留着灯，边看书边等他回来。

但我俩还是算吵架了。从那晚开始，我没有主动和钱唐说过话。

我不是想指责钱唐什么，但真的觉得特别委屈。面对他时，我经常觉得不自量力，有时候甚至觉得自己疯了。而钱唐却总是笃定，还美其名曰"让我自己决定两人关系的走向"。

我能决定什么？大概，决定要不要和他分手，钱唐身上有种气度，他自己觉得不重要的事情，也默认对别人不重要。因此冷不丁地揭开真相，没人能受得了与温情反差太大的残忍。

幸好马上就到了期末，我躲在自习室里发奋学习，大一这年选了24个学分，法律系大部分都要靠死记硬背。

元旦那天放假，我睡在宿舍里，第二天早上爬起来，又坐在图书馆的文献阅览室抄法条。

进入文献阅览室前必须存包，读者只能带笔记本和手提电脑，来这里上自习的学生很稀少，都是教职人员。我却愿意来这里，因为只有这时候不想自己和钱唐的前途，以及避开总能找到我的萧磊。

我用草稿纸默写了一上午的法条，累的时候，忍不住打开电脑，在网络搜索了钱唐的名字。

"电影的发明是为了记录错误。观众对他人的生活永远好奇，永远抱有想象。但是，观众不需要百分百的真实。那些愿意打开电视或者坐在电影院里的观众，内心已经默认自己缺乏常识，他们迫不及待地渴望接受我们合理化的错误，或者将错误合理化——我们要去满足这种想法。"

钱唐曾经告诉一位新编剧的话不胫而走，被某个大导演抨击钱唐是不懂艺术、媚俗，只知道愚弄观众的投机者。

我盯着屏幕上"钱唐"这两个字发呆。

钱唐的性格并不特别谨慎，他其实不害怕表达非常有争议性的话，但就是觉得浪费时间。就像钱唐跟我说不想结婚，也从来没想到结婚。原因不是别的，他是觉得这事特别没意思。

苏冰洁突然出现在我对面，她抱着厚厚的金融教材。因为转系的原因，她在期末非常辛苦，要学两个系的功课，只有在法学院取得5%的名次，才能转到经管院。

苏冰洁轻声对我说："我那天也在。"

我的视线从屏幕上收回来，疑惑地望着她。

"就那天，那些女生讨论我的时候，我也在水房里头洗头，听得清清楚楚。"苏冰洁向来高傲的脸红彤彤的，但是她的语气很坚决，"我不在乎她们的评论，我在完成自己想做到的事情前，不在乎任何人的评论。"

我丈二的和尚摸不着头脑，心想她跟我说这个干啥？我正复习呢。

苏冰洁看着我，主动说："我每天早上都去图书馆占座，你想占座的话，跟我说一声就可以。咱俩一起学习吧？"

我大喜过望，就喜欢学霸带我学习带我飞，我厚着脸皮地说："那啥，你笔记能借我看看不？"

我这个人虽然在我爸眼里，一直是个渣渣样的人物，但是，我特别善于和学霸打交道。

苏冰洁是个有点势利又特别冷酷的女孩子。法律系明明是 A 大数一数二难进的系，但她依旧看不上，一门心思要转系到经管院。

比起萧磊非常潦草的笔记，苏冰洁的笔记字体工整、标准，笔记内容清晰和详细。而且，她在为我答疑解惑时，也没有做人身攻击的坏习惯。

"你为什么要转走到经管院？"我郁闷地问苏冰洁，但她只是坚定地说，因为这是她想要做的事。

半个多月的冷战后，我放寒假回家，终于开口跟钱唐说了第一句话。

"你既然不想结婚，先前却突然说喜欢我，是不是因为经过您老人家仔细观察，觉得我年纪小，不着急结婚，各方面比较好糊弄，能当个符合你全部要求的小情人？"

在我不搭理钱唐的时候，他没主动贴过来解释，却开始亲自送我上下学，在家办公的时间也长了很多。

现在听到我这么说，钱唐表情依旧都没改变。我只看到电脑的光映着他眼镜边。钱唐专心地把手头的 Excel 选题看完了，才说，"是吗？但我花了半个月，都没能再糊弄我小情人继续上床。"

"滚你的。赶紧回答我问题！"

钱唐默不出声地看了我一会，他温和地问："好，回答你哪个问题？"

"你知道我心性高傲，就算以后你不喜欢我，我也不会缠着你。好吧，就算我自己一厢情愿地想缠着你，你也可以直接告诉我父母，他们当场就把我领走，对不对？而且我父母还会对你感恩戴德给你颁发个拯救失足少年奖，是不是？"

钱唐这当口，还犯挑言辞的老毛病。"还心性高傲？"他皱眉，"特长生，

515

你倒是平生永不忘自夸。你期末考得怎么样，法律系的挂科率不低吧？"

我心里也正担心挂科这事呢，立马翻脸："我今晚就从你家搬出去！我以后再也不想见到你了！"

钱唐看定我："那我想见你的时候，怎么办？"

我无声地抬起头，强硬回视他。钱唐也在看着我，毫无回避，但是，他依旧是漫不经心地说："不结婚就仅仅是每个人心里的选择嘛，没什么错。"

不说还好，一说这个，我简直是出奇愤怒了！对钱唐这人，对他的话，甚至对他回答的这种时机和语气。我都开始觉得这人不光心眼过多，而且实在太自私了！

嘴上说喜欢你，行为也宠你，一切如你心意。但钱唐绝不会因为喜欢你，而去委屈他自己做任何事。我甚至开始怀疑，这也是钱唐有那么多绯闻对象，却总无疾而终的根本原因。

他留着心眼挑选对象呢！每当动真格时，钱唐性格里的自私暴露，那些自尊心和我一样强又无法改变他的女明星和女强人，最终只会默默退散，也不会一哭二闹三上吊的破坏双方脸面！

算计成这样，他也真是成精了！精神病的精！

我指着钱唐鼻子的手都发抖了。真生气啊！舍不得打他，但我也不能真的当傻瓜啊！

我只好重复地说："我不跟你说话了！我要搬走！我现在就要搬走！你绝对是利用了我，绝对是各方各面都利用了我！你真是太可怕了！"

钱唐保持了片刻的沉默，他淡淡地反问我："其实，不过是水至清则无鱼的问题。特长生，你当初以女学生式的热情来喜欢我，不也同样是为了报复你父母对你的忽视？"

"又说什么呢？"我气得简直像发了疯，来势汹汹地反问他，"你别倒打一耙！你居然不相信我喜欢你？"

"宝贝，我知道你喜欢我。"他继续沉着地说，"但你喜欢我，不也是因为你当初上学时很无聊，想找乐子？最初在你眼里，我本人和我的工作性质和工作环境,莫名其妙的地和丑闻沾边,所以你才另眼相看?你想尝试堕落又不甘心,希望有清醒的成人在边缘处拉着你,于是你找到了我?甚至于现在,你大概依旧觉得我工作性质和意义都带有负面符号。你心里难道没想过,你是委屈了自己才喜欢上的我?"

我只能先一口咬定说"不"。但我发现,每说一次"不",语气都不自禁地发生改变。钱唐总能这么猝不及防地戳中别人内心最深处的东西。

我甚至不得不开始考虑,他话里有些讽刺的暗示,是不是有道理。

钱唐绕到书桌前,微微弯下腰抱住我。我感觉到钱唐比平时更大的劲头,才发现他也许没表面那么冷静。

"我没有怪你这点,宝贝。因为我也不是单纯的人。你说的很对,我利用过你。现在我喜欢你,是因为你的年纪很轻,你的性格很对我胃口,你不会追着我要那些我不愿意给女人的东西。在内心,我更同样很满意你是李京女儿的身份。"

钱唐说完后再沉默片刻,我在他怀中绝望地闭上眼睛,我知道他说的是心里话。

"但不管怎么样,宝贝。我看中的那些东西,也是你本人的一部分。还记得曾经我说过要送你嫁妆吗?我那时候是认真的。春风,假如我有女儿,我会希望她像你一样。"钱唐在我耳边缓慢说,"我现在对你也是认真的。我确实想让你开开心心,这样不好吗?"

我呆在原地,感觉钱唐身上好闻的气息一点一点把我淹没。

有时候我在钱唐身边不乐意发脾气,是觉得自己特别渺小。因为他不光是能看我看不懂的书,写我看不明白的字,想我想不明白的事。我很多时候感觉钱唐活得很高级。

甚至,我觉得钱唐某方面比我活得更单纯而直接。

他说:"宝贝,今晚别生气了,陪我一会好不好?"

"好。"我抽抽搭搭地说。

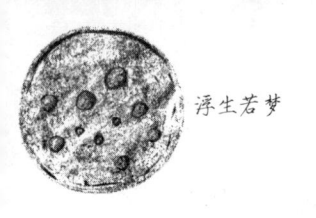

然而和他做爱的时候，我又觉得特别悲哀了。

"我想要孩子，我以前一直觉得，我这辈子会有三个孩子。"我把头搁在钱唐肩膀上，不甘心地说，"那以后咱俩养狗行吗？"

钱唐含糊地吻了我耳朵一下当回答，估计是拒绝了。他讨厌有毛的东西。

我又忍不住问他："你真的不想结婚？为什么？你是永远永远都不会想结婚吗？"

钱唐顿了顿，他话里松了口缝隙："我尽量不说永远。因为我觉得，世界上没有什么能够永远。"

我简直被这回答气死了，打定主意，在这次吵架里绝对不能轻而易举地饶了他。我恶狠狠地说："行，不说永远。万一咱俩以后分手，你得把你那辆跑车送给我。"

钱唐低笑，他故意气我："这就开始规划咱俩的未来了？没问题啊，但我现在的那台车开旧了，我到时候再送你一辆全新的。"

我拼命憋住怒气，继续说："还有，你家供着地藏菩萨像，到时候也得跟着我走。"

他哼了声，好像是说"好"。

我不安地扭动着，努力睁大眼睛环视昏暗的四周："还有，你屋子里的四柱床，睡得挺舒服的，我也要带走。你院子里的树，我也得全部砍走。还有你那玻璃杯，你家里所有东西我都要带走，除了你——"

钱唐烦起来，索性直接堵住我的嘴。

这个春节，钱唐带我去海南玩儿。

我和钱唐的第一次吵架也就在海风中无疾而终。我原谅了钱唐。即使在他明显表示我和他没什么未来的情况下，我依旧原谅了他。

反正我也习惯了。大部分时间里，钱唐总占我便宜，但即使是钱唐，偶尔脑子也有不太清醒的时候。

当恢复清醒时，钱唐迅速发现，他家里的很多东西，已经基本都属于我，或者说，未来的产权即将归我所有——按照口头合同，如果以后我和他分手，钱唐得倾家荡产地送我滚蛋。

"你刚才已经答应把车送我了，还有你的珍藏电影母带，还有你那菩萨像。你家电视我没要，因为太大了，我搬不走。"我在他面前穿衣服，钱唐默默地看着我背影，"还有，你还欠我片酬呢！到时候也得还我。你家一楼那搁毛笔的架子和涮笔的瓷器，我也要了！你家冰箱里所有吃的也是我的！"

我继续絮絮叨叨，钱唐忍不住打断我："你怎么不让我把整个房子都送你？"

我的口才在钱唐的摧残下开始迅猛成长："那倒不需要全拿走。反正，你这辈子也绝后，到头来骗完其他女的，这房子还能当遗产送给其他人当补偿。"

钱唐沉默片刻，无奈地说："特长生，你可是我认识女人里最狠的角色。"

我猛地回头，用枕头砸他："不准叫我女人，叫我宝贝！"

他哈哈大笑，伸臂紧紧搂住了我。

我在怀里叫他："钱唐，你要是改变主意，以后想结婚和领养孩子，告诉我啊。"

身后那个不喜欢说"永远"的家伙，也只是半开玩笑地说："那我养你好不好？"

大一那年混混沌沌的，但可能也是让我真正思考身份和归属感的一年。

我以为和钱唐谈恋爱，就不再彷徨，但迷茫和怀疑的时候更多。我想对感情诚实，却发现最好的办法是别想太多。不过，我总归能给自己找到新乐子，而按照钱唐说的，是"杀土豆的无数种方法"，简称厨艺。

我不再吃食堂，开始学着自己带饭。每当对着菜谱研究时，钱唐都喝着水，冷眼看我瞎捣鼓。这估计是他礼貌的极限了，我自己也不太乐意被钱唐讽刺为"盒饭水平"，因此决定上心。甚至咬牙用零花钱买了厨具。

虽然我怀疑钱唐背后多长了个眼睛，他总能敏锐猜出别人心里琢磨什么，或者立刻察觉我动了他卧室里什么私人物品，但在另一个角度，钱唐基本是个睁眼瞎。

比如说，我用自己零花钱买了个烤箱，几天后，再买了无油炸锅，刚开始还把那些器具藏着掖着，到后来全放在桌面。

足足几个月，钱唐都没察觉出他家里多出点什么。他性格里确实有点自负，好像默认所有"深颜色"和"高科技"沾边的电子东西，都是属于自己。以我"特长生的智商"，是不会主动碰这些的。

等到钱唐觉得厨房空间越来越小，他仔细观察了几天，这个"聪明人"怀疑我把他的水晶酒杯偷偷摔碎了几个。

"我怎么记得，我家的酒杯架以前是满的，现在空出来了？"

我正戴着手套从烤箱里拿出热气腾腾的红薯饼，没搭理他，自己先咬了一口。

钱唐对我亲手制作的美食视而不见，眼都不眨地盯着我。通常时候，这代表他不太高兴。

"你是不是摔了我酒杯，藏起来扔掉？特长生，你还让我再重复一遍这里的规矩，嗯？这里是我家，不准乱扔东西。引申的意思是，假如你摔碎酒杯，摔碎我酒杯后想扔掉，或者处置任何属于我的东西前，都必须要先和我商量，懂吗？这是基本礼貌。"

我心平气和地说："哦。"

钱唐察觉出我的疲懒态度，他皱眉："别敷衍我！特长生，你那颗埋个土豆都能自我陶醉到现在的脑袋，知不知道我现在具体提醒你的是什么？"

我委曲求全，承认自己摔了只高脚杯。然后，我借机说："钱唐，对不起啊。其实我还想告诉你一事，你家搅拌机也被我弄坏了。要不要我明天拿去修？"

那天晚上，钱唐有意冷落了我好大一会。但第二天清晨，他依旧把信用卡留在床头柜，让我赶紧买一个。我拿着卡，马不停蹄地冲到商店里买了最贵的新搅拌机——他家以前根本就没"旧搅拌机"！

如今我都得再感慨一句，真可惜钱唐没有全瞎！你绝对不能相信，我就靠这点小招数，骗钱唐资助了我多少厨具。

当然，钱唐没有被我这么欺瞒很久，等他终于开始隐隐怀疑，家里不明原因多出来的东西，我又跑到学校里住一段时间避祸。

苏冰洁在下半学期顺利地转到经管院，不过，我们还是一个宿舍的。她是少数不总拿我和萧磊开玩笑的人，当我告诉过她，自己有个男朋友，苏冰洁也只是问了句："他有钱吗？"

我有点尴尬，还是点点头。

苏冰洁带着愤世嫉俗的口吻继续说："是，有钱才能谈恋爱，我可不会找大学生谈恋爱，我觉得，花父母钱谈恋爱的人，很不知羞耻。"

她没有讽刺我，这是她认为的道理。

我认真地想了想，然后说："不是所有感情，都和钱密切相关。因为如果任何事都和钱扯上关系，人就会变得很铜臭，而且目光短浅。"

苏冰洁目光闪烁地看着我，拖长声音"哦"了声。

我在她面前也不装高尚了，嘿嘿笑着说："不过，我也觉得钱更重要一点。因为如果有钱，我和我对象即使分手了，我还能继续当他的客户爸爸。尼采说了，没有任何制度建立在爱上。所以，还是自己强才管用。"

我和苏冰洁像两个邪恶的地主婆，相视而笑。

其实关于这一点，钱唐起了很大作用，那句话也是他告诉我的。不是秀恩爱，我生活中很多重要的事，包括相聚和分离的模式，都是这个男人替我建立起来的。

叶伽蓝这个隐患，我思前想后的还是觉得不放心，而且他现在还签约

CYY了。

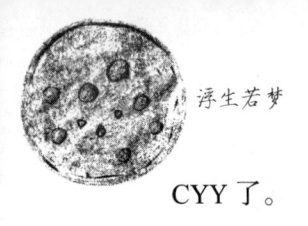

开学没一个多月,我就发现自己已经能在校园小超市里的矿泉水瓶和酸奶瓶上看到叶伽蓝那张恶心脸,这彻底毁了我最爱的酸奶。我忍不住跟钱唐表达了自己对叶伽蓝的态度。

"我真的特别讨厌叶伽蓝。那程度,就像你讨厌我说脏话一样。"我试探地问,"我不明白,你为什么要签叶伽蓝?是因为你很看好他吗,还是觉得他很有潜力?"

出完差回来后的钱唐在床上用电脑回邮件,他没停手里的事,只漫不经心地说:"宝贝,我倒是不讨厌你做任何事,我只是觉得说脏话对小丫头来说确实不妥当。"

我忍不住亲了钱唐一口:"好吧。但我真的是讨厌叶伽蓝,特别讨厌。他如今在CYY,你不要让他活得太舒服好吗?"

他依旧漫不经心地说:"叶伽蓝的工作是CYY的公事。春娘娘想通过色诱我干政?"

我噎得一句话都没有,愤愤然地躺下。

过了一会儿,钱唐终于扳过我。他已经摘下眼镜,先摸了摸我的眼角。我睁眼瞪着他,他笑了:"特长生,我曾经答应过你,有一天,我会给你机会让你处理和叶伽蓝的恩怨……"

我差点就脱口而出,说报仇那事我早就已经自己料理好了。但我忍住了。

钱唐看了我一眼,再继续:"你暑假来我的CYY先实习吧。不,不是让你当演员。我们法务部一直在招人,你进法务部。"

什么意思?难道我去CYY的法务部实习,这事就能报复到叶伽蓝了吗?

钱唐微笑,他淡淡说:"也许,我是说也许,你什么时候来CYY法务部实习,叶伽蓝什么时候就会开始官司缠身。到时候,你可以选择帮他,或者再推他一把。"他语气温和地说,"一切都随你心意。"

我仍然清晰记得钱唐对我说这话时的每个细节,眉眼轻敛,似笑非笑,只语气平静寒冷得令人恐慌。

他冷淡地说:"我负责给你这个机会,所以我自己不会为难叶伽蓝。"

钱唐大概觉得我表情有趣,低头安抚性地深吻住我。他的嘴唇和手指有温度,慢慢放松我不知道为什么紧张起来的神经。我下意识抱着钱唐,也不知道担心什么。

他"嗯"了一声,笑着关灯。在最初的黑暗里,钱唐贴着我,低声说:"春风,在我身边,你要乖,但你也不用太乖。"

那个夜晚缠绵萦回,但钱唐身上的香水味是阴郁冷冷的,我清楚知道只有自己变强,才能和他站在一起。这想法并不让我气馁,反而让我开心,因为我也期待着自己强大。

我说不上来很多原因。反正,现在除了每晚固定回钱唐家睡,我在A大校园里是被刺激得各种发愤图强。

我好像突然开窍了,慢慢愿意和同系的同学鬼混。没事就参加班级组织的唱歌、爬山,也不再拒绝社团活动,经常坐火车去别的城市去参加辩论会,顺便玩个两天三夜的。

趁周末,我参加了南京大学举办的模拟庭辩。社团经费有限,买的是夜班火车。同行其他同学都睡着了,我没有丝毫睡意,等待眼前的泡面。

"生日快乐!"萧磊突然说。

"今天是我的生日?"我吃惊地说。

第二天早上,我直接和社团的同学从火车站去学校上第一节课,拿着萧磊送我的安慰奖生日礼物,一个黄铜小钥匙扣。而钱唐再次无耻地把我生日忘记了。

钱唐只是很惊奇我那种用功的劲头,他反而劝我:"女孩子家,不需要时时刻刻争首位,你多出去玩玩。文静那样的学生,也不是人人能当。"

"谁是文静。"

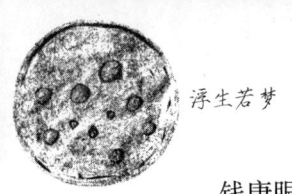

钱唐眼睛继续盯着他的屏幕，随口说："胡文静，你同学。"

我和钱唐第二次也是最后一次大争吵就这样静悄悄的再拉开帷幕。而且，导火线居然是胡文静。

这辈子懂事以来，我唯一拿热脸贴冷屁股的，也就是这俩奇葩。

因此，当我震惊得知胡文静从写了《绿珠》剧本后，她一直以亲笔信的方式和钱唐沟通，那心情简直像窗外秋风扫落叶下度日如年的永雄（永雄是我那没发芽的土豆）。

我深深觉得自己受了双重背叛：胡文静太不公道了！姑奶奶在社交网站上，给她发了无数好友的验证，全部都没下文！没想到3年来，胡文静都在主动和钱唐联系？

而钱唐，钱唐记不住我生日就算了，他居然和胡文静聊天，还不记得告诉我？

而钱唐还毫不动容地回答："因为你从来没问过我，我当然不知道要告诉你。"

跟着钱唐久了，我已经有点承受力。但依旧被他那股理所当然气得脑壳疼。我是没主动向他问过胡文静，但钱唐难道少听我跟他耳边碎碎念了？

我勉强压着气，追问钱唐有关胡文静的事。

不问不知道，当我得知去年钱唐去北美出差，他抽空在波士顿高级馆子里请胡文静吃了顿龙虾时，简直又是一句话都说不出来——我内心深处很想把钱唐浇上油漆淋上火从2楼推出去！捡回来，然后再推下去！

钱唐皱眉解释，胡文静的信他从来没回复过，至于请她吃龙虾："CYY想签的北美艺人在那个大学进修，街上巧遇到而已。并不是单独两人吃饭，文静和她的几个国外同学和教授都在场，我主要去埋单。"

钱唐的慷慨曾经是他很有个人魅力的地方，但现在，去他的！

我拼命喘着气，想让自己冷静。钱唐却在对面，好笑地看着我的心烦意乱："宝贝，你怪我没告诉你？我事情太多，有时候缺乏心情说这些鸡毛蒜皮。和你在一起，我只关心你，不好吗？"

我呆若木鸡，听任钱唐继续逗我。

"总不会吃我干醋吧？别这样，文静只是个小丫头——"

钱唐嘴里"小丫头"这3个字简直像爆竹样迅速点燃了我的内心，我平静地回答："我和胡文静是一样的岁数。而且，你说你关心我？但是我上周刚过完生日，你记得吗。"

钱唐终于停下手头的工作，关心且抱歉地望着我——别这样！太假了。

突然间，我懂得在他身边，我内心各种不安全的根源。他这么温和的自私，这么含蓄的自傲，脑袋还这么多难以猜测的花招，当钱唐想让别人做什么事，最后肯定变成别人上赶着求他不可，他为什么还要再费力去动真格？

不管是工作还是感情，钱唐已经成为一个怪圈，就喜欢看别人没头苍蝇似的乱撞。而自己在旁边不参与，以此来掩饰自己情感缺乏的绝症——这人性格到底出了什么毛病？

"……你到底有什么毛病？"我太不明白了，不由喃喃地问钱唐。

钱唐估计已经看出我不对劲，他伸手过来想抱我，我却猛地往后一缩。

内心的炸药燃烧到喉咙而全部爆炸。脑海里巨大一声后，我剩下特别茫然的难过感。

"说真的，钱唐，你这人到底有什么问题啊？"我再次疑惑地说，"你为什么是这样的性格，这样的人？你有病吧？"

"春风，对不起。"

"你究竟是有什么问题啊？"

不管钱唐对我说什么，我只是不停重复这句话。而钱唐的脸终于渐渐沉下来。

"春风，我已经道过歉了。"

"不，我说真的。钱唐，你说你究竟是有什么问题啊？"

"够了！"他突然冰冷喝止我。

我被钱唐声音里带着的威势，弄得暂停了下。此刻，钱唐身上的那股温和调笑劲头消失得一干二净，透过镜片，他眯着的眼睛里有什么危险信号闪烁，但依旧深不见底。

钱唐用指节叩了叩桌子，稳住口气："宝贝，胡文静的事情，我没有早告诉你，这是我的错。我忘记你生日，你对我怎么发脾气都可以，但现在别像小孩子胡闹，好吗？你知道我从来不喜欢小孩，你也一直很乖——"

我很坦诚地打断他："钱唐，你是我这辈子到现在为止见过最烂的人了。不，我说真的，你真的是字面层次上的那种'烂'。你的内心简直就像腐烂的红富士，只剩外面那层苹果皮是好的，是完整的——但你实际上已经烂透了。你自己知道吗？"

钱唐沉默地望着我。片刻后他突然站起身，面无表情地说："等你冷静下来，我们再继续谈。"

那天晚上钱唐睡在1层客厅的沙发，也由此正式揭开我俩冷战的序幕。

早在我俩的相处中，钱唐有时候会不耐烦，会对我态度不大好，再偶尔他甚至会刻意不搭理和激怒我。但出于某种优越感，钱唐从没和我真正计较过什么，也都是他主动哄我逗我开心。

然而这次，我真真切切感觉出来钱唐在对我恼火。

不知道为什么，钱唐居然挺介意我说他是烂人的那番话，甚至比我骂脏话还在乎。

我自然也余怒未消，尤其是当我向钱唐要求看胡文静给他写的信时，再被他冷冷拒绝："私人信件受隐私保护，你学法律肯定知道这个。"

钱唐情商高可能也就高在这里。我又即将失去理智的时候，他再扫了我一眼："我把废纸垫在宣纸中间来吸水。"

于是我忍气吞声地，再怀着极大好奇心的在钱唐那堆厚厚的宣纸中央扒翻，顺利发现胡文静上个月和上上个月给他的英文手写信。因为被钱唐写字的墨印和水印所渲染，那信体上面的花体英文有些模糊。

我费力地抱着牛津字典查了很多单词，才发现胡文静整张信都是在用长难句介绍最近看过的2本研究东亚种族变迁的书。

再继续找出几封以前的信，内容依旧如此。通篇的读书心得，写在各种纸张后面。

许久不见，胡文静压倒一切的冰冷疯狂学霸气势依旧熟悉，而且，那气质透过这些信件还在刻骨表达。她从不提自己的私生活，甚至也压根儿不屑于去问钱唐的近况。反正，胡文静这么洋洋洒洒地写长信，旁若无人，不在乎回复与否，似乎只是把钱唐当成传说中的"笔友"。

而以钱唐的个性，他确实是懒得说这些事。

等我放下所有的信，钱唐在旁边挑眉盯着我没出声，估计是在等我道歉。

但我想了想，却替我唯一承认的女朋友鸣不平："你要不然就别和她通信，不然收到信后就别这么糟蹋人家的信。胡文静写这么多英文容易嘛？"我再从鼻腔里冷冷哼了声，总结观点，"反正，钱唐你依旧是个烂人。彻底的烂人。"

钱唐不发一言，摔门离去。

我说实话，没特别搞懂"烂人"为什么能误打误撞触动到钱唐的神经。

要知道，不管我以前怎么绞尽脑汁损他，钱唐都很难动怒。他总是微笑着，鼓励我继续，甚至讲点低俗的小笑话自嘲。

但现在，他可没那么从容了。钱唐对"烂人"这个评价嗤之以鼻，而等后来大家都缓过神来，他依旧对这个词感到受伤。我估计，他也在恼火自己居然在我面前表现出了那股在意。

在我俩第二次的吵架。换成钱唐隐约动了点甩掉我的念头。虽然事后他极力否认。"无妄之言"，钱唐不肯承认。

清早起床，我在楼梯间就闻到一股极淡的熟悉味道。

我蹑手蹑脚走到客厅，茶几上有剪掉的棕色的雪茄皮，而钱唐正将半张脸埋在毯子里沉睡。他这两天回来都很晚，估计不想回房间见到我再板着张脸，索性自己在客厅里过夜。

我蹲在沙发边，听钱唐呼吸缓慢平和，脸看上去特别无辜。最近钱唐没进自己卧室，原本香水味已经淡得嗅不出来。

大概是被强逼念古文念多了，我突然想到以前学的课文里形容野兽的一句话"目似瞑，意暇甚"。

真见不得他睡得开心的样子，昨晚去哪儿鬼混了！

我伸手去捏他鼻尖。没几秒，钱唐经不住我吵睁开眼睛。看到是我后，他冷淡地推开我的手，什么都没说，沉默地闭上眼睛继续翻身睡。

他这种态度真蹭火，我恼羞成怒："嘿，你还有理了？睁开眼睛看我。"

钱唐听了我的话，重新睁开眼睛。他没戴眼镜，那双任何时候都很有神的眼睛就直勾勾盯着我，把我看得浑身发毛。

有一瞬间，我突然觉得心寒。钱唐现在睡醒后望着我的目光，过于冷静，几乎是毫无感情，也许这是内心深处的真实写照。

钱唐自己不相信感情，他也更不乐意相信我。

实际上，钱唐只是了解我，但他从来就没信任过我。他喜欢我也轻视我，就连我喜欢他这事，他都觉得特别蠢，认为我只是一时软弱。可能钱唐唯一没料到，就是我开口骂他是"烂人"吧。

但我跟钱唐在一起真的特别有欲望！想继续骂他的欲望！

眼前的钱唐勾了一下嘴角，笑意像秋雨样突然来临到他的眸子。

"心疼我睡沙发了？"钱唐稍微往沙发里挪着身子，没事人似的拉着我躺到身边，"不跟我生气了，特长生？"

我看着他，钱唐的每个行为，每句话，他都能衬得别人特别小气和无理取闹，好像这几天蓄意冷淡忽视我的是别人。他永远比别人更沉得住气，永远能比别人更若无其事地翻篇。

假如真像表面上那么随和，为什么钱唐总能深刻了解别人的阴暗或者伤口，视若无睹地走开？

钱唐像哄小孩似的吻吻我额头，半真半假地说："叫醒我又不说话？还跟我生气，嗯？"

我不出声，顺着他衣服的下摆摸到钱唐精瘦的腰，搂住他。我闷声说："钱唐，你还记得曾经都跟我说过的那些话吗？"

钱唐没有回答，他低头来回吻着我脸颊。动作控制在随时能让我继续说下去，又随时能再打断我的频率。

我被钱唐弄得很痒，恼火说："别动，听我说话！"

钱唐这才开口反问我："你到底想让我先别动，还是想让我先听你说话？"

我永远绕不过他，只得翻了个大白眼。

"你曾经答应分手后，把车送我，对不对？"

听我这么说，钱唐的动作终于缓下来。"为什么提起这个。"

"哦，我就突然想到而已。你没忘记这事吧？"

钱唐听到我这回答后，难以察觉地动了一下嘴角。我俩距离很近，以我5.0的闪亮视力，能清楚看到他瞬间流露出来的微妙表情，有点鄙夷有点无聊有点讥嘲甚至——有点失望。

但几秒的工夫，钱唐换上一股担忧表情。他问："特长生，你是准备发表甩了我后再把我的车开走的演讲？"

即使我存着大家来找茬的恶毒念头，也不由得被这反问弄得磕巴了一下。

真讨厌钱唐习惯性的客气，关键是客气的含金量还特别高。他不装傻，但就不动声色把所有话都堵死，再耐心又冷淡地看别人怎么应付。

我只好先老实承认："不，我没想过分手。但你的车——"

钱唐却打断我话头，他微笑地抬起我下巴吻了一下，温和地说："你说什么就是什么，宝贝，就别用提问这种方式侮辱人了好吗？"

我得承认，自己那一颗偶尔想压别人风头和总是自我感觉特别良好的心，每当面对钱唐这样喜怒不形于色又喜欢硬话软说的人，常常处于比较迷茫的状态。

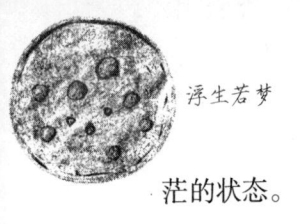

当钱唐承认我的话已经"侮辱"到了他，我觉得自己赢了点局面，接着还没等我琢磨明白，也就稀里糊涂地任他"侮辱"了我。

只不过，这次钱唐把我弄疼了。而且我希望逃课在家躺着犯懒的时候，他已经开车把我送回学校，像个魔鬼。

直到在离A大还差一条街，魔鬼接到了一通电话。他接听的时候很平静，取下蓝牙耳机后，钱唐随手把音响关了，再将车停到路边。

"下车。"钱唐冷漠地跟我说。

我从来没听过他这种不含语气的冰冷口吻，不由得蹙眉看他："还有一条街呢。你怎么也得送我回学校门口啊。"

钱唐却已经不耐烦起来，他直接探过身，把我安全带解开。"下车。"再重复一遍，居然伸手就想往外推我。

我两腿间确实还特别酸疼，不想动弹，也受不了他这么吃饱饭杀厨子的行为，不由得把他手推开。车厢不大，就这么斗了几下，钱唐脸色越来越寒。见我打定主意跟他对着干，他利落从自己的车门出来，单手直接把我从副驾驶座硬生生拖出来。

我没提防，就被钱唐抓着连衣帽丢到人行横道上，包和衣服也被他直接扔出来而散落到地上。整个人丢人又恼火。

"钱唐，你在干吗呢！"我嚷嚷，也急眼了，"你吃错药了吧？"

钱唐连正眼看都没再看我，他扬手"砰"地关上副驾驶门，头也不回地上了车，直接走掉了。

本来钱唐那车就显眼，大学附近正修地铁，他打斗似的把我拽下来，民工兄弟都在看笑话。我站在原地里简直能气疯了，而且除了那愤怒，内心还有点特别不好的预感。

我一边打电话给萧磊嘱咐他帮我签到，一边疯狂地打车，让出租司机追上钱唐的车。

司机得知要追车，脸色就非常不乐意，他估计觉得我属于什么不法黑帮分子。我很不乐意忍受这种偏见，只可惜今天出门忘带刀，只好选择以理服人。

"前面开车的人是，是我大表姐。她，她刚接到个电话，对方说，嗯，说让她给一个虚拟账户打钱。所，嗯，她就要赶着去银行转钱。我，我，嗯，我，我要拦着她……"

司机的表情表示他完全不相信这鬼话，但被我催促着也只得起步。幸好钱唐的车醒目，凑凑合合地追上。

再开了一会，司机又忍不住对我说："这人开车技术不像女司机。小姐，你不要骗我，这也不是去银行，估摸着去上机场的高速。那车坐的人是谁？和你什么关系？"

我听到钱唐去机场，不由得直起腰阴沉盯着前方的车流，脑海里的想法和疑惑早就已经满天飞。

到底是什么电话，能让他就直接把我轰下车？谁那么重要啊？工作上的事还是私事？和我有关吗？他去机场干什么？

在我看来，钱唐承压力一直不差，甚至可以说是相当好。他自己揶揄除了工作的缘故，一方面还不起眼地招惹了我。所以天大的事，如今也都习惯了。

也许我只能回答第一个问题，钱唐不管做什么事都不乐意带着我。他做事喜欢互不干涉，但只是我没法干涉钱唐。而也不知道为什么，我脑海突然冒出来曾经目睹他和张雪雪牵着孩子和谐走出火车站的背影。

司机还在前面叫唤，我缓过神来，冷声说："去机场。"

"我不开机场，空载率高。"

"别废话，不开滚下去我自己开！"

司机绷着的脸色和我一样烂，但我估计自己的脸色比他更残忍点，不然

也震慑不住他。但我就没法道歉，只能阴沉地坐着。

不知道该怎么形容，反正现在的感觉特别糟。也许是之前胡文静的短信闹的，也许是很早就隐藏的不甘心爆发，也许是很讨厌被蒙在鼓里的感觉，也许只是钱唐嘲笑我年纪小妒火旺，反正我偏偏就杠上了，非得跟去机场看看钱唐到底去干吗了。能有什么重要的事情？

好不容易开到了机场，前方钱唐的车直接打了个转弯把车开到地下停车场。我气喘吁吁地跑到航站楼，被残忍的现实再打了一巴掌：本城的机场修得不小，分为两个航站楼。而地下停车场有3层，无数出口通往航站楼。更别说此刻人群跟芝麻似的，哪里能看得见钱唐的身影。

我站在机场入口处目瞪口呆，内心的怒气和无力感简直能为国家炼钢去了。

如果是普通人，或者说普通女的，冷静下来也就哭哭啼啼或者故作淡定地打道回去。但我不行啊，一方面怕刚才出租车司机还蹲在门口想撞死我。其次，我的性格虽然没偏执到不到黄河不死心，但肯定也属于被黄河淹死时只隐隐后悔自己居然没带泳衣那种。

路上给钱唐打电话，他都直接挂断，到后来估计把我黑名单。我深呼了几口气，找到机场的公用电话给钱唐再拨过去。等了几秒，大概因为是陌生号码，他这次接听了。

我单刀直入："我现在也在机场，你在哪儿呢？"

那边沉默片刻，我发誓假如钱唐又挂了电话，自己都不知道能干点什么出来的时候。钱唐说了个航空公司的名，然后掐断。

等我终于在航空公司服务点，辗转找到钱唐，售票小姐正把他的机票打出来。

钱唐接听另一通电话，我听到他推迟了几个会议和见面，取消了明天的所有行程。他挂了电话后招招手让我过来，没有问我为什么出现在机场，温声说:"特长生,我得出去几天。"

我愣了一下问:"怎么了?"

钱唐一如既往地不想多谈,他平静而冷淡地说:"你在家乖乖地等我回来。"

"你去哪儿?我跟你一起!"我脱口而出。

钱唐也皱了一下眉:"什么?"

我意识到自己说了什么,但说真的,我也没后悔:"你要去哪儿?我跟你一起去!我倒要看看你每天都干什么,还有,你不要总随便抛下我好不好?"

钱唐面无表情地望了我几秒,他身上那股唯我独尊和漠不关心劲头又冒出来。"下一次。"钱唐干脆地拒绝,"这次不行。"

我说:"不带我也可以,但你最起码告诉我出了什么事了吧?你能不能就别话说一半就走呢,刚才也是,把我从车上赶下来——"

钱唐只是重复:"对不起,宝贝。"

"你别总说对不起,说点有用的,到底出了什么事?"

我还絮絮叨叨,钱唐突然间就发火了,他冷声说:"李春风,麻烦你能哪怕一次别当个没眼力见的废物吗?有些问题,你不需要开口问到底,有点眼力见吧!"

我猛地愣住。这是钱唐对我说话最重的一次,而我除了迅速涌上来的愤怒,内心还有深深的迷惑和好奇。真的,好奇,我不知道哪样是真实的钱唐,是以前笑眯眯喜欢逗我玩的钱唐,还是现在冷冷睨着我就像我是什么不自量力东西的钱唐。

这是什么两面本事,从地狱里炼出来的吗?

钱唐也意识到失态,他皱了一下眉,不是懊恼只是厌烦。"我没有心情和你解释。我走了,你自便。"

我一动不动看着钱唐背影,随即愤怒地冲到柜台,对售票员小姐嚷嚷:"刚刚那人订去哪儿的机票?我也订一样的。"

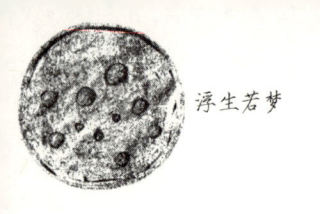

钱唐订的是头等舱，我花的可是零用钱，委委屈屈挤在经济舱。小飞机只有一个乘机通道，我路过头等舱的时候，钱唐略微吃惊地看着我。

但他没拉住我，一声不响地任我走过去，我同样阴沉着脸。

说实话，姑奶奶确实没法解释这股追着钱唐上飞机的冲劲。就算能解释，我也不想解释！

几个小时后，飞机降落在古诗里总出现的南方城市。

飞机轮子还没停稳，我不顾空姐的大白眼，几步窜到前面。钱唐后脑勺跟长眼睛似的，马上回头锐利地看我。但估计两人大眼瞪小眼的场景特别滑稽，钱唐面露微怒之余居然笑场了，他示意空姐放我过去。

等我到了他身边，钱唐收起笑容。他口气不佳："你到底什么毛病？"

我坚持："我要跟着你。"

他蹙眉说："跟着我？你知道我现在要去哪里，就跟着我？"

"没关系，等我跟过去就知道了。"

"我处理自己的私事，没有这个必要带上你。"

我停顿一下，坚持说："对你是没必要，但对我很有必要。我就要跟着。"

钱唐沉下脸。这次他真的不耐烦了，我有预感，如果对话能继续的话，他肯定能说出点什么不可挽回的东西。但我俩已经走下飞机，钱唐的手机刚开机后就爆炸似的响了。

钱唐迅速接听，再强硬地推开我想探听的头。我以直觉觉得对方是女人，绝对是女人。而且不认识的。

"什么？先回家？是已经没事了？"我听到钱唐说。

这次的通话很简短，但打完这通电话后，他阴沉了一路的脸色居然好转了点儿。等再回头，我感觉钱唐惯常的耐心又回来点，但也只是一点儿。

"我把信用卡留给你，你自己买最近的机票回去。不然等我回家，你要被打屁股了。"

我简直都能气炸了，非得拉着钱唐和我吵架不可："去你的！你现在到底去哪儿？你不让我跟也可以，但你能不能把事情跟我说明白？你这人怎么总这样啊！你有什么见不得人的事啊，你……"

话还没说完，钱唐突然往我手里塞了一样东西。他一言不发看着我，好像突然松了口气，然后轻轻拍了拍我的头，转身再走了。

我满腔的怒火都要崩了，但赶紧低头：简单的钢钥匙环，上面拴着钱唐的车钥匙。呃，钱唐给我了他的车钥匙是啥意思。我不明白啊。

话说到这，请再允许我为自己偏向神经失调的行为，辩解最后一次。我和钱唐前几天一直都在冷战当中，而直到今天早上，我俩依旧不算完全和好。

我曾多么热爱钱唐那种含蓄的气质呀，有奖猜谜一样，他好像什么都说尽了，好像什么都没说。不像今天，我总是忍不住破坏气氛，总想戳穿和追问什么。像空气变得稀薄时，我就忍不住要打开窗户。我是什么时候变成了另外一个人的？是上了大学？还是在早上目睹钱唐和别人讲电话时露出肃穆的脸后？

但是，现在事都做到这分上了，是糖是屎姑奶奶也得继续吃下去。

我握着车钥匙再追上钱唐。但也不知道为什么，居然不太敢靠近他。直到钱唐拦了一辆出租车，他刚拉开后座，我立刻麻利地先上了前座。

我虽然确定钱唐和我吵架再厉害，也不会在外人面前给我难堪，但心情很紧张，没敢回头看钱唐的表情。司机看我俩谁都不搭理，更不确定是不是一路的，他就问："小姑娘，你想去哪里？"

后座的钱唐突然张嘴，说了一句我不懂的方言。司机以同样的语调咿咿呀呀答应了一句，再把车径直开到了火车站。

我沉浸在钱唐会说方言的新奇感觉里，看到火车站标示才再呆了呆。坐完飞机还要坐火车？他到底要去哪儿呀？

下午发出的火车很少，乘客也不多，头两节车厢里，零零落落只有我和钱唐两位。

钱唐已经视我如空气,他整个路途中支着下巴,沉默地望着外面的庄稼。前半小时,他又接了几个电话。

"家里出了点状况,需要回去看看……已经解决,不需要担心……"不知道男女,说话温柔(也可能是我的错觉),反正,钱唐已经完全不在乎我还在对面坐着瞪着他。

和他通话的人显然还想继续问,钱唐微微皱眉,直接结束对话。而且像对我一样,我亲眼看着他手指点了下,屏蔽了对方的号码。

我怀着无可奈何地怒气盯着钱唐,既不想拉下脸主动说话,也不知道干什么,只能随手把玩车钥匙,无意识地用上面的齿轮刮着桌面。

这么磨了10分钟左右,嘎吱嘎吱响的噪音终于把钱唐惹恼了。他抬过头来警告我:"你想我把钥匙扔了?"

我正差导火线呢,立刻挑衅地盯着他:"扔啊!"

这次的对视里,我俩谁都没先笑,气氛也没缓和,甚至越来越凝固。钱唐下巴略沉,冷冰冰地睇着我。

过了一会,钱唐先移开目光,而我尽量漫不经心但飞快地把钥匙收回包里,忍不住摸了一下心脏。我愿意出仅剩的100元打赌,钱唐刚刚堪称阴冷压迫的目光里,不仅仅想扔钥匙,他绝对想把我也顺便扔了。

但跟变了脸似的,等钱唐再回过头来时,他突然说:"春风,跟我出来。"

我还以为,钱唐要跟我道歉,或者我俩终于拉出来吵架。钱唐带我来到火车的小厕所前,我毫不犹豫走进去,直到他也走进来,在我后面吧嗒地锁了门。

我俩站在狭小的火车卫生间,我冷汗唰地就下来了。

我这人横行霸道,这辈子吃过的大亏寥寥可数,其中印象最深刻的,绝对是曾经跟着叶伽蓝走进厕所被他堵在里面。从那之后,我上厕所前必须一个个踹门,检查里面有没有藏人,而且非常讨厌公用厕所。

因此现在，我立刻扒开钱唐要出去，他却从后面抱着我。

"你，你干什么……"我的声音肯定发抖了。

钱唐镇定地说："做坏事。"

这是我俩的一句暗语，具体"做"什么坏事，无非就是吃喝什么赌呗。我刚开始不相信，直到钱唐动真格掀我衣服，才目瞪口呆："你神经！这是火车。再说，早上的时候才……"

"我今天说过那么多次，我不让你跟着我，你听了吗？"钱唐喝止我，他冷冷说，继续粗暴地掀开我衣服，"别动，我现在很烦。"

"去你的！要烦你自己烦去！你碰我干什么！"

我忍着气，比起受侮辱，我今天感受到太多复杂情绪。说实话，有点累，有点怀疑人生，肚子还有点饿。

但钱唐好像有股什么邪劲儿上来，我衣服很快就被他三下两下拽开。我不想对他动粗，只能拼命躲，但火车上的厕所能有多大，当怎么挣脱都挣脱不了，眼前钱唐的脸和叶伽蓝的脸不断重合。

我胃里翻江倒海，就在即将陷入暴怒失控的边缘，钱唐突然停了动作。他望着我，目光里瞬间闪过意兴阑珊。

"你还是个小孩。我不该迁怒。"钱唐皱眉，他也不需要我回答，再命令我，"算了。你出去，让我一个人静静。"

我紧闭着嘴不说话，摸着锁要迅速离开。但准备打开门的瞬间，透过墙上贴着的镜子看到钱唐最后的表情。无限寂寥，无限烦恼。

其实想一想，我为什么一定执意追着钱唐来到这里，可能就因为，我爱了他这么久，但我内心知道，钱唐和我终究不太合拍，也终究不会太合拍，他内心深处的所有烦恼和喜悦都和我无关。

但是，我依旧想去靠近这样的他。

我转过身，咬牙切齿说："凭什么你让我出去，我就得出去！我偏偏就不出去！你先跟我说说，刚才给你打电话的是谁？"

混乱的一天里，我所清晰记住的最后的事情，就是我跟钱唐做爱了，在

那一列通往小破镇的小破火车上的挪不开身的小破厕所里。

大腿从早上就疼，现在更疼。我的脸正对着风口，被钱唐喝止了几次才不颤抖地躲避，拽着半褪的上衣，数着窗外灰蒙蒙的树。刚开始还能数到100，到后来眼花缭乱，数到10就开始重新算。

等钱唐终于把我从厕所里拖出来，我的头被风吹得疼，嗓子眼里只想干呕，但什么都呕不出来。

钱唐冷冷说："是你自告奋勇招惹我。"片刻后，他又说，"居然跟着我一路跑到这里。我父亲脑溢血做手术，你跟过来，又瞧什么热闹？"

我愣了一下，想跟他嚷嚷又没精神："这么大的事，你就不能直接告诉我吗？"

钱唐倒是没在乎，但那种惹人讨厌的冷漠劲儿又浮上来了。他低头帮我系上了扣子，淡淡说："告诉你？我多一事就不如少一事。"

我简直能被他活生生气死，越来越发现，钱唐看似温和的性格之下简直是摸不着边的贱脾气。

钱唐又皱起眉："好了，我说也说完了，你跟也跟了。等下火车后我就让人把你再送回去，这附近有个小型机场。"顿了顿，他再简略地说，"李春风，咱俩的账还没算完，等我回去后再跟你细说。但我现在没有闲心跟你计较。"

我也绷着脸不想搭理钱唐，跟着他后面下车。

那是一个小小的站台。钱唐四处环视，有一个早就等候的女人急匆匆走来。我只能看清她穿着很长的雾霾蓝风衣，留着栗色长发。

女人一阵风似的扑到钱唐怀里，紧紧抱住他："阿唐，你回来了。"

我勃然大怒，立马拉开她，再挡在这俩人前面。

"你坐飞机坐火车就是为了来看她吧！"

但钱唐的表情却像被施了什么法术，他紧拽着我，不准我靠近那陌生女的。

"你怎么来了？"这是和我说话截然不同的语气，钱唐的口吻很试探也很轻，我觉得洞察如他好像预料到了什么，"发生什么事情了？"

对方根本不看我，她望着钱唐，轻声说："家里出了一点事。"

我左看看，右看看，在他们之间的我就是外人。

"你母亲不让我在电话里告诉你，她怕你着急回来，路上再出什么事。阿唐，你的父亲没能挺过去。他没了。"

听到这个消息，我一呆。钱唐握着我的手略微抖了下，他沉默着，在站台上倒退了一步。我下意识地拽住他。钱唐下垂的目光正好和我对视，但他的眼睛里罕见的什么都没有，思考、深沉、寂寞、悲伤、什么都没有。

"宝贝。"他甚至还随口叫了我一声。

那女的终于把目光无声地转向我。

钱唐从来没跟我说过他家的事，也不是故作神秘或者自卑自谦，估计就不乐意讲。

钱唐祖籍南方，从小却搁本城长大，活动据点都在这里。相比之下，南方就是比较遥远的距离。我对钱唐他爸买奶粉的事情还是印象深刻，但老爷子怎么去世了？

那女的开着和钱唐同一个牌子的跑车，我和钱唐挤在副驾驶座上。车沿着田野一路行驶。她车开得很慢，顶多40迈。这让习惯坐钱唐快车以及自己也喜欢开快车的我来说，有点难熬。

钱唐自从得知父亲去世的消息后，他一句话都不肯再说，我小声叫了他好几声，钱唐随手摸摸我的胳膊当回应。旁边开车的那女的偶尔看我，都是很探究的目光。

我只好乖乖地不说话。

钱唐的家显然在乡下，车沿着柏油马路行驶了20分钟，路过绿里夹黄的农作物，稀稀拉拉的树，还有水牛和黄狗。终于到了山的这头，有低矮的中式灰色建筑物开始出现，不少醒目的白色花圈摆在路边。

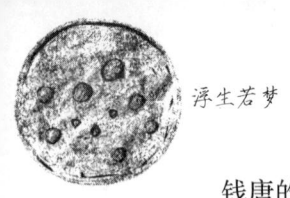

钱唐的肩膀略微动了下，沉默地注视这一切。

我本来以为，车在第一个房子前就要停下，但跑车继续往建筑群里缓慢地开，开了足足5分钟左右，建筑物越来越密集，几乎每个房子前都摆着花圈和挽联。不少穿着黑衣服的人在路边，老的少的都有，表情肃穆，凝视着我们的车最终停下。

原本四处闲望的人，看到钱唐出现，立刻呼啦围上来。我倒是记得，过年回我姥姥家是这种欢迎阵势，只除了现在气氛不对，而钱唐和别人交谈的话都是方言。

我走下车的时候，突然体会一种莫名的胆怯感，但晚了，现在想溜走也来不及。围着钱唐人群的目光不由之主地集中在我身上，然而没有任何人主动问我是谁，他们簇拥着钱唐离开。

我和开车的女人一道走，那女的可比我熟门熟路多了。

"呃，怎么到处都摆着花圈，"我没话找话，"你们村还有人过世了吗？"

那女的闻言诧异地看我一眼，她有点鄙夷，还有点厌烦，但她依旧没有感情地轻声答道："不，那都是送来纪念钱老的花圈。"

她说完这句后就不肯再说，我知道说多错多，只好默默地跟着她迈进那个中式的大拱门。

这真是尴尬混乱又震撼的时刻。

我终于不情愿地承认，钱唐之前对我的顾忌和隐瞒可能有点道理，我跟钱唐耍赖还行，也无非仗着他让着我。但我自己是确实没做好准备去见钱唐的家里人。

更别说，我是完全没准备在这种特殊时刻跟着钱唐回家！

钱唐的祖宅，从墙外看起来特别寻常，但院子里面出乎想象的大。我边走边怀疑钱唐的真实身份是什么迪拜小王子。

以前拍戏见过不少古代假布景，但那里的建筑被磨损得厉害，很多家具都是用塑料泡沫做的。当我跟着那女的走过钱宅里精致的水塘、假山、小桥和长亭,身边感觉都像是真东西,心想旧社会的王爷府也就这规模。

但这依旧太吓人了!中式建筑物原本就有点阴沉和压迫感,更别说在院子里,有不少人正在为柱子和房檐边绑黑黄相间的布球,几百盏的白色灯笼随着冬风无声地左右摇摆,散发出不祥的气息。

再见到钱唐,我是跟着之前那女的东绕西绕走进一个小院。院外黑压压聚着一堆人,但真正走进院子里的人又不多。

我先看到院子中间,悬空架着一口高耸且黑黝黝的棺材,上面还挂着巨大的黑白照片。不用说,那肯定是钱唐的父亲的遗照。

钱唐正站在棺材前方,他扶着一名穿旗袍的女人。对方很瘦,戴着黑纱,除了手上的青筋暴露年龄,感觉模样挺年轻也挺厉害的。我猜,那是钱唐的母亲。

等我被带到钱唐母亲面前,她已经松开儿子,正用手帕轻轻擦拭着红肿的眼睛,尽管十足悲伤崩溃的模样,但依旧不失锐利地扫了我一眼。

我终于知道,钱唐偶尔喜欢审视人的习惯是遗传自谁。我连忙鞠了一躬:"钱阿姨您好!"

她先用方言轻声咕哝一句话,我没怎么听懂,赶紧望着钱唐求救。他却谁也不看,正凝视身后的棺材。

钱唐母亲便改了普通话,她居然直接叫出我的名字:"你是李春风?"

"呃,是是。我是李春风。"我一边回答,一边还在继续跟她深鞠躬。

钱唐的母亲略微扶住我胳膊,她沙哑地说:"你跟着阿唐回来的?可惜我今天没法招待你。"

我简直太佩服钱家人的家教,搜肚刮肠地先想自己的礼貌用语:"没事,钱阿姨,我……我,我实在很抱歉。您节哀顺变。真的,我不知道事情会是这样。"

她居然还能冷淡打断我:"我并不姓钱。"

院子本来就静,只有风吹过的声音。钱唐母亲这句话落地,没有人替我圆场。我的脸微微涨红,张口结舌了一会,喃喃说:"我见过一次钱伯伯,当时

541

他在超市买婴儿三段奶粉。那个，钱伯伯没喝完的奶粉，我都拿回家喝了。"

本来胡乱地扯话题，但钱唐母亲扶着我胳膊的手，好像慢了那么半拍才放开，等重新开口，语气依旧客气，但仿佛带了一点亲热。

"好孩子。"钱唐母亲举起手帕拭重新流出的眼泪，她语气很轻，"这也算是缘分一场。你就先在家中住下吧。"

我强笑着，但后悔死了。

我只想让钱唐赶紧买火车票，赶紧把我送回家。他家，他家隐隐绰绰的哭声，以及现在整个风雨欲来的气氛，都让我感到特别难受。

那天下午到晚上，如果世界上有家教那么一种东西，也真是帮了大忙。

我从小就被我爸严厉地训诫，做人不能慌里慌张，在被领去吃饭的时候，在被听不懂的方言问候时候，甚至在被带回房间前，都在别人面前竭力维持着镇定。

后来在一个细节上，我还是出了小小的丑。

"哎哟，哎哟，我靠！那是什么？"

前方带路的依旧是栗色头发的女的。她看了我一眼，再看了一眼池塘表面的涟漪，倒是耐心地解释了一句："刚才那条是锦鲤。"

我当然知道，水池子里是锦鲤，但谁能告诉我，钱唐家养的锦鲤怎么能那么大！刚才一个大鱼头冒出水面喘气，都赶上手臂粗了，我还以为是鳄鱼呢！

我在钱家入住的是独立的阁楼，睡在2楼客房。窗沿都有雕花的，房里的摆设也是全中式的。我沿着窗户缝，眼瞅着带路那女的走了，再悄悄推门出去，按照记忆，七拐八拐地走回最初的小院。

南方的傍晚没有北方黑得那么彻底，空气里湿润得很，总是透出要下雨的阴冷感。

原先聚在院外的人已经散了，我一路摸过来，没遇到几个闲人。此时此刻院门掩着，只有微薄的光透出，我把脸小心翼翼地贴上去看。果不其然，钱唐颀长身影还立在那口高高架起的棺材前，一动不动。

我们吃羹饭的时候，钱唐就没露面。从得知父亲去世的噩耗后，他只一味地保持沉默，没哭也没发作，然而拒绝交谈。谁也不能把钱唐从棺材前拉走。我边吃饭边不吭声，明白钱唐这人一旦倔起来也绝对是够可以的。

如今接近半夜，他还孤零零地在这儿站着。纸灯笼的光辉洒在他肩膀上，透着一股难以靠近的味道。

我远远地望着钱唐孤独的身影，内心莫名酸楚。面临人生中重大的变故，即使是钱唐，都需要时间来处理和消化——但你还真想错了，我偷偷溜出来，完全不是想劝解钱唐。

虽然这样的想法特别失礼，外加特别犯贱，甚至可能被直接乱棍打出去，但是，我确实压不住自己的好奇。

我平生第一次在现实中见到棺材。更别说，眼前这棺材做得出乎意料的精美大气，简直像一艘油光锃亮即将远航的黑色大船，肃穆之外，还充满着无声的骄傲和威严。

刚才围着的人多，我凭着所谓礼节，也没法细细地打量它，但依旧忍不住被强烈吸引。这棺材本来就大，如今还被高高的木头架着，并不直接接触到地面，需要仰视才能看到底座的花纹——钱唐的父亲现在就冷冰冰地躺在棺材里面吗？

又恐怖又迷人的感觉啊，我发现，自己早就已经忘记了钱唐父亲的模样。

我跟内心仅有的良知斗争了一会，双腿略酸，头和身上被夜风吹得有点冷。我这人不喜欢犹豫，咬了咬牙，决定速战速决解决自己的好奇心。

于是压着心跳，我轻手轻脚地推开院门走进来。钱唐依旧站在前方，一动不动，像原本就长在院子里的一棵松柏。我怕惊动他，走了几步就停下。双膝微曲，重心下移，决定蹦起来看看那口棺材里面到底装着什么。

但就在我一使劲儿，跳到半空的节骨眼，眼前亮光一闪，是眼镜的反光。钱唐无声无息地回头，他看着我，铁青着脸问："你想干什么？"

我满头冷汗瞬间涌上来，咣当一声重重落了地，好奇心早就没影了："我，我，我……"

钱唐站在很近的地方凝视我，他的脸色极度深沉，嘴角也透着阴郁。他又低声问："你要干什么？"

我缩着脖子，以为自己今晚要被赶出这家，或者多多少少收到几句讽刺的话。但沉默片刻，钱唐突然招招手，让我过去。

我也不管真的假的了，赶紧先扑进钱唐怀里。大概独自站久了，他身上的整个衣服都是冰凉的，只能听到沉稳的心跳声。

钱唐身体略微摇了下，反手紧搂着我，再摸了摸我的头发，他淡淡地说："别蹦跶了，那里面什么都没有。"

我极其心虚地"噢"了一声，过了一会，我忍不住轻声问："既然什么都没有，那你现在守在这里……到底是想看到什么呢？"

后来我想，也许只是因为这句话是我问的，钱唐才能勉强忍受吧。整个钱宅里只有我和他，是千里迢迢赶过来，被迫面对这个噩耗，而且应该也是最后两位知情这个坏消息的人。在任何事情上都喜欢提前规划和周密考量的钱唐，当自己父亲去世的时候，依旧被无可避免地孤立了。

钱唐的喉咙，在我上方一直缓慢地动。

又过了好久，钱唐低声说："我不知道自己想看到什么……有句话说，'来势长，去势短'。但是春风，我到现在，还没有准备好收到这样的信息。"

要说钱唐不喜欢热闹？他其实挺喜欢肤浅的快乐，不然也不会和我恋爱。但要说钱唐真享受热闹，也不太好说。钱唐是一个只喜欢在派对开始露个脸，等快结束时再出头埋单的人物。

我想他比起热闹，倒是更享受做一个应酬动物。

但现在不是了。钱唐家住得那么偏远，他父亲去世这事居然还能传播范围不小，省电视台已经专门派记者来采访，上门凭吊的人当晚就开始源源不断赶来。

钱唐是这一门的独子，事发突然，除了安慰母亲，他还需要亲力应付很多杂事。钱唐唯一能给自己找的消化噩耗时间，也就是独自站在空棺材前的几个小时，然而，我没让他清净太久。

我被钱唐在怀里抱了一会，小腹就一阵一阵地绞痛。我忍不住抬头，用很委婉的方式告诉钱唐："我觉得自己大 Period 来了。"

钱唐头脑里估计也乱成糨糊，要不然，他怎么能沉默一会，再随口回答我："我还不饿，你自己留着吃吧。"

"啊？"我因为肚子疼而扭曲的脸更苦了。

等我终于努力让钱唐知道，我很可能来了例假。平常总能给我出馊主意的钱唐，居然也想不出任何招数。我更是没什么主意，只能让钱唐带我去附近的超市买卫生巾。

我拖着钱唐刚踏出小院门，那个栗色头发的女的，就跟冒出水面的锦鲤一样悄无声息地出现了。

"哎哟！"

等问明了我俩去哪儿，那女的冷冷转头问我："你怎么不找我要？阿唐明天早上要赶医院。他想独自清净一会，你怎么还来强行打扰他？"

我今天折腾得可不比钱唐少，从下火车起，脑壳就开始晕晕乎乎的。完全凭着八卦的灵魂支撑身体重新回到这小院。但现在，我八卦的灵魂已经全部燃烧完了，而且来了例假。

栗发女还在瞪我，我小腹越来越疼，赶紧松开钱唐冰凉的手，问她："你有卫生棉？那你给我一片好吗！"

跟着她走了没几步，我回头发现，钱唐依旧站在原地。

于是我就朝他喊："我就住在你家叫什么'靓室'的客房！要不，你先去房间里等我？"

不知道钱唐听没听明白我的话，反正他还不动。我确实管不了他，急急地先跟着栗发女走了。

栗发女一路上保持沉默，像是不屑也像是懒得搭理我。但她做事风格非常周全，不仅找来卫生棉，再喂了我点红糖桂花热水。

她重新押着我回客房，冷淡警告了我一句："我不知道你多大岁数。但住在别人家，不随地乱走就是基本教养，尤其在这种时刻。"

我双手捧着汤婆子，刚有点暖烘烘的劲头，也不愿意跟她吵架，就点点头。

栗发女冷笑两声，伸手推开房间门，随后手微微一滞。我也不禁抬头，发现屋里还有一个人。

钱唐正靠在桌子前抽烟，中式背景和他很搭配。听到声音，他慢慢回过头看我们，眼睛里还是那么深不见底，但熟悉的光彩好像全没了，如果剩下什么情绪，也只是平静、郁悒和绝望。

我说不清什么滋味，也记不得这是第几次看到钱唐这样。我只能呆呆地站在原地望着他。

栗发女侧头深深看我一眼，亲自进房间为钱唐端了一杯热茶。他们俩并没交谈，关系好像熟稔得很。

她走了，房间剩下我和钱唐两人。

钱唐突然伸出指头，蘸着茶水盖上滴落的水珠，在桌面上慢慢划着点什么。

我这一辈子就是死在好奇上了，赶紧走过去看一眼。

"门匾上的那个字念'静'。"他轻声说，"这间房叫'静室'。"

那天晚上，钱唐没再和我交谈。我洗完澡出来，他依旧开着窗户，对着虚空吐着缥缈的烟圈。

我默默地看了他一会儿，决定自己先睡。

南方的空气里有种阴丝丝的冷，裹着被子只靠汤婆子取暖，仍然感到全身湿漉漉的。我闭上眼睛，鼻尖闻到钱唐那熟悉的雪茄味，脑子旁边不断有凉风吹来，什么都特别不真实。

到了半夜，我迷迷糊糊听到门响了声，是钱唐前去医院接他父亲的遗体。

第十五章　烂人和兰因

再往后几天,我只能隔着很多人见到钱唐,再没有找到和他独处的机会。

钱唐父亲的葬礼规模很大,每天送的花圈得卡车拉出去,我甚至还看到我妈我爸送来的,钱唐家来的人也络绎不绝。我没仔细算这葬礼持续了多久,不仅因为葬礼的热闹不属于那种让人开心的热闹,还因为我自己开始经历例假、低烧、肚子疼外加水土不服的并发症状。

钱唐家伙食特别好,清淡讲究,发给吊丧来客的小点心都做成梅花形状,但架不住我吃一个吐一个,没忍住再吃再吐,差点虚脱在厕所。

栗发女看我这样,不由得起了疑心,要不是亲眼看我处在生理期,八成觉得我怀孕了。她这人说话有点冷淡,但做事四平八稳。钱唐处理葬礼的大局,栗发女负责剩余的琐事。

钱唐母亲对她很亲热,其他来宾都管她叫"小表姐"。我也挺尊敬这个小表姐,就凭她是钱唐家里唯二对谁都只说普通话的人,我也觉得她靠谱。

小表姐冷眼看我吃口点心上吐下泻,在她准备把我送到医院前,先问了一句钱唐的意见。但等回来后,她语调有些奇怪:"阿唐让我问你,你用那些点心前,都洗手了吗?"

"洗了。"

"你看着我眼睛回答。你用点心前洗手了吗?"

"没洗。"

我直视她的时候，有点嫉妒地发现穿着丧服的小表姐是个大美女，而且是一个脑子很好使还懂点医学常识的大美女。

靠着小表姐喂我吃的肠胃药，我立马就不吐了。

我一边往嘴里偷偷塞着点心，一边完完整整围观了钱唐捧着他父亲照片回家、和尚低沉地念经，以及钱唐的母亲哭昏在盖棺前的这些心痛场景。

别的还好，我只是为钱唐的遭遇深深难过。唯独进行到烧纸钱的环节，随着风刮过来的熟悉燃烧味道，以及四周各种低沉压抑的哭声抽泣声，我突然闭上嘴巴，回想起特别小的时候，陪着父母（更多的是我爸逼着），在各种节假日为我哥烧祭品的经历。

不晓得几个人和我一样，从小到大，家和亲人对我来说不代表温暖，只意味着冰冷和管束。我在家里从不敢放松，只有搬出来后才体会到自由，不去想我爸我哥那堆破事。

但是有的时候，很偶尔，就像现在，我会莫名从心底深处感到一种强烈的愤怒、暴躁、委屈和难过。

我出神地盯着铜盆里燃烧的火苗，直到听到小表姐在旁边轻声问我还好吗，才发现鼻涕和眼泪都滴滴答答流到腮帮子旁。我居然哭了。

小表姐给我递来纸巾，她问我："肚子疼？"

"没事，"我擦着眼泪，掩饰性地嘟囔说，"我就是觉得，钱唐他爸怎么突然就去世了？唉，人生还真是一点意思都没有。"

小表姐在旁边愣住："这话是阿唐告诉你的？"

"他告诉我什么了？"

她用通红的眼睛看了我一眼："阿唐在早上的时候，他说过和你一样的话。"

这我倒不知道了。不过，钱唐说这话也不稀奇，他很难被什么所触动，坏消息除外。唉，我和钱唐真的就是悲观人生二人组啊。

我更惊奇的是我自己。在钱唐父亲葬礼的末尾，我这个切洋葱都不带流泪的人，就跟蜡烛融化似的往下连串掉眼泪，越恼火自己，眼泪越停不住。

我一边抹眼泪一边打嗝，说不定，不小心还把藏在袖子里的瓜子和鸭舌全部都掉在地上。别人也都以为我是钱唐父亲至亲什么的，纷纷来安慰我。

我没法解释，越哭越止不住。最后因为哭相太惨。让小表姐、原本站在我身边的人，说不定还有被惊动赶来的钱唐和他母亲，都忍不住又陪我掉了点眼泪。

我到后来也没有机会问钱唐，我是不是他父亲葬礼上最大的意外和麻烦。这个答案我显然不想知道。

继在葬礼上呕吐，流眼泪后，唯一能拔高我的麻烦指数的也只有生病了。当天晚上，我不负众望突然发起高烧，钱唐只得连夜把我送到医院。因为吃得太多，医生委婉地说做胃镜比较困难，又是一通折腾。

最后查出我发烧的原因，是宫腔磨损并伴有轻微感染，鉴于我的年龄和现在时机，钱唐事后承认那种丢人程度简直此生第一。

我忙问他："你不会因为这个才想娶我吧？堵住别人嘴什么的。"

钱唐挑挑眉告诉我想多了，他说自己当时有点麻木，满脑子只能怀念一个人。

"真遗憾你只见过一次我父亲，"钱唐无数次地这么说，"他连我结婚也没有看见。"

比起我的稀里糊涂，钱唐很清楚记得他父亲的葬礼持续了12天（有那么久？我暗自想，但这段回忆好像总是很模糊）。反正，他远远近近的各门亲戚，都纷纷地赶来吊丧。

刚开始我还混在人群中，不太显眼。但是失控哭完加生病被钱唐送去医院，我的"每个毛孔又开始显露出热爱惹麻烦的本色"。

钱唐和他母亲接受慰问时，免不了也要向人介绍我的来历。

根据事先商定，我"并不算钱唐带来的女伴"，只算"钱唐父亲旧属下的女儿，代她父亲下赶来参加葬礼"。这样，能"少惹点麻烦"。当然，每个引号都是钱唐的原话。

"春风，这是三姑婆。"他就这样把我介绍给别人，有时候再多余对来人补充一句，"春风是个大学生。"

钱唐的亲戚们都说些特别轻软的南方话，穿得也很体面，听完钱唐介绍我后，他们互相间你看看我，我捅捅你。

葬礼刚开始几天，大家还沉浸在悲伤当中。等处理完下葬的后续事宜，就开始交头接耳，猜测我和钱唐的关系。然而，他们可从探不出任何一点明确的意思。

钱唐大概回了自己老巢，开始生冷不忌，面对不想回答的问题，就向椅背一靠，冷淡望着来人。钱唐他妈说不上喜欢我或者不喜欢我，可是如果能不讨论我，我看她还是挺乐意的，至于小表姐的口风更是紧了。

葬礼举行完，钱唐和他母亲去上海处理剩余事宜。我昏昏沉沉地发烧，留在他家客房里孤寂地躺着，狂吞了他家不少燕窝和参汤后，感觉有点缓神。

临近年关，南方气温巨冷，各角落有股潮气，从衣服渗透全身。钱唐家有地暖，但感觉不给力啊，总觉得手脚发凉。我病好后醒来又冷又寂寞，找小表姐借来根充电线，发现手机里面都是未接来电和信息。

萧磊的信息最多，基本全是废话，中心思想是问我究竟死在哪个旮旯里。

我也觉得自己快死了："我逃了那么多节课，你帮我答到没有？"

萧磊现在做人，添了个坏毛病，说话越来越不痛快，他在那头冷笑了好几声，在我不耐烦地催促声才说："你'亲人'不是替你请假了？"

原来，萧磊见我多天没上课，发短信和电话都不回，差点报警，甚至还找到程诺。程诺比他机灵多了，先跑去辅导员那里要到我紧急联系人的电话——当时是钱唐接的电话，他分心无术，直接帮我请半个月的病假。

"课错过就算了。你再不滚回来，期末至少挂三科。"萧磊倒也没多问我发生了什么事，只是阴沉地警告我。

我头皮一阵发麻，产生了紧迫感。

但放下电话，我再喝着暖乎乎的花胶老母鸡汤，紧迫感又消散了。逃课不厚道，刚入大学挂科也可怕，但是放假总归爽啊。

再几天，我终于退烧，也能下床走动了。趁着钱唐家无人防范，把他家的大院来回转了几遍。

钱唐家确实跟个大地主的家似的，有山有水有院有假山有长廊，各种曲曲折折，但真等走熟悉了后，发现坐落得很有序，并没有颐和园占地那么大——

"颐和园？"小表姐露出特别匪夷所思的表情，她解释，"他家没有那么大，再说，乡下的地，几十年前卖得非常便宜。"

"那也够大的。"我嘟囔。不夸张，钱唐家真的是个大户啊。

她不以为然："庭和院之间设计得比较精巧，钱老和阿唐都对这些风水之流上心。"

我生病期间，小表姐对照顾我这件事尽力但显然不太尽心。

不知道为什么，我感觉和这位小表姐存在点奇妙的熟悉感（我指的不光是大家说普通话）。反正我的很多情况没有告诉她，她又好像已经了如指掌，只是装得不知道而已。

当我靠在栏杆上喂钱唐家那几十头巨大的锦鲤时，小表姐站在旁边冷眼旁观。她问我："你什么时候回学校？"

我不得不思考悲惨的考勤和即将而来更悲惨的期末成绩，皱眉说："那我明天走好了。你能借钱给我买票吗？我身上没钱了。"

小表姐沉默了一会，问："你不想等钱唐从上海回来，跟他一起走？"

"噢，那他什么时候回来？"

明明是小表姐提起这话茬的，此刻她又不说话了。

我歪头瞪着她，小表姐胳膊上依旧戴着丧事时的黑纱，衣服已经恢复正常。我还注意到，她中指戴了一颗极大极闪的钻戒。

那钻石真是太闪了，跟激光笔似的，堪称我有生以来见过最大号的钻石。我妈喜欢珍珠，但没想到钻石这么好看。唉，为什么乡下遍地都是土豪？

小表姐淡淡地说："你要走就走吧。阿唐那里，我帮你说。"

凭着小表姐的气态，以及她每次说起钱唐的那种特殊语气，我觉得他俩绝对不仅仅是亲戚。却懒得追问她和钱唐互相什么关系了。

我朝她笑了笑："那我明天早上就走，小表姐，你受累找车，把我送到火车站成吗？"

小表姐裹紧她的皮草大衣，转身离开，我继续往池塘里撒着鱼食，看水面泛起一朵朵不起眼的水花，再恢复平静。

说实话，我是整场葬礼的旁观者，难受真谈不上，最多也是心疼钱唐。但自从那天莫名哭过之后，我心情一直就不大好，总觉得沾染上钱唐般的心灰意冷。粗俗点说，很多事就像来月经，南方人管它叫"好事儿"，但它带给本人的确实是难受和丧失感。

唉，反正我要回去。我可不管钱家人这堆破事了。

可惜第二天还是没能走成。

钱唐他妈在上海酒店大堂里摔了一跤。检查后发现有点骨裂，老太太坚持要回到老宅里养着，钱唐不得不中断其他事情，连夜再送回来。

钱唐真的不是善良的人，他跟善良差距十万光年，但他那点仅剩无几的善良，可能都用在孝顺上了。

我一早就蹲在他家花园里，最后一次喂那些肥胖的锦鲤。本来琢磨临走前，再去这个土豪村里溜达一下，吃点东西。下了小桥没走几步，正好看到钱唐推着坐着他妈的轮椅进了拱门。

四目相接，我第一个想法居然是想转身跑走。钱唐却在身后叫住我，再朝我招了招手，我只好磨蹭着走过去。

钱唐这几日消瘦不少，气色还行，但眼角边突然间聚集了一条条很细的皱纹。我见证过他之前也有过几次消沉，无论如何，身上总还残存着带着点

促狭和随和气息。

现在，我明显感觉，所有属于年轻人的朝气一夜之间从他身上抽走了。这个人城府很深，但总是笑着发脾气。如今，钱唐显露出深水井般令人窒息的压迫平淡感，再也不肯像湖水表面样闪着温暖的光了。

我好像才意识到，钱唐的岁数比我大不少。足足11岁啊。现在的钱唐都三十多了，大叔级人物。

比起钱唐，坐在轮椅上钱唐的母亲偶尔咳嗽一下，头发花白，瘦得可怜。

"她这几日没怎么吃东西。"钱唐简单告诉我。

不知道为什么，我已经接替钱唐去推着他母亲的轮椅。钱唐在我后头慢慢地走，和迎接出来的小表姐轻声说话。

我原本想偷听他们说话，但在鹅卵石的小路上推轮椅确实是一项技术活，得时刻注意不能颠着老太太，弄得我心里特别有压力。

推完一路，我都累得冒出汗来了。

"阿、阿姨？您回来这么早，吃饭了吗？"我小声地叫了一声，可惜钱唐母亲双眼低垂，并不肯看着我。

"阿姨？阿姨？阿姨？阿姨？阿姨？阿姨？阿姨？阿姨？"

钱唐母亲终于抬眉看我一眼，我触到她那高深莫测的眼珠子后，微微再出汗。真受不了哇，她和她儿子无声瞪人的方式，简直太像了。

"您吃饭了吗？"我再问，主要也不知道问什么。

钱唐的母亲没吭声，我以为她没听见："阿姨？阿姨？阿……"

她终于打断我，淡淡问："你怎么出来了？不是还在我家病着？"

"我已经好啦，本来想今天走的。"我解释，"刚打算出去买点东西路上吃，这里有特产吗？糕点最好，我自个儿回去后就懒得做饭。"

钱唐和小表姐走上前来，同时伸手，想扶起老太太。

但钱唐的母亲就跟尊贵的老佛爷似的，特别自然地让我扶她站起来，而我瞅着她手臂实在太细，怕抓疼了她，就左手扶着，右手伸过去紧紧搂住她的腰。

结果他们几个人看我这样的姿势，莫名其妙地微微笑了，把我弄得又有点恼火，他们家什么作风啊？

"这小人儿饿了。"钱唐的母亲打起精神，对她儿子说。

冤枉啊！我刚刚吃完早饭，而且我想买回去路上吃的零食。

钱唐闻言却仿佛松口气，他朝我微微做了个眼色，我也只好陪着他们重新吃了顿早饭。

钱唐的母亲在桌上缓慢喝了一碗粥，用特别平和的语调，长篇大论细细地说了碎蒸笋壳鱼的做法。我偏偏还真有点感兴趣，连续问了她几个问题。

钱唐和小表姐都没开口，但他们看向我的目光，显然是满意的。

"她和我想得不同。"快吃饭完时，钱唐的母亲突然对儿子说。

我思考了一会，才意识到他妈这是在评价我，但什么叫"想得不同"，他妈以前怎么想我的？

"我早对你说过她。"钱唐轻描淡写，安抚地望我一眼。

他妈妈点点头："阿唐，你整日忙得很，却从来不肯将身边的女孩带来给我看。现在好不容易带回家一个——李春风？"

她现在跟我说话，我连忙答应："什么事？阿姨，呃，不，女士……"

"叫伯母。"

"行，伯母，有什么事儿？"

"你还这么小，也是好人家的女儿。阿唐这么个口蜜腹剑的伪君子，他怎么骗得你陪他一起回来？"

"他没骗我，伯母。他一直很照顾我，伯母。是我给你们家添麻烦了，我不知道您家出了事，伯母，他对我一直很好——"

"春风，"钱唐插嘴，"好好说话，别像一个傻气的小学生。"

"钱唐，"他母亲打断了他的话，"你别骂这个女孩，让她话说完。你又不是她小学老师。春风，侬讲我讲了对哦？"

……这都什么玩意,哑谜家族吗?我只得不说话,满头大汗地把眼前粥默默喝完。

最终吃完早饭(实际上都已经中午了),钱唐的母亲先被人扶去歇息。

我依旧只想着赶紧离开这里,打算找机会告诉钱唐。但钱唐和小表姐不着急,继续坐着吃茶,聊些话题。

"你来我家这么多天,茵茵怎么样?"钱唐问的。

"大把的人照顾她,不缺我。"小表姐冰冷地回答,显然非常不喜欢这个话题。她叹口气又笑了,"她压根儿就不认得我。"

钱唐却说:"至少她还有机会可以见到自己的至亲。"

我和小表姐都愣了一会,才意识到钱唐说的是自己逝去的父亲。小表姐不由得露出几分哀伤,探出身子,大概想抚摸钱唐的手,但看我在旁边又克制住了。

我确实有点不大是滋味,站起身说:"不然,我给你俩留点私人空间?"

钱唐看了我眼,居然真答应了:"春风,你先到楼上书房等我。"

我脚步很重地走了,在高高的门槛处又很险地绊了一下,听到身后好像传来两声淡笑。

我气冲冲地来到2楼书房,跑上楼的时候还没注意,但越跑越慢。看到书房拐角处摆着一只极大的玻璃柜子,里面都是奖杯奖状以及其他奖品。而我顿住脚步一看,发现上面的名字是钱唐的。

我倒是隐隐知道,钱唐无论是当编剧还是别的都混得挺不错。他自己确实很少谈这些。在钱唐家住那么久,我亲眼看他搜罗了不少书画文玩(主要钱唐新得了东西,都会喊我出来欣赏一下,秀一下优越感)。但除了定期往楼上的放映室补电影原片,钱唐的古董转手转赠的居多,他从来不往家放自己的书和奖状。

原来,这一切奖杯摆在这里面。但凡有钱唐署名或者参加编撰的书,整整齐齐全放在里面。各种奇形异状的奖杯都擦得特亮，看得我眼花缭乱。

不知什么时候，钱唐已经走到我身边，也在陪我看这些。

我看着倒数第1层："青少年书法，演讲，英语，文学，企业家协会……台球联盟为什么有奖状？你居然有西中高中数学银奖。哈哈，但是是银奖！为什么是银奖？"

他望了我一眼："因为得金奖的是我当时的女朋友，我不好赢过她。"

我冷哼了一声，索性跳过第2层看第3层。这一层摆放全是钱唐大学时期的奖状，第4层金光闪闪，是钱唐编剧时期获得的什么电视电影改编奖杯。

我酸溜溜地说："这些还挺像样子的，像金的。"

"能留下的都是真金实银的奖状。"

钱唐默然地看着这些巨大的炫耀。后来等他偶然回头，看我脸都变绿了，才安慰地捏捏我下巴。

我已经嫉妒到整个灵魂都彻底扭曲了，整个柜子里的奖状奖杯全是他的吗？而且，全是黄金和水晶的？

"陈年旧物，我自己都忘了，是我父亲替我收藏的。你上学也获得过不少奖状吧，宝贝？"

"有，只是学习方面的真没多少，空手道的比较多。"

"你也专门放在一个柜子里？"

我简直快哭了："没你的数量多，全塞在我以前卧室衣柜下面的小抽屉里。"

钱唐望了我一会，轻声说："等有时间，你也带我去你家看看，好不好？"

这时候有人又来打岔了。小表姐款款地走上来，在我俩很远处停住。

"阿唐，伯母让你过去看她。"

钱唐点点头，转头对我说："那么，你留在这里——"

"她也要春风一起过去。"

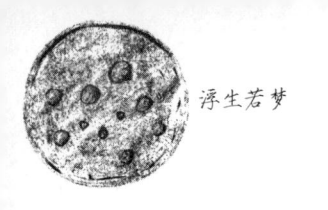

这么短的时间里，钱唐的母亲换了一身藏青的旗袍，梳了个整齐的头，还抹了点口红。

"阿唐，你今天同春风一起回城吗？"她开门见山。

钱唐不知道我今天准备走人，但他怔了一下，也就猜得八九不离十。

钱唐沉吟片刻，他说："春风要赶回去上课，我自己在家继续多待几日。"

"多待几日？"

"总得把各项杂事妥当处理完。"

钱唐的母亲淡淡说："既然是杂事，一时半会怎么能处理得完？世界上的杂事，永远都处理不完，家里这些还是让我来管吧。你们年轻人总爱热闹，在这种偏乡不宜待太久。阿唐，你3天后就走，也让春风在这里继续住3天，到时候你俩一起回北方。"她柔声问我，"囡囡多住几日行吗？会嫌弃伯母家在乡下吗？"

我想了想，诚实地说："我还是今天走吧。不早回去上课，我的期末会挂科的。"

"身体总比分数更重要。你的病还没好彻底，得需再静养才好继续用功。再说，你辗转周折来我家做客，总不好再苍白着脸色回去，像什么样？"

钱唐的母亲有点厉害，她说话特别轻软，逻辑极度奇葩，但丝毫没能减轻话里的分量。半分钟内，我和钱唐就被他妈强行安排完所有行程。

我俩走出去前，他母亲在后面还轻声自言自语："守孝期一个月，需要节制身体。别让断腿的守寡老母亲再为儿子的纵欲之事挂心。"

这话立刻让钱唐沉下脸，而我也忍不住黑了脸。

小表姐一直在旁边沉默，但一走出房间，她就扶着外面的栏杆笑了。那笑容怎么形容呢，特别淑女而且特别刺眼。

钱唐恼火得很，他压着气对我说："我马上让人替你买今日的回程票。"

我想了想："我还是不走了，等你3天吧。"

"为什么？"

"你妈今天回来后，你家厨师做饭变得更好吃了，你刚才吃出来了吗？"

在钱唐绝口不提他家事前，我偶尔好奇他的性格像母亲多点还是像父亲多一点。可是等真见着了他母亲，这事依旧无解。

钱唐和他母亲关系也非常亲密。但不同于总是提起父亲，钱唐每次听我讨论他妈，他立刻就不吭声了，而且怎么也不回应。我估计，他一直努力想学自己的父亲，没事看书学佛啊弄些没用的，但真实性格更像他妈。

钱唐的母亲，大学没毕业直接嫁给钱唐父亲，当了一辈子的家庭妇女，日常名言是"家里大事，都要男人拿主意哦"。那小事呢？我忍不住问她。她悠然说，"小事也要男人拿主意，女人就是用来监督他们做事的"。

反正，就是用来养着呗！我喜欢！

钱唐母亲日常总是寸步不离自己的丈夫，一起看看佛经，修修寺庙，旅游旅游。偶尔再帮儿子管着曾经的公司，买买房子，日常是个十足的麻将迷。

据说在上海处理葬礼的时间，她戴着黑纱还抽空和麻友打了一局。不过这些日子沉浸在余痛中，她最常做的事情是独自坐在故宅栏杆旁对着丈夫的遗像掉眼泪。

这场景挺难受的。钱唐每次看到他妈这样，眼神也是黯然。

我热心地下了几个 iPad 小游戏给她打发时间，而像很多老一辈人，钱唐母亲问汤姆猫第一个问题特别俗："你今天吃饭没有？"

比较有意思的是第二个问题："谁做给你吃的哦？你平常最喜欢谁做的饭哦？"

我在旁边默默站一会，打心眼里同情 iPad 里慌不择言的汤姆猫，赶紧找了个复习功课的借口立马撤了。

回到房间，萧磊已经把上课的课件传给我。

萧磊这次倒没有废话，把笔记和PPT直接发到邮箱。"你什么时候回来？"他问我。

"3天后吧。"

手机里，萧磊听完我的话后缓慢地吸一口气，换了种挺严肃的口吻："李春风，等你这次回来，我有话要对你说。"

这句话忒不祥，如果是鬼片或者战争片，演到这里就该切激烈的背景音乐准备死主角。我不禁怀疑萧磊这句台词说完，是不是有谁就该牺牲掉——那可不能牺牲我啊。

萧磊不理我。"你这次回来后，我有话对你说。"他就跟复读机一样重复着，顿了顿，又再换了话题，"4天后有区际法律冲突论文要交。我已经帮你写了2 000字，剩下2 000自己做。"

我立马忘记他之前的话，千恩万谢放下电话，赶紧翻邮件查看作业，等看完作业要求，不稀奇地发现自己什么都不会。

屋里来回转了2圈，没有一个参考法典（或者抄袭对象）。我边抠着桌上的白瓷花盆盖边盯着墙上的书画发呆，突然间想到钱唐父亲和我是同行——所以说在他家书房里搞不好有相关的书籍。

于是再出门去找钱唐。

钱唐从上海回来后没休息。他费了半天工夫，亲手把这个巨型庭院打理一番。联想下他家的面积，确实是不小又特别繁琐的事儿。

隔着特别远，我看到钱唐正穿着雨靴站在湖里的石头中，拿水枪费力冲洗着假山壁上的绿苔。虽然面上没露出不耐烦，模样显得不怎么机灵。

这人只在看说明书装装精细点的电器时，脑瓜才明白点，钱唐本质上和我一样喜欢偷懒，在他家住那么久，换灯泡这种事都是直接叫物业或者到后期是他指使我来。

我站在树后，美美欣赏了一会钱唐的丢脸样子。刚打算走上前去嘲笑他，小表姐不知道从哪里冒出来。

"你不要插手。阿唐应亲手修整一下整个院子。劳作以敬禀土地四方，子承父产。"

我皱了一下眉，踮起脚尖望了望池塘。累着钱唐倒没事，我担心的是他水枪调那么大，别把我那憋在水底不敢冒头的大鱼给喷死。

小表姐再度冷笑："钱宅的锦鲤，什么时候成你家的大鱼了？"

我有点下不来台，硬撑着低声嘟囔："钱唐家的东西就是我的啊。"

小表姐挑了一下嘴角，继续问："你哪来这么大的自信？"

她说话跟钱唐似的，转着圈又慢条斯理地噎人。但钱唐一般看我不高兴就绝对不说了，小表姐却还等着我的回答。

我终于也有点不大高兴了："我为什么不能自信？本来嘛，钱唐的东西就是我的，我的东西也会是他的。"

她不回答，只摇摇头说："阿唐说得对，我跟一个他随便带来的不知天高地厚的小丫头计较什么。"

我有点恼羞成怒，偏偏小表姐在生病时亲自照顾过我，大家半熟不熟，翻脸都没法直接翻。我只好瞪着眼，上下打量小表姐，寻思找别的碴。

现在的天气像色狼，冻（动）手冻（动）脚。要在平常，我除了吃饭或者火灾都轻易不出屋，此刻小表姐裹着个长长的大衣，秀气的鼻尖发红，现在站在户外陪钱唐刷假山。她这图什么啊？

突然间，我想到什么："我还不知道你叫什么名字？你是他表姐吗，你也姓钱？"

"小时候，阿唐烦我总跟着他，便喊我是他'小表姐'。但是，我跟钱家没有任何亲戚关系。"她微笑着，眼睛里有什么挑衅的光亮，"但你肯定听过我的名字，春风，就像我很早就听过你的名字呢。我的名字叫梁细细。"

梁细细缓慢说，配上那花一样的漂亮笑容，而我呆呆地站着不动。

一时没人说话，只听到身后的水柱强力冲刷假山壁，滴滴答答地流到那小池塘里。突然间，有几丝水珠直接喷到我脚下。我满脸狰狞猛回头，看到站在水池中央的钱唐正若无其事地朝我们方向移开水枪。

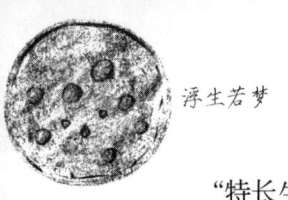

"特长生,你找我?"他提高声音。

"对,找你!"

"我现在在忙,你想玩电脑,可以直接去我的卧室。"

"我不想玩电脑,我想看书!!!!"

冲洗假山的噪音终于止住了。钱唐踩着雨鞋滴滴答答地上了岸。他俯身关了水龙头,顺手接过小表姐递来的毛巾擦手,再皱眉问我:"你想看书?那确实千年难遇,但朝我吊什么嗓子?"顿了顿,"想看什么方面的书?"

"刑法方面的书。我对这事特别有兴趣!!!"

不知道钱唐看出我什么情绪来,他望了我眼,简洁说:"你现在跟我去书房。"

"阿唐,我留在这里,等你回来?"小表姐,或者说是梁细细在他身后问他。她每次跟钱唐说话,语气都特别柔和,真是见鬼了!

"好,"钱唐还能若无其事应了一句,"现在,我也知道特长生对我生气的原因了。"

我气得头皮发麻,一离开背后梁细细那探究的视线,立刻愤恨地摔开钱唐的手。

"她居然就是那个梁细细!你居然管梁细细叫小表姐?她跟你家那么熟啊!"

"因为细细从小就擅于插手我的闲事,这点没变过。"钱唐用冰冷的食指轻轻刮了一下我鼻子,"好了,这里冷。我们去书房里细说。"

都21世纪了,为什么钱唐还总跟我玩"带你去一个地方,去了你就明白了"这类傻帽台词?我不去!去了我也说我不明白!

"相信我,特长生。我确实有很多事没告诉你,但我母亲说的有一点不对:我从不隐瞒自己的女人。"

我刚有些触动,钱唐却看一眼我的表情,他突然微微笑着解释:"你误会了,我的意思是,梁细细没有做过我女人,所以,我更不需要隐瞒自己和她的关系。"

我憋了好一会:"那么,我又是你什么人呢?"

钱唐低头看了我眼,突然说:"你把我的车钥匙还回来。"

"去你——"

中式庭院确实太不好了,远远望上去特别好看,一步成一景什么的,但遮掩物太多了。我后半句的"妈"字都没说出来,就看到钱唐的母亲正披着个大皮草,温柔地在路尽头看着我们。

她的审视目光就跟她儿子一模一样啊!

我因为怒气而额头生得汗水立刻退下去,结巴地说:"去你——房间,时候,再,拿给,你,你车钥匙。"

钱唐也回过头,他母亲看到我们在看她,终于像猫一样淡定走过来。她装着什么也没看见似的,对我先说:"春风,屏幕暗掉了。"

我愣了一下,意识到她说的是iPad:"没事,估计没电了。充电就好。"

她点点头,估计本来也不是问这个。钱唐的母亲和她儿子互相叽里呱啦说了几句,因为方言交流,语句又轻,我只能听得懂几个词。正在思考其中含义,钱唐已经松开我的手,他再看了一眼我,居然原路再走回去了。

我还不明白状况,钱唐的母亲又跟大爷似的伸出细胳膊,示意我主动挽着她。我压着满肚子火,心不甘情不愿地搂着她的腰,满心想的是钱唐又去见那个倒霉小表姐梁细细了。

钱唐母亲带我来到书房门口,问我是不是要借书。我才反应过来。

钱唐父亲的书房像仓库似的,所有法律中外书籍在里面摆放的整整齐齐的,墙角角落里摆着紫金楠木箱子,有几个盖子半开着,囤着些白花花的宣纸。

我假模假样地找书,路过那几个箱子时,不小心把一幅写着字的宣纸碰倒在地。

我蹲下来捡,发现这个"犹如莲花不著水,亦如日月不住空"的字迹异常熟悉。钱唐母亲闻声走过来,却说:"这不是阿唐的字,是他爸爸的。喏,你看下面的印章就懂了。"

"钱唐写的字也是这样子的!"我很惊奇,"噢,我懂了,钱唐毛笔字是跟他爸学的?所以,他写字跟他爸一模一样。"

钱唐母亲没直接回答我,她转身再给我找了几幅钱唐父亲的书法,上面的字体又全部不一样了。

"懂了吗?"她轻声说,"并不是阿唐写的字和他父亲一样。只是,他俩习惯用一种字体去抄经书。"

幸好,钱唐母亲现在的眼圈只是微红,不然我还真不知道怎么办才好。她自己盯着那幅字发了一会呆,转而专注地盯着我。

我很有点紧张。这辈子活到现在,也算接受了不少打量。但钱唐母亲评估的目光,我就吃不准了。

她喜不喜欢我?她肯定也觉得我是小孩,还没什么文化,还吃她儿子用她儿子的,还莫名其妙跟他回来。钱唐说没说过,我是死皮赖脸跟着他回来的——

"春风?"她叫我。

"有什么事吗,伯母?"

她耐心地说:"知道我要对你说什么话?"

我第一感觉就不是好话。果然,钱唐母亲继续说:"我们家中还在丧期,你和阿唐不好吵架。阿唐的性格其实蛮顽倔哟,你多担待。"

我沉默片刻,不死心地说:"钱唐其实什么都好,我俩也没吵架,但您知道梁细细……"

她看我眼,斟酌着:"阿唐是个有自己主意的,而现在梁细细也有了自己的孩子。他俩虽然纠缠多年,但谈什么都已经太迟。"

钱唐他妈看起来倒是对什么事都门儿清,但她这么牛,怎么也不管管她儿子整天七搞八搞的混日子。

"儿孙自有儿孙福,我不插手。"钱唐母亲轻言细语地说,"反倒是你。

以前曾跟细细说过的话，如今伯母也同你说：阿唐的性格是西湖七月半，一无可看也亦不作意的浑蛋孩子。他的心总还是散着，不适合——"

我牵挂着钱唐和梁细细现在正单独干什么，有点心烦这种绕圈子般的谈话，索性打断她："您说的我都懂，钱唐也早告诉过我他不肯结婚。但我都可以接受他没孩子，他为什么就不考虑和我结个婚？"

钱唐的母亲无声地凝望我。第一万次重复，她思考时候的眼睛和钱唐太像了。

2分钟后，我撒丫子跑到假山边，外套都没来得及穿。

钱唐没有再拿水枪冲池子，他正闲闲地坐在假山边和梁细细聊天，而梁细细正帮他扫鹅卵石上的落叶。不是说不能帮忙嘛，这个吃软饭的浑蛋！

但我现在也管不了那么多了。

钱唐看我在眼前紧急刹住脚步，他伸臂扶着我，皱眉："又疯跑什么？你个小心眼子。"

我躲开碍眼的梁细细，先凑到钱唐耳边，吞吞吐吐又很小声地问他："那个，你……你没法有孩子这事，告诉过多少人？"

钱唐脸色微微一变，他垂眸同样低声回答："不多，我父亲和你都是知道的。"

我退后一步，四下扫视，谨慎地找到个安全距离，防止钱唐恼火起来把我推到池塘里喂鱼。我避开他的眼睛，专注地看着池塘里若隐若现的鱼影："你妈现在有急事找你。"

当晚，钱家有两个人熬夜。一个自然是我，但我忙的可是正经事，比如熬夜写论文拯救期末成绩。

还有一个是钱唐，他母亲大发雷霆，他只好熬夜跪在他们村的祠堂里请求原谅。我万万没料到，连他母亲都不知道儿子不育这件事。

到了第二天早上，我没精打采地坐在餐桌前，而钱唐母亲化着精细的

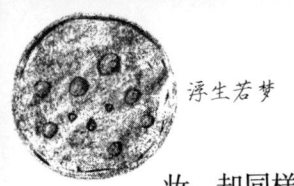

妆，却同样显得神色疲倦。

早餐上齐后，她全无动静地在沉思。

我饿急眼了，又没敢先动筷子，耐心等了5分钟才不甘心地开口叫她："吃饭了？伯母？伯母？伯母？"

钱唐母亲抬起眼睛望着我，冷不防开口："我以为今天见不到你。"

我不由得"啊"了一下，琢磨这话什么意思，直到钱唐母亲的下巴往旁边微微一歪，后知后觉发现早上的桌子前特别空，只有我俩。

钱唐还在罚跪，但梁细细也没影儿了。想都不用想，她肯定巴巴地陪钱唐。搞不好还陪了他一夜——她怎么就能那么闲？成年人了做事还那么幼稚，有空就不知道帮我写写作业！

"阿唐那薄凉个性，"钱唐的母亲开始数落起自己的儿子，"自小到大，他做什么事都能拉到人作陪。但别人火里来水里去，掏出心肝来奉陪他，最后却不能成为他的累赘。细细这孩子，聪明归聪明，总看不明白这点——"

她又看着我："你年纪虽然小，倒是性格更独立一些。"

我听着钱唐母亲点评钱唐和梁细细，再联想到他俩还凑一起呢，那叫一个心里不舒服。但万事有轻重缓急，我总得先吃口饭！饿死我了！

"唉，造化弄人。"她说，"细细无论如何也有了自己的孩子，阿唐怎么就……"

我死命地盯着眼前没有热气的粥，勉强挤出句万金油："有些事情不能强求。伯母，我们还是先吃饭吧。伯母，这豆腐上洒的什么啊，真香。"

钱唐的母亲好笑地看我一眼，她继续说自己的话："阿唐那种袖里阴阳的烂脾气，肯主动告诉你关于他的隐私，应该是极看重你的。"

我打定主意，吃完早餐后就奔去看看钱唐和梁细细又在干吗，随口应了声："噢，他估计觉得，我不会为这事嘲笑他。"

钱唐的母亲突然不出声了，专注地盯着我的脸来回看。

我心虚地想撒谎难道又被看出来了？好吧，在私下里，我其实取笑过钱唐几次，只是，钱唐每次的回应也是像他母亲现在这般，直接又严肃地盯着我。再到后来,我觉得没趣儿就不提了。

"谁敢为了这事取笑他?"钱唐母亲终于再开口,她眉宇里的哀伤和愤怒全面褪下,有股淡淡的威严感蔓延出来,"大丈夫一生在世,闻新知而观天下,又岂单纯是为了生儿育女才苟且立足?"

"……对、对啊,那您现在也就别罚他跪了呗。他都跪了一夜了,他又没大错。您跟他计较干什么。"

钱唐的母亲不由一愣,突然间,嘴角无声地牵出微笑。"小老甲鱼。"她摇头说。

"啊?"

"几句话就被绕进去了。早看不出哟,阿唐居然带了个小老甲鱼回来见我。只可惜,他爸爸都看不见。"

甲鱼?什么甲鱼?在哪儿呢甲鱼?我怎么没看见啊?难道被我吃了?

剩余的用餐时间,钱唐母亲也没让我好好吃饭。

她用闲聊的语气,很仔细问我家的情况、我的学业,我和父母的关系等。而那顿完全没有甲鱼影子的早餐吃完,我也没立刻走成。

钱唐母亲虽然松口答应把儿子叫回来,但她开始挑战我最讨厌的话题——真不知道钱家的人相信什么古怪道理,认为自己有神奇的办法能让我和我爸言归于好。

"怎么父女间关系闹那么僵?我打电话跟李部长谈谈,父女间有什么过不去的大问题?"

"别打电话了,伯母。我爸都已经把我打出家门了。"

钱唐母亲蹙眉:"说笑。虽然我同样对阿唐动气,但父母和孩子间,总还是存在着互相珍惜和互相尊重的默契。"

我冷冷地说:"那是您家的情况。但在我家就完全没有。"

"这话我就不爱听了。"她微微有些动怒。

我管她呢!此刻毫不退缩地看着她。

"一说到自己家的事,怎么立马翻脸啦。"钱唐母亲却松动了表情,她慢腾腾地抿了口茶,再问了句,"打算和家里僵着,永远不见你父亲?"

"我目前就是这么打算的。"

"真是孩子气!做父母的总会对孩子心软。想想看,等以后你结婚、生子的时候……"

"我没有这一天。"我沉声说,"首先,钱唐不打算跟我结婚,其次,他也不会有孩子。"

钱唐母亲眨了眨眼,这时候,我身后传来熟悉的咳嗽声打断我,钱唐正缓慢走进屋。而在他身后,还跟着梁细细,她也正复杂地望着我。

说实话,我看着这两人凑在一起就头痛,感觉心里特烦。但我现在突然没了吃醋的心情,更不打算继续跟钱唐母亲聊。因为我觉得自己人生简直太悲剧了,得思考一下怎么走到这么倒霉的境地。

钱唐母亲偏偏跟着我站起来,她对钱唐说:"阿唐,你好去送客了。"然后对我说,"继续陪着伯母吧。"

我这么个拒绝黄赌毒的优秀大学生,被钱唐母亲莫名其妙地拽到他们村另一所人家打麻将。

也别说村了,还是称之为山庄吧。我被另一家山庄的豪华震惊了,但女主人急忙摆手:"我家布置肯定没有钱老家好。"

当我知道他们村的牌局每局2万元起,身家没有多少亿元根本不敢在村里开车,彼此之间连直升飞机都交换的时候,不由得深深爱上这个淳朴的农村。不,这是土豪村啊!

我曾经最大的愿望,是当个男孩。但现在,我最大的愿望是想当个生在农村的男孩。当然,最好生在钱唐家乡的这个土豪村里。

那些土豪教了我炸金花、长沙麻将、杭州麻将等。但到了最后,我依旧没怎么掌握要领,只能学着她们利落地出牌。

如今和钱唐母亲打牌的都是村里的主妇,她们在葬礼时就对我特别好奇，此刻也问钱唐母亲："她是谁？"

钱唐母亲瞥了我眼，一边洗牌一边若无其事地说："没什么，反正不是什么电影明星。"

这句话让我莫名其妙地放下心。

"但长得像明星呀。"有个和钱唐母亲岁数一边大的人再柔声问我，"是和阿唐在工作时认识的？"

"算是吧。"我回答。

"喏，你看看她，长得模样真好。和阿唐一样，看上去就是个特招人喜欢的孩子。"

我咧着嘴傻笑，钱唐母亲只是微笑。虽然她主动提出玩麻将，但就算玩牌时，精力也并不会完全放在上面，这点又和她儿子很像。

我并不具备麻将新手的"手气"，总是在输钱。但我莫名其妙地留恋这种温暖气氛，刚开始还有点冷，借了条羊绒围巾盖着腿，后来穿着短袖坐在热火朝天的牌局旁，再到后来，我发现自己居然能听得懂点吴地方言和上海话，也能跟她们聊天了。

不知不觉玩了整个通宵，连窗外下起雨都不知道。

等我俩撑着伞，深一脚浅一脚走回去，我心虚地问钱唐的母亲："伯母，我是不是输了你很多的钱啊？"

"还好。"她淡淡地说。

"哦，那我就放心了。"

钱唐母亲解释说："你输得不少，但看得出你牌品很好。"

这……哪儿看出我牌品好的？是因为我出牌时从不犹豫，还是因为我回答问题答对了？还是因为别的什么？

回到钱宅，这次换成钱唐边喝茶边耐心地等着我们。

看到我们，他站起来说："细细已经走了。"虽然朝着母亲汇报，但钱唐的眼睛又是看着我的。

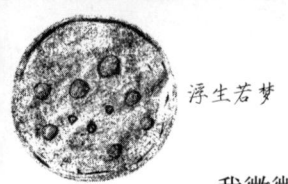

我微微一愣，满脸写着大麻烦的梁细细居然默默离开了？

钱唐母亲压根没搭理儿子，她把外衣脱下前，先珍重地别好领口处的那一朵白花。钱唐站起来，绕到他母亲面前帮忙。

一时间什么动静都没有。可是转眼间，他俩已经拥抱在一起。

钱唐母亲流着泪说："阿唐，你知道我并不是怪你。只是这样大的事，你总是自己担着，姆妈心疼你……"

她儿子被母亲来回摇晃着，也只能轻声安慰："所以才没让父亲告诉你，我不想让你为我伤心。"

这是我唯一听懂的两句方言。而我独自在旁边站了一会儿，合上门就默默地走了。

我40多小时没合眼了，但依旧没有太大困意。等洗完澡走出浴室，发现某人又在我房里。

钱唐半躺在床上，他正低头看我在他电脑里瞎写的论文。我不打算吵架，不出声地绕过他爬上床，将被子拉到头部挡住光线。

结果没一会，被子就被扯下来。

"宝贝？"钱唐握住我的手，他轻声说，"最近是我忽视了你。"

我冷冷地问："老甲鱼是什么意思？"

他愣了下："老甲鱼？你从哪学来的？本地方言，形容人狡猾就叫他老甲鱼，老甲鱼裙边拖地。"

"那你妈一定没在说我，她说你带来一只小老甲鱼，这说谁呢？说的是梁细细吧。她到底是你什么人？"

钱唐毫不犹豫地回答："细细是我半个家人。"

"恶心死了！那么，我又是你什么人？"

钱唐看了我一眼，笑着回答："心上人？"

"恶心死了！我都没法相信你。钱唐，我真的不知道你整天都想什么，我真的觉得我一点都不了解你……"我伤心地说，"我在你身边都快闷死了。"

钱唐没打断我,他的眼神幽深。过了一会,他伸臂搂住我:"不,你当然最了解我。"他平静地说,"特长生,如果你不了解我。怎么能轻易一句话就让我跪一整晚,又怎么能轻易一句话就让我母亲把我放出来?昨晚你也没来陪我。"

他说这个不是拱我火吗?

"梁细细昨晚不是一直陪着你跪吗?再说,你跪也活该!跪死你丫的!你赶紧滚蛋!"

钱唐在我身边无声地笑了一会,而我想到他那个小表姐,简直是恼火极了,把他狠狠推下床。结果这人"咚"的一声掉在地上,再随后就一点声音再没有。

我忍了半天没抬头,终于受不了寂静,掀开被子偷偷地看,却发现钱唐正盘腿坐在地上。

钱唐摘了眼镜,正沉默地玩着之前给我的车钥匙。那车钥匙原本被我胡乱塞在枕头下面的,不知道为什么此刻也跟着落地。

再过了好久好久,钱唐突然开口,平淡的口吻:"小时候,母亲因为我顽皮,也罚我整夜跪祠堂,那会是祖父把我接回来。等祖父去世后,又是我父亲替我求情。但昨天晚上,我突然发现自己身边已经一个人都没有。没人能再从黑暗里把我领回来,我只有自己。"

"少来这套!你压根儿不怕黑的。而且,你已经有足够的能力去做任何事!"

"这不一样,宝贝。我父亲是我最好的朋友,也是我人生中我最尊敬的老师。有我父亲在,即使他不需要具体为我做什么,我百分百确信,自己能解决任何事情。因为我相信他,才相信自己。但现在,我父亲走了。"钱唐的声音没有一点波澜,甚至没有叹息,他只是毫无感情地叙说,然而这声音的本身就好像一个巨大的流血伤口。

"所谓游戏三昧,很多事无非如此。上天从不吝啬给你最好的东西,然后全部拿走，从头到尾没有任何补偿。"他淡淡地说。

我哑然片刻，忍不住提醒他："失去的东西，就是失去了，虽然会很遗憾，但干吗要补偿呢？再说了，补偿的东西也不一定好。你看看我，就是个活生生的例子，我爸失去了我哥，有了我。但他心里，一定不想让我代替我哥。"

钱唐没说话。

我悄悄爬下床坐在他对面："好了嘛，你不要太难过。以后，有我陪着你好吗？我会永远陪你的。"顿了顿，我试着叫，"阿唐？不要难过了好不好？"

钱唐突然哼了一声，抱起我就把我丢在床上，那动作极快。我吓了一跳，却感觉钱唐抬腿重新上了床，从背后抱住我。

"胆子越来越肥，整日对我直呼其名也就罢了，但是'阿唐'也是你能叫的？"

"大家都这么叫你，怎么我就不能叫？"

钱唐除了从背后抱住我再没有任何其他动作，我略微挣扎了一下，也就老实地任他紧紧搂着。

不过，钱唐又开始废话："我只道铁富贵一生铸定，又谁知人生数顷刻分明。想当年我也曾撒娇使性，到今朝哪怕我不信前尘。这也是老天爷一番教训，他叫我收余恨、免娇嗔、且自新、改性情、休恋逝水、苦海回身、早悟兰因……"

我假装没察觉钱唐说话时不一般的低沉嗓音，只嘲笑他："哎哟，好娘娘腔！你念得这又是什么鬼？"

"这是《锁麟囊》。"钱唐学着我的腔调回答，然后，他对我说，"特长生，你熬夜写的论文也很糟糕，明日大概要重新写。"

"你闭嘴！"

钱唐果然闭嘴了，但是在黑暗里，我能无比清晰感觉到，他的泪水正在滚烫地烙印在我的背上。

我的心也沉甸甸的,只能任他从后面紧紧地抱着我。我知道,钱唐从来不想让任何人看到他流泪,即使是我也不行。那好吧,我就不看他,于是到临睡前,自始至终都没有回头。

其实我嘴这么笨,也没有好办法安慰他,我只能默默地想,自己从小活在我哥的阴影下,知道失去的痛苦。唉,生命有时候脆弱得像沾湿的卫生纸,际遇也是很无常的。但更多时候,我们唯有选择坚强。

再醒来的时候已经是下午。

旁边是空的,钱唐又不见踪影,我独自坐在床侧,看着很薄的夕阳照在瓷表盘上,接着,我爬起来准备去吃晚饭。

但找遍了整张床,怎么找不到钱唐给我的车钥匙。我惶恐又忧伤,最好是钱唐自己拿走了,不然弄丢一把车钥匙重配得上千,到时候他又得让我擦车来赔。

在距离临走还剩一天半的时间里,钱唐把家亲手打扫完,随后,他就一直窝在书房为葬礼来宾写回帖。钱唐母亲拉我再打了几场麻将,顺便带我去寺庙烧了趟香。

等从山里回来后,她叫人买了2只帝王蟹。吩咐钳爪炒椒盐,黄酒炖蟹身,膏黄蒸水潽蛋,又让人去做点心和蔬菜。最近钱唐家一直吃素,她明显是为我开的小灶。

我窃笑了一会,准备假惺惺拒绝。钱唐母亲劝我:"伯母喜欢你,就是不知道,你下次什么时候能再来。"

"嗨,您想叫我吃饭那还不简单,伯母,给我打电话我就飞过来了。"我豪迈地说。

钱唐母亲微笑一下,没有回答。

我自己啃着蟹腿时才有点琢磨过点劲儿,钱唐母亲如今待我虽然比最初亲切,但依旧保持着距离。在不确定儿子的心意前,她并不会对我过分示好。

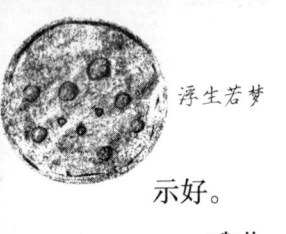

哦哟，我学着她的口头禅，心想他们这一家人做事风格还真是像：总意味深长外加反复无常，对人情冷淡到捉不住头绪。

这要在以前，我估计自己还傻乎乎的什么都感觉不出来。但现在，也不知道什么原因，我觉得琢磨明白了点。

"伯母，您肯定能再见到我，搞不好还能总见到我。"我认真地告诉钱唐母亲这个信息。当然了，主要是靠我无声的眼神儿传达。

我俩的目光在空中炙热交织一会，钱唐母亲就转头，她温柔地告诉厨师把饭菜的分量加多："北方人，不够吃。"

我忧伤愉快地把每盘菜都吃了双份，钱唐母亲依旧没怎么动筷子，慢条斯理地喝着茶。

她下午又哀哀切切地在僧人面前痛哭一场，从寺庙回来的路上还不停流泪。但等我一吃完饭，钱唐母亲依旧拉着我玩牌。我不好推辞，只得先去漱口。然而回到房间，发现她不知不觉间倚在软椅上睡着了。

钱唐母亲一点儿都不老，她不属于特别好看的类型，但从脖子到手都保养得白白嫩嫩，穿衣打扮比我们大学宿舍的几个女生还年轻，但她现在闭着眼睛，头一点一点往下打瞌睡，确实感觉是个瘦弱又苍白的老太太。

在门口，一个可疑的黑色人影同样沉默地望着她。

"来人！抓偷窥狂！"我绕到他身后，压低声音喊。

钱唐看到是我，扬了一下眉。

"你偷偷看别人睡觉，不是偷窥狂吗？"

钱唐不容我继续胡说，随手警告性地拍了一下我脑门，继续凝视着母亲。半晌过后，他轻声开口："她居然老了那么多。这是什么时候发生的事？"

"估计是你不在时候的事吧。"

钱唐沉默片刻："我应该多留几日陪她。"

"还是算了吧,"我低声嘟囔,"你妈估计盼你赶紧滚蛋呢。"

他皱眉问:"什么意思?"

"意思就是,你以为大家都瞎呀?你自个儿就不喜欢住这里,也不喜欢这里的生活方式——每次你看你妈出门搓麻,虽然不说话,但那表情别提多嫌弃了。你摆这种脸色,她能开心?还让不让愉快搓麻了?"

钱唐的语气僵硬:"从小到大,她们在牌局上总会喋喋不休地议论我的各种事……"顿了顿,钱唐醒悟过来,"特长生,你现在正在教育我?"

"你这个人就是欠教育!"

钱唐再哼了声,转头盯着我:"心玩野了?我看我们加紧收拾行李走人得好。不然让你继续留在这里,我无妨,你再被她们把心肠带坏。到时候又坏又笨又馋又嗜赌,无药可救。"

我气得直用手指他:"谁?谁说我又坏又——"

房间内突然传来响亮的"啪"的声,我和钱唐止住话,双双往里面看去。

钱唐母亲手里的牌滑手掉在地,她突然间惊醒,迷茫地直起腰看着四周。钱唐迅速跨进屋,扶他母亲坐起来。偏偏钱唐母亲为着什么怪规矩,不肯让儿子进自己卧室,只好由我继续代劳。

我轻车熟路地把他妈搀回卧室,等再走出来,钱唐还在外面站着。他问我:"怎么样?"

什么怎么样?睡着了呀。

陪钱唐走回书房的途中,我顺便把今天去庙里老和尚给我算命的结果告诉他。

"那秃子说——你别打我头,先听我说,那方丈说我前途无量,以后赚得钱大了去了!对了,他给我算了姻缘,说假如,我跟现在的对象在一起的话,以后还得我养他呢。"

我等着钱唐回应,结果他默不作声,我只好洋洋自得地接下去,"这都不叫事儿!到时候,我真那么牛那么有钱,养你就养你呗!啧啧,看出来我对你多好!"

钱唐却问:"你能养我?他算没算出来,你什么时候能开始养我,这得赶紧的呀!"

我怔了一下:"什么时候养你倒是没说,有生之年吧。"

钱唐跟着我玩味地重复了一遍:"有生之年。"过了一会,他又问,"你平常不是不信鬼神占卜?"

我嘟囔了一句:"有件事对我很重要,而我确实没把握。就找那老和尚问了一下。"

我们走在拱桥上,冷风从池塘四面八方吹过来。我缩着脑袋,钱唐没什么表情地回头扫了我眼,他问:"那是什么?"

唉,我真不信算命,但还是让方丈看了我手相八字什么的。这是有道理的,因为我不确定的事,特别无聊特别琐屑,无聊到我不想用来打扰还沉浸在丧父之痛的钱唐,琐屑到没有其他人能告诉我。

我想问老和尚的问题是,究竟我的爱好和特长是什么?

我一直不喜欢看书,所有的书里都告诉读者,说要抓紧时间,去做自己真正想做的事,可是,我不知道自己的前途究竟在哪里。

这几天看着钱唐思念他父亲,我只想到,我在童年没有尝到过任何意气风发的滋味。小时候面对最多的,就是我妈笑而不语和我爸的泼冷水——

"比起你的一堆奖杯,我没有取得过任何成就。"我沮丧地说。

钱唐淡淡地凝视黑暗中的假山:"不用过于担心这些问题,因为你还非常年轻。"

我怏然说:"年轻的废物是吗?"

"你会空手道。"

"太!逊!了!"我沮丧地对他嚷嚷,"怪不得,你总觉得我特傻!"

钱唐微微动了一下嘴角,沉默地陪着我靠在栅栏上。过了一会,他突然开口:"不管如何,特长生,我一直认为你活得非常性感。"

性感?我听了后猛地抬头。这词是什么意思啊?讽刺吗?

钱唐缓慢说:"和你在一起,我很快乐。每一分钟都是如此。"

我拧过头,脸上有点火辣辣的。

钱唐以前对我说过很多情话,他对和人交流这事简直太有一套了,说学逗唱喜怒收放自如。但我清楚得很,只有当钱唐漫不经心,用这种不带什么感情的口吻开口,才是他说真话时的表情。

钱唐整个人在我面前越来越透明,就跟脚下池塘里的锦鲤一样。那些身形硕大的鱼看到有水面上人影,就立刻浮上来,张嘴等着喂食。

我自己就是像锦鲤这样直接的性格,明明也更喜欢那种直接的性格。但不知道为什么,喜欢上的人,却是云里雾里虚虚实实的钱唐。而我也是真的挺爱他的。

我抽了抽鼻子:"那,我能捞你家一条鱼带走吗?"

钱唐的性格简直属鱼的,他立刻忘记7秒前还说过姑奶奶对他多么宝贵了,皱眉说:"胡闹。宅中养锦鲤数目都有讲究,不能随便迁移。"

"可是……"

"走吧,特长生。"

我不情愿地被拽着胳膊,继续往前走了。

钱唐现在没什么事可做,但深更半夜,他又非得让我在书房里陪聊。

凌晨三点半,我狂打哈欠,坐在那里默默地吃杏仁露,留一个耳朵听钱唐说他家的明朝永乐御制红阁摩敌刺绣唐卡。

据说是流拍文物,被他母亲捡漏买回来,当宝贝似的摆在卧室。结果钱唐父亲不乐意,和他母亲为了唐卡摆放在什么位置,足足冷战了一年半。

我听八卦时才提起精神:"是吗,你爸妈为了这点事也能吵?"

钱唐一般不说家事,现在只是微笑摆弄着茶杯:"都是很早之前的事情。两个有脾气的人,在婚姻里总要磨合吧。"

我不由思考几秒："那你觉得，我结婚后的脾气会逐渐磨合得更随和吗？"

钱唐奚落我："等你嫁给魔鬼的时候？"

我不高兴了："等姑奶奶嫁你的时候！"几乎是话音落地，我就意识到说错话了。

果然钱唐的眼神迅速从那精致的牛头唐卡上移开，滑到我脸上。偏偏他还没什么表情，双目对视，我俩谁都没主动说话。气氛很有点尴尬，我感觉后背好像有虫子爬来爬去，特别热，略尴尬。

半响后，钱唐开口了。他轻描淡写地说："特长生，不管你内心怎么想，现在不是讨论这种话的时候。"

我发誓，如果不是太困，那话不会脱口而出。现在听钱唐这么讲，解不解释都显得特别不要脸，我只好憋着火，先剥着旁边的瓜子。

但这一次，钱唐对这个话题追着不放。他沉默片刻，突然问："特长生，你为什么想结婚？"

"不是我想不想结婚的问题！两个人互相喜欢，最后总会自然而然就结婚吧……要不，都没事可以做啊。"

"没事可做，可以双双出轨嘛。"

我简直被钱唐这话气得勃然大怒："出，出轨？！出轨那就说明两个人已经不是互相喜欢了啊你这个臭白痴！"

听我说脏话，钱唐毫不犹豫地提起旁边的茶刀，倒提着敲了我脑门一下。我本来昏昏欲睡，结果疼得都清醒了。

我简直气疯了，猛地跳起来怒视着他。而钱唐依旧稳稳地坐在椅子上："我早告诉过你，春风，我不想结婚。我处理不好长期的男女关系，也没法长久地爱一个人。"

"这跟不结婚没半毛钱的关系！没人能长久地爱一个人，但大家不都这么活过来的？你就想，爱一回少一回。姑奶奶不一定非要你爱我到海枯石烂天长地久，你只要爱我到我死掉前就可以……"

钱唐刚开始估计还觉得好笑,听我胡扯时略微松动点脸色。直到听我说到最后一句,他突然打断我:"少说废话!"

我捂住火辣辣的额头,对钱唐怒目而视。

钱唐依旧不看我,继续玩着那小刀子。他表情很奇怪,不像对我生气,也不像思考,更像是心烦意乱和迷惑无奈:"你怎么总哪壶不开提哪壶?我怎么就能跟你这种小丫头耽误了那么久时间?"

他突然抬起头,追问:"我再问你一句,春风,你真想结婚?跟我结婚?"

我一愣,不是因为钱唐这问题,主要因为钱唐拿着刀尖正对着我呢。

他突然"砰"一声把茶叶刀扔在那据说很名贵的唐卡上,深更半夜很大一声。"我算是彻底怕了你。"钱唐叹了口气。

我压着气:"怕了我是什么意思?"

"A大的大学生连'怕'都听不懂。"钱唐盯着我眼睛,他拉着我的手,硬逼我在对面重新坐下,"趁我现在还不清醒,来,说你喜欢什么样的戒指?"

我余怒未消,斜着眼瞥了一下他的表情,又看不出苗头。但说到戒指,我脑海里只能有一个最近看到的参考物:"你要送我戒指?那我要梁细细手上那样的,亮的,大的,闪死别人眼的那种!一定要比她戴得更大!"

钱唐直盯着我:"你真喜欢那样样式的?你不后悔。"

"不后悔。"我咬牙说。

"好。"钱唐答应了,他又说,"趁你没后悔,趁我也没后悔。"

钱唐母亲送我们走的时候,不可避免地又在流泪。

就在钱唐几乎动念是否多留家几日,她用绢手帕轻擦眼泪,催促我们赶紧把家里停车位让出来,因为"半个小时后,我约的人过来打牌,没地方停车了"。

钱唐冷笑两声,他说:"我很快会再找时间回来看您。"

"春风，"钱唐的母亲突然转头看着我，我正耷拉着眼皮犯困，惊得抬头。

"嗯？伯母？"

她望着我，柔声说："叽里咕噜叽里咕噜叽里咕噜……"

我震惊睁大眼睛，想她为什么总记不住我听不懂方言啊。

"保重好自己，照顾阿唐。"伯母细声翻译成普通话，"你要督促他经常回家看我。"

"哦，好的好的，伯母。"

钱唐在旁边微微皱眉，回答："我说了，我有时间会回来。"

"孝顺的儿子，不会耍'有时间才回家'的这种花枪，阿唐整日皮里阳秋，春风却言之有信。我要春风你现在跟我保证——"

我想了想："成，他春节肯定回来看您。日子不远了。"

"到时候，他至少也得陪我住一礼拜再走。就这么说定了？"

"就这么说定了。"

等钱唐坐在车上，他连说了几句不可置信："不可置信，回来住一周？到时肯定又遭我扫整个院子里的冰。我母亲很想我，为什么不主动看我，给我家里打扫房间？"

我看了他一眼，这家人好像对谁都能动点讨价还价的心眼。

但不论钱唐母亲毫不避讳在我这种小辈面前奚落钱唐，还是钱唐临走前随手用胳膊勾了下他母亲这种小动作，他们间的那种亲密和坦然依旧让人心生羡慕。

我比预定中更晚了一天才回城。

倒也不是因为什么别的特殊原因，单单只因为钱唐没买机票。我俩这次坐火车颠儿回来的，对，就是火车，不是什么高铁，那种慢慢不着急开每站一停的火车。

"我已经不需要着急。我的人生已经不会再有什么大事等着我。如果真有，他们可以继续等。"

我急眼了："我有！我又少上一天课。"

但昨天陪钱唐聊了半宿，车厢内空气不好，等戴好围巾口罩，我一落座就歪头靠着他肩膀睡着了。连旁边人滋溜滋溜吃方便面的声音也没把我吵醒。

昏昏沉沉地睡了一路，行到中途，钱唐突然把我推醒了一次。

"嗯？到站了？"

钱唐摇头，低声告诉我："春风，你看我们正在过长江。"

我打着哈欠，边揉眼睛边定睛一看。透过钱唐随手擦净的毛窗户，火车正横越过黄浊奔腾的长江，江面宽阔，滚到苍白的天际线前才停下。

钱唐依旧保持着我睡前的姿势，一动不动地凝视着窗外，像是隔了雾气，整个人的气质竟然比长江还遥远缥缈。火车已经晃荡了半天。我梦都做了3个，他还完全没有想睡的意思。

我想打起精神说几句话，但嘟囔几句，无意识又靠在他肩上睡着了。

我俩打车回去时已经到了半夜。钱唐靠在床上休息了一会，第二天很早就去了CYY。而我补觉醒来后，发现今天的课又可以不用去了。

萧磊对于我的缺席感到非常愤怒，但没有像往常打来电话质问。我内心隐隐不妙，刚想给他打电话，钱唐却给我打了电话。

"宝贝，在家吗？待会给我做点东西吃行吗？"

"行。"

"30分钟后我回家。"

钱唐说完后，就挂断了电话。而我以最快的速度冲到超市。

这可是钱唐第一次主动提出吃我的东西，我绞尽脑汁地做了一顿饭，还顺便叫了两份外卖。这样钱唐即使不爱吃我做的东西，也有很多选择。

门响了一声，我连忙迎到玄关。钱唐正脱着外套，他回来后看了我一眼说："待会儿有人来家里搬东西。"

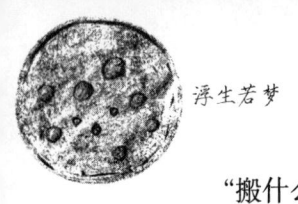

"搬什么？"

钱唐若无其事地说："我打算扔点旧物。不过，总得先征求你同意。"

我以前总嘲笑他家客厅像垃圾场，不留神就碰到东西。但现在，钱唐走向另一个极端。

等工人来了，他在客厅里转了一圈，沉思几秒后说："沙发和电视留下，游戏手柄别动。其他全扔。"然后手一挥，自个儿就潇洒地去餐厅看我做的什么饭了。

人家说物是人非，失去至亲的钱唐回城后，他的神态像是什么都发生过一样，但把自己家整理了一遍。我目瞪口呆看着随后进来戴白手套的工人，他们训练有素地开始抄，不，开始搬钱唐的家。

客厅里堆着的无数字画、雕像、毛笔、雪茄、几百本书和碟片，小板凳、泡茶的紫檀水壶……钱唐都打算扔掉。

收拾到最后，我发现属于我的杂物，开始从各个角落里源源不断地冒出来。

北海道鱿鱼丝、盐烤大腰果、德芙巧克力，以及不知道名字的巧克力，枫叶糖、红枣糕、果冻、立顿奶茶、棉花糖、毛尖、日本抹茶、蜂蜜沙琪玛、牛轧糖、奶片、花生米、深海鱼油、鱼胶、博若莱酒、可乐、手机充值卡、耳机、绑头发绳、钢笔、订书机、硬币、墨镜、护手霜——

"你们别动！"我恼火地止住他们，转头冲进餐厅。

钱唐正在吃着我做的饭，旁边还倒了一杯酒。

我问他："钱唐，你现在到底想干吗？"

钱唐抬头望了我一眼，他有点无动于衷地回答："收拾自己家。"

"你在老家还没收拾够？"

"乱我心者多烦忧，旧物只会徒增心烦——"

我压着气打断他："别扯淡！你现在心烦，是因为失去亲人！根本不是因为你家那些旧东西。我理解你，但你别这样糟蹋东西，小孩子才在不高兴时扔东西解闷儿，你岁数那么大了，别玩这套啦。"

钱唐嘲讽地说:"你当然理解我。你不是小孩子,你是个完美的大人,对不对,宝贝?"

"你闭嘴。钱唐,想扔东西随便你,但你少气我,你也别边扔东西还边摆出这种万事不上心的鬼样子!我告诉你,这世界上,已经没人再有耐心把你乱扔的东西捡回老家,放在柜子里摆好了!"

钱唐仿佛被定住了,他握着筷子看着我,目光迷茫了许久。而我狠狠瞪他一眼,臭着脸把那些搬家工人先赶走。这时候2个外卖送上门,我也直接给工人了。

等再回到餐桌前,钱唐没跟我说话,他也不看我,倒是默默地把饭桌上做的东西吃了不少。

第二天,我逼着钱唐送我回学校,顺便去辅导员那里把请的假销掉。等从办公室走出来后,钱唐望着满学校的大学生,他轻声自嘲:"真老了。"

我不由得看了他一眼。失去父亲后的钱唐,某种程度上越来越深藏不露,但在某种程度上,钱唐不再压制以前刻意压制的东西。他不再有耐性,不再有那么多从容,甚至不愿意浪费时间去伪装低调。

钱唐整个人的气场,说话带给人的感觉,包括此刻他公然就停在学校空处醒目的跑车,在朝气蓬勃的大学校园里非常格格不入。

但不管怎么老气横秋,以前掺杂在他身上的邪恶感显然没有彻底离去。钱唐收回目光,又慢腾腾说:"老了挺好。想到满校园的年轻人可供我这种老年人奴役,也算老有所值。"

我说:"噢,我也想奴役别人。"

钱唐停下脚步,很自然地帮我把领子翻起来,接着低头吻了我嘴角一下。

我愣了一下,钱唐以前绝对不会做这两个动作。他对我再好,却也从不关注这些细节,不乐意在众人前对我亲热。如今,他肯这么做,因为他半点都不在乎了。

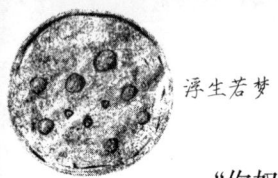

"你奴役别人还太早了点。"钱唐温和地说,"不如奴役我来练手吧。"

我不说话。直到他轻轻掐我脸颊,我才难过地说:"可是我不想奴役你。我就想让你开心点,我有什么能为你做的吗?"

钱唐轻轻地收回手,他换了个话题:"去上课吧。我想自己待一会。"

钱唐的车开走了之后,我站在原地好一会才默默地离开。

走在学校湖边的道路,迎面就碰上了萧磊。我的心还挂在钱唐身上,也没主动打招呼,就远远地咧了一下嘴。

萧磊的反应好不了哪去。他明明看到我,但直接和身边篮球队的人漠然地走了,连个招呼都没打。我有点尴尬,就只好继续张着嘴。

北方的冬天真冷,零下十几度真不是盖的。学校湖边种着松树,不少人估计把它们当成圣诞树,用冻得通红的手往树枝上面绑祈福的纸条,还有傻帽的黄头发外国人围观他们。

但外国人回头,我发现这人居然是程诺。

程诺看到我,高高兴兴地笑了:"春风,你回来啦!下次我逃课,就指望你替我遮掩!"

风太大了,程诺那头小黄毛在风里被吹成一条黄狗。我俩哆哆嗦嗦地躲在了旁边的教学楼楼道里,我搓着手,听程诺津津有味地取笑了萧磊惊慌失措找她,又再取笑了我逃课那么久。

"长辈去世。"我含糊地向她解释,"我去外地参加葬礼。"

程诺"嗯"了一声,脸上轻松的笑容还在。

"唉,有人去世真的挺难受的。"我嘟囔了一句。

程诺也轻声说:"没有人比我更懂参加葬礼的感觉呢。就好像你在冬天里,头朝下,倒栽进冰湖里——"

我想着钱唐样子,也叹口气说:"确实挺像的。"

"但也不像。我去年出席我妈的葬礼,那感觉比我刚刚形容的还要难受3 000万倍。"程诺继续说,她脸上依旧在笑,"春风,我妈离开后的这一年,我经常感觉人生很灰暗。"

跟程诺聊天真是又一次愉快的经历。被她话里的语气所带动，我在下午上大课前都非常郁闷。

课前例行点名，教授点到我名字时停顿一下，让我课间找他。剩下的整节课，我赶紧用手机疯狂上网查找和这门课相关的基本内容，避免被叫出去时能别那么白痴。

教授没有问我专业课，他取下眼镜说："李同学，你节哀顺变。"

原来，我们系里也有两个教授飞去参加钱唐父亲的葬礼，他们当中有人看到了我，因此，我也被无可避免问到了和钱唐家什么关系。

我低头憋了好一会，然后说；"……义父？"

萧磊这堂课没和我一起坐，自己坐在第一排。我和教授说话时，他就盯着我狂看。等我从讲台走下来，这白痴突然间伸长了脚。我因为说谎心不在焉，真被绊倒在地。

因为是大教室上课，我滚地的英姿被不少人目睹。很多同学忍不住笑，萧磊立刻从座位上弹起来扶我，连声说"对不起"。

冬天穿得多，倒也没受伤，我不吭声从地上爬起来，继续往后走。萧磊在周围的阵阵起哄声中，追着我不停道歉。我回到自己座位，他还死皮赖脸地跟着。

"李权，要不然你打我一下解恨？"他说。

我没搭理他，结果他立马跟我旁边的人换了座位。到了距离下课5分钟，萧磊手肘碰了我一下，给我推来一张纸条。

我实在不想看，但随便瞄一眼还是震惊了。纸条上面写着："I'm fond of you！"

我终于憋不住了，低声警告他："你特喜欢作弄我？你想死吗？你再跟我逗一下试试？"

萧磊笔直地回望我，我发现他眼睛特别亮。如果说又开什么恶劣玩笑，那眼神未免又严肃真诚了点。但如果说他很正经，萧磊神情里又有点无措恳求。

"等下课后，你跟我去个地方吧。"他低声说。

我冷冷地拒绝："去你大爷。"

"不走远，就咱们学校门口。给我五分钟的时间，我给你看个东西。其实昨天就想给你看的。但昨天白天在教室等了一天，晚上在你宿舍下等了半宿，你都没出现。"

"滚蛋，姑奶奶爱去哪儿就去哪儿。"

"你如果不跟我去，我现在就站起来，告诉全系同学和老师我暗恋你。"

我怔了一下。

萧磊继续流畅地说："我想告诉所有人，我从高中就喜欢你，我在你不认识我之前就喜欢你，我第一天跑过去跟你打招呼，全身都哆嗦，是身边人怂恿我我才上去……"

我让他有病治病，有药吃药，没救就滚。但虽然这么答，我内心也犹豫了下，因为真怕萧磊突然站起来发疯，姑奶奶还是看重名誉的。

萧磊沉默片刻，他突然说："我拜托你了还不行？"

萧磊这人的性格其实跟我很像，实际上，这就是我和他当好朋友的原因。我俩都好面子，嘴贱欠揍、色厉内荏。但我俩嘴上和心里都做不到同时服软。

现在萧磊目光不看我，无可奈何地说："哎，你就跟我去一下不行吗？"

我俩都清楚，萧磊这确实是在放下脸求我啊。就这么一个正常的高中好朋友，也不能眼睁睁看他变态，只好答应。

事实证明，做人永远不能心软。如果我能早知道萧磊是打算跟我告白，一定当庭就打死他。

当萧磊把我带到校门口停着的一个面包车前，我还隐隐只觉得这场景有点熟悉。等他拉开车门，里面是满眼的红色可乐易拉罐。我立刻想起来，自己曾经被钱唐怂恿着送了他一车可乐这茬。

但萧磊现在干什么，他居然又买了一车可乐回送给我？这大冬天的送可乐……也太记仇了吧。

萧磊却说："你拿一罐看看。"

我只好顺手从里面拿了一听可乐，出乎意料地轻。全是铁皮空罐子。

"你当年送我了一车可乐，我每喝一罐，都把罐子留下来。我跟自己说，把你送我的可乐喝完后，我就告诉你我的心意。"

我忍不住先后退一步，内心涌上不祥的预感："你什么心意啊你？"

萧磊感慨地转头看着那空罐子："老子都喝吐了，才敢告诉你我喜欢你。"

"啊？？"

"你不用回应，但也别着急拒绝我。"他双手插兜，很镇定地说，"我知道你现在有个老男朋友，可我不在乎。我只要求你给我一个机会，别总把我当朋友当你哥们。这样，我也可以慢慢告诉你我为什么喜欢你，咱俩在一起有多合适。"

我震惊到一句话都说不出来。

萧磊又说："如果你觉得，确实接受不了我喜欢你这事，我们也就假装今天什么都没发生——"

他看着我，我也看着他，然后我立马鸡啄米地点头。

萧磊却坚定地接着说："但我还是会继续喜欢你，不管你叫李春风还是李权，不管你现在是不是喜欢别人。"

我张大嘴，脑子都跟不上趟。太出乎意料了，压根儿没想过啊。估计因为站在马路边太冷了，内心某个地方还有点隐隐约约的感动。

当然在感动完，我更强烈的想法，依旧是这人今天吃错药了？估计可乐喝多了会变笨，他还喝了一车。

萧磊夸张地睁大眼睛，朝我喊："老子这么深情的告白，你说我神经病？"

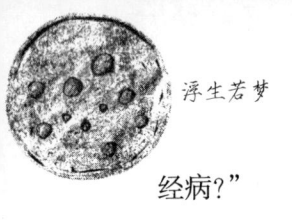

我摇摇头，再摇摇头。"我有点不行了……"我告诉他。

"什么不行？是被我感动得不行了？还是冻得不行了？还是你刚刚摔跤摔到不行了？"

"是我这辈子没法再喜欢别人的那种不行了。"我叹口气，"我只喜欢一个人，我真的没法再喜欢别人了啊。"

萧磊听了我的话不以为意："首先，人是不可能做到完全静止。你这种保证，在法庭上属于无效——"顿了顿，他突然反问我，"你现在不是琢磨怎么跟我绝交吧？那么怂啊，就因为我说喜欢你，你就不敢和我当朋友了？"

他还真猜准了，我只好再不情愿地闭嘴。

萧磊开着小面包车送我回家的路上，他突然问我一直喜欢的那人是不是西中的老师。

看我露出吃屎的厌恶表情，萧磊挠了挠头："我猜的。"

"高中老师？亏你想得出来！师生恋最恶心，吐了我！"

"还不是因为你每次都不提他，藏着掖着！"他再猜，"那人岁数不小吧，你估计不可能做二奶，做老男人的女朋友有什么前途？你看我们在一起，同龄人有共同话题。"

"滚滚滚——"

我俩嘻嘻哈哈的，倒是又把这个话题拉远了。

萧磊开着小面包车，把我扔在小区门口。等我走了几步，发现萧磊还在窗后咧着大白牙笑着看我，鼻子喷在半降的玻璃有雾气。

我停下脚步，默默地望他一眼。

一方面，我确实觉得萧磊这人有点太白痴了，他喜欢我真是我的耻辱（我怎么就不招正常人喜欢啊？）。而另一方面，我又确实有点感动，忍不住想钱唐有没有那么二的时候，不说别的，起码是真情流露的时候。

只可惜，我已经永远永远错过那段时间。最早碰上钱唐，他就是一根老油条，是米醋不进、花蝴蝶样的情爱老手。至于现在的钱唐经历了生离死别，他的年龄越来越大，估计更对小情小爱心灰意冷。

我也觉得挺心灰意冷，慢慢走回钱唐家，又蹲在他家小院消磨了一阵时间。

也不知道过了多久，再抬头，天都已经全黑成一片，我才扔了铲子进门。

客厅里暗着灯，我以为钱唐不在家，随手抓了个橘子走上2层，发现他正站在卧室窗边沉默地吸雪茄。

钱唐回头看到我，表情莫测，也没有主动说话。我早就习惯他这种阴晴不定，走过去坐到他身边，给他剥橘子吃。

"你今天都干吗去了？"这是我问的钱唐。

钱唐平时特别不喜欢我问他行踪，但今天，他望着手里的橘瓣，态度老实地回答："去趟公司，待不住，于是回家。"

我点点头，慢慢地靠在他肩膀上。

"你今天回来得这么晚？"这话是钱唐问我的。

我在钱唐身边，想到萧磊的行径时忍不住抽了一下嘴，再想到莫名其妙的"告白"，更想跑去亲自抽他，之前隐约感动的心情，已经悄然没影。

"哦，我……我去处理点事。"

钱唐没有追问，他把我递过去的橘子换到另一个手，慢慢又很紧地揽住我。我靠在他肩膀上，在满屋子散落的橘皮味里分辨他衣服上熟悉的香水味，感到幸福安定又无奈绝望。

我的内心，有种隐隐约约的沮丧感。怎么说呢，我发现我离开钱唐的唯一方式，只能是他先说不要我了，我才会头也不回地离开。我觉得自己现在越来越不酷了。但我以前明明很酷的！

我提起精神："你不琢磨扔家里的东西了？"

"不扔了，"钱唐顿了顿，改口说，"因为穷，没钱再买新的。"

我说："放屁呢？"

他手在我腰上一紧，我微微扭动了一下，突然说，"钱唐，我觉得咱俩结不结婚一点都不重要。"

"嗯？"

"我不在乎结婚，也不在乎别人说什么。我只在乎你，在乎你做的事，也在乎你说的话。钱唐，我真的很难过你失去父亲，我又想不到自己能替你做什么。假如你想一个人待着，就别理我。假如你想扔东西解闷，你爱扔就扔吧。反正我以后也不差钱——哼，到时候你看哪件不顺眼就随便扔，扔了后我再给你买个一模一样新的回来。"

钱唐松开手，他眼睛闪过一丝笑意："得了吧。我不收女人的东西。"

我面不改色："我不是女人。"

钱唐忍不住再笑，漫不经心抚着我发梢："你是个囊袋空空又喜欢满嘴大话的小怪物，对不对？"

"对。"我也伸手摸着钱唐眼角微微浮现的皱纹，"我会努力成长点的。"

"让我们面对现实，宝贝。你已经成长了很多，但恐怕性子会一直如此。再说，你长大了有什么好？继续折磨我吗？"他收起笑容，淡淡说，"我已经十分地累了。"

说完这句话后，钱唐突然不出声，继续摩挲着我的头发，很久很久。

我没法搭腔，只好继续剥橘子。

再过了一会，钱唐突然站起来，单膝跪地。他动作那么稳，我刚开始以为钱唐是在找拖鞋，握着橘子歪头看他，直到钱唐俯身从旁边的保险箱里摸出一个很小的盒子。

钱唐自己又握了会，目光下垂，慢吞吞地叫了一声我的名字："春风。"

他一边抬头看着我，一边打开了小绒盒。

第十六章　遑论浮生

我愣了足足 10 秒，盯着丝绒盒子里面足有眼珠子那么大的一颗钻石戒指，再对上钱唐望着我的眸子。

"嗨！这是什么意思！！！"

钱唐皱眉道："这和我预期的场景，确实不大相同。"话虽然这么讲，他却没有站起来："春风，你——"

"愿意！我愿意！！！！"

"你都没有让我说完——"钱唐笑了，好像松一口气的样子，真奇怪，钱唐居然会松一口气。

"李春风，你愿意嫁给我吗？"他终于说完了，以很平淡很普通的口吻。

这一切的感觉都像在梦里，但是，我肯定不会梦到结婚，也不会梦到收钻石呀。

"不敢相信，为什么？你现在又耍我吧？你要是拿这种事情耍我，我打不死你！！！我居然要结婚了！天啊，咱俩领证是不是还要报告大学。之前总说结婚就只想让你心里不舒服——咱俩真要结婚？我不懂啊，我没想好啊，结婚应该什么样？你比我大，心眼那么多，你骗婚了怎么办！我身边没人出主意的！！！"

钱唐稳稳地跪在原地，对我的乱叫充耳不闻。他仿佛也在恍惚，但依旧很有耐心地重复着："你愿不愿意嫁给我？春风？"

我这人确实每临大事都没静气，现在说不出一句话。

"你愿不愿意嫁给我？春风，"钱唐抬头看着我，用有点命令的口吻，"想好后快说愿意！"

　　"愿意……愿意，我是真的愿意。"

　　直到我戴上戒指，钱唐才站起来。他没有表现出欣喜，只带着一股尘埃落定的感觉。过了一会，钱唐郑重地说："谢谢你愿意嫁我，宝贝。"

　　我正对着灯光狂照钻石。太漂亮了，跟假的一样。我连忙回应他："别谢我，我这么听你的话。别说嫁你，你让我嫁谁我都会马不停蹄地嫁！"

　　钱唐哼了一声，他吻了吻我的脸，突然说："戒指明天要还回去。这戒指是珠宝商借给CYY出席活动，公司保险箱出了问题，我拿回家保管，因此……"

　　"我不管，我就要它！给我留下！！！"

　　"好的。"钱唐再吻了我一下，"那我们就不还了。你还是会嫁我的，对吗？"

　　为什么不嫁呢？

　　钱唐轻声说："谢谢你嫁我。"再自言自语，"希望我今晚能睡个好觉。"

　　钱唐果然如他所言，安安稳稳睡了他父亲去世后第一个好觉。然而半夜，我模模糊糊地听到有人叫我名字。

　　钱唐开了夜灯，一动不动坐在旁边。"特长生？醒着吗？"他再叫我。

　　我胡乱哼唧一声，自己都不知道自己说了什么。

　　他淡淡地说："结婚这事，是不是太操之过急？我想说的话是，结婚毕竟是改变人生的大事，这么快马一鞭做出决定。我担心会后悔。"

　　我懒洋洋地从被窝里坐起来，月光下，钱唐回眸深深望我，看不清眸子里的神色。

　　我打着哈欠："什么就改变人生的大事。你都这么大岁数，已经没什么人生了。思考人生是我们年轻人要做的事，你就收拾收拾家产，娶个老伴吧。"

钱唐冷笑两声，重新凝视着前面的黑暗："宝贝，你各方面都太嫩，不懂游戏人生的真正含义。现在是我人生中的重要发展阶段，无论事业还是感情。但是，我不打算也不确定自己能否从这种自由状况中潇洒抽身，走入家庭。"

我歪着头："那也行。不结婚也是可以的，我听你的吧。我反正年轻着呢。"

钱唐却再皱眉，他转头攻击我："你这种随手就光的性格，别的男人花言巧语几句，估计也就被骗走。想必一天还能被骗好几轮。"顿了顿，自言自语说，"也罢，答应娶就娶了。散不尽的总还复来。"

"啊？"

"啊什么？脑子尚不足称，睡相也那么差。"钱唐皱眉看着我，他拉着我一起躺回去："这事定了。明天把戒指还回来，我拿去改成适合你的尺寸。你开始戴着吧。"

我丈二和尚摸不到头脑，"哦"了一声，在他怀里选了个舒服的位置，又直接睡了。

等第二天醒来，我觉得那场突如其来的求婚像一场梦。

以我这么腼腆的人格，也不好意思追问钱唐。偏偏钱唐言行如常，照吃照睡照送我上学，像什么事都没发生一样，甚至比以往都更爱冷嘲我一下。我也以为，他说结婚就是在耍我。

直到7天后，钱唐突然开口问我，打算怎么办婚宴，我才终于确定，钱唐的求婚是真的。对，真的结婚，真不容易。

在此期间，我也没闲着，喜气洋洋地戴着改好的大钻戒去闪别人的眼睛。

萧磊嘲笑我："戴假戒指来刺激我，这点还不够。"

我怒了："这可是真的钻石！瞎啊你！"

"真钻石？"他愣了一下，他出馊主意，"那你用钻石顶窗户玻璃，看看谁更硬。或者抹点石油，贴在玻璃上看是不是真的。"

我还真想试试，但又算了。

钱唐把改好的戒指还给我，他没嫌我不低调，但也非常严厉警告了我几句。

"假如把戒指弄丢了，"钱唐想了会，微微笑了，"就把你送到乡下，整日陪她们打牌。何时赚回来一半的钱，再回来见我。"

我哈哈笑了："天天搓麻！噢耶！"

钱唐望着我兴奋的表情，决定放弃这个惩罚方案。而我抚着钻石，更关心别的："对了，你小表姐手上的钻戒是你送的吗？"

"可笑。"在我催促声中，他不耐烦地说，"别人买给她的，别总把我和她扯在一起。"

我又问："除了我之外，你以前送过别人钻戒吗？"

钱唐"嗯"了一声，我立刻酸溜溜地追问："你都送给谁了？"

他再很烦躁地瞪我一眼，推开我的头："我母亲。"

钱唐母亲对我和她儿子要结婚，态度还是很和缓的。

她听了这消息后倒是半晌没出声，就盯着我猛瞅。再过了一会儿后，也只说"春风牌品很好，更是个良善单纯的好孩子。和她结婚，是阿唐你修来的好福气。"

钱唐如今越来越喜欢挑拨离间，他关掉视频通话，转头就笑着说他妈是隐晦地骂我蠢。

骂我？没听出来啊？但我听着钱唐母亲的意思，是她打算等举办婚宴时再正式飞过来看我们，因为北方"环境脏乱差，人糙笨傻，天天吃垃圾"。

对如何举办婚宴，钱唐母亲倒是和她儿子观点一致。

实际上，钱家母子对婚宴的标准就俩字：大办。钱唐求婚完的第二天下午，在我傻乎乎地向别人炫耀戒指，就已经迅速联系了会展公司、婚礼策划，以及婚礼的几个场地，他还让秀佳停了手下的工作，拟个来宾和媒体参加表。

钱唐的态度异常明确："我原本不想结婚。但既然要结，就必须名正言顺天下皆知。"他甚至还表示，"声势越大越好。宝贝，你喜欢中式还是西式的？无所谓，反正两地要各举办两场——"

我立马提出不同意见："我不要。"

钱唐思考性地望了望我，误解了我的意思："也好，本城里举办一场足矣。我也不想回家乡举办两场……"

其实，我觉得举办一场婚礼都多余。

我对婚礼没什么特别大想法。刚开始，我想学电影里演的场景，很俗气地打算挑个教堂，但钱唐听完后不作声，随后从电脑上给我拉来一张照片。

"你看这是什么？"

我随便瞥了眼："这是一条T字形的项链——"

话还没说完，额头就被钱唐狠狠敲了一下。他挑眉："十字架都不识，还有脸去教堂啊？"

这事自然被他嘲笑了一天，我被奚落到恼羞成怒，只好嘟囔说："没看清都不行啊！"

教堂结婚被否决，我于是思考第二个方案。那就是简约，极度简约的婚礼。

比起钱唐能欣赏大红大紫大雅大俗的年龄，我那个时候太年轻了，像是不举办婚宴，不穿婚纱，只有寡淡和简约才显得自己有态度。

钱唐自然反对："别孩子气，婚礼还是要慎重办的。毕竟，人这一辈子，只能举办两到三次的婚礼——"

看我一下子沉下脸，他才微笑改口："特长生，你难道不想让别人看你穿着婚纱嫁给我？有些人生大事，尤其婚嫁，不应该更不必要进行得如此简陋。我不需要你替我省这点儿事和这点儿钱，没有意义。"

"但你知道吗,我爸有很大可能不来参加婚礼,你父亲又刚过世。到时候,你打算怎么跟别人解释这两件事?你愿意解释吗?解释多了,你能开心吗?再说,举办你说的那种豪华型婚宴,肯定有很多细节和很多问题,咱俩商量起来肯定又得吵。为这种事情吵架,多不值得?合着咱俩大办婚礼,来参加的大伙儿都高兴了,就咱俩不高兴了。如果真是这样,这不很多余嘛。"

钱唐若有所思地玩着手里的鼠标,暂时没说话。

我估摸有戏,继续发挥自己刚从庭辩课学的忽悠技巧,说:"你要想收礼金,那更不需要。大红包收着就那么几个,你举不举办婚礼,人家都会强塞给你。小红包没什么用,还不够我折腾呢。"

要在以前,这通胡说绝对糊弄不了钱唐。

但钱唐伪装得好,实际上还没那么快从父亲去世里走出来。我冷眼瞅着他写字,都写什么"近来始觉古人书,信着全无是处"这么倒霉的话。

然而,钱唐挑着那时候向我求婚。这人骨子有股劲,你越觉得他该悲观厌世或者该清高朴素,他偏偏笑眯眯表明自己不是这种人,再搞出花团锦簇的东西砸给你看。钱唐知道别人想要点什么,但傲气得很,由着自己心情决定给不给人。

我早学会怎么对付钱唐。千万别跟他耍心眼,你只要把自己所有心思坦诚摆在他面前,然后,装可怜就行了。这我太会了。

我喋喋地在他耳边说了很久,最后连"婚宴上,大家肯定都只顾着吃,没人看新娘新郎,买婚纱纯粹浪费钱"这种瞎话都说出来。

钱唐沉默片刻,作最后的挣扎:"不举办婚礼,你将来绝对后悔。而我不想听到你因为这事儿埋怨我。"

我大手一挥:"我肯定埋怨你!"

他笑了。

"我晚上没多吃一口包子,还跟你这后悔呢,这点事算什么?再说了,就算我埋怨你了,你不也一堆道理总堵着我呢。"

钱唐想了想:"这倒也是。以你这脾气,我看你每天总有东西要跟我抱怨几句。"

这确实是我过得非常顺心的寒假。

期末考试低分滑过,查成绩那会,我的紧张心情不亚于高考。当然,钱唐盯着我成绩单很久,不太相信地问了评分规则,最后淡笑说:"考前最后一周,你不是都和你男同桌在图书馆学习,他考了多少分?"

我挠挠头:"萧磊,均分90多。"

他自言自语:"我应该把你大学学费重新要回来。"

钱唐每到年底就又焦头烂额地忙,CYY获得了年底最佳娱乐公司称呼,从最佳艺人到最佳服装,几乎把各大电视剧和电影的颁奖晚会包揽。

颁奖典礼是在一个足球场,能装下1.2万多人。我在钱唐的鼓励甚至要求下,不情愿地把2张内场票寄给了我的父母。我很后悔这个举动,因为我怕遇到他们,和程诺挤到了最后一排。

颁发完最佳女主和最佳男主后,不少人开始散场。钱唐代表CYY公司上台领奖,旁边的座位全空了。

"这就是你喜欢了很久的神秘男?"程诺放下望远镜,她嘬嘬嘴,"我看他还不如咱学校篮球队的。"

"他就是一般人。"我喜滋滋地,"你听到他刚刚说了什么,说感谢妻子的支持,哈哈哈,这就是姑奶奶我!"

程诺从鼻子里哼了一声,嫌弃地瞥我一眼:"为什么嫁他?你是不是怀孕了?"

我脸红了:"没有。"

"你俩不是早那什么了?他为什么没让你怀孕?"

"你烦不烦?"

程诺毫不掩饰对钱唐的鄙夷之情。不知道为什么,她打心眼里觉得,钱唐是一个猥琐庸俗虚伪又喜欢招惹高中生的酸老男人。即使钱唐推掉公司庆功宴，单独带我们吃火锅，她全程忽视他的存在。

钱唐不计较这等小事，但抽空朝我眨了眨眼。

我尴尬地在桌子下面踢了程诺一脚，她手一抖，把筷子掉进调料碗里，汤汁溅出来洒在钱唐放在旁边的西服上。

程诺狠狠瞪了我一眼，轻不可闻地对钱唐说："对不起，钱先生。"但依旧没拿正眼看他。

服务员重新送来筷子，程诺不小心又把调料碗弄倒。钱唐随手帮她扶起碗，并在程诺道歉之前，用有点讥嘲的声调学她语气说："对不起，钱先生。"

每当钱唐想讽刺人时，他就特别能气死人，我早学会不搭理他。但程诺立刻动怒了。

程诺转过脸，不客气地说："钱先生，听说你打算和春风结婚？"

钱唐微笑着看我一眼："确实好事将近。"

"我不明白耶，钱先生自己的条件也不差，为什么不娶和你年龄不相上下的女人？"我听到程诺用她甜甜的，洋娃娃般娇滴滴又恶毒的语气问钱唐，"是因为你根本找不到这么傻的女人，还是因为春风年轻更好骗，或者因为你本身有什么特殊嗜好？"

钱唐表情如常，直等着程诺维持不住那洋娃娃的假笑，才再开口："我只会娶自己满意的女人。如果你认为，我动念娶春风，只是因为她年轻好骗，这只说明你的头脑过于单纯。春风对我来说，是几近完美的姑娘，你却浅薄到只能看到她外在的东西。我虚活几年，有更多判断力，所以才选她当终身伴侣——我这么解释，你懂了吗，春风的同学？"

程诺张了张嘴，她向来口齿伶俐，我头一次看她非常恼火又说不出话的表情。

回去的路上，钱唐依旧好风度先把程诺送回家，但程诺刚下车，他就转头对我表达不高兴的情绪。

钱唐皱眉问:"你怎么认识这个小黄毛的?"

"我告诉过你好几次,她就是程诺,还要参加咱俩婚礼呢。"

钱唐淡淡地问:"有这个必要吗?"

我说:"总得来点人吧。请萧磊你又不乐意。"

他不吭声了。

钱唐和我商量好,收下戒指就等于先订婚。订婚的日子里,他还把他家,不,现在可以说是我们家重新装修。

我本来想借机装一个中式和一个西式厨房,钱唐不怀好意提醒,风水布局里,灶台通常代表家里女主人的运势。两个灶台就代表两代女主人,我只好放弃了这个念头。

工人装修房子时,把电线接错。钱唐处理一次后不耐烦起来,索性把这些事情都交给我。而与此同时,钱唐母亲让我们专心举办婚宴的具体事宜,不需要回乡举办第二场。

我问钱唐:"你还没跟你妈妈说,咱俩结婚要一切从简?"

"要解释的事情实在太多,"钱唐立刻狡辩,"到时候等她到场,知道这是正式的婚宴也已经晚了。"

我忍不住虚心求教:"你小时候总这么骗你妈妈,那你怎么逃过惩罚?"

钱唐有点自得天真又隐晦地笑了下:"我总能拉到他人替我背黑锅。"

至此,我俩终于确定了自己在婚姻里的分工,他负责送死,我负责背黑锅。

正式婚礼就选在我开学的前一天上午,地点选在这是我俩第二次见面的城西空手道场。

虽然不能在教堂结婚,但我俩的证婚人是美国驻华大使的夫人,她信基督。

钱唐请的唯一一位客人,就是他母亲。而程诺虽然对钱唐略有微词,但欣然同意参加我俩的婚礼。我请程诺的原因，除了交情深，还主要希望她这么机灵的人，能稍微照顾钱唐的母亲。

钱唐母亲知情一切后，简直像又参加了一场葬礼："你们真会出洋相！"她一直低声说，"我不想看你们出洋相……"

如果说钱唐母亲唯一满意的只是证婚人身份，但黄头发的程诺蹦蹦跳跳走进来，她又要晕过去。

就在钱唐母亲决心要走，证婚人明智地决定宣布婚礼开始。"准备好了吗？"她用生硬的中文问钱唐。

我和钱唐商量好，婚礼从简，但不能太随意，索性沿用西式婚礼的流程，彼此对彼此说誓言。

钱唐看我一眼，说："准备好了。"

钱唐果然像我之前逼着他答应那样，没有掉什么"金乌急，玉兔速，善应何曾有轻触"之类的书袋。但语言对他从来不是难题。

"很小的时候，我母亲曾经问过我一个问题，如果存在一艘太空飞船能把我送到宇宙，终身无法返回地球，去还是不去。我当时说，绝对会去。到现在，已经三十多年过去，有时候我不能再直接回答这个问题，答案在心中从没有改变过。从我母亲，也可以说很多女人并不接受我这个答案，我也不需要她们接受。直到我遇到一个女孩，漂亮，自信，勇敢。更重要的是，她是我至今遇到的人里面，第一个能毫不犹豫回答这个问题的。更难得的是她的答案居然和我的一样。而在很长时间内，我确实没有考虑过结婚，觉得自己不需要对这种东西妥协。我父亲凡事都支持我，唯独这件事例外。他说总有一日我能理解，独身需要勇气，成家立业是一件更需勇气之事。"

我从眼角瞄到，钱唐母亲正抓着程诺的手，她脸色还是很白，但眼睛睁得大大的，正专注望着她儿子。

钱唐接着说："我的心是一片荒野，只有风路过。春风，是你给了我这种勇气。"

轮到我了,我简直全身冒汗,低声埋怨他:"怎么可以这样坑我?说好誓言只说半分钟,你这样,我都完全没准备好……"

钱唐笑了,伸出手让我给他戴上戒指,他提醒我:"哎,也没外人,随便说。可以说说,为什么要嫁我。"

"嗯,我想嫁你,因为钱唐你很幽默,很可靠,很会鼓励我,你对我很好,你对我一直都很好,你让我觉得在你身边很安全,哎哟,我确实不知道说什么,疯了我……都不太会说这种话,姑奶奶一点准备都没有。我现在只能记得,昨天写结婚通知函封面,你写'丽梦无前兆'。这句子里包含了我和你的姓。你又跟我打赌,说绝对不会有人猜到这茬,这世界上只有你自己知道谜底。我其实特想告诉你,我也猜出来了。虽然,我都不懂自己怎么猜出来的……和你在一起,我经常感觉,自己的心和自己的一切是完整的。我知道,和你在一起,我可以成为更好的人,也可以只做自己。虽然吧,我这辈子可能永远都没法读像你那么多的书,你爱读就自己读去吧。就像海大星曾经说过的,知识不能取代友谊,即使变成笨蛋,我也不愿意失去你。"

四周一片奇异的寂静,比钱唐之前的话落地还要更久。

接着,钱唐为我戴上戒指,低头吻我,证婚人宣布我们成为夫妻。我俩跑到民政局走后门插队,掏钱买了两个小红本。至少在法律上,终于是合法夫妻关系了。

之后举办的"寒酸的婚宴"(照钱唐母亲的叫法),也是简单得不能更简单。快递投递完所有结婚通知函后,钱唐开车带我们去小汤山的一所温泉度假村,包了一个独栋小别墅。

院子里有几个热气腾腾的温泉池,我们坐在玻璃窗后面的榻榻米上,喝酒吃烧烤。

刚开始气氛很好,后来大家喝醉了,就开始胡言乱语。

程诺喝了两杯酒,哇地一声哭了:"我妈都看不到我婚礼了!她总说我可以晚点结婚,不然以后就不能黏着她了,但我总让她不放心!她临死前还

念着我的名字！"

　　程诺哭着抱着我，我穿着的婚纱，一下子被扯了个大口子。从那之后，气氛一下悲凉了。钱唐的母亲也开始垂泪，提到她丈夫没法来这个婚礼，而我默默地想，就算我父母还活着，他们不也是没来参加我婚礼吗？

　　"你应该告诉你父母。"程诺泪眼蒙胧地劝我。

　　我估计自己也是喝多了，而且确实受不了煽情气氛，借来她手机给我爸打电话（是的，我也不知道我为什么还能记住他手机号，估计他10多年都没换过吧）。

　　电话接通，响了很久才接，依旧是我爸有点冷酷的声音。他咳嗽了一声，叫了我名字。

　　"爸爸，"我很小声地说，"我结婚了。和钱唐。"

　　对面沉默了2秒钟，挂掉电话。

　　我只好对着话筒里的滴滴音，继续说："谢谢爸爸你的祝福。"

　　除了钱唐微微挑眉，其他人好像信了，程诺啜泣着抢过电话，开始给她自己的父亲打电话。

　　我们吃了不少肉，喝了不少酒，估计每个人都感慨了人生。到后来，钱唐母亲说要泡会"北方的脏水池子"，而我和钱唐扶着醉醺醺的程诺，等她家人来接她。

　　寒风里，钱唐冷不丁地感慨一句："我居然结婚了，"顿了一下，他问，"特长生，你明天开学？"

　　我一下子蔫了："没吧……"

　　钱唐把我的帽子拉到眼帘下："没想到，我婚姻里的第一个谎言来得那么快。"

　　一直烂醉如泥状态的程诺突然抬起头："行了，秀什么恩爱？对了，钱唐你是南方人？"

　　钱唐没搭理她。过了一会，还是我接茬说："是呀是呀。"

"那麻烦你告我，这位没暖气的南方朋友，麻烦你告诉我，你们那块儿没暖气是怎么活下来的？怎么活啊，这位没暖气的南方朋友！"程诺喝醉了，她来回絮叨，称呼钱唐是"没暖气的南方朋友"。

我觉得挺逗的，钱唐却不耐烦地打断："你去问那些没暖气也没男朋友的南方朋友。"

程诺又不出声了，她扁着嘴委屈的样子很可爱，我忍不住摸了摸她的脸。钱唐冷眼看了我会，直接把她丢给我："黄毛家的车还没来？我叫我的司机过来送走她。"

话音刚落，一辆轿车就从马路地平线里猛飚出来，车停下，两名中年男人疾步走来。我立刻就从那独特的走姿里，认出其中一个人是我爸，立刻把程诺丢给钱唐，跑上去拦住他："爸，你来干什么？"

我爸的眼睛跟刀剐似的看了我一眼，我整个人哆嗦了一下。

他直接越过我，气势汹汹地奔向钱唐，明显要给他一拳。而刚刚胡说八道的程诺，却抢先踢了我爸一脚。我爸没理她，再要打钱唐，结果程诺全力地扑向我爸。跟我爸来的那位大叔劝解不成也加入混战，看他那样子，估计是程诺的父亲。

最后浑身冒着热气的钱唐母亲，闻讯从温泉里出来，她看了两眼，先淡淡地让我回去多穿点衣服，从旁边折了干枯的树条，狠狠地抽下去。

滚在地上的几个人迅速分开。

"你们北方蛮子晓不晓得什么是体面！"

这场混乱中，除了程诺屁股上不轻不重挨了几下，其他人的脸，被那个南方老太太用树枝子抽出了深深的血痕。

她亲儿子的伤势最重，眼珠整个充血，被医生拉去做了眼底排查。

钱唐母亲和我爸在走廊里交谈。我坐在病边思考人生。过了一会，钱唐推门走进来，受伤的眼睛被白纱布蒙着，像个有礼貌的海盗坐在我边上。

"我们这婚事确实草率，有欠考虑。不怪你父亲此刻对我发怒。"他若无其事地往自己脸上点了点，我凑上去在他没受伤的脸亲了一口，"不过特长生，我一直认为，你算是我所识女人里排名第二麻烦。直到此刻，我发现你居然还有一名好友——"

钱唐表情半笑不笑，冷冷地看了一眼病床上沉睡的程诺。程诺裹着被子在病床里睡着了。

过了一会，我很认真地建议："咱俩趁现在溜走吧。"

钱唐刮了一下我鼻子："还是不想见你父亲？"

"我没邀请他来参加婚礼，也根本不需要他祝福。"钱唐要打断我前，我简洁说，"我的事情我自己能做主，他早说不认我了。况且咱俩都已经结婚了，他再怎么反对也没招，现在完全必要留在这里听他们废话。"

我边说边用尽全身的力气，拖着钱唐胳膊要拉他起来，钱唐却不为所动："简单婚礼是一码事，但在双方家长前溜走又是另一码事。特长生，要走你就一人走。我得留着任我岳父数落。"

我恼火地说："赶紧地，你也跟我一起走。你留在这里干吗，再等着被我爸打吗？姑奶奶可不要自己的新生活从医院开始，我要高高兴兴地结婚！"

钱唐捏住我的手，表情慢慢变得有点严肃："特长生，当初你父亲为了你的事，和我做过诸多约定和委托。扪心自问，我很多事情也确实做得不地道。你父亲之所以厌恶我，是因为，他觉得是我把你的生活毁了——"

我不耐烦地截断他："别废话，我的生活早就被你毁了，但我爸再想毁了你，我到头来什么都不剩！行了，别叽歪，赶紧走！"

钱唐想了想，他问我："你想去哪儿？"

现在也就早晨7点多，我说："我也没什么想去的地方。你想去哪儿吗，你去哪儿我都陪着你。"

他笑了："我只想留在这里。"

"神经病啊，刚结婚就想留在医院里。赶紧走，你个窝囊废！！！"

我费了九牛二虎之力把钱唐拖到门口，却发现一个人正微微皱眉打量我们。

程诺的父亲在保护女儿的时候，脸上也挂彩。四目相接很尴尬，我正在犹豫叫不叫"程伯父"，他先冷冷开口："你们没见到过我，我也没见到你们。"

说完，这大叔面无表情地和我们擦肩而过，到病房看他女儿。

我还发愣，钱唐在耳边轻声提醒我："特长生，你还拉不拉我走了？"

我顺利把钱唐拉出了医院，等就剩下我俩，立刻换成钱唐在前面牵着我走了。

钱唐的自尊心也不低，就算现在想解决我爸这事，但内心依旧隐隐介意在众人面前被自己母亲抽伤这事，估计也挺乐意赶紧离开医院。

只不过，钱唐特别假正经，一定要我硬拖着才肯走。而且，钱唐想得更长远一些："以后我若有什么不情愿做的事情，大概都能赖老婆身上。"

我郑重思考几秒，说："那绝对不行。"

"看你多会说话。"

钱唐母亲和我爸见完面后，没有再责骂儿子，也没有埋怨我。她只是平静地乘坐第二天飞机飞回老家了，接着全面、完全、百分百抽走儿子的所有创业经济资助。

"这就是惩罚阿唐你做事没有分寸的代价。即使承认春风这个儿媳，但你俩的婚礼如此稀里糊涂，我是不认的。你们这群孩子，心血来潮地只考虑自己，让所有长辈们颜面扫地。"钱唐母亲轻柔地下出通牒，"除非你俩回家补办婚宴，再解决好春风和她父亲的关系。否则，阿唐你从今之后别想从我这兜里再拿出一块钱。"

钱唐回头望了我一眼，我也在竖着耳朵听，于是我立马对他唉声叹气。

"做不到。"钱唐简短地对他母亲说。

他母亲沉默片刻："好得很，这事我不提了。但你们俩清明依旧要主动回来看我。"

钱唐放下电话，告诉我他的母亲做事向来比他更狠。钱唐8岁时候也闹过叛逆期，怀疑自己是否父母亲生。但钱唐母亲居然亲自带他去上海，做了亲子鉴定，当钱唐拿着报告后，他也哑口无言。

整件事成为全家多年的笑柄，自此之后，钱唐就一直在本城的祖父家长住，轻易不愿意回去。

"真是奇人。"我由衷感叹。

想必有这种奇妈，才能养出钱唐这种奇人儿子吧。

钱唐面对母亲突然撤资，倒是很潇洒地挂了电话。随后，他很不潇洒地连夜驱车去CYY，托关系找银行冻结资金，想薅最后一把羊毛。即使蜜月时期，钱唐的手机日夜不离身，他总是好声好气地对股东解释这是什么应急性措施。

我一直觉得钱唐不穷，但他形容自己的财务状况是"人吃马喂的还能应付，真要出门干个正事，那钱也就全没了"。CYY依旧在疯狂吞并阶段，经纪公司各方面花销巨大，现金流运转很快。出于对股份控制，钱唐对公司财务非常谨慎，更多依托他家里资金，简称"啃老"族。

在我记忆里，我和钱唐结婚后的半年里，开支确实很紧张。倒也不是我俩挥霍，钱唐把他所有的现金都用来填补CYY，有一段时间，我俩张嘴闭嘴都离不开钱，出去吃顿饭或加一箱油都得计划一下日期，一点点钱也东拼西凑的。

但即使再焦头烂额的情况，钱唐依旧表现出完全不着急上火的样子。

"幸好有钱的时候，头脑发昏，替你买了这枚戒指。"

和我一起躺在床上，钱唐有时候让我举起手来，他和我一起凝视如今看依旧大得夸张的钻戒。钱唐也觉得大钻戒挺好看的，还笑眯眯去分析他母亲的行为。

"当长辈做出很多匪夷所思的举动，只是怕子女自身不够坚强，不足以承担选择自我生活的代价，担心小辈们碰到困难会受伤怀疑而产生落差。于是，长辈推荐他们认为安全的道路。而我们也无需和他们争论怎样的选择才是正确的,只要让他们看到你足够坚强稳定能为自己的选择负责就足矣。"

如果在以前,我八成会觉得钱唐说这话的模样特别睿智沉着英俊。但现在我都骗他跟我结婚了,钱唐在我眼中慢慢褪下光环,而且整天都能听他唠叨,我觉得这人能扯淡的地方好多。

对了,钱唐多了个臭毛病,喜欢不动声色地自夸。

"你啊,嫁了个万选万中的人。"这话当然不是我,这可是钱唐自己得意说的。每当他看到我戴那枚戒指时,我总是能感觉钱唐心情不差。

我问他:"什么意思?"

他微笑说:"夸你嫁的人有眼光。"

我倒是再想起另外一件事:"今天你洗澡的时候,我帮你接了一个电话,保险公司说该续车险啦。"

等听完金额,我嫁的人毫不犹豫地说:"最近手头紧。宝贝,你昨天不是告诉我你二等奖学金下来了?先替我交上吧。"

当钱唐发现,我的那点奖学金连他 1/10 的车险都不够交的时候,他第一个反应是问我现在奖学金难道降低了?他发挥了一些想象力,说了点比喻的话,再综合评估了我的智商。后来,钱唐百分百确定,我就算能取得一等奖学金,都依旧不够交车险,他又建议让我在接下来的暑期放弃法院实习,来 CYY 无薪打工。

我郑重思考了 2 秒钟,给他一个简单明了的结论:"你真不拿我当人!"

钱唐淡笑说:"拙荆说话如此得体。"

我质问他:"你希望我怎么得体,你怎么不鼓动我暑假抽空贩毒?"

"不是只有写在刑法上的形式才能赚钱。"钱唐顿了下,"算了,我继续来解决生存问题。你先把厨房打扫干净,为什么东西总是乱摆?"

钱唐只要找不到他的东西,就会污蔑我乱放东西。我身为贤惠的另一半,也鼓励钱唐:"你也别发愁钱,我会节省开支,以后不点外卖,顺便玩儿命学习,赚下学年的国家奖学金。国奖一万块呢!"

钱唐玩着他新得来的扳指,懒洋洋地揭穿我:"我看你这样子,是既不肯玩儿命学习，也不会放弃点外卖的。"

我连忙表白心迹："别这么说我，我会的我会的。"

他摇头："不，特长生，你不会的。"

是，我确实不会的。但这就是我能记得，钱唐明确说要"养家"绝无仅有的时刻。

我俩的蜜月，是在沙漠里和12个大腹便便的中年男人度过的。

信用卡公司为了奖励钱唐买戒指的这笔大支出，赠送了我俩所谓的"高端顾客"的迪拜双人游。钱唐不信免费的午餐，最后被我强拽着参加的，但是，他在飞行途中又开始和个别土豪乘客聊得火热。

那群乌烟瘴气中年人，定期来迪拜举办各种高尔夫球会和德州扑克应酬，身边都带了漂亮的女伴。

我跟着钱唐，也经历了被猜身份的游戏，他们猜我究竟是钱唐"娶的第二个老婆"还是"颇有深厚情谊的女保镖"。好吧，随着年龄的增长，起码这次，我没被当成更没分量的货色。

钱唐淡笑着跟他们应酬完，转脸就让我别搭理他们，我也确实这么做了，毕竟在度蜜月，犯不着跟任何人生气。

阿拉伯国家没什么新奇，都是沙子和太阳。我们住的六星级酒店房间，装修到了辉煌灿烂的地步。而我每次出门蒙面纱，心里隐隐涌起想抢银行的疯狂念头。

路上停的豪车也多，只要交点美元，就能驾着跑车上赛圈。

我四周环视一圈，看不到钱唐人影，立马去飙跑道。但刚加速绕到第3圈后，扫兴发现，有人顶着烈日，站在赛道旁拦车。

钱唐把我攮到副驾驶座，我不高兴极了："为什么不让我开？"

"你不是刚刚开过两圈啦？"

我语塞："但我想继续玩，还是说，你不让我继续玩了？"

"都不是，我意思是你刚刚自己玩过了，现在得乖乖坐在我身边陪我。"

最后的结局是，我开车时钱唐晕车了，钱唐开车时我又晕车了。跑车就这点不好，唉。

蜜月期间，我一直戴着面纱，疯狂地去尝试各种刺激性的活动，好像只陪钱唐吃过一次饭。钱唐也不知道干什么，反正我俩白天都各自玩自己的，晚上才回来睡觉。在陌生的城市应对完陌生的人，我和钱唐回到陌生的房间，还能和彼此压低音量好声好气地聊天，我觉得我俩都值得发个奖杯。

我实在不知道，怎么形容和钱唐结婚的感受，但戴上那枚戒指后，我基本不提高嗓门说话了，这让钱唐越发对我刮目相看。

如果非要找什么词语，概括我和钱唐婚后生活。这词儿我思考了一下，貌似可以用"心已死"来形容。

钱唐不是什么青涩小男生，我自小被泼冷水泼惯了，我俩身为很死心的人类，对幸福的要求都比较低。结完婚后的我俩一致赞同，结婚这事挺好的，但结婚其实也就那样。

结婚就只是结婚，结婚不是任何童话，结婚不可能让两个人双双踏入另一种新生活。只有中10万亿彩票，才能让我过上另一种新生活。

钱唐在头3个月里，冷不丁地还会眯着眼睛上下仔细打量我，估计又在思考他怎么被骗婚了，不过，他也没半夜把我拽起来。

领证后，钱唐也确实对我做到了有问必答，有求必应。除了当我拷问他最喜欢的前女友是谁，他会笑眯眯地说"自然是祖国母亲"，等追根问底到他不高兴了，钱唐才会慢悠悠丢开我，自己练练字去。

我知道了钱唐身上很多重要和不重要的事。

比如直到现在，我妈依旧一直偷偷提供我的生活费。钱唐倒是没动这笔钱，直到CYY竞拍一个海外版权，当时公司现金流紧张，钱唐在没问过我的情况下，毫不犹豫地动用了这笔钱外加我放在他那里的片酬去填补资金窟窿。

我听了后"哦"了声，钱唐望了我一会，他饶有兴趣地问："特长生，你就这反应?"

我干巴巴地说:"那我应该让你还钱吗?你肯定不还。对了,我妈现在还给你钱吗?他们有没有再给你一笔钱,让你离开我?"

他哼了一声:"想得美。特长生,你课余时间来法务部帮我忙吧。"

我不跟钱唐计较小事,毕竟吧,我也没告诉钱唐,第一学年能取得奖学金确实有他的原因。因为参加了钱唐父亲的葬礼,又加上嫁入他家,在论文和期末考试上得了重要教授额外的帮助。

但我也在一个最意想不到的地方吃了亏,那就是我基本和大学同学完全断了联系。

我本来就是复读生,如今突然结婚了,嫁的还是跟大学生八字不沾一撇的老年校友钱唐。如果我想在同龄人中混好,需要付出更多的社交时间,至少得像钱唐一样学会圆滑。但因为开支问题,我总是回家吃住,除了按时上课,基本成了大学的隐形人。

更倒霉的是,我现在同萧磊和苏冰洁聊天,前者总是望着我的戒指发出2分钟之久的"呵呵",后者则是隐隐和我拉开距离。

萧磊一定觉得,他这种做法特别讽刺,但我觉得他特别没劲。至于苏冰洁,我也不能因为照顾她情绪,就取下婚戒吧。

至于钱唐那方面,他倒是主动疏远了曾经花蝴蝶一样的社交生活。他不是20多岁刚出来什么都不懂,对社交具有渴望的年轻人。经过父亲去世和结婚的冲击,钱唐在他的工作之外,显然只想在家静静。

钱唐的"静静",大部分时候是看电影和书,少数时候是写写字发发呆。随着6月份前要写论文,钱唐尽量不带生人回来打扰我,甚至还把我当成拒绝社交的有力托词。

"我妻子这方面,做学问很忙。"我听他面不改色地在电话里撒谎,"最近这段时间,我同样也不方便应酬。"

等放下电话,我赶紧回头对钱唐说:"撒谎!你不是最喜欢和美女加土豪一起吃饭?"

钱唐给自己倒了一杯水,扫了我一眼。

这个人估计平时文艺的东西看多了,对亲近的人有点喜怒无常。如今,我至少掌握了钱唐心情突变前的预兆,每当钱唐微微撇下嘴,露出特别冷淡特别讨人厌目光的时候,他又要开始犯刻薄了。

就比如说现在,钱唐冷冷地问:"谁告诉你,我最喜欢和美女和土豪吃饭?一个没毕业的大学生,在我面前显什么聪明?"

我不甘示弱,立刻在他面前流利地背了一遍明天考试用的宪法,对钱唐说:"你大学毕业啦,你觉得你很聪明啊,有本事把宪法给我背一遍啊?你不用背宪法,你把民法通则挑几条你知道的完整给我背一遍啊?你现在不是开公司吗,把基本税法给我讲一遍呀?"然后我在钱唐发愣的目光里,朗声背了宪法,又挑着背了税法前几条(我就会背前几条)。

"你不是说你聪明吗?"我乐呵呵地问他,"咱俩比背法条呀?"

钱唐有时候也是很幼稚的,他很快就被我气得上楼自个儿写字去了。

这样的花招玩了几次,有一晚我准备睡觉,发现钱唐的枕头边也摆着一本宪法和税法,看来为了堵我,他也开始下狠招。

"有朝一日,"钱唐现在的语气又恢复正常了,此刻,他慢悠悠地畅想,"有朝一日,我为你开个事务所——"

我对商业兴趣不大,对以后的职业规划是从事公职,争取当个威风的检察官,其次才是律师。

他说:"检察官,为什么?"

我张嘴就胡说:"当了检察官后,我就能乱提公诉,让法官把好人和坏人都抓进牢里,然后他们在里面自相残杀。我就在旁边嗑瓜子。"

我合上眼睛想这刺激的一幕,而钱唐正严肃地盯着我看。"唉,我娶了个危险的反社会人物,对吧?"他取下眼镜。

我乐了:"对了!"

"但我依旧偏心地认为你非常可爱。"钱唐亲昵地掐掐我的脸,他心情好的时候就是全世界最完美的丈夫,"春风这样可爱又这么难缠。谁生个这样的小女孩,大概都很头痛?"

我转转眼珠,完全不肯接这话茬。

这无非是钱唐又在寻一个想让我跟我爸破冰的机会。但这招没戏,钱唐现在话里话外,也就只能用我爸的关系给我找不自在了。

钱唐那一年确实应该给他的车上保险。

暑假档那段时间,钱唐又开始频繁出差。离别没有对我们造成多大影响,他很清晰地告诉我行程和归来的时间,而且毫不隐瞒所有同去的人员。

我俩应该不算特别婆婆妈妈的人,如果我还有点不舍,也全被钱唐临走前破坏。

"我不在的时候,你又要坐公交车上学?或者,你宁愿住回宿舍?"他随口问我。

"什么?"我一下子就愣住了,"你不是说,我以后能自己开车上学了吗?"

钱唐皱眉看着我:"什么时候的事?"

"啊?"我张大嘴。

他正色说:"特长生,你想开家里的车上下学,也不是不可以。但至少应该提前告诉我。"

"我很早就告诉你了,你答应了呀!"

钱唐转身就要离开,我哪里肯放他走,死死地抓住他行李箱,"就前天晚上,你当时答应了我……你可不要忘记,你再好好想一想……"

钱唐笑了,我才恍然大悟这人又在耍我,气得立马松开他胳膊。

他说:"总这么慌里慌张,以后上了法庭,哪里压得住场?"

我听不得他讽刺我这么上进的好孩子,立马反驳:"我才没有慌里慌张,我就是想到你走了,很开心——"看钱唐回头盯着我,我转转眼睛想着说几句话讽刺回去,但一时没想到,干巴巴地说,"你还是担心你走了,我找个小白脸吧！"

钱唐哼了一声，若无其事说："这种事情嘛，一人之心，千万人之心也。"

"什么意思？"我愣住，"这又是什么意思啊？"

他倒是微微一笑走了。

但我发誓，撞坏钱唐的车绝对不是因为记仇他总说云里雾里的话堵我，甚至肇事者还不是我。

"A 大西中校友聚会，

星期三下午三点

Le chien 酒吧

不参与者请回复"

"怎么样？"萧磊问我。

"什么怎么样？"我一边回答，一边在借阅区加紧抄袭，不，摘录梅丽曼对于大陆法系的经典阐述。天气预报说下雨，这两天一直是阴沉沉憋屈的天，图书馆空调坏了，我热得双眼喷火。

很久都不跟我联系的萧磊，正拿着一张请柬在我面前晃来晃去的引起我注意。

我看了一眼请帖，皱眉说："这是哪个白痴写的请帖，居然要求'不参与者回复'。一般都是要求参与者回复好吗？"

萧磊狡猾地说："如此混淆概念的主办人正是本人。"

"白痴。"我没兴趣地扔了请帖，继续打字，钱唐临走前刚帮我把冰箱填满，我只希望赶紧抄完赶紧回家吃东西。

萧磊观察我一会，伸爪子过来就合上我的电脑。我还戴着戒指，差点被夹断。正沉下脸来盯着他的时候，他挑眉说："有点良心？你在西中还比我们多待了一年，校友聚会多少去一次吧。"

我不由得更拉下脸来。

他拉长语气："听说你的 Sugar Daddy 最近不是出差去啦？你不用这么着急回家当好妻子。"

按照惯例，我最后还是去了。因为什么呢？从本学期开始，"社交活动分"算入毕业成绩的，显然大学上了一半，我这个分数不高。虽然不知道"结婚"这事能不能加分，但抛开这事，我总结一下自己的大学生涯，确实过得还挺浑浑噩噩的。

A 大学生给我最大的感觉，是每个人都有自己的目标，成绩只是他们最终目标的敲门砖。从以前的钱唐，到现在的萧磊，目前我认识到和我一样混事的只有洋娃娃了，她也是优等生！

也许造成我现在尴尬的局面，只是因为我在童年被打击压迫惯了，没受到良好的指导——可惜每当说到这里，钱唐又会斩钉截铁地堵住我："你也真是，特长生，你什么时候才能不把所有坏事情都归咎到家长，学会自己承担？"

总而言之，我去了校友会。

很小的青年酒吧，空调很足，基本都是 A 大的学生和留学生。我到了那里就靠在吧台边上吃冰激凌看球赛，而萧磊也装得人模狗样的谈笑风生。

聚会说不上有意思，主要就是大学生打打德州喝喝酒。萧磊也跟着聊几句，但并不特别参与。他隔着一个人和我坐着，在我不动声色地偷看旁边学姐底牌的时候，突然咳嗽了声。我只好淡定收回目光，专注盯着自己的牌。

过了一会，学姐去拿水喝。萧磊移了移屁股坐我身边。

他说："逃课逃得挺狠啊，最近总不见你？"

"得了吧，我大部分课从来不逃。"我皱眉说，"明明是你不愿意联系我，路上见面也躲我，我欠你钱了？"

我俩对视 2 分钟，萧磊突然低声说："李权，我大脑告诉我我应该不见你，但我的心又告诉我我不能总见不着你。所以也只能借着今天这样的机会，把你拉出来。"

我头皮发麻，不知道是因为受不了这种娘炮的话，还是因为想到萧磊"可能还喜欢我"这事，下意识先把身子往后挪了一下。

"跟你闹呢傻帽！"萧磊立刻跟换了个人似的，他声音特别轻，"你不会真以为，我主办西中这个校友聚会，是为了把你拉出来？你这种不读书的年幼家庭妇女，应该听听更高层次的讨论问题——"

学姐这时候坐回来，萧磊立刻给她让座。我也抽空听到了所谓"更高层次的讨论问题"。

"为什么我们父母辈的人一直拥有坚定的道德是非观，但对我们这代的人来说，这种坚定简直无法想象？"

我翻了个白眼，又在讨论这种寡妇怀孕靠村里谁帮忙这种闲问题。偏偏还有人用没有任何事实的依据进行反驳。

"老一辈的人就道德坚定了？呵呵，我们生活的是一个世界吗？这位同学，先不知道你的例子样本是怎么。而像我身边的人，我自己父母和我朋友的父母，深究起来，他们的道德观也像如今的我们一样游移——"

"那是因为你的父母和他的父母不是一辈人。"

我的嘟囔声很小，但还是被他们听到了。萧磊幸灾乐祸地比了个"八"字，拇指指着我："她说的。"

结果就是我被罚了一杯长岛冰茶，这帮操萝卜闲心的文科生，不管我怎么辩解说开车都不行。后来喝一杯也是喝，喝两杯也是喝，索性就跟大家聊起来。

跟同龄人说话的好处，就是你说"谁谁傻帽"的时候，对方不会说"闭嘴"，只会嚷嚷"我也这么觉得"。但同龄人说话的坏处，就是大家嚷嚷起来容易失控。

那天晚上，我发疯地跟一堆陌生人说到我爸。"钱唐总跟我说我应该坐下来跟他好好谈谈，但谈什么？他对我真的很差劲，我其实也不是生气他这个，我生气的是——"

这是我断片前的最后一点记忆，不过那会估计也没人听到我在说什么。

浮生若梦

我醒来的时候头有点晕，这充分说明喝得还不够多。但我愕然发现已经在自己的车上，旁边是萧磊开车，他说不放心代驾，送我回家（但我觉得他还是想开我的车）。

萧磊开车技术和我有的一拼，踩油门和刹车都特别猛。我东倒西歪地坐着，开着天窗吹风。

过了一会，我大力拍他胳膊，咬牙说："想吐。"

萧磊把车嘎吱刹在路边，我和他同时听到了一声闷响，好像撞到什么东西。这下惊得我，一个大激灵到天灵盖，差点没把吐的东西咽回去。

我俩下了车，举着手机仔细检查一遍周围和车，发现什么都没有。

"刚才是撞到什么了？撞鬼了？"

萧磊上车脸色略微有点发白，显然也没个头绪。过了一会，他突然一脸斗争地说："李权，你是不是除了你现在的丈夫，内心还喜欢别人？"

我说："什么？"

萧磊望着我："我听到你今晚的话了，你说到了另一个人，那个人令你很痛苦，他叫李京——"

我瞪着眼睛让萧磊别扯淡，抬头发现已经在小区门口。我对萧磊也不客气，把他赶下车后，独自把车从小区门口开回家，扑倒在床。

第二天起床，我又仔细把车头到车尾都检查了一遍，除了车头有点点小划痕以外，基本没什么损伤。但把它开出去的过程中，我终于知道昨晚那响儿来自哪：车体没事，右后视镜被撞裂了个角。

萧磊认错态度还行，他挠头说："修多少钱，我付行吗？"

这话早在我开车那会，就原封不动地问过钱唐。但钱唐可没直接地回答。

"哦，你问那辆车对我有什么价值？"他想了想才慢吞吞回答，"曾经开它去领第一笔稿费收入？开这辆车出去被人扔过鸡蛋？每次坐在上面都能看到自己曾经的选择？"

按照这种主观性描述，我看最多也就值个50元，萧磊也可以不用赔钱。

还没等我想好去哪儿修车，钱唐就风尘仆仆地比预定归期提早2天回家了。

我还以为出了什么事，钱唐告诉我他住的酒店半夜报火警，他徒步下了40层楼梯，却在楼下大厅撞到CYY新捧的年轻偶像和他们疯狂的粉丝。而钱唐站在那里看着，和一个过气的老明星聊了一会——

我听他说到这里，立刻感觉头有两个大，生怕钱唐再跟我说些"荆棘铜驼，皆为人间惆怅客"之类的精神感慨。要知道，晚上我还有课呢，论文也半点都没抄完。

"特长生，你暑假来CYY实习吧。"钱唐沉默片刻，出乎意料地提起的是不久前我们讨论过的话题。我以为我们达成共识了。

我皱眉审视着钱唐，他也一眼不眨地望着我。

突然间，我问他："和你聊天的那老明星是男的女的？"

钱唐略微有些不耐烦地捏捏我的手："特长生，我在讲正经话。"

"我也在跟你说正经话，那人男的女的？"

"特长生？"

"男的女的？"

我的大脑可能没钱唐那么多弯弯，但有些直觉还是准的。果然，夜聊那事还有个挺恶心的小尾巴。等确认火警无事后，那明星一路跟着钱唐回他的房间，第二天半夜又开始给他房间打电话。

我暗暗好笑，依据对钱唐越来越多的了解，他乐意分享金钱名利，但可是一点都不喜欢这种勒索感情的人。

"我和她什么都没有。"钱唐跟我解释，他的语调有点像解释又有点恳求我别生气，"我提前两天回来。"

"你和她什么都没有？那她怎么知道你房间电话的呀？"

盛夏的时候，揪人小辫子是唯一比吃冰激凌还爽的事。我反正扬眉吐气地数落了钱唐好一阵，再趁机告诉了他车的事，让他自己掏钱去修。

钱唐刚开始还反驳几句，到后来就沉默地把头搁在我肩膀上。

我终于说累了，拿起他腕上的表看了一眼，准备上晚课。钱唐却按住

我，没让我走："宝贝，你来CYY工作吧。"

在钱唐试图干扰我的职业选择前，其实他早就已经不知不觉这么做了。

A大的古汉语文学史，是整个校园里所有大学生最梦寐以求的公选课。基本上，只要每节课把屁股挪到教室的硬椅子上，学期末再悠闲地抄个论文，无论哪个动物园来的猩猩都能得到90分以上。

但我马不停蹄地放弃这门课，选了完全没人选的基础物理学。原因是什么（因为你完全看不进去汉字？钱唐冷冷问）。当然不是因为这个。

我选修物理，只是因为某人曾经告诉我，如果能再读大学，他愿意去读物理系，所以我是为了了解钱唐才选的课。就凭着这件事，足以说明我多爱钱唐，多为他作出牺牲（虽然钱唐对此事一直保有深刻怀疑）。

回报呢？回报就是钱唐好事从来不想着我，屎倒是总随手给我一口。

我手忙脚乱地在茶几上收拾东西，反问他我为什么要去CYY工作。钱唐的回答就是这么一句。

"因为我寂寞。"

我和他四目对视。我从他膝盖上站起来，把下午用的教科书和笔记本电脑扔到包里，听他继续说："我想让你多点时间陪在我身边。"

"你认为怎么样？特长生。"钱唐还追问我。

我望着钱唐眼睛下因为缺觉而形成的淡青色，没什么大兴趣问："我到你身边工作，你就不寂寞啦？"

钱唐露出个很淡的表情："我们以前一起工作得很融洽，不是吗？"

"融洽个屁！"

这次我可忍不住自己不说脏话了。别的旧账先不算，当初那会子在CYY旗下当艺人，除非钱唐自己想来看我，我连他尾巴都摸不着，他居然还好意思说"融洽"。

我可以为钱唐做很多事，但这一次，我并不觉得钱唐是真正需要我，也不想稀里糊涂地再到CYY工作。

钱唐仿佛看透我的心思:"这次和以往不同,你的身份就已经不一样。"
我表示感动,然后拒绝了他。

等换好了鞋,我往客厅探头看了最后一眼。钱唐斜靠在沙发上,正把玩我落在沙发上的那根蓝色圆珠笔。远远瞅他那架势,确实有那么点和寂寞沾边的意思。
"春风?"钱唐抬头看我。
"把我的笔还给我。"

我指使睡眠严重不足的钱唐开车送我去学校,是有正当理由的。
基本上,钱唐看下表说几点能把我送到学校,我就绝对几点能到学校。现在住的西边小区开到在城北边的 A 大约 23 千米。相同的路程,他每次都能比我自己开要节省至少 1/3 的时间。而且最重要的是,我快迟到了。
只可惜现在,让钱唐无怨无悔送我的次数有点减少。他戴着墨镜,面无表情地开车,气压很低。
但当我斜瞅了他会,试探性地把自己的酸奶递给他喝的时候,钱唐瞪我眼,还是诚实地张开嘴。
事故就是那会发生的。

再拐一个路口,就能进入 A 大。因为走的是东南小门,钱唐开始减速。他握着方向盘,跟我说:"特长生,把你包里的苹果也留下。"
"……家里不是有苹果?"
沉默了一路的钱唐立马借题发挥:"马路上也同样有出租车,特长生,那你为什么偏偏让我送?"
我只好无可奈何地解开安全带,从脚下的书包里拿苹果。
就在这个时候,钱唐突然伸手挡了我头一下。紧接着,车身一震,明显是撞到什么东西,又碾压着什么东西过去了。

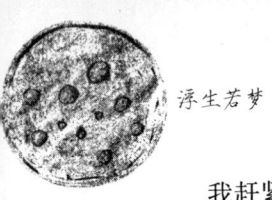

我赶紧抬头，但身边的钱唐已经收回手，若无其事地继续开车。

"没事，"他简单解释，"野狗跑上马路了。"

我赶紧回头。透过车的后窗镜。夏天不怎么明媚的烈日下，一只小小的黄色的尸体安静躺在路中央，四周走路的大学生纷纷围上去。而且我很确定，他们都在看这辆扬长而去的跑车。

我的心怦怦跳，忍不住扭头瞪着钱唐。偏偏他还朝我安抚地笑了一下。我可憋不住了，不可置信地喊："你没事吧？"

钱唐倒依旧冷静："我没事，你还好吗？待会儿等送你过去，我再检查车。"

"我没问你也没问你车——我问你怎么不躲着那狗啊？你都看到它了！那是一条狗命啊！"

钱唐抽空扫了我一眼："车速55迈，旁边并行几辆自行车。为了安全，没打方向盘。再说，你不是说自己要迟到了？"

"那你就直接撞上去？"

钱唐皱了下眉，像觉得我问题特别可笑。他说："对。"

我气得直拉头发，到了目的地，摔门就走。后来又想到什么，转身气冲冲回来，把手里的苹果一把摔到钱唐怀里。

"吃屎去吧！"

钱唐听到这个，脸色比在家时听到我拒绝他时更烂了。但他也没吭声，利索地拉开另一侧门走下来。

我以为钱唐要追上我解释，连忙快步走开。结果走远了，才发现人家没费心搭理我，正板着脸在车头前绕来绕去，估计是查看车有没有撞伤。

"下课后自己打车回家！"钱唐远远地朝我喊了一句。

我回了他一个中指。

一般而言，安排在学期末的课程基本什么大意思。大部分同学之所以老老实实把脸和手机带来，主要是因为站在讲台上的是副院长。

他今天演讲的内容，是"法律道德和社会责任之所在"。

我旁边坐着的萧磊，他也没怎么听，拿着手机漫不经心地刷学校BBS。

"呃，豆豆死了。"他突然跟我说。

我眼睛边望着副院长，边口中很冷淡地问："豆豆是谁？"

"学校里很有名的流浪狗，之前学生会还组织为它绝育捐钱。"

我直觉向来不大好，但此刻，我觉得自己直觉不能更不好了。

"那是一只黄狗吗？怎么死的？是被撞死的吗？"

萧磊默默瞅我眼，把手机举到我鼻子下面。

不出所料，我看到了熟悉的道路，熟悉的尸体，以及一些围观的学生拍的熟悉车的背影。现在除了法律和医学狗，其他学生已经放假，因此论坛格外热闹。

帖子很快超过一个愚蠢的征友贴，上了当日校园网的热点。而下面已经跟着一大堆回复，除了怀念狗，都是骂车主。而且，骂车主的人越来越多。

萧磊自然从照片上认出那是谁的车，但他没吭声，只是望着我。

说真的，我的脸火辣辣的。

也不知道怎么上完那课，我默默收拾东西的时候。萧磊突然在旁边火上浇油地说："李权，我觉得咱俩真的很配。"

假如现在要还跟我说些风花雪月的话，那可真是太合适了。

还没等我厉声让他滚，萧磊接着说："记得前两天你喝多了，我开车送你回家？那天晚上，也是一条狗——或者一只猫冲上马路，也差点撞到它。"

萧磊先小心地离我远点，再吐露那天的实情。说实话那晚我是有点醉了，印象模糊。

"我看到一个黑影跑过马路，当时赶紧转方向盘躲，但因为刹车太急，不小心把车刮到马路边栏杆。所以把你反光镜撞坏了。"

我张了张口："那狗死了吗？"

"不知道。回去的路上，我仔细看了马路，好像没有什么尸体。"他说，有几分懊恼，"但肯定撞到它了。如果死，可能死在什么角落里。"

真是打击一波接一波。

我还没养狗呢，就已经间接杀了两条狗。

且还没吃到它们的肉。

我觉得无力，也不想和钱唐吵架。

实际上，我也是还没想好怎么吵赢他。

钱唐会怎么反驳，会以什么角度反驳，身为个半吊子法律系学生，我猜得八九不离十。何况，问题也不全是那条狗，是钱唐的态度。我的意思是，萧磊还知道躲一躲呢。但钱唐就不在乎，估计也不觉得自己做错了。

我确定场景重现一次，再重现一万次，他压根还是会撞上去，连减速动作没有。钱唐对有些东西的漠视简直可怕，他真的只管自己。像是野狗会不会没命，大学生在网上怎么骂他，人家可是连看都不看一眼呢，心理素质特别过硬，水油泼不进。

但就是这个说不上是更自私还是更冷酷的男人，前两天还特意打电话，认真催促我给我爸寄张生日贺卡。

"子欲养而亲尚在是十足大幸。"我记得他在电话里黯然地相逼，"别等到无法弥补的时候才后悔。"

真虚伪，他就刚在我眼前杀了条人类最好的朋友。

既然不想回去跟钱唐吵这个没什么胜利预算的官司，也更不想待在图书馆假装好孩子。我索性在空手道馆里待到7点多。

现在我已经是我们教练手下的"精英学员"，教练已经是空手道馆里的头儿，轻易不出面，一般只带着得意弟子出国比赛去——目前为止还没获得什么有分量的国际奖项。但是，在国内这么差的环境下仍然是响当当的道馆。

"春风，你为什么不参加比赛？"他撺掇我，"你以前不是最喜欢参加比赛？"

我汗流浃背地望着教练的老脸。

和教练在一起的时间比我初恋的时间长，而且因为打架比说话多，相处也愉快得多。

我在喘气之余告诉教练，这 3 天的时间里，我目睹别人撞死 2 只狗。不巧，姑奶奶最喜欢也最想养的动物就是狗——唉，真不知道怎么解释。但我看到死狗躺在路上那瞬间，确实是挺伤心。

钱唐的态度，也让我感觉伤心完全是我自己的问题。他只关心他自己，或者是和他同搭一辆车的人。

教练听了后先没吱声，过了一会，扒开袖子。于是我看到他手臂上的一轮很淡的疤痕，看上去像齿痕。

"被狗咬的？"

教练冷笑两声。"你来我这第一年，觉得打不过我。于是趁我不注意，扑上来直接给了我一口。春风，就你这一口，让我打了 3 天破伤风，你爸也亲自过来跟我道歉。怎么，忘记了？"

我讪讪地没说话。

教练不以为意，他拍拍我的头："但你依旧是我最喜欢的学员。来，小丫头别伤心。再跟我背一遍空手道的基本规则，好久没抽查你了。"

等我被教练惩罚跑了 12 千米，颤抖着走出来的时候，外面已经下起了倾盆大雨。夏天的雨特别讨厌，又大又脏且没完没了。教练开车捎我到小区门口，我再机智地跟保安借了把伞，这样全身干干净净神清气爽地回到家。

走到门口，我习惯性地往旁边看了一眼，发现钱唐的车并没有停在露天车位上。大雨天加大半夜的……这人又去哪儿鬼混啦。

我满不高兴地推开门，正好和往外疾步走的钱唐撞了满怀。

我一愣，下意识问："你去哪儿？"

钱唐脸色也不好看："为什么不接电话？"

我直接不搭理钱唐走进卧室盥洗间，简单梳理完走出来，钱唐穿着运动衫坐在旁边的软沙发上，像嫌弃臭虫似的远远不肯过来。

我估摸钱唐也不想搭理我，他一直戴着那该死的眼镜，盯着本烂书。但没想到手刚碰到枕头，他就跟头上长了触角似的开始抬起头。

"去哪里了，特长生？"钱唐没什么表情地又问了一遍，"又跟你男同学去酒吧？"

"并不。"我也学着他的口吻，冷冷地回答，"空手道，跟人很爽地打了几架。那你呢？你干什么去了？"

这话大概问到钱唐心底里去了。

他立刻放下书，望着我的眼睛，一字一顿说："因为下午送你去学校，我的车被只野狗撞坏。开往4S店的路上，车出了故障无法启动，我得打电话让人把车从立交桥上拉走。一下午都在处理这事。"

我嘿嘿地乐了，忍不住幸灾乐祸，想怪不得车没停在外面，原来是送修了。但转眼我又开始心疼钱："你有钱修车吗？"

钱唐显然在不高兴："回到家，我睡了一觉，发现家里除了你的一堆垃圾零食，什么吃的都没有。只有水果和酒能果腹。"

"你为什么不叫外卖？你一直在等我吗？"

钱唐没回答我的问题，他双手叠放在书上，只一动不动地望着我。钱唐本来长得就文气，此刻真有点阴森森山雨欲来的变态杀手感觉。

我也拧着眉头看了他一会，饿肚子纯属活该！还"果腹"，家里不是有方便面吗！但我还是说："哎，你真的什么都没吃？那要不要我现在给你搞点东西吃？"

钱唐摇摇头，不再搭理我，又开始低头看书。

"我现在要去楼下拿杯牛奶上来，你要不要。"

如果说，我以前爱钱唐在于他的众多优点。但如今，我反而觉得钱唐的一些小缺点比较打动我。

比如现在，他沉默片刻，才冷淡地说："我已经刷完牙。"

"没事，牛奶喝完用漱口水漱一下就行。"

我下床往外走，钱唐却再次叫住我，我以为他是要拒绝。钱唐仿佛自己也犹豫了下，然后再嘱咐我："我要喝冰的东西。

等走到厨房，我发现钱唐刚才没说实话。他没少吃我的零食，存在柜子里的饼干已经少了一大半——说真的，那可是我1个月的零食量啊！最讨厌别人不经我同意吃我东西！

我捏了一下空的塑料袋，之前有点淡掉的恼火又蹿上来。我拖着重重的脚步上楼，钱唐却已经躺回到床上。我咳嗽好几声，他一动不动。走近一看，这人歪在枕头上睡着了。

他好像真的很疲倦，但虚伪！刚刚还那么精神地看一本那么厚的书！

我放下牛奶，在钱唐平静的睡容前虚虚挥拳几下，顺手再把眼镜从他脸上取下来，也钻进他怀里睡了。

第二天早上，我毫不意外的被钱唐破闹铃震起来。

说也奇怪，有些人勤奋早起，让我觉得对方就像鸡一样勤奋。但钱唐万年如一日地早起，我只觉得亲眼见识到动物世界里黄鼠狼或者狐狸再或者狼的天性。不容易啊。

久而久之，我也不睡懒觉了，睡眼蒙胧跟着钱唐一道坐起来。

钱唐略微奇怪地看了我一眼，我揉着眼睛，我俩都没说话。倒也不是因为还为昨晚的吵架记仇，主要都想先关掉那恶心的噪音。

过了一会，有人忍不住主动开口了。

"你打扮成这样想干什么去？"

我今天罕见地套了个西装裙子，但这句话不是钱唐问我的。

钱唐戴着蓝白色滑稽帽子和连帽衫，像个香港富豪的儿子。原来，因为钱唐的车被送去修（车灯，保险前箱，和转向灯都需要换。这句话他得对着我耳朵，喋喋重复了有10万遍），下午要打高尔夫球，又因为他的备用车得中午才送到，交通不便，索性图方便在早晨直接穿上球装。

不用说，打高尔夫球肯定是钱唐"工作里必不可少的一部分"。每当钱唐抱怨说他工作辛苦，我真的感觉很费解。而他说的乱七八糟的理由，我也懒得听。唉，这就是婚姻啊。

钱唐转身再换了身行头后，也想起来问我今天去哪儿。他的态度不怎么好，大概因为我刚才好心提醒他车送修的原因，是因为他亲手轧死一条狗。

我老老实实地回答，自己马上要去检察院进行暑假实习。

钱唐皱眉说："我不记得你告诉过我这事。"

"是没特别提。因为也没有什么大不了的。"我谦虚地回答，但话里面的意义不由分说。

首先，并不是每个学生都有资格被学院安排去指定中级检察院（你总得填点网上申请之类的吧）。其次，不含贬义地说，我这法律实习比钱唐邀请那些潜在的娱乐公司合伙人打高尔夫球，显然对人类进步更有意义吧？

"那可不一定。"钱唐的回答流露出所谓文人对真实世界的"尊敬"，"看一场演唱会或一部电影，最多让人掉几滴鳄鱼眼泪。但法院让人掉完眼泪还会把他们送到监狱。"

"那是因为他们是犯人！而且，本人去实习的地方是检察院，不是法院！"

第十七章　春风无尽夏

因为这个小争执，我们吃早饭的时候，又出现了很久的冷场。

我亲手削了个软梨，装进保鲜袋里准备路上吃，再主动对边看书边吃早饭的钱唐开口："待会还要麻烦你送我去检察院。"

他抬起头，盯着我的梨："我也没车，准备搭出租车去公司。"

"让你的出租车先送我去检察院，然后再送你去CYY。"

钱唐默然很久，也没法说什么。

直到坐上出租车，我跟司机报完地址，钱唐突然搂着我，让我看他手里那本书。我下意识看了眼，再慌慌张张移开视线。哦，这是钱唐除了《左传》外的第二最爱：《史记》。

上面写着："三十五年，楚伐随。随曰：我无罪。楚曰，我蛮夷也。"钱唐压住后面那段"今诸侯皆为叛相侵。我有敝甲，欲以观中国之政，请王室尊吾号"，奚落我："你颇有楚人遗风嘛。"

我知道他在骂我最后那句"蛮夷也"，但好奇地问："楚国以前在中国哪儿？"

钱唐顺手摸走我的梨，自己吃了："没定论。河南或湖北一带。"

我顺口说："嗨，你才是河南人！"

前面的出租车司机突然冷冷开腔："我就是河南人。"

我立刻结巴了："师傅，我没说您。"

我其实没有地域歧视。真的，我这么博爱的人，什么地方出产的东西都能吃的人，巴不得全宇宙都属于中国。但那位被冒犯的出租车司机不愿意继续拉我们。

钱唐只好和我一齐在检察院石狮子门口处下车。他站在路边，穿着那鲜蓝色的高尔夫球衫，倒是抓紧时间继续奚落我："你觉得你像楚国人，'天下之佳人莫若楚国'，你哪里像楚国人，特长生？"

大早上听他废话也真是烦死了，我没来得及反驳，一辆出租车缓缓停在身后。

作为年级第四都能有资格获得的实习，年级第一自然也会前来。萧磊穿着个小西装从车里蹦下来，他第一眼就看到我挂在钱唐背上，愣了一会，萧磊毫不掩饰地盯着钱唐上下打量。

钱唐的触觉向来敏锐，他随即回头。只不过，钱唐第一眼先看到停着的空出租车，他拦完车后，视线才漫不经心地扫向萧磊，又因为并不认识，只是不动声色皱皱眉。

我对上萧磊炙烈探究的目光，只觉得场景是十分尴尬加十万分的恼火，下意识抓紧钱唐的手。

聪明如钱唐，马上就明白整个情况。

"你的小男同桌？"他在我耳边低声问，还笑了一下。

萧磊大步流星地向我们走过来，但眼睛完全不看钱唐，只看着我说："李权，快点进去吧，我们马上要迟到。"

我不由蹙眉说："你自己先进去。"

"我等你一起。"他坚持，依旧不看钱唐。

我不搭理萧磊，推着钱唐把他送上出租车。钱唐倒也不着急走了，合上车门前，他望着我眼睛："特长生，我就为自己辩解两句话：昨天撞狗是为了两人的安全着想。你在我眼里一直最美。"

"我去……话也太假了，你得了吧！"话虽然这么说，我脸上挂着傻笑，目睹钱唐的出租车开远，转身走向检察院。

萧磊快步跟在我屁股后面。他阴阳怪气："这就是你丈夫？你一直喜欢的那个 Sugar Daddy？"

我冷静地说："对。"

萧磊不情愿地承认，钱唐比他想象的要年轻很多，"你不会以为我喜欢的是个白发苍苍的爷爷？"我吃惊地问。

萧磊顿了顿，他说："反正比我想象的普通很多。"

这句评价我听得挺耳熟。

从程诺到萧磊，和我关系好点的同龄人，都认为钱唐太"普通"，他们好像默认，我的结婚对象应该是一名行事和作风比我更跋扈且高调的人，我应该拥有一段更传奇的感情，不该这么早地走进婚姻。

有关这一点，我倒是赞同钱唐的观点。你要不然选择事业普普通通，要不然选择感情普普通通。否则，人生失衡的可能性就会大很多。

当然，钱唐说这话时压根没联系到他自个儿。要不以他那故作高深的德行，不得顺嘴恶心我几句才罢休？

真相是刚才这句话，也仅仅是钱唐在电话里手把手教 CYY 底下一个明星应对记者对绯闻采访时的稿子。他们当时来回对了几遍，钱唐的口气平稳，但脸色不太耐烦，被坐在他边上的我全程旁观而已。

我也敢用钱唐的人头打赌，钱唐完全没觉得自己长相普通，甚至我隐隐怀疑他还有点小便利条件。别的不说，比起英俊的男人，大家一般默认，长得普通的男人是不敢主动甩漂亮女人的，但实际相反。

哼，钱唐估计把这一点也在心里算得明白着呢！

我看着眼前的萧磊，他比钱唐英俊，比钱唐年轻，但活得完全不明白。

我只好亲切地说："你们这些小孩，就在乎那些虚的。"

萧磊冷笑："你才多大？"

我反驳他："至少我现在的年龄能结婚了，你还不能。"

A 大法律系的校园资源在全国数一数二，为学生提供的实习亮堂堂响当当。参加暑假学院实习的总共有 5 名学生，只有我和萧磊是本市大学生，且我俩都是市区户口（如果现在还不提到地域偏好，那就是纯傻帽），可以说，这次实习为以后就业铺路。

法律系在校生都分不到机密的部门或科室，就主要是协助检察官，负责一些基层法院的上诉、抗诉文书整理工作。

我和萧磊被扔到公诉科，下午 2 点钟开始，带我的张姐把手头的任务挑出几个给我，也说工作有点繁重。

我当时还觉得，高中在一流律所实习过，如今上的大学也不差，肯定能适应强度。但是一下午，我和萧磊像两头被抛弃在沙漠里的骆驼，在检察院地下 1 层凉飕飕的办公室，疯狂地啃着牛皮纸卷宗。

我终于明白，钱唐工作繁忙时不爱说话。我在工作半途接了钱唐电话，他几乎提高了声音，我才把注意力集中到手机上，但关了手机后就忘记答应过什么。

萧磊更是专注到都没抬头。

随后，我的手机一直很安静，换了萧磊的手机响。他的父母用铃声狂炸儿子的时候，我们才发现已经晚上 9 点整。公诉科灯火通明，依旧还有伏案加班的检察官。

萧磊和我告别办公室里的前辈，慢腾腾地走出检察院巨大的建筑大厅。

走出空调房，热气扑面而来，我和他的脚步拖在大理石地上产生不爽的回音。远远地，一队保安从门口石狮子处朝我们整齐走过来，透明玻璃门上，模糊地映衬出我穿着白衬衫黑短裙的职业样子。

就在那一瞬间，我突然从内心涌上个很古怪又很强烈的感想，自己长大了。

没错，我早就不是 10 多岁的高中生，但我又总觉得自己还在上高中。直到那一秒，我才真真切切地意识到，自己如今是大人了，我也愿意主动承担责任了。

而且，我居然已经结婚了！

萧磊父母开车在马路边等儿子，萧磊转头问我："我送你吧。反正我父母开的车。"

我摇摇头，不想应付任何长辈："谢谢，不用了。"

萧磊看上去也有点疲乏，但依旧不忘挑拨离间。他在道路旁来回瞅了一会："嘿，我还以为你的'丈夫'来接你下班。毕竟，早上他看到咱俩在一起了。"

我有气无力地说："别张口闭口就'咱俩咱俩'，咱俩不熟！"

萧磊冷冷地说："要我是你老公，准保你每天下班都来接你。说真的，是个男人都会怕自己女人被抢走，除非他就不在乎你。"

我替钱唐辩解："他的车坏了，你忘啦，那车撞死过豆豆了？"

萧磊一愣："……谁是豆豆？"

我说："学校里的那只狗啊。还是你告诉我名字的呢！"

反正，我还是没让萧磊的父母送我回家。等他家的车开走很远，我独自一人，沿着铁栅栏逛荡着走。就在我不慌不忙地横穿马路，街对面有一辆停着的越野车突然熄了前灯。

我耐心等几秒，确定司机没有撞我的胆量后，准备走过去。

然而钱唐居然就坐在车内。他左手搭着车窗，将玻璃降下来，语气有点怪地叫住我："双眼如炬呀，特长生！"

我吃惊地问他："你怎么来了？哟，你偷偷买了辆新车？"

"没有，借车来接你的。"钱唐简单说，"上来吧。"

我站在原地没动。

"怎么？"钱唐皱眉望着我几秒。

我左右为难着，横下心说："要不你一个人先走，我自己打车回去。"

"你还要去哪儿？"钱唐看我没答话，他又说："你要去哪里，我都可以送你去。"

我犹豫着，我这辈子最深爱的男人，在几步之遥的地方穿着小丑衣服朝你招手，耳边"欢乐时刻，尽在麦当劳"的歌曲也在召唤我。

631

"那你在这里再等等吧,我自己去吃夜宵,我特别想去吃薯条,"当钱唐打算推开车门走下来,我忍不住制止了他,"我想一个人去,你在旁边坐着的话,总拿我吃的。"

钱唐沉默了得有好大一会,然后他说:"特长生,我看你还是自己打车回家吧。"

"唉,你来都来了。"

看他只盯着我不说话,我按照原定计划转身走进麦当劳。

我啃炸鸡的时候,透过麦当劳的玻璃,看到钱唐自己走下车。钱唐一直不是很喜欢在车里坐着,"嫌闷。"他说。钱唐在马路边逛来逛去,还抽空打了个电话,依旧穿着早上的衣服,不过边角明显脏了不少。

等我吃完后走出来,顺手把多余外卖袋递给他:"给你买的一份。"

钱唐没接,也没说话。

开车回家过程中,钱唐突然提出,让我忘了他之前要我来CYY工作这茬。

"那天只是,"他迟疑了下,"我自己状态不好,又很想你,才提出那种要求。"

"这可太好啦。说实话,我还一直犹豫这事。"

钱唐微笑说:"你想做什么职业就去做,别为我的话而为难。特长生,你要珍惜这次暑假实习。"

"我会的,我当然会的。其实我——"

钱唐打断我的话,轻描淡写地继续:"望你这次实习,每日工作十八整小时。人浮于事,事不得已,活人堆里时时煎熬,惶然难安,如临于谷。到时我出差不在家,你坐拥薄禄,诉苦无聊,再吃这些粝粢之食当作解忧也不晚。"

我愣住了,这话也没带脏字啊,但听上去怎么那么恶毒。

"我,我就吃个麦当劳,你不至于这么诅咒我吧。"

钱唐继续若无其事地盯着前方开车,他冷淡地说:"我怎么会诅咒你?"

我皱眉说:"那你生什么气?"

钱唐这次只是瞪我一眼,从鼻子里哼了句"可笑",就是不知道他说我还是说谁。

晚上脱衣服睡觉的时候,钱唐还是忍不住问我,我在不确定有没有人接的时候,为什么不上"小男同桌"的车。

"首先,我就高中坐在萧磊旁边,他早跟我不是同桌了!你能不能好好叫人家的名字。"我恼火地坦白,"其次,如果你想知道,我就告诉你吧,说真的,我每次跟萧磊在一起,都想对他发火。"

钱唐眨眨眼:"为什么?"

"我不知道。萧磊对我挺好,借我抄作业,主动帮我签到——但每次看到他,我都很生气,也有点紧张。因为萧磊每次为我做这些事,他都表现得特别幽怨,我好像都能从他眼睛看出来,他指望我感激他,或者好像指望我主动安慰他点什么。"我皱眉说,"巨烦他这样,我只想扇他脸。你干吗摸我?"

钱唐忽地把手伸进被子往我大腿摸去,他微笑说:"没事,我就是想再确定自己是不是娶了个男人。"

我翻了个白眼:"我是个糟糕的人,成了吧?就像昨天你回家,我也看出你很累,估计希望我鼓励你几句。但我就是不知道说点什么。钱唐,你要是希望我去CYY工作,我会去帮你。但你是认真的吗?"

钱唐凝视我,过了一会,他简单说:"我是一个比你还糟糕的男人。春风,跟你坦白一句,我以前所有的'交往对象',或多或少是和我有过工作联系的人。我比较熟悉这样的模式,大概也想让你走上这样的路子。这是我的过错。"

我狐疑地说:"你以前有多少'交往对象'?来来,每说个名字,我就给你一百块钱。"

他嗤之以鼻:"一百块?我工作这么多年,还差你这小丫头的十几二十万的?"

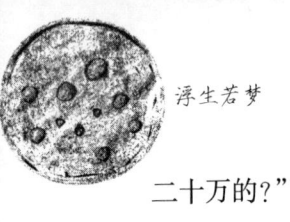

我勃然大怒,钱唐却没继续逗我,只是吻了吻我的嘴,说:"宝贝,你知道吗,古往今来——"

他不会又要扯什么诗词吧,我紧紧皱眉,想把钱唐掀开。但钱唐伸臂紧压住我,说的却是大白话。

"古往今来,没有人知道应该怎么面对真爱。大部分人都只会把真爱变成彻底的伤害。春风,我不想伤害你。"

我在他怀里幽幽地说:"但你就可以在大马路上把真爱撞死。"

听我这么说,钱唐停下一切动作。他还不高兴了,冷冷瞪着我:"你就是不肯让我忘记,我撞死一只野狗,对吧?"

"对!"

他顿了顿,轻笑说:"这么小肚鸡肠,可以确定是个女的。"

我为国为民的暑假实习期间,钱唐的整个7月、8月,耗费在户外高尔夫球运动中,晒黑得像东南亚人。我问钱唐,他找商业合伙人为什么非要去打高尔夫球,还挑的都是特别热且特别晒的场地。

钱唐又搬出一套什么期之以事而观其信的理论,按照他的话,约着候选人连续打一周球,对方什么样的人品和做事风格已经一清二楚。

"这相当于在诸多不靠谱的相亲中找结婚对象。"钱唐跟我说,"想想吧,和一个人合伙做生意需要20年到30年,这时间已经比中国的平均婚姻时间要更长。所以,我要谨慎一些。"

钱唐每天得去球场,但他的车还得修一个月,幸好他不费吹灰之力地搞来媒体试驾车,每隔几天,就换辆更拉风的新车。这人明明性格疏懒,但最近却坚持从城东检察院到城西球场的奔波,风雨无阻地接送我。

我不由得自恋地觉得,钱唐这么做的原因出于吃醋。

我和萧磊因为分在一个科室,又天天凑在一起。我吃了萧磊他妈给他带来的不少桃子和哈密瓜,而检察院旁边有几家餐馆,其中最好吃的是家兔子馆，专门做红烧兔子的，每当我俩吃的时候，都忍不住感慨兔子怎么可以那么可爱，还那么好吃。

每天下班，萧磊每次问我怎么走，我都有点为难，只好先反问他。如果萧磊说出租，我就说自己坐公交车，他说公交车我就说自己乘末班地铁——总之呢，尽量避免和他同行。

等萧磊终于不大高兴地独自走开，我会拐到小巷子找钱唐。

相比萧磊总故作漫不经心地问起钱唐的信息，钱唐对萧磊作出的唯一评价，长久以来只是不冷不热的"你那小男同桌"，后面还加上近30秒可疑的"呵呵呵呵"，接下来，再说句"搏兔岂用全力"之类的话。

我边系安全带边忍不住问他："哎，你就不能把车停在门口等我吗？每次非要我跑过来。"

"不能。"新马泰人钱唐冷冷地说。

钱唐每次接我时，都停在旁边街道隐蔽的巷子，倒并不是因为学习雷锋叔叔，忽视功与名（这人早已经懒得在我面前装低调）。而是摆出种刻意蔑视萧磊的姿态，他不是想见钱唐吗，但钱唐非不露面，就得折磨他。

我大胆地猜测，除了那串"呵呵呵"，钱唐有种大男人的自尊，就要作出种居高临下的姿态，让萧磊这只兔子感觉自己在狼眼里，连情敌都算不上。

唉，钱唐这人的做事风格，比西王庄池子底的王八肠子更迂回。不过，他毫无怨言地接送我的行为，还是值得表扬。

实习1个月左右，检察院有了几番大的人手调动。机缘巧合的，萧磊和我作为旁听，同时参与了对某某省某某某国有企业5年清查工作的收尾程序（经过钱唐几番提醒，我决定把那企业的名字隐掉，少惹麻烦）。

大学里学的法律课程是一回事，现实是另外一回事。我旁听了几次庭审，面对真实复杂的案例，我朴素的法律价值观受到巨大冲击，我和萧磊经常认真讨论每个轰动的社会事件，但每次深入调查后，发现彼此都很难达成共识。

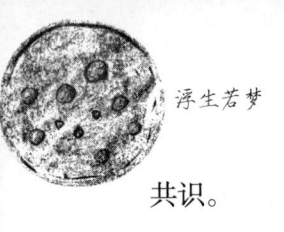

"世界上有绝对的公平吗?"真没想到,我有一天也会对钱唐感慨这种问题,"说真的,你觉得,我还能相信法律和公正的存在吗?还是说,不同阶级都有不同阶级的游戏规则?法律不过是工具?"

钱唐没正面回答。

"我最近在球场里听过一句话,"他轻声说,"讲高尔夫的。'高尔夫就像是风流韵事,如果你不认真面对,它索然无味。如果你真情面对,它将让你心碎'。我觉得这句话很好地诠释了信仰。"

我默默思考。

等了一会,钱唐看我不言语,又开始耐心解释:"当我说高尔夫像风流韵事,这句话不是别的意思,只把高尔夫比作……"

"我不傻!我懂什么意思,你不用跟我解释了!"

"你这张嘴——"钱唐不由得变脸,侧手就要过来敲我头,正巧前方路口变黄灯,他赶紧踩下刹车,就忘记要嘲讽我的话,怔了半晌没想到怎么接。

钱唐只好问我:"特长生,我刚刚要说什么?"

我毫不留情地说:"你刚刚说自己是个没道德的傻瓜。"

我和萧磊是最努力的实习生,总是深更半夜才离开。即使以钱唐开车的速度,到家后都已经凌晨两三点。

除了处理检察院实习,我在暑假里用吐血外加吃奶的力气,攒了一篇论文;《越权无效:行政超越职权的认定及司法审查行使——以本市区工商局对餐饮业管理为例》。

在论文定稿前,我巨认真地给学院院长发了10多条500多字的超长短信,想咨询他的意见。结果院长直接答复我,"你讲不清楚的观点,干脆就别写了"。

我沮丧地以为自己写了篇垃圾,但开学后,这论文居然被A大校刊所选中，在开学前获了个本科生论文特等奖，断断续续有几家法学评论杂志联系我。

"写得不赖。"连钱唐读完我的论文后，破天荒夸了我句，"不乏独立思考。"

我高兴得手舞足蹈，只要发表论文，就可以入选学校校刊的编辑，我以后能和别人一起协作写更高深的论文挣学分了。

这2个月的实习时间说长不短，却让我发现自己从课堂里学不到的两件事。

第一件事，我以前总爱说自己性子直，但当我作为助手，和科长一起去看守所参加提审工作，我悲伤地发现，不少犯罪嫌疑人也喜欢评价自己是"性子直才不小心地渎职"。

第二件事，就是容我放肆地评价一句：虽然在执行上有诸多弊端，但我国司法环境确实每年都在进步，检察机关在办理案件过程中的细致谨慎，经常让我暗自吃惊。

我暗自下决心，希望自己也能在其中做一点微不足道的贡献。

"哎，你就这么确定职业规划？"萧磊问我，"你怎么不想着多挑挑。"

"我这人就是不挑。"

"为什么不挑？"

我想了想："挑剔的人容易花心。"

他磕巴了一下："谁说的？"

我确实更喜欢检察院和法院这两个场所，庄重且权威。但萧磊不，他坦言自己更想去外资律所。

"那你为什么来检察院实习？"我也忍不住问他。

"因为名声好听啊。"萧磊倒是直爽。

我默然几秒，我在暑假期间放弃了那么多肥差，选择了检察院这个中国特色衙门，最难以拒绝的理由也是因为它"名头好听"且"公职"。

但我没把这选择告诉钱唐，我相信钱唐听后的第一反应，绝对不是夸我爱岗敬业，反而会说，我作出这种选择只是为了向我爸隐形示好并又想在他面前证明自己。

真相是这样吗？我强烈拒绝回答这种侮辱性意味的问题。

等进入秋天的时间，钱唐的车修好了。车的定损单也跟桶冰水似的也来了：清理血迹，前车身喷漆，重焊反光镜，看这仨价目，也知道价格如同割肉，但也不能不交钱。

我们去的那天，4S店里的两个资深经理都认识钱唐。

钱唐是该小众跑车牌子进入国内后，第一名付全价购买的车主，这在土豪众多的娱乐圈并不稀奇。稀奇的是，钱唐是那种愿意花重金维护和定期升级改装原车但偏偏不买新车的客户。

他们品牌公关和销售一直致力于希望拓展生意，起码再卖钱唐一辆新车。身为狡猾的消费者，钱唐对此的态度是不会拒绝也不肯答应，店里有什么好处倒是不吭声都来拿走了。

"其实钱爷你也懂，车和女人一样，都是新的好。"销售经理站在保险旁边吹得天花乱坠，完全没看到我。

钱唐立刻就笑了，他指着正在旁边看别的车的我，故意为难："那你猜她是新的还是旧的？"

经理很虚弱地扭头，回望我："这个这个……"

钱唐温和地说："她是属于'在保期间'内的。"

好吧。他这意思是故意说我半新不旧了。我板着脸说："不，其实我不是一个女的。"

旁边的销售经理看我们斗嘴，有点呆的表情。

不过既然把我招过来了，我还是顺手发挥了一下法律系学生最基本的常识，从头到尾地读了一遍钱唐要签的维修合同，顺便问了几个细节。

等我俩重新坐回车上，有个小蚊虫扑到车玻璃前，我又忍不住借机刺激了一下钱唐。"赶紧把它打死,"我指挥钱唐,"反正你对杀死小动物完全没有内疚感!"

钱唐扫了我一眼,他居然真面色不改,啪地一声把那小虫子打死。随后把手伸到我面前。

我皱眉说:"干什么?"

"赶紧吃了它,"钱唐冷冷地说,"反正你对吃小动物完全没有内疚感。"

我呆了一下,有点蹿火:"你以为我不敢吃?"

"你是什么都敢吃吗?"他说,"先等等……"

单手举着虫子,钱唐另一只手作势就要解开自己腰带。我忍不住笑了,直接打落了他的手。

我说:"你就不能让着我点?"

"不行。"钱唐说,"我不习惯让女人总占我上风。"

在支付完修车费,戒指的尾款,重金签约完三组韩国造型化妆团队,又得保证公司的正常运行后,钱唐突然发现,他兜里几乎都超不过100元,连信用卡也只有我在花——当然,日常开支是够用了。

我也明显感觉,钱唐很久都没拿家里的古董画册之类的东西翻看,估计是眼不见心不烦。

我从检察院取回印着"优秀"的实习报告。钱唐接我上车后,看着自己的手表。

他说:"特长生,我待会要回公司开个会,控制在四十分钟。你留在车里等我,正好看自己带来的案例打发时间。"

我问他:"我不能也跟你到公司里坐着吗?"

"今天是CYY的半年例会总结,公司员工和主要的几个艺人都会到场。"

"什么意思,我不能也去吗?"

"不是不能去,但今天属于公司的车位已经全满了。假如你再跟着我去公司,咱们都走了,这车无人照看,得停在地下的收费停车场。"

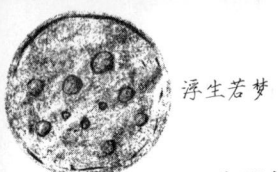

我瞪着钱唐，钱唐若有深意地凝视我。

"你是不想交这停车费咯。"

"一向年光有限身，不如怜取眼前人。"

我心想，为什么他不想交钱，还能说那么多废话。

"你留下。"他习惯性地掐了我的脸一下，但并没有习惯性地微笑。

大二上半学期，我最经常买的水果是西红柿，因为便宜。

我放学后经常去后街小贩那里，买一打西红柿，回家绞碎榨汁或者做番茄汤。搁以前，钱唐是连看都不看这种发酸的东西。如今，他就能默不吭声地咽下去。

不过，钱唐很快注意到，我有个零食储藏柜。这是一个灾难的开始，钱唐总会拿我的零食吃，他喝咖啡没糖，就从里面拿两板焦糖饼干，盯着电脑，也会走去拆开一包烤椰子片。

"你不能买点新鲜点的东西吃？"钱唐边吃还边问我，"从高中我就天天看你吃这些，吃到现在不会腻？"

我不会腻，我只希望钱唐赶紧吃腻了，别总拿我东西吃。然而有好几次半夜回家，钱唐以为我睡着了，他把我翻过身来一吻——熟悉的香水味和草莓奥利奥的混合味儿迎面而来，我就知道自己饼干又没了。

等拿到电影第一拨分红，家里又有钱了，钱唐才跟我抱怨不要因为省家用，总让他吃番茄。其实我让钱唐吃番茄，也不全是为了报复他吃我零食，也不是为了省钱，当然前者也是两大原因，更主要是西红柿可以防晒美白。

据说砒霜的美白效果更惊人，但是，我不是怕掌握不好分量，不小心毒死他嘛？

我跟着钱唐喝番茄汁，一暑假倒是白了挺多。但钱唐在秋天后，厌烦打室外高尔夫球后才自动回到正常肤色。

钱唐假装悠闲地打高尔夫球，实则紧绷地找靠谱的投资合伙人，为了自个儿手头现金流别那么紧，又无奈将两部筹谋已久的电视剧制作权，转卖给了其他投资方。

我边熬着番茄汤边旁观，钱唐在各方利益角逐中，经历怎样的焦头烂额和夜不成寐。这里完全没有艺术可言，需要他放下所有身段找合适的接手方，及安排演员档期的各项变故。

钱唐妥善地处理一切，但他个性里确实不经意保留点文人态度。比如说卖出电影后，新投资方提出，只要钱唐愿意把他名字留到出品人或者联合编辑一栏，就能多得一笔可观的钱时，钱唐放弃了。

用钱唐最爱的游戏《奇异人生》里的一句话，生意是生意。别想看一个老嬉皮跟在小屁孩后面赶时髦，他是有尊严的。

我听了这事后，有点得意地帮他分析，我年龄比他小啊，我也是小屁孩，他还乐意跟在我后面呢。

"我跟着你，"钱唐解释，"是因为你手上戴着我后半生的停车费。"

我想了想："但我觉得你这人一点都不'老嬉皮'。"

"特长生，你懂什么叫'嬉皮'？"

"我怎么不懂？我觉得，真正的'嬉皮'是全身上下没一毛钱，但依旧有光着身子，睡马路的勇气。"

钱唐沉默了片刻后，他承认："那我确实不算嬉皮。"

"照这么说，我这人还比较像'嬉皮'嘛。"

钱唐闻言上下打量了我好一会："我不会让你当嬉皮。但你哪天自己想当'嬉皮'，一定告诉我，到时候我站在你旁边，向过路人收票钱。"

在拿出刀子前，我想介绍一下钱唐是个非常精明，但某方面又非常挥霍的男人。从一开始，他就没做过特别细的工作，眼界就比较高，一些关键时候会做出些看似比较任性的举动。

在他父亲去世后的有段时间，钱唐整日不是看书就是练字，完全不管CYY。有时候他陪我看迪士尼电影，又突然说出什么"一身独生殁，电影是无常"的鬼话。

我当时还真怕他抛下我，飞升去了，幸好我那更神奇的婆婆也看到儿子这点避世因素，借口我们结婚那茬事撤走投资资金，逼钱唐振作投入工作。

嬉皮和出家都不适合钱唐，还是花花世界比较适合他。

我和萧磊都成为法学院校刊的编辑助手，经常帮着院领导打杂。后来有一天，实习检察院的检察长居然邀请我和萧磊两人吃饭。

我在席间很索然无味地坐着，猜测在什么时候，对方嘴里会吐露我爸的名字，以及提出"请你全家吃顿便饭"这种老掉牙的要求。随后，钱唐的名字平生第一次以这种方式出现在我耳朵里。

"小李结婚很早嘛。"对方和颜悦色地说，"哪天把家属也邀请来。"

检察院领导解释，他那位奔九十的第二任老丈人非常欣赏钱唐早期撰写的一篇小说，也不知道怎么打听来的，得知我是钱唐的"家属"（或者说，钱唐的家属是我），因此想顺便要一本钱唐的签名书。

我的嘴，咧得和旁边的萧磊一样大。想到一人快九十多了，依旧怀有求签名书的追求。看来文艺这种病，估计到老也治不了。

钱唐反而特别自如。他对有人要他签名书这事，不会抵触，也不觉得特得意，我让他签名也就签了，签多少还是那张脸。我故意损他几句，他笑眯眯地听了。

钱唐关心的永远是别的，比如当我打算为这签名书找个精美的盒子包装一下，钱唐就认为多此一举

"咱们这书是不是白给的？"

我说是，钱唐就说那完全不需要包装，贴张邮票寄回给老人家就行。

"人都有这个心理，能收到白来的礼物已经是最高享受，倒是不必在意什么包装。"他说，"你看，你又在浪费感情。"

国庆之后，钱唐有一点空闲，他母亲强烈要求我们在周末回趟南方老家，钱唐母亲亲自来火车站，和司机一起迎接的我们。

我小声地改口叫了她一声妈，她微笑着答应了。但彼此都有点诡异的不

自在感。钱唐母亲走在前面先挽住儿子胳膊，用南方的柔软方言，轻声细语问我们相处得怎么样。

我猜她问的是这个问题，因为钱唐回头瞥了我一眼，才笑答："挺好。起码现在不会离婚。"

我翻了个白眼："我听懂了。"

"知道你听懂了。"钱唐边说边把我往前扯了一下，于是换成我和他母亲并排走。我看他巴不得想赶紧溜走，"无论如何，特长生，咱们的婚姻也都得撑到你大学毕业典礼。"

"哼哼，我现在都规划好了——"

"规划好什么？"我婆婆终于疑惑搭腔。

"别问她这个！"钱唐想阻止这个话题，然而还是晚了一步。

我不是规划离婚，我是规划我的大学生涯。

在实习期间，我一直思考读法律系的意义，尤其忍不住畅想自己作为一等法律系荣誉生从 A 大毕业的盛况。你要非说，我是一个特别在乎成绩的人，那我还真不是。我并不在乎一次性的成绩，但我的性格特别不乐意甘于人后。

尤其上次回到钱唐老家，我一有时间，就仔细端详钱唐的奖状，当时就暗下决心，等大学毕业典礼，怎么也得搞个优秀毕业生才说得过去吧！

如果我跟钱唐同岁，就冲着他学习成绩比我好，我也绝对不会主动喜欢他。我这种人，怎么可能喜欢上竞争对手？

钱唐揶揄："这还怪我咯？"

我抓住他语病："对对对，Low，你就是挺 Low 的。"

钱唐略微呆了下，一时也没词反驳。随后一直给我梦想中的大学规划泼冷水，认为我如果不努力，就不可能成为法律系的优秀学生代表。

上学年的成绩单里，我唯一一个 85 分以下的是"司法文书"这门必修课。而作为回报，我在暑假的评论教师工作调查表里，也回报给教这门课的

浮生若梦

周教授一个中等分。

我对这行为不内疚,甚至还觉得替天行道。直到新学期的选课表放出来,学期那教"司法文书"的周教授依然在本学期的必修课教师的名单上,而且,他这次教的课程学分很高。

从提前群发给我们班的邮件来看,我隐隐感觉,周教授知道最低分是我打的。

"假如你是周教授,本学期还会给我低分吗?应该不会吧。"我试探地问钱唐,"你可是一个有师德的人。"

钱唐终于找到机会反驳我:"我很Low。我是他的话,这学期直接开除你。"

我特别不开心,挥手让钱唐走开。

我俩在南方混吃混喝没待几天,钱唐接着去湖南探班,再继续南下广州。而我带着糯米糍荔枝、冻红鱼、普宁豆酱和一颗争当学霸之心,回到A大。

开学第一天,就是周教授的课。

那位教授把讲义一放,直接宣称:"你们班上过我的课,我就不自我介绍了。大家也都知道,司考的出题标准是,百分之九十二的考生不会做这道题,那么这道题就算出得合格。但司考是简单的考试,能上A大的都是天之骄子,必须适应更高难度题型,以及日益复杂的社会常态。话点到这里,本门课的期中和期末都是闭卷考试,大家努力。"

除了学霸非常兴奋,底下学生怨声载道。我坐在学霸的附近,假装露出兴奋的脸色,随后在桌子上用铅笔狠狠涂抹一个"好贱",又赶紧找别人借了橡皮擦掉。

钱唐不在家,我每天都开他的车。等下课来到停车处,发现有人也对我作出泄愤举动。不知道是谁,趁着我上课的当口,用纸把钱唐跑车的反光镜严密糊上。

我弯腰用指甲抠了半天，对方不知道用了什么胶水，这层纸糊得死死的，撕也撕不下来。这让人怎么开车回家啊？

钱唐立刻在电话里问我："车被人糊上纸？他肯定还留下别的什么了？"

我在几次催促下，恼火说："杀狗贼，他在雨刷上留了一个纸条，写着杀狗贼。一定是他们以为我开车撞死的豆豆，所以这么报复我！"

钱唐的轻笑声中，我感到十分憋屈。

现代社会的法律本源是什么，没准儿是来自报复。比如，我亲眼看到钱唐撞死了野狗，也支持对他本人施加惩罚。但我的A大校友实施这种损害个人财物的自救，也让我挺难受。

车主本人完全幸灾乐祸，好像这不是他自己的车。"宝贝，你会负责解决这事吧。等我回去的时候，你至少得让这车能开吧。车可是咱俩刚从4S店提回来的。"

那张用粗笔密密麻麻写有"杀狗贼"纸背面的胶特别牢固。无论我怎么拿水泼拿小刀撕，扯都扯不掉。

我自认晦气，把车拖到洗车店。

全店的人，用五花八门的进口洗涤剂擦了半天，糊着的纸只被撕下一层。

苏冰洁主动帮我打听了一下，她告诉我，每个大学的化学实验室都会研究出独到配方的胶水，提供给保安处，专门对付校园里乱停车的车主，让保安能够往上贴条。

A大实验室里有专门卖清洗胶的溶液，售价是650元30毫升。以我这个情况，得买150毫升的。

我心想他们怎么不去抢！后来恍然大悟，他们不是在抢我吗？

程诺也知道这件事，她也说我："咱们学校里到处都有限速牌，你说你，当初开车怎么就不减速而撞死小狗？心太狠了。"

程诺不喜欢钱唐，也不知道这事是钱唐做的。然而现在是我占有钱唐的跑车，负有妥善保管之责。更别说，他的钱就也是我的钱啊！

"……我不想掏钱。"我干巴巴央求程诺。

A大本科生里，公认最有钱的三大院系，第一个是经管院；第二个就排到法学院；第三是新闻传播学院。反正，就读这仨学院的学生都是公认的滋润。

以吃国家定期经费为主的生化实验室就不太行。另外一个关键是，这些生化系学院的学生还特别瞧不起经管院和法学院的，认为我们是社会主义的蛀虫。

撞死小动物这事太招人恨。程诺和萧磊这种在学校神通广大的人物，也没法帮我免费要到那破溶液。

我的倔劲儿也上来，就是不乐意花钱。你让我道歉，没问题。你让我罚款，我也不心疼钱。但你不能这么坑我买你东西！

程诺也犯愁："我不是直系的学姐，也不是那群呆子的女朋友，没法免费要。"

她一拍我的肩头，再给我出馊主意："不然，春风你离婚，找个化学系的小孩儿当男朋友，这样打入他们内部，就能不花钱了。我正好知道，化学系有个小孩儿特别喜欢你——"

我无声地瞪着程诺。

程诺再想了想，摊了一下手："不然你问胡文静。她虽然读医科，但好像在A大化学系里不少人买她面子。胡文静不是回国了。"

胡文静居然回国了。

身为她高中最好的朋友（虽然胡文静可能自己不承认），我真的就不知道这事。当辗转约了胡文静在Soho的咖啡馆见面，在约定时间来临前，我都深深怀疑她压根儿都不会现身。

秒针正好指着零点的时候，一个人跟变魔术似的出现在门口。

样子一点都没变的胡文静，慢吞吞但坚定地，直接走到我面前。她依旧佝偻着腰,胖乎乎的脸庞和身材,居高临下看着我几秒。

还没等我说话,胡文静在我鼻子下面塞来一张纸,手写的。

"哎哟,这是什么?"

"配方。你去实验室配出来,洗车。"说完她再瞪我一眼,连椅子都没沾就准备走。

我自然不放胡文静走,她终于在等甜点的当口坐在我对面,赏脸和我聊了一会。

"读医学院,神经外科。"胡文静简单介绍自己近况,又冷冷报出哪个州和哪个大学。

我也赶紧说:"我复读了,上了 A 大的法学院。一直想联系你,一直没联系上。上半年,我,呃,我结婚,那会儿给你发了 8 万个好友申请,但你都没通过。"

胡文静说:"课多,不用网络的那些东西。"

我有点奇怪:"那为什么一个月后你又给我寄了张明信片,祝我和钱唐新婚快乐啊?"

胡文静突然盯着眼前的杯子。我愣了一会儿,意识到居然是把她问住了,但我也不敢太得意:"你是怎么和我们学校化学系的人认识的?"

胡文静告诉我,她不认识我们学校的,但羚羊熟悉。而她和羚羊还保持联系——相信我,当胡文静说"保持几次联系",绝对是"一直保持联系"。

我也知道,羚羊并没有回国,他还在美国读书。

"他为什么不回来……"

"不为什么。"还没问完,胡文静就不耐烦地打断我,"你总问他干什么?你不是结婚了?"

我不由一呆。

这时甜品来了。我眼巴巴盯着胡文静,但胡文静还和在高中似的,完全不打算和任何人分享食物,也讨厌在吃东西的时候被盘问。

我咽了一下口水,想不到别的话题,索性决定一了我多年的心事。

"我看心理学书，上面说，不是每个孩子都能遇到理解包容自己的父母。但在我们小时候，会碰到不求回报帮你的人或者是和你志趣相投的朋友。"铺垫完毕，我终于腼腆地跟她告白了一下，"就比如说，我特别喜欢你……"

胡文静闭了闭眼，有点忍耐的表情。随后，她冷冷地说："我知道。"

"你知道我喜欢你？"我还挺高兴。

胡文静加重语气。"我知道，你高中和你爸关系不好。你一提到你爸，就特别暴躁。"我脸色肯定变了下，但她压根不管我，"现在，换成程童在我耳边每日说他和他爸。程童现在不回国，是因为知道他父亲准备再婚。"

程童是羚羊的真名。我从高中起，早对程诺家那理不清的家务事有所耳闻，现在还是有点吃惊，继续发呆盯着胡文静消灭两人份的甜点。

我和我高中女朋友的会面，总体来说很悲伤。

到了告别的时候，胡文静移动的速度，就好像她多跟我再待1秒，都会被活活地蠢死。

回家之后，胡文静依旧没通过我网上的好友邀请，不过在拒绝的原因里，倒不再是空白，反而写了那么一大段话。

"你和程童的各种逆反期行为，基本可以归结为：当父母和孩子产生矛盾，孩子只会对更关心自己的那位家长发脾气，以此来惩罚他们达到确定潜在自我价值的目的。此般，意识付诸行为，是教育行为心理学的理论。我希望你以后多读书，不要在我面前胡扯心理学。胡文静敬上。"

出差回来后的钱唐对胡文静回国毫不知情，反正他是一愣，神情也好像不是作伪。

"我以为你俩还在联系呢。"我从他出差的箱子里源源不断地掏吃的。

钱唐摊摊手："没联系了。知道那孩子的事情越多，越进退两难。假如再因为这事和你吵架，可能会理亏吵输。我为什么又要因为这点小事就输给你。"

看我无语回头望了望他，钱唐朝我挑挑眉。

上回就因为钱唐还和胡文静写信这事，我和钱唐闹了别扭，也不是觉得被背叛吧，就特别讨厌这两人不带我玩。

这事要搁现在，我估计就不吵了。不光是这样，我还觉得为这点小事吵特别的丢脸。我在结婚后，确实不爱为小事而发脾气，要闹怎么也得闹个大的对吧。

钱唐正好相反，他至今对上回的吵架还记忆犹新。

再过了一会，他平淡地说："没有继续和她联系的必要了。"

"为什么？终于觉得互相写信太无聊？"我故意问，其实还是有点嫉妒他们这种笔友关系。

我从小到大唯一对"笔"感兴趣的词，思来想去估计也就是"笔仙"了。

钱唐想了想后，轻笑回答："没准儿，是我自己变得无聊了。"

我没太懂钱唐这句话，下意识就觉得是这人在上海办事不顺利。实际上回在老家，我婆婆一直把钱唐拽过去东问西问，偶尔勉强听清我的名字。估计不是什么好话，钱唐又不肯主动透露。他有的时候个性比我还闷。

于是我钻到他怀里逗他："钱唐，你怎么聊什么话题，都那么文艺啊。你是个文艺的人吗？"

"当然。"钱唐居然对这可耻的事实毫不否认，他心不在焉地用手指抚着我眼角早已经淡得看不出来的疤，"如果我不文艺，不会选择进娱乐圈，不会安心在里面待这么多年。我可以不再写作，但实际上，我没有停止创作。"

我又疯了，摇着他脑袋："说人话！正常点，不要抒情！"

钱唐就又不高兴了，他皱眉问我："我的车怎么样了？"

我在硬着头皮去化学楼配方的时候，又被那群同学们奚落了一下。

"我们的配方，这除了心眼脏，什么都能擦干净。"

我没说话，重新把两个反光镜擦得干干净净亮亮堂堂。

胡文静没两天又要飙风一般的回美国。钱唐在征求过我的意见后，出面约着她吃顿晚饭。我本来也要同去，但前天晚上又改变主意。

"嘿，我明天不跟你们吃饭去了行吗？"我试探地问。

钱唐刚洗完澡走出来，他愣了一下，抬头就把卧室里所有灯都按灭。我正翻书包看明天的课表，眼前瞬间黑成一片，气得大喊开灯，钱唐也不搭理我，自顾自躺到床上。

我只好自个儿骂骂咧咧，爬下去把落地灯打开。

再跳回床上，钱唐开口问我为什么不想去，我自然也说不出什么好理由。

曾经吧，胡文静和钱唐在我心中，都属于地位高大上的人物，矫情点说就是天仙，可远观不可亵玩。但问题是，钱唐现在整天跟我混，变得特别真实深刻，太真实了，是我半夜大姨妈来了踹醒他给我端水他还没怨言的那种真实感。

我虽然没有假模假样地拜着地藏菩萨像，但内心也有尊崇的东西啊，而这东西（并非贬义）依旧就是胡文静。这次见面，胡文静还是高中的老样子，带着一种不被干预的神圣感。

也不知道为什么，我觉得，当跟着这么真实感十足的钱唐去和胡文静吃饭，会连累胡文静也走下我心中的神圣地位。

钱唐自然不知道我这心思。

他看我不答话，耐着性子说："那我怎么办？当初你答应去，我才约着吃这顿晚饭。明晚定的餐馆也是你最喜欢的，至少要开一个小时的车。"他微微提高声音，"大动干戈地折腾我，自己又不肯去？嗯？"

让大忙人钱唐专门空出一天晚上的"公务"时间，陪我俩这长得都不太好看的大学生，他现在恼火也是应该的。

钱唐随后忍气问我，既然不想吃饭，想去哪里。

我憋了一会，只好搬出程诺，她最近确实一直约我出去，她家好像出了点事。我俩估计一起做指甲打发时间。

钱唐扭头看我。他已经摘了眼镜，那深邃的眼睛一眼不眨盯着我，显示他要是信这话就见鬼了。果然，钱唐特平静地问我知不知道"尾生抱柱"这词，他现在跟我拽文，这表示他太开心或者太不开心了。

我堂堂A大法律系的在读学生，当然会瞎编了。比如说尾生抱柱，就讲一古代男的是恋物癖，喜欢上一柱子，河神看不下去了发大水淹死了他，最后他是抱着那根柱子含笑死的——

钱唐听我强行打岔完，咳嗽了一声忍住笑，但又不打算轻易放过我。他想了想说："你不乐意去和胡文静吃饭，也就不去。但做人要讲信誉，办事要树立信用。既然不去吃饭，你必须要依言行事，真去和你那小朋友做指甲——等我明晚吃完饭回来，看到你指甲上什么都没有——"

他举起我的手，语调平静，但就是有一股子压迫感，"到时候，特长生，我就把你像尾生一样，双手双脚捆了直接扔在浴缸里可好？"

钱唐的脾气其实挺温和的，唯一麻烦的，就是要分清他什么时候是在真生气。

我权衡了一下，心想不就是往指头上涂点东西吗。而当然，最后不忘还夸了钱唐一句："你威胁我的样子真酷！"

"没你酷，特长生。"钱唐立刻回嘴，他自己说了句，"意气相投芥与针，最忌不知音。乍欢乍喜，忽嗔忽怒，伤尽人心。"

临睡前还听他自个儿叹了口气。

"你那老鼠大的脑袋，根本不懂我有多爱你。"

我约程诺在学校的游泳馆门口见面。

游泳馆挨着A大南门，因为我全天都得悲催地上课，到下了课才用塑料袋提溜着厚厚的教科书，跟着人群慢慢地往前涌。

程诺刚游完泳出来，头发湿漉漉地贴着脸颊，轻快地从台阶高处朝我跑来。

这个学期,她终于不再染着标志性的黄毛,换成绿色,那颜色和我家缎子窗帘没两样。不过,我就是觉得她特别好看。

程诺迅速地否认了她父亲二婚的谣言,她很严厉地看了我一眼。但也没跟我生气,随后的语气还有点洋洋得意,"之前是有这么荏恶心事。但他俩登记前一周晚上,我爸把那女的从我家直接赶出去了,那女的临走前把我妈东西几乎全砸了——我真应该让我爸给那婊子几个耳光。"

我好像第一次听程诺说脏话,心里有点好笑又有点难受。

A大在经管系推出一个梁成班的本科生改革计划,3年学完原定4年学业。程诺上来就是以第一的资格考进去,到了明年就能提前毕业。但每次说到她家的事,程诺的口气和动作,就还是以前的那个娇滴滴的洋娃娃。

我感觉她还在扑闪着大眼睛,特别可怜地看着我。

"我说真的,春风。你说他们那些大人什么事没见过啊。但为什么,有时候做事比咱们还不靠谱呢。"程诺歪头看着我,困惑地说。

这个话题一过,我和程诺聊的内容就很轻松了,基本大学生的话题,抱怨一下考试和背书,交流下哪个公选课比较水,学校食堂又吃出什么新东西出来。

"你会不会大着肚子参加毕业典礼啊。"程诺突然问,"你是我认识人里面第一个结婚的。而且你俩婚礼举办得还不算俗气。"

我也不瞒着她:"我和钱唐中间,有个人没法生孩子,但我也就不告诉你是谁了。"

程诺听后特别阴险地笑了很久:"那我可得好好猜一下。"

我俩去美甲的地方是蔡林珊的美甲店。蔡林珊送我的卡,被我转送给程诺。据程诺说,余额用了几年连一半都没用完。

等我和程诺快做完指甲,店里突然忙起来,店长和几个小工都在迅速收拾店面和扫地,我以为要提前下班,没想到蔡林珊下节目后巡店来了。

蔡林珊和我还联系着,但仅限于彼此发发无聊的短信。而透过钱唐,我知道她事业重心已经转移到网络综艺,主持了不少线上直播和美容视频,随着名气越来越高，她也开设了自己的美容和美甲副线。

蔡林珊见到我后，第一个反应就是掏出手机，说要拍个"闺蜜久别重逢的爱心合照"。然而等啪啪啪拍完几十张后，她放开我自个儿捧着手机看了一会儿，还是决定删了。

"我不应该跟更好看的人合影。"她怏怏地说。

蔡林珊对我还是那样，夸我的时候特别自然。而我这人也一直保持着虚荣，只有听到夸奖才肯进步，也甭管真的假的了。

她去检查店面的工夫，程诺眼睛亮亮地问我这女的是谁。她特别轻地说："我在他电脑里见过合照。"

我凝视程诺拼命朝我眨动的眼睛，好一阵，才意识到她在黑叶伽蓝电脑的时候，看到过当时是他女友的蔡林珊的照片。

我去，她记性真是好啊。而等蔡林珊再回来，我向两个人做介绍，也特别明显地发现，程诺跟蔡林珊说话带着无意识的亲切感。

蔡林珊对这种亲切感不领情，而且特别警惕。她趁着程诺离开时。在我耳边淡淡地说："怎么你们名牌大学的大学生，也什么样的都有啊。"

我也不由得感慨，时光飞逝，蔡林珊都学会这么不阴不阳的说话了。我都上了大学，现在骂钱唐还只会喷脏话外加提高嗓门。

原本我和程诺打算做完指甲，就去附近商场逛街，程诺要去一家专卖店买限量的球鞋。

蔡林珊要继续赶去城南巡查她新的分店，但她挺舍不得我。"咱们今晚一起去唱歌吧。你打电话给钱爷说一下。"

我犹豫着，抬起眼，看到程诺在不远处百无聊赖地等着我。也不知道为什么，我觉得程诺并没有她表现出来的开心，不管是因为家里的事还是别的没告诉我的事。

"不用给钱唐打电话，但我能带上我好朋友吗？"我问。

蔡林珊立刻跟我撒娇："人家以为自己才是你的好朋友。"

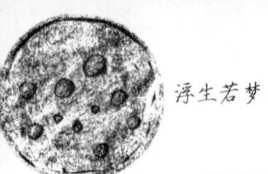

程诺知道我拉着她唱歌，一歪头算是同意了。

我俩去A大旁边的商场买东西，我也确实很久没逛街，感觉商场越修越大，灯光越来越亮，人却好像越来越少。比起上班族，反而不少穿着校服的学生在逛。

1层化妆品部有不少人分发香水的小样，我随手拿了好大一把试纸，都揣在兜里。

在专卖店试鞋的时候，营业员告诉我们，限量鞋推出了橘红和荧光黄两种颜色，程诺特别爽快，决定各要一双，又开始挑些有的没的。

剩下我自己对着镜子前犹豫了一会，营业员估计在我脸上读出了"冤大头"的意思，也撺掇我两款鞋都买了，说什么小号跑鞋很难调货，设计师也有纪念意义之类的鬼话。

程诺挑完自己的东西，走过来也在旁边跟我吹耳边风。

我真想喊救命，最后在旁边两人的"全买了吧"和"推荐橘红色更时尚"的反对声音中，硬选了个自己更喜欢也更幼稚的荧光黄。

收银员把我那鞋和程诺自己挑的一大堆东西弄混了，而程诺居然也一起结了。她知情后摆摆手，完全不在意："一起结了吧，这双鞋送你了。"

我翻了一下价签后，立马跑出去到隔壁ATM机上取了钱塞给她："不差钱，雷锋同志还是多去帮助别人吧。"

但我临走的时候，倒是让店里的人开了张CYY的发票。好几次了，钱唐让我有事没事都开个发票，说要帮公司冲账。现在逮着机会，自然也要贡献一下。

程诺一直撇着嘴，却还是望着我趴在柜台等发票。等最后我帮她拿了一半袋子，站在马路边吸尾气边等蔡林珊车来接的时候，突然听到她在旁边说："春风，我有时候真羡慕你。"

"呃呃，夸我吗？"我试探地问，结果她只是笑。语气淡淡的，听不出什么意思了。

时间还早，我俩的车都停在学校北门外的停车场，索性提着一堆行李袋走过去。

秋天还是挺凉爽的,小风嗖嗖地吹在脖子后面。等走过湖边,一排社团在道路两侧支着架子宣传社团活动。其中,有人拿着电动大喇叭正号召学生募捐。

我抬起眼皮看了看,发现是"爱护校内流浪猫流浪狗协会",于是本着赎罪的原则捐了800元巨款。

对方负责人估计惊了,非要我写名字和手机号,说要通知我善款的用途。我推了几次没办法,随便写了个名字和手机号填上去。

社团负责人瞅着我的联系方式,笑着说:"钱同学,你的名字真好听。你是什么系的?"

我刚要回答,就发现前面的社团标志特别熟悉。再眯着眼睛瞅了一下,空手道社团在穿着道服在招新人,A大的很多学生显然对这个比较感兴趣,纷纷围住负责人询问。

我现在也会参加学校的空手道社团活动,但次数少,也就和社团的人点头之交。而我目前练习空手道,更多就是"保持状态",跟曾经非逼着自己赢,不赢就吃不香睡不着的感觉完全相反了。

程诺听了后,只是略微挑衅地说:"不然我们现在练一会。"

"大马路上?待会儿车该来了。"我嘴里这么说,立马就把袋子放在地面上,活动手腕脚腕。

等蔡林珊惊恐地踩着高跟鞋,推开保姆车的车门吧嗒吧嗒跑出来的时候。我们身边已经围了一小拨人。

袋子散落满地。我正在拼命压着程诺的手臂,想试着把她过肩摔。没成功。程诺情急之下狠狠踹了我肚子一脚,疼得我眼睛都冒金星,一后退踩到自己带来的塑料袋上。

所有法律教材都露出来了,首页还被我踩出一个大脚印子。

去KTV的路上,无论我怎么解释,我和程诺纯属闲着没事闹着玩,蔡

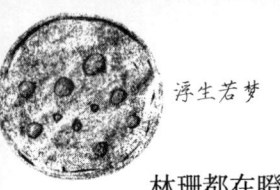

林珊都在瞪程诺。

程诺的脸在刚才蔡林珊阻止的过程中，被她扇了一下，现在也有点肿，更懒得开口。到了KTV包厢，程诺就自顾自地开始唱歌，一副满怀心事但无处诉说的样子。

我和蔡林珊坐在她后面沙发上，大眼瞪小眼。蔡林珊冷冷地问："这姐们儿是失恋了？"

我没吭声，只压着隐隐的快乐用牙签叉着冰冻果盘吃。这么多年过去，我还是能轻易打败程诺啊。

没想到，蔡林珊转头问我一句话，又破坏了我好心情。"你把她男人夺走了？"

我也惊了："我脑子有病啊？"

她一下子笑了，那种冷冷的腔调立刻没了："你说说，你和钱爷结婚为什么都不邀请我当你伴娘？"

蔡林珊租的是个很大的包厢，头顶上有闪灯，屋里有吧台和很大沙发，她的朋友不停地前来。

我和蔡林珊躲在角落里聊天，程诺估计心情是真不好，要了不少啤酒，自己抱着话筒唱了一晚上，其间不停地有蔡林珊的朋友加入她。

蔡林珊也喝了点酒，大部分情况下，她都在说自己那些演艺事业外的生意，说她的男朋友，其间肯定也聊到了钱唐。蔡林珊坦诚地跟我说，她现在已经有了点名气，演艺事业外也捞了不少钱。但为什么不单飞还乐意留在公司，主要就是因为看中CYY里有钱唐把持。

"公司发展了两年，模式已经不算创新，但有一点好，就是公司从来不说空话。我看过其他家娱乐公司，哪哪都说公司是大家的公司，要办一个分享制的公司，也就骗骗刚出道的新人。人和人能一样吗？一样的话，谁都能大红大紫。但钱爷不说这种话，他也不需要艺人讨好自己，完全是靠培养经纪人制度支撑。这模式有人喜欢，有人不喜欢。我觉得还不错。"

蔡林珊也同样看到了公司存在的问题，钱唐现在急缺合伙人，他在太多方面已经分身无术。蔡林珊对此深感同情，她跟我抱怨自己开了店后，才明白当老板太难了，烦心事有好多好多，像地上的白痴一样多。而且，每天的工作都是在含笑吃屎。

凌晨3点多吧，我撑不住了，不是因为困，实在是因为吃不下更多果盘和比萨饼。蔡林珊还精神饱满地跟别人玩牌，我跨过很多条大腿，走到前面拍了拍程诺的肩膀。

"我要先走了！你要和我一起吗？"我朝她大声嚷嚷，这个充满歌声的房间和我的胃一样满。

屋里全都是漂亮的女孩子，烟味和香水味特别浓。程诺正和一个长发姑娘搂着唱英文歌，她抬起头看了看我，迟缓地点点头。

夜已经深了，路面上起了不知道是污染还是什么的大雾。

程诺紧紧靠着我，她带着醉意，跟我喃喃地说："春风，我妈去世之后，我就觉得，生活一天比一天更糟糕。"

我握握她的手："随时给我打电话，随时。"

我先开车把程诺送回家，再瑟瑟发抖地抱着自己的塑料袋和新鞋子回家。

推开家门也还没过四点半。我蹑手蹑脚地走到厨房喝水，台面有2包包装完好的纸袋，打开是糖裹山楂和炒栗子，估计是钱唐昨晚买给我的。

快到钱唐起床的点了，我就没上楼吵他，想在客厅待着休息一会。等坐在沙发上，突然间有人在我腰后面沉声说："'清宵长歌裂金石'后回来了？"

钱唐居然没在卧室休息，披着羊绒毯子，正睡在沙发，

我在包厢吃了太多比萨饼，忍了一路都没吐，现在差点都吐出来："你怎么睡这里啊。我不是告诉你我不回来了吗？"

钱唐估计也被我刚弄醒，也没生气，他靠在我肩膀上低声说："昨晚打完游戏，忘记上楼了。"

我瞅了他一眼，摸摸他温暖的头发，突然之间，明白程诺为什么说她羡慕我了。

如果钱唐没有出现在我生活中，我会什么样？搞不好会走程诺现在的路线，当一个心无旁骛的杀马特少年，内心怀有无数激动和无助，硬着头皮，孤独经历这陌生但神奇的世界。

我总是希望，自己每时每刻都保持坚强。但深夜回家，一匹钱狼独自睡在客厅里等我，没有哪一次胜利后的狂喜比得上此刻的静谧。

哎呀，我不要说爱情，这词太矫情！扬扬得意，因为这个世界，有我有他。

钱唐打着哈欠说："记得你以前也睡在客厅沙发上等我，那会儿你才那么小。"

我冷冷地看着钱唐比画了半个婴儿尸体的大小，翻了个大白眼："你没睡醒吧。"

结果他在我脖颈里嗅来嗅去，随后从我兜里翻出了那几个香水试纸，再盘问我几句，也就没让我好好休息。

我俩亲热的时候，钱唐突然问我："你喜不喜欢热闹，特长生？"

我轻声说："……挺喜欢的。"

他点点头，还不忘打击我一下："你什么都喜欢。"

钱唐随后在他的农历生日派对，以很粗暴地方式热闹了一把。

他不喜欢接收礼物，但每年会举办一个声势浩大的生日派对，在当天给CYY员工放假再加发奖金，对外再请一些近期合作过和即将合作的圈内人参加，跟个小春节似的。

今年现金流比较紧张，钱唐终于知道省点开销。这次的生日派对没有之前那么大费周章，但地点也选在本城北边的大别墅。

我那天都有课，下午有个闭卷考试，钱唐的意思是，我可去可不去，然而我是什么人，下了课后还是赶过去凑这份热闹。

去的路上，我发现住在郊区挺好。尤其下着秋雨的时候，路上特别安静。树多，人少，不堵车。要是旁边再挨着个大型游乐园和100个餐馆就更好了。

下车前，我在车里面换了一身连衣裙，等抱着衣服绕过安保进屋，派对已经开始很久了。

别墅里的摆设都是西洋浮夸风，估计钱唐觉得土，但我觉得挺好看的，因为要求低，花里胡哨都觉得好看。四周有不少脸熟和不脸熟的面孔，脸熟的人都代表很重要，不脸熟的我感觉他们都很有钱。

我拿了杯酒，左看看右看看，在一阵喧哗后，才抬头看到了钱唐。他被一名穿得特少的小姑娘，一步一拉地拽到楼梯中间。

钱唐微微笑着没推就，任那女的半个身子，软软搭着他胳膊。两人依偎走到楼梯上，他很自觉地站在那个看起来很好吃的3层蛋糕旁，没再继续往上走。

钱唐戴着一顶傻透了的纸王冠，是寿星公的打扮，他轻轻敲了香槟杯，在众人的掌声中准备发表生日讲话。

"刚才有媒体朋友问我，CYY是怎么取舍商业和艺术——"

我不由得捂住脸，真的不想听钱唐唠叨了！天天想听就能听，我现在只想纯粹地凑热闹。

此刻，我唯一开心的就是离着大门特别近！但晚了，钱唐目光一沉就看到我了，他顿了一下，不动声色地换了个手拿话筒，那熟悉的表情和动作就是在警告，如果我敢夺门而逃，他一定会出声喊住我——或者直接把话筒砸过来。

我只好顿住脚步，这人在家，有事没事总喜欢往我身上扔抱枕，而且砸得特别准！

"很多人问我，你早期为什么要去做那么多在别人眼中看起来恶俗的电视剧。"钱唐看我没走，这才继续慢悠悠说，"但在今天这个场合，我的生日,我也放肆说句真心话:当商业作品和小众作品,这两个选项摆在我面前,在尊重艺人的前提下,我会选择促成他或者她去接商业作品。"

说前几句话的时候,底下一直乱哄哄的,现在不知道为什么安静了。

我替这些人可怜,唉,派对不就是吃吃喝喝不说正经话的地方吗?钱唐不放过一切启发民智和宣传自己的机会。

"别人说我爱钱,但即使获得的回报非常低,我都会鼓励艺人多去接商业作品。为什么?因为这涉及你想影响多少人。小众作品的受众很狭窄,商业作品的受众范围更广泛。我们不要故步自封,要做出通俗易懂的东西,而我相信,只要有CYY艺人的参与,或者只要有我参与,就会把那原本恶俗大众的商业作品,从细节上改变点——这么改变一点,改变一点又一点,一木之枝终成廊庙之材。就能一点点培养起观众的品位,但这种培养需要大量时间和耐心。这就是我的想法,我们不要总是仰望星空,而应该优美地从低处升起。"

钱唐可不管别人听懂没有,他在寂静中再睨了大家一会。话锋一转,开始介绍旁边的小姑娘。果不其然,她是CYY的签约艺人,最近有部新电视剧要上映了。

这些人天生就特别会带场子,钱唐任那女孩子勾着他胳膊,又主动邀请她为自己唱首生日歌。

两人在上面说笑打闹几句,底下的气氛又开始叽叽喳喳起哄了。然而,屋里气氛和刚开始有点不同了,大家的笑容还在,但没有之前肆无忌惮地开心了。

我冷笑两声。活该,谁叫你们非要凑热闹,给钱唐这种人庆祝生日呢!他不会让你不开心,也不会让你放肆地开心,非得用点话用点手段,拿捏你一下。

他刚刚在台上,罕见地说的都是真心话。只是谁能真听进去,谁又是过眼云烟,钱唐完全不在乎。

我还在腹诽,钱唐不知道什么时候快步地走下来,准备和几个等着的投资方谈事,不过,他还是走过来跟我扯了几句。

"外面还下雨吗?"钱唐淡淡地说,"已经下了一天。"语调平淡。

在他身后,那女演员居然痴痴地跟过来了。我赶紧往上面看,现在换成另一个人唱歌。女演员没走近我们,正在旁边假装拿酒,有一搭没一搭盯着我俩。

不,她只盯着钱唐。都不看我一眼。

我收回目光后,回答钱唐:"还在下小雨。前两天刚洗完车,老天爷是不是在逗我玩儿?"

"别喝太多酒。"钱唐接过我怀里的外套,再捏了捏我的胳膊,半真半假地警告,"你明天还有周教授的课。"

我愁眉苦脸地说:"那我更得多喝点。不喝醉,我明天都没法上课。"

玩笑话说完,我俩谁都没笑,因为这话天天说。钱唐跟我轻轻碰了一下酒杯:"那也不准多喝,留点醉意听雨声。"

"别,我听你的话就足够了。"

这话我倒是很少跟钱唐说,钱唐扬了一下眉,望着我笑了。和刚才在众人中的笑容不一样,他现在的笑特别淡,随后,钱唐伸臂搂了我一下,旁若无人地从女演员旁边路过。

我望着钱唐的高瘦背影,他本人不是明星,很少有镜头记录一言一行。但私下里,钱唐自由表达观点的场合和机会非常多,他有很严苛和大发脾气的时候,只是钱唐太聪明,很轻松就能把任何话说得圆融真诚,当然,他会简化和不愿意往深里说一些东西

我也知道,钱唐内心对很多问题都有另一套严肃答案,但是,他同样不喜欢对我说,他想在我面前装纯洁。

那一天晚上,钱唐显然不想扮纯洁。他在派对上罕见地很开心。我都不知道为什么,估计因为又长大1岁吧。

派对都那样,不停有人来,不停地有人中途就走。当夜越来越深,别墅里汇聚的人越来越多。大家手里拿着不知道从哪儿拎来的酒水,满脸的喜气

洋洋。

我开心地跟不同的名人合影，不动脑子地喝酒。

"但为什么我都没喝到纯酒，今晚全是混合酒。"我抽空跟钱唐抱怨，他笑眯眯地不说话。

快到凌晨 2 点多，无关人等都走了，或者是急着赶下一场，但还是留下七八个熟人玩牌。我没工夫和半途来的蔡林珊告别，也没法和秀佳多说几句话，因为有个酒量很好的人喝醉了。

钱唐语速开始变快，嘴变得更刻薄，玩牌时候跟个汉奸似的蔫儿坏，不知道节制地赢别人，再面不改色地逼着别人喝罚酒，再故意小输以哄着别人继续陪他玩。

最过分的是，钱唐兴致上来，拉着我去和满场的人打招呼。

最后，我实在都觉得丢脸了——你想想，我都能觉得丢脸那得是什么程度，只好把钱唐和我反锁在房间，等他稍微清醒了点，才拉着他回家。

第二天早上，钱唐居然能按时起床。虽然因为宿醉，脸色非常烂。

他撑着头走下楼后，看到厨房里的生日蛋糕，还是略微吃了一惊。"特长生，你怎么把昨晚蛋糕带回家？"钱唐谴责地瞪着我。他极其擅长翻脸不认人，"这是怎么回事？"

于是我提醒他，就是钱唐本人，昨天晚上坚持要把蛋糕拿回来的。

"你一直造谣说我喜欢吃蛋糕，不准别人动，让人把蛋糕的二三层都拉回来。"

虽然他的行为丢脸，但我觉得挺好的。早餐就指望这块雪白的蛋糕填饱肚子，当然，蛋糕里面要是有点肉，那就更完美了。

钱唐听完后沉默坐在我对面，他怀疑地注视那蛋糕，仿佛不相信是自己做出的行为。接着，他又头痛地问我："我昨晚还干了些什么？"

我幸灾乐祸地说："你自己没印象吗？"

钱唐撑着额头，望着我没吭声。钱唐是个没啥底线但极其理智的人，他嘴很严，喝醉成那样基本没说什么有用的信息。我借机问了不少小八卦，但也都不大重要，主要是满足好奇心。

"……你说我打牌太着急，要有压得闲庄的心态。你还说你想换房子。你和蔡林珊的男朋友昨晚聊得好像挺好，你俩相约今天下午再见面。"

除了最后一件事，钱唐显然把其他那些全忘了。

"我没说别的了？"他又不放心地问了一遍。

我摇摇头："没说什么有用的八卦，除了……"

钱唐目光闪动，他说："除了？"

我昨晚把他费力地拖到小房间，钱唐兴致依旧很高，歪在沙发上和我赌骰子。我本来想敲诈他，结果玩了两局，输的人依旧都是我。

到了第三局，钱唐缺一个二就比我大了，结果他随便一摇，直接出来一个八来。气得我把骰子一股脑儿塞到这个赌博世家人的脖子里。

"你，你，你，你还真是赌品奇差。"钱唐懒洋洋地说。

"去你的。不玩儿了！为什么我今晚都没喝到酒啊！我想喝威士忌，你是不是把好酒都留给自己了。"

我在他身上闻了半天，钱唐一手搂着我，一手还在把玩着空了的镶钻骰子盒，他反应很慢了，但还是说话："我母亲，要，去，美国。"

"哦，移民吗？"

钱唐摇摇头。"她想带你，带你，一起去问，问人工，授精。"他特别轻巧地说。

现在想起来，我惊讶到差点没把整块蛋糕都给吃了。而钱唐就以这表情看着我，他估计后悔死自己的酒后失言了。

第十八章　飞船生活

我一直觉得，养个孩子挺好玩的。但另一方面，我又觉得，怀孩子这事本身特别羞耻。

我说这个，包含了一定讽刺意味，即使现在明白"那个"的整个过程，还是不太理解成年人在怀孕后兴高采烈向全宇宙宣告这事的意义。

……就，我实在不理解有什么好宣告的。成，我们都知道您怀孕了，真牛，真厉害，恭喜发财，您具备繁殖能力。但在宣告怀孕的同时，不也是宣告你和某人在某天做了怎么样的事嘛？

这种隐私事儿，完全不值得大庭广众宣扬吧？再根据如今的科学技术，都能查到，你是哪天"受孕"。我反正固执地不喜欢这样，感觉一宣扬，什么都变味儿了，而这事肯定损害了两人关系的单纯和神秘感。

钱唐当时听完，跟看外星人似的瞪着我，估计认为我的想法特幼稚。但他只是简单地说："你在乎的是本身，有人在乎的是意义。都对，不喜欢就闭嘴。"

作为报应，我从喝醉后的钱唐嘴里听到"人工授精"那4个字，一瞬间感觉特别焦躁、恶心、厌烦，即使钱唐也对他母亲的要求不置可否，但我觉得，"人工授精"简直就是科学技术上的"一夜情"产物，钱唐又怎么能以这么轻巧的语调谈起呢？

我只能紧紧地闭嘴。

随后的几周，钱唐也很明显地赔着小心。倒不是说，他比平时更温柔什么的，相反，这人对我态度冷淡很多。只是当我随口嘟囔点什么，即使是无心的话，他就跟长了顺风耳似的全部完成。

我玩手机时，随口抱怨了一句屏幕花了，第二天，他送了新电脑新手机新耳机外加俩音响，家里的餐具全买了一套新的。而上课的时候，萧磊从我旁边路过，看着我慢吞吞从自带饭盒里吃栗子。

萧磊随手拿了颗栗子："哟，你从哪儿买到这种剥好皮的栗仁？还挺新鲜，小南门吗？"

我没吭声，继续往嘴里填栗子。知道这栗仁八成是钱唐耐心地给我剥好的。

萧磊瞅着我："不开心啊，为什么？因为这次论文周教授才给了 76 分？"

我一下子噎住了，什么，周教授给我 76 分？

因为不住在学校，我永远是最后一个知道作业成绩的人。

早就知道周教授打分不高，但我得知，自己比萧磊低了足足 22 分的时候，我深深感觉 A 大对我的巨大恶意。

到了下课，我噔噔跑上讲台，把正在准备拔出 U 盘的周教授堵住。周教授听完我抱怨，还算耐心地跟我解释了分数的来源，但当时他估计急着走，那态度压根儿不算和善。

周教授说我的几次论文写得凑合，立意不错，观点犀利，他查了一下也毫无抄袭痕迹。但是，周教授又说，他从上学期就注意到，我的论文排版格式实在太差了。

根据周教授随后的举证，我在论文里混乱地使用直角竖角符号，字体毫无美感（难道不是要用新罗马字体吗？对，但是你文献综述和引用要使用不同字号，图片要对齐。），以及各种纯粹是论文格式上的细节。

最讽刺的是，我听到一句似曾相识的话。

"写论文要守规矩，同学。论文写得再好，但是连论文基本格式都不遵守，这可行不通，行不通。我要给你点教训。"他摇着脑袋说，"我们法律

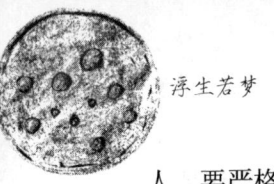

人，要严格使用法律语言。"

我简直吐血："那我改一下格式，您能重新给我把分数提高一点吗？我在冲 GPA 啊！"

A 大的教授显然没有改分数的习惯。

"同学，如果你今后走向社会，会发现，大多数人只给你一次的机会。而我也是。再说这是期中成绩，你期末论文有进步的话，老师会给你提高相应分数。"

我怏然回到座位，萧磊和他那群男生几乎把我的栗子吃光了，看着我阴沉的脸色，大家立马无声散开。

到了晚上回家，我在读完周教授要我们读的课本后，花费了很长时间，把那 1 万字的论文，以及下周要交的论文，重新编辑了一遍。

以前确实不注意这些格式，我遇到大论文，都是哄着钱唐帮我编辑，他没时间就交给 CYY 手下帮我改。但这学期，我没让钱唐帮我看任何论文，现在落得这么惨。

可以说，我一条条都按照"标准论文规范"更改，那格式简直像牙套这么整齐，等全部改好后，我又把论文重新打包发给周教授。也不是求着他改分数，为了提醒自己彻底从泥坑里站起来。

合上电脑，时间已经凌晨 3 点多了，我足足改了 7 个小时的论文，还纯粹是改破格式。

一种熟悉的沮丧感向我袭来，我把额头搁在冰凉的红木桌子很久，不太想说话。

耳边听到钱唐的脚步声传来，停顿在书房门口。我以为他要走过来查看呢，结果他又蹑手蹑脚地走了。

到了第二天晚上，等我走进卧室的时候，钱唐就严肃问我，需不需要认真谈一谈。

"我觉得你说得对，我现在思想不成熟，做事也跟个疯子似的，头脑不稳定，岁数太小，绝对不能有孩子。"我自我检讨了一下，爬到他身边睡觉，"我就不去美国那什么什么了。"

钱唐微微提了一下嘴角："这一套套词的。还有，奇怪，我什么时候这么说你像疯子？"又皱眉，"喝醉的时候？"

我想让钱唐自己回忆了一下，没想到，这人随即自我否定，很肯定地说即使喝醉后也绝对不会这么形容我。

我撇嘴，确实有点小感动。但是，对待钱唐永远也得采用民法中的区分原则，因为真正说起孩子话题的时候，钱唐的态度还是那套原则问题软硬不吃的样子。

"春风，遇见你以前，我从来没有想过要有孩子。"他缓慢地说。

我太熟悉钱唐了，知道钱唐不可能在后半句有大转折，所以也基本不抱什么希望。

果然，钱唐冷冷地说那副陈腔滥调："即使认识了你，我依旧不想有孩子。将来的事不知道，我也不会说。但我将来要孩子的可能性非常低。"

"你呢？"钱唐虽然问我，却根本不是问句，他柔声说，"春风，你真的想要孩子吗？"

我用自己手上的钻戒紧紧顶着钱唐手上的戒指，就是不去直视他的眼睛。

我不想瞒着钱唐，因，为，我是真的想养一个孩子！不一定是现在生，不一定5年后生孩子，但在未来的某一天，我就觉得自己会有个孩子！

曾经和钱唐吵架，当他第1 000万次暗示我应该对我父亲做点什么的时候，我终于不痛快地跟他嚷起来。

"假如你辛苦养一个孩子，她跑去别人家里，你难道不生气？"

"我孩子为什么跑到别人家？再说，我对我孩子绝对比我爸对我好得多了！"

"你为什么能这么自信？"他问我。

我哑口无言，但就是肯定一件事，那就是我以后能和孩子相处得不错。

而我想生个钱唐的孩子，不仅仅是因为我爱他。也是因为我现在挺爱这个世界的，我想用截然不同的方法养一个孩子，至少建立个健全的亲子关系。至少，我孩子和我之间，不会像我和我爸这么扭曲。

养个孩子是我的心愿。你不能说一个人的心愿不成熟，否则，这个世界上没人就成熟了！

但此时此刻，钱唐很无情地撕碎我这个心愿。

"春风，你想要孩子，这确实是你自己的心愿，没人干涉。"他温和，但几乎是一字一顿地重复我的话，"但是，生养孩子永远是两个人的事情。你既然选择了和我结婚，这辈子，你就永远不可能有我孩子。"

钱唐一定要让我看他，而我拼命地扭头躲开他目光。

"我以为我们达成共识了。就算没有，你和我结婚前，就早应该明白这件事。"他淡淡地说。

在钱唐的目光中，我呼吸急促起来，难受地扭动着："我知道这事啊，但是为什么啊？咱们查一下身体吧，你真的不能有孩子吗？你什么问题啊到底是，能治疗吗？"

我很困惑，钱唐到底有什么问题，我真的觉得他和普通男的一样，不，除了更优秀。可是为什么，为什么他不能有孩子？我并不一定要现在这岁数去生个孩子，但问题是，我一定会慢慢成长。也许到那时，那时候——

"关键的是，我自己也确实没打算要孩子，我不想以任何方式要孩子。我希望你的想法和我一致，至少别再想用这件事打动我。"钱唐把我拥入怀中，他的鼻息就萦绕在我头上，然而说出的话一点温度也没有，"领养，不行。代孕，不行。人工授精，不行。想离开我，也不行。你这辈子绝对不可能有自己的孩子，春风。"

我简直要窒息了。唉，要是我能学会钱唐1%的冷酷，立马去把周教授和第二食堂6号窗口总颠勺漏菜的厨子给杀了，还必须剁尸。

但就算是锅巴做的心，我也承受不住他这么说。

"好,我知道了。你的心愿是不要孩子,但我的心愿是要孩子啊。对对对,你确实先说了你的心愿,还来回地一遍遍重复。但这真不代表你先把你的心愿说出来,我就非得要迁就你。那我的感受呢,难道我的感受就不重要了吗?"

钱唐没说话,他垂下了眸光。

"你每次跟我说这些话,真的是在伤害我你知道吗?"我心平气和地说,"你是不是每次看我难受,心里就超爽!我即使每次跟你说脏话,但从来没说过这种混账话吧,我从来没有仗着自己会说话这事,来回往你心上扎刀子吧。"

沉默了很久,钱唐都不肯看我。

我学着他,用我那闪光大钻戒把钱唐的下巴顶起来。钱唐目光略微躲闪了一下,随后凝望着我。

某种程度,我能感觉到钱唐现在终于和我忍受同一股程度上的心如刀割。虽然他表面上依旧这么冷静,说出的话一点情绪起伏都没有。

"我爱你,春风,我没有想伤害你——"他面无表情地说。

跟钱唐的相处里,一般都是钱唐的金句时间。他太透彻,恨不得随便一句感慨,都能裱到笔记本里摘抄10万遍。

我说了10万句话,去掉脏话,没几句有用的了。但我还是说过几句重要的足以改善我们命运的话(虽然现在我忘了前面说的哪几句了)。

为了不让钱唐继续占我上风,为了怕自己又在他甜言蜜语中被糊弄过去,我把这辈子最恶心最矫情最重要的话,不经大脑就蹦出来了。

"但你还是伤害我了呀,"我迅速地接下去,非常黯然地,"我才发现,原来爱里也存在着伤害,爱就是一个好伤害。"

根本就不知道为什么,这句话说完后,我发现我俩又都沉默了。

整个房间很静,鼻子尖闻到钱唐身上极淡的香水味。我以前总嫌弃他的香水,但相处久了,不管钱唐现在身上多香,我都感觉那味道越来越淡,估

计是相处时间太长，鼻子都被熏得没感觉。

过了一会，我发现自己正忍不住张大嘴，朝钱唐傻乐，而钱唐也正在朝我微笑，只是他眼睛晶晶亮，像个白痴大学生。

"我实在太有文化了。"我自夸，"说完这句话，我都想夸自己。"

钱唐也咀嚼了一会这句话，他把我抱下去："我得把这句话记下来，确实是很好的公关用语啊。特长生，你说你大脑里整日都冒出些什么。"

但我俩之间最后一件避而不谈的事，也终于算是说开了，哎哟。

不厚道地说，我和钱唐就是碾压彼此的底线，继续维持婚姻关系。对要孩子这事，我俩都清楚彼此的小心思，但在相互扯皮中，等待对方先妥协。

但有件事，我俩还是一致的，那就是，我们可能要孩子或者永远不要孩子。然而这2年内，我们完全不打算去生一个小孩。

"你自己都还没大学毕业。"钱唐说。

我也点头："对啊，我还要多喝几年酒！"

我和钱唐约定，2年后，再认真讨论一下这事。是的，到时候肯定又得吵架，不过2年后再去担心吧。我总是怀着一股执拗的想法，相信我能打动钱唐。再说孩子嘛，多有趣的大麻烦啊，肯定不是一次性能讨论完的事。

而在此事的"休战"期间，我要钱唐保证，他不能跟以前似的，用那股宁愿吃屎也不要孩子的倔强态度来恶心我。而我这方面，也保证不给他施加无声的压力。

我不由得追问钱唐，我怎么给他"无声的压力"了，钱唐想了想，说是因为我的成绩。他说我成绩太差，有违人类传播优秀基因的传统。比起生个孩子，他更恐惧生个笨蛋。

这套说辞简直让我气得要吐血，更加重了要好好学习的心情。

再接下来，顺理成章要讨论的是"人工授精"这事。钱唐显然对他母亲略微不满，她在去上海会麻友的时候，知道她几个麻友"人工授精"怀孕成功了，于是婉转地问问儿子此事。

"如果这事行不通……"她在电话里略微沉吟了一下，"我并非老派人，不会阻止春风你想做妈妈的权利——"

钱唐母亲说的普通话，我一句都听不懂，于是放下电话，问钱唐这是什么意思。

钱唐正在聚精会神地看电视里的闭路视频，CYY最近发动一个什么"爱护冬日流浪小动物"的明星活动。屏幕里，钱唐站在花红柳绿的明星边上，略带客气地微笑，但当他的眼睛从那些可怜的小动物上面缓慢扫过，没有任何怜悯的意思。

我以为他没听见，结果，钱唐罕见地不耐烦说："我母亲意思是，她可以接受从精子库里来的孩子。"

我忍不住略微开了一下脑洞，说："精子库也不是不可以。精子库是不是类似超市，只要给钱，我就可以选任何人的精子？那我想要生科比的孩子，我的梦想是给科比生孩子！你走开吧！"

钱唐听后冰冷地抿起嘴。随后，他飞快笑了一下，只是这笑容比电视里他的笑容还没感情。

"那我要陪着你养这孩子，等十八年后离婚，我再娶了这小姑娘。"他温柔地说，"我的梦想是和科比的女儿谈恋爱。"

你看吧，这就是钱唐的说话风格。特别低俗，特别流氓，他还自诩读书人呢！

这事又弄得我俩都不高兴了，互相冷战了一会。最后还是我让步了："反正我想生一个黑人的孩子。"

A大里有不少的非籍留学生，一次口语课，我友善地问一个黑人留学生是来自坦桑尼亚还是刚果。结果，对方用面对神经病的目光瞪了我好大一会儿，告诉我，他是在纽约出生。

钱唐当时正准备关电视，我这句"给黑人生孩子"的话说出口，自己还没感觉怎么着，他居然气得把遥控器直接摔了，立刻给他母亲打电话。

当钱唐那一声委屈的"妈,春风她"说出口,我在身后,实在忍不住大笑。这让我想到了童年和小男生打架,小男生哭着向老师告状"李春风欺负我"的场景。

钱唐立刻挂了电话。他扭头以冷硬地口吻说:"李春风,你究竟想怎么样?"

"告状精!"我毫不示弱地嘲笑他,"没骨气!"

钱唐森冷地朝着我方向看过来,目光和表情都有强烈怒意。我好奇地看着他,猜他又会怎么发脾气。但过了一会,钱唐决定让自己平静下来,他弯腰把遥控器和那锂电池拾起来。

"我不生气。"他自言自语地宣告着,"我为什么又因为你生气。太可笑了。"

我乐了:"对啊,干什么生气,我说着玩的。"

结果钱唐听到我这么回答,又阴沉沉地盯着我。我不管他,在屁股底下来回摸找遥控器,想重新回放一下之前电视台里弹出的捐款账户。刚才电视屏幕里那些可怜的小猫小狗,在寒风中瑟瑟发抖呢!

"遥控器在哪儿?我要遥控器!给我遥控器!"我趴在沙发上伸长手去够钱唐手里的遥控器,他却绷着脸皮,举高不给我,还三番两次冷淡地甩开我的手。

最后,我差点因为看电视和他打起来,他才终于把遥控器重重交到我手里。

钱唐被我拽着重新坐回我身边,我拍了拍钱唐的大腿:"别生气啦,我肯定不会跟其他男的生孩子,人工授那啥啥的别说出来恶心人。反正,我要生孩子肯定是你的孩子。你也得做好准备。"

"你现在又在对我施加压力了,特长生。"钱唐有点不耐烦。

我拉长声音:"所谓,人,生,而,自,由,但,无,往,不,在,枷,锁,之,中。"

这句话不是我说出来的,实际上对着手机念出来的,周教授刚刚给我发了个邮件已送达的提醒，他的个人签名栏是这句话。

我立刻把自己的个人签名栏设置成，"千万富婆重金求子，亿万富翁考试求过"。

钱唐瞥见这签名后，眼神又阴森森的，决定彻底不理我了。

"真是报应。"我好像听钱唐上楼时候，他又自己嘟囔了一句。

我大声问："你在说什么呢？"

钱唐没回答，随后2层直接扔下来的一个沙发靠垫砸我头上，吓我一跳。

之后的日子，我所有早上的课几乎都迟到了。

不同以往偷偷摸摸地溜进后排，和吃早餐的学生一起听课，我这次直接把书一摔，推门就坐在第1排。

周教授作为"年轻有为"的大学教授，从德国读完博士回来，他的课教得挺好，但人是真烦，好几次我去校外停车场停车时，也能看到周教授匆匆地往教室跑，而且，他从不回应我的招呼。

顺便说，周教授没给我改那次作业的成绩。不光如此，他还冷言冷语："坦率地说，对于平时经常迟到而不努力的学生，就算期末的论文不错，我给的分数也不会太高。"

我立马接下去："坦率地说，我也不在乎一次考试的分数。"

话刚说出口，周教授停下板书，冷笑一下。聚集在第1排的学霸队伍，也都默默地扭头看我。

萧磊劝我闭嘴，我也没办法了。上学期给周教授打低分还有点泄私恨的性质，这学期，我完全有理由以正当防卫的方式给他打个更低的教师评价分。

法学院是个黄金学院，只要是个教授都身兼数职，比如什么法律顾问或执业律师。一般来说，本科生的平时小作业由助教批改，再送到教授那里评分。

周教授也这样,不过他偶尔会"亲自"批改我的作业,给的分数像他发际线一样低,到上课想不起来什么法条,提溜我站起来。

"现在,我们找一名同学,向我们解释一下现行法在本国的现实意义——班里唯一一名正喝水的女同学站起来吧。你很渴?喝完水站起来吧。"

"这位走神的女同学给我擦一下黑板,现在我们继续分析下一个案例。"

"关于当事人的这项控诉,大家是怎么认为的——前排戴钻戒的女同学,把头抬起来?"

我虽然比以往成熟,但成熟的程度有限,在全班同学的笑声中怀恨在心,打算熬到学期末再给他打个低分。

在此之前,我每天上课都坚持坐在他脸的阴影下面,最熟悉的,依旧是周教授的俩鼻孔。

我在这个学期没逃过一节课,有事没事还喜欢登录校论坛。

比起在读学生,毕业生更喜欢在论坛里灌水,很多往届校友都爱抒情,什么大学是进入社会前最后的一方净土之类的。我自己就特别不喜欢这说法,只要你不怕吃亏,把你搁哪儿估计都觉得是净土。

在沉重课业的压力下,我终于不在钱唐面前,诉说自己的悲惨童年了,更希望史纲、物权法、司法精神病学多怜惜自己一点。

每当憋不出论文的时候,我就开始暴饮暴食。钱唐面对夜晚我总喊饿的问题,完全没想着亲自下厨。

"早点睡觉就不饿了。"他带着一身寒气进门,亲切地告诉我。

在我强烈要求下,钱唐只得把出差时飞机上发的零食或者去参加活动上的食物都给我捎带回来,如今,我对各大航空公司和各大时尚杂志零食间的零食了如指掌。

当我吃一颗红肉火龙果,钱唐说我像在生吞一颗牛心。而入冬的时候,他又神奇地给我带了一盒半化不化的冰激凌。

"这还能吃吗?"他故意这么问我,就像这冰激凌不是他自己从一下飞机就给我举回来似的。

我叼着冰激凌勺，继续盯着电脑，面无表情地打字。我告诉他，只要是合法的东西，只要是我能拉出来的东西，我希望他最好都全部给我带回来。

钱唐自己摇头笑，继续收拾行李。他不再像前几年一样天南地北地出差，规律性地在本城和上海来回飞，年底还要去趟美国处理 CYY 的一些版权购买合同。

临走前，他嘱咐我："晚上不要自己出门，要出门必须开车。绝对不准把我的车借给别人开。"

钱唐说完这些之后，转身就要走。我下意识想拉他袖子，但一伸出手，立刻觉得这行为太煽情，只好顺势大幅度甩甩手臂。

没想到，钱唐回头又望了我一眼，他挑眉问："干什么？这动作是想陪我一起飞？"

我犹豫片刻，想到他出差回来都1月了，就做出挥手帕的姿势说："明年见！大爷常来玩儿！"

钱唐笑着说："明年继续照顾你家生意。"

元旦当天，我们整个班一起约着吃春川炸鸡锅，钱唐在美国给我打来电话。

"我在时代广场。"钱唐的声音隔着越洋电话传来，和我这边一样，都特别吵，钱唐说，纽约群众都堆在这里聚集跨年。我果然能听到他旁边都是欢呼声。

钱唐的口气完全不受影响，特别沉稳："你要买什么口味的派？"

26小时后，来自纽约的水果派风尘仆仆地出现在我面前，除了上面的草莓叶子有点蔫了，口感和我在农贸市场买的没什么大区别。

快递员钱唐提回来一堆购物袋，他自己买了整整一箱子的书、电影、游戏和音乐光盘，但给我买的就显然不太上心，都是首饰啊化妆品和吃的之类。

我现在的穿着打扮，虽然不至于像程诺那样满身的奢侈品，但显然不太像普通大学生。钱唐也挺乐意看我打扮得不像个大学生的，他不喜欢学生腔很重的人。

他经常说我穿什么好看，但很少亲自给我挑衣服、挑包，都让我自己挑，他掏钱。我不怀任何嫉妒地说，我总能从各种细节，感觉出钱唐为什么特别招女人喜欢。

"你下次应该给我买个篮球，NBA球队亲笔签名的那种。"我指导钱唐。

钱唐点点头："下回我们一起去美国。"

他带着旅途的倦意，但还不肯睡觉，不置可否地告诉我一堆八卦。比如，他已经把我给胡文静的礼物送到了，这次和他飞美国的还有蔡林珊和她的男朋友等。

我光知道蔡林珊男朋友是一个跨国企业的高管，钱唐和蔡林珊男朋友走得很近。

钱唐话锋一转。

"特长生，我最近干了两件有点对不起你的坏事。"

我抬起头，学着他口气："怎么才干了两件？我给了你这么长时间，你才干了两件坏事。是不是能力不行啦？"

钱唐忍不住笑了，他靠近过来，我还以为他要吻我，没想到钱唐在我耳边轻轻说："CYY马上力捧叶伽蓝。"

我愣了一下。

"叶伽蓝有观众缘，他这几年一直努力，受众基础越来越坚固。目前市场趋势是需要这样风格的男艺人，CYY已经把他的各项国内和海外资源全部配置好了……"

说话过程中，除了钱唐用惊人的力气攥着我的手不让我走开，他依旧毫不回避地望着我眼睛。"公司已经拖了他3年多，再不给他点舞台，等于把他往我的竞争对手怀里送……我要控制他，留住他，让他发挥价值。"

最后一句话轻描淡写但很坚决，毫无回旋余地。

有些人从不记仇，我不太属于这类人。这消息弄得我心烦意乱，很多话又不好明问，只能先压住火气嘟囔："关我屁事！第二件事是什么？"

　　钱唐看了我一眼，不知道是否察觉到我想转移话题。还是继续说："第二件反而是小事。蔡林珊好像怀孕了——咳咳咳，松手！嗯？特长生？法律系这么教你谋杀的？"

　　我一急眼起来估计劲不小，钱唐被我推倒在床上。他咳嗽着，皱眉让我松手，完全没挣扎。

　　我其实也知道，蔡林珊怀孕和钱唐没关系，这点信任还是有的。再说以钱唐的个性和厚脸皮程度，他以后变心喜欢上谁，绝对敢直言告诉我。

　　但现在，我就是控制不住那种总想打他的冲动。等我发泄够了后想缩回胳膊，钱唐又抱过来，我用左臂抵在他胸口，皱眉让他把话说完了。

　　他依旧是特别平稳自然的语调："我猜蔡林珊怀孕了，回程路上，她避着她男朋友吐了几次，也没怎么吃饭。"

　　我过生日那天，钱唐和蔡林珊那个西装革履的外企高管男友相见，钱唐和他可以说是王八和另一只王八看对眼了。他这么内心眼高于顶的人，被对方教育毫无管理知识，他居然也听下去，甚至还买了不少管理学的垃圾书籍。

　　这要在以前，钱唐睡前读的是赫尔曼·黑塞，从不屑看那种称为"鸡汤垃圾"的东西。他这次是和蔡林珊一同去的美国，去纽约共同见她的高管男朋友。

　　"你怎么知道我在读《德米安》？"他想起来问我。

　　"大爷不乐意看书，但不代表大爷不识字啊。"

　　钱唐淡淡地扫了我一眼，但他没吭声，我立刻知道，这人待会肯定有求于我。

　　他沉吟了一会，果然又说回来："蔡林珊应该不会声张怀孕的事，如果她提出要你陪着去诊所打胎，你必须陪她去。特长生，我知道你下周考试，

677

但你得帮我这个忙，而且假装我不知情此事。"

我听得一愣一愣的。别的先不说了，这不是蔡林珊第一次打掉孩子。她怎么老是打胎，这事有瘾吗？

"为什么？"我这才想起来问，"发生什么事？我懂了，她背着她男朋友出轨了，怀的不是她男朋友的孩子？可是，她和她男朋友关系不好吗？她一直跟我说自己想结婚……"

钱唐做了个嘘声的手势："个中详情，我不能透露太多。到时候，她自己会全告诉你。"

我仔细望着钱唐，他正拉着我的手摸自己的脸。我内心五味杂陈，非常肯定，这人又在其中做了点什么不违法但不道德的事情。

钱唐说："瞧你这话说的。"

我叹口气："你觉不觉得，你就是终极程度上的坏人，就是电视剧里活到最后一集才死的那种坏人。"

他笑了下："结尾之前，我什么都不知道。"

钱唐预料的事情，十有八九都发生了，周教授的期末考试就剩 10 分钟结束，蔡林珊的电话就来了。

闭卷考试的时候，学生的手机和大衣堆在讲台上，远远看上去跟个垃圾山似的。我因为学号的原因，坐在第一排，正咬牙切齿地排除大脑里涌现出来的各种歌词，用前半生学的所有法律知识，写最后的案例分析题。

我的手机调成震动，但也设置的是"3 次重复来电后，允许响铃"。蔡林珊绝对是能重复打第 6 遍第 7 遍的性格。因此，全班在剩余考试过程里，都伴着那滴滴滴滴的铃声。

周教授把一句"身正为范，以法自律，勿自欺也"潇洒地写到黑板上，就顶着一张大脸淡定地监考，但也被讲台上手机的铃声烦死了。他来回地走来走去，索性走下讲台，站到我旁边，开始用沾着唾沫的手，翻看我答过的题卷。

我对蔡林珊那点事的好奇心和同情，在周教练的脸部阴影和煎熬的考试过程中，被消磨得干干净净。幸亏，我的试卷没有那么干干净净。

蔡林珊果然如钱唐所言，她在电话里让我陪她做个"小手术"。

"我怀孕了。"她终于下定决心告诉我，"但是我不能要这个小孩。"

唉，我不知道其他有同情心的人听了这种话怎么想，我只是觉得，蔡林珊、我，还有她肚子里小孩，真是倒了八辈子霉才总凑在一块。

我和蔡林珊坐在妇科诊所沙发上等待，诊所估计生意不错，又重新装修了，小护士还端来红枣茶。我俩喝水的时候，互相看了一眼，蔡林珊没化妆，眉毛很淡，身形像吹气的塑料袋涨了很多。

换成别人，也许能跟蔡林珊普及一下科学避孕常识，但我自己对避孕也没什么概念。

有句话是"不要擅自管理他人事物"，写到民法理论相关试卷上，都能额外捞个一两分的。我看蔡林珊那可怜兮兮的样子，就把钱唐强调多次的"你不要多嘴，多听她说"的劝告丢在脑后。

"不然，你还是把这孩子生下来吧。我帮你养。"我认真地说，"打胎挺疼的吧。"

结果，蔡林珊"哇"地一下子就哭了。

在钱唐长达3个月不停歇地飞到上海挖人后，他终于成功说服蔡琳珊的男友辞掉前途大好的外企工作加入CYY。与此同时，钱唐也提拔了几个从CYY创始之日起就跟着他的原始员工。不，并不是提拔。钱唐在放权方面很利索，他直接谈的是合伙人和股东条件。

蔡林珊原本很为男友高兴，但在一次坐电梯的时候，她居然被钱唐叫住了。

"当时，我正在给我的火锅城选新地址。钱爷问我，是打算当一辈子生意人，还是想当企业家。他说，赚钱和经营企业是两码事，如果我真的有意向，可以改变艺人身份而尝试加入CYY的中层。就算我以后想做自己的事情，在CYY是很好的历练。"

我憋着一口气，钱唐真大胆，居然邀请在别人眼中是"残废"的蔡琳珊，进入CYY管理层工作，做得好会直接成为CYY联合合伙人。就算以后从CYY走人，也享有优先购入股份的机会。

但根据我对钱唐的了解，他在对别人非常慷慨的时候，别人也必须得拿出点真东西来换。那么现在，是钱唐逼着蔡琳珊为自己工作，必须打掉孩子？

"不是的。我从别人那里了解到，秀佳也被提到主管职位。我和她都会在主管岗位做满一年。"

蔡琳珊继续抽抽搭搭，我只好强行塞给她一张纸："秀佳比我经验多很多，如果我现在把这孩子生下来，从备孕到生孩子，少则两年的时间都算荒废，根本没法工作。钱爷待人向来不薄，娱乐圈人才更新那么频繁，我不知道这个机会在一年后还属于不属于我。"

我又什么都没说。这就是钱唐作风。他只需要提出条件，然后什么都不需要说，什么都不需要做，等待蔡琳珊自己做出自己的选择。

"我不能放弃这机会，这机会很难得，我现在必须打掉孩子，必须的。"她焦虑重复几遍，再用我的纸重重擦红彤彤的鼻子强调，然后问，"你给我的是什么纸？"

我这才发现，一不留神把复习考试的资料纸递给她了。

蔡琳珊破涕而笑，再有点神经质地强调："我必须抓住这个机会，我必须要努力，我没有资本。我情史这么烂，也不指望我现在男朋友能娶我，说实在的……我觉得自己没法指望任何人，只能指望自己。"

"你现在男朋友知道这事吗？"我忍不住再问。别的不说，我不能再被她这次的男朋友威胁了，一朝被蛇咬十年怕井绳啊！

"他最近正在市内找房子，还不知道这事，我怕他知道了跟我吵架。反正身体是我的，我不要这孩子了。"

我不知道该劝蔡琳珊什么。真的，我真不知道。

我老早就发现，蔡琳珊对待男的，总有一种纯天然的自卑感和刻意迎合感，反正有时候挺让人轻视的。我见过她这次的男朋友，典型外企精英范儿，跟蔡林珊说话爱答不理的。

我想，蔡林珊的新男友也像曾经的叶伽蓝，完全想不到自己傻傻的女朋友能做出独自人流这事，估计就觉得她只会开指甲店和火锅店闹着玩。

但实际上，钱唐说得很对。蔡林珊内心特别能拿主意，而且她一边疯狂地喜欢倒贴，一边又怀着特别强烈的危机感，对男人事业前途都是。

我曾经多次跟钱唐聊起来，蔡林珊是如何在短短几年内，把自己那小小的指甲店迅速扩张到全国，她其实真的很有经营能力。

"如果你只是怕生下来孩子没人养，我可以帮你啊。"我有气无力地重新说，"真的。"

蔡林珊继续摇头，用我的复习资料擦眼泪。

我只能陪着蔡林珊一起坐着，喝着那人工糖精的枣水，直等到护士姐姐温柔地叫她走到诊室。

"你需要我陪你进去吗？"我问，上次我并没有陪着她进手术室。

蔡林珊深呼一口气，说："不要啦，我不想我的老板娘看到我这么狼狈。以后我们还要一起出来唱歌呢！"

她换好粉色的手术服，把那毛茸茸的包递给我。

我望着蔡林珊的背影，感觉又熟悉又陌生。唉，她以后会不会因为自己这个决定而恨钱唐？我的意思是说，如果钱唐没跟她说那些话，她现在没准就……我也不知道，不流产，安心养胎？实际上如果不算上上次的事，蔡林珊现在已经是俩孩子他妈了，她会比现在开心吗？

说真的，我觉得不会。有人爱吃辣，有人爱吃甜，蔡林珊是真的爱飞蛾扑火这件事的本身。她不太适合当孩子他妈，她养狗都能将家里那俩泰迪饿得骨瘦如柴——养狗能有多难啊？

走出诊所后，我还是忍不住问了一句："你觉得钱唐知道你流产这件事吗？"

蔡林珊沉默片刻："假如钱爷也知道这件事，我该感谢他肯让你出来陪我。他一直挺珍惜你的。"

钱唐对她最后这句话表示很满意，他评价蔡林珊是"确属可造之材"。

不知道是不是安慰，钱唐告诉我此类事情在娱乐圈并不罕见。最初入行，他曾经一天之内对4个不同的人谈类似的事情。你必须放弃什么什么，你必须和谁谁分手，你必须不去解释你朋友的负面新闻——不然你就没有机会去做什么。

等谈多了，他早就不会再感到任何心碎。

钱唐也同样平静又冷酷地指出，如果不是因为确实看好蔡林珊，整件事会由他亲自出面解决。现在派我去的用意，就是让蔡林珊在流产的时候感到安全和好受些。

"何况，她自己没有保护好自己，对不对？"钱唐淡淡地说，他对这件事真是无动于衷，"这不是蔡林珊第一次怀孕，她也不是刚入圈。可怜之人必有可恨之处。"

我从回家后告诉完钱唐结局，一直都没吱声。倒是他自己一直在跟我说啊解释啊，到临睡前，钱唐扭头问我是不是又对他生气了。

我早知道钱唐是什么人。比起对他生气，我只是觉得蔡林珊确实是个傻货。

"你以前跟我说过，人越往上走，就会发现圈里来来去去的那么几个熟面孔。工作太累，真正能熬下来的没几个。只要CYY不倒闭，就永远得招人，也就是说，你给蔡林珊提供的机会总有。就算CYY这里没有机会，还有地方给她新的机会。所以，我就是不明白蔡林珊为什么总不自信，把生活弄得沉重又无聊。"

听我说完，钱唐好大一阵都在打量我，有点怔怔地："你是这么想的？"

我有点理解，钱唐在圈子里混长了后的意兴阑珊。大家对钱啊、名利啊太着急，迫不及待地想扑进去，生怕错过点什么。可能是幼稚吧，我觉得只要人在持续努力，时间没什么了不起。

别那么饥渴好吗！机会不重要，一切成功的关键，是要本身有筹码。

钱唐拉着我坐在他身边，环住我的腰，下巴压着我肩膀。就在我担心他又念什么怪词的时候，钱唐突然低声地说："那你还喜欢我吗，特长生？"

我愣了一下："为什么突然说起这个，你脑子没病吧？你是不是出轨了？你是不是傻？"

钱唐仔细研究了我表情一会，他抚上我的脸："就是觉得，你很……聪明，比很多人聪明，比我也聪明。"

"虽然我成绩不好，但我刚出生的时候，胸口上印着'全能'这两个字！真的！"

钱唐冷冷地"哼"了一声，便老实躺到我旁边。

那晚我俩各怀心事，很久后终于各自睡去。

夜里，我还是做了噩梦，蔡林珊腿里滑出的那个血肉模糊的胚胎，在我眼前栩栩如生。对，等医生手术完成后，我还是忍不住走进去看了一眼那胚胎。

别的不说，一年内我是不打算继续碰任何麻辣锅底和手切羊肉了。

等我再次大汗淋漓地坐起来，还是半夜，钱唐在身边无声地睡着，他睡得可真安详。估计做坏事做得太多了。

我静悄悄地爬下床，内心某个地方沉甸甸的。之前和钱唐争论孩子的时候，我哥的面孔有时候会跳出来，估计跟我曾经看过上亿次他小时候的照片有关，我最近又恢复了给我哥烧纸的习惯。

最初原因是钱唐的父亲过世后，我鬼使神差地买来两份黄纸。接着，我只要心情不好，就会给钱唐父亲和我哥烧双倍的祭品。钱唐一有时间都会陪着我同去，但他只负责带火柴，整个过程中都站在旁边沉默，偶尔抄 2 份很长的往生咒，摆在地藏菩萨像面前。

我本来又想去烧纸钱压压惊，但推开窗户，天空正在下鹅毛大雪，把地面都垫白了。今年的雪比以往来得都晚，快 2 月了还要下雪，就只是为了给我添堵吗?

我重新脱下外套,走到地藏菩萨像面前,拿起圆珠笔,打算把钱唐抄写的那些经书上加上我名字。但定睛一看,钱唐早已经把"信女:李春风"都落款了。

他所有抄写的经书里,回向的名单里都有我。

钱唐和我去横滨过春节,但临走前又回了钱唐老家,也不是别的,就解决一下他妈一直催的孩子问题。

钱唐对回家的态度比较消极,原本他开着车,半途突然拐到了宁波,带我吃了不少炝虾炝蚶各种炝的东西。

回去后,钱唐的母亲在儿子几番阻挠中,找我私下谈了"孩子"的问题。

他母亲的意见很简单,不仅得生孩子,而且就得趁着现在生孩子,趁着我没工作前("大四没什么课,正好可以怀孕,姆妈帮你解决学分"),趁着钱唐也还年轻(实际上,钱唐亲妈的冷酷原话是"趁着他还有救的时候"),两个人赶紧查一下,到底身体是什么情况什么结果,内心多少有数。

"我还是支持你俩有孩子。不要搞小布尔乔亚文艺那套,脚踏实地,好好过日子,钱唐之前的心太不定了,他进娱乐圈我就一直反对。"她蹙着眉说。

我木着脸点头。我已经跟钱唐的母亲打过不少次麻将,这老太太和她儿子似的,内心自我争斗太多又把道理想得门儿清,不需要看客说太多话,反正表示支持就够了。

钱唐的母亲又问了我几句钱唐的近况,还算满意地点头。没一会,她突然把手腕上绿得快滴出水的翡翠镯撸下来,强行要往我手上套。结果那玉镯太粗了,戴在我手上怎么也挂不住。

"这胳膊还那么伶仃,春风过完年多少岁?"她忽地问,"出落得越来越水灵。"

我还挺高兴我婆婆夸我漂亮，结果，她细声细语地接下去："这样的身型，生完孩子不显老。在你这个岁数，我都已经怀着阿唐了。"

我暗自心想，这不早恋吗！

钱唐那边比我好不了哪去，钱唐母亲在破土修庙，再塑金身的，过年时和各种人合了很多的影，甚至又上了市电台的新闻。

钱唐本家的亲戚，从事实业和担任公职的居多，前者都有一堆子女，好几家为了多生多育特意迁到香港，最多的足足生了6个孩子。这不是喜鹊生蛋嘛！

我确实觉得，钱唐在这种环境熏陶下，一直坚持不婚主义，内心估计是有点想法和坚持。但我的出现，显然就是疯狂打脸，大家在酒席上来回取笑钱唐，仿佛他之前的坚持都成为荒谬的玩笑。

钱唐没生气，只笑说："那你们还不给她多封点红包？"

"等你孩子百日宴再说。"

我坐在他旁边完全笑不出来，倒也不是别的，是替钱唐心烦。这群庸俗的白痴！但钱唐无声搂了我一下，神态自若地接下去："赶紧给她红包。我们现在没有钱，以后怎么生孩子？"

哭穷自然引来一片嘘声，钱唐亲戚都是各种不差钱。但钱唐口风很紧，轻易不说工作上的事情。而我这块更简单，"还在上大学"这借口搬出来，扔在什么上面都行。

没住两天，钱唐和我赶紧溜去日本。

"要是人没有生殖功能，世界该多美好。"我在钱唐机场租车的时候嘟囔了一句。

钱唐笑着问我那句话是我自己说的，还是我聪明地把他脑海里的想法读出来了。

反正，当亲眼看到钱家的那堆孩子，我觉得自己想生孩子的心，有点动摇。也不是别的，"钱家小孩"好像都挺虚伪。小男生个个都像小大人，小女生个个都像小学究。

685

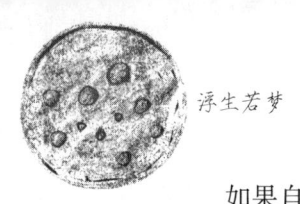

如果自己的孩子走这样班干部模式，我觉得也接受不了。

不过，在日本看完一场宝冢的巡回演出后，我立马改变主意。台上的女优，她们落落大方，身上兼具着男人和女人的双重特质，迷人极了。我暗暗发誓，自己的孩子要往这个方向培养，他们不应该被任何性别偏见和世俗规矩所约束，应该活成自己。

"她们真美。"我热切地说，"这种美好的人，还是应该存在世界上的。丑的人还是别了。我要生个漂亮自信的娃！"

钱唐依旧不置可否。宝冢演出不让携带手机相机摄影，于是他带了一个笔记本，演出过程中一直勾勾画画地记录笔记。

我俩度假时也懒洋洋的，除了每天都看横滨夜景，没去打卡标志性的景点。

钱唐拜访了几名漫画家，我早听教练说过，日本空手道道馆里有不少外国人学习，老师也会英语。我付费上了7天的半日课，平常上午上课，就留钱唐一个人在酒店待着。

后来他闲得无聊，拿本书在空手道馆里等着我。这个人完全没爱国爱同胞的觉悟。我每次被日本人摔倒，钱唐都会笑眯眯地在旁边鼓掌，还勾搭意大利人陪他聊天。

第6天，有个学员居然把自家的柴犬带过来了，我恋恋不舍地摸了它很久，但摸着摸着，就听到钱唐用英语告诉那个意大利人："她喜欢狗，我们中国人都非常热爱吃狗肉。"

钱唐怎么什么屎盆子都往我脸上扣！我气得急眼了："你不要跟别人这么说话！"

"她是我本家。"钱唐向旁边的日本人介绍我，害得我又赶紧问什么是本家。

假期过得特别快。原本我俩应该从日本分头回来，我回本市，他直接飞上海去忙工作。但我在日本买了太多运动用品和吃的，行李非常沉，钱唐决定先陪我回来。再赶当天晚上的航班去上海。

钱唐去上海，是亲自替叶伽蓝谈一个影视资源和今年 9 月刊的封面。而在飞机上，钱唐告诉我，叶伽蓝的所有宣传事宜交给蔡琳珊管理，秀佳作为副监管。叶伽蓝这一年的公关成绩就是她们能否走入 CYY 管理层的试卷。

我假装困了，默默闭上眼睛。时间过去那么久，我还是以 18K 金的纯度恨着叶伽蓝。但别的不说，钱唐心眼真狠，他让蔡林珊打掉孩子，给她前男友当经纪人的工作。

自从不当编剧不创造作品，好像没有人能再伤害钱唐。也许还有人记得他早期的连续剧和剧本，但很少人记得钱唐曾经夭折的电影，大家开始更多地叫他钱总和钱老板。

钱唐曾经问过我，这样好还是不好，他也不是不自信，就想听听我意见。我也不确定，但我觉得挺好的。人想写的时候就应该写，想赚钱的时候就应该赚钱，反正我们无法讨好所有人。

"春风，你喜欢日本吗？"快下飞机的时候，钱唐忽地问我。

我打着哈欠，懒洋洋地说："还挺喜欢的。"

钱唐点点头："今年家里的财务应该不会紧张，你想在东京买房吗？"

我愣了愣："你想移民吗？"

钱唐说："我们可以搬家。看你住得也不自在。"

我确实不自在。像是和父母同住一个小区，还和他们好几年不说话，你就只能感觉生活处处充满牵着不走打着倒退的尴尬。

我曾经在晚上和钱唐烧完纸，散步回来，隐隐感觉对面快步走过来的中年人有点熟悉。我想都没想，就跳进了人工喷泉里躲起来。钱唐眼疾手快都没拉住，只把我外套剥下来。

"翩若惊鸿，婉若游龙，飘飘兮赢得仓皇北顾。"钱唐不得不陪着我在池子里捞不小心掉下去的手机，还念酸诗讥嘲我。

我披着他外套。站在池子边上瑟瑟地指挥。终于，钱唐捞出我手机，皱

687

眉说:"机子进水了,估计不能用,赶紧换个新的吧。"

"还能用,我放到壁炉上面烤一烤。"我哭丧着脸。

本来以为他会说要把我脑子也顺便烤一烤,结果钱唐回家后,我俩睡觉前,他开口说如果我要是想搬家,也不是不可以。

但是,钱唐为什么突然提在东京买房,这也太遥远了。怎么他就不志向远大点,跑到非洲买房子?

钱唐不动声色说:"东京算是亚洲中心之一,我们在东京买房也算投资,度假工作两全。你也能随时去那里学空手道。再说,我女儿家不是已经在非洲有套房落户了吗?"

我愣了一下,才懂后半句话的意思,不就是之前,我开玩笑说要给黑人生孩子吗?

我忍不住要翻脸。钱唐笑眯眯地亲了亲我走掉了,这人真是感觉怎么都伤害不到。聪明又越来越不要脸,加上有钱,简直无敌了。

回家后把行李收拾好,我认真地想这提议。钱唐在这个小区里住了挺多年,他说自己不想换地,除了市区内很少再有这么大面积的房子,还因为当初改装这房子就耗费不少精力。

我私下判断,这人就是在装腔作势。

钱唐一直尽力和"娱乐圈里典型暴发户"隔开。毕竟那些小演员成为小明星后,第一件事就是先换套大房子再赶紧换辆豪车。钱唐不一样,他不换房车,他换女人(我猜的)。

反正这么多年来,钱唐一直住在这个小区里。我甚至敢打赌,他是小区里唯一一个"传媒工作者"。而我内心窃喜,钱唐现在肯为了我搬家,没准儿,以后就能说动他和我生个孩子。

不是每个人都能天生当一个好父亲或者好母亲。反正我绝对没那么高的觉悟,真去领养一个非洲小孩,我怕自己整天都变成我爸那样暴躁。我就想生个钱唐的孩子,然后好好地爱他。

每当扯到这事,我就发现自己骨子里可能是个女人,婆婆妈妈的。

我回到 A 大，上学期还热乎的成绩单一下来，就忘了搬家这茬。

虽然不是第一名，但除了周教授的那门课，我可是成绩相当不错。今年新学年，系主任点名表扬我，说我是 A 大有史以来最优秀的体育特长生之一，还能领一个什么什么体育协会的激励奖。

我把以前的积蓄（估计是上学期留的奖学金）和这学期发的补助全取出来，总数足足有 3 500 元整。想了想，我跑到银行里全换成 50 元的新钞，等钱唐回来后，包了红包送给他。

钱唐对此红包表现出的惊喜，简直有点出乎我意料。这么有钱的人，毫无愧色和犹豫地收下了我的血汗钱，

钱唐还感叹，他如今都只能给别人发红包，很少收到红包了。

我也很高兴，借机炫耀学校里的事，钱唐听完后又跟我聊 CYY 的近况，聊天聊到 1 点多钟，他才催我赶紧睡，又嫌我废话实在太多。

我刚闭上眼有点困意，窗外极响的轰隆一声，惊得我猛地睁开眼睛。该死，打雷了？春天的雨猝不及防，简直比大姨妈来得还快。我起床摸黑找耳塞。

钱唐也醒了，搂着我腰不让我动。

就在这时，我和钱唐同时听到了屋子外面传来一声绝对不属于自然界的巨大撞击动静。

钱唐停下动作看着我，他第一个反应是问我天然气关了吗。

我一时间也茫然："呃，应该没有吧，我应该没有开吧……"

我俩还摸不到头脑，被窗帘蒙着的深色窗户一下子被外面的光源打亮了，传来各种警哨和人声。再接着又传来一声巨大的撞击。这次我可听清了，肯定不是天然气爆炸着火，是机械撞击重物的声音。就在我们家房子外面，

"第三次世界大战爆发了！"我异想天开。

钱唐让我老实待着，他跳下床，掀开窗帘往外一看。然后，我看到钱唐

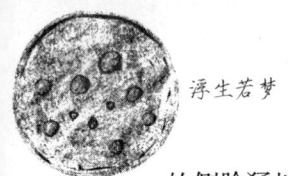

的侧脸猛地严峻起来。

下一秒,钱唐迅速地套上裤子,不发一言地冲出去。

"这是怎么了?"

我察觉不对劲,赶紧下床。来不及看窗户就先紧紧跟着钱唐跑下楼。他这人平常动作慢吞吞,关键时刻走路倒是跟龙卷风刮地似的,嗖得一声一溜烟的工夫就抛下我。

深夜下着密集的春雨,我光着脚探出去,被地面的水激得起了半手臂的鸡皮疙瘩。但看到小院里的情景,还是愣了愣。

怪不得钱唐大吃一惊。我们一直有个不小的院子,种着钱唐从各个地方拉来的名贵老树和花,有专人收拾。但此刻,那据说从乌镇拉来的手工木门已经被一辆路虎彻底撞瘪了,旁边贴着墙脚的几个肥料麻袋都被轮胎蹭破了,泥土和装饰的小红灯笼撒了一地。

门前有几个保安,实际上是军警,把两个人从那车里粗暴拽下来。一个人显然在尖叫和挣扎,从声音里听出是女的,但看不清楚脸。

钱唐很镇定地走过去,跟刚才的迅猛形象判若两人。小区楼和楼之间特别安静,我住这里那么久都很少见邻居。但因为此刻的动静,惹得几家几户都开灯查看。

几个保安见钱唐出来,前面一个人立刻解释。我竖着耳朵,听他说什么,这女的开着车撞了小区门口的三根阻挠杆,一路不顾警告开到这里直接撞了我家的门。

他们已经报警了,还问钱唐认不认识这女的和她同伙。

我只穿内衣,外面随便披了件钱唐的外套,极度犹豫要不要走上去凑这个热闹。

前方的钱唐听完前因后果,他伸手抬起其中一女的下巴,想看清来人。

正在此时,一道闪电从漆黑的天上经过。

不光是钱唐,我也清清楚楚看到不速之客。王晟。曾经我第二部也是最后一部电影的导演,此刻,雨水沾湿了她的头发,她煞白的脸瘦得像骷髅,唯独眼睛里放射着狂热的目光,直直地看着钱唐。

见到钱唐后,她停止了尖叫,转为含糊恸哭和低声嘟囔,扑到他怀里去。

钱唐站在我前头,看不到表情,他顺势抱住她,一手架住她的手臂,另一只手伸手过去温柔抹干王晟脸上的雨水。

就在我醋意都没泛上来前,钱唐抬起手臂,他二话不说,就先抽了她一个耳光。王晟晃了两下,因为这耳光的冲击力直接瘫倒在地面,显得特别虚弱。

我非常吃惊地张大嘴,意识到在喝春雨才闭嘴。

这辈子,我一直坚信,世界上所有打女人的男人都是人渣。但我确实没料到能活到看钱唐动手打女人的一天。有时候,我跟钱唐闹,闹得再过分他也只是象征性掐掐我脸,从来没动手。

但此刻,钱唐就像变了一个人。他只穿了个裤衩就冲出来,光着上身,肩膀的皮肤像闪电一样苍白。但那幅傲慢的背影,抽人绝对不手软的模样,就像个花街跑出来的纨绔,微笑地说着说着话会从裤裆里掏出刀子给人心口狠捅一下。

就算以空手道的目光看,那一耳光也是犯规且具有重大损失的动作,再加上那动作特别利落,完全听不见响,我都忍不住咧嘴替王晟感到脸疼。

钱唐完全不怜香惜玉,他冷漠地俯身,把王晟从湿淋淋地上拽起来,居然再想补一个耳光。

旁边那些保安如梦方醒,立刻拦着:"钱先生,好好说话,好好说话。"真是风水轮流转啊!

警车眨眼间就已经来了。身为看热闹不嫌事大的法律工作人员,我也赶紧冲上去拽开钱唐,避免他被抓个现行。

我居然给钱唐拉架,脑子里都乱成麻,死抱着钱唐的腰,他紧绷的胸脯摸上去还挺暖和的。

钱唐扭头看到是我,脸色更加严峻一分。他冷冷地说:"你出来干什么？给我回家！"接着，不易察觉地往姑奶奶手里塞了个东西。

"进去。"钱唐重新命令我。

警察来了之后，事情就好办了。半分钟的工夫，没有任何笔录和寻常流程，王晟和她同伙就直接被警车带走。钱唐并没有跟去，他给那些保安几盒好烟，当作补偿。

再进屋的时候，钱唐还没开口，我就让他赶紧去洗澡。他舒了口气："特长生，把东西倒掉。"

刚刚钱唐塞给我的是两个药瓶，是他借着打王晟耳光的机会，从她身上搜走的。最下层是粉末，最上面满满是药丸。我全部倒在下水道都冲走了。

说真的，我不想知道这里面是什么，但刑法第三百四十七条可以告诉我判刑标准。

"她今晚为什么来撞咱家门啊？"我忍不住问钱唐。

他坐在沙发上，正跟给几个人打电话说这件事，我在后面为他吹干头发。

钱唐关闭手机后为自己倒了一杯酒："她刚才跟我讲，她想彻底戒毒，但她无处可去又没有勇气，今晚跑过来，就是想让我帮她。可笑，我怎么帮？"又皱眉很冷峭地说，"你看她那样子，今晚大概也是刚服完药，跑来这里发疯！"

我拨弄着钱唐潮湿的黑发，知道他被严重触怒。

钱唐这人，背地里尽干不道德的事情，但自诩读书人，多少注意点体面。王晟今晚的行为却像疯子，等于不管不顾地抽了他一个大耳光，虽然钱唐立刻干脆地抽回去了。

"我已经很长时间没和她联系。王晟和 CYY 的合同到期不再续约，她是我年轻时的朋友，王晟经常去见圈子里那些毒虫的垃圾聚会，这里确实有我的引荐。当时我没掉进去，她却难以自拔，我现在肯帮她，也只是还年轻时欠下的债。"过了一会，他沉声说，"早知如此……"

"太酷了。"我嘟囔了一句。

"再说一遍?"他皱眉。

发生这事,我更多还是感觉挺刺激的。

我突然想到,很久之前也和钱唐一起面对过这样疯狂的王晟。不过那会她的瘾还没那么大,她曾经轻蔑告诉我,她不喜欢钱唐。

"王晟爱你。"我把自己的感想告诉钱唐,"不然她现在怎么想着找你。"

钱唐没有承认也没有否认:"王晟爱的不是我,是一种瘾。我很早就警告过她,她只靠那点才华和家庭,是走不长人生道路的。而她当时认为我是一个懦夫。"他夺下我手里的吹风机,抱住我,"也许吧。春风,其实我一直是悲观主义者。"

我摸了摸钱唐的头发,因为不知道前因后果,现在也不知道怎么劝。我拿起酒杯:"唉,你先喝点酒,麻醉一下就好了。"

钱唐气笑了,缓过神来开始捏我的脸,不轻不重的疼。而我也只好忍着,怕他也大耳光抽我。

钱唐捏了一会我脸,冷冷地来了一句:"特长生,我如果不娶你,你就是社会里更大的一个麻烦!"

这都什么话啊,我招他惹他了?不过,以奖学金红包里崭新的人民币做见证,我可以发誓,钱唐确实是一个悲观主义者。

这人打小就不缺钱也不缺爱,但就是冷淡过了头,别人为爱要死要活,在他眼里都是鸡零狗碎的快乐,他看不上任何鸡零狗碎的快乐。这样的钱唐非常崇尚孤独上路,又怎么能看得起依靠药物的王晟?

此时此刻,钱唐无声地搂着我,他没喝酒,好像身上的阴沉之气下去了些。

顿了顿,钱唐又告诉我,小院门已经被彻底撞坏了,今晚我们就等于敞开门睡觉。而距离早晨只有4个小时,如果我不想面临下雨后的交通堵塞,要早早开车上学。

现在换我心情不好了。

我把钱唐给自己倒的那杯酒喝了，默默上楼睡了，让他自己在客厅里想整件事。

钱唐没有借酒消愁，他对着我私下感叹一下，着手解决麻烦。

等我叫工人修院门，王晟的事情风平浪静地过去，她被家人带入休养所。那时候，大众舆论已经知道她有严重的药物上瘾问题。

第十九章　如梦之秋

下半学期，A大空降兵了一位副校长。校园里再度沦落为一个大工地，四处都开始修旧楼。以前下雨在学校里面走，能看到半园水，现在是半园泥。

我丢了3把伞，即使开车，还是又饿又冷地回家。

钱唐低价内售了部分CYY的股份。不管怎么说，他手头又不差钱了。更重要的是，钱唐他妈特别支持我们换房子。而钱唐烦得不想操心，把此事全盘交给我。

我换了个铁门，又重新把院子里的墙油漆了一遍。想了想东京还是太遥远，选定一所靠北边挨着公园的公寓，那里靠着大使馆区，外籍人士居多。为了避税等各种原因，得先整租1年后才能以承租人优先权的方式购入。

新公寓因为在高层，拉开窗帘，底下就是大片绿色的公园。看上去心情非常好，我特别喜欢。钱唐抽空过来看了一眼，勉强表示满意。

"我更喜欢住低矮一些的地方。"他说，"还是买别墅吧。"

我没搭理他，我就喜欢高的、大的、阔的地方。

因为选房子这事，我的学习也累，转来转去地完全把自己的生日忘到脑后。我忘了，钱唐自然更不记得。到头来，依旧只有萧磊和各种信用卡短信记得这茬。

每年进入初夏前，钱唐都会请一些人到他家里放映室看电影，他也不打招呼，我打开家门，就看到满坑满谷的陌生人。

今晚倒是有熟人，蔡林珊和她的男朋友来了，不过远远看着，这对情侣的关系特别公事公办。蔡林珊依旧化着浓妆，跟着那群人凶猛的抽烟喝酒。

我俩谁都没提人流的事，她就夸我为院子选的新铁门好看。

我明天早上有课，就有些不乐意应酬，但也懒得和钱唐吵架，只好耐着性子帮这群人订了一堆外卖，把自己关在房间里读书。

不料他们居然在这里待了一宿，还放着交响乐，可恶的文艺从业者们！

钱唐在中途晃晃悠悠地推门进来，他手指夹着烟，身上带着各种烟气和香水味。

"在看书吗，好乖。"他微笑地坐下，搂住我就吻过来。

我没好气地朝钱唐翻了个大白眼，发飙前忍不住先问："你们今晚看什么电影呢？好看吗？"

钱唐低声说："一部最近上映的商业电影，导演确实用心做事了。今晚主要是让他和新来 CYY 的部分员工在这里聚一聚，他们还在看，我在跟 Dan 聊最近的工作。不过，我刚看到电影里面有一个细节，挺有意思。"

边说边随手拿起我的记号笔，在书的空白处写下"君子慎独"。

我不解地瞪着钱唐，他笑着说："独的繁体字獨是由蜀和犬组成的。我突然想到，古人说君子慎独，就像君子怕狗一样，你说对不对？"

他说完后，含笑望我，等待我的回应。

我歪头回望着微醺的钱唐，过了一会，抢过笔："我原谅你了。你自己滚吧。"

"我要你原谅我什么？"他疑惑地问。门外再有人叫他，钱唐皱眉站起来，弹了我额头一下又走了。

只剩下自己，我盯着那个钱唐随意写就的獨字，把那页折了下边，非常无奈。唉，钱唐喝醉了后还记得我喜欢狗，因此特意跑来揶揄我，"慎独是小心狗"，但是，这聪明的家伙又忘记今天是我的生日。

钱唐就是这样，时不时记得这些文字小游戏，好像这是他给理智思绪开的小差。这行为确实挺有魔力的。我不禁责怪自己，都和他待了这么长时间了，我依旧会对他的很多无心之举而动心，我大脑里是不是有什么问题？

那一夜，我沉沉地睡去。早上下楼时，客厅里空无一人，然而各种餐具和食物都堆在桌面，家里是一片狼藉。

我头痛地给家政打了个电话，随后自己开车上课。从钱唐那里得到生日礼物的愿望显然落空了，我也不想提醒钱唐让他补送。没意义。

上完中午的课，我请萧磊还有系里几个相熟的同学吃顿饭，让同龄人陪我热闹热闹一下。萧磊知道后坚持要付钱，我觉得他也是神经病，自己直接付了。

吃完饭回来的路上，我们七七八八讨论下半年修正的法案。

大中午的没到上课点，校园没几个人，只有几个社团在收中午宣传的台子。三四个小女生正围着一个社团的桌子叽叽喳喳。

我不在意地扫了一眼，居然是个还熟悉的社团，曾经捐钱过的那个关爱小动物的摊子。我再往募款箱里面瞅了一眼，里面有一只纯黑色的小奶猫正瞪着我。

爱护小动物的负责人不在，旁边的学妹们告诉萧磊，她们中午在草丛中发现这只幼猫，瞧着好玩就放到捐款箱里。

萧磊走过来伸手就狂戳猫脸，猫非常隐忍地扭开。我忍不住摸摸它头，它倒是勇气很足地哈了我一口，却也没反抗。小黑猫就安静蹲在箱子里，除了直勾勾瞪着人以外，跟一头假猫似的。

说实在的，这么死气沉沉的猫挺罕见的。不过估计猫都这样，所以我个人更喜欢元气满满的狗。但救助小猫这点事情，也还是举手之劳。

下午上课，我把手机放到书本下面。好不容易感觉到震动声，连忙移开偷看。

结果发信人是钱唐，他问我："今天正常时间下课吗？"第二句是，"晚上早些回来。"

我琢磨着，是不是这人终于记起我生日了，但也不太确定。钱唐一到说

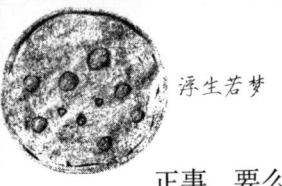

正事，要么太直接，要么太磨叽。

真正想等的短信迟迟不来。

幸好这一天课的案例是我所喜欢的，讲的是 Dudley and Stephens 案，海难幸存水手在没有食物和淡水的状态下，吃了同行者的事。

下半年要司法考试，学院很多老师把本学期的成绩重点放在期中考核，这算是其中的论文大作业，教授只是为我们提供思路。

萧磊确实是学霸，一直就着英美法系里斯卡利亚大法官的意见，跟教授讨论"紧急避险"的可能性和詹姆斯在"排除合理怀疑规则"，引用的人名都是英文。

我坐在第1排一直举手，但完全抢不到发言的机会。唉，看来世界上的事情不应该分为违法和不违法，应该分为轮得到你说的和轮不到你说的。

课堂最后，教授的结语压着下课铃一起传来。

"大千世界和历史长河里，诸多案件的真相扑朔迷离，司法机构的存在意义也在于此。当各方都认为自己的行为在情理之中时，身为一名正直的法律人，我们更应该睁大自己的——"

这次，我终于能接上话了，然而情不自禁就想接上"钛合金狗眼"。

但台上的教授估计没听到，他慢条斯理地继续："谨慎的双眼，懂得法眼看天下。同学们，我们下课。"

萧磊在我旁边还在讨论课上的案件，我逮着机会和他们辩论了15分钟后，突然想到打开手机，但手机依旧没信。我奋力拨开同学，一口气再跑到湖边那些社团喜欢扎堆的路旁边。

A大的滨湖路，向来是大学社团集聚地，每天下课时，熙熙攘攘的跟菜市场似的，总有社团如火如荼的招新或募捐。

热爱小动物协会的摊位占据最差的地形，面前又特别明显空出一大片。为什么呢？你看别的社团，也就是在发发传单，喊喊口号，有的土豪社团还送点扇子和本子啊纸啊的赠品。

但这个傻帽保护小动物协会，次次都抱着个募款箱求捐款，简直跟丐帮似的，路过的师生见到他们这帮人，简直像躲避公共厕所门前的臭味一样立马绕道走开。

我抓住躲在后面棚子里玩手机的那个面目模糊的社团负责人，责问他："你下午怎么没给我发短信？你是不是把钱私吞了？小心我告你！"

早在中午临走前，我给那几个学妹留了点钱，托她们转交给爱护学校小动物的人，让她们去旁边的宠物医院给那只小猫检查身体，剩下的钱做做绝育和打疫苗。但等了一下午，这事都没后续。

负责人见到是我，也愣了一下："我给你打电话啦？一女的接的，她说不认识你。"随后把手机举给我看，我这才发现，上次捐款留了个假号和假名，只好赶紧放开他。

随后，我手里就莫名其妙地被塞了一个募款箱，里面依旧没钱，只有黑压压一撮毛，那只小黑猫在里面安详地躺着。

负责人告诉我，体检绝育都做完了，现在麻药劲没过去，猫还在毫无知觉地睡。

按道理，我只需要把这小箱子，放到学校里的某个安静的角落，摆上点猫粮拍拍屁股走人就行。

都怪那个负责人，非让我和他一起等它麻药醒了再放走它。结果，我干巴巴等了半个多小时。一咬牙，索性把它直接带回家了。

回到家放哪儿呢，肯定不能让猫独自待在车里一晚上，又不太好把它拿回家。因此我就把纸箱子放到家里小院桃花树旁边，心想这大概就安全了，明天再找个机会放了它。

也不知道小黑猫麻药打了多少，它依旧一动不动躺在盒子里面。我趁机上下狂摸了它全身好一会，恋恋不舍地进家门。

路上堵车，我比平时晚了1个多钟头才回来。

推开家门，钱唐正安静坐在开放厨房的吧台前，锃亮桌面放着一本书和一杯没怎么喝的酒，听到响声，他回过头似笑非笑地望着我。

钱唐还没开口，但从他的目光中，我立马感觉到有什么东西很不对劲。没准，这就是传说中法律工作者"看不见的钛合金狗眼吧"。

我赶紧扔了包跑到他跟前："在哪儿呀？在哪儿？"

钱唐假装怔了怔："什么在哪儿？"

我目光发亮，抿着嘴不出声，绕着他正反各走了两圈，大脑和心里都在猜这人究竟把礼物藏在哪儿，他会送我什么生日礼物。

钱唐坐着没动，任我打量。他又问我："下午不是收到了短信，为什么还回来得那么晚？"

我死活不肯主动说话，就拼命耐着性子等他自己揭开谜底。

过了一会，钱唐终于从椅子上站起来，他先抬起手不轻不重地掐我脸，再说："怎么越发机灵了，你打开这扇门。"

我惊喜地拧开门，还没看清眼前都有什么，有个东西嘭地重重撞到脚上。

一只小柯基犬像路边的野狗一样狂奔出来，开始绕着客厅兜圈子，显然在厕所里关了很久。

如果不是刚心满意足摸完猫回家，我简直都能惊喜跳起来。但此刻，我也是目瞪口呆，扭头看到钱唐正朝着我笑。

我都发抖了："是你送我的？！你送了我一条狗？！"

钱唐却笑着摇了摇头："下午到杂志社谈广告，旁边隔壁影棚带它来的。我跟别人讨了个人情，借过来两天给你玩玩。"

"什么？这难道不是你送我的生日礼物吗？"

他也一怔："什么礼物？"

我沉下脸来瞪着他，钱唐目光略微一转，显然有点所悟："哦，宝贝是该过生日了。"

"什么叫该过啊！！！我的生日明明都过了很多天啦！"

没来得及再继续说话，那只柯基已经在客厅里狂奔一圈，迈着矫健的步子过来跟没头苍蝇似的撞到我脚上。狗的智商怎么都那么低啊，但我好喜欢狗啊。于是直接坐在地上，逗了它好一会。

我的口袋还有点剩余猫粮，连忙拆开给它闻了闻，柯基好像饿了，闻下猫粮张嘴就要吃。

钱唐却无声走过来，把它腾空抱起来。柯基张着嘴什么都吃不到，急得要命又不知道怎么办。

唉，据说柯基还是最聪明的狗之一，但再聪明的狗，在人类看来依旧是傻得要命。

"狗主人嘱咐过我，这狗肠胃敏感，只能吃特定食物。去那里拿罐头。"

我兴奋极了，跑前跑后给柯基倒上水，倒上粮，趴在地上看它呼哧呼哧地吃了不少。而看柯基吃饭的当口，我也隐隐有些疑惑。

"它好像很饿。你下午都没喂它东西？"

钱唐也蹲在我旁边，他说："一直关着，总得等你回来再喂。若是我中途喂了它，它此刻便不和你这样亲了。"

这人心眼怎么永远那么多啊。我抬头瞪了他一眼没说话，伸手继续抚摸小柯基粗壮的前腿。

钱唐望着我："生气了？"

我实在忍不住抱怨："你多少喂它点东西吃啊。"

"不，我是说，我居然忘记你生日了。"他伸手过来就要搂我，我一气之下把钱唐推倒在地面上，不小心自己也坐倒。

柯基听到动静后也停止吃狗粮，用长长的湿鼻子仔仔细细亲亲热热地嗅了我一会，扭头继续吃。我在观察它的过程中，发现一个巨大的真相：狗的眼睛绝对没有猫的眼睛大！

虽然说生日过去了，但钱唐既然都想起来，总还是要意思一下。于是晚上我俩出去吃的。

我坚持要享受遛狗时间，就没去什么好餐馆，在小区旁边的快餐店解决。我出门喜气洋洋地牵着那只柯基，它刚出家门就直接向我放猫的箱子奔。我死死拽住引绳，差点没勒死它。钱唐正在后面锁门，没看到这事。

快餐店不让带宠物，我俩坐在露天伞下吃汉堡。

吃薯条的时候，我问钱唐既然都忘记我过生日，今天干什么带狗回来给我玩。他理所当然地说："因为觉得你会喜欢。"但随后又立刻笑着说，"玩狗当然可以，以后我再带给你别的东西玩。但家里不准养狗。"

我无声地瞅他一眼，心想口气这么横，你院子里有只猫，你知道吗。

钱唐自然不知道，他晃着可乐杯子里的冰块，微含促狭地说："又在腹诽我什么？"

我瞎说："我在想，你这人要是变成动物，会变成什么样的动物。"

钱唐挑眉："说说看。"

答案太明显。钱唐周到体贴，但显然属于狗的近亲，不适合人工饲养也养不熟，虽然不至于吃人不吐骨头，但实在是心眼莫测不太纯粹。

别的不说，钱唐前两天把王晟的空药盒还给她家人，只还了一个，扣下另一个。我问为什么，钱唐只说防患于未然，但眼睛里隐约罩着点寒霜。

反正，你要是只跟钱唐谈条件，像制片人和投资方那样，基本就选择了与虎谋皮，永远别指望他为私事而动感情。而再傻点，像那些演员导演之类的只跟钱唐谈艺术谈情怀，最后无一例外又被他活活玩到心碎死。

不过啊，我不会说真话的。

为什么。因为现在气氛特别好，晚上干燥静谧的风吹着我，也吹着钱唐。我们吃东西的时候，那只不属于我的柯基犬哒哒哒地迈着步子傻不拉几地沿着马路牙子跑。

我自己这辈子，永远喜欢听夸奖喜欢乱表现，估计他也是。干吗总阴阳怪气地数落他啊，又不是上课。

于是我说："我觉得你像一个猩猩。"

钱唐也怔了怔："这又是为什么？"

"反正是在夸你，你不像任何动物，就算像动物也是最像人的那种动物。"

钱唐把狗的牵引绳交回我手里，他慢条斯理地说："哦，是《金刚》里那只大猩猩？"

我一时语塞："可能，呃，可能有点像吧。"

他笑了一下："如果是那样的动物，我可以接受。"

我回忆起来和他一起看的《金刚》这部电影。皱眉说："不不不，我没想到你会变这么大。"

钱唐伸长腿，他转转眼睛，低声笑着说："如果我变成金刚，特长生，你以后可就有苦难言了。"

说起来实在是很滑稽，当钱唐在我旁边若有所思地坏笑。我仿佛真的看到一只7米高的巨型猩猩正坐在我旁边吃我薯条，他没准也会淡淡地说："不准养狗！特长生，否则我把它吃了！"

天啊，如果跟这样的动物活在一起，我可怎么办啊！

真相是，等那只柯基都被送走了，小黑猫却莫名其妙地留下来，还被我养起来。

我不喜欢猫，狡诈，忘恩负义，偷偷摸摸，喜欢挠人，等等。但不知道猫这种动物里有没有智障，如果有，估计眼前这只小黑猫就是。这表现在它胆子特别小，特别没骨气，而且属于特别没个性的猫。

等第二天早上我查看它的时候，小黑猫正努力地翻过箱子。但一看到我来了就不动了。我用绳子逗了它几下，它就转动着大眼珠子瞪我。

不知道这小猫之前经历过什么，它喜欢在人类面前伪装成一个玩偶。它从来不动，也不叫，你玩狠了就张嘴哈你，也不敢伸爪子挠你。平常呆呆望着你。我不知道猫脑袋里都琢磨什么。

"智障。"我实在忍不住说。

它依旧威严又弱智地盯着我。

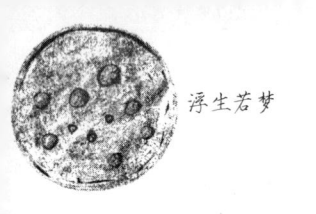

没怎么犹豫的，我已经在院子里给它搭了个猫窝，还放了个猫砂盆。我甚至都给它洗了澡和剪完指甲！

钱唐对此完全不知情，他早晚从小院子里走，却好像压根注意不到这种小事，也就在帮我收猫砂快递的时候，随口说了一句："什么东西那么沉？你再买书都可以往新公寓放，搬家也方便。"

我沉默片刻："我打算养一只猫。"

钱唐理所当然地说："不可以。"

我没吭声，反正怎么说来着，这已经是既成行为的犯罪了。

还记得以前吗，我夸下了海口说不跟钱唐吵架，不跟他生气。其实，要做到这事比让那只愚蠢的小黑猫学会如厕完用沙子盖它猫屎一样困难。

4月份的时候，我俩为了卧室里遥控器能不能放在床上和长毛地毯上能不能踩拖鞋来回而吵架。我气得直接锁门，让钱唐自己在客厅里睡了一晚上。

这还不解气，我顺便把他常用的一条领带扔了，事后告诉钱唐说："电视上看你戴就觉得很丑，顺便扔掉了。"

5月份的时候，书房里摆着的据说是明朝的价值连城的翡翠树被砸碎了，是在我都忘了为什么原因吵架的时候，被钱唐亲手砸的。当听到那清脆响声的时候，钱唐脸上的表情跟我一样变了好几变。

之后，他迟迟不让我扫那些翡翠碎屑，低声说："没想到底座不稳。我只是随意一拍桌子。"

反正再激烈的吵架，我俩之间4个小时后基本还能说话。有时候是我撑不住问他事，有时候他忘记了跟我吵架又跟我聊别的。

我这学期用尽全部精力应付完考试和论文，终于来到了多雨的暑假。因为准备接下来的司法考试，很长时间都蹲在家里复习。

在那只智障小黑猫越来越依赖我的时候，我在一个雨夜让它进家门，它就赖着没再出去。

钱唐又是足足过了1个多月，才发现我们家里多了1只猫。

除了出差的原因和回家晚后习惯不开灯，也排除小黑猫一听到声响就立马瑟瑟地躲在沙发下面，更排除我在疯狂打掩护，他是完全不在意很多生活细节。这简直太神奇了。

等这次他从上海出差回家，钱唐告诉我，CYY最新的举动是允许艺人自己再签约其他艺人。也就是说，CYY允许艺人本身可以充当经纪人角色，以自己的喜好再签约新人。

相当于在CYY的帮助下，形成自己的签约工作室。而自己新人宣传业务可以外包给CYY，也可以借助于CYY自己运营，只是抽成的比例不同而已。

钱唐叙说的口气难得的兴奋，我猜着估计就是好事。

CYY自制的最新电视剧创下了网络首播和电视台签约新高，而在新老艺人方面，公司为叶伽蓝的新剧买下地铁线路的全排广告。花费不可谓不高昂，但不知道这么浮夸的宣传是秀佳的还是蔡林珊的主意。

可能就像钱唐所说，叶伽蓝"真正的"成功了。

钱唐好像对自己也很满意，他笑着说："之前取得的那点成就，只是人云亦云空洞的利。而我说过，我不相信才华取得的东西，因为这些终究消散。以前提到CYY，大家只想到是钱唐的公司。CYY如今经世致用，终于开始只成为CY——"

突然间，他一下子止住了话头，沉默许久。

我正无精打采地坐在楼梯上，看浩如烟海的民法，顺便监视我家那智障猫别跑到楼上。隔了半晌，钱唐走下来从后面紧紧搂住我，把脸搭在我脖子上。

"特长生，你看看我，我大概发烧了！"他低声说。

我丈二的和尚摸不着头脑，但还是放下书回头紧张地摸了摸他的额头。夏天嘛，也摸不出什么。体温感觉都没差，于是只让他快点休息。

第二天早晨起床，我关心地问钱唐好点没有。可惜他休息的时间是够了，脸色依旧难看。

"现在好多了，也确定不是幻觉。"钱唐这么淡淡地对我说，他拿着咖啡瓷杯，目光紧盯地面，"特长生，你过来解释一下，这又是什么一个东西。"

我好奇地走过去一瞧，气得七窍生烟又哑口无言。

那只智障又极其怕人的小黑猫，早不出来晚不出来，此刻正窝在我昨晚帮钱唐收拾好的空行李箱子里。睡得正香呢。

钱唐见我愕然无语的神情，什么都明白了，他眉眼微抬，冷笑着伸足轻轻一踢箱子，嫌恶地问："你什么时候往家里拣来一只猫？"

他面色虽然僵冷，目光却十分平静又无奈。那只智商低到可怕的小黑猫却死活不醒，动了动耳朵继续睡。

我内心默默鼓励自己，加油，李春风，这一架你绝对能吵赢。

结局确实是我赢了。

这只智障终于能自然地睡在家里的沙发和床上。而钱唐皱眉看了我和猫一会，直接扔了个靠垫过去，把猫吓得又躲到了柜子底下。

我怒了："你别吓唬它！"

"只此一次，李春风。除非这猫死，你绝对不准再往家里领别的和养别的东西。"

"你别咒我好吗！"

距离考试10多天的时候，我突然严重地过敏了。

我这人皮糙肉厚，很少情况下才会过敏，而过敏原因一般也都不太光彩。

前几次过敏，是因为学校旁边酒吧里 15 元一杯的假鸡尾酒，我当时喝了第一口，就感觉那气味太熏人了，和钱唐在家给我调的完全两个味。不过，我那时候怀疑的人选是钱唐。

事实证明，钱唐调的酒没有偷工减料，但 A 大旁边酒吧的假酒让我脸足足肿了三四天。

这次的过敏也跟喝假酒有点关系，却也不完全是因为假酒。

程诺修完学分，今年 5 月份就可以提前毕业，不得不说，她几乎完成了我的所有预定目标，什么当年毕业生荣誉代表啊，什么完美的成绩单啊，什么把自己的相片贴到了 A 大这一年的展示栏里。

程诺还没毕业，就收到一家外资银行的 Offer，现在还是一个国外小生化公司的股东。据说是创投企业，做什么基因体检和研究的，程诺认为基因体检在国内大有前途。

"方向一般有三个，个人基因组、肿瘤、生育健康。但我不做基因库，只投技术前景。目前这基因体检技术和美国同步的，非常易操作。只要给根头发或者让我扎一针血，你基因里带来的什么东西都一清二楚。鉴定亲生子女啊，不法罪犯啊，遗传病史，反正各种你想象不到的东西都能测出来。我们都能做到。"程诺这么跟我介绍。

我在暑假前回学校领准考证，顺便和她约在酒吧里见了一面，听她说了好些话，又喝了几瓶甜滋滋的假酒。

虽然是假酒，但真的很好喝。而等我摇摇晃晃回到家，钱唐已经自己睡了，只剩下小黑猫听到动静，轻捷地从跃层一跳而下，蹲在地板中央沉默地瞪着我。

我醉眼一看，这猫未免长得太美了，瞧这大眼睛！

借着酒劲，我把它悄悄拐带上了床，不顾它反抗，死死地搂着睡了整个晚上。第二天起床，我脖子和手臂贴着它的位置都起了密集的红疙瘩，火辣辣又巨痒，不能挠，一挠更痒。

我用抱过猫的手去揉眼睛，连带整个脸都肿了。

钱唐清晨就走了，我自己摸索着去了医院。医生也断定是过敏，就是不确定是饮食问题还是毛发过敏，他给我开了点抗过敏药后，让我有时间做个更具体的检查。

我不敢再喝假酒，平时摸完猫后赶紧洗手。家里的医用消毒酒精很快被我用完了，我就拆了一瓶茅台替代。结果这牌子的酒太香了，钱唐那会儿上床睡觉，总是怀疑酒味是他身上沾来的，还赔着小心解释几句，我也不敢吭声。

反正就这么着，才算相安无事。

我因为准备考试，人也就懒了，偶尔让钱唐公司里的人帮我把猫送到宠物店里洗澡。宠物店里的香波，味道特别好闻，猫每次洗澡完后像个香甜的大软糖。

我做真题的时候，让猫在我膝盖上睡了一下午，晚上洗完澡出来，觉得腿的位置隐隐有点痒。我吞了几片过敏药，又小心翼翼地抹了点药膏。

也许季末临近考试特别心浮气躁，最近这几天还总下雨，窗外面有一声没一声的打雷，让人不安。我索性扔了书，跑到小放映厅里，找到正独自看新片的钱唐旁边蹭来蹭去。

他被我缠得无心观看，终于抱我到膝盖上，低声说："不复习了？"

"待会儿。"我靠在钱唐怀里，也许是阴天，这小小的放映室里气压很闷，偏偏他最喜欢这种很暗的地方，"我想跟你待会儿。"

钱唐望着我也不知道想起什么，出了片刻的神。而我现在肚子里灌了很多水，觉得很撑，却依旧无来由的渴，于是俯下身打算去亲他。

钱唐微微一侧脸，我没平衡好身体，差点和椅子背来了个亲密的接触，他及时伸手托住我的背。

"你现在这副样子，"前方大屏幕明明暗暗的照射下，钱唐神色略有点复杂，"让我突然想到你复习高考的那段时间。特长生，我这么长时间把你扣在身边，是不是有些自私……"

我真不高兴听这种话，继续低头去亲他。

再然后，钱唐身上穿的这件黑色衬衫无论怎么样都找不到了。但我和他明明都记得过程中被他随手扔到脚下。把放映室里所有大灯都打开，地面除了我的浴巾，别无他物。他在前后两排座位摸索了两下，突然轻笑一声。

我费力地扭头看，那只智障猫不知道什么时候悄悄溜进来，把钱唐的黑衬衫叼到椅子上，此刻正盘在上面发呆呢。

小猫是黑的，椅子和衬衫都是黑的，于是谁也轻易看不见。

钱唐俯下身，用手轻搔了一下黑猫的下巴，低声说："正在看爸爸妈妈做坏事，嗯？难道也想加入不成？"

不止是我，小黑猫估计也被他这话彻底恶心到了。猫敢怒而不敢言地再看了钱唐一眼，就默默地跳下来准备溜走。而钱唐随手抓起衬衫，准备套上。

"别穿，会猫毛过敏的！"我想起自己的经验，立刻善良地警告他。

钱唐的手在半空中便略微停住："会过敏？"他目光一转，朝我笑了一下，黑暗中居然有些邪恶和笃定，"特长生？"

我抱着膝盖望着他发呆。钱唐这时却再朝我走过来。停在我面前，他不缓不急地重新脱下衣服，却把那宽宽大大的黑衬衫强行给我穿上。衣服是温热的，不知道是他刚才的体温还是猫窝在上面的残留温度。

我浑身发软，直到被套上衣服后才反应过来，一时间担心自己真被这衬衫传染猫毛再过敏了，立刻开始挣扎。钱唐重新顶开我的腿，将我压回软椅子上。

结果第二天，我们果然就双双中招了。

钱唐症状轻点，胸口前起了一小片疙瘩，他不以为然这是过敏，栽赃是被我挠的。而也不知道是不是心理作用，我反正是又发低烧又吐的，偏偏考试前还舍不得花一整天时间体检。

这时候，我就突然想到了程诺的便捷性基因体检，连忙给她打了电话。

"基因体检本来就贵啊，机器启动和检验很贵的啊，还有DNA保管费。我帮你打折，但基因体检也得一人两万，两个人可以9.5折。"程诺自然地

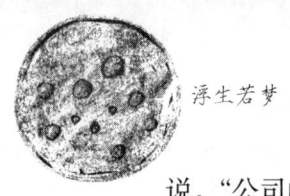

说。"公司的人来你家取样,你把你老公的也带上嘛。"

我简直哑口无言,感觉这是一场精心的骗局:"你们A大学生为什么心眼都这么黑?"

不过基因体检最后打动我的,是程诺随口说了句有些夫妻在决定要孩子前,都会做基因体检。

放下电话,我强行想把自己前几日熬的鸡汤热了喝,补一补脑子。但一转眼拿勺子的工夫,智障就跳到碗边闻了闻汤,我只好赶紧倒掉。也不知道是不是疑心过重,之后我尽量只吃冰箱里刚拿出来的东西。然而吃的东西太凉了,肠胃又不适,身体还是不太得劲。

这么断断续续地吐了3天,钱唐在周末,也就是司法考试那天早上把奄奄一息的我送到考场门口。

我顽强地含着参片,抱着热水杯继续最后过一遍大纲。钱唐伸手过来帮我解开安全带,欲言又止。

"千万别说不让我考试。我现在就算死也要横死在考场里。"我警告钱唐,但只敢小声说。他从兜里喂了我一颗巧克力,我都不敢吃,怕待会考场吐出来耽误答题时间。

钱唐见我这不服输的样子,他沉吟了一会,突然低声问了个不相关话题。

"特长生,你生理期多久没来了?"

我眨巴眨巴眼睛,没懂他的意思。但等在考场上奋笔疾书做一道分家产的多选题时,突然间我就哆嗦了下。他这么问是什么意思,难道我现在是怀孕了?这想法吓得我差点又在考场上打嗝加吐出来。

既然有了这个可能性,钱唐和我决定请专家诊断一下。

在第一次谈话中,医生对我说:"生儿育女是夫妻间的大事,也是很漫长的一条路。有些夫妻一次就成功,然而有些夫妻数年都毫无结果。有些事情要靠运气,我们也希望有很多运气。"

"我们明白，医生。"钱唐在我旁边替我回答。

我盯着自己的膝盖，也默默点头。

我知道，钱唐自己不想要小孩，绝不想。现在不想，以前也不想。可是，钱唐不想要小孩和他不具备生育的可能性，对我来说依旧是两个区别很大的概念。

但不管怎么说，我可能都想要一个结果。

医生并不知道这些，他只是把道理向我们解释清楚，让我们作好万一的准备，又说让我们俩得接受一系列的检查。

在医生说话的中途，接到了程诺给我打来的电话，我赶紧跑出去接听。

"你考试怎么样？"她这么问。

为什么大家说真事前都客套，有事说事不好吗。

"还成，你是要告诉我怀孕了吗？"

程诺呆了一下，她说自己打电话只是告诉我，再和钱唐来下基因体检的诊所。显然，那种只取唾液和血液的标本不精准，还要继续专业取样。我答应了，当然，又交了一大笔钱。

就这样，"十一"期间我们做了两大套检查。

我是白天选完自己毕业论文的导师后过去的，周教授在全系60多个人里挑2个学生时，选中的偏偏是我。真是瞎了他的钛合金狗眼，不，钛合金法眼。本来的，我都说好了跟院长！

钱唐是下午过去体检，等待结果的期间，大概因为钱唐这方面的毛病比我多，那个美国基因体检公司又让他单独去一个指定三甲医院重新做一个项目。

当钱唐把自己需要复查的事情告诉我，我就真的……很心疼。我一方面特别想让钱唐为我妥协，让他这么横的人为我低头，但当他真这样做了，我又打心里不想让他遭这份罪。

"我就是想要一个结果。"我告诉他，钱唐无声地摸了摸我的手。

浮生若梦

我沉不住气，倒也不是别的，我有点怕自己现在真怀孕了！前几个月我还在喝假酒和吃感冒药过敏药呢！但如果，如果这是我有孩子的唯一机会。我需要养一个智障吗？

我盯着那只小黑猫，它最近终于被我培养出一个新爱好。喜欢叨纸团，但凡我扔一个纸团过去，立马扑过去玩。

10天后，我的体检报告出来，上面说我现在没有怀孕，前一段吐只是内分泌紊乱什么的。基因体检公司也给我打电话，问我能不能去他们诊所一趟。

既然我没怀孕，为什么还要去他们诊所呢，我心中想到了一个更隐藏和肯定的想法。那就是钱唐这辈子果然如他所言，永远不可能有孩子，整件事没有任何方法和可能性。

简而言之，就好像在大四那年挂科了。学校没有任何补考，也不给你延迟毕业的机会。你就只是……两手空空地走了。我不打算立刻给钱唐打电话，先在学校湖边金黄色的银杏树旁边坐了一下午，随后，决定自己去那里。

"查出我俩为什么过敏了吗？"我先劈头盖脸地这么问。

基因体检办公室在一个开发区，走廊里都装修得很好。在宽大的医生办公室，光滑的桌子对面坐着一个黄毛和一个中国人。黄毛是纯天然的德国人，据说在A大修习过2年的中文。

他俩听了我的问题对望一眼，才看那厚厚的病例。

"猫不是引起过敏的原因，"黄毛用生硬的中英夹杂话告诉我，"根据结果，猫毛不是引起你们两个的……感染源。"

我点点头，至少今天听到了一个好消息。那只智障不用送人了。

"我能生孩子吗？还是说钱唐这辈子永远不能有孩子？"

出乎我意料，对方居然回答可以。对，两个都可以。他们说钱唐的身体情况有些复杂，但是运用合理的技术，让我致孕的可能性还是存在的，而且比普通人高。

我简直喜出望外,这时,他们又再对望一眼。黄毛旁边坐着的是一个中国人,40多岁的德裔中国人,他从刚才我进门到现在都一言不发。但一张口,他的普通话说得像人工智能手机提示音一样标准。

"有件事情比要孩子更紧急,钱先生的身体有一个问题。"

我还在喜悦当中:"我知道,他不能生孩子。但不影响他——"

这时,黄毛从旁边取出一个弯曲形状的医学模型,我看了眼,赶紧扭开脸。居然是个男性生殖器。

对方板着脸纠正我:"这是胰腺,和男性生育没有任何联系,我们怀疑钱先生有胰腺癌。"

"你在逗我吧。"

我甚至还回头找了一下程诺,感觉她躲在哪儿跟我开玩笑。有病吧,这么咒人,当我是傻子吗?

"程小姐不在。对不起,不得不把这个事情告诉你。我以为你们夫妇今天会一起来。"

我在前 1 分钟内,坚持跟他辩论,认为诊断准是出了什么差错。

这个基因体检公司谁知道哪儿来的,也许是洋垃圾和皮包公司也不一定。可能是白痴一样的外国人搞错了,或者是要继续骗我们钱做体检也不一定。反正绝对是错了。死骗子!

那个中国人一直给我耐心解释病理,而剩下那只黄毛在桌子那边一声不吭,怀着最大的同情看着我。他那样子,简直像家里的智障。

他们说,钱唐的检测他们自己做过两次。对,胰腺,这个见鬼的器官躲在胃的后面,普通 B 超和 CT 无法检测,脾脏、肝胆、十二指肠都在旁边。钱唐的肿块在 1 厘米以内,目前临床判断在二期,但要看发展状况。他们的机器足够精准,诊断上绝对没有问题。他们不仅委托了三甲医院,还让第一家的资深体检机构做了相同的测试。当然,他们介绍我们,我和钱唐——在治疗方案前最好先请教一位北美的癌症专家。我们非常"幸运",因为他们

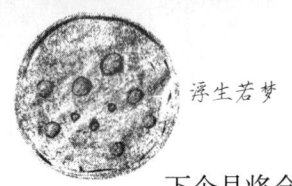

下个月将会来本城做……

我听不进去,坚持认为他们错了。但骂着骂着,我就觉得心跳加快。我需要安静一会儿,一定得安静下来,理一理他告诉我的那堆噩耗。

这时,对面换成了黄毛继续解释,钱唐目前患有的这种类型的胰腺癌,发现的时机较早,但胰腺癌手术风险很高。要谨慎选择治疗方案,如果恶化,存活率几乎……6个月之内,等等。既然要根据病情采取治疗手段,现在这个期间最好先服用一点缓和、抑制作用的药物。而到了这一步,主意就要我来拿了。治疗的事暂缓开始也无妨。

而这时,我猛然想起一件事来。

"钱唐也知道这事了吗?"

"我们打过多次电话,但钱先生电话一直无人接听。"对方告诉我。

钱唐因为工作原因,他很少肯主动接听陌生来电。我无意识地松了口气。我继续问:"那他知道这事吗?"

"应该还不知道。"

"那如果现在治疗,这病会治好吗?"我问。

对方第10多次地摇头。中国人重新说:"下个月美国医生会来到这里。你现在多想想,到那时候拿最后的主意。"

要我拿主意!几个小时前,我还在因为选毕业论文导师犹豫呢。突然就到了这一步,我都快喘不过气来了!本人又要吐了!

我的脑子里,非常没有出息的只有汹涌而出的脏话。

"钱唐很健康!"我告诉医生,当时估计是嚷嚷出来的,还顺便把椅子弄翻了。

我在房间里像狂躁的神经病一样走来走去,两个人在桌子另一头纷纷点头,特别傻,丝毫没有不耐烦的样子。他们对一切很清楚,不光清楚钱唐的身体状况,也清楚我的。毕竟,我俩的体检报告就在他们手里捏着呢。

后来,我终于感觉不能老对着这俩人骂脏话。我问他们,我该怎么做。就是说,我现在在钱唐面前应该怎么做,是不是得注意点什么,现在给他弄点吃的喝的药治疗一下不惹他生气还来得及吗？

他说，没有任何用处。

首先保持平常的心态，要保持积极的心态，要保持冷静的心态。而且这里面还有一个百分之一的可能，是结果确实出错了。我可以等另一家高级医院的体检报告出来再决定也不迟。

我点头谢过他们以后就走了。

5天后，另一份体检报告到了我手里，诊断结果和基因公司体检报告相同。

从小到大，我每次遇到困难的第一个反应，就是咬紧牙关。

我自认属于平时可能显得有点智障，实际上一遇到大事，立马能咬紧牙关巨清醒的那种天才型人格。

回到家，我只把自己的体检报告拿给钱唐看。钱唐这人还是那么恶劣，看了一眼结果，完全没提怀疑我怀孕的事情，只是告诉我现在考完试了，家里又要举办个小型派对，叶伽蓝也会"大驾光临"。

"他只会来这个地方一次。十五分钟。"钱唐每次说到叶伽蓝，语气和脸色都有些阴沉。

但我只想告诉他，我不在乎任何人了。

第二天下午，家里来了不少在圈子里有头有脸的客人。钱唐邀请了一个日本厨师到家里来，做的都是我喜欢吃的铁板烧。

院里不让外来泊车，钱唐不厌其烦，亲自出去迎接每一位客人。我在屋子里发呆，其实不知道准备什么好，家里很干净，我这几天光是拖地，就无意识地拖了四五遍。

人陆续来了，我挤出笑容招呼，文艺圈的人应该怎么应酬，必须要看过对方作品才能说话，是吗？

秀佳和蔡林珊提前带着一堆礼物来，并帮我做接待工作。叶伽蓝瘦了不少，在长时间的健身后，原先萎靡的状态消失了，服装造型都是全韩国团队打造的。

　　我勉强承认，现在人气正旺的叶伽蓝越来越顺眼。但我怀着巨大的偏见和恶意想，为什么得病的不是他呢？随后我又意识到，叶伽蓝在他的生活遇到什么恶心事，没准儿也会头一个这么诅咒我。

　　钱唐安排秀佳和蔡林珊照管叶伽蓝，大概留了点心眼。我这么心乱如麻，也看出他们3个人的关系微妙，叶伽蓝有些忌惮秀佳，蔡林珊很不愿意和叶伽蓝单独相处。

　　叶伽蓝看到我后，立马识趣地滚到别的地方。剩下蔡林珊和秀佳亲热地坐在我旁边。

　　秀佳以前只是有点丰满，如今胖成了一个球。她说话越来越自信，有点大姐大作风。最近钱唐刚鼓励她全款买了套小公寓，但她还开着我送给她的那辆跑车。

　　蔡林珊从上次流产后，现在已恢复了身材，也明显得有点老了，倒不是说脸上有褶子，只是那种可爱的日系风格服装穿在她身上不再适合。

　　蔡林珊告诉我，她"又"和男朋友正式分手了，现在他们只是在CYY上下级关系。我听了后也确实不知道说什么。我做人一向讲原则，不爽的时候你跟我讲没用的东西那我就只能不搭理你。

　　她们向我问东问西的时候，突然看到了躲在沙发下瑟瑟发抖的智障猫，笑着把它揪出来，抱在膝盖上。

　　两人又聊到了叶伽蓝，一致认为，如今的叶伽蓝比以往更放得开了，简而言之就是"突然间好像就不拘束了。只有把自己不当回事的人，才有娱乐精神"。

　　我一边怀着巨大的秘密只想自己待会，一边异常感激她们围着我说话，让我可以不要沉浸在悲痛中。

　　比方说，我现在就想和钱唐在一起，可惜家里热热闹闹的，他这人又不知道在哪里。我担心我看不见钱唐时，他就出点什么事。这话说来真难为情，都羞愧了，但我是真心这么想的。

再缓过神来的工夫，智障猫在这两人手里转了一圈，最后落到了蔡林珊怀里。小黑猫估计很不舒服，但依旧乖乖地趴着，长长的黑尾巴在她膝盖上烦躁地扫来扫去的。

我刚想制止，她们正聊到了所谓的"危机公关"。听到"危机"这俩字，我终于勉强打起精神。危机，我自己现在面临的难道不是一个巨大的危机？

"钱爷最初确立CYY的时候，规矩就立下了。最关键的不是新闻本身，而是这个艺人内心怎么想的。艺人不把新闻当成事，就可以请示钱爷后再斟酌处理。毕竟新闻都是过眼云烟，压下去就没了。但如果艺人内心会把新闻当大事，感觉受到伤害，我们必须在第一时间帮他坦然面对，减少一切伤害。总之，做这个生意一定要保护艺人，凡事想在他们前面——"

秀佳话锋一转，突然望向我："春风，还记得你刚入行。我也问过你这个问题，如果有什么负面新闻流出，你会想在第一时间内澄清吗？记得你怎么回答吗？"

我竭力摆出一个轻松面孔，再梗着脖子摇摇头。

秀佳笑着说："你当初说，随便和谁传绯闻，你不在乎。但绝对不能和钱爷传。你的原话是，其他人都无所谓，只有钱唐不可以。春风，你说你性格多倔！当初喜欢人家不得了，偏偏永远不让人提！"

秀佳在朝我笑，唯独说到钱唐名字的时候，用余光严厉又警告地看了一眼蔡林珊。而蔡林珊没说话，继续面无表情地摸猫。

突然间，智障猫"哈"了一声，龇着牙努力挣扎要从她怀里跳出来。我借机要去哄猫，直接跑到房子外面。

闷，真是闷。

现在的温度还是能穿夏装，但空气如腌萝卜后剩下的水，我大脑和肚子都很闷，因为装满秘密。

我担心在家门口院子里遇到客人，钱唐肯定要喊我过去陪他应酬。所以绕到院子外一个极其隐蔽的角落。

智障猫不知道是不是被传染了焦虑，在怀里不安地扭动。我手里还拿着之前握着的一个水杯，只能单手抱它。但它挣扎得越来越厉害，还不停地喵喵叫。

我突然间失去所有耐心，把智障猫放回到地面。它不喜欢我抱，那随便，爱去哪儿去哪儿吧。给它自由，姑奶奶不伺候了。

手刚要放开，钱唐的声音猝不及防地传来："这里没有墙围着，你不怕它逃走？到时候，可不能发动我的客人为你找猫。"

不夸张，我心跳在半秒内就加快了。

我愕然抬头，等眯着眼睛看了好大一会，才从一个燃烧的小红点里勉强辨认出他的方位。钱唐独自一人，正靠在楼房旁边那即将被园丁挖掘走的枯紫藤树旁抽雪茄。也不知道独自站了多久了，从我这个方向，只瞧见到半个不清楚的影子。

屋子里面满满当当的都是钱唐请来的客人，他为什么独自在这里，不去迎接和应酬了吗？

四周很静，我全身软得喘不上气来，脱口而出就想问是不是他感到身体难受。但是话到临头，又生生忍住了，我深深吸了两口夜晚的空气。镇定，我要镇定点。冲动是魔鬼啊。

如果钱唐身体难受，他肯定会第一时间告诉我。没准他出现在这里，只是不想被人打扰。我也要像医生说的那样，保持平常心态，保持积极心态，保持冷静心态。

不管怎么说，要先咬紧牙关忍着这秘密。

我没有立刻靠近钱唐，怕自己像个絮絮叨叨腿脚不好的小老太太似的去关心他。

真的是话只要不给问出来，就不知道自己有多少怨多少惶恐。等待过程中，我把所有最坏的可能都想了一遍，越想越绝望。

在此过程中，小黑猫每次抬腿想逃走，都被我不客气地拦住。后来智障猫也烦了，老老实实地伏在草坪中，眼巴巴地望着我。

钱唐在不远处，安静抽完一根烟，终于朝我走过来。

"怎么跑出来啦？"他问我，语调特别平常，感谢老天！

我竭力摆出一副很不耐烦很想吵架的姿势："遛猫呐！"怕他继续追问，赶紧说，"那你自己刚蹲那儿，是想着造反吗？"

钱唐淡淡地说："我在想事。刚刚在想，今晚的客人已经全到齐，到了添灯开宴的时刻。待会儿我走进去，该和什么人说什么话，该先去找谁后去找谁说话。如果他们拒绝我的要求，我该怎么做。如果有人答应了我的要求，我能收回来什么样的条件……"大概察觉到我哑然的表情，他自己笑了一下说，"诸如此类的事情，在脑子里都过了一遍。"

我对他这种作风并不奇怪，呆呆问："你整天都这么动脑子，在这个世界上还有什么你想不到的事情吗？"

其实这问题一问出来，我就后悔了，我那么傻，真应该现场扔个手榴弹和它一起爆炸了！

钱唐干脆地承认："当然有。"

我心跳再次加快："那，那是什么事情？"

他回答得极快，简直都没有半分犹豫劲儿："比如，我从没想过有朝一日会结婚，还会被逼生子。"

我迅速地塌下脸，即使如此低落的心情中都有点隐隐冒火。这人永远都这副死德行！他是不是想气死我啊！

钱唐看不见我愤怒的表情，但肯定忍不住微微一笑，随后又故意问我："但你不觉得，就是因为时刻会发生无法预料的变故，我们的人生才会变得更有意思？"

我大喊："完全不觉得！你脑子里全部都是垃圾！"

钱唐终于笑出声来，把气鼓鼓的我从地面拽起来。

我们没有再说话，钱唐的手很暖，他牢牢牵着我，准备回那热热闹闹的屋子。而走了几步，我忍不住从背后抱住他，钱唐停住脚步，奇怪地"嗯"了一声。

现在已经靠近家，环境比刚才亮了不少。我发现自己手里抓着杯子，那里的水，不知道何时已经全部都洒到了地上。

我闭上眼，想起最初对钱唐怀有的执拗心情。

在以前，在我10多岁的时候，那感情只是透明的、干净的、滚烫的、毫不设防的一整杯水。随着时间流逝，它也一点一点震荡、晕染。温度冷却，液体挥发、再没有了原先的单纯饱满，甚至中途还被碰洒了不少，最后有些渗透到了地底下看不见的地方。

杯子空了，我慢慢长大，多蠢多情愿的百般鲁莽作死，其间也看着钱唐对我花样百出的态度。但是，我心里一直很确定，自己对钱唐的感情，从来没有丝毫地减少过。

"你一定要等我……等我，"我压住声音里的颤抖，严肃地说，"等我，你一定要等等我。"

其实，我不知道想让钱唐等什么，或者我自己该等什么。

以前总想着，只要给我时间，我以后肯定会把世界上最好的东西都拿来给钱唐，就像他对我这样。到时候我俩一个好一个坏，搞不好联合起来就能统治世界了。

但是如果没有足够的时间，我不知道自己怎么做，我想咬牙独自煎熬，未来好像只会越来越糟糕。

钱唐默然无语，过了一会，他转身，同时危险地抬起手。

那动作简直太熟悉了，他显然想伸指弹我脑门。我下意识地缩了一下脖子，然而这人落手处却是无辜的猫脑门。

钱唐下手不轻，怀里的猫被弹得又直接"哈"了一声，将毛茸茸的脸扎在我脖子里委屈地呜咽，估计这辈子烦死全人类了。

"傻兮兮。"钱唐淡淡地说。也不知道是说我，还是说猫。

除此之外，他就什么也没再说。

在我俩一起进家门的时候，钱唐突然当着别人的面吻低头吻了一下我的唇。

"要乖。"他轻声说。

我恍惚记得，钱唐从最初就最喜欢对我说这句话。

上过大学的都知道，学生都是根据"第几周"来算时间和考试。现在钱唐生病了，这种计算日期的方式在现实生活中沿用，我认为无比残忍。

因为没有提出反驳意见，毕业论文就稀里糊涂地跟着周教授，他一个电话把我叫到办公室。

"你毕业论文选题是这个？附条件不起诉制度分析的构建和研究？"周教授盯了一会我交上来的大纲，"这个论文可以直接成为硕士选题。你自己要挑战，我当然也没什么意见。只是丑话说在前面，既然跟着我做论文，很难。"

"很难。"我顺口帮他接下去。

周教授皱眉看了看我："你这么爱接下茬的女同学也真罕见，我们全院的老师都知道你这么一号人物。"

我很有尊严地没吭声。

每个人上学的时候，不一定幸运地碰到自己喜欢的老师，但肯定能碰到自己讨厌的老师。

我个人不太喜欢周教授，他显然也不怎么喜欢我，偶尔周教授心情好了，才会赏脸对我皮笑肉不笑一下，但笑了也没用，他依旧是个笑眯眯的丑八怪。

中午的办公室没有别人，周教授慢悠悠地用嘶哑的声音说："我很少带女学生，但我认识你先生。他之前卖了我个大面子，所以现在让我选中的你。"

"谁？"我一愣，万万没想到钱唐也牵扯进来这事。

周教授似笑非笑，可惜他的脸实在太大又太难看。

"你先生估计知道，我作为论文评判老师，答辩时肯定会给你打低分。但如果我成为你的论文指导老师，就不会了，反而会帮你评优。"随后，他再正色说，"李同学，如果你想挤进明年的荣誉毕业生论文，就多用心。毕竟在 A 大，你的能力像蝼蚁一样——"

我以为他要说"不值一提"或者"微不足道"。结果，周教授慢悠悠地说："只有做出成绩，才会被我所认可。"

从学校里出来后，我自己又在门外发呆站了好大一会。无事可做，又掉头把车开去空手道馆。

长达 1 个小时的热身活动，我特别专注。唯独训练踢腿的过程中，我正发着全力，突然半空中收势。

对面陪我练的教练估计以为我在做假动作，全神贯注地防范，结果没想到我真踢空，往后一退，差点踩空。

"李春风？怎么了！"他朝我大吼。

我没说话，知道刚才腿部太用力把袜子撑了一个破洞。

自从知道钱唐的病情，时间已经过去 1 周。

钱唐的所有言行都如常，他原本就是非常自控和善忍耐的性格，也看不出有什么身体不舒服。只是，他最近起床和梳洗，确实比以往速度慢了很多。

钱唐自己没察觉，我却清楚地看在眼里。

在以前，钱唐基本一睁眼就立刻坐起来，行动力无比快速，好像很少有他不清醒的时刻。而在很长的时间里，我都觉得，钱唐长着铁皮金骨，他不会困，也不会累，更不会伤心。

我现在每天清晨都比他醒得早，每次醒来的时候，都发现自己在哭。而现在的我，明明回家比钱唐早。但就是一直在外面磨蹭着，拖拉着，直到钱唐回家才敢进家门。

这是为什么呢？我以前没事最喜欢蹲家里，因为就是个肤浅庸俗的人啊，见识过经历过的也不算少，但还是觉得最快乐的事莫过于在家里光膀子发呆嗑瓜子。

可是，我受不了他不在时的那种寂静。

有的时候我嘴痒，想跟钱唐吵吵架，然而张嘴就感觉要发出狼狗似的悲鸣，太丢人了。我总是忍不住想，这人还能陪我多久。越想感觉这辈子也没这么惶恐过，手足都开始发冷。

早晚也必须去劝钱唐把药吃了。

最初，我面色灰败地坐在客厅发呆，思考该用什么样的谎言骗过他。但没等我想好，钱唐自己练完字倒墨水，正好悠闲路过，看到茶几上摆着的药和水杯。

钱唐表情没有什么异样，目光在我脸上一扫，没等我说话，伸手拿过来杯子，直接把药吃了。他甚至都没问那是什么药。

我简直异常吃惊，哑口无言地望着他背影发呆。钱唐涮完笔后，转头又淡淡地问我："家里以后要买套吗？"

我自己想了好一会，才明白他指的安全套。

钱唐大概先入为主，以为我现在喂他吃的药，是帮助他，不，帮助我俩有孩子的。而他的态度表示，钱唐愿意妥协接受治疗，但他现在依旧不想有孩子，这个大浑蛋！

我不知道是该继续生气，还是松了口气。

现在的我总感觉很迟钝，可能越来越迟钝，整个人不咸不淡的。前几天那个小动物协会的那男同学给我频繁打电话，我心里也就是个"哦"字。

毕竟，现在这时候，我还能说什么呢？

没几天，我真的按照钱唐的话，往家里拿回一只安全套。

校园最近举办个艾滋病宣传日，喜气洋洋地向路过同学发安全套。这玩意特别受欢迎，满满一大盒子很快就发完了，有些同学甚至特意走了道路2次，就为了免费领2只。

晚上回去，我和钱唐都好奇地研究了一下。他的脸在灯光下有点怏怏，

白里发灰，我眼都不眨打量着他，但在钱唐抬头时又赶紧难受地扭开目光。

"劣质品。"他评价说，"做得这么厚。"

"很厚吗？"我嘟囔着，再用指尖提起来黏黏糊糊的透明东西，第一个感觉是好恶心，"已经挺薄啦。这玩意儿怎么用……对了，你怎么知道安全套是厚是薄啊？咱俩不是没用过吗？"

我忍不住提高声音，钱唐便不言语了。过了一会，他微微一笑，低声说："那些嘛，都是遇见你之前见识到的事情。"

我显然不满意钱唐这个答案，但可怕的是，我发现我也并不太生气。

我装得特别恼火地把那玩意摔在他身上，再扭头狂瞪他。为什么现在这时候，钱唐还总能轻而易举地刺激我呢！

钱唐安慰性地拍拍我的手，他往后躺下，双臂悠悠地枕在脑后，完全不害臊地吹嘘："特长生，我以前确实广受欢迎。从小如此。想当年在南方上过三年的小学，每年都能收到几条女同学自己织的围巾，还收到过毛衣。现在北方的小孩子们，都已经不像我小时候去时兴这套。"

我冷笑着告诉钱唐，现在的小屁孩还是流行织毛衣。不过这话已经不是原先的意思，他们只有为了傻瓜才织毛衣。

其实钱唐刺伤我的，绝对不是他的任何话或者任何态度。我现在用文雅的话说，基本属于求医无方，即将面临生离死别。此刻，我恐惧又很认真地想过，真的，我现在要不要去求着钱唐给我留一个孩子。

上学期在检察院实习，一名年轻的涉案官员在监视居住期间，用刮胡刀畏罪自杀。而且居然一次性就自杀成功。整个检察院都被这突如其来的事弄疯了，从检察长到监督部门都在自我检讨和追究责任。

但是，那个官员年迈的母亲，反而最先接受儿子的死讯，冷静地在本城内开始四处咨询试管婴儿。

几个月后，她还真的又怀上孕了。

她说："最坏的事已经发生了。无论如何，也要给家里再留一个儿子。"

这行为多么荒谬！我当时觉得，这简直就是神经病，送去强制医疗都没准能成。但没想到，我现在居然也在想相同的事。

如果一切真的无法挽回，能不能让钱唐给我留个孩子呢。因为生命需要时间，时间就是机会，小孩子长大了以后就会像他，我也不会那么无力承受。

但我真的又没法深想，现在一想钱唐得病，我整个人都在哆嗦。

最近总隐隐约约听到耳边有那种轰隆隆的声音，低沉的，遥远的，没准是从我内心深度正在坍塌的巨大声音。

而在古怪又自私的想法成型前，我不得不压着烦躁，跑到周教授那里报到继续去改自己的论文提纲。法律界的圈子特别小，我经常在周教授桌子上，看到各种稀奇古怪的名片。

有一天，我看到了张叫"史大佗"律师的名片。瞬间，我感觉自己久违的笑声像杠铃样响亮和刺耳充满整个教师办公室的崭新楼道，声控灯都被我震亮了。

"史大佗"，唉，也不知道这人恨不恨他父母，但我想自己这辈子可终于算是能瞑目了。

我没在周教授那里待多久，就又被他那张奇大的丑脸轰出来。我扭身去超市里买了不少食材才回来。

现在，我经常精心准备每一餐，而下午回到家。钱唐居然罕见地在家，他坐在沙发，有一搭没一搭逗着智障猫。

钱唐的脸色越来越不好，虽然表情轻松，但开始无意识皱着眉头。

我静下心，把所有吃的都分门别类地先放到冰箱里，直到里面塞得满满的摆无可摆，接着趾高气扬地蹦到他面前。

正在玩纸团的智障猫看我这么兴奋，估计觉得没什么好事，扭着屁股钻到沙发底下静静趴着。

钱唐也抬起头，平静地望着我。

这是首次，我看到他在家居然没打开电视机。钱唐一般坐在客厅里，都会随手打开电视，很恶俗地调到什么娱乐或者电影频道。也不是特别想看什么，就是无意识的职业习惯。

就跟我看到桌上摆着糖，第一个动作就是想剥开往嘴里塞似的。

"你看看，这是什么？"我兴奋地把手机递给他。

我把那个倒霉律师的名字照下来了。指望这么可笑的名字，能让他露出淡淡笑容。

钱唐和我都喜欢很荒谬很暴力的事情，我俩讨论装修新房卧室里的洗手间，他还扬眉建议我，"要找脑部血浆溅上去后，警察不会轻易察觉到的瓷砖颜色"。

是啊，当时我们谁也不敢确定我俩有天吵着吵着架，会不会急眼真打起来呢。

钱唐没接手机，他淡淡问："难道是谁的裸照吗？"

我忍不住呲了下嘴："哎哎，你这个人，怎么一点都不具备社会主义核心价值观。"

钱唐不动声色地说："你的社会主义核心价值观里，包括一手遮天吗？"

"什么一手遮天。我们不说没用的，你先看看这名片上的名字是什么。"

钱唐终于接过我塞来的手机，他低头看了眼，等抬起头来，目光闪动，却没有表情。没嘲笑我无聊，也没附和我说点什么。

钱唐的脸上，没出现我任何希望出现的表情。实际上，他脸上没有任何笑意，只是用目光淡淡地扫过我面孔，一遍又一遍。

已经很久都没看到钱唐用这么不动声色地目光上下审视我。他经常对别人，对除了我以外的其他人做出来的平静如水，始终冷冷淡淡的，脑海里肯定正琢磨怎么比旁人多走几步，多生点心眼。

我先是不解、诧异，接着恼火和不服输地抬起眼睛瞪着他。

"一个人被称呼成什么，不过是表象符号。"钱唐终于把手机还给我，他文绉绉地开口说话，语气非常平静。只是现在，钱唐望着我的表情有点奇怪，平静中有点讥诮，轻蔑中又带有几分纵容，"就像你不管叫什么名字，现在已经敢彻底踩在我头上了，特长生。"

这种语调让我头皮麻了一下，顿时有了不好的联想。

"你在说什么啊？"

钱唐淡淡说："不止是养猫，你把我得病这事，在我眼皮子下居然都瞒了这么久。我以后可真不敢小瞧你了，李，春，风。"

随着他轻声叫我全名，一股寒意自心底倏然间升起。

我下意识往他的眼睛里看去，钱唐早就摘了眼镜，他的眼是极黑的，专注地盯着人看的时候，眸色是极致的深邃。我这么近距离地看，只觉得比起受欺瞒的怒气或者伤心惊恐的情绪，他的眼神是有点难以形容的茫然。

不过，钱唐的茫然并非对自己突如其来的病情，我知道，他现在也乱糟糟的，但脑海里第一时间肯定在想，眼前的二愣子还这么傻，以后剩下她自己，她又该怎么办呢？他是替我感到茫然。

迎着这种目光，我不由得呆了，刚才还奋勇地提了4瓶1L的酸奶，瞬间就像橡皮管道一样全软了，手突然间一点力气都没有，以前只看到电视剧都这么演，现在才懂这是真的。

我下意识地缓缓后坐在沙发里，抓着的手机居然没拿住，啪嗒一声狠狠砸到地上。

钱唐不动声色地坐在我对面，没有开口。他目光那么茫然，举止依旧那么冷静，简直好像现在得病的人是我而不是他自己。

过了好大一会，我重新咬紧牙关振作起来，抬头望着他。

钱唐见我这样终于笑了，有些欣赏的意思。

他告诉我，最近感到很有些不舒服，体检报告又一直没下来，我的行为也古古怪怪的。于是钱唐直接找到两家体检医院，不是去催体检报告，而是要他们摊牌：到底出了什么问题。

一切都很坦白，就像所有突然起凉风的秋天早上。

我睁着眼睛听着他说，很久后，低声问："医生怎么对你说的？"

其实，我早就了然医生怎么说。我不光知道全城全国最好的医生怎么说，我天天上网和在越洋电话里问这事。但是，我依旧想听钱唐告诉我最终结论。

钱唐略微闭了下眼，他镇定地说："情况不太好，没有法子治。但幸好病情没有继续恶化。下周国内再检查一下，过段日子去美国做更详细的治疗规划。"

我闻言不由得再度紧咬牙关。

此时，智障猫悄悄从沙发底下溜出来，安静趴在钱唐腿边。而我也顺势滑下沙发，把头靠在他的膝盖上。感受到钱唐和小黑猫的温暖和重量后，又感到强烈羞耻袭击心头。

我实在觉得，应该由我来告诉钱唐他的病情，这件重大的事其实我来出面做比较好。但我自诩胆大，事到临头居然夹着尾巴，话都不敢说。最要命的是，我发现我做了自己最厌恶的逃兵行为。

钱唐大概感觉到了这种无来由的内疚和自厌感觉，他眯了眯眼，抚摸着我额头前的头发："其实，我今天也遇到一件挺有意思的事，知道吗，另一家医院的医生是你我的校友，他毕业自Ａ大医学部。"

"嗯？"我只能这么说。

"Ａ大医学系的录取分数比起正常Ａ大学生低。以前我在念大学时眼高于顶，认为这些人都是高考失利后才调剂从医。"钱唐在笑，但我知道他是堆笑着哄我开心，"世间因果相承，轻尘爱栖弱草。如今得又让那些高考成绩不如我家特长生的货色来为我看病，前景堪忧。"

我忍不住问："你觉得他们医术不好？"

"以我来看，应该是没问题，不然就是他们演技太佳。"钱唐笑着说，"这些校友没你这么关心我。总是说关心则心乱，心乱徒增烦恼。幸好，特长生你比我想得要更镇定胆大。"

我接不下这句话，我不知道钱唐抱着什么心情说这话，他是想刺激我让我为他掉几滴眼泪吗？没准儿，我也该接起这话茬，鼓励钱唐这时候也掉个眼泪，感慨一下生命，再没准我们俩现在就应该一起抱头痛哭。

不过，这些行为最好全部都不要发生。我俩最好谁都不要说，谁也不要哭。除了咬紧牙关，任何凄凄惨惨的悲惨剧情都不适合在我和钱唐之间上演。

过了一会，我突然想起来一件事，悲愤地问钱唐："给你看病的，是男的还是女的？"

他怔了怔，然后微微一笑。"这个嘛，他估计比我们国家岁数小，但比你我相加的岁数大。放心了吗？"

我借机堆起笑容，但估计比哭还难过。我喃喃地说："那我就放心了。"

钱唐的作息没有更改。他冷静迅速着手安排 CYY 后续工作，不急不缓，甚至抽空又出了一趟短差。

也许我胸怀宽广点，该感谢这病。钱唐连新公寓的壁纸和灯都能耐心听我唠叨半个小时，我俩以前还为了装修风格的事拌嘴。现在，钱唐和我每天都在说话。就连钱唐出差 2 天，我俩都会打很长时间的电话，其实也不是说话，是很严肃地商量很多问题。

不可避免，会说到最坏情况发生。

刚开始，钱唐鼓励我："特长生，我相信你会坚强。想你从小练空手道，以体育特长生的身份在 A 大法律系混了三年奖学金。混到如今依旧不知天高地厚，此番必然心性坚定，能忍人之所不能忍。"

"体育特长生怎么了，特长生也有很有脑子的。你整天吃喝嫖赌，我才是德智体美。而且，我很聪明也很坚强。"我反驳。

但向来见微知著的钱唐是否知道，聪明坚强又德智体美的特长生已经开始害怕了。

钱唐继续说："我得病了，但这件事没那么简单，我还有很多东西没有安排妥当，暂时不允许他人知道。"

钱唐这人素来有些无聊的高傲。他得病的狼狈模样，肯定不肯轻易让人看到。我安慰他："我什么都不会说的。你自己要先好好吃药，这件事千万不要忘记。"

又过了一会儿，钱唐在电话那头低声笑了一下，他突然说："有件事，应该问问你意见。"

"什么？"

"特长生，你现在还想不想要我的孩子？"

我听到这话先是大吃一惊，觉得巨大心虚和内疚，感觉他又看透了我的软弱。但再仔细想想钱唐问我话的时机，心就慢慢凉下来，一切突然之间就放空了。

隔着电话，看不到钱唐的表情，也听不到他的呼吸声。但我大概可以想象他的表情，态度很温和，眼睛里没半分感情，看准你的软肋，彬彬有礼地提出极具诱惑的条件。

也并不是想占你便宜，因为钱唐自己也会付出相应代价。他算计别人也算计自己，最后让所有事情总按照他想的方向前进。并随时随地，不动声色将别人每步后路堵死。

钱唐居然已经在安排后事，他正试探我能承受什么，他又能最后给我什么。

不知不觉，我再开口，声音有些嘶哑："我不想要孩子。我想要你好好的活着，你觉得行吗。"

他平淡地说："如果我说不可行呢？"

"去你的不可行！如果不可能，我要你当着我的面说，我要你看着我的眼睛，告诉我你所有的安排。你不要总想默默威胁我！"

钱唐沉默良久，他终于笑说："你是想折磨死我吗，特长生？"

我难受极了。唯一庆幸的是，钱唐看不见我的表情，我也特别庆幸，我现在也看不到自己的表情！

我立刻换了个新话题。"你居然帮我偷偷调换的周教授！你怎么总爱管我，还不往好了管！毕业论文这么麻烦，那个教授整天玩我！"

"那也要坚强。"钱唐不肯轻易放过我，"不仅在校园，以后在生活中里也要为我母亲坚强，不可英雄气短。我母亲听到这消息大概是最伤心的，反而特长生你还年轻，以后慢慢进入社会，总能找到点别的乐子，可以逐渐忘怀……"

我说："你放屁！"

"别耍嘴皮子。"钱唐截断了我的脏话，"特长生，是我想要你快乐。你觉得行吗？"

"不行。"

"我需要你说'行'。"

"那，那就行。"

"昨日之日不可留，今时今朝多烦忧。无风千里送秋雨，对此收梢酣高楼。"他又说，"你听我改的诗好不好？"

"行。"

钱唐满意地挂下电话，我坐在卧室柔软的床沿，心里酸酸，对于内心的眼泪，也只能无可奈何地说"别流了"。

第二十章　清风送君子

钱唐知道真相带来唯一的好处是，我终于不用在他面前战战兢兢的演戏。我可以不用想，今天在哪里消磨时间，到底该怎么打发时间，回家正常的对他。

我觉得，我并没有消磨时间，而是眼睁睁的坐等时间消磨我。

钱唐后天接受外籍医生检查，1周后去纽约治疗。他早有美签，我得准备加急签证，白天还要硬着头皮到周教授那里报告。今年，是我在A大的最后一年。

据说，大学毕业前的最后一个学期属于"表白高峰季"，我居然也被堵在图书馆，怀里被学弟塞来一束玫瑰。后来是萧磊凶神恶煞地跟出来，帮着打发走那个我都不认识的小破孩。

萧磊回过头后，问我最近是不是在减肥期。"你怎么都瘦成一个干儿了。周教授身边的日子不好过？"他捏了捏我胳膊，开玩笑地说，"小权儿，你能对我多笑笑吗？这可是咱俩在A大相处的最后一个秋天——"

"不准胡说！"我一哆嗦，立刻沉下脸，"什么最后一个秋天？"

A大的秋天过完后还能剩下什么，我不知道，我只知道整个城市都淹没在自己的绝望里。

今年真冷，天黑得越来越早。每天从学校开车回家，在堵车奇严重的道路中央，我都觉得视野特别不好，大概因为眼睛里全部含着泪水，结果啥都看不清，觉得挺冤枉就有点沮丧。

数着日子过吧，幸亏我的数学不怎么好，还能特凑合地活着。

我整个人跟着钱唐消瘦。就像打开一包巧克力，豪华的包装纸扔了，也就那么两小板的干货。

我那会经常煲汤，最爱烤蔓越莓派，还经常做蛋糕，抹厚厚一层奶油，往蛋糕胚里狂扔黄油和糖。我还泡发海参，把细细的虾线，用刀挑出来。

钱唐嫌麻烦，他百般劝阻我："你有这工夫，为什么不先忙自己的事？"，越到后来，钱唐就不制止了。估计他想，总得给我找点除了抠指甲以外的事情干着吧？

那天，我正在厨房看食谱，准备做炖花胶海参棒骨玉米汤。这排骨，是一大早就开车去有机农贸市场买的，据说猪杀了都没6个小时。我又在汤里放了一堆佐料，有贵的有便宜的。混合一起，那味儿巨香，都怀疑能把狗熊给招来。

钱唐在客厅里看午间吵吵闹闹的综艺电视，突然间，他在客厅里把电视关了。

我冲出来。宽屏幕上按了暂停键，钱唐坐在沙发里，望着自己的手，智障猫远远地蜷在小凳子里睡觉。

"没事吧？"我尽量平静地问，"你饿不饿？"

他深吸一口气，反问我："炉子关了吗？"

我说："都已经关了。"

钱唐又问："车有油吗？"

我点头："我早上去学校的路上刚加满。你想去公司，我送你吧。"

钱唐闭上眼睛，他低声说："去医院。"

我发现，"保持坚强"这4个字存在让人感到特别虚伪。它基本是一个人对自己特别脆弱且即将崩溃的神经说：亲爱的咱们没事儿，坚强哇。

我的内心明明在地上无助地打滚，但身体却迅速跑上楼拿了病例检查

733

单、大衣、围巾，不小心又摔了2次手机，从2楼滑到1楼。捡起来揣兜里，没穿袜子准备拿车钥匙走。

钱唐看着我手忙脚乱地跑来跑去的，我尽量定下心，转头问他："你自己有什么想带的东西吗？我帮你拿。"

他摇了摇头，目光没有移开我。过了一会，补充一句："要带上你。"

等送钱唐去医院的路上，我俩谁都没说话。

我拼命集中涣散的精神，假装镇定地开车，钱唐坐在副驾驶座旁边，一声不吭。他不说话，我却还是感觉耳边传来消之不去持续不断又均匀的一些声响。

明明锁门出去后发现地是湿的，但天空阴沉沉的压根没有下雨。去医院的路上，远远又看到行人在人行道里打着一把鲜黄色的伞经过，所有怀疑和惊恐，早在我彷徨的间隙填满了胸膛。

到了医院后，终于见到了钱唐嘴里A大医学系里那个校友，国内首屈一指的癌症专家。不知道几十年前他的高考发挥得怎么样，但就像钱唐所说的。看他稳重的模样，就感觉医术很好。或者说，演技挺好的。

"血小板偏低，身体会有不适感。需要把药加大分量，目前应还无大碍，但已经能进入化疗阶段。我们最好把他稳定在一个地方，接受治疗。如果你们有意去美国医院，这几日可以跟着外籍医生动身，到当地去确定治疗方案。"老医生把手插在白大褂里，慢悠悠地说，"其实，钱先生留在我们这里治疗也无妨。国内对这个癌症的治疗经验还是很丰富的，并不需要——"

"大夫，我们得去美国。"我斩钉截铁地说，钱唐刚做完另一项放射性检查出来，正在穿衣服，我跑过去把外套递给他，扭头对医生说，"我们要去美国。他先去。最多五天后，我签证下来立刻飞去找他。"

"行，这样也好。"

医生明明都答应我，但我的嗓门又拔高，气势汹汹地重复："我们得去美国，必须去美国！我们要接受世界最好的治疗！"

老年医生校友很有些尴尬，但他还是非常耐心地问钱唐："钱先生的意思是？"

钱唐望了我一眼，语调平缓："我听我太太的。"

回到家迅速订后天中午的机票，安排所有事宜。

考虑到他要在那里至少住一段时间，我帮着收拾行李的时候，把钱唐的剃须刀、游戏机和书都带过去。

钱唐坐在我身边，此时此刻，还在不停地接电话。有个愚蠢的演员和愚蠢的投资方闹了矛盾，他撑着额头听着，偶尔耐心地劝几句，其间指挥我说行李里哪些东西需要、哪些东西不需要带走。

我内心很矛盾，恨不得钱唐这1秒立刻从中国国土滚蛋，但又希望他像现在这样永远坐在我身边。

等终于清静下来，我发现自己简直累成了孙子，足足有36小时都没合眼了。本来以为上床躺着，我立刻就能睡着，但发现即使累成了孙子，我也是一个失眠的孙子。

钱唐睡觉的时候，我就睁着眼睛，坐在他旁边。

不，并没有像智障猫那样，眼睁睁地看着他睡颜发呆，那样真的是太傻太蠢又太绝望了！我开始打自己的论文，而且发现熬夜写出来的东西，太好了！

暗夜国王！漆黑天神！怪不得那些文化人都喜欢熬夜呢！

这么写了一夜，我居然把论文写到1万多字，不包括文件综述。

等钱唐睡醒了后，伸臂揽住我。我以为，钱唐会劝我睡几个小时，结果他在我腰间摸索了一会，问我最近是不是掉了体重。

我连忙把他的手拿上来，贴在脸颊："我还那样。其实，我的肉都跑这儿来啦。"

钱唐笑着说:"也对,永远是三尺城墙般的脸皮。"

我哼了声:"谁脸皮厚!我是说我的肉,不,是我全身的精华都长我脑子里啦!"

他却在这时扣着我的下巴,说:"春风,看着我。"

我目光躲闪很久,终于不情愿地望向钱唐的眼睛,很害怕他又要跟我说残忍或者难过的话。但钱唐捧着我的脸,开始温柔却越来越激烈地吻我。

我胡乱抱住他的肩膀,然后把自己交给他,任他轻柔地带着我飞上去,飞到看不见所有空虚和黑暗地方的尽头。等缓过神,发现自己正趴在他胸口,睫毛都是湿的。

我贴着他胸膛,只有听到钱唐稳定的心跳才觉得安定,才感觉对世界的偏执看法会产生软化。也只有这时候,我看到别人开心,也会替他们开心。因为开心真不容易,希望全人类在还能感到开心的时候多开心一点。

"现在困不困?"钱唐吻着我。

我确实困,但我一直都缠着钱唐去亲热和聊天。

钱唐没生病前,我俩平常聊的东西特别没意义,黄片啊、电影啊、八卦啊、命案啊、赚钱啊、围绕吃喝玩乐的低俗东西。不然就是彼此向彼此炫耀,再吵吵架。

就在那天,钱唐主动跟我说了很多他曾经的经历。

钱唐最初当编剧,他也是靠熬着。投资方坐在桌子对面,一条一条逼着改剧本,30万字的剧本改了一周多,面目全非。当时钱唐也单纯,觉得成为行业内最畅销的编剧,便能跟最优秀的导演和演员对话。但他也承认,其实主业赚不了真正的钱,反而从事编剧时遇到的很多机会成就了他。

"如果你真正想做什么事,不必很守规矩。世界属于开拓者。"他淡淡地说,"那些只想也只敢沿着'正确'轨道走的人,最终落得偏安一隅,成不了任何大事。"

救命!我从小就这么想的,此刻抱着他狂点头。是的,我从小就这样,比起死，我更怕失去生命力。而我宁肯头破血流，也绝对不能抽抽缩缩活成虫子。

我再打起精神，琢磨了一会自己的前途。明年就要毕业了，一方面，我想试着去见识更大的世界。另一方面，我想努力试着以自己的存在，让世界变得不那么恶心一点点。

钱唐沉默片刻，突然笑着说："Do, or do not, there is no try."

这人真没劲！我不耐烦地翻了个大白眼："好了好了，我也陪你看过星战好吗！还有，谁教你现在跟我蹦跶英语的，说着说着中文就突然说英语，你懂不懂礼貌！"

他又把我身子掰过来："再礼貌一次，我就让你睡觉好吗？"

事实证明，所有表面看上去酷毙的人，都可能内心含着黄连。

尤其是一女的，磨叽起来简直就像是在灰尘里放了3天的面膜纸：油腻，黏，死不悔改。我就是这么黏着钱唐的，直熬到下午4点多才实在撑不住睡去。

我睡得特别不踏实，因为知道钱唐明天早晨就要走了，离别的忧伤很浅很淡，在心里简直淡出个鸟。总是梦到些稀奇古怪的事情，突然醒过来，再心神不安地睡过去。

隐隐约约的，我感到钱唐用手摸了摸我脸颊，再转身带门出去。

意识渐渐清醒起来，我在黑暗里，抓起摆在床头柜的表一看。居然晚上11点多了，随便套了件衣服，下楼准备去零食柜翻点东西吃。

家里已经开了地暖，地板光脚踩上去不冷。我下了一半楼梯。看到钱唐只开了壁灯，正独自站在厨房中央倒酒。我揉着眼睛，也发现他居然倒了2杯酒。

呃，难道另一杯是想给我喝的？

估计确实还没睡醒，忍不住回忆起自己唯一主动看过的古典小说，武大郎和潘金莲传奇爱情故事。假如钱唐现在是想倒毒酒给我，估计我知情后还是会喝下去的。倒不是想说感情深一口闷，主要我嘴太馋，搞不好兴奋起来还能把钱唐自己的那杯酒也夺过来顺便一起喝了。

我自己这呆呆地站在原地楼梯上胡思乱想。而钱唐倒完酒后没往楼上来，举着托盘朝大门外方向走去。路过客厅沙发时候，钱唐把小黑猫赶下去，顺手牵起它趴着的抱枕夹在胳膊下，继续往外走。

我心中很奇怪，于是也跟着他后面。

钱唐走出了门，而我打着哈欠也刚想推门。手还摸着着铜门光滑的把手时，听到一个温婉的女声响起。那声音距离我非常近，简直就隔着门响起来。

"谢谢。"

谁？谁？谁！我皱眉，透过虚掩的门缝向外看去。这深更半夜的，也就我家门口还亮着小灯。钱唐正和另一个年轻女人并排坐在最上层的台阶。

两人挨得很近，中间就隔着他刚从厨房拿的2杯酒而已。

"你家大门是不是换啦，听闻小王导亲自开车撞的？真有意思。"那女人接过酒杯后接着说，她语调很平和，声音非常动听，充满南方特色的委婉的普通话，隐隐有点熟悉。

钱唐暂时没有搭腔，专心地玩着靠垫。女人手间火光一闪，在唇边点燃了一根香烟，再特别自来熟地递给钱唐，他欣然接了。

"阿唐，风采依旧得来。记得小时候，你说也不说就从小学转走，班里有个女生知道后，直接从三楼跳下来骨折。前不久，我去丹麦时见到她啦。人家都已经是两个孩子的妈妈，却还牢牢记得你。你国内的电视剧，人家集集不落下地购买观看。我问她要不要联系你，她说不敢呢。"

"细细，"钱唐终于打断她，他语气很温和，"今晚你非要见我，有要紧事想说？"

我这种稀巴烂的破脑子！直到钱唐叫出这名字，猛然想起这女的是谁了。这就是曾经照顾过我的小表姐！

家门口的灯光是淡淡黄色，照得那头柔顺的栗色长发更加亮光闪闪，水波一样。梁细细背对着我，轻言慢语地继续："找你，也没什么要紧事。想你临死之前，当然要见见你。"

钱唐听了这话完全不生气。他甚至低声笑了笑，无声举起酒杯和她轻轻碰了一下。

大冷天的深更半夜里，眼前两人穿得都很少，却很闲适很镇定地席地坐在台阶上，自顾自地喝酒、抽烟，聊天，彻底的狗男女姿态。

剩下我在门后面，被这突如其来的恶心事气得鼻子都歪了。好愤怒，手会抖的那种愤怒感。不止是向来幽灵般的梁细细居然这时候摸来家里找钱唐，钱唐明天都要走了，她不能说点吉祥话，祝福一下，再假装拿个人参之类的补品礼盒来吗？

面前的两人不知道我在后面，依旧特别亲密地聊大天呢。

钱唐问了几句梁细细的近况，绝口不提自己。反而梁细细笑吟吟地说："你也不问问，我是怎么知道你得病这事的？"

他不动声色地"哦"了一句。梁细细跟他肚子里的蛔虫似的，淡淡地说："放心，你瞒天过海的本领那么大，这事没外传。而我还没有告诉姆妈。"

"多谢小表姐。"钱唐举起杯子，再和她碰了一下。两人举止轻轻松松的，就跟这是什么斗酒聊的话题似的。

梁细细也是能人，她陪钱唐喝了半杯酒，继续不经意地说："那么大的事，怎么不告诉姆妈？"

他笑了："病情也许还有转机。"

"什么时候去美国治疗？"

我皱起眉，梁细细简直对钱唐的病情门儿清，我都怀疑是钱唐自己告诉的她，但看状态又好像不是。

以我这种简单粗暴的个性，就欠直接出门走出去打断他俩，让钱唐滚回来，让梁细细滚蛋，但不知道为什么，又生生忍住了。

也没什么特别原因，如果一定要说，那可能就是梁细细的声音吧。他俩都背对着我，我只能听到她跟钱唐说话时，语气非常戏谑，亲昵，跟小猫吃鱼般刻意温柔得让人恼火……但，依旧有什么情绪小心翼翼地绷在里面。

面对梁细细的追问，钱唐只是缓缓说："得病是我自己的事情，你不需要知道太多。"

估计和他认识太久，梁细细也早熟悉这种语气，连语调都没变就继续说："你在外面招惹了那么多小冤家，真出了什么事，该有多少人称快多少人心痛？"

钱唐听后仿佛觉得很好笑。"冤家？"他转头仔细看了梁细细一眼，温言说，"细细，你大概没做过我女人，不甚了了。我钱唐，见异思迁和夺人之美的事情做多了些，但拈花惹草和藕断丝连是向来不为的。"

我语文不好，这4个成语有本质区别吗？而且这种烂事有什么好骄傲的，他还能再臭不要脸点嘛！

梁细细估计也这么想，连连冷笑几声："我都忘了，你如今已经结婚。她呢，她知道这事吗？"

虽然没有说名字，但我们仨都知道，钱唐除非重婚，那个"她"就是在说我。钱唐这次沉默了好大一阵，我只能看着他来回地晃着手里的酒杯。

梁细细也不催促，耐心地等待。两人不说话的时候，我直直盯着梁细细，她现在穿得真的特别少，整个后背在寒风中裸露，白贝壳一般。

片刻后，钱唐低声回答："她已经知道了。"

"不用猜，那孩子肯定心都碎了。"

钱唐终于不耐烦起来，他语调没变，口吻加重："细细，如果你想插手我的私事，也好好问。她有自己的名字。"

梁细细依言改口，她换了一个问题："我一直好奇。你让春风那孩子留在身边，是因为她年龄小，还是她性格家世或者样貌比较合眼？或者，阿唐你真的已经老了，磨掉风角后，对任何年轻女孩都来者不拒？"

钱唐再轻笑两声："样貌性格年龄和家世，这些固然很重要但也都属其次。千金难买中意,我钟情的女人,纵使垃圾婆也会视为天仙。"

……躺着也中枪啊!而且什么叫垃圾婆?我讨厌这两人公然讨论我的感觉,也讨厌存在他俩之间这种温馨熟悉的气氛,气得简直想踹门了。

梁细细这女的,说起话来可是真损,而且她和钱唐有一模一样的臭毛病,碰到含糊的回答从不主动追问,非得沉默着等待着,要对方自己来解答。

钱唐居然也吃了这一套。过了一会,他很平淡地补充一句:"也没什么特殊原因,春风一直是我心里的小英雄,仅此而已。"说完这句话,抬手把怀里的靠垫递给她,"冷不冷?"

梁细细没接过靠垫,以特别优雅的姿势从台阶上袅袅站起来。

此刻,我终于看到她的正脸。梁细细化着精美的整妆,全身穿了一条很风骚很薄的长裙,这架势估计刚从什么酒会或者高级场所赶过来。

今晚的温度肯定都已经零下了,不停刮风,我在家门后光着腿都感觉瑟瑟发抖,她穿着似有似无的纱裙,却依旧很镇定地喝着烈酒,坐在冰凉石阶和钱唐扯了那么久的闲天。

此刻,她鼻子眼睛嘴唇颧骨全部冻红了,夹烟的手势也很僵硬,但声音依旧很清淡:"郎心似铁。阿唐既然问到我冷,连一件衣衫都不借我吗?"

钱唐依旧举着那靠垫,笑着说:"那就抱着它。"

我恍然大悟,钱唐刚才出门前莫名其妙地带着靠垫是想干什么。钱唐平时见多了我抱着靠垫取暖,顺手拿了一个想给梁细细。但他也太坏了,开始并不主动递给她抱枕,非得不动声色晾着她,等梁细细冻得这么狼狈才递过去——这大半夜的,他们能别总让我动脑子好吗?

梁细细也早看透他的把戏,冷冷凝视他,不伸手接。

两人僵持了几秒,钱唐便不再坚持。他直接下了逐客令:"细细,既然你累了,就早点回去。"

梁细细却说:"等我把话说完,我自然就会走。"

她居高临下地看着钱唐,我得承认,梁细细很美。绝对不是明星的刻骨到浮夸的美艳，居然是非常非常清纯的那种美。我这么清纯的人，都想不到自己会说别人清纯，但当她的裙子贴着纤细的身体，眼睛如寒星般闪耀，端着酒杯的样子不缓不急，确实是说不出的好看，好像小美人鱼一样。

除了，她正在流泪。

之前和钱唐唇枪舌剑，梁细细一点都不落下风，但此刻居然哭了。她在嘴角噙着冷笑。冻得通红的肩膀剧烈地抖动，眼泪不停往下落，咬紧牙不肯哽咽，

"阿唐，你现在要死啦，自己知道吗？"她没有提高嗓门，只是直直盯住了钱唐，口吻冷漠又绝望，"你这个病的危险程度那么高，可能会死呀，你还在我眼前扮什么情圣？"

钱唐把酒杯放在地面。"你自己多珍重。"他冷冷地说完，便要返身走回来。

这两人在外面站了5分钟时间都不到，我就特别傻特别猥琐地站在门口偷听。

楼梯离着还五六步远，钱唐推门就能撞到我鼻子。可是不夸张的，我现在也不想躲，整个人沮丧得就像湿透了的毛绒玩具。

梁细细刚才的话，明明都在刺激钱唐，但一句一句地却是往我心口扎刀子。而我也只能静静地看，茫然地听，承受这种无形的血肉横飞。

……钱唐，会死吗？我和他从来不会直接讨论的话题，居然被梁细细直接说出来。

就在钱唐要走进家门，我马上被抓现行的时候，梁细细突然开口叫住了他。

"阿唐，"她声音里绷着的东西终于断了，不再有刚才的自信和挑衅，变得很轻很小很茫然，简直像是怕惊动了谁，"你要知道，你也是我内心的英雄。从小到大，我的英雄一直是你。也只有你。"

钱唐轻微地叹了一口气："细细，别让我难过。快点回去吧。"

我终于再也听不下去了，转身缓慢地往楼上走。心里很难受，想随便找一个人对他跪下。但只能看到智障猫蹲在楼梯里，严肃望着我。

梁细细的声音还是传来，非常低的，非常沙哑的。

"阿唐，"她带着哭腔哀求，"我求你。你一直想爱谁就爱谁，我没资格管……但你自己要好好的，我会远远地看着你。你要好好的治病，绝对不要出事。你出了任何事。我，我……春风这辈子也算彻底毁了。她只会像我一样可怜，不，她只会比我更可怜，因为你爱她——"

我弯腰抱起智障猫，默默地走上楼，没听见梁细细剩余的话，也不清楚钱唐怎么回答。只是钱唐迅速就回家了，因为我听到他上楼的脚步。

我颤抖地重新躺在床上，下意识用被子裹住自己的头。

实在不理解，为什么那么难受。也许这个世界上，只有我和梁细细对钱唐的病有相同程度上的恐惧。但她为什么就没有王晟的血性，直接开车来撞瘪我家家门，再或者，干脆直接撞死我呢？

门口传来钱唐很轻的脚步声，本来以为他会进来看看我。钱唐却径直走向旁边的放映厅。没2分钟，钱唐就又走下楼。1分钟后，又走上楼。接着，钱唐好像在家里跑步似的，来来回回地走来走去。

智障猫悄悄地溜出去查看，而我也终于鼓起勇气爬下床。钱唐在书房里收拾他写的那堆字和看过的书，脸色铁青。

"你干吗啊？大晚上加班呢？"我问他。

钱唐抬头望见是我，神色稍稍一缓："我想把自己写的一些字和看的书也带去美国，正要收拾进行李里。"

我走上前也想帮他，他却随手用旁边的毯子裹住我："特长生，多穿些衣服再下来。"

我本来要开车送钱唐去机场。但钱唐突然半夜里收拾行李，我帮着他，把那些书啊字啊的行李就收拾了满满3只箱子，最后行李太多，他直接叫来车和司机。

743

坐在后排，钱唐把我搂在怀里，安慰性地吻了吻我头发。"要照顾好自己。"这居然是他嘱咐我的话。

我紧紧地依偎钱唐，连忙回答："一定，一定。你在纽约也是啊。"

一眨眼的工夫就到了机场，钱唐带了2个可靠的助理，对方换机票的工夫，我发现自己已经站在入口处发呆。

钱唐眼也不眨地望着我，我很犹豫地看着他，脸上不敢露出任何舍不得的表情，更不敢挽留他。我只想他快去治疗，快点好起来，可是连这句话都没法明说，担心给钱唐增加心理压力。

这到底是什么妖怪，才让我在他身边如此缩手缩脚地活着啊？

最后，我只能低声肉麻地说："我爱你。"

钱唐闻言果然笑了笑，他脸色青灰，却很得意很从容地说："我知道。"

我提醒他："你是不是应该回我一句话？"

然而钱唐什么都没有说，他无声地把我的手按在自己心脏的位置。"你要乖。"他轻声说。

我深吸一口气："你也是。"

钱唐点点头。

把钱唐送走后，第一件事就得夹紧尾巴先去A大，找到因为爽约而大发雷霆的周教授。

我应该找个别的扯淡理由，比如我月经不调啊，或者是家里着火了之类才没来找他。但脑海里什么都没有，索性把真实原因都一五一十地告诉周教授。

我迅速说完后，还装着很淡定的样子，周教授却依旧面无表情。

他只是抬着那张巨大又疙疙瘩瘩的脸，没有感情地说："你论文不改个把个月，这法理都不通的东西，不可能选入A大优秀论文行列，你也绝对没希望成为今年荣誉毕业生。但是，如果你想放低要求，只论过关，我会尽量让你通过最终答辩。"

我第一次充满感激地连声谢了他，假装有事赶紧要走。

周教授首次挪开向来牢牢黏在椅子上的屁股，走出办公室，亲自陪着我等电梯。

电梯上来前，我俩依旧没说话，但我看得出来，周教授得知钱唐生病后也有些难受，但他只会酝酿着，确实也不知道该对我讲点什么。

那就别说，千万别说。我无法承受这么巨型的脸所展现出的忧伤。

几天过后，加急美签居然被拒了，我压着性子去公证了驾照和一堆别的资料。

幸好第二次美签下来得非常顺利，我迅速改签第二天的机票，但收拾着行李的时候，突然意识到，把家里另一只隐藏活物忘记了。

那只小黑猫整日在我家好吃不动，体型远看非常苗条，抱起来才知道到底多沉。它嘴边的两溜胡子长了很多，喜欢无声叼各种小东西到地上拿爪子扑着玩。我有时候看着它这么傻，也不知道心里什么滋味，赶紧联系了附近的宠物寄养，准备把它送过去。

家里没有笼子和宠物包，只好把小猫环在膝盖和手臂中间，我急急忙忙地走出家门没多远，就发现长靴子上的鞋带松开了。蹲下来系鞋带。但没留神背着的包的链条，不小心和猫尾巴的细毛整个缠在一起。

智障猫胆子小，出了家门一直乖乖伏在我怀里。现在被弄疼了也不叫，找准机会挣开我手臂，一溜烟跑进旁边的灌木丛里。

智障啊！我赶紧追过去，但是怎么都挤不进去扎扎楞楞的干枯灌木丛。越伸长手臂，它越害怕地往里面躲。我来回叫它名字，可惜小黑猫不会答应，弄得我感觉是在没意义地骂街。

我想要喊个巡逻保安来帮我，又不敢走开，怕它再借机跑走了。正觉得人生不可能更倒霉点的时候，不巧，不，应该说是千载难逢，就和八百年都不步行回家的我爸打了个大大的照面。

不管你信不信，虽然和父母还住一个小区。但是我"碰巧"遇到我妈的次数非常多，但自始至终碰到我爸的机会，几乎一次都没有。

比起我的尴尬和心虚，我爸很平静。不过，即使平静状态下我爸仍然是面无表情，好像谁都不会触动他。

"李春风，"我爸皱眉，"你蹲地上干什么？站起来！"

我一时也摸不透他的语气，不知道这算是问候还是质问。

但我爸问我的时候，已经屈尊从主干道拐到草坪里，居高临下地站到我面前。

我只好讪讪地从草坪里站起来，看了他一眼，接着互相就都把视线移开了。

我听说（真的是听说），我爸这两年混得不错，起码比钱唐好多了，反正又有免费搬家的机会。我妈偷偷告诉我不会搬家，但这事又跟我有什么关系呢？总不会因为我吧。

如今已经开始学会察言观色的我，还是注意到我爸眼眶凹陷进去不少，两侧的头发白了些，没准头顶也秃了。我目光落在他衣服袖口上，记得这羊毛外套是我爸多年来总穿着的一件，有时候我妈熨完衣服，会让我帮忙挂到他们的衣柜里。

我有时候想，我和我爸，估计就和这羊毛大衣的结局一样了。

"李春风，你在这里做什么？"我爸再问我一遍。

"……我家的猫刚刚跑进去了。"我憋着嗓子回答。

他皱眉："猫？什么猫？你什么时候养的猫？"

这问题弄得我也不知道从哪儿回答，但我爸自己问完后，估计自己也想到了点别的回答。随后，他用很冷硬的语调问："姓钱的现在在哪儿？"

我选了个最稳妥的回答："他不在家。"

我爸那眼睛跟钩子似的，冷冷瞪我一眼，冷冰冰地说："他能在家吗？那种圈子里的，混的全是二流子和小混混。我听说，前几天晚上，有个人去开车撞他家的门了？你当时也在？"

我知道不合时宜，但忍不住想乐，因为我爸居然形容钱唐是"二流子"和"小混混"，还因为我爸这种不乐意打听八卦的人，都知道了王晟去撞过钱唐家的门。

但是从我爸的表情看，他显然不知道更多的东西。

我避开这个问题，干巴巴地对我爸说："爸爸，你能替我在这儿守一会吗？我的猫刚刚跑进去了，我打算回家拿个罐头把它弄出来。"

我爸看看我，习惯性地皱着眉头。"哦？"他说。

"成吗？"我问，还换了个敬语，"您要急着有别的事要做，那就算了。"

我爸没说行也没说不行，他听完我的话后，转头仔细凝视了一会那灌木丛。也不知道看到智障猫那闪闪的大眼睛没有。接着，他又问："为什么让猫跑丢了？"

"反正，爸爸。现在就请你站在这儿就行了。"

我感到，如果我真能从石面人李京身上感到什么感觉的话——他还是乐意答应我小小的要求的。我还有感觉，我爸现在并不想因为猫或者钱唐指责我一顿。但是，他很想……多看一会儿我。

"你养猫多久了？"他问道。

"几个月吧。"

"猫都是养在家里的，你抱它出来干什么？要遛它？"我爸这么问，语气里可没有半点开玩笑的意思。

我忍不住又想笑，觉得我爸在某种程度上是很了解我的。但我又特别想哭，因为我知道我爸永远没有想真正去了解我。

终于，他点头答应了。"鞋带系好再回去。"我爸说，"我就站在这里等你回来。"

我后背顶着我爸目光，以自己这辈子最能接近光的速度跑回家，迅速找

到智障猫最喜欢吃的猫罐头，再砰地锁好门原路跑回去。

再看到我爸，发现他还以刚才的姿势直直站着等我，满脸不耐烦。只是，他手里正提着一只黑猫的脖子：智障猫在我爸手底下成了软绵绵的一长条，闭着眼睛。

我吃了一惊，以为它出了什么事。等从我爸手里抢过智障猫，小黑猫立刻睁开眼睛，很精神地瞪着我。

"你走了，它自己跑出来。"我爸很冷漠地解释。

我搂着小猫，再赶紧看着我爸。此刻他头发没有乱，裤子和皮鞋也没有脏，唯独羊毛大衣沾了点树叶碎片。但当我爸从怀里的猫移开视线，要看向我眼睛的时候，我也移开了目光。

"我，我得走了。最近我俩都出远门，趁着宠物店下班前把它送去寄养。"我轻声说。

我爸没继续追问，在口袋里掏出钱包："身上还有钱吗？"

"有……"

我爸已经从钱包里抽出一张银行卡，他还是和以前那样，问我的时候一般不是问，压根不需要我回答。

我爸最初估计是想把那张银行卡塞在我手里，但我俩显然都很不适应任何身体接触。最后我抱着小猫退后一步，我爸直接就把卡插在猫柔软的咯吱窝里，也立刻退后一步。

"密码是你哥的生日。收着卡，我晚上回家，让人继续给你打钱。"他冷冷地警告我，"出门在外，永远多带点钱，永远不要指望依靠任何人。"

我想，这话也是，我都要去美国了，还是多带着点钱去吧。万一钱唐需要呢。

收下钱就没有继续傻站这儿的必要。我先走了几步准备离开，但迟疑片刻，终于鼓起勇气回头，望了一下我爸的脸。他依旧面无表情地看着我。

我轻轻说了一句："那么，谢谢你，爸爸。"

从我的城市直飞纽约，需要花费 13 个小时零 30 分钟。

我坐在飞机中看着天空，感觉就像一条没有围栏的公路，而且，天空中应该也存在着限速。比方说，战斗机飞行的时间和速度，肯定就和普通客机飞行的时间和速度完全不一样吧？

等快降落前，我跑到飞机上小小的洗手间里敷了个面膜，拔了几根脸上的汗毛，化了点妆，甚至还换了一套新裙子，打扮得光鲜亮丽地怕给祖国丢人。

机场永远扎着人，不过美国人喷香水，都说着英语。我只带了一个双肩包和一只登机箱，没有托运行李，等跟着人流走出去，一眼就看到钱唐独自站在出口处，正笑吟吟地等着我。

"喔！我来啦！"我兴奋地跑到钱唐面前，扑上去搂住他脖子。

钱唐的脸色和临走前一样的苍白，我的意思是，既然没有相对更糟，这肯定是件好事对吧。

钱唐很自然地低头吻了我下，牵起我的手，但他刚刚的笑容，不知道为什么已经全收起来了，只有重新迎着我的目光，才下意识地再迅速提起嘴角。

"你来了。"他低声说。

我第一次来纽约，感觉就是冷。

快过圣诞，机场各个地方都播放着万年的老歌《*All I Want for Christmas is You*》，估计类似于国内的《恭喜发财》。但我还是更喜欢接地气点的歌，比如《恭喜发财》里的那句，"最好的请过来，不好的请走开"。

钱唐在国内行事作风非常低调，但每次出国就露出土豪的狰狞面目。

上次我们去日本玩，他直接租了一辆限量阿斯顿马丁，有时候他开，有时候我开。这次他不能亲自开车了，来接我们的依旧是一辆雪白色加长劳斯莱斯，开车的是个国外大胡子，给我们打完招呼后就识趣地关上隔板。

路上的时候，钱唐跟我简单介绍了一下纽约的景点。

浮生若梦

我边听他讲边紧紧拉着他的手,却发现无论如何都焐不热似的,就觉得心脏隐隐有点下沉。这种怀疑绝对不能细想,否则会让我发疯;但我也不敢不去细想。

车停在了西奈山医院,钱唐介绍了他的主治医生,一名来自耶鲁的叫斯奈德的医学博士。

这个来自耶鲁的医生,比我曾经的老年医生校友年轻不了几岁,戴着眼镜穿着条纹西服,看上去演技似乎比医术可靠。他看了看我,再看了看钱唐,然后用外国人惯常的腔调夸我们是"很好的一对"。

当我向斯奈德问起钱唐病情的时候,他身为外国人,显然就缺乏坦诚劲了。只是来回保证"会尽一切可能的努力",又扯开话题,跟我夸这几周和钱唐接触,发现"唐"是多么好的人,甚至说自己准备明年去中国旅游。

我告诉他,如果能把钱唐治好了,就算他想去外太空,我肝脑涂地地帮他完成一切愿望。

"我的意思是说,"斯奈德解释,"我会尽量延续唐的生命。但这时间是长是短,谁也不知道。"

"我有钱,大夫,"我也跟斯奈德嚷嚷,"我要他得到你们这儿最好的照料。他现在住的是特等病房吗,有几个看护?你这儿还有什么特殊服务,我都要。"

但彼此都感觉在鸡对鸭说,气死我了!我想跟他说中文,但这个斯奈德为什么一点中文都不会啊!

后来钱唐把我支开:"瞧你说的这小学生英语,特长生。"

我以为自己并不劳累,甚至还神采奕奕的,但来纽约见到钱唐后感觉还是终于松了口气,在酒店睡到第二天上午才缓过劲儿来。

钱唐说要带我先转转。于是我俩抽空一起去百老汇看了个剧,顺便又去霓虹灯乱闪全是大屏幕的第五大道闲逛。

在商场的时候,钱唐随手为我买了一瓶晶莹剔透的沙龙香水。付款的黄毛鬼子比较多，得等三两分钟。排队到我们的时候，他掏了两次钱包才拿稳那几张钞票。

我假装察觉不到，迅速从他手里抢过那小小轻轻的纸袋子，再挽着他的手臂。

"纽约可真好哇！可是，我还没去过洛杉矶！以后我们一定要去洛杉矶玩。"我这么强硬地命令钱唐。但实际上，我就是想要一个他的保证。我现在真的就很想要钱唐跟我保证，保证他有这个机会和时间。

钱唐也不知道听没听出我话里的这层意思，不管他有没有，心理素质总是强悍到无与伦比。此刻只笑着刁难我："特长生，你才看过几部电影，就想去洛杉矶？"

我还没说话，他手机就响了。

陪钱唐到旁边咖啡馆坐下来，他接电话时说的是中文，简单的几句问明情况后，再略微皱起眉头。等挂了电话，自己陷入了沉思当中。

我没有打扰他，心在不在焉地用叉子插着树莓蛋糕，却吃不出任何味道。

"CYY出了点问题。"后来他告诉我。

我很快就知道是怎么回事。

钱唐重金挖来蔡林珊那个男朋友Dan，当上CYY的管理者位置。虽然钱唐十分看好这个人，但势利眼聚集的娱乐公司里真正服他的没几个。上到明星下到打杂的，都认为他只是脑子好使点但没有半点资历的合伙人，只是信服钱唐的威信眼光和手段才没有反对。

这次钱唐来美国看病，没有再开每年一度的生日派对。CYY基本由Dan把持，他倒也仿效钱唐开了个明年公司要着重宣传的选片会。但中途几言不和，居然和几个一线艺人吵起来。现在他们一个个给钱唐打电话诉苦，说要和CYY解除合同，还扬言要以片酬和各种后续出演机会来报复。

我知道后真是想一个个杀了他们，而且要冲锋枪压着舌苔对着嘴扫射脑

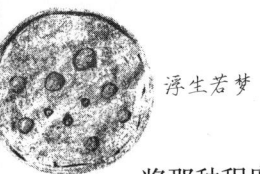

浆那种程度的杀法。一个个的能别再添乱吗?

钱唐在打了很多次电话进行交流后,很快意识到他必须自己回国才能镇压这场小小的骚乱。当就此问询我意见的时候,我想都没想就拒绝。回国,你在搞笑吗?这几天他打电话,我就已经非常不满,强硬地挂了好几个电话,差点还没把钱唐手机摔了。

因此现在,我也只是一言不发,阴沉着脸瞪他。钱唐见我这种样子,无奈地笑了笑,使了个眼色让看护出去。

我依旧抱着胳膊,冷冷地站在床尾凝视窗外。纽约的天儿不比国内好多少,阴起来也是没完没了的。而我也打定主意不去问钱唐意见了,姑奶奶读书略少,钱唐口才又好,每次听他说话总感觉有相当一大部分是在胡说八道。但这次,即使他嘴里说出一个花,我都绝对不会让——

然后钱唐平静告诉我,他已经到了淋巴癌第三期。

我没回头,只感觉到大脑突然发出一声巨大的嗡鸣,眼前的天离得我很远又很近,下意识想扶住床尾。捉了个空,才想到这不是我们家卧室里那张四柱床。

"不可能,他们说发现得很及时……"

钱唐的声音依旧平稳,他没有犹豫,甚至还有些不以为然。

"那是之前的检测。我来了后,做了其他测试。看来,美国并非福地。前一周,他们告诉我癌细胞扩张速度很快。你来的那一天,他们说已经在关键器官里检测到癌细胞。"

我缓慢地回过头,钱唐还坐在雪白的病床上。

自从生病后,他再也没戴眼镜,虽然精神越来越不佳,但目光从来没有涣散。眼神像掉落在寒潭水里中最深处里的一颗子弹壳,冷硬又遥远地闪烁光芒。

我无声地走到他旁边坐下,镇定地说:"没事儿。那我们就多吃点药,多接受点治疗。这样就可以了。"

"我准备让他们停止治疗。"钱唐平淡地说,"本来想再陪你玩几日,但现在也不能对CYY撒手不管。"

我沉默了片刻,脑海里莫名其妙地居然想到了《恭喜发财》的歌词。随后,我说:"但我觉得,你不应该回国,我觉得,那些美国医生没有尽力帮你治病。对了,你是不是英语不大好啊,那个斯奈德跟你说话你能听懂吗?"

钱唐不由得诧异地扬眉,好像觉得我这话很可笑似的。而且他居然也真的自己笑了一会。

"不,我不相信那个医生说的那些话,你也不要相信。"我执拗地抬头望着他,"医生总是出错,记得吗,你告诉我说他们是高考没考好才去学医。嗨,估计医生都是这样,纽约的医生也是脑残。你看,我成绩比他们好这么多,也经常会犯错。谁都犯错,医生经常犯错。我们在纽约找专家,我们看看其他专家怎么说。"

"我已经都做过了,也全部找过了。结论都是一样的。淋巴癌三期,病入膏肓,实无法救——"钱唐的口气像安慰孩子。

"胡说!"我粗鲁地打断他,"不,你什么都不知道!你没学过医,什么都不一定!现在高科技这么发展,有临床试验,还有新型药物!你很有钱,可以把房子车全部东西都卖了治病!我也有钱,不行我去找我爸要,我们有钱治病!对了,程诺你知道吗?就是我同学,她投资了一个基因什么的公司!我们也可以投,我们在这里建立一个专门的实验室,让科学家专门去治你的病!对,这个主意好!我们就应该这样!怎么刚开始没想到?我这笨脑子——"

钱唐凝视着我,他微微色变:"我很早就想问你,特长生,你到底是跟谁学来的坚强,怎么能对任何事情都有勇气和信心?"

"你给我闭嘴!你就说我这主意好不好吧。你必须答应我,你要对我发毒誓,你必须对你的病情很努力,你要非常的努力!你必须要为了我努力!我们要吃药,我们要接受一切治疗好吗?一切的治疗!"

钱唐移开目光:"我会为了你努力。但是,我要回国。"

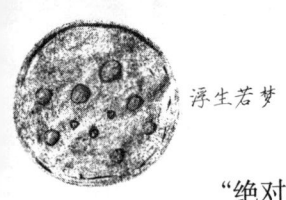

"绝对不——"

他制止我:"这种晚期治疗,任何地方都没有差别。但我亲手创立的公司、我的事业,我的亲人,甚至我的婚姻都不是在纽约而是在国内开始和完成的。我如今时间不多,需要回去进行正式告别。这个理由,你觉得行不行?"

我在灭顶般的绝望中,下意识地问:"你能给我一个孩子吗?"

钱唐侧目望了我一眼,目光十分平静,隐有笑意而不外露。好像耐心良久终于等到鱼上钩,胸有成竹。

"这是交换条件吗?"他问我。

我十分熟悉他这种得逞的神色,立刻头痛地说:"不是,不是。"

他愣了一下:"那是什么?"

"什么都不是。好,你要回国,我们就回国吧。"

回国后,通知钱唐母亲的任务自然就落在我身上。这事不是我来做,还有谁呢?

我独自来到钱唐的老家,真担心我婆婆会受不了。但她没有,我屁股都没沾多少椅子,边说边小口喝着普洱茶,给自己壮胆。

我婆婆连眉毛都没抬,她听我说完后,静静地坐了5分钟,然后给厨子和几个帮工园丁放了假。她亲手锁死她家老宅里很多房间里的很多门和很多窗户,两手空空,跟我来到她一直非常讨厌也总是嫌弃很粗糙的北方城市。

在医院见到儿子前,钱唐母亲突然拉住我:"姆妈待会要冒犯你,囡囡不要生气。"

"呃,什么?"

我很快就知道她什么意思,钱唐母亲一进病房,立刻当着她儿子面,抽了我一个巨响亮的大耳光。那耳光倒是也不疼,但就是特别特别响。

我傻乎乎地摸着脸,直接愣住了。钱唐徒然色变,简直当场把旁边的各种仪器掀了。

"阿唐，你这孩子，从小就喜欢气妈妈，瞒着妈妈。"钱唐母亲轻声说，"现在我没有任何办法能治你，只好打她才能惹你伤心。"

钱唐无声地抬头望了我一眼。

我独自坐在外面，也不由得开始盘算这辈子到底还能碰到多少朵奇葩。说真的，练了那么多年空手道，居然让一个手无缚鸡之力的老太太打了，问题是我也觉得自己更奇葩，因为被打了还不觉得生气，甚至觉得钱唐和我都特别活该。

不久后，钱唐母亲从病房里走出来。

"我已经都知道了，"她的嗓子全哑了，几乎听不到声音，好像内脏都给掏空了，"也没办法，咱们一起守着他吧。"

按照钱唐的意思，钱唐的母亲住到我们新公寓里，我和她是一起搬去的。新公寓只做了简单的硬装，随便的几个家具，还有碗筷。我和他母亲分别睡在两个卧室，卧室的床垫和床都是新的，都有独立的厕所。平时除了去医院，基本整天都不照面。

唉，该怎么形容那段灰白色的漫长日子呢？

我和钱唐的母亲都是小发明家，各发明一套独特的办法克制悲痛。钱唐母亲最初特风雅，看各种装修的册子，说要替我们这公寓选家具和买古董。

后来，她实在是装不下去了，又开始研究厨艺。问题是，钱唐母亲和她儿子一样，口味巨挑，但自己下厨又巨难吃。

我婆婆脑子里究竟在想些什么，我也摸不清。我也不敢打扰她，又想着把智障猫接回来。

随便吧，她敢做我就敢吃。莫非她还在想着像我一样，给她病房里的儿子煲点汤弄点私房菜之类的？没准我婆婆是有这个想法。但学做饭，可是跟我以前每次考试前才看书一个道理，不能临时抱佛脚呀。

我婆婆估计还是不肯接受钱唐生病这残酷的现实，虽然她不会向我这种小辈承认这一点，但是，我懂我婆婆的心思。

因为,即使被钱唐强迫灌输了残酷现实的我,心里也总有个很小的角落里喊着:还行,应该没这么糟糕。他脑子里整天琢磨的事情那么多,没准就有转机了呢。

因为不用写论文,反正我也写不下去,我连看字都困难,每天的时间也无非是花在两个地方。一个是探病;另一个是摸猫。

摸猫这事也挺好,只用坐着动动手就可以,反正智障猫也挺喜欢我摸它。

我婆婆现在学着给我和猫做饭,十次有九次经常不小心做糊或者太淡了,最后还只能我来收拾。但我也只是默默看着和吃着,因为嘴里根本吃不出滋味。

晚上经常睡不着,就买点褪黑素吃着,再不然就走出卧室,到客厅和我婆婆聊天。一般我出了什么声,她也会从卧室里走出来。

当然,我俩边聊天边摸猫,这都不耽误事。

我婆婆还问我:"春风,你的小乖猫叫什么名字呀?"

"没正式起名字。我一般叫它智障。"

她伸手把猫抱起来:"智障是傻的意思,对吧?"

"是的。"

"哦哟,这也挺好。"

反正,我俩要不然整天不说话,一说话就全部说这种没有任何意义的东西。

等快到过年,我和我婆婆去亮马桥吃了一顿西餐,然后在外面溜达了一会儿就回来了。

CBD 和大使馆附近都不允许放烟花,我只能远远地站在阳台上,看天边模糊的火星点。而我婆婆正跪在地上镇定地念佛经,念着念着,她就突然伏在地上失声痛哭。

我赶紧跑去把她扶起来,而我婆婆紧抓着我的手,开始像她鄙视的北方跳广场舞的老太太一样，唠叨说自己命苦啊老无所依啊现在不知道怎么办什么。

我没有搭腔。可能确实因为岁数年轻，就觉得这事也还成。虽然说命呢，确确实实是苦了点，但我能咬紧牙关死撑，我甚至知道自己能够无期限地永永远远地把目前的状态和日子撑下去。

因为我知道钱唐还在，只要我知道钱唐还是钱唐。

1个多月后，钱唐的病情终于公布，在娱乐板块很小的一块。

CYY的事情又被他举重若轻地镇压下去，有了钱唐的撑腰，那个叫Dan的工作好像挺顺利。我在病房里，看他对蔡林珊好像有点旧情不忘的傻样子，但蔡林珊显然对前男友move on了（不好意思啊，刚回国还是想说英语）。她在钱唐面前几乎没哭晕过去，这次秀佳没瞪她，因为秀佳哭得比她更惨烈。

我和钱唐尴尬地看着她们哭成一团，互相使了个眼色。

最初，每天都有很多人来探望钱唐。

三教九流，五花八门，各种各样我曾经电视上见过曾经电视上没见过的人，大牌明星导演各种想到没想到的土豪，甚至还有几个京剧剧院老板都来了。幸好探望钱唐的男的绝对比女的多，都带着各种果篮和鲜花。他们娱乐圈还是挺实诚的，因为很多人直接塞给我红包，拒绝都没法拒绝。可惜这种沾着泪水的厚红包，我是真不想要啊。

还有女的牵着个小孩来看他，让小孩给他磕了个头。我很怀疑地上下望着小孩，钱唐却举起双手："性命发誓，跟我半点关系都没有。"

再后来，钱唐就彻底烦了。他开始只见指定的一些人，我也看到过一次梁细细，她摇摇坠坠地走出病房后直接晕倒了。我无奈地撇着嘴，叫护士把她抬走，但走进房间后，并没有盘问钱唐跟梁细细说了什么。

我倒是充满好奇地问钱唐，他见的人里面，仇人多还是朋友多。

浮生若梦

钱唐直白地告诉我,他心胸很不宽广,不打算主动原谅别人,也不打算向任何人主动道歉。所要见的人,大多数都是因为移交利益、防止纷争。

"你认识那么多人,每次见面的时候,都能清楚记得他们的名字吗?"我很无聊地问。

钱唐想了想:"其实也会忘,但我不会忘得那么快,也不会忘得那么干净。"

"我特别喜欢你这个作风。"我夸他,"特别不要脸的感觉。"

钱唐没说话,脸庞掠过一丝微笑。并不是我自作多情,确实是在只有见到我的时候,他才会露出笑容,只是这笑容越来越短,越来越快。

大概是这种笑容,让我还抱着那么一丝丝的希望。

我没有再提要个孩子的事情。就像小时候在雷雨夜里睡觉,我绝望又侥幸地等待,等待那一种明知故犯的危险。潜意识里,我等钱唐主动跟我提起这茬,他已经跟那么多人都谈了告别,但是还没有轮到我。

我想,他应该不会把我"忘掉",至少"不会忘得那么干净""忘得那么快"。

从什么时候开始,我每天去见钱唐,都会为他的状态默默评一个分数。这是一件需要鼓起勇气才能做的事情,但很值得。

在钱唐60分状态的时候,我给他展示刚改好的婚戒。也不知道怎么回事,戒指突然就很容易脱落。于是我赶紧送到首饰店里,改了尺寸。

"你没看到那店长的眼神,"我不屑地说,"她就这么看了我一眼,八成觉得我这戒指来路不正呢。"

钱唐没吭声,但我知道他在专心地听着我说话。

我躺在他旁边,来回摆弄着那大戒指,然后又忍不住问他:"对了,我一直想问你,你为什么非要跟我结婚啊?就那天,你为什么非要跟我求婚啊,你不是说不结婚的吗?你那时候是不是受什么刺激了?"

其实我就纯是吃饱撑着,闲得没事干,想抓点钱唐的痛处踩一踩。我现在搞不好脑子里也真的有毛病，天天手痒，有事没事就想撩拨钱唐，想看他多露出点表情。我是真的不想……反正我是不想看他越来越多地靠在床上。钱唐哪里适合躺着昏迷呢，全世界只有最没出息的男人才天天躺着。可是，我又能为此再做点什么呢？

本来以为这问题，收不到答案，结果钱唐咳嗽了声，开口说话了。

"因为土豆。"

"啊？"

钱唐低垂着目光："你不是在院子里种过土豆，还为它们取名字。"

我想起来这茬，忍不住讪讪地笑了。我的妈呀，我以前确实还挺傻的。

"知道你种土豆为什么不发芽吗？"如果在以前，钱唐肯定会因为这个答案，故意让我猜上很久，但现在，钱唐是彻底没力气了，他自己极快地揭开答案，"因为土豆很早就被我扔了。"

任何时候，他说起他干过的缺德事，都面无愧色。而我真的是一直就特别讨厌钱唐这种置身事外的态度，你说他，既然很早就扔了土豆，却还能漠然看着我那会天天跑去给空地浇水。这是人办的事吗？

可是现在，我并不惊讶，还挺平和。并不全是因为钱唐生病，躺在床上，不得不放他一马，还因为我很早就知道这事了。

如果没记错，是萧磊发神经跟我"告白"完那天傍晚，我闲着没事回家就挖墙脚，冬天的土地硬邦邦的，我无意发现原来埋土豆的地表下空空如也。当时就什么都明白了。你说，钱唐这么渣、这么作又这么自我的人，怎么能允许我在他院子种土豆呢？

但等等，这土豆跟他娶我，有什么关系啊？

钱唐伸出手来握住我，他现在成了病娇，面容清瘦极了，低笑说："那天你跑回家，我就站在窗边，看你挖土，再填上。我当时想，事情败露，等我家特长生反应过来，一切大事不妙。但我看着你一直蹲在那里，然后我等到你回家，你却递给我一个橘子还是什么。"

我木呆呆地靠着他，头顶上方的钱唐气息很轻，有些不稳，但他依旧把话清晰地说完："那是我那段时间来，唯一的亮点时刻。我也想起一个词，红尘相伴。就是那时刻，我动了向你求婚的心，我想让你嫁给我。"

说了那么短的话，钱唐刚才还不错的状态，已经直接降到了零分。我实在后悔极了，他却安慰地松开了我的手，过了一会平静地说："春风，我的婚戒已经戴不上了。"

我的目光落在他的无名指。钱唐的那枚简洁婚戒，自从住院后就取下来，也不知道被收到哪里。

我大方地说没有关系，还让他好好休息，闭上尊嘴。

装高深谁不会啊，我也能说出个高深的成语，形容那时候的状态，就是"于今为烈"。

于今为烈，我至今仍然想，如果我要是会魔法就好了，如果我能变身为那枚下落不明的男戒就好了。我挺想做钱唐的戒指，一个物件，一个死了心的东西。他以后算计不了我，也舍不得丢我。

其他的，我的想法就越来越少了。

那天晚上，手机提醒我是惊蛰。

"二月节……万物出乎震，震为雷，故曰惊蛰，是蛰虫惊而出走矣"，之类。钱唐要跟母亲进行一场南方人之间"掏心窝"的对话，把我赶出病房。

"不行，我不走，我也要听你说话。"我现在的脸皮是越来越厚，立马就跟他撒娇，"你就让我也听会。"

钱唐脸色像蘸湿酒精后的棉签头一样煞白，他对我没有任何办法，无奈地看着他母亲。

我婆婆立刻冷冷地跟我说："去接一杯咖啡。"

我拿了硬币慢吞吞到自动售卖机，投了几次才投准。

估计最近见明星和导演多了，我开始回忆起自己第1次试镜的日子，那个电影叫《绿珠》对不对？那会也是在黑暗当中，什么都看不见，记不住台词，剩下头顶灯光热辣地打在脸上。钱唐和其他什么人无声地躲在黑暗里，沉默地看着我，等着我作出表情和反应。

没日没夜拍电影，对着各种大型镜头，秀佳曾经帮我走位，上综艺节目时的走神，各种观众的掌声和索要我签名的热闹——如今想起曾经的兵荒马乱，可是一段非常美好的时光呢。但当时，我没觉得多幸福快乐。当时没有感觉。

杯子里的黑色咖啡勉强映照我的脸，看不清面孔。

比起悲伤，我很难拿捏适度自己的心情。我想，这一天终于来临了，终于轮到了钱唐要找我，进行正式告别的那天。

我正回忆自己的峥嵘岁月，钱唐的母亲让我进去。她声音很轻，说："他要见你。"

我混混沌沌地把咖啡递给她，走进房间。钱唐让我先把门关上，我很轻很轻合上门的过程中，透过玻璃，发现我婆婆正在外面撑着墙哭，咖啡洒在她米色衣服的半侧袖子上。

但我只是看了看，随后关上门，来到他身边坐下。

平时，我都非要和钱唐一起挤在病床上，这几天，他插的管子越来越多了，护士就不让我躺了。现在，我又非要扑在钱唐身上。他脸色非常苍白，唯独眼睛炯炯有神。

我摸着钱唐骨节突出的手，咬紧着牙关。我是从来不问他这个病情痛不痛。因为我知道，钱唐怎么回答我都不会满意。

"不是痛感的问题，特长生，"钱唐耐心跟我扯淡，"感觉被拴在一辆公交车尾，不管是否有余力都必须随着那辆车跑，就像一个拉长的慢镜头。你能理解吗？"

我张了张嘴，周围那么静，除了嗓子眼里有什么拼命往上拱。想哭，但是不能哭，这点事还不值得我哭，懂吗？我这种性格，绝对不会因为任何灾难而哭，因为能撑住，我不会被打败。我只会为了美好的东西流眼泪。懂吗？我绝对不能哭。

于是，我用目光表示自己听明白了。

钱唐注视了我片刻："你现在被家里那只猫附身了，只知道瞪人？"

"哼啊。"我只好从嗓子眼里低声呻吟了一下，知道自己一张嘴，就绝对会哭。

"你不理解，你从来没有这种体验。"他苦笑着叹了口气，"你怎么能明白被拴在公交车尾的感觉。"

"我知道，"我突然间又能开口说话了，"我刚上西中参加摸底考试，在考场上大家都在狂写，只有我什么都不会，估计就是这种感觉。"

"我也记得，你交了白卷。"钱唐再微微一笑，"当时，我很奇怪，整个学校，只有你一人提前走出来。"

"都怪你！你当时不认识我，还非要主动跟我说话，要采访我！整天就知道勾勾搭搭！你这个傻瓜！"

钱唐平静地说："都是我的错，以后不敢了。"

"呵……"我想冷笑，但张嘴就立马觉得喉咙里东西要跳出来，于是我赶紧咬紧牙关，把钱唐的手轻轻贴在脸颊，倔强地一个字都不回答。

"听我讲，特长生，"钱唐说，声调非常温和，"世间聚散离合，大多扫兴而归。但我这辈子确实擅长判断什么时候应该结束。这就像看电影落幕——我大概看过两万部电影，我告诉过你，我看过两万多部电影吗？"

我现在表现出过于浮夸的贫嘴，因为心情就像是即将在深海上空爆炸的氢气球，即将坠入无限的黑暗。我立马悲愤接下去："有啊，你天天都在跟我炫耀自己看过多少本书，看过多少部电影！"

他忍不住又微微笑了："'正偎翠依红，应记浮生若梦。若一朝情冷，愿君随缘珍重。'这台词是出自什么电影，记得你也在我旁边。"

"好像是一部港片吧。"

"我已经记不清楚。比起好电影，通常是糟糕电影中的一句好台词更令人印象深刻。"

"没准儿。"

钱唐再点点头，他终于说了："我跟母亲商量完了，现在想简单告诉你我的遗嘱内容。你正在听我说话吗，春风？"

我扭过脸，紧紧地盯着旁边的加湿器。

这一切终于来了，该来的对话还是会来。我真恨钱唐，我真希望老天让他赶紧闭嘴。真希望老天赶紧救救我，让我能继续听他说这些话。

"她年纪在这里，物质上的东西没缺过。我名下所有不动产，股份，保险以及现金，都全部属于你，任你自由意向来自由处置——除了CYY的股份，到时候，会由我母亲找合适的人选为你转换成普通股。如果你想参与这公司的经营，也不是不可以，只是还要凭借你自己的能力……"顿了顿，他低声说，"你这性子得多吃亏，但我还有余力，自然就不能让你为柴米油盐皱眉。所以，我送你的东西，你愿意收下吗？"

说实在的，我特想继续有骨气地跟钱唐吵架，至少该换个表情再跟他斗斗嘴。反正他生病了，压根说不过我。可是现在，我面部的肌肉全部僵硬冻住了。

我只能重新盯着钱唐消瘦的脸，不敢少看他一眼，我生怕失去他，我现在真的好害怕！不久前，我们还一起坐飞机，他跟我指了指外面山峰似变幻的云彩。但为什么病情来得和发展都这么快，现在又该怎么办，谁能来救救我呢？

"特长生，你是这段时间里，唯一一个没在我面前哭的女人。这很了不起。"钱唐叹一口气（也可能是他困难地吸了口气），"但已经到了这时候，春风，如果我只说我爱你，这对你不公平。我不想违心说别的，我只能让你留在我身边，让你陪我一会。好吗？"

"好的。"

"那么你愿不愿意收下我的财产？"他再耐心地问，"特长生，你该不会是想拒绝我，嗯？"

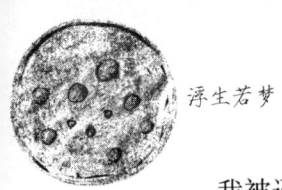

我被逼得没办法,最后含糊地"噢"了一声。

他果然满意地点点头。

这时,我稍稍松了口气,因为我想这事谈完了。那么无论谈什么,总不会再这样难受了吧。然而,我还是想错了。

"我想说的话已经说完了,但你还有什么想问我,或者有什么想对我提的要求吗?"

我坐着不动,钱唐的目光扫过我,他鼓励我:"比如说,特长生,你不想再问问怎么要我孩子的事情?"

都到了这个关头,钱唐只剩下呼吸的能力,依旧是情绪收敛到那么好的斯文模样,然后就敢平平淡淡地让我对他"提要求",还有"要孩子"。

每当钱唐主动跟你提出条件,你还有彻底放弃的资格。但当钱唐主动问你有什么要求,只说明自己心意已决,此刻只是想通知你:你的一举一动,他已经看透。既然敢大大方方说出来,必然还有后招。

钱唐的脸色特别差,但我看了半天,半点喜怒也瞧不出来。虽然心中十分明白他在算计,却也知道自己依旧处在弱势地位。我现在对他提任何要求,以钱唐的精明,肯定有密不透风的腹稿。

我吸一口气,老实地摇摇头:"没有。"

"什么要求都没有吗?"

"没有。但是,我可以对你做一个保证。"

他面色不变,抬头看我,轻声说:"哦?是什么?"

"我、我会、我会保护你。我会……我会永远地保护你,"我的声音不知道什么时候已经沙哑了,每个字都像扯碎喉咙才发出来,"只要我李春风还活着,只要我还在世界上呼吸着,我就会保护你,以及和你沾边的一切。你的 CYY,你的公司,你的亲人,所有你曾经坚持的一切,你以前想保护的人,你所有想做到的事情,我都会继续完成它,守护它。我,我不当律师了,我会接管 CYY。我也不会要你的孩子,因为我知道,你一直都把很多东西看得比孩子更重要。你聪明得要命,所以很难信得过旁人,但你可以相信

| 764

我，因为我们之间不仅仅是孩子，我不是那种只想靠生你孩子活下去的无聊女人，我是你的男朋友，记得吗？我会保护你，我会……我会努力保护你珍惜的东西，做到你的高度，我们都不要活得那么俗气——"

我只感觉，喉咙里的东西正在邦邦邦地敲击我，但我硬是顶住了尖锐的眼泪缓慢说完。因为，我只想严肃地向钱唐表示——我正式地向他表示，他不需要担心我，我要他对我放心。

钱唐认真听完，除了手微微颤抖了一下，也只是迅速闭上眼睛。

他低声说："我相信你。"

但接着，钱唐又迅速说了两句话，我的脸色立刻灰败下来。刚才咽下去的眼泪正从胸腔发出最后的攻击，非得要让我当场委屈地大哭不可。

钱唐的第一句话是："你还需要对我做两个保证，第一，你不准来参加我的葬礼。"

我处在愣怔中，他又说："第二，你不准住进我们曾经的房子。"

"为什么？"

"我只要你答应我。"钱唐重新睁开眼睛，我终于看到他眼睛里正怀着深深的伤痛，他凝视我，轻声说，"否则，你现在也不必在我床前守着。"

这哪儿是求，分明就是活生生的威胁。

我了解钱唐，他什么时候在开玩笑，什么时候在动真格，我都能听得出来。为了能留在他身边，我毫不犹豫地撒谎："那好。"

钱唐这才满意地点点头，顺便捏捏我的手。这动作大概是无意识的，但曾经是我们的亲热信号，每当我去拉他的手，钱唐都会心不在焉地吻我一下。

这一次，我终于忍不住很重很响地亲了他的脸一口。

钱唐想躲但是没躲开，而我爬上床，小心翼翼地躺在他旁边。我以为，钱唐还会再对我说什么，或者再嘱咐什么。但是他没有再开口，只是安静地望着我。

我也看着他的眼睛。

这个人，无论说什么做什么假装什么算计什么放弃什么做错什么，无论他恼怒高兴失望期待冷漠或是动感情，他的眼睛里永远都有一样东西，藏在最深最深的地方。

那种东西，就叫作骄傲。

即便落于人后，为势低头，虚与委蛇，面对任何除了等待和煎熬都束手无策的艰难时刻，即使他马上就要彻底地消失，那种东西也绝对不会磨灭。

钱唐在我心中，一直就是个很坦荡、很有力量的人，遇到再大打击，他也绝不会一蹶不振。发生任何事情，都无法改变这个钢铁般的事实。而我这样懂他，我这么爱他，是因为我自己也是这样的一个人。

我们从来都不会被任何破玩意儿所打败。

到了最后的时刻，钱唐终于开口，他叫了一声我的名字："春风，谢谢你。"

这就是他清醒时的最后一句话。

我还是没有想到。钱唐最后让我答应他的那两个保证，根本不是一时兴起。这个人，什么都先料人一步。他不是不相信我，而是怕我伤心。

长达1周多的时间，我都被反锁在我父母家。

那天凌晨，我直接从医院里被运回来。以本人大吵大闹的功夫，场面肯定跟杀猪并且猪跑了最后全员出动杀猪似的，也就不好意思多形容。

反正，我被那个倒霉的A大校友按住，亲自打了2针镇静剂。而他们在凌晨里按响了我家的门铃，小保姆战战兢兢地不敢应声，后来是我爸冷酷的脸出现在门后。

看到我被两个保镖跟抓小鸡似得带回来，我爸的脸从震惊阴沉转为苍白不解。等知情后，我爸转头直接朝我大吼了声："李春风！胡闹！这么大的事情，为什么不告诉家里？我们完全可以帮他！他现在怎么样？他在哪儿！"

我居然就镇定下来。我说："他已经不在了。"

有些事真的很蹊跷。比如，表情和行为这么镇定的我，依旧被我爸我妈反锁在自己的卧室里。

刚开始，我用尽所有力气，使用能想到的所有方式去破坏门。但显然，高中和大学选修的物理课都喂狗了。几次实验下来，牛顿第一第二原理都没完全掌握。

再后来第几天，我拼命把自己的脸从被铁丝封着的窗户往外挤，努力往楼下看。

我爸我妈的车无声地走了，哦，他们应该是去参加钱唐的葬礼。

我除了在房间里发了疯般的砸东西，也真是搞不懂，钱唐为什么禁止我去参加葬礼呢？我不理解，也无法愤怒，只感觉对我爸妈居然真听他话，并非法监禁的行为头痛欲裂。我都想报警了！

然而，也算过回衣来伸手饭来张口的生活。

小保姆给我炸了一堆香喷喷的黄金色面团，一口口地喂我吃，就在我夸奖她手艺后，她却委屈说那不是面团，而是炸鸡柳——既然是炸鸡柳，就请多放肉少放面好吗？又不是吃你家的肉！

我妈每天都走进来跟我说话，但我每天吃完饭后就只想发呆，发呆着盼下一顿饭，偶尔在房间里为了消食而练习倒立，双手撑在耳边，感觉整个世界在眼前都彻底倾倒。

但是，倾倒了也没有什么用，对吧，反正我根本不能走出房间。

后来有一天，我蒙头睡着睡着，突然感觉脸上有毛茸茸的东西蹭我。睁眼后，发现居然是智障猫在拿爪子拍我头发玩。但小猫是怎么进来的？密室杀人案？

我试探地一推门，一直紧锁的房间门不知道何时开了。

这简直是革命英雄走出监狱故事的感觉啊，却也没有想象中的激动。也不知道现在已经几月了，我走下楼，看到窗户远处绿油油的一片。

去年的司考成绩早下来了，萧磊很久前就让我取成绩单，我没搭理他。而在大学里，周教授也识趣地没有因为论文再烦我。

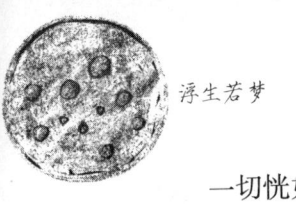

一切恍如隔世！

我走向防盗门，发现又被反锁上了，一脚猛地踹在门上不解恨，咣咣咣连踹三下，但除了脚拇指钻心的疼，一点用都没有。

我盯着门片刻，准备扭头去找一个高尔夫球杖砸了它。

但一回头，就发现我爸抽着烟，正直直地坐在客厅盯着我。智障猫刚才也跟着我下来，也蹲在楼梯间，半立着身子无声瞪我。

我爸以前从不抽烟，我只认识一个喜欢事后烟的傻帽。但现在……我不能想了！

四周很静。我爸的烟快燃到手指尖，但他不说话。真尴尬，我的意思是，他肯定把刚才我慢腾腾下楼，顺便踹门的一幕全看到了。

然而，毫无感觉，我现在没有任何感觉。包括这几天被关在房间里，除了发呆，真是哭都哭不出。我是说，心头的滋味已经不是眼泪所能表达。

我爸坐在对面依旧沉默，于是，我俩的沉默能覆盖整个宇宙。

我不知道说什么，该死的，我感到巨大的沮丧，我感觉自己又要疯了，转身想要跑上楼，结果我爸居然跟上来。

一转眼，他站在我前面。

我听到我爸冷冷地说："你想不想要出去走走。"

我爸带着我，或者说我带着他，走回到了钱唐家。

一进家门，我奋力瘸着腿爬上楼。熟悉的卧室里异常静谧，地面洒满了窗外的阳光，此刻的天空那么蓝，那么高远，那么的让人迷茫，终于有四柱床可以让我搀扶着身体。

我缓慢地推开衣柜，呆了呆，然后走进书房，深吸一口气后，打开最下面的抽屉。

毫不意外，里面全部都空了。以钱唐的细心，他不会放过任何，连抽屉里曾经破碎分离的眼镜支架也被收走。

整个房子里，任何摆设都没变，但是一切有关钱唐的东西，他的衣服、书籍、电影，他写过的字用过的杯子香水味道……所有痕迹，已经被彻底清除干净。

连气味都没有剩下。

最初，钱唐去美国治病，愚蠢的我熬夜帮他收拾的行李。那些他整日阅读写过的笔记和日常所有用品，都被带走。钱唐在那会儿显然就存了这一个打算，什么都带走，什么都不带回来，全慷慨地扔在纽约垃圾桶。

回国后，钱唐让我和他母亲住在新公寓，那段时间，也足够他回到这里，彻底地抹杀自己所有存在过痕迹。

甚至到最后，钱唐还不放心。他不允许我住回原先的房子，也不允许我参加他的葬礼。告别说来简单，但又有谁像这个人做到全程的稳操胜券，自然而然的残酷？

我关上抽屉，重新走下楼，看到地藏菩萨像依旧摆在原处。

不畏金刚怒目，只怕菩萨低眉。但这个明媚下午，我只觉得双目发重，简直有点瞎了。但当我走到佛像面前，点燃一炷香，又觉得心态非常平静，不再想摔东西或者大吵大闹了。

其实，我有点猜到钱唐会这么做。

这个人曾经很早就跟我说起过，他是一个很悲观的人，无论对艺术抑或爱。他还说，在这个世界上，没有人知道怎么处理真爱。古往今来，大多数人只会把真爱变成彻底的伤害。

钱唐担心我以后走不出来，他决定先入为主，帮我彻底清除所有障碍。这个狠心的人！即使到最后，钱唐都忍住什么也不跟我说，所有行为滴水不漏，想让我干干净净地忘了他。

我此刻的表情估计很难看，又想哭又想笑的。

"春风？"我爸在身后叫我，他一直寸步不离地紧随着我，好像生怕我会

做什么傻事。搞笑，像我这样德性的人，能做点什么呢？

我瞅了我爸一眼，继续往外走。

这房子里1秒都待不下去了，但现在又该去哪儿呢，我不知道。心情就像夏日午后的影子，被光线碾得很平，完全没有痛觉。

我爸跟着我："春风？"他在后面叫了我很多声，我以前喜欢连名带姓地叫人，就因为学我爸的口气。

我终于停下脚步，一动不动地站在原地发抖。

我爸还在跟我说话，但是，我脑海里存有太多问题。我现在想去找钱唐，但我知道这已经不可能。世界上的妖怪去哪儿找，世界上的神仙又去哪儿找？

我觉得很迷茫，我不知道该讲一点什么。

"春风，"我爸的语气平生第一次这么低三下四，"你跟爸爸说点什么，什么都好。"

我呆呆地看了我爸好一会，终于想到可以说点什么。我一字一顿说："爸爸，你欠我一句对不起。"

这句话显然出乎我爸的预料，他的面色变了几变，我耐心等了很久，他依旧什么也没说。

我并不惊讶，也没有期待。是的，李京这辈子从来不会低头，更不会向任何人道歉。但随后，我看到我爸干了一件更过分的事情。

他突然当着我的面流泪了。

尾声　替我衰老

　　那日再后，不，我可以说，时间就像烤火鸡腿上的油一样，滚落印染到了现在。

　　这一天，这一秒，我独自坐在机场，打算先陪我婆婆去法国。

　　忘了说，我婆婆同样被禁止参加儿子的葬礼。她被钱唐的其他家人接到香港，我们会在香港碰面，一起飞去尼斯。我陪她在法国玩一周，随后那个叫Dan的会在电影节上见我，正式交接CYY的一些事宜。

　　我遵守了和钱唐的所有约定，就像我当面对他保证过的那样。

　　出国的日子里，我把智障猫暂时交给我父母照顾。他们非常舍不得我，但是，这已经只是我一个人的路。他们对我道歉了，我也对他们（心不甘情不愿地）道歉。

　　想想以前，我纯情得像刚出生的小兔子，行为想法难免也是很幼稚。

　　我固执地认为，爱一个人就不会也不该去伤害他，到后来，我开始慢慢体会到，伤害总是无法避免，但是，爱是一个好伤害。我曾经这么告诉钱唐，现在只剩下自己，我仍然这么说。

　　爱是一个好伤害。

　　候机厅里一眼望去，全部都是透明的大玻璃墙，从地面延伸到屋顶，像一个巨大坚硬毫无感情的玻璃心脏。

　　透过它，可以看到整个城市都在下着雨，阴沉沉的，湿淋淋的，淅淅沥沥的。也许在远方，还打雷吧。它们的声音太吵了，但我又好像没有听到。

雨天可以为所有沦陷的灰色心情提供契机。

偌大机场里，游客都在等待航班，他们或者焦躁或者冷漠地做自己的事情，我独自从厕所走出来后，仔细提好自己牛仔裤，也随手玩着自己的新手机。

突然间，也不知道为什么，我开始用手机登录上一个网站。

那是我俩刚认识时，钱唐告诉我的社交媒体网站的个人账户。

钱唐的页面空置已久，他不会在任何地方暴露私人生活，因此这里面只摆着一个简陋的头像。

我以前看过这张图片，钱唐的头像是一张像素很低的黄狗玩偶图片。而此刻，我把那张头像放大，放大，再放大——黄狗旁边有个很模糊的东西。也许别人都不知道那是什么，但我一眼认出来：图片上是一只手，正紧搂着布鲁托。

那只总是被钱唐嫌弃的黄狗玩偶，每次被他扔到沙发上，我再皱眉把它抱回卧室，到后来，他也只好投降而默认它的地位。

照片隐约露着的这半只手，分明就是我。

钱唐的状态栏里已经被他删得空空荡，只有点进头像后，才能查看到他曾经发过的一条历史状态。

"浮生不枉过。"他曾经这么写。

我呆呆地望着那句话。

机场的提示音已经第 3 次提醒，本次航班到了值机时间。

完了，身为头等舱的乘客，一定要满怀优越感地早点上去坐着，我已经错过 VIP 候机室的蛋炒饭。

我赶紧想从汹涌人潮的大厅里站起来，但是第一下，居然没有站起来。眼前模糊，头痛欲裂，手脚发软，全身只留一点清醒想用来强忍胸腔里的眼泪，却没有任何用处。

机场明明很吵闹，我眼里仅仅看到手机里照片的影子。屏幕微微闪动了一会，发出一阵轻不可闻的提示，然后彻底黑暗下来。

也不过在刹那之间。

喉咙热痛，手机就像水里的浮木。我还是按时登机了，虽然整个人像是从倾盆大雨里捞出来似的乱抖，边打嗝边哭地坐到自己座位上。将额头死命地抵着前方的椅背。

唉，眼泪怎么能这么不要钱的流呢？周围谁在看我呢？到底是雷声还是我肝肠寸断的声音？

但，都去他的吧！

其实，坚强这种事情，说难也根本不难。坚强就和世上随便任何一样东西似的，只要你觉得它难，它就特别难；但只要你觉得它不难，它就是一点都不难。

我不愿意提难还是不难，但我愿意提坚强，因为我会坚强，我会一直保持坚强，直到和钱唐再次重逢的那天。

是的，我是这么想的。我真的是这么想的。

大家好，我叫李春风。

那一年，我 24 岁。